Bettina Belitz · Scherbenmond

Das Buch:

Längst ist der Sommer vergangen, der Elisabeth Sturm die Augen öffnete für die gefährliche Welt der Mahre, der Sommer, in dem sie sich in einen von ihnen verliebte. Seit Monaten ist Colin nun verschwunden und Ellie quält sich durch einen nicht enden wollenden Winter. Die Tage tröpfeln gleichförmig vor sich hin, in den Nächten dagegen wird Ellie von Albträumen heimgesucht, die sie verstört zurücklassen.
Um auf andere Gedanken zu kommen, quartiert Ellie sich bei ihrem Bruder in Hamburg ein. Doch sie erkennt Paul kaum wieder: Er wirkt erschöpft und gehetzt und scheint etwas vor ihr zu verbergen. Je mehr sie in Pauls Welt eintaucht, desto deutlicher überkommt Ellie ein Gefühl der Bedrohung und plötzlich weiß sie nicht mehr, wem sie noch trauen kann. Sie ahnt nicht, dass ihre Sorge um Paul und ihre Liebe zu Colin sie tiefer verletzen könnten als der abgründigste Traum …

»Alle, die Splitterherz *bis zum letzten Krumen gierig aufgesammelt haben, dürfen nun den Handfeger für den* Scherbenmond *parat halten.«* Nautilus – Abenteuer & Phantastik

»Für alle Fantasyfans zu empfehlen.« BLLV

»Ein Leseerlebnis für jugendliche und erwachsene Leserinnen.« Deutschmagazin

Die Autorin:

Bettina Belitz, geboren 1973 in Heidelberg, verliebte sich schon früh in die Magie der Buchstaben. Lesen allein genügte ihr bald nicht mehr – nein, es mussten eigene Geschichten aufs Papier fließen. Nach dem Studium arbeitete Bettina Belitz als Journalistin, bis sie ihre Leidenschaft aus Jugendtagen zum Beruf machte. Heute lebt sie mit ihrer Familie in einem 400-Seelen-Dorf im Westerwald und lässt sich von der Natur und dem Wetter zu ihren Romanen inspirieren.

Außerdem bei script5 erschienen:

Splitterherz
Dornenkuss

Linna singt

Bettina Belitz

Scherbenmond

Roman

script5

www.scherbenmond.com

ISBN 978-3-8390-0151-6
1. Auflage 2013 als script5-Taschenbuch

script5 ist ein Imprint der Loewe Verlag GmbH, Bindlach
Dieses Werk wurde vermittelt durch die Literatur Agentur Hanauer
Umschlagillustration: Maria-Franziska Ammon
Umschlaggestaltung: Christian Keller
Redaktion: Marion Perko
Printed in Germany

www.script5.de

Für S. J., Primus inter Pares.

Denn das Buch muss die Axt sein für das gefrorene Meer in uns.
(Franz Kafka)

Prolog

Ich bin wie die See.

Ich werde mich über dich erheben und dich von allen Seiten umfangen. Ich muss nur auf den richtigen Augenblick warten und es dann tun, wenn jene Brücken zerstört sind, über die du früher so sicher und selbstvergessen gelaufen bist.

Du wirst in mir dein Heil sehen, dem Schicksal für mein Kommen danken.

Du wirst mir willfährig sein, wann immer ich dich brauche. Und das werde ich oft, so oft, dass du glaubst, ohne mich nicht mehr existieren zu können. Denn ich nähre dich.

Ich werde dich sehen, bevor du mich siehst.

Komm nur zu mir, in die Welt des Wassers. Hier ist niemand außer uns. Wir werden uns ganz nah sein.

Und selbst in deinen tiefsten Träumen werde ich dich niemals loslassen.

Acedia

Vorahnungen

»Diesmal ist es anders.«

Obwohl ich seit Stunden wach lag und jeden einzelnen von Mamas Schritten gehört und schon lange auf diesen Satz gewartet hatte, fuhr mir der Schreck in die Knochen. Mein Herz begann von einer Sekunde auf die nächste zu rasen und eine plötzliche Übelkeit krallte sich in meinem Magen fest. Ich hatte Strategien für diesen Moment entworfen, mir kluge Argumente zurechtgelegt, an souveränen Gesichtsausdrücken gearbeitet. Doch ihn zu erleben war etwas gänzlich anderes, als darüber nachzudenken.

Ich blieb starr liegen, die Augen geschlossen. Papa war weg. Verschwunden. Und das bereits viel zu lange. Ein paar Wochen – ja, das hatte es immer wieder gegeben. Aber nun hatten wir seit Silvester nichts mehr von ihm gehört. Das Einzige, was wir als Anhaltspunkt für seinen Verbleib hatten, war sein letzter Aufenthaltsort. Rom. Angeblich Rom.

Rom klang harmlos. Die Situation aber war nicht harmlos. Mama und ich wussten das. Denn Papa hatte von Rom aus in den Süden des Landes aufbrechen wollen, um »Dinge in Erfahrung zu bringen«. Im Süden lebte Tessa. Und Tessa war das absolute Gegenteil von harmlos.

Doch bis zu dieser sturmzerzausten Nacht hatte keine von uns gewagt, es auszusprechen. Ich hatte in den ersten Tagen nach Papas letztem Funkspruch daran gedacht, es dann jedoch verworfen. Was half es, darüber zu reden? Nichts. Wir konnten ihn nicht erreichen. Dass Mama das Schweigen nun brach, kam mir vor, als habe sie eine geheime Abmachung missachtet. Es fühlte sich beinahe an wie Verrat.

»Ellie, ich weiß, dass du nicht schläfst.«

Gereizt fuhr ich hoch. »Verdammt, Mama, wir kennen das doch beide. Er verschwindet hin und wieder. Und kommt meistens genau dann zurück, wenn wir nicht damit rechnen. Oder?«

Der Sturm ließ die Rollläden klappern und schickte eine wütende Böe über das Dach. Direkt oberhalb meines Bettes rumpelte es im Gebälk. Mit einem metallischen Klong schlug das Telefonkabel gegen den Schornstein.

Automatisch hoben wir unsere Blicke und schauten an die Decke. Mama seufzte leise.

»Mag sein, dass das bisher immer so war. Aber es ist das erste Mal, dass er so lange verschwunden ist, seitdem …«

»Sei still, bitte!«, fiel ich Mama ins Wort, lief ans Fenster und starrte hinaus in die tiefschwarze Februarnacht.

»Ellie, wir müssen doch …«

»Nein!« Kurz presste ich mir die Hände auf die Ohren, bevor ich begriff, wie albern und kindisch ich wirken musste. »Ich will davon nichts hören«, setzte ich etwas sanfter hinzu, vermied es aber, Mama dabei anzusehen. Ich konnte ihren ratlosen, fragenden Blick spüren und ich würde ihm nicht standhalten können.

Ich hatte Angst vor dem, was sie sagen könnte. »Es ist das erste Mal, dass er so lange verschwunden ist, seitdem …« – seitdem was? Würde ich die Version hören, die ich kannte oder zu kennen glaubte? Oder würde ich erfahren, dass ich mir alles nur eingebildet hatte?

Was ich zu wissen glaubte, erschien mir inzwischen so absurd, dass ich in manchen meiner schlaflosen Nächte wieder einmal an meinem Verstand zweifelte. Ich hatte mich in einen Nachtmahr verliebt. Colin. Colin Jeremiah Blackburn. Ein glückliches Händchen bei der Partnerwahl hatte ich ja nie gehabt. Aber ein Nachtmahr – stopp.

Ich ließ meine Stirn an die eiskalte Fensterscheibe sinken und versuchte zu rekapitulieren, was ich im Sommer erfahren und erlebt hatte. Okay, da war Colin. Colin, der sich nicht verlieben und nicht glücklich sein durfte, weil dann Tessa kam – jener Mahr, der ihn erschaffen hatte. Und wegen niemand anderem als mir kam sie tatsächlich. Er kämpfte mit ihr, konnte nicht gewinnen, ich brachte ihn in Papas Klinik, weil er dort sicher war. Sicher, aber krank vor Hunger. Und dann haute er einfach ab.

Ach ja, mein Vater war ebenfalls ein halber Mahr – das durfte nicht unerwähnt bleiben. Und weil er aus dem Schlechten etwas Gutes machen wollte, hatte er sich vorgenommen, so ganz nebenbei die Welt zu retten.

Ich schüttelte unmerklich den Kopf. Wenn es eines gab, was ich von diesem ganzen Hokuspokus glaubte, dann die Tatsache, dass ich Colin geliebt hatte. Der Rest war mit den Wochen und Monaten immer unwirklicher geworden. Bis zu dem Tag, an dem ich daran zu zweifeln begann, all das erlebt zu haben.

Denn es gab keine echten Beweise. Ja, ich hatte eine Narbe an meinem Bein, die Frankensteins Monster alle Ehre gemacht hätte. Doch im Krankenbericht stand: von einem Keiler angefallen. Treibjagd. Und so war es ja auch gewesen – sah man von der unbedeutenden Tatsache ab, dass direkt nebendran zwei Mahre auf Leben und Tod miteinander gekämpft hatten und der männliche Mahr dem weiblichen circa drei- bis fünfmal das Genick gebrochen hatte. Noch immer schreckte mich das trockene Knirschen aus dem Schlaf, mit dem Tessas zerborstene Knochen wieder zusammenwuchsen, nur unterbrochen von einem zufriedenen Schnalzgeräusch, wenn die Wirbel in die richtige Position sprangen. Aber meine Narbe stammte von einem wütenden Keiler.

Auch Mister X war nur ein Indiz, kein Beweis. Colin hatte ihn nicht persönlich bei mir abgeliefert. Der Kater war mir zugelaufen, bevor er schließlich beschloss zu bleiben. Seit Colins Verschwinden hatte er nur noch wenig Mystisches an sich. Zweimal täglich setzte er ein bestialisch stinkendes Würstchen ins Katzenklo und versuchte anschließend, wild scharrend mit seiner Streu Schloss Neuschwanstein nachzubauen. Erfolglos. Er knusperte wie jeder pupsnormale Hauskater sein Trockenfutter, ließ sich von Frauchen hinter den Zauselohren kraulen und baute sich Höhlen unter sämtlichen Teppichen und Bettdecken dieses viel zu großen Hauses. Nein, Mister X zählte nicht, obwohl mir seine schwarzpelzige Anwesenheit immer wieder Trost spendete.

Vielleicht wäre Tillmann eine Art Beweis gewesen. Immerhin hatten wir dieses Abenteuer gemeinsam überstanden. Er hatte Tessa gesehen, war sogar beinahe von ihr angefallen worden. Er hatte mich in den Wald gefahren, zum Kampf, auch wenn er den Kampf selbst nicht miterlebt hatte. Das war allein mir vorbehalten gewesen – eine Erfahrung, auf die ich gerne verzichtet hätte. Nur ich wusste, welch grausame Kraft in Tessa schlummerte. Außer Colin. Colin wusste es auch – aber der trieb sich auf den Weltmeeren herum.

Ja, Tillmann hätte mir helfen können, Traum von Wirklichkeit zu unterscheiden. Doch er zog es vor, so zu tun, als pflegten wir nur eine flüchtige Bekanntschaft. Noch schlimmer: Seit einigen Wochen ging er nicht mehr auf unsere Schule. Vor Weihnachten hatte ich ihn das letzte Mal gesehen. Wir waren uns in der Pause begegnet, ganz in der Nähe der Müllcontainer – jenes Ortes, an dem ich ihm im Frühsommer aus der Patsche geholfen hatte.

»Hi, Ellie«, sagte er, um dann, ohne mich anzusehen, an mir vorbeizulaufen. Er grüßte mich; ich konnte ihm nicht vorwerfen, dass er mich ignorierte. Aber meine Versuche, mit ihm über das zu reden, was uns beide verband – ein Rendezvous mit Tessa –, scheiterten allesamt kläglich. Er blockte ab. Warum, wusste ich nicht. Und als nach Colins Flucht einige Wochen verstrichen waren, wurde mir auch bewusst, dass Tillmann und ich uns eigentlich nicht kannten. Wir hatten extreme Situationen zusammen durchgestanden. Trotzdem genügte es nicht, um von Freundschaft zu sprechen. Das war genau das, was er mir jetzt demonstrierte: Wir waren nur flüchtige Bekannte. Mehr nicht.

Seit dem neuen Jahr wusste ich nicht einmal, wo er abgeblieben war. Herrn Schütz, der sich als Tillmanns Vater entpuppt hatte, wagte ich nicht zu fragen. Irgendwie fand ich es peinlich, meinen Biologielehrer nach seinem Sohn auszuquetschen. Außerdem hatten die beiden ohnehin kaum Kontakt. Womöglich riss ich damit nur alte Wunden auf.

Nein, es gab keine Beweise – bis auf zwei Zettelchen und die beiden Briefe, die Colin mir geschrieben hatte. Vier Stücke Papier, die ich kurz nach seinem Verschwinden in eine kleine metallene Kiste gepackt hatte. Die Kiste hatte ich auf meinen Kleiderschrank gestellt und weit nach hinten geschoben – so weit, dass ich sie nicht sehen konnte. Denn ich war mir sicher gewesen, es nicht ertragen zu können, seine Zeilen zu lesen. Ich wollte abwarten, bis sich mein Herz nicht mehr ganz so verwundet fühlte und all die Risse und Schnitte zu heilen begannen. Doch sie heilten nicht. Sie vernarbten nur und es reichte eine Erschütterung meiner Seele, um sie aufbrechen und von Neuem bluten zu lassen.

Und jetzt – jetzt hatte ich die Befürchtung, dass es gar keine Kiste auf meinem Schrank gab. Dass diese Briefe nur ein weiteres Bewusstseinsirrlichtern meines halluzinatorischen Sommers gewesen waren.

Ein offenes, ehrliches Gespräch mit meiner Mutter würde möglicherweise zu den besten Beweisen führen, die ich überhaupt finden konnte. Denn Mama bildete sich nichts ein. Das wusste ich genau. Trotzdem wollte ich es nicht, denn es gab zwei Erklärungsvarianten, von denen die eine so wahrscheinlich war wie die andere: Entweder erfuhr ich bei unserem Gespräch, dass es Colin nicht gegeben hatte, jedenfalls nicht als Cambion, sondern als Psychopathen, dass Tessa ein Albtraum gewesen und ich auf dem besten Wege war, meinen Verstand zu verlieren. Die andere Variante machte mir jedoch auch keinen Mut. Sie bedeutete, dass dieses ganze Mahrgedöns die Wahrheit war, Tessa existierte und Papa ihretwegen verschwunden war. Nein, nicht ihretwegen. Sondern meinetwegen. Weil ich mich gegen meine Eltern gewandt hatte, um Colin trotz ihrer Verbote immer wieder zu sehen und damit Tessa anzulocken – woraufhin Papa sich genötigt gesehen hatte, sie zu verraten. Er hatte Colin gesagt, dass sie sich auf den Weg gemacht hatte.

Ich und niemand anderes als ich hatte das alles angerichtet. Den Gedanken an diese Schuld ertrug ich genauso wenig wie die Vorstellung, dass mein Sommer mit Colin ein Hirngespinst war. Selbst meine Liebe zu ihm war kein Beweis. Ich war auch in Grischa verliebt gewesen, dabei hatte es ihn nicht gegeben. Es hatte einen Jungen mit seinem Namen gegeben, der auf meine Schule ging – das ja. Doch er hatte nichts oder nicht viel mit dem Jungen gemein, der in meinen Tag- und Nachtträumereien aufgetaucht war. Dennoch hatte ich ihn geliebt. Ich traute mir durchaus zu, mich ein weiteres Mal in ein Hirngespinst verliebt zu haben. Dafür hatte ich offenbar Talent.

»Gut, du willst nicht reden. Aber ich werde etwas unternehmen«, riss mich Mamas ruhige Stimme aus meinen selbstzerfleischenden Grübeleien.

»Was willst du denn bitte unternehmen?«, fauchte ich sie an.

»Ehrlich gesagt ist mir das reichlich egal. Hauptsache, ich sitze nicht länger untätig herum. Das habe ich an der ganzen Sache immer am meisten gehasst und ich hasse es immer noch. Ich werde morgen die Polizei informieren.«

»Die Polizei ...« Ich lachte trocken auf. Aufreizend langsam drehte ich mich zu Mama um. Sie saß hellwach und mit durchgedrücktem Kreuz auf meiner Bettkante und musterte mich aufmerksam. Ihre weichen grünbraunen Mandelaugen schimmerten schwach im Halbdunkel. Sie sah ausgeruht aus. Ich hatte sie nie zuvor so ausgeruht gesehen und aus einem jähen Impuls heraus wollte ich sie dafür anklagen. Dafür, dass sie schlief, während wir uns fragen mussten, ob Papa noch lebte. Ich würgte meinen Ärger mühsam hinunter. Mama hatte mein ganzes Leben lang nicht richtig geschlafen, weil sie unterschwellig fürchtete, dass Papa ihre Träume rauben könnte. Sie hatte das nie ausgesprochen, aber ich wusste es. Und es war nur natürlich, dass ihr Körper jetzt nachholte, was ihm achtzehn Jahre Nacht für Nacht verwehrt worden war.

»Ja, die Polizei. Vielleicht hatte er einen Unfall, bei dem all seine Papiere verloren gegangen sind, liegt hilflos in irgendeinem italienischen Krankenhaus und wartet nur darauf, dass sich jemand nach ihm erkundigt.«

Ich stockte und das Blut schoss mir heiß ins Gesicht. Krankenhaus? Unfall? Das klang viel zu normal. Erschreckend normal. Dann hatte ich also tatsächlich alles nur geträumt?

»Oder es könnte sein«, Mama räusperte sich und auch ich bekam plötzlich das Gefühl, nicht mehr sprechen, geschweige denn atmen zu können, »dass sie ihn aus Rache verschleppt haben.«

»Sie«, erwiderte ich heiser.

Mama nickte. »Doch wir müssen alles andere abklären, bevor wir selbst etwas unternehmen. Und ich bitte dich, dass du mich dabei unterstützt. Wir sind nur noch zu zweit, Ellie. Lass mich nicht alleine mit der Polizei reden.«

Mama war nach wie vor gefasst, aber zum ersten Mal hörte ich blanke Angst in ihrer Stimme. Ich trat vom Fenster weg und setzte mich in gebührendem Abstand von ihr ans Kopfende meines Bettes. Ich wollte nicht, dass sie auf die Idee kam, mich in den Arm zu nehmen. Jede Berührung wäre zu viel gewesen. Meine Haut kribbelte vor Anspannung und mir war, als würden bis zum Zerreißen gespannte Stricke an meinem Herz zerren.

»Elisabeth«, sagte Mama sanft. »Ich habe dich in Ruhe dein Abitur machen lassen. Ich wollte dich nicht belasten. Du warst krank genug vor Weihnachten und ich bin stolz, dass du es trotzdem geschafft hast, für die schriftlichen Prüfungen zu lernen. Aber wir müssen handeln. Verstehst du das?«

Ich nickte abermals, unfähig, ihr zu antworten. Nun war es also so weit. Wir rechneten ganz offiziell damit, dass Papa etwas zugestoßen war. Und es würde nur eine Frage der Zeit sein, bis irgendjemand behauptete, dass es meine Schuld gewesen war. Bis Mama das behauptete ... Ich schaute sie flüchtig an. Ich konnte keine stillen Vorwürfe in ihrem Blick entdecken. Doch in mir brodelten sie unentwegt.

Mit einem hatte sie definitiv recht: Wir waren nur noch zu zweit. Mein Bruder Paul hatte schon lange einen Schlussstrich gezogen und beschlossen, dass diese Nachtmahrgeschichte seines Vaters Humbug und das Symptom einer beginnenden Geisteskrankheit war. Er glaubte ihm nicht. Papa selbst war fort.

Mama und ich waren übrig geblieben. Mama kannte Papas Narben am Nacken und sie hatte seine Veränderung deutlicher wahrgenommen als jeder andere. Sie hatte zugesehen, wie aus einem Menschen ein Halbblut wurde.

Aber ich, ich hatte im Arm eines Cambion geschlafen und mit meinen Lippen seine kühle Haut berührt. Ich hatte dem pulsierenden Rauschen in seinem Körper gelauscht, mich in seinen Erinnerungen verloren und mir von ihm meine Tränen von den Wangen küssen – nein, essen lassen.

Ich war ihm in den Kampf gefolgt und hatte zugesehen, wie er versuchte, einen Mahr zu besiegen, der so erschreckend viel stärker und bösartiger war, als ich es jemals für möglich gehalten hatte. Und dieser Mahr war seine eigene Mutter.

Nur ich wusste, was Mamas Entscheidung wirklich bedeutete.

Ermittlungsstopp

»Sie wollen mir also sagen, dass Ihr Mann in der Vergangenheit immer wieder wochenlang weg war? Regelmäßig? Und sich auch damals nicht gemeldet hat?«

Der Polizist verlagerte sein Gewicht auf die rechte Seite seines ausladenden Hinterns und das abgewetzte Polster seines Schreibtischsessels knarzte bedrohlich. Es wunderte mich, dass der Stuhl unter seiner Last noch nicht zusammengebrochen war. Alles in diesem schäbigen Zimmer der Polizeiwache wirkte zu klein für ihn – der altersschwache Tisch mit den drei halb ausgetrunkenen Kaffeetassen, der schmale Laptop vor seiner Nase, den er durchweg ignorierte, das winzige, beschlagene Fenster über seinem feisten Nacken und sogar die stahlgrauen Aktenschränke zu unserer Rechten. Was jedoch zu ihm passte, war der Mief nach kaltem Schweiß, Laserdruckersmog und vollen Aschenbechern, der sich wie zäher Nebel auf meine Atemwege legte.

Ich hatte nie zuvor einen solch fetten Menschen gesehen – jedenfalls nicht in natura. Deshalb fiel es mir schwer, seinen Worten zu folgen. Ich glotzte ihn an wie ein seltenes Insekt und musste mich gleichzeitig immer wieder abwenden, weil mir dieses Insekt sehr unappetitlich erschien. Trotzdem drang zu mir durch, was er uns mit seinen Worten bedeuten wollte. Und es ärgerte mich.

»Ja«, antwortete Mama mit mühsamer Beherrschung. »Ja, das meine ich. Doch er ist nie so lange weggeblieben wie jetzt.«

Der Polizist gab einen schleimigen Kehllaut von sich und kritzelte ein paar Notizen auf den winzigen Block, den er vorhin aus seiner Hosentasche gezogen hatte, anstatt die Tastatur seines Laptops zu benutzen (vermutlich konnte er ihn nicht einmal bedienen). So sahen also moderne Ermittlungsmethoden im Westerwald aus. Gekrakel auf DIN A6. Als er mit seinen Kritzeleien fertig war – leider konnte ich nichts entziffern –, schnaufte er tief durch und legte seine fleischige Pranke auf Mamas verkrampfte Finger.

»Ich will Ihnen ja nicht zu nahe treten, Frau Sturm, aber …«

»Das tun Sie bereits«, entgegnete Mama knapp und zog ihre Hand weg.

Der Polizist grinste. »Jedenfalls – haben Sie schon mal darüber nachgedacht, ob Ihr Mann ein Doppelleben führt?«

»Ha!«, entfuhr es mir und Mama warf mir einen strengen Blick zu. Doppelleben. Hundert Punkte! Nur leider würden wir ihm dieses Doppelleben nicht en détail erläutern können.

»Mein Mann hat keine Affäre, falls Sie darauf anspielen wollen.«

»Liebe Frau Sturm.« Der Polizist griff nach der vollsten der drei Kaffeetassen – uns hatte er keinen Kaffee angeboten, was vielleicht aber auch besser war – und nahm einen tiefen Schluck. Sein Hals wabbelte. »Ich weiß, dass man das nicht wahrhaben möchte. Aber was glauben Sie, wie oft wir so etwas erleben? Achtundneunzig Prozent der vermissten Ehemänner geht es prächtig. Sie liegen irgendwo am Strand, mit einem jungen Mädchen im Arm, und genießen ihren neuen Start ins …«

»Jetzt hören Sie mir mal gut zu!« Mama stand auf und hieb die Hände auf den Tisch. Ein paar Papiere segelten zu Boden. »Mein Mann ist seit dem 31. Dezember verschwunden und wir haben kein Lebenszeichen mehr erhalten. Ich erwarte von Ihnen, dass Sie gründlich recherchieren, ob ein Leopold Sturm oder ein Leopold Fürchtegott in einem italienischen Krankenhaus liegt und sein Auto gefunden wurde. Ob er eine junge Frau im Arm hat oder nicht, ist mir wurscht. Haben Sie das verstanden?«

»Gewiss, Frau Sturm«, erwiderte der Polizist, doch wieder hatte sich das dümmliche Grinsen auf sein Gesicht geschlichen. Er stopfte den Block in seine Hosentasche, tippte sich an die Stirn und watschelte an uns vorbei aus dem Raum. Er ließ uns einfach sitzen! Mama und ich starrten uns einen Augenblick ratlos an, dann erhoben wir uns ebenfalls und liefen nach draußen. Die letzten Schritte rannte ich. Erst als ich mir sicher war, dem Dunstkreis des Fettwanstes vollkommen entwichen zu sein, und wir im Auto saßen, wagte ich, tief einzuatmen. Noch immer hing mir der Schweißgeruch in der Nase. Angeekelt drückte ich meinen Schal gegen meinen Mund und schluckte, während Mama schweigend ihre Ente startete und das Röhren des Motors jegliches Gespräch unmöglich machte. Mein Schal roch gut. Ein winziger Hauch Pfefferminzaroma – wie fast immer, da mein japanisches Heilpflanzenöl nach wie vor zu meinen wichtigsten Accessoires gehörte, dicht gefolgt von meinem Labello –, Parfum und Zuhause.

Doch unser Zuhause war auch kein Ort mehr, an dem ich mich allzu gerne aufhielt. Im Sommer hatte der Westerwald sich mir (und Colin) in seiner ganzen wilden Schönheit präsentiert – bevor Tessa gekommen war und alles zunichtegemacht hatte. Doch jetzt war wahrscheinlich selbst eine nordsibirische Tundraenklave ein lieblicherer Ort als dieser hier. Unser Garten bot ein Bild absoluter Trostlosigkeit. Der Rasen lag braun und versumpft unter einer harschigen Schicht Altschnee und die Erde in den Beeten hatte sich in gefrorenen Schlamm verwandelt. Der Februar war schon in Köln der tristeste Monat überhaupt gewesen. Doch der Winter im Westerwald überbot alles, was ich bislang an miesen Wintern erlebt hatte. Die meiste Zeit lag das Dorf so still und verschneit vor uns, dass es mir vorkam, als seien wir die einzigen lebenden Wesen weit und breit, und ich war fast erleichtert, wenn ich einen qualmenden Schornstein oder Licht in einem Fenster entdeckte.

Wenige Tage nachdem Colin geflohen und Tessa verschwunden war – ich ging davon aus, dass sie verschwunden war, alles andere mochte ich mir nicht ausmalen –, brach im Nachbarort Hepatitis A aus. Keiner wusste, wer den Erreger eingeschleppt hatte. Man tippte auf Touristen. Touristen? Niemals. Ich hatte sofort Tessa in Verdacht. Colin hatte mir die Windpocken geschickt. Hepatitis war für Tessa wahrscheinlich ein Kinderspiel.

Doch die Epidemie ebbte ab, bevor Panik ausbrechen konnte. Das übernahm die Schweinegrippe. Ende Oktober erwischte es mich und die Virusinfektion machte binnen weniger Tage den Weg frei für allerlei bakterielle Folgeerscheinungen. Vier Wochen lang lag ich mit hohem Fieber, Bronchitis, vereitertem Hals und Mittelohrentzündung im Bett und hasste mich selbst. Ich hasste mich dafür, krank zu sein, nichts mehr essen zu können, ich hasste meine Augen, die so tief und tot in ihren Höhlen lagen, ich hasste meinen mageren Körper. Das erste Antibiotikum versagte komplett. Das zweite schlug nur zögerlich an. Auf ein drittes verzichtete Papa. Er hatte Angst, dass ich Resistenzen bilden würde.

Fast täglich hatte Papa mir mit dem Krankenhaus gedroht und ich hatte beharrlich gebettelt und argumentiert, bis er mich schließlich zu Hause an den Tropf hängte. Mein rechter Arm sah immer noch aus wie der eines Junkies.

Kurz vor Weihnachten kannten wir im Dorf niemanden mehr, der gesund war. Unsere Nachbarin starb an einer Lungenentzündung und die alte Frau zwei Straßen weiter erlag ihrem Krebsleiden. Die Zeitung wimmelte nur so von Todesanzeigen. Allein Papa blieb gesund wie eh und je.

Dann fiel Schnee – beinahe täglich, bis Tauwetter ins Land zog und sich die Straßen in widerlich braungraue Matschpisten verwandelten, die Nacht für Nacht gefroren und tagsüber wieder aufweichten, um erneut von Schnee bedeckt zu werden. Mir blieb kaum etwas anderes übrig, als mich in meine Schulbücher zu vertiefen und all meine Energie in das Abitur zu stecken. Denn ansonsten gab es nicht mehr viel in meinem Leben. Ich traf mich ab und zu mit Maike und Benni zu abendlichen Unternehmungen, aber es kam immer irgendwann der Punkt, an dem ich mich mitten im fröhlichen Trubel an Colin erinnerte, so deutlich und lebhaft, dass ich all die Bilder mit roher Gewalt löschen musste, um nicht zu Boden zu sinken und meinen Tränen freien Lauf zu lassen.

Der Frühling war noch lange nicht in Sicht. Doch auch er würde nichts an der Sinnlosigkeit meines Daseins ändern. Mitte März standen meine mündlichen Prüfungen an – und dann? Was sollte ich tun? Ich hatte keine Ziele. Ich wusste nicht, was ich studieren sollte. Mir fehlte jeglicher Ehrgeiz, irgendetwas in meinem Leben zu erreichen, obwohl mir mein Abidurchschnitt wahrscheinlich keinerlei Grenzen setzen würde. Ich hatte mir nicht einmal die Informationsbroschüren der Universitäten zukommen lassen. Mama duldete meine gewollte Perspektivlosigkeit stillschweigend. Uns beiden war klar, dass ich zum Sommersemester kein Studium beginnen würde, obgleich im Grunde nichts dagegensprach.

Sobald Mama und ich von der Polizeiwache nach Kaulenfeld zurückgekehrt und ausgestiegen waren, warf ich meinen Mantel über den Garderobenhaken und nahm mit schweren Schritten die Treppe nach oben in mein Dachzimmer, um meine Tiere zu füttern. Tiere war eigentlich eine zu nette Umschreibung für diese Absurditäten der Natur. Nachdem Tillmann mir die Spinne, die ihn und mich in den Kampf begleitet hatte, einfach wieder vor die Tür gestellt hatte – auch etwas, das ich ihm übel nahm –, hatte ich ihr widerstrebend Asyl gewährt. Immerhin konnte sie mir möglicherweise Aufschluss über Tessas Verbleib geben, wie sie es schon im

Sommer getan hatte. Doch sie verhielt sich so normal und unspektakulär, dass ich meine Angst vor ihr verlor. Ich taufte sie Berta und war dankbar, ihr nur noch ein Heimchen pro Woche zum Verzehr reichen zu müssen, denn mein Bad sollte keine Mördergrube werden. Ich vollendete mein Referat, erntete eine Eins und motivierte Herrn Schütz damit leider Gottes dazu, mir in regelmäßigen Abständen weitere unschöne Kreaturen zu überlassen.

Seit einigen Wochen war ich also nicht nur stolze Besitzerin der Spinne Berta, sondern erfreute mich überdies der Gesellschaft eines Albinomolchs, der Tag und Nacht in Dunkelheit unter einem schlammigen Stein vor sich hin vegetierte (ich nannte ihn schlicht Heinz), einer graugrünen Stabheuschrecke (Henriette) und zweier Grundeln, Hanni und Nanni. Kreativität war nie meine Stärke gewesen, auch nicht beim Namenverteilen.

»Ellie, ich weiß nicht, wie du neben diesen Monstern leben und schlafen kannst«, sagte Mama, die mir nachgekommen war und angeekelt beobachtete, wie ich Henriettes Vitrine öffnete und ihr eine zappelnde Grille reichte. Nun war mein Badezimmer doch eine Mördergrube geworden. Die Fensterbank diente ausschließlich der Aufbewahrung artgerechten Lebendfutters, und wenn ich duschte, begannen die Heimchen fröhlich zu zirpen, nicht ahnend, was sie in den kommenden Tagen erwartete. Nämlich ein schneller, konzentriert vollendeter Tod. Henriette und Berta arbeiteten bewundernswert effektiv.

Ich schüttete etwas Futter in die Aquarien von Heinz, Hanni und Nanni und wandte mich Mama zu. Sie war noch immer wütend wegen des Fettkloßes und wirkte dadurch umso entschlossener.

»Ich glaube, der Zeitpunkt ist da.«

»Welcher Zeitpunkt?«, fragte ich verständnislos. Mit einem lautlosen Schnappen verschlang Heinz sein Leckerli. Gott, war der hässlich.

»Komm mit. Ich zeige es dir.«

Mama ging voraus und lotste mich in Papas Büro. Ich musste schlucken, als ich über die Türschwelle trat. Meine Kehle wurde eng. Verdammt, Papa, warum bist du nicht hier, dachte ich verzweifelt und klammerte mich am Regal fest. Ich hatte sein Arbeitszimmer seit seinem Verschwinden nicht mehr betreten.

Sein Schreibtisch war gähnend leer – bis auf ein Kuvert, das exakt in der Mitte der Arbeitsfläche lag.

»Das hat er jedes Mal dort liegen lassen, wenn er zu einer seiner Konferenzen aufbrach«, wisperte Mama. »Und ich bin mir sicher, dass es für uns ist. Dass wir es öffnen sollen.«

»Es ist bestimmt für dich«, sagte ich hastig und wollte mich zurückziehen, doch Mama hielt mich am Handgelenk fest.

»Nein, Ellie, bleib hier. Es ist für uns.«

Ich löste mich aus ihrem Griff, lief aber nicht weg. Eine Weile standen wir stumm da und beäugten das Kuvert.

»Wer macht es auf?«, fragte Mama schließlich bang.

Seufzend trat ich hinter den Schreibtisch, nahm es an mich und wollte Papas silbernen Brieföffner durch den Schlitz ziehen. Doch das konnte ich mir sparen, denn der Umschlag war offen. Der Brief rutschte ein Stück heraus, als ich das Kuvert wendete, und berührte kitzelnd meine Fingerkuppen. Ich ließ den Umschlag auf den Schreibtisch fallen, als hätte er mir die Haut aufgeschlitzt. Mama stöhnte auf.

»Soll ich …?«

»Nein!«, rief ich schnell und nahm ihn wieder an mich, um den Briefbogen aus seinem Versteck zu befreien und zu entfalten. Das leise Ticken der altmodischen Tischuhr hallte in meinen Ohren, bis ich mich endlich überwinden konnte, nach unten zu sehen. Ja, das war Papas Schrift.

»Lies vor«, bat Mama mich und trat einen Schritt auf mich zu.

Abwehrend wich ich ans Fenster zurück. Ich wollte diesen Brief nicht aus meinen Händen geben, bevor ich ihn gelesen hatte, und trotzdem fürchtete ich mich vor dem, was er mir sagen würde. Ich kniff ein paarmal meine Lider zusammen, bis die Buchstaben klarer wurden.

»*Nun ist es so weit*«, begann ich mit zitternder Stimme. »*Ich bin nicht zurückgekehrt und Ihr habt das Kuvert geöffnet. Gut so. Ich habe zwei Aufträge – einen für jede von Euch.*«

Mama schnaubte leise. Ich wusste nicht, ob aus Protest oder Kummer. Ich blinzelte meine Tränen weg, um weiterlesen zu können.

»*Da ich genau weiß, dass Ihr keine Befehle akzeptiert, weil eine sturer ist als die andere, habe ich meine Befehle Aufträge genannt. Und ich wäre sehr glücklich, wenn Ihr sie befolgtet.*

Ellie: Hol Paul zurück. In seinen Mauern findest Du den Schlüssel für den Safe. Mia: Halte die Stellung. Behalte das Haus. Zieh nicht fort.

Ich liebe Euch. Und ich bin bei Euch. Vergesst das niemals.«

Mama hatte sich auf das grüne Ledersofa sinken lassen, während ich Papas Zeilen vorgelesen hatte, und auch ich konnte kaum mehr stehen.

»Was bildet dieser Verrückte sich eigentlich ein?«, knurrte Mama nach einer Pause, in der sie mehrmals angestrengt geschluckt und geschnieft hatte. »Hierbleiben. Stellung halten. Befinden wir uns im Krieg, oder was?«

»Ich kann das nicht«, sagte ich tonlos und wie zu mir selbst. »Ich kann jetzt nicht weg.« Gleichzeitig wusste ich, dass ich mir im Grunde meines Herzens nichts sehnlicher wünschte als einen Auftrag, auch wenn er sich so unmöglich und unerfüllbar anhörte wie dieser.

Wieder schwiegen wir. Dann holte Mama tief Luft, richtete sich auf und wandte sich mir zu.

»Doch. Wir sollten gehen. Wenn mein Mann es vorzieht, in die Welt der Mahre zu verschwinden, will ich wenigstens meinen Sohn bei mir haben. Leo hat recht. Wir müssen Paul zurückholen. Außerdem finden wir bei ihm den Schlüssel für den Safe. Und ich möchte verdammt noch mal wissen, was in diesem Safe ist.«

»Mama … Er meint nicht uns. Er meint mich. Du sollst hierbleiben, schreibt er«, protestierte ich schwach. Mit einem Mal wurde mir bewusst, was Mama eben überhaupt gesagt hatte. Die Welt der Mahre. Nun hatte sie es ausgesprochen. Die Mahre. Es gab sie. Und wenn es sie gab, gab es womöglich auch Colin …

»So, schreibt er das, ja?« Mama stemmte wütend die Arme in die Seite. »Ist mir schnurzegal, was der Herr schreibt und befiehlt. Ich lasse dich nicht alleine nach Hamburg fahren, niemals! Ausgeschlossen!«

»Aber Papa wird sich etwas dabei gedacht haben und ich glaube kaum, dass Paul es toll findet, wenn wir zu zweit dort auftauchen und auf ihn einreden.« Ich spürte, wie mein zögerlicher Protest sich vervielfachte, stark wurde – unbeugsam. So schlecht war Papas Idee gar nicht. Ja, ich brauchte einen Auftrag, um nicht verrückt zu werden, um endlich etwas tun zu können. Und immerhin hatte ich diesen schauderhaften Winter genutzt, um meinen Führerschein zu machen. Aber erst musste ich wissen, ob Papa tatsächlich verschollen war und nicht doch in einem Krankenhaus lag und auf ein Lebenszeichen von uns hoffte.

»Wir warten, bis wir Nachricht von der Polizei bekommen«, schlug ich Mama vor, die immer noch aussah, als wolle sie im nächsten Moment das komplette Büro kurz und klein schlagen und anschließend in Flammen setzen. »In Ordnung? Wenn die nichts rausfinden, fahre ich.«

»Ellie, ich habe meinen Sohn verloren und ich will nicht noch meine Tochter verlieren …«

»Du verlierst mich nicht. Und ich bringe Paul zurück. Falls ich fahre. Versprochen. Er wird mehr auf mich hören als auf dich, glaubst du nicht?«

Mama nahm die Hände von den Hüften und verschränkte sie vor der Brust. Wenn sie diese Haltung einnahm, war nicht gut Kirschen essen mit ihr, das wusste ich genau. Doch ich wusste ebenso gut, dass ich nicht mit ihr nach Hamburg fahren wollte. Ich wollte es allein tun. Auch weil ich Angst hatte, dass dieses Haus seine Wärme und Geborgenheit endgültig verlieren würde, wenn meine Mutter es verließ. Dass Tessa kam und es sich nahm, wie sie sich Colins Haus genommen hatte. Wir brauchten ein Zuhause.

Mama würde es fertigbringen und sich in Hamburg eine Wohnung mieten, falls Paul weiterhin auf stur stellte. Und sosehr ich den Westerwald am Anfang auch abgelehnt hatte – das hier war Colins und mein Revier. Sie durfte mich hier nicht wieder herausreißen. Nicht solange ich Hoffnung hatte, dass Colin und ich eines Tages in den Wald zurückkehren durften.

»Mama – da ist noch etwas …« Ich hielt ihn die ganze Zeit schon in der Hand. Einen dünnen, zusammengefalteten Briefbogen, der sich ebenfalls in dem Kuvert befunden hatte. Es stand nur ein Wort drauf. »*Mia.*« Und er war das beste Ablenkungsmanöver, das ich jetzt parat hatte. »Der ist für dich. Nicht für mich.«

Ich reichte ihn ihr, floh aus dem Büro und hastete die Stufen zum Dachgeschoss hinauf. Noch bevor ich die Tür schließen konnte, strömten die Tränen über meine Wangen.

»Ach, Papa«, schluchzte ich, während Mister X aufgeregt schnurrend um meine Beine strich. »Warum alleine für Mama? Hättest du mir nicht auch einen Brief schreiben können? Ein paar Zeilen nur für mich?«

Weinend verkroch ich mich unter die Bettdecke. Mister X rollte sich wärmend auf meinen Füßen zusammen.

Hatte Papa mir den Auftrag gegeben, weil er mich dafür büßen lassen wollte, dass ich mich ihm widersetzt und mit meiner Liebe zu Colin Tessa angelockt hatte? War das der erste Teil meiner Sühne?

Oder hatte ich ihn bekommen, weil er nur mir und niemandem sonst zutraute, Paul zu überzeugen?

Und was befand sich in dem Safe?

Wie immer hatte ich Angst, dass Colin mir im Schlaf begegnen würde. Doch ich weinte bereits. Was machte es schon für einen Unterschied, weinend einzuschlafen, weinend von ihm zu träumen oder weinend aufzuwachen?

Mein Schlaf gehörte meinen Tränen und meine Tränen gehörten ihm. Wo immer er auch war.

Überlebenspakete

Eine Woche später stand Papas Wagen wieder bei uns im Hof. Ohne Papa. Der Volvo war auf dem Flughafen in Rom gefunden worden, mustergültig in der Tiefgarage abgestellt und mit bezahltem Parkticket für die ersten drei Tage. Für den Rest mussten wir nun aufkommen, ebenso wie für die Überführungskosten. Papas letzter Flug hatte ihn nach Neapel gebracht. Dort verloren sich die Spuren. Kein Krankenhaus hatte ihn aufgenommen, weder auf dem Festland noch auf Sizilien. Der Wagen selbst war unversehrt. Ein Unfall wurde ausgeschlossen.

Die Polizei tippte noch immer auf ein amouröses Doppelleben, doch Mama und ich wussten, dass es in diesem Doppelleben wenig amourös zuging. Nun standen wir im Wintergarten und spitzelten argwöhnisch durch den dichten Efeu vor den Fenstern auf den eckigen dunkelblauen Volvo hinunter, als könne er im nächsten Moment ätzende Säure verspritzen.

Die Mitteilung der Polizei – »Verbleib unbekannt« – war nicht die einzige Nachricht, die uns in dieser Woche erreicht hatte. Ich hatte eine freundlich formulierte Zusage für eine Putzstelle in einer Hamburger Klinik erhalten, was ich angesichts meines Abidurchschnitts, der aller Wahrscheinlichkeit nach irgendwo zwischen 1,0 und 1,3 liegen würde, nicht besonders komisch fand. »*Wir freuen uns, Sie am 19. Februar um 20 Uhr zu Ihrer ersten Schicht begrüßen zu dürfen.*« Es musste sich um eine Verwechslung handeln und ich war schon versucht gewesen, den Brief zu zerreißen und in den Papierkorb zu werfen, doch ich tat es nicht. Auch mein Versuch anzurufen endete damit, dass ich auflegte, bevor jemand abnehmen und ich das Missverständnis aufklären konnte. Denn die Klinik befand sich in Hamburg und in Hamburg lebte Paul. Ich konnte also persönlich in der Klinik erscheinen, dem zuständigen Menschen Bescheid sagen, dass ich nicht diejenige war, die hier den Boden schrubben wollte, und damit möglicherweise irgendeiner armen Seele einen Job verschaffen, den sie aufgrund dieser Verwechslung nicht bekommen konnte.

Somit hatte ich doppelt Grund, nach Hamburg zu fahren. Das war es, was ich seit Tagen tat: Gründe suchen, um nach Hamburg zu fahren. Dieser hier war lächerlich, denn ich konnte auch einfach eine E-Mail an die Klinik schreiben, anstatt anzurufen. Doch je mehr Gründe ich fand, persönlich in Hamburg zu erscheinen, desto besser und sicherer fühlte ich mich bei meinem Vorhaben. Dieser Brief erschien mir wie ein Wink des Schicksals – ja, als hätte er eine besondere Bedeutung. Sie erschloss sich zwar aus dem Schreiben ganz und gar nicht, aber jedes Mal, wenn ich es durchlas, lösten die Zeilen ein leises Summen in meinem Bauch aus.

Außerdem brauchte ich diese bunte Palette an Gründen nicht nur für mich. Ich brauchte sie auch für Mama. Denn sie wehrte sich immer noch gegen die Idee, mich alleine gen Norden reisen zu lassen. Der Winter ließ nicht locker. Wieder hatte es Schnee gegeben und die Straßen waren permanent vereist. Umso stärker brannte in mir der Wunsch, diesem stillen, bedrückenden Haus den Rücken zu kehren und meinen Auftrag zu erfüllen. Nicht zuletzt trieb mich meine Neugier zu Paul – und die Sehnsucht nach meinem großen Bruder, den ich all die Jahre so schmerzlich vermisst hatte.

Jetzt war das passende Auto da. Sich in Mamas Ente zu setzen glich einem unausgesprochenen Selbstmordkommando. Ich fürchtete mich bereits darin, wenn Mama am Steuer saß. Ich selbst am Steuer dieses Knattertorpedos? Unvorstellbar. Papas Auto erschien mir gemütlicher und weitaus verkehrssicherer. Trotzdem wagte ich mich nicht in seine Nähe.

»Ich werde ihn durchsuchen«, beschloss Mama nach einigen Schweigeminuten. »Vielleicht finde ich etwas.«

»Hm«, murmelte ich zustimmend und war froh, dass sie die Angelegenheit übernehmen wollte. Dann war wenigstens ein vertrauter Mensch nach Papa auf den abgewetzten Sitzen herumgekrabbelt. Im Moment war es für mich immer noch Papas Auto und möglicherweise roch es nach ihm … Vielleicht steckte eine seiner heiß geliebten Pink-Floyd-CDs im Player … Vielleicht lagen seine Pfefferminzdrops, die er so gerne lutschte, im Handschuhfach. Es war schon bedrückend genug, sich das Auto von außen anzusehen.

Mama band sich ihre wilden Locken im Nacken zusammen, als wolle sie Ordnung auf und in ihrem Kopf schaffen, und reckte das Kinn.

»Ich habe jetzt zwei Möglichkeiten, Ellie. Entweder ich hoffe darauf, dass er lebt und zurückkommt, und werde meine gesamte Zeit mit Warten verbringen; Warten auf ein Ereignis, das vielleicht nie eintreffen wird. Oder ich gehe davon aus, dass … dass ihm etwas zugestoßen ist, habe die Chance zu trauern und freue mich umso mehr, wenn er eines Tages wieder in der Tür steht.«

»Und wofür entscheidest du dich?« Ich gab mir keine Mühe, den vorwurfsvollen Ton in meiner Stimme zu unterdrücken. Denn ich ahnte bereits, wie Mamas Antwort lauten würde.

»Ich habe die vergangenen achtzehn Jahre immer wieder mit Warten und Wachen verbracht. Und ich habe immer wieder mit diesem Moment gerechnet. Ich möchte trauern, Ellie. Es ist ein Wunder, dass bislang nichts geschehen ist.«

»Du glaubst also, er ist tot«, sagte ich hart.

»Nein, das glaube ich nicht. Ich glaube, dass er in einer Lage ist, in der wir ihn nicht mehr erreichen können. Und dass es ihn früher oder später sein Leben kosten wird.«

»Das ist doch das Gleiche!« Ich drehte mich heftig zu Mama um, aber sie hatte ihren Blick nach wie vor auf den Volvo geheftet.

»Leo ist ein Halbblut, Ellie. Du und ich, wir sind Menschen. Es sind verschiedene Kategorien. Uns sind Grenzen gesetzt. Und du darfst nicht vergessen, dass diese – diese Mahre unendlich viel Zeit zur Verfügung haben. Alle Zeit der Welt. Wenn sie ihn haben, sind sie nicht gezwungen, schnell zu handeln …«

Mamas Offenheit machte mich rasend. Ich verschlang meine Hände ineinander, um sie nicht gegen das Glas des Wintergartens zu schlagen.

»Schön. Mag ja sein, dass du dich jetzt hinsetzen und trauern kannst, um dann ein neues Leben zu beginnen. Aber ich sehe das nicht ein. Ich werde herausfinden, was mit Papa passiert ist …«

»Elisabeth!«, unterbrach Mama mich und riss ihren Blick von dem Volvo los. Entsetzt schaute sie mich an. »Das wirst du nicht! Bist du des Teufels? Soll ich dich auch noch verlieren? Du hast keine Chance! Nicht die geringste!«

Ich wollte ihr widersprechen, ihr sagen, dass ich es immerhin geschafft hatte, Colin aus dem Kampf mit Tessa herauszulocken, ohne von ihr gewittert zu werden. Doch Mama wusste von alldem nichts. Ich hatte es nicht einmal Papa ausführlich erzählt. Er wusste nur, dass ich versucht hatte, mich zu tarnen, nicht aber, was genau ich im Wald erlebt und beobachtet hatte. Außerdem hatte Mama recht. Allein hatte ich tatsächlich keine Chance. Und ich war allein. Der Gedanke, ohne meinen geduldig-väterlichen Fahrlehrer – einem molligen Schnauzbart namens Bömmel, der selbst dann noch die Ruhe bewahrt hatte, als ich mit Tempo achtzig über eine Autobahnraststätte gebraust war – nach Hamburg zu fahren, ließ mein Adrenalin ohnehin ungebremst in die Höhe schießen. Mich auf eigene Faust nach Italien aufzumachen, um Papa zu suchen, war vollkommener Irrsinn.

»Okay, nicht jetzt«, lenkte ich seufzend ein. »Irgendwann. Irgendwann werde ich Papa finden. Und ich werde nicht trauern.« Denn mehr Trauer geht nicht, dachte ich, was ich nicht aussprechen wollte. Ich trauerte bereits um Colin – und das, obwohl ich wusste, dass er nur mit äußerster Mühe sterben konnte. Er existierte. Doch er gehörte nicht zu meinem Leben. »Vielleicht gibt uns ja der Safeinhalt Aufschluss, wohin es ihn verschlagen haben könnte«, setzte ich trotzig hinzu.

Mama verdrehte ihre Augen aufstöhnend gen Himmel und ihre Locken tanzten, als sie den Kopf schüttelte.

»Seit wann bist du eigentlich so abenteuerlustig?«

»Ich bin nicht abenteuerlustig. Ich will wissen, was passiert ist. Aber ich beuge mich eurem Diktat und hole zuerst Paul zurück. Einverstanden?«

Nun musste sie Ja sagen. Es ging gar nicht anders. Sie hatte die Wahl – Hamburg oder Italien.

Mama presste für eine Sekunde die Lippen zusammen. »Wann wirst du fahren?«

»Morgen früh«, entschied ich spontan. Ich musste die Gunst der Stunde nutzen. »Ich werde gleich meine Sachen packen. Kümmerst du dich um das Auto?«

Mamas Schluchzen und Wüten und Schimpfen drang bis zu mir hoch, als ich ebenfalls fluchend und völlig konzeptlos Klamotten aus meinem Schrank zerrte und in meinen Trolley knüllte. Währenddessen arbeitete sich Mama zeternd durch Papas Wagen und zog dabei die Blicke der Nachbarn auf sich. Ihr war das so gleichgültig wie mir. Es machten sowieso schon die ersten Gerüchte über Papas Verschwinden die Runde und von der Klinik war ein verschnupfter Brief gekommen, dem sogleich die fristlose Kündigung beigelegt worden war. Papa hatte es sich hier ordentlich vergeigt.

Ich hatte nicht die leiseste Ahnung, wie lange ich brauchen würde, um Paul dazu zu überreden heimzukommen. Mir war klar, dass Mama nicht erwartete, ihn hier für alle Zeit einquartieren zu können. Er hatte sein Medizinstudium und seine Wohnung in Hamburg. Es ging vielmehr darum, ihn überhaupt wieder mit seiner Restfamilie zusammenzubringen, wenn auch nur für ein oder zwei Stunden – etwas, was in den vergangenen sieben Jahren kein einziges Mal geglückt war, weil Paul mit eselsähnlicher Sturheit so tat, als gäbe es uns nicht mehr.

Also packte ich ein, was in den Koffer passte, warf ein paar CDs obendrauf und genoss die zornige Anstrengung, die ich benötigte, um die Verschlussschnallen zuschnappen zu lassen. Keuchend schleppte ich den Trolley zur Tür und sah mich um.

»Was mach ich denn mit euch?«, fragte ich ratlos und betrachtete meine lieben Tierchen. Henriette hatte die Fangarme wie zum Gebet gefaltet und sah dabei gottloser aus als Satan persönlich. Berta kauerte reglos unter einer Wurzel, satt und träge von dem Heimchen, das sie heute Morgen verspeist hatte. Heinz war wie immer vor dem Tageslicht geflohen und versteckte sich vor mir und der Welt unter seinem Stein. Nur Hanni und Nanni suhlten sich entspannt im Sand.

Papas Wagen war theoretisch groß genug, um sie samt ihren Behausungen unterzubringen, und ich stellte mit Erstaunen fest, dass es mir schwerfallen würde, mich von ihnen zu trennen. Außerdem traute ich Mama schlichtweg nicht zu, dass sie es fertigbrachte, ihnen ihr Lebendfutter zu geben. Lieber setzte sie die Tiere im Garten aus. Und das würde keines von ihnen bei dieser Kälte überleben.

Gut, ich würde sie also mitnehmen. Paul hatte schließlich ein Faible für hässliche Tiere.

»Und du, Hase?« Ich ließ mich neben Mister X auf das Sofa plumpsen und fuhr ihm mit beiden Händen über das knisternde Fell. Für eine Sekunde sah ich nicht meine, sondern Colins Hände, die ihn stets so nachlässig und zärtlich zugleich gekrault hatten, wie nur er es vermochte … Mister X hatte sich seitdem unzählige Male in fast neurotischer Ausführlichkeit geputzt und doch: Colin hatte ihn berührt. Ich ließ meine Handflächen auf seinem Bauch ruhen. Das kehlige Schnurren des Katers vibrierte sanft unter ihnen.

Es tröstete. Und Mama hatte beschlossen zu trauern. Ich wollte sie immer noch für alles Mögliche anklagen, zuallererst für ihre vernünftige Hoffnungslosigkeit, obwohl sie mir gleichzeitig so leidtat, dass es mir die Kehle zuschnürte. Doch sie würde Trost nötig haben. Ganz zu schweigen davon, dass ich nicht wusste, ob ich es überleben würde, wenn Mister X seinen tierischen Bedürfnissen nachging und seine Stinkwurst der Einfachheit halber während der Fahrt in den Kofferraum setzte. Bis nach Hamburg waren es ein paar Stunden.

»Du passt auf meine blöde Mutter auf, okay?«

Mister X fuhr seine Krallen aus und begann, ekstatisch tretelnd meinen Sofabezug zu zerfetzen.

Als wir zu Abend aßen, hatte Mama sich wieder beruhigt. Sie hatte nichts Verdächtiges gefunden in Papas Auto, es jedoch geputzt, den Erste-Hilfe-Kasten überprüft, mir die Bedienungsanleitung ins Handschuhfach gelegt und einen Kasten Wasser plus eine Kuscheldecke und zwei Packungen Kekse in den Kofferraum gestellt. Sie ging also davon aus, dass ich spätestens auf halber Strecke im Straßengraben landen und nimmermehr herausfinden würde. Zugegeben, meine Fahrkünste waren nicht berauschend. Aber ich wollte hier weg und ich wollte dabei unabhängig bleiben. Mamas Versuche, mich zum Zugfahren zu bewegen, waren vergebens gewesen.

Nach dem Essen zog ich mir meinen Mantel über, wickelte den Schal fest um meinen Hals und lief durch das dunkle, stille Dorf.

Wie immer bei diesen abendlichen Runden begegnete ich keinem anderen Menschen. Ab und zu kreuzte eine Katze meinen Weg und die Schafe auf der Weide neben der alten Eiche blökten vertraulich, als sie mich witterten. Bisher hatte ich die Kuppe des Feldwegs gemieden. Doch heute ging ich ihr mit pochendem Herzen entgegen.

Zwei der knorrigen Apfelbäume hatten dem letzten Sturm nicht standhalten können. Wie verdrehte Gerippe drückten sie sich in den feuchten Boden. Sie verströmten einen modrigen Geruch, nicht jene verheißungsvolle und zugleich verderbliche Süße wie während des Abschieds von Colin und mir, von dem ich nicht wusste, ob er wahr oder nur ein Traum gewesen war. Hatte Colin ihn mich im Schlaf erleben lassen oder war ich wirklich hier gewesen? In meinem dünnen Nachthemd und barfuß, ohne zu frieren, ohne meine Verletzung zu spüren?

Und spielte es überhaupt eine Rolle, ob ich es geträumt hatte oder nicht?

Nein, für meine Gefühle spielte es keine Rolle. Für meinen Auftrag jedoch schon. Ich konnte Paul gegenüber nur überzeugend sein, wenn ich selbst überzeugt war. An Papas Verstand mochte er ja zweifeln. An meinem jedoch nicht.

Mit hallenden Schritten rannte ich zum Haus hinunter, wild entschlossen, das zu tun, wovor ich mich den gesamten Winter über gefürchtet hatte.

Ich würde die Kiste mit den Briefen öffnen.

Temperaturschwankungen

Im letzten Moment überlegte ich es mir anders, doch es war schon zu spät. Meine Finger hatten die Kiste ein Stückchen über den Rand bewegt, den Rest erledigte die Schwerkraft. Obwohl ich losließ und gleichzeitig zurückzuckte, als hätte ich mich verbrannt, krachten erst ich und dann die Kiste auf den Boden – und das leider so unglücklich, dass die scharfe Metallkante meine Schläfe traf.

Ich blieb ein paar Minuten lang scheintot liegen und wartete, bis sich der stechende Schmerz, der regelmäßig wie ein Metronom durch meinen Kopf pochte, in ein erträgliches Pulsieren verwandelt hatte. Mit fest geschlossenen Lidern streckte ich meine Hand aus und ließ sie auf den Teppich sinken. Es raschelte. Ja, das war Papier unter meinen Fingern. Eines der zwei Zettelchen, die in Mister X' Halsband gesteckt hatten. Ich kannte beide immer noch auswendig, ebenso wie die Briefe.

»Du weißt ja – er liebt Fisch. Und ich liebe Dich.«

Einbildung? Leeres, unbeschriebenes Papier? Oder Buchstaben?

»Buchstaben«, flüsterte ich, nachdem ich endlich den Mut gefunden hatte, meine Augen zu öffnen, mich aufzurichten und neben mich zu blicken. »Buchstaben …«

Da waren sie, Colins aristokratische Lettern. Die Tinte war ein wenig verblasst und nun beinahe braun, aber intensiv genug, um seine Zeilen geradezu aufleuchten zu lassen. Zwei Briefe, zwei Zettel. Beweise. Ich hatte Beweise.

Hastig faltete ich sie wieder zusammen, legte sie zurück in die Metallkiste, verschloss sie und verfrachtete sie an ihren Stammplatz auf dem Schrank. Den plötzlichen Gedanken, dass ich die Zeilen in meinem sommerlichen Irrsinn selbst verfasst hatte – möglich war alles im Hause Sturm –, verdrängte ich beharrlich. Ich hatte weder Büttenpapier noch Sepiatinte zur Hand. Nein, das hier waren Beweise, Schluss, fertig, aus. Schlimm genug, dass ich die halbe Nacht vor dem Schrank gesessen und gegen meinen inneren Schweinehund angekämpft hatte.

Jetzt hatte ich gewonnen und konnte aufbrechen.

So gut es mit einem tonnenschweren Koffer in der Hand möglich war, schlich ich die Treppe hinunter und nach draußen in den Hof. Ich wollte Mama nicht aus dem Schlaf reißen. Fürsorglich stellte ich die Standheizung an, damit meine hässlichen Kreaturen nicht an einem Kälteschock sterben würden, wenn ich sie dem Kofferraum des Wagens anvertraute. Dann schleppte ich die Aquarien und Terrarien nach unten.

Bei meinem zweiten Schleichgang die Treppe hinauf und hinunter wurde Mama wach. Stumm und mit verschränkten Armen – fror sie oder missbilligte sie, was ich da tat? – sah sie mir dabei zu, wie ich ein Ungetüm nach dem anderen durchs Morgengrauen trug und die durchsichtigen Transportboxen, die ich gestern noch besorgt hatte, beinahe zärtlich zwischen Wasserkasten, Terrarien und Erste-Hilfe-Paket klemmte. Im Kofferraum war es inzwischen warm genug. Berta sprang dennoch gereizt gegen die Wand ihrer Box, als ich sie als letzte sensible Fracht ins Auto brachte, und für eine Schrecksekunde schoss mir Tessas modriger Geruch in die Nase. Ich hielt inne und atmete tief aus und ein. Mama beobachtete mich lauernd.

»Kein Frühstück?«, fragte sie wortkarg. Ich drehte mich zu ihr um und sah, dass sie geweint hatte. Ich schüttelte nur den Kopf. Mein

Mund war trocken und die Zunge schien mir am Gaumen festzukleben. Ich wollte nichts essen und reden konnte ich auch nicht. Wir nahmen uns hölzern in die Arme, ohne uns dabei besonders nahezukommen.

»Pass auf dich auf, Ellie«, sagte Mama, doch sie schien nicht daran zu glauben, dass ich mich an ihren Rat halten würde, nachdem ich ihn im Sommer mit aller Macht in den Wind geschlagen hatte.

Bevor ich die Handbremse löste und den Gang einlegte, schob ich die neue Moby-CD in den Player. Sie hatte mir den Winter gerettet und ich hoffte inständig, dass sie mir auch die Autofahrt nach Hamburg erträglich machen würde. Ich besaß kein Navigationssystem, nur eine Karte, die ich beim Fahren jedoch schlecht lesen konnte. Mama hatte mir die Adresse von Pauls Wohnung notiert, aber so weit dachte ich gar nicht. Wenn ich erst in Hamburg war, lautete meine Devise, erledigte sich der Rest von ganz alleine.

Dass sich gar nichts von allein erledigte, wurde mir bereits auf der Landstraße klar. Der Asphalt war eisglatt und rutschig, die Reifen machten ein merkwürdiges vibrierendes Geräusch unter meinen Oberschenkeln und der dahinkriechende Traktor vor mir trieb mich in den Wahnsinn. Entnervt startete ich das erste Überholmanöver meines Lebens. Die Gegenfahrbahn war schließlich frei.

Ich trat aufs Gas und alles Weitere lag nicht mehr in meiner Hand. Mit einem jähen Ruck schob sich der Hintern des Volvos zur Seite. Die Reifen quietschten schrill, als ich panisch meinen Fuß auf die Bremse hieb. Beinahe elegant drehte der Kombi sich einmal um sich selbst, während der Trecker haarscharf an meinem Heck vorüberzog, und rumpelte dann mit der Schnauze voran in den Feldweg neben der Straße. Dort versagte der Motor. Ich hatte ihn mit meiner Aktion abgewürgt. Es gab einen kurzen, unerwarteten Schlag, der meine Stirn gegen das Lenkrad knallen ließ.

»Und wieder ein paar Gehirnzellen weniger«, diagnostizierte ich, bevor mein Körper begriff, was gerade passiert war. Mein Herz sprang mit einem Satz in meinen Hals und versuchte, ihn hektisch pochend zu sprengen. »Oh Gott«, wimmerte ich.

Schlagartig war mir so heiß, dass ich mit bebenden Fingern den Gurt löste und mich aus meiner Jacke schälte. Dann hatte mein Gehirn das Absterben seiner Zellen mit einem Mal überwunden und machte mir augenblicklich klar, wo ich mich befand. Das war nicht irgendein Feldweg. Das war *der* Feldweg. Jener Feldweg, der mich zu Colins Haus im Wald bringen würde.

Ich hatte das Haus nie wieder aufgesucht. Als Tillmann und ich auf Louis davongestürmt waren, hatten wir Tessa in ihrer rasenden Gier auf dem kiesbestreuten Hof zurückgelassen – ich gab mich keinen Illusionen darüber hin, dass sie das Haus noch einmal betreten und alles an sich gerissen hatte, was sie zwischen ihre abartig kleinen, behaarten Finger packen konnte. Während er mit ihr gerungen hatte, waren Tillmann Gegenstände von Colin in die Hände gefallen, die sie zuvor gestohlen und in ihre Gewänder geschoben hatte, und auch Colins Wagen war von den Kratzspuren ihrer Nägel übersät gewesen. Ich wollte das Haus so in Erinnerung behalten, wie ich es kennen- und lieben gelernt hatte. Diese berückend stilvolle Mischung aus Alt und Neu, Colins breites Bett mit dem samtigen roten Überwurf, sein Badezimmer, das mich an die Kajüte eines Luxussegelschiffes erinnerte, sein zerschlissener Kilt an der Wand – wer wusste schon, wie es jetzt dort aussah?

Ich hatte kaum Zweifel, dass Tessa fort war. Doch ich hatte ihre Spuren nicht sehen, nicht wahrhaben wollen. Nicht solange ich hier leben musste.

Hinter mir brauste ein Schulbus über die Straße. Der Volvo erzitterte. Seine Hinterreifen drehten durch, als ich den Motor anwarf und rückwärts aus dem Feldweg herausfahren wollte. Er weigerte sich und zum Wenden hatte ich nicht genügend Platz. Aber in Colins Hof war Platz – gerade so viel, dass ich mich ohne weitere gefährliche Manöver wieder auf den richtigen Weg begeben konnte. Außerdem verbreiterte sich die Straße kurz vor dem Forsthaus.

Das waren die sachlichen Argumente. Schön und gut. Doch sie beeindruckten mich wenig. Viel mächtiger war der unterschwellig nagende Wunsch, noch ein einziges Mal unter dem Dach vor dem Haus zu sitzen und auf den Waldsaum zu blicken, wenn auch allein, wenn auch bei Minusgraden und im Schnee. Aber dort zu sitzen, nur ein paar stille Atemzüge lang, würde mir vielleicht die Kraft für all das geben, was ich vorhatte. Ich wollte ja nicht ins Haus hineingehen, sondern nur da draußen sitzen. Sonst nichts.

Andererseits: Öffnete ich damit nicht alte Wunden? Würde die Sehnsucht nicht viel schlimmer werden, als sie ohnehin schon war? Oder fand ich das Haus nicht nur leer, sondern gar völlig verändert vor, so wie in meinen aufreibend langen schlechten Träumen, in denen es zu einem finsteren, modrigen Loch verkommen war, besetzt von Kellerasseln und Schaben, mit verschimmelten Wänden und erdrückend niedrigen Decken?

Aber es war mein Refugium gewesen. Beinahe war es mir wie eine Burg vorgekommen, die mich schützte – die uns schützte. Bis Tessa gekommen war. Und verflucht, sie sollte nicht die Letzte gewesen sein, die dort gewesen war. Sie nicht.

Ungläubig sah ich mir dabei zu, wie ich den ersten Gang einlegte und in den Wald hineinfuhr. Der Wagen kroch dahin – je näher ich dem Haus kam und je dunkler das Dickicht um mich herum wurde, desto stärker drosselte ich das ohnehin geringe Tempo. Mein Atem ging nur noch stoßweise, wie in den fiebrigen Nächten meiner Bronchitis, wenn ich hustend und würgend geglaubt hatte, mein letztes Stündlein habe geschlagen. Etwas lastete auf meiner Brust …

Beim nächsten gepressten Atemzug trat ich erneut auf die Bremse, diesmal eine Spur liebevoller als vorhin. Der Volvo kam ohne

Schleudergänge zum Stehen. Mit einem Klacken drehte ich den Schlüssel herum und der Motor erstarb. Die Stille tropfte wie flüssiges Blei in meine Ohren. Einen Moment glaubte ich, taub geworden zu sein. Doch leider hatte ich meine Sehkraft behalten. Ich blinzelte, kniff die Augen zu, öffnete sie wieder – das alte Spiel. Ich hatte immer noch nicht gelernt, dass es Dinge gab, die meinen Horizont aufs Brutalste erweiterten.

Das hier war eines davon. Klebrig und tödlich und vollkommen unlogisch. Spinnweben. Überall zwischen den Büschen und Bäumen – selbst die Steine auf dem Schotterweg waren von ihnen überzogen. Sie bedeckten die Baumstümpfe, das Laub und die Stämme der Tannen, zogen sich in einem verwirrenden, aber beängstigend ästhetischen Muster von Strauch zu Strauch, und zwar bis zu einer Höhe von einem Meter fünfundvierzig. Tessas Körpergröße.

Abseits des Weges gab es nicht eine einzige Möglichkeit, einen Schritt in den Wald hineinzugehen, ohne die Spinnweben zu berühren und ihre Bewohner zu reizen. Welche Bewohner?, fragte ich mich mit schwachem Spott. Es mussten Überbleibsel aus dem Herbst sein, beim ersten Frost eingefroren und konserviert, und weil bis hierher keine Menschenseele vordrang, waren sie geblieben. Eine Laune der Natur, nicht mehr. Doch ich wusste, dass das nicht stimmte. Das Wild, das hier nachts durch das Dickicht streifte, hätte sie zerreißen müssen. Oder gab es hier gar kein anderes Leben? Vielleicht sollte ich mir die Netze ansehen. Nur kurz. Ein flüchtiger Blick, um mich davon zu überzeugen, dass es so war, wie ich dachte. Kältestarre. Doch wenn ich ehrlich war, suchte ich nur einen Grund, um meinen sicheren Platz im Auto zu verlassen. Denn es waren nicht allein die Abertausend Spinnweben, die mich irritierten und meine Neugierde weckten, sondern auch die schmale Rauchsäule, die sich hinter der nächsten Biegung – also nur wenige Schritte von Colins Haus entfernt – in den blassen Himmel schob.

Ich versuchte, die gespenstische Stille und die flüchtige Überlegung, wie viele Bertas wohl in all den Netzen hausten – ob schockgefrostet oder nicht –, zu ignorieren, und öffnete die Tür. Argwöhnisch schnupperte ich. Nein, kein Moder, kein erstickender, bestialischer Moschus. Es roch nach heißen Steinen und nach – nach Salbei? Ich zog witternd die Luft ein. Ja, Salbei, eindeutig.

Nun, es war sicher nicht Tessa, die sich in einem morgendlichen Barbecue ihre Schweinelende im Kräutermantel briet. Mahre brauchten kein menschliches Essen. Trotzdem öffnete ich den Kofferraum und warf einen prüfenden Blick auf Berta. Sie machte einen beleidigten Eindruck, befand sich aber weder im Paarungsrausch, noch sprang sie gegen das Glas. Sie hockte einfach nur da und wartete.

Ich ließ die Verriegelung des Autos einrasten. Und wieder aufschnappen. Für eine eventuelle Flucht war das die bessere Voraussetzung. Ich setzte mich in Bewegung, der Rauchsäule entgegen, und musste aufpassen, dass meine glatten Sohlen auf den eisüberzogenen Schottersteinen nicht ins Rutschen gerieten. Ab und zu glitt mein Blick über die Spinnweben links und rechts von mir, doch ich war nicht kühn genug, um bewusst hineinzublicken oder sie gar zu berühren. Erst wollte ich sehen, was am Haus vor sich ging. Mit prügelndem Herzschlag steuerte ich die Qualmwolke an – und brauchte einige Sekunden, um zu verstehen, was ich da sah.

Es war kein Barbecue. Es war ein Zelt, zusammengesetzt aus mehreren Planen, die sich über ein Astgestell spannten. Dampf quoll aus den Ritzen und verlor sich zwischen den Zweigen der kahlen Bäume. Der Salbeigeruch war nun so stark, dass er mich in der Nase kitzelte. Vor dem Zelt brannte ein kleines Feuer, in dem dicke, runde Steine lagen und vor Hitze glühten.

»Was tust du da?«

Tillmann drehte sich nicht zu mir um. Regungslos saß er im

Schneidersitz vor dem Zelteingang, den Blick auf die züngelnden Flammen gerichtet. Sein Gesicht schimmerte rötlich und doch fiel mir auf, dass seine Haare blasser geworden waren. Sie hatten nicht mehr jenes feurige Tizianrot, das Tillmann überall hatte herausstechen lassen. Auch seine Haut hatte sich verändert. Die Sommersprossen waren geblieben, aber sie hoben sich kaum noch vom milchigen Grundton seiner Wangen ab.

»Ich hab dich gefragt, was du da tust!«, zischte ich, obwohl mir sonnenklar war, was er – oberflächlich betrachtet – tat. Er hockte vor Colins Haus und zelebrierte eine indianische Sauna. Auch eine nette Art, sich den Winter zu vertreiben. Und so spirituell.

»Ich schwitze nicht mehr, Ellie.« Seine Stimme war tiefer geworden. Dabei war sie für sein Alter ohnehin tief gewesen. Ich erschauerte unwillkürlich und wusste nicht, was ich erwidern sollte. Warum sah er mich nicht an? Und was bedeutete das – er konnte nicht mehr schwitzen?

»Ich bin rothaarig«, fuhr Tillmann scheinbar ungerührt fort, doch ich sah, dass seine Kiefermuskeln sich verkrampften. Er lachte lautlos auf. »Korrektur. Ich *war* rothaarig. Doch ich bin immer noch hellhäutig. Ich hab früher weder Hitze noch Sonne gut vertragen. Ich müsste eingehen da drinnen. Es hat fast hundert Grad in dem Zelt. Aber es passiert – nichts. Nichts.«

»So. Und anstatt mit mir darüber zu reden, sitzt du hier in diesem Scheißwald und lässt dich braten? Wartest du etwa darauf, dass sie zurückkommt?«

Tillmann ließ sich nicht aus der Ruhe bringen, aber seine Lippen wurden schmal. Hässlicher hatte die Begegnung mit Tessa ihn nicht werden lassen. Ganz im Gegenteil.

»Ich warte darauf, dass ich verstehe, was passiert ist.«

Nein. Seine winterlichen Saunagänge in Ehren, aber das ging nicht. Er durfte hier nicht sitzen bleiben. Begründen konnte ich diese Überzeugung nicht und Befehle hasste er, aber eines spürte ich genau: Das, was er tat, war keine Lösung. Hier würde alles nur noch schlimmer werden. Er war mitten in ihr Gift eingetaucht und glaubte, darin seine Heilung zu finden – so kam es mir vor. Das war absurd. Außerdem brauchte ich einen Freund. Ich sehnte mich nach jemandem, der mir beistand. Jemandem, der verstehen konnte, warum ich wegmusste. Und mir die Karte las?

»Komm mit mir mit, Tillmann. Ich fahr nach Hamburg, zu meinem Bruder … Du darfst hier nicht bleiben. Bitte. Bitte!«

Doch er fuhr damit fort, in die Flammen zu starren, ohne mir eine Antwort oder auch nur einen Blick zu schenken. Ich kam nicht an ihn heran.

»Mein Vater ist verschwunden«, sagte ich in das Knistern des Feuers hinein. Dann drehte ich mich um und lief, nein, rannte zurück zum Auto, schob mich hinter das Steuer und vollführte eine Wendung quer durch zerreißende Spinnweben, aufspritzende Schottersteine und knirschende Äste, die Herrn Bömmel das kalte Grauen gelehrt hätte.

Erst als ich den Wald weit hinter mir gelassen und die Autobahn erreicht hatte, konnte ich wieder frei atmen.

Gen Norden

Während meiner dritten Runde durch Hamburgs Großstadtschluchten – meine Reise glich inzwischen der großen Butterfahrt der Orientierungslosen – begann ich haltlos zu weinen, bis mir der Rotz aus der Nase lief und ich mich an meinen eigenen Tränen verschluckte. Doch das Weinen war ein Fehler. Genauso wie es ein Fehler gewesen war, mich auf der Autobahn äußerst verschwenderisch am Scheibenwischwasser gütlich zu tun. Dieses verfluchte Wischwasser war seit zehn Minuten leer und meine Windschutzscheibe durch das aufspritzende Streusalz von einem schmierigen Film überzogen. Ich sah kaum etwas, konnte kein Schild mehr lesen und die Rückleuchten der Autos vor mir verwandelten sich in riesige, schwammige Strahler. Ertränkt vom Salz meiner Tränen kapitulierten nun zu allem Überfluss auch noch meine Kontaktlinsen – ohnehin restlos ausgetrocknet von der Wagenheizung, beschlugen sie ebenfalls mit einem zähen Nebel. Ich war so gut wie blind.

Panisch griff ich nach vorne und betätigte ein paar Schalthebel, um die Heißluft auf die Scheibe zu richten und der Wischanlage einen letzten Tropfen Wasser abzuringen. Doch sie pfiff nur hohl Luft in den Tunnel, den ich gerade zum mindestens vierten Mal durchfuhr. Dafür sprang infolge meiner wirren Knöpfedrückerei das Radio an und Zarah Leander schmetterte: »Davon geht die Welt nicht unter …«

Ich klammerte mich mit meinen trüben Augen an die Rückleuchten der Autoschlange vor mir und folgte ihr, so gut es ging. Blinzelnd versuchte ich, die Schilder – wenigstens die großen – zu entziffern. Nein, zu erraten. Nach zwei Ampeln, die ich dazu nutzte, Zarah Leander das Maul zu stopfen, tauchte rechts vor mir der gähnende Schlund einer Hoteltiefgarage auf. Ich fädelte mich durch die empört hupenden Autos auf der Spur neben mir und donnerte abwärts. Die Stoßstange polterte gegen die Schranke, weil ich zu spät bremste, doch nach einigen Verrenkungen gelang es mir, ein Ticket zu ziehen. In der hintersten Ecke fand ich eine Parklücke und bugsierte den Wagen unter viel Geschluchze, Kurbeln und Fluchen hinein.

Und jetzt? Ich war klatschnass geschwitzt, ausgehungert, fast am Verdursten und blind. Und ich hatte vier bewohnte Plastikboxen im Kofferraum, die hier nicht bleiben durften. Nicht in dieser kalten, sauerstoffarmen Abgasluft.

Taumelnd umrundete ich den Wagen, um die Ladeklappe zu öffnen. Meine lieben Tierchen befanden sich allesamt in Schockstarre. Ich konnte es ihnen nachfühlen, ich hätte mich gerne dazugelegt. Außerdem konnte ich nicht aufhören zu heulen und ich wollte es auch nicht mehr, weil ich genau wusste, was dann passierte. Die salzverkrusteten Linsen würden sich auf meiner trockenen Hornhaut festsaugen. Also sorgte ich besser für dauerhafte Befeuchtung.

Deshalb heulte ich fleißig vor mich hin, als ich mit vier Transportboxen auf meinen schmerzenden Unterarmen – ich hatte sie stapeln müssen und lief breitbeinig wie ein Seemann bei Sturm, um den traumatisierten Heinz nicht seines rutschenden Steins zu berauben – gegen den Reifen eines Taxis trat. Öffnen konnte ich die Tür nicht und winken erst recht nicht. Der Fahrer ließ die Fensterscheibe heruntergleiten und wollte schon dazu ansetzen, mich zu beschimpfen, als er meines tränenverschmierten Gesichts und gleich darauf Bertas langer, schwarz glänzender Beine gewahr wurde, die sich erzürnt gegen die Scheibe ihrer Behausung pressten. Das Mitleid in seinen Augen ging fließend in Furcht über.

»Bitte«, murmelte ich kraftlos. »Bitte, bitte nehmen Sie mich mit. Bitte. Ich geb Ihnen mein ganzes Geld. Aber bringen Sie mich zu meinem Bruder.«

Ich wusste, dass das furchtbar dramatisch klang, doch es war mein voller Ernst. Und es zeigte Wirkung. Der Mann half mir, die Transportboxen im Kofferraum zu fixieren (um Heinz machte ich mir ernsthaft Sorgen, er wirkte noch depressiver als sonst), und stellte das Taxameter erst an, als wir uns wieder in diesem verfluchten Tunnel befanden.

Ich las ihm die Adresse von Pauls Wohnung vor.

»In der Speicherstadt? Sind Sie sich sicher? Wandrahm?«

»Ja – eigentlich schon.« Oder war das eine Fakeadresse? Hatte Paul uns nicht einmal seine richtige Anschrift genannt? Mama hatte ihm doch jedes Jahr zu Weihnachten ein Paket geschickt und es war nie zurückgekommen. Es musste diese Adresse geben. »Was stimmt denn nicht mit der Anschrift?«

»In diesem Teil der Speicherstadt gibt es nur Büros und Lager und Geschäftsräume. Um die Uhrzeit ist da eigentlich niemand mehr. Soll ich Sie vielleicht besser erst einmal zu Ihrem Hotel bringen?«

»Nein danke.« Ich seufzte schwer. »Ich habe kein Hotel. Und ich muss dorthin. Alter Wandrahm 10.« Falls Paul tatsächlich dort wohnte, dachte ich in einem neuen Anflug von Panik. Doch eine andere Adresse hatte ich nicht.

»Das ist es«, sagte der Fahrer, als wir nach zehn Minuten hielten. Er schaltete den Motor aus. Ich schaute durch das Seitenfenster an dem hohen, finsteren Backsteingebäude empor. Ganz oben brannte Licht. Die anderen Fenster waren schwarze Höhlen. Wie eine Festung standen die Häuser dicht an dicht, dazwischen zogen sich schnurgerade Wasserstraßen, deren schwarze, glitzernde Oberfläche nur von den gelblichen Lichtkegeln der altmodischen Laternen erhellt wurde. Eine Ratte huschte über den Bürgersteig und verschwand in der Finsternis. Kurz darauf hörte ich ein leises Plätschern. Sie schwamm.

»Kommen Sie, ich bringe Sie in ein Hotel. Das hier ist mir nicht geheuer. Vielleicht haben Sie sich in der Uhrzeit geirrt ...« Der Taxifahrer zog unbehaglich den Nacken ein, als würde er sich fürchten und so schnell wie möglich wieder fortwollen.

»Nein«, erwiderte ich entschlossen. »Wie gesagt: Ich habe kein Hotel. Und mit meinen Viechern würde mich sowieso keines aufnehmen.«

Ohne dass ich es darauf angelegt hatte, war mein Weinen verebbt. Mir war flau vor Durst und Hunger, aber das war ein Witz im Vergleich zu meiner übervollen Blase. Ich war seit heute früh nicht mehr auf dem Klo gewesen, und als ich jetzt die Autotür öffnete und mich erhob, bekam ich Angst, ich würde zum ersten Mal in meinem Leben in die Hose machen.

Eilig drückte ich dem Fahrer das Geld in die Hand und holte die Tiere aus dem Kofferraum. Nun ging es um Sekunden.

»Danke!«, rief ich und warf mich gegen die schwere Eingangstür des Hauses. Leise quietschend schwang sie auf, um mir den Weg in einen dunklen, muffig riechenden Flur freizugeben. Ich hörte das Wasser an die Außenwand schlagen; kleine, harte Wellen, die beharrlich an den Backsteinen nagten.

Es sprang kein Licht an, doch in der Ecke erkannte ich schemenhaft einen uralten, monströsen Aufzug – ein Ungetüm aus schwarzem Stahl, aber offenbar funktionstüchtig und mit genügend Platz für meine Tierschar. Ich wählte das oberste Stockwerk – hier unten schien es sowieso keine Wohnungen zu geben und nur oben hatte Licht gebrannt – und mit einem beängstigenden Röhren setzte sich der Metallkäfig in Bewegung.

»Schnell, schnell«, bettelte ich auf der Stelle trippelnd und fest darauf konzentriert, weder an das plätschernde Wasser noch an eine Toilette zu denken. Ich würde mich maximal eine weitere Minute beherrschen können. Länger nicht. Hatte ich nicht kürzlich erst gelesen, dass eine Blase platzen konnte? Und dass dies unweigerlich zum sofortigen Tod führte?

Plötzlich waren mir Heinz und Konsorten egal. Ich ließ sie im Aufzug stehen, sobald er schwankend hielt, und stürzte zur nächstbesten Tür. Nach drei flachen Atemzügen Dauerklingeln – tief atmen ging nicht mehr – öffnete sie sich endlich.

»Ich muss aufs Klo«, verkündete ich gehetzt und stürmte blind nach vorne. Badezimmer befanden sich meistens am Ende eines Flurs … Und ja, da gab es eine Tür … Ich rüttelte hektisch an der Klinke.

»Das ist die Speisekammer. Rechts«, drang eine Stimme durch den Korridor.

Ich schlug einen Haken und zerrte mir gleichzeitig die Jeans hinunter. Geschafft. Ich ließ mich fallen. Die Keramik unter mir schepperte klagend. Mit einem glückseligen Lächeln lehnte ich den Kopf an die Kacheln hinter mir. So etwas nannte man dann wohl »in letzter Sekunde«.

Ich blieb noch eine Weile auf der eisigen Klobrille sitzen, einfach nur froh, mich nicht mehr im Volvo und in Hamburgs Feierabendverkehr zu befinden, sondern in der richtigen Wohnung bei meinem Bruder – aber war der Mann, der mir geöffnet hatte, überhaupt mein Bruder gewesen? Ich hatte nicht aufs Klingelschild geguckt, dafür war keine Zeit geblieben. Ich hatte geglaubt, seine Stimme zu erkennen, doch angeschaut hatte ich den Mann nicht.

Oh mein Gott. Saß ich nun etwa bei einem Fremden auf dem Klo? Alarmiert blickte ich mich um. Konnte das Pauls Badezimmer sein? Alles sah sehr teuer aus. Es erinnerte mich an ein Hotelbadezimmer.

In dem Glasregal neben dem Waschbecken standen fast so viele Parfums wie bei Colin, nur schienen sie neueren Datums zu sein. Daneben eine Gesichtscreme für tagsüber, eine Gesichtscreme für abends. Nachtcreme? Paul und Nachtcreme? Paul hatte sich früher am liebsten Schneckenschleim ins Gesicht geschmiert. Oder hatte er eine Freundin und die Sachen gehörten ihr? Nein, es waren »for men«-Produkte.

»Das war mindestens eine Minute Dauerplätschern. Alle Achtung«, tönte es aus dem Flur. Ich kicherte unwillkürlich, war mir aber immer noch nicht sicher, ob das Pauls Stimme war. Wenn es seine war, durfte ich kichern. Falls nicht, musste ich auf der Stelle die Flucht ergreifen. Paul und ich hatten früher manchmal Wettbewerbe gestartet, in denen es darum ging, wer am längsten pinkeln konnte. Doch mit einem Fremden wollte ich solche Wettbewerbe ganz gewiss nicht veranstalten.

»Willst du nicht langsam mal da rauskommen? Lupinchen?«

Meine Augen füllten sich erneut mit Tränen. Nur Paul hatte mich Lupinchen genannt, als ich klein war – und zwar meistens dann, wenn ich nicht schlafen konnte. Er war Lupo, der Wolf; ich war das Lupinchen. Und der Wolf beschützte sein Lupinchen, wann immer es schlecht träumte.

»Du bist es doch, oder?«

»Ja«, sagte ich schwach, zog die Hose hoch, spülte und tappte auf unsicheren Knien in den Flur. Paul stand noch an der Eingangstür. Fragend deutete er auf die Transportboxen.

»Deine neuen Freunde?«

»So ähnlich«, erwiderte ich und grinste.

Doch Paul erwiderte mein Grinsen nicht. »Ellie, du hasst Spinnen und Insekten. Du hast früher geheult, wenn eine Spinne in deinem Zimmer war, und die ganze Nacht nicht geschlafen, und jetzt trägst du sie mit dir herum?«

Ich antwortete nicht. Stattdessen ging ich zögerlich auf ihn zu, um ihn zu mustern. Er tat das Gleiche bei mir.

»Du bist fett geworden«, stellte ich fest und zwickte ihn in die Seite, wohlwissend, dass ich maßlos übertrieb. Doch früher war Paul genauso ein Hungerhaken gewesen wie ich und jetzt hatte er eindeutig einen kleinen, gemütlichen Bauchansatz. Auch seine Schultern waren massiver geworden. Die Muskeln seiner Oberarme drückten sich bullig durch sein schwarzes Longsleeve. Er trug eine außergewöhnlich designte Uhr, die teuer aussah, und lässige Jeans. Sofort fielen mir die breiten Silberringe an seinen Händen auf – seinen großen, schönen Händen –, drei rechts und zwei links. Die hatte er früher ebenfalls nicht gehabt. Lange Haare auch nicht.

Seine stahlblauen Adleraugen suchten meine und wie immer, wenn ich Paul ansah, musste ich lächeln. Das ging gar nicht anders. Ein Erbstück von Papa. Nur war Pauls Blick schärfer, sein Lachen jedoch entwaffnender und spitzbübischer. Dennoch war er mir auf eine beunruhigende Art und Weise fremd geworden. Sein breiter, geschwungener Mund hatte sich verändert. Und sein Lächeln vermochte es nicht, den melancholischen, ja, beinahe leidenden Ausdruck zu mindern, der sich in seine Mundwinkel gegraben hatte.

Über all das legte sich immer noch der Schleier auf meinen Kontaktlinsen, was der Situation eine unwirkliche Atmosphäre verlieh. Paul wirkte, als würde er mich aus einem tiefen, kalten Nebel heraus anblicken.

»Und du bist ziemlich hübsch geworden.«

»Ich war es früher also nicht?«, fragte ich angriffslustig, obwohl ich mir sicher war, dass Paul gewohnt charmant log. Ich konnte nicht hübsch aussehen – nicht jetzt, nach einer solchen Höllentour und halbstündigem Geheule.

»Warum bist du hier, Ellie?«

Mein Magen knurrte unüberhörbar, bevor ich antworten konnte.

In Pauls Wohnung duftete es nach mit Käse überbackenem Toast und mir lief das Wasser im Mund zusammen.

»Ich hab Durst. Und Hunger. Ich muss etwas essen. Und dann muss ich schlafen. Vielleicht vorher duschen …«

»Okay, ich hab verstanden. Du willst bleiben.« Paul sah mich zweifelnd an. Er würde mich doch wohl nicht wieder wegschicken? Ich nickte stumm.

Er überlegte eine Weile. »Na gut. Dann bring deinen Kram rein.«

»Ich hab keinen Kram. Nur die Viecher. Das Auto«, ich sagte instinktiv »das Auto« und nicht »Papas Auto«, »steht in der Tiefgarage … Verdammt … Wo bloß? Ich wusste einfach nicht mehr, wo ich war … Irgendein Hotel. Und da ist mein Koffer drin.«

Paul verdrehte die Augen. Kopfschüttelnd sah er mich an, einen Hauch belustigt und genervt zugleich. Und leider auch auf fast auslotende Weise distanziert.

»Es ist wirklich nicht schwer, die Speicherstadt zu finden. Wie konntest du dich nur so verfahren?«

»Ich wusste ja nicht, dass diese Straße in der Speicherstadt liegt. Das ist alles neu hier und mein Führerschein übrigens auch!«, verteidigte ich mich fahrig. »Ich dachte, ich schau auf die Karte, sobald ich hier bin, aber – meine Kontaktlinsen.«

Paul schüttelte erneut den Kopf.

»Du fährst nach Hamburg, ohne dich genau zu informieren, in welchem Teil der Stadt ich wohne? Okay, jetzt guck nicht so, ist ja gut. Kannst du ein paar Schritte laufen?«

»Ich weiß nicht«, murmelte ich kläglich. Offen gestanden hatte ich keine Lust, ein paar Schritte zu laufen.

»Du kannst also laufen. Lass uns erst einmal was essen. Danach sehen wir weiter.«

Und Lupo nahm Lupinchen bei der Hand, um sie in eine neue Welt zu entführen.

Meinungsverschiedenheiten

»Also, warum bist du hier?«

Ich löste mich nur unwillig von der Schale mit den Pommes, die vor mir auf dem speckigen Tresen der Imbissbude ruhte und darauf wartete, verspeist zu werden. Ich hatte mich für Fast Food entschieden, nicht Paul. Der hatte mich eigentlich in einen piekfeinen Nobelschuppen schleppen wollen. Doch ich wollte mich nicht benehmen müssen, nicht heute Abend. Also war er mir voraus zu den Landungsbrücken marschiert, wo sich ein Touristenimbiss an den anderen reihte und es auch etwas anderes als Fischbrötchen gab. Doch momentan waren wir fast die Einzigen hier. Ein eisiger Wind strich um meine Knöchel und ich hatte keinen Sinn für die maritime, weltoffene Atmosphäre, von der Paul eben noch geschwärmt hatte. Ich wollte so schnell wie möglich zurück ins Warme und mich ausstrecken, große Freiheit hin oder her. Noch einmal schnupperte ich an den Pommes, dann sah ich auf. Paul taxierte mich ruhig, aber mit jener eisernen Beharrlichkeit, die ihm schon immer eigen gewesen war.

»Wo ist deine Currywurst?«, fragte ich verwirrt. Paul fuhr sich mit seiner Serviette über den Mund und warf sie in den Mülleimer. Schmunzelnd deutete er auf seinen Bauch.

»Du hast sie aufgegessen? So schnell? Die war doch glühend heiß! Du hättest dich verbrennen können. Mann, Paul, man kriegt Kehlkopfkrebs, wenn man so schnell heiße Sachen in sich reinstopft!«

»Ellie«, unterbrach er mich und sein Lächeln zog sich in die Augenwinkel zurück, wo es langsam verglomm. »Alles okay. Ich hab mich nicht verbrannt und ich hatte Hunger. – Warum bist du hier?«

Ich aß ein paar Fritten, bis ich feststellte, dass sie mir immer weniger schmeckten, je länger Pauls unbeantwortete Frage an mir nagte. Also konnte ich auch reden statt essen. Ich schob die Pommes weg.

»Papa ist verschwunden.«

»Ach, mal wieder.« Der kalte Sarkasmus in Pauls Stimme verdarb mir den letzten Rest Appetit. »Ist ja ganz was Neues.«

»Es *ist* neu«, blaffte ich ihn an. Der schmuddelig wirkende Mann, der bisher stumm am anderen Ende des Tresens sein Bier getrunken hatte, linste zu uns herüber. Doch Paul zuckte unbeeindruckt mit den Schultern.

»Ich hoffe nur, dass er diesmal tatsächlich wegbleibt und Mama die Chance hat, sich jemanden zu suchen, der klar im Kopf ist und es ernst mit ihr meint.«

»Papa hat es ernst mit ihr gemeint!« Jetzt wurde ich laut. Die Neugier des Biertrinkers war vollends geweckt. Betont unauffällig rückte er ein Stückchen näher. »Wie kannst du so etwas sagen? Vielleicht lebt er nicht mehr! Mama sitzt zu Hause und heult sich die Augen aus und du findest es auch noch gut?«

»Ellie, ich dachte, du weißt, dass Papa ... Wir hatten doch darüber gesprochen ... er ist ...« Paul suchte nach Worten. »Er hat einen Sprung in der Schüssel. Und er geht notorisch fremd.« Nun hörte auch die Frau hinter der Theke auf, ihre Fritteuse zu putzen, und spitzte die Ohren. Ich versuchte, mich zu sammeln. Stimmt, ich hatte im Sommer Paul gegenüber so getan, als ob ich seiner Meinung sei, und ihn ganz nebenbei darum gebeten, niemandem etwas von Papas »wilden Theorien« (haha) zu erzählen. Ich hatte das getan, um meinen Bruder zu schützen, denn Mahre mochten es nicht, wenn die Menschen von ihrer Existenz erfuhren, und sicher war sicher. Aber ich war mir genauso sicher, dass weder die Frittenverkäuferin noch der dickliche Alkoholiker, der uns hier Gesellschaft leistete, zum Volk der Nachtmahre gehörte. Trotzdem sollte ich mich ein wenig zusammenreißen.

»Er hat mir einen Auftrag hinterlassen.«

»So, hat er das?« Der bittere Zug um Pauls Mund verstärkte sich und sein Blick wurde so stählern, dass ich ihm auswich. Es war nicht einmal mehr die Spur eines Lächelns in seinem Gesicht. So hatte er mich nie zuvor angeschaut. Eine irritierende Sekunde lang hatte ich das Gefühl, einem völlig Fremden gegenüberzustehen.

»Ja, hat er«, erwiderte ich bissig. »Ich soll dich nach Hause holen. Deshalb bin ich hier.« Das mit den Mahren konnten wir auch später klären, ohne sensationslüsterne Mithörer.

»Genialer Plan«, höhnte Paul. »Das hat er mal wieder klasse eingefädelt. Sein geliebtes Töchterchen holt den verlorenen Sohn zurück, damit er sein Gewissen entlasten und sich darauf ausruhen kann. Du erledigst die Drecksarbeit für ihn. Und er darf sich einbilden, dass sein Verschwinden am Ende sogar etwas Gutes bewirkt hat. Vergiss es, Ellie. Ohne mich.«

»Ich erledige hier keine Drecksarbeit!«, wetterte ich aufgebracht. Ich griff in meine Fritten und drückte sie Paul auf den Mund. Verblüfft öffnete er ihn. Ein paar der Pommes rieselten über seinen teuren Mantel, der Rest landete auf dem feuchten Asphalt. Sein Arm jedoch war schon nach vorne geschnellt und hatte mich am Handgelenk gepackt. Ich hatte vergessen, welch schnelle Reaktionsfähigkeit er besaß. Doch es gelang mir, mich wieder loszureißen. Wütend fegte ich sein Bier vom Tresen. Es zerplatzte zischend.

»Glotzen Sie nicht so blöd!«, herrschte ich die Bedienung an und wandte mich wieder Paul zu. »Papa ist nicht verrückt. Er ist ein Halbblut und du wirst gefälligst nach Hause kommen!«

»Ellie, bitte … ein bisschen leiser … und ich werde nicht nach Hause kommen.«

»Ach, dann friss dir halt noch ein bisschen Speck an und rede dir ein, dass dein Vater den Verstand verloren hat, um der Wahrheit nicht ins Gesicht blicken zu müssen. Hier, bitte schön.« Ich schob ihm die restlichen Pommes rüber und drückte den Ketchup auf ihnen aus, bis sie nicht mehr zu sehen waren. Die Flasche gab pupsend ihr Letztes. »Guten Appetit, Fettsack.«

Ich drehte mich auf dem Absatz um und begann zu laufen – zurück zur Speicherstadt. Das war einfach: stur geradeaus. Doch sobald der Hafen hinter mir lag und die trutzigen Backsteingebäude mich umfingen, verlor ich einmal mehr jeglichen Orientierungssinn.

Beim Hinweg hatte ich nicht darauf geachtet, welche Straßen wir genommen hatten. Ich war einfach nur neben Paul hergetrottet, viel zu müde und in Gedanken verloren, um Straßenschilder zu lesen. Aber das hier war eine Stadt, kein Wald. Im Wald – das hatte ich im Sommer gelernt – fand man immer irgendwann eine Stelle, von der aus man sich orientieren konnte; meistens eine Erhebung oder einen Hochsitz. Hier aber gab es keine Hochsitze und erst recht keine Erhebungen. Ich war in Hamburgs Speicherstadt; schier endlose Häuserreihen, unzählige Brücken und weit und breit keine Möglichkeit, einen Aussichtspunkt zu finden. Doch selbst das hätte mir nicht geholfen. Ich hatte nicht mehr in Erinnerung, wie das Haus ausgesehen hatte, in dem Pauls Wohnung untergebracht war. Alle Gebäude lagen zur einen Seite am Wasser und zur anderen an der Straße. Für mich war eines wie das andere, wuchtig und unnahbar. Und wo nur waren die Straßenschilder? Ich fand sie nicht. Baustellen, ja, die hatte es gegeben in Pauls Straße, aber Bäume? An Bäume konnte ich mich nicht erinnern. Hier aber gab es Bäume.

War es vielleicht die Häuserreihe da drüben? Mit den runden Balkonen? Ich überquerte schwer atmend eine weitere Brücke. Beim Weg von den Landungsbrücken zur Speicherstadt hatte ich die Leute auf den Bürgersteigen beiseitestoßen müssen, um durchzukommen. Jetzt war ich allein. Von fern hörte ich das Rauschen der Autos und zum ersten Mal traf ein Hauch stickiger Moder meine Nase.

Als ich mich an das stählerne Brückengeländer lehnte, um für einen Moment auszuruhen, drang wieder ein emsiges, animalisches Plätschern zu mir hoch. Ratten. Ich schaute gebannt auf das Wasser, das stillzustehen schien. Ein dunkler, runder Schatten schlängelte sich Richtung Ufer und erklomm dort gespenstisch schnell die Wand des Lagerhauses, um in einer der schießschartenartigen Luken im Kellerbereich Zuflucht zu suchen. Zwei weitere Schatten, die so plötzlich auftauchten, als würden sie aus den feucht glänzenden Backsteinen herauswachsen, folgten ihm.

»Hierher!«

Ich schrak auf und sah mich um. Paul stand am Ende der Brücke und winkte mich zu sich. Ich gehorchte ihm dankbar und schloss zu ihm auf, ohne ihm ins Gesicht zu sehen. Stumm liefen wir die wenigen Meter zum Wandrahm 10 hinüber.

»Dir müsste man mal den Hintern versohlen«, sagte Paul, als wir im Halbdämmer des Aufzugs nach oben ratterten. Ich hörte, dass er lächelte. Ich war immer noch zornig, fühlte mich aber zugleich mutterseelenallein, und so wagte ich es, seinen Blick zu erwidern. Sein Lächeln konnte den tiefen Zweifel in seinen Augen nicht ersticken. Es würde ein hartes Stück Arbeit werden, Papas Auftrag zu erfüllen, und für heute hatte ich genug geschuftet.

»Morgen suchen wir erst einmal dein Auto«, beschloss Paul, als habe es unseren Streit nie gegeben.

»Musst du nicht zur Uni?«, fragte ich gähnend. Doch Paul hatte schon die Wohnungstür aufgeschlossen und schob mich sanft in den Flur.

»Meinst du, du kannst hier drin schlafen? Ist mein Spielzimmer.« Er drückte eine Tür auf.

»Dein Spielzimmer«, echote ich. Ja, das *war* sein Spielzimmer, auch wenn jedem normalen Menschen darin das Spielen ein für alle Mal vergangen wäre. Vor mir erstreckte sich ein schmaler Raum mit hohen Decken, an dessen Wänden Paul Regalbretter angebracht hatte, eins über dem anderen, bis hinauf an die Stuckverkleidung. Sie bogen sich beinahe unter ihrer skurrilen Last: alte Mikroskope, sein Arztkoffer aus Kinderzeiten, ein bauchiges Glas mit einem in Alkohol eingelegten Frosch, dem sämtliche Farbe aus dem Leib gewichen war; daneben ganze Batterien an Reagenzgläsern, Kräuterfässchen, scharfkantigen Mineralien, eine Modellbau-Dampfmaschine, zwei Stethoskope, Spritzen, eine historische Amputationssäge (ich hatte sie auf einem norwegischen Kuriositätenflohmarkt erstanden und ihm zum zwanzigsten Geburtstag geschenkt), ein in Harz gebannter Skorpion und eine respektable Sammlung medizinischer Gerätschaften und Exlebewesen, die ich mir lieber erst bei Tageslicht ansehen wollte, genauso wie die Katzenschädel, deren Augenhöhlen Paul mit getrockneten Hirschkäfern verziert hatte. Keine Frage – meine Tierchen würden sich hier pudelwohl fühlen. Ob ich in diesem »Spielzimmer« ruhig schlafen konnte, war eine andere Geschichte.

»Wird schon irgendwie gehen«, murmelte ich und rieb meine klammen Handflächen aneinander. Außer den Regalbrettern gab es nur noch ein Bett und einen winzigen Schreibtisch. Gerade genug Platz, um meine …

»Oh nein. Nein! Ich hab die Heimchen vergessen.«

»Heimchen?«

»Für Berta und Henriette. Ihr Lebendfutter.«

Es war Mama wahrscheinlich ein Fest gewesen, sie aus ihrem Gefängnis im Badezimmer zu befreien und in den Garten zu entlassen, nachdem sie festgestellt hatte, dass ich sie nicht mitgenommen hatte. Also waren sie schon tot. Für Grillen war der Winter nicht gemacht. Ich seufzte. Den Heimchen konnte ich nicht mehr helfen, aber Berta und Henriette hatten erst heute Morgen ihre letzte Ration bekommen. Sie würden mir nicht unter den Händen wegsterben.

Ich rückte den blassen Frosch und das Mikroskop zur Seite und hievte die Transportboxen auf das Regalbrett über dem Bett. Ihre richtigen Behausungen würden meine Tiere erst morgen wiederbekommen – falls Paul den Volvo fand. Denn die Terrarien und Aquarien befanden sich noch im Kofferraum. Bis dahin mussten meine Scheusale sich mit dem zufriedengeben, was sie hatten – so wie ich mich mit Pauls Spielzimmer.

Während ich Heinz und Konsorten gut zuredete, beobachtete Paul mich unablässig und schob sich dabei einen Riegel Bitterschokolade in den Mund. Sie verschwand ebenso schnell wie die Currywurst.

Nachdem mein Bruder mich mit kritischem Blick allein gelassen und sich vor den Fernseher gesetzt hatte, öffnete ich das Fenster und blickte hinunter auf das Wasser. Weit und breit war kein Baum zu sehen und das ständige Motorenröhren der Stadt, so gedämpft es auch herüberschallte, zerrte an meinen Nerven.

Ja, ich war in der Nähe des Meeres und Colin befand sich irgendwo da draußen auf dem Wasser, doch ich hatte mich noch nie so abgeschnitten von ihm gefühlt wie jetzt. Hier gab es keinen Platz, den wir geteilt hatten, nichts, was wir gemeinsam gesehen hatten. Alles war kalt und fremd.

Ich suchte den Mond, fand ihn aber nicht. Der Mond war das Einzige, was Colin und mich verbinden konnte. Ich wusste, dass er es liebte, in den Mond zu schauen, und manchmal hatte ich das Gefühl, dass unsere Seelen sich dort oben in der endlosen Kälte des Alls trafen – für einen kurzen, schwankenden Moment, in dem ich ihm so nahe war, dass ich seine kühle Aura spürte und die schwarze Glut seines Blickes, der sich in mein Herz verbiss.

Ich schloss das Fenster, zog mich aus und legte mich unbeholfen in das schmale, quietschende Bett.

In dieser Nacht träumte ich das erste Mal seit seinem Verschwinden von meinem Vater. Wir hatten ihn gefunden und wir hatten ihn zurückgeholt.

Wir saßen zu viert in unserem alten Haus in Köln, Mama, Papa, Paul und ich. Es hatte niemals einen Streit zwischen Paul und Papa gegeben – oder es redete niemand mehr davon. Mama und Paul waren überglücklich, dass Papa wieder da war. Sie leuchteten förmlich vor Stolz.

Aber Papa sah müde aus, so abgrundtief müde und entkräftet, wie nur Menschen aussehen, die lieber sterben wollen, als nur noch eine weitere Minute auf den Beinen bleiben zu müssen. Ja, er war todmüde. Er blickte mich an, milde lächelnd und mit einem leisen, ergebenen Achselzucken, einer Geste, die niemand sah außer mir, und ich begriff, dass er gar nicht hier sein wollte. Dass wir ihn hätten ziehen lassen sollen. Dass es egoistisch gewesen war, ihn zurückzuholen. Er war nur uns zuliebe hier, weil wir ihn so sehr vermisst hatten.

Doch ich wollte ihm nicht erlauben, sich von seinem Leben, von seinem Dasein zu erlösen. Er war zurückgekommen. Und wer zurückkam, durfte nicht wieder gehen.

Denn das würden wir nicht ein zweites Mal ertragen.

Nun musste er bleiben. Für immer.

Ratatouille

Ein gedämpftes Husten, das sanfte Plätschern kleiner, regelmäßiger Wellen und ein sonores Motortuckern zogen mich langsam, aber unnachgiebig aus meinem chaotischen Morgenschlaf. Ich benötigte einige Minuten, um all die Geräusche möglichst sinnvoll zuzuordnen.

Das Husten gehörte zu meinem Bruder (und es verwunderte mich nicht, da er gestern mit freiem Hals und offenem Mantel im eisigen Seewind gestanden hatte), das Plätschern gehörte zu dem Wasser unter mir und das Tuckern vermutlich zu einem Boot, das gerade das Haus passierte. Ich war in Hamburg, bei Paul. Und wenn ich meine Augen öffnete, würde ich direkt auf Bertas schwärzlich glänzenden Leib und ihre gespreizten Beine schauen.

Auch ich verspürte einen Hustenreiz im Rachen und das Schlucken fiel mir schwer. Ich fuhr mir mit der Fingerspitze über die Lider und ertastete Salzkristalle, die sich in ihren Winkeln festgesetzt hatten. Ich war nicht im Begriff, krank zu werden – nein, ich hatte »nur« im Schlaf geweint. Wie so oft seit Colins Flucht.

Ich rollte mich seitwärts aus dem Bett und gönnte Berta erst dann einen kurzen Blick, als sich mein Kreislauf austariert hatte und ich mich nicht mehr ganz so schwach in den Knien fühlte. Sosehr sich mein Verhältnis zu der Giftspinne in den vergangenen Monaten normalisiert hatte: Wenn ich morgens aufwachte, wollte ich sie nicht sehen. Nicht sofort. Und schon gar nicht, nachdem ich wieder einmal geträumt hatte, dass ich eines Nachts Colin fand, oben an der Kuppe auf dem Feld bei den Apfelbäumen, abgeschlachtet und zerfetzt, auf das taunasse Gras gebettet neben Louis' Leichnam, und ich sein kaltes, erstarrtes Gesicht abwechselnd küsste und schlug, um ihm Leben einzuhauchen, während im Geäst des Baumes Tessa lauerte und nur darauf wartete, sich auf mich herabfallen lassen zu können. Und doch hatte ich keine Angst in diesen Träumen. Ich war so traurig, wie ich es vorher in dem Traum von Papa gewesen war. So traurig, dass ich mir beinahe wünschte, sie würde mich endlich holen.

»Träume sind Schäume«, versuchte ich mich zur Vernunft zu bringen. »Colin lebt. Er ist ihr entkommen.« Meine Worte gingen in einem neuerlichen Husten von nebenan unter. »Geschieht dir recht, Paul«, setzte ich heiser, aber sehr boshaft hinterher und fühlte mich ein wenig besser. Nun konnte ich mich Berta widmen. Sie wirkte gereizt, wenn auch längst nicht so bizarr und verhaltensgestört wie nach Tessas Ankunft. Und sie hatte unverkennbar Hunger. Heinz war in stille Apathie verfallen und pflegte im Schatten seines Steins seine Depressionen. Henriette betete. Nur Hanni und Nanni schien die Nähe des Meeres in eine euphorische Stimmung versetzt zu haben. Eifrig suhlten sie ihre flirrigen Körper im Sand und stießen winzige Luftbläschen aus.

Als ich zu Paul in die Küche trat – frisch geduscht und frei geräuspert –, brach die Sonne durch die tief hängenden Wolken und leuchtete mich direkt an. Geblendet blieb ich stehen – ein Zustand, den ich eine kleine Weile auskostete, um mich in Ruhe umsehen zu können, sobald ich wieder etwas erkennen konnte. Der Eindruck aus dem Bad setzte sich fort. Pauls Küche kam nicht so puristisch daher wie die von Colin, sondern verspielter und farbiger, doch teuer schien sie allemal gewesen zu sein. Was Paul nicht alles hatte – Edelstahlmixer, Saftpresse, Induktionskochfeld, amerikanische Küchenmaschine, Espressoautomat, Alessi-Zuckerdöschen und jede Menge Schnickschnack.

»Morgen«, murmelte Paul, ohne hinter seiner Morgenzeitung aufzutauchen, und er erinnerte mich dabei so sehr an Papa, dass ich scharf die Luft einsog. Seine blauen Augen schoben sich fragend über die Schlagzeile. »Alles okay?«

»Bestens«, sagte ich kühl und setzte mich zu ihm. Er legte die Zeitung neben seinen Teller, stellte mir den Brotkorb vor die Nase und bestrich sich die übrig gebliebene Hälfte seines Brötchens dick mit Butter und Nutella. In drei Bissen hatte er sie seinen Magensäften anvertraut und schob in nicht minder beängstigender Geschwindigkeit ein Brot mit Schinken hinterher. Schon beim Zusehen bekam ich das Gefühl, mein Cholesterinspiegel würde gefährlich in die Höhe schnellen.

»Musst du nicht in die Uni? Oder habt ihr Semesterferien?«

Paul antwortete mit einem Laut, den ich weder als Ja noch als Nein interpretieren konnte. Er trank einen großen Schluck Kaffee und blickte verträumt nach draußen, wo eine bunt angestrichene Barkasse das blau glitzernde Wasser durchpflügte.

»Weißt du, das ist mir die liebste Zeit des Tages – am Fenster sitzen, abwechselnd in den Himmel schauen und dem Treiben da unten zusehen und frühstücken.«

»Hmm«, pflichtete ich Paul bei, obwohl man diese Mahlzeit nur mit viel gutem Willen als Frühstück bezeichnen konnte, wie ich beim Blick auf die Uhr an Pauls Handgelenk (Armani) feststellte. Es ging auf Mittag zu. Das hier war ein Spätstück.

Ich konnte kaum glauben, so lange geschlafen zu haben. Seit Colins Flucht war ich zu einer Frühaufsteherin mutiert. Spätestens bei Anbruch der Helligkeit trieb es mich aus den Federn. Auf der anderen Seite hatte ich gestern einen kräftezehrenden Tag hinter mich gebracht. Vermutlich hatte ich die Ruhe bitter nötig gehabt.

»Wenn ich frühstücke, hab ich immer das Gefühl, ein neues Leben zu beginnen«, fuhr Paul versonnen fort, ohne mich anzusehen. Seine Augen hingen am Wasser, das sich unter dem breiten Rumpf der Barkasse sanft zerteilte und seine Iris noch blauer schillern ließ. Nun war ich vollends irritiert. Paul liebte das Frühstücken? Wie mich hatte man ihn früher zwingen müssen, etwas zu sich zu nehmen, bevor es zur sechsten Stunde geklingelt hatte. Und die Musik, die aus dem minimalistischen CD-Player tönte, sorgte erst recht dafür, dass ich mich fragte, ob ich vielleicht noch träumte.

»Ich frag dich, was kann mir schon geschehen«, sang eine Frauenstimme in bestechender Fröhlichkeit. »Glaub mir, ich liebe das Leben …« Paul summte falsch mit und klemmte sich wieder hinter die Zeitung.

Es ist Paul, nicht Papa, Paul, Paul, Paul, beschwor ich mich in Gedanken. Unter leichter Übelkeit zwang ich einen süßen Brötchenklumpen meine Kehle hinunter.

»Was ist das für Musik?« Ich kannte dieses Lied nicht, obwohl ich zugeben musste, dass es mich mehr ansprach als das wüste Gebrüll, das früher aus Pauls CD-Player geschallt hatte. Metallica und Motörhead gehörten noch zu den lieblicheren Bands, die in seinem Plattenregal ihr Zuhause gefunden hatten.

»Ich weiß es gar nicht genau«, erwiderte Paul aufgeräumt. »Hab ich von einem – von meinem – ähm, Kollegen bekommen. Irgendwie erinnert es mich an meine Kindheit, dich nicht?«

»Nein.« Nein, das tat es wahrlich nicht.

»Ich denke, Mama hat das gehört, als ich ein Baby war …«

Das wagte ich zu bezweifeln, aber ich ließ Paul in seinem Glauben. Wahrscheinlich war es Papa gewesen, der ab und zu altertümliche Schlager aufgelegt hatte, und den wollte ich jetzt möglichst elegant umgehen. Ich brauchte erst eine Strategie, um Paul zu überzeugen, und die hatte ich mir noch nicht zurechtgezimmert.

»Also Semesterferien?«, lenkte ich das Gespräch wieder in andere Bahnen.

»Ellie …« Paul ließ genervt die Zeitung sinken. »Ich versuche, einen Bericht zu lesen.«

»Eben hast du doch auch geredet.«

»Jetzt lese ich aber. Okay?«

»Okay«, murrte ich. »Was für ein Kollege eigentlich?« Ich biss mir auf die Zunge. Die Frage war einfach über meine Lippen gesprungen. Paul stöhnte auf und warf die Zeitung hinter sich, wo sie sich raschelnd auf dem marmornen Küchenfußboden entfächerte.

»Mensch, kannst du penetrant sein. Ein Kollege, den ich nachher sowieso noch treffen muss. Bei der Gelegenheit werde ich nach deinem Auto suchen. Musst nicht mitkommen.«

»Ist ja schon gut. Danke«, gab ich klein bei. Denn dieses »Musst nicht mitkommen« klang wie ein »Es wäre mir lieber, wenn du nicht mitkommst«. Ich hatte nichts dagegen. Es würde mir genug Zeit und Ruhe verschaffen, mir einen Plan und möglichst viele Argumente zurechtzulegen und nebenbei die Wohnung nach dem Safeschlüssel zu durchkämmen. Mit Sicherheit wusste Paul nicht, dass der Schlüssel in seinen vier Wänden versteckt war.

Paul diese Wohnung in Hamburg zu kaufen und zu renovieren war Papas letzter Versuch gewesen, eine Versöhnung herbeizuführen, und er hatte sich dafür mächtig ins Zeug gelegt. Ob er damals schon den Schlüssel versteckt hatte? So musste es gewesen sein, denn mir war nicht bekannt, dass er Paul anschließend noch einmal besucht hatte. Es sei denn, es war heimlich geschehen. Zum ersten Mal kam mir die Frage in den Sinn, woher Papa eigentlich all das Geld hatte. Diese Wohnung hier musste ein Vermögen gekostet haben. Mitten in Hamburgs Speicherstadt, wo nur irgendwelche hippen Geschäftsleute ihre Büros besaßen oder Multimillionäre Waren horteten. Es roch nach einer Sondergenehmigung und vor allem roch es nach Papas dubiosen Nebentätigkeiten, denen wir es nun zu verdanken hatten, dass er verschollen war.

Die Einrichtung hingegen konnte nicht von Papa stammen. Er hatte Paul damals einen großzügigen Ikea-Gutschein überreicht – wie schon bei dessen erstem Auszug von zu Hause in die Kölner WG. Doch ich hatte hier noch kein Möbelstück entdeckt, das mich nur annähernd an Ikea erinnerte.

Ich tat es auch dann nicht, als Paul nach einer weiteren ungesunden Brötchenhälfte und einer ausgiebigen Klositzung aufgebrochen war, um nach meinem Auto zu suchen. Viele Hinweise hatte ich ihm nicht geben können, denn selbst das Parkticket war nicht mehr auffindbar gewesen. Wahrscheinlich war es mir aus der Hand gesegelt, als ich die Transportboxen auf meine Arme gestapelt hatte. Trotzdem setzte ich alle Hoffnungen in Paul, dass er mir den Volvo samt Koffer, Aquarien und Terrarien zurückbringen würde.

Nach zwei Stunden penibelster Wohnungsbesichtigung – und die Wohnung war nicht sonderlich weitläufig – war mir endgültig klar, dass die männlichen Mitglieder der Familie Sturm einen deutlichen Hang zur Geheimniskrämerei pflegten. Ich hatte Papas Schlüssel nirgendwo finden können und noch weniger hatte ich Hinweise auf das entdeckt, was Paul eigentlich den lieben langen Tag über trieb. Ich fürchtete, dass er das Medizinstudium an den Nagel gehängt hatte. Es standen zwar Bücher und Ordner mit Vorlesungsmitschriften in seinem Zimmer, doch sie wirkten unbenutzt und die letzten Einträge waren älter als ein Jahr. Warum er das Studium aufgegeben hatte, blieb mir schleierhaft, ebenso, womit er das Geld verdiente, mit dem er sich all die Luxusgüter kaufte, die sich in seinem Schlaf- und Wohnzimmer stapelten – allem voran mindestens dreißig Uhren namhafter Hersteller sowie eine ominöse Sammlung Chill-out-CDs (Chill out! Paul und Chill out?). Der Porscheschlüssel in der Silberschale, die ihm zur Aufbewahrung von Krimskrams und einigen Münzen diente, war mir ebenfalls nicht entgangen. Dazu etwas Schmuck, teure Elektrogeräte, ein nagelneuer Apple-Computer, Spielekonsolen, Fotoapparate, Videokameras (warum benötigte er mehrere?) – alleine von dem Verkauf dieser Sachen hätte ich ein paar Monate leben können.

Das Auffälligste an der Wohnung aber waren die Bilder. Auch sie erinnerten mich auf fatale Weise an Papa, denn der hatte unsere Wände immer gerne mit Kunstwerken gepflastert, die er von seinen Reisen mitgebracht hatte. Den Karibikimpressionen ähnelten Pauls Bilder nur, was ihre Ausmaße betraf, nicht aber im Stil.

Es waren großformatige, puristisch gehaltene Gemälde. Auf vielen befand sich nur eine Art Symbol, das in kurzen Strichen oder kleinen Punkten und meistens in einer einzigen Farbe auf die Leinwand gesetzt worden war. Ungewöhnlich schön sahen jedoch ihre Rahmen aus. Schlicht, aber edel, und nur sie verliehen den Kunstwerken (waren es denn Kunstwerke?) einen Hauch von Luxus. Irgendwo hatte ich diese Art von Bildern schon einmal gesehen, aber wo? Ich konnte mich nicht entsinnen.

Paul jedenfalls hatte sich früher nie für Kunst interessiert. Warum tapezierte er dann seine Wände mit Gemälden? Obwohl auf ihnen eigentlich nicht viel zu sehen war, allenfalls eine Schlange oder ein Gecko, versetzten sie mich in eine merkwürdig entrückte Stimmung. Ich wurde müde und gedankenverloren, wenn ich sie betrachtete, und schalt mich selbst dafür, denn jedes Kind konnte mit kleinen Pinselstrichen einen orangefarbenen Kreis auf ein Stück Pappe setzen. Das war nichts Besonderes. Oder vielleicht doch?

Ich legte den Kopf schräg, gähnte und registrierte schläfrig, dass ich einen Raum vergessen hatte. »Mensch, Frau Sturm«, knurrte ich mich an. Es war jene Tür, die ich bei meiner akuten Blasenschwäche angesteuert hatte – direkt am Ende des Flurs. Speisekammer, hatte Paul gesagt. Na gut. Ich konnte sie mir zumindest mal ansehen.

Doch wie bei meiner Ankunft machte ich erst einen Schlenker aufs Klo. Ich hatte das Bedürfnis, mir die Hände zu waschen, nachdem ich so unbefugt ins Pauls Sachen herumgestöbert hatte.

Während ich meine Finger einseifte, lupfte ich mit der Fußspitze den schweren Badezimmerteppich. Ich glaubte zwar nicht, dass es ein Geheimfach unter den Fliesen gab, aber man wusste … »Igitt!«, keuchte ich und sprang einen Schritt rückwärts. Ein unnatürlich großer Schwarm Silberfischchen mit ganz erstaunlichen Körperumfängen wuselte ins Licht, um sich in planloser Hektik zwischen meinen Füßen zu versammeln. Sie mochten die Helligkeit nicht und benahmen sich, als hätten sie an LSD-Papierchen geschleckt.

»Kusch«, zischte ich nach meinem ersten Schreck und versuchte, den Teppich wieder über sie zu breiten. Doch dann kam mir eine Idee – vielleicht konnte ich Berta mit ihnen besänftigen. Widerwillig bugsierte ich ein paar besonders fette Exemplare in Pauls Zahnputzglas, lief in sein Spielzimmer und leerte meine Beute neben der zuckenden Berta aus. »Leckerchen!«, flüsterte ich. Berta bewegte tastend ein Bein nach vorne und legte es siegessicher auf eines der zappelnden Fischchen. Geschmeidig schob sie ihren glänzenden Leib hinterher. »Mahlzeit«, wünschte ich höflich.

Als ich zurück ins Bad kam – ich musste mir dringend ein zweites Mal die Hände waschen –, hatten sich die Kollegen der zum Tode verurteilten Fischchen unter ihren flauschigen Schutz zurückgezogen und ich widerstand nur mühsam dem Bedürfnis, auf dem Teppich herumzutrampeln, bis ihrem munteren Paarungsreigen für alle Zeiten ein Ende gesetzt worden war. Doch vielleicht brauchte ich sie noch für Berta und Henriette. Paul hatte nur wenig begeistert geschaut, als ich ihn bat, mir lebendige Heimchen mitzubringen.

Jetzt also zur Speisekammer – die keine Speisekammer war, wie ich sofort feststellte, nachdem ich endlich den Lichtschalter gefunden hatte. Es war eine Kammer, gut, aber völlig ohne Speisen. In der

Ecke stapelten sich Holzplatten unterschiedlichster Qualitäten und Maserungen, es roch nach Lack und Farbe und auf den Regalbrettern über dem Tisch, der fast den gesamten Raum einnahm, befand sich ein beachtliches Arsenal an Nägeln, Schrauben, Hämmern, Bohrern, Pinseln und Sägen. Mit einem Medizinstudium hatte das hier rein gar nichts zu tun.

Ich trat nach vorne, um erkennen zu können, was auf dem Tisch lag, obwohl ich es schon ahnte – ja, es war eines dieser seltsamen Bilder, das darauf wartete, seinen Rahmen zu bekommen. Paul stellte diese Rahmen her! Er bastelte Rahmen für Gemälde und hängte sie dann in seine Wohnung?

Ein Rascheln zerstreute meine Gedanken binnen Sekundenbruchteilen in alle Himmelsrichtungen. Mein Kopf war komplett leer, als ich mit einer minimalen Bewegung meines Halses – und doch so ruckartig, dass mein Nacken schmerzte – dem Rascheln folgte und in zwei rot glänzende, stecknadelkopfgroße Augen blickte. Beim nächsten Atemzug, der mir furchtbar schwerfiel, drang ein fischig-modriger Geruch in meine Nase, vermischt mit dem durchdringenden Aroma nassen Fells. Die Ratte starrte mich gebannt an. Nur ihre Nase bewegte sich witternd auf und ab.

»Ist okay, ich tu dir nichts, schön ruhig bleiben …« Ich hob mein linkes Bein und setzte es ungeschickt zurück. Schon begann ich, die Balance zu verlieren, und torkelte nach hinten. Mit einem schrillen Quieken sprang mich die Ratte an, um sich mit allen vieren auf meine Brust zu heften. Ihre scharfen, biegsamen Krallen bohrten sich sofort durch den dünnen Stoff meines Pullis und ritzten mir die Haut auf. Obwohl mir vor Ekel beinahe schlecht wurde, griff ich beherzt zu und packte sie am Rückenfell. Wieder quiekte sie, diesmal jedoch deutlich angriffslustiger, schlüpfte unter meiner Hand hindurch und schob sich hoch auf meinen nackten Hals.

Ich hatte keine übermäßige Angst vor Ratten, aber ich wollte sie auch nicht auf meinem Gesicht sitzen haben. Verzweifelt boxte ich meine Faust in ihren Hintern und nun schrien wir beide, sie vor Zorn und ich vor Ekel und Panik, weil sie sich immer noch nicht von mir lösen wollte. Ich strauchelte und krachte mit der Schulter gegen den Tisch.

Das Gemälde geriet ins Rutschen und glitt sanft über uns zu Boden. Einen Moment lang waren die Ratte und ich unter ihm eingeschlossen, ein stickiges, dunkles Zelt für mich und die Bestie. Ich prustete, um Luft zu bekommen, denn der nasse, stinkende Leib der Ratte schmiegte sich fest auf meinen Mund. Noch einmal versuchte ich, sie zu packen und von mir zu lösen – vergeblich …

»Was ist denn hier los?« Schlagartig wurde es hell. Paul hatte das schwere Gemälde weggezogen. Die Ratte ließ sich fallen und rauschte beleidigt quiekend an ihm vorbei in den Flur.

»Kacke, schon wieder eins von diesen Drecksviechern!« Fluchend setzte Paul ihr hinterher. Es krachte und schepperte, dann wurde die Eingangstür aufgerissen und gleich darauf zugeschlagen. »Verfluchte Mistkackdrecksviecher«, schimpfte Paul und mit einem Mal wusste ich wieder, wer mir so vortrefflich das Fluchen beigebracht hatte.

Hustend wischte ich mir das Gesicht ab. Meine Haut brannte und meinen Pulli zierten mehrere Löcher. Unter meinem BH-Hemdchen sickerten warme, dünne Schlieren meine Rippen hinunter. Ich blutete.

»Hat sie dich gebissen?«

»Nein. Nur gekratzt«, erwiderte ich schwach. Paul zerrte mir den Pulli über den Kopf, zog mich ins Bad und schob mir den Wäschekorb unter den Hintern. Er betrachtete meinen Oberkörper ausgiebig, bevor er nach seinem Medizinköfferchen griff und mir mit geübten Bewegungen Jod auf die deutlich sichtbaren Krallenspuren direkt über meiner Brust tupfte. »Bist du gegen Tetanus geimpft?«

»Ja, bin ich.« Und wie ich das war. Die Spritze hatte ich erst vor wenigen Monaten bekommen – als Papa mich nach dem Kampf wieder zusammengeflickt hatte. Aber davon wusste Paul nichts. Ich versuchte, mein erschrockenes Weinen zu unterdrücken, während Paul mit ruhiger Hand meine Schnitte versorgte und mir erzählte, dass Ratten in diesem Haus zum Alltag gehörten und er schon alles Erdenkliche unternommen habe, um sie dauerhaft zu vertreiben. So sei das eben, wenn man am Wasser lebe. Er würde trotzdem nicht umziehen wollen. Außerdem kämen sie normalerweise nicht in die Wohnung. Nur in Ausnahmefällen.

In Ausnahmefällen. Wie beruhigend.

Ich wartete ab, bis er das Fläschchen mit dem Jod wieder verschlossen hatte, und sah ihn fest an. Er erwiderte meinen Blick mit unergründlicher Tiefe.

»Ich muss mit dir reden«, sagten wir gleichzeitig.

Dialog im Dunkeln

»Gut«, übernahm ich den schwierigen Anfang. »Wer zuerst?«

Die Nacht war hereingebrochen. Nach dem Zwischenfall mit der Ratte hatte Paul mir Koffer, Aquarien und Terrarien ins Zimmer gestellt – den Volvo hatte er nach einigem Suchen in der Tiefgarage eines Viersternehotels gefunden. Während ich meine Tiere umsiedelte, machte er mir eine Kleinigkeit zu essen. Ich griff gierig zu, um den muffigen Fellgeruch von meinem Gaumen zu vertreiben. In der Zwischenzeit räumte Paul die Küche auf und verleibte sich dabei geschätzte sieben Stück Bitterschokolade ein.

Jetzt langte er nach den Salzstangen und stopfte sich nachlässig eine Handvoll in den Mund. Langsam begann ich mich zu fragen, wie er es schaffte, so schlank zu bleiben. Schlank mit Bäuchlein.

Paul kaute gierig und verschluckte sich dabei. Hustend fächerte er sich Luft zu.

»Bist du zu dumm zum Essen, oder was?«, fragte ich gereizt.

»Man kann sich doch mal verschlucken.« Paul klopfte gegen seine Brust. Dann räusperte er sich so lange, dass ich verleitet war, mit einzustimmen, da mir ebenfalls eine Salzstange in der Speiseröhre zu stecken schien. Er machte mich nervös damit. Vielleicht hörte er auf zu husten, wenn ich ihm zuvorkam.

»Okay, dann fange ich eben an …«

»Nein, Ellie. Ich. Ich möchte anfangen.«

»Nur wenn du mir vorher ein paar Fragen beantwortest – keine schlimmen Fragen. Ganz normale. Sie haben nichts mit Papa zu tun.«

Paul zögerte. Bevor er es sich überlegen konnte, ergriff ich meine Chance.

»Warum studierst du nicht mehr?«

Er drehte sich unwillig von mir weg und lud sich den Rest der Salzstangen in den Mund.

»Paul, bitte, ich bin doch nicht blöd. Du studierst nicht. Ein Medizinstudium sieht anders aus, das ist Stress hoch fünf. Und ich versteh es nicht – als du vorhin meine Kratzer verarztet hast, hab ich ganz genau gemerkt, dass das dein Ding ist …«

»Ist es nicht«, entgegnete Paul hart. Mit einer aggressiven Bewegung griff er nach seinem Weinglas und nahm einen tiefen Schluck. Noch immer sah er an mir vorbei.

»Und warum nicht? Es war immer dein Traum, in anderen Menschen herumzustochern.« Ich hatte ihn früher oft nur mit hysterischem Gebrüll davon abhalten können, mir meine Schürfwunden mit Mamas Nähnadeln zusammenzuschustern. Und seine Augen hatten geleuchtet, wenn er mir ein Pflaster aufs Knie kleben durfte, nachdem Mama oder Papa mich vor ihm, der Nadel und seinem Arztkoffer errettet hatte.

»Ich möchte nicht darüber reden, Ellie. Okay?« Wie ein bockiger Teenager verschränkte er die Arme vor der Brust.

Eigentlich hatte ich mich nicht so schnell abwimmeln lassen wollen. Aber es standen noch andere Themen an und vielleicht war es diplomatischer, dieses hier zu vertagen. Sollte ich ihn zu sehr verärgern – und wenn Paul nicht reden wollte, wollte er nicht reden –, verringerten sich meine Chancen, ihm glaubhaft zu machen, dass sein Vater ein Halbblut war. Also schwieg ich abwartend.

Paul wandte sich mir wieder zu und seine Gesichtszüge entspannten sich etwas. Er kniete sich neben mich auf den Boden und stützte seinen Arm auf meine Knie. Mit einem kaum wahrnehmbaren Lächeln – einem sorgenvollen Lächeln, das mir gar nicht geheuer war – sah er zu mir auf.

»Ich hab mit einem meiner früheren Kommilitonen gesprochen, der inzwischen seine eigene Praxis hat. Er hätte noch einen Platz für dich frei, kurzfristig, du könntest morgen schon zu ihm kommen. Ich bin mir sicher, dass er dir helfen kann.«

»Helfen – bei was?«, fragte ich verwirrt.

»Ellie. Schwesterchen.« Paul seufzte und streichelte meine Knie. »Das war vielleicht doch alles ein bisschen viel für dich und ich hab Angst, dass – dass niemand etwas unternimmt und du so wirst wie er. Und man kann etwas unternehmen, sehr viel sogar, es gibt gute Medikamente …«

Ich stieß seine Hand weg.

»Was genau willst du mir sagen, Paul?«, rief ich empört. Die Scham über das, was er von mir dachte, ließ mir das Blut in die Wangen schießen. »Dass ich nicht ganz dicht bin?«

»Ehrlich, Ellie – du benimmst dich merkwürdig. Du stehst plötzlich vor der Tür, ohne dich vorher anzumelden, hast diese seltsamen – Tiere dabei, obwohl du dich früher vor ihnen zu Tode gefürchtet hast. Dein Auto hast du einfach in einer Tiefgarage abgestellt, mit dem Koffer drin, hast aber das Ticket nicht mehr, kannst dich nicht erinnern, wo diese Tiefgarage ist, und vor allem glaubst du, was Papa sagt – diesen verdammten Mist, den er auch mir erzählt hat. Ich hab in deinen Augen gesehen, dass du es wirklich glaubst, dass du nicht dran zweifelst …«

»Weil ich sie gesehen habe!« Ich gab dem Sessel mit meinem Rücken einen Stoß, sodass ich von Paul wegrücken konnte, dessen Arm immer noch zentnerschwer auf meinem Knie lag. »Ich hab sie gesehen, mit meinen eigenen Augen!«

»Wen?«

»Einen Cambion und einen Mahr. Einen der ältesten. Tessa. Sie ist winzig klein, höchstens einen Meter fünfundvierzig, hat lange rote Haare, in denen es vor Spinnen und Kellerschaben nur so wimmelt, und ihre Handrücken sind behaart. Sie hat Colin erschaffen, indem sie seine Mutter befallen hat, damals in Schottland, vor hundertsechzig Jahren, und später hat sie die Metamorphose vollendet – sie ist das Böse in Person, ein weiblicher Dämon, sie … die beiden haben miteinander gekämpft und sie ist immer wieder lebendig geworden, obwohl er ihr das Genick gebrochen hat, ich war dabei … ich bin sogar selbst verletzt worden …«

Ich brach ab. Oh mein Gott. Das hörte sich wirklich nach einer fortgeschrittenen Psychose an. Und meine Argumente, die ich mir beim Durchsuchen der Wohnung zurechtgelegt hatte, waren auf einmal wie weggewischt. Paul hatte mich völlig überrumpelt mit seiner unerwarteten Psychoanalyse und nun hatte ich mich selbst disqualifiziert.

»Paul, bitte, du musst mir glauben, bitte …«

Ich zerrte mein Hosenbein hoch und zeigte ihm die Narbe. Noch immer zog sich ein roter Striemen vom Knöchel bis zum Knie, und wenn das Wetter wechselte, schien sie von innen heraus zu glühen und zu pulsieren. Paul musterte sie unbeeindruckt.

»Ja, ich weiß davon. Mama hat mir geschrieben, dass du bei einer Treibjagd von einem Eber angefallen wurdest. Und weiter?«

Ich stöhnte auf und fuhr mir aufgebracht mit beiden Händen durch meine wirren Haare. Oh nein. Nein. Stopp! Sich aufgebracht durch die wirren Haare zu fahren war nicht gut, wenn man dabei war, als verrückt abgestempelt zu werden. Denn das war sicher eine sehr geistesgestörte Verhaltensweise. Ich musste Contenance annehmen, und zwar sofort. Ich atmete tief ein und richtete mich auf.

»Okay. Noch einmal von vorne. Ich hab im Sommer Colin kennengelernt, meinen Freund.«

»Deinen – Freund?«

»Unterbrich mich nicht. Ja, er ist mein Freund. Er ist zwar momentan weg, wo, weiß ich nicht, aber … egal. Als Papa ihn das erste Mal gesehen hat, ist er durchgedreht. Er hat ihn angebrüllt und ihn aus dem Haus geworfen …«

»Das tun alle Väter, wenn ihre Tochter den ersten Freund mit nach Hause bringt, Ellie. Und erst recht, wenn sie so vernarrt in ihre Tochter sind wie er in dich.«

»Er war aber nicht mein erster Freund, Paul, kapiert? Papa ist ausgerastet, er hat sich aufgeführt wie ein … wie ein … Geisteskranker«, schloss ich entmutigt. Mir war tatsächlich kein besseres Wort eingefallen. Ich hatte mich selbst in die Falle manövriert.

»Das ist doch genau das, was ich dir zu sagen versuche, Ellie. Papa ist geisteskrank. Das ist übrigens keine Seltenheit bei Psychiatern. Und es kann erblich sein. Doch wenn es früh genug diagnostiziert wird und …«

»Lass mich jetzt bitte mal ausreden!«, brüllte ich Paul an. Mit meiner seelisch gesunden Körperhaltung war es vorbei. »Jedenfalls habe ich durch die ganze Sache herausgefunden, dass Papa ein Halbblut ist. *Ich* hab es herausgefunden, ich hab es in seinen Notizbüchern gelesen, er ist befallen worden, damals in der Karibik …«

»Ja, ich kenne die Geschichte. Er hat mir die Notizen auch gezeigt. Na und? Ist das ein Beweis? Ist es nicht. Menschen mit schizoider Persönlichkeitsstruktur legen eine erstaunliche Kreativität an den Tag, wenn es darum geht, anderen die Existenz ihrer Dämonen zu belegen. Sie sehen diese Dämonen ja auch. Hast *du* denn Beweise, Ellie?«

Ich ließ mich erschöpft nach hinten sacken und schloss für einen Moment die Augen.

»Was für Beweise?«, fragte ich matt. Colins Briefe zählten sicherlich nicht, weil ich in Pauls Augen längst so schizoid war, dass ich sie ebenfalls selbst verfasst hatte. Wie Papa seine Notizen. Außerdem lagen sie zu Hause auf dem Schrank.

»Hast du ein Foto von diesem Colin oder dieser – Tessa? Eine Filmaufnahme?«

»Meinst du im Ernst, ich hab noch ein Bildchen von Tessa geschossen, bevor sie versucht hat, Colin zu töten? Nein, ich habe keine Fotos. Und auch keine Filme.« Und dabei hätte ich doch so gerne nur ein winziges schlechtes Schwarz-Weiß-Foto von Colin gehabt. So gerne.

»Hat euch jemand zusammen gesehen und erlebt? Hat jemand diesen Kampf gesehen, von dem angeblich deine Wunde stammt? Kann ihn jemand bezeugen?«

»Nein«, antwortete ich dumpf. »Nur ich kann es. Ich war dabei. Ich hab gesehen, wie er ihr die Knochen gebrochen hat und sie binnen Minuten wieder zusammenwuchsen, einer nach dem anderen … Ich hab es gesehen, Paul, und ich träume jede Nacht davon.« Nun weinte ich. Wie hatte ich nur davon ausgehen können, dass er mir all das glaubte? Es klang haarsträubend. Warum haben Verrückte eigentlich immer wirre Haare?, fragte ich mich. Seitdem ich Colin kennengelernt hatte, waren meine nicht mehr zu bändigen. Und ich hatte noch keinen Film gesehen, in dem ein Wahnsinniger ordentliches Haar hatte. Für Paul musste alles wie ein völlig logisches Puzzle zusammenpassen.

Ob ich ihm von Tillmann erzählen sollte? *Er* hatte mich und Colin gesehen und er hatte Tessa erlebt. Doch er schwieg sie tot, genauso wie Mama und Papa sie totgeschwiegen hatten, nachdem Colin geflohen war. Sogar ihn hatten sie totgeschwiegen. Über all das, was im Sommer geschehen war, hatten sie nie wieder ein Wort verloren und ich war ihnen anfangs sogar dankbar dafür gewesen.

Paul griff nach meinen schlaff herunterhängenden Händen und zog mich zu sich auf den Boden. Ich ließ es willenlos mit mir geschehen. Mein Kopf rutschte schwer gegen seine Schulter, als er mich in seine Arme nahm.

»Schick mich nicht weg, Paul, bitte«, bat ich ihn erstickt. »Ich bin nicht verrückt«, setzte ich hinzu und hätte mich im gleichen Moment dafür ohrfeigen können. »Ich bin nicht verrückt« war der beliebteste Satz in jeder geschlossenen Anstalt, dicht gefolgt von »Ich gehöre hier eigentlich nicht her« und »Ich komme bald raus«. Das wusste ich von Papa. Kein Psychiater ließ sich von diesen drei Mantras auch nur im Geringsten beeindrucken.

»Ist ja gut«, murmelte Paul in meine Haare hinein und wiegte mich hin und her wie ein Kind. »Ich sag ja, das war alles zu viel für dich. Der Umzug, die neue Umgebung und dann ist auch noch Papa abgehauen. So etwas kann ausreichen, um einen ersten Schub auszulösen.«

Ich biss mir auf die Zunge, um ihm nicht zu widersprechen, und schmeckte Blut. Jeder Widerspruch war nur ein weiteres Indiz für meine frisch attestierte Persönlichkeitsstörung.

Nach einer Weile schob ich Pauls Arme weg, richtete mich auf und gab mir Mühe, mich so normal wie möglich zu benehmen.

»Ich möchte gerne ein bisschen allein sein. Ist das in Ordnung?«

Paul nickte und versetzte mir einen zarten Klaps in die Kniekehlen. »Schau mal, wie schön«, sagte er lächelnd und deutete zum Fenster.

Ja, die kunstvolle Beleuchtung der Speicherstadt war mir gestern schon aufgefallen. Doch jetzt fehlte mir jeglicher Sinn dafür. Außerdem empfand ich sie als bedrohlich. Die dunklen Ecken der hoch aufragenden Backsteingebäude erschienen mir durch die Lichtschimmer an den Dächern und Fassaden noch schwärzer und das Wasser noch tiefer.

»Ja, schön«, bestätigte ich beklommen und hastete durch den Flur zu Pauls Spielzimmer.

»Eine antike Amputiersäge zum Geburtstag«, fauchte ich wütend, nachdem ich die Tür hinter mir geschlossen hatte. »Schädel von toten Katzen mit getrockneten Hirschkäfern in den Augenhöhlen. Und dazu ein Frosch in Alkohol. Wer bitte ist hier bekloppt? Du oder ich, Bruderherz?«

Schnaufend zerrte ich den Koffer unter dem Bett hervor. Ich würde packen und morgen abreisen. »Sorry, Papa. Auftrag gescheitert.«

Ich ließ die Verschlüsse aufklappen und begann im selben Moment, irr zu kichern.

»Haha. Der Koffer ist ja noch voll. Beweis Nummer fünftausend für den beginnenden Wahnsinn von Elisabeth Sturm: Patientin möchte einen vollen Koffer packen. Preisfrage: Womit?«

Hanni und Nanni pressten neugierig ihre dicken Mäuler an die Glasscheibe ihres Aquariums und glotzten mich mit hohlen Augen an.

»Blubb«, machte ich und streckte ihnen die Zunge raus. Prima. Mein Koffer war schon gepackt. Ich musste nur noch eine Nacht hier schlafen und morgen würde ich heimfahren. Denn es gab immerhin noch eine Person in der Familie, die mich nicht für unzurechnungsfähig hielt. Mama.

Doch als ich mich neben dem Koffer aufs Bett plumpsen ließ, fiel mir der Brief ins Auge, den ich ins Seitenfach gestopft hatte. Die Zusage der Putzstelle … Ich faltete ihn auf. Der Termin war übermorgen.

Nun, vielleicht sollte ich doch warten. Außerdem hatte Mama heute angerufen und gesagt, dass Post für mich angekommen sei und sie sie mir nachschicken würde. Irgendetwas vom Amt, meinte sie. Es könne wichtig sein. Hatte Herr Schütz seine Drohung etwa wahr gemacht und mir einen Studienplatz organisiert? Ich traute ihm alles zu. Er war immerhin der Vater von Tillmann.

Und womöglich wirkte es erst recht schizoid, wenn ich morgen

Hals über Kopf abreiste. Vor allem aber hatte ich den Safeschlüssel noch nicht gefunden. Und den wollte ich nicht Papa zuliebe finden, nein, den wollte ich finden, weil ich inständig hoffte, im Safe jene Beweise in die Finger zu kriegen, die Paul überzeugen konnten, dass es Colin und Tessa wirklich gab.

Oder wenigstens mich selbst.

Pirouetten

»Gut. Von mir aus bin ich die Verrückte«, lallte ich mit schwerer Zunge, sobald ich mich fähig fühlte zu sprechen. Mit meinem zögerlichen Erwachen kehrte auch mein Wissensdurst zurück und im Schlepptau hatte er einen schwach glühenden Zorn, der wie ein kleines, aber beständiges Feuer mein Blut in Wallung hielt.

Echte, erholsame Ruhe hatte ich die gesamte Nacht über nicht gefunden, doch die körperliche Erschöpfung war so groß gewesen, dass ich immerhin fast zehn Stunden im Bett verbracht hatte. Eben genau passend für eine Bekloppte. Deshalb konnte ich auch ruhig mit jemandem sprechen, der gar nicht hier war. »Ich spiele die Verrückte, Paul. Bitte schön. Aber ich möchte wissen, was du tust und womit du dein Geld verdienst. Wenigstens möchte ich dich wieder kennenlernen.«

Als ich endlich die Augen aufschlug, präsentierte Berta sich mir missgelaunt wie gestern schon. Sie saß oben in der Ecke des Terrariums, die Fangarme aufgestellt, jedoch insgesamt ruhig. Gewiss hatte sie Hunger, aber ich würde sowieso gleich ins Bad gehen und ihr dabei ihre Portion Silberfischchen zusammenkratzen. Und anschließend würde ich Paul fragen, warum er Rahmen für all die seltsamen Gemälde bastelte. Bestimmt saß er noch am Frühstückstisch, um bei antiquierten Schlagern und fetttriefenden Cholesterinbomben das Leben zu genießen.

Doch ich irrte mich. Paul hatte bereits gefrühstückt und rannte halb nackt in seinem Schlafzimmer herum. Auf dem Bett lagen ein Anzug und eine Krawatte nebst einer kleinen, aber feinen Auswahl an Uhren, die vermuten ließ, dass Paul mit Entscheidungsschwierigkeiten zu kämpfen hatte. Im Moment trug er Bruno-Banani-Shorts und ein grauenvolles, ausgeleiertes Rippenunterhemd. Ein Relikt aus alten Zeiten.

»Hab verschlafen«, brummte er zerstreut und suchte nach zwei zusammenpassenden Socken.

»Musst du denn weg? Wo musst du überhaupt hin? Paul, bitte sag mir doch, was du machst – lebst du wirklich davon, Bilderrahmen zu bauen?«

»Passepartouts«, korrigierte Paul mich gelassen. »Nein, ich lebe nicht davon. Das ist nur ein Teil.«

»Ein Teil von was?«

»Oh Ellie.« Paul ließ sich mit zwei verschiedenfarbigen Socken in der Hand neben seinem Anzug auf die Bettkante sinken.

Ich trat zu seiner Kommode, um ihm ein Paar passende Strümpfe herauszusuchen, und begriff schnell, dass das sprichwörtliche Suchen der Nadel im Heuhaufen eine Erfolg versprechendere Angelegenheit war.

»Was sind das für Bilder? Mir kommen sie irgendwie bekannt vor.«

»Das ist Aborigines-Kunst. Ich bin Teilhaber einer Galerie. Ich inszeniere die Ausstellungen und stelle die Passepartouts für die Gemälde her. Jetzt zufrieden?«

»Du hängst Bilder auf?« Ratlos drehte ich mich zu Paul um. Ich hatte immerhin zwei Socken gefunden, deren Struktur und Grauton sich einigermaßen ähnelten. Ich warf sie ihm zu und er fing sie geschickt auf. Dann beugte er sich nach unten, um sie überzustreifen. Er wirkte dabei ungewohnt schwerfällig. »Du hast dein Medizinstudium abgebrochen, um Bilder an die Wand zu hängen?«

Tief atmend richtete Paul sich auf und griff sich an die Brust. »Mann, ich zieh mir meine Socken an und krieg kaum noch Luft.«

»Und das mit vierundzwanzig«, vollendete ich sein Gedankenspiel trocken. Im Gesicht sah Paul jünger aus als vierundzwanzig – seine Züge waren weich und jungenhaft. Es gab sicher Frauen, die ihn niedlich fanden. Und doch sah ich einen Ausdruck in diesem Gesicht, der nicht zu seinem Alter passte. Der älter war – viel älter. Es waren keine Falten zu erkennen, keine Ringe unter den Augen, keine typischen Erschöpfungsspuren. Das Alter lag in seinem Blick und es lag in seinen Mundwinkeln. Sein Körper aber erschien mir kraftvoll und muskulös, obwohl Paul den Eindruck machte, er würde sich mit ihm herumquälen.

»Woher bekommst du diese Gemälde? Direkt aus Down Under?«, hakte ich nach.

Doch Paul war schon auf dem Weg ins Badezimmer und murmelte etwas von »dringend« und »Klo«.

Mein Bruder war also unter die Galeristen gegangen. Er half irgendjemandem aus – nicht mit seinem Kopf, sondern mit seinem handwerklichen Können. Denn von Kunst hatte Paul vermutlich nach wie vor nicht die geringste Ahnung.

Mir blieb keine Zeit, über diese Ungereimtheiten nachzudenken, da es schrill an der Tür klingelte und sich binnen kürzester Zeit eine Reihe von Ereignissen abspielte, die nahezu filmreif war.

»Gehst du bitte?«, rief Paul aus dem Bad.

Ehe ich die Tür vollständig öffnen konnte, wurde sie rabiat aufgestoßen und mir ins Gesicht gedrückt. Ein weißer, kniehoher Schatten schoss an mir vorbei in den Flur, geriet ins Rutschen und schlitterte aufjaulend gegen die Wand. Ihm folgte ein zweiter, dunkler und sehr viel größerer Schatten, der mich ebenso ignorierte wie der erste. Ich eroberte mir die Tür zurück und gab ihr einen sanften Stoß. Klickend schloss sie sich.

Vor mir stand ein hochgewachsener, magerer Mann mit knöchellangem Mantel, blond gesträhnten Haaren und Tränensäcken unter den Augen. Sein Blick streifte mich und eine Welle kalter Arroganz und Ablehnung brandete mir entgegen. Unwillkürlich schüttelte ich mich, um das Gefühl der Hektik und Angespanntheit loszuwerden, das mich dabei ergriffen hatte.

Mit einem kurzen Naserümpfen beschloss er, dass ich nicht existierte, und marschierte ein paar klappernde Schritte in den Flur hinein. Sein Mantel bauschte sich hinter ihm auf wie die Schleppe eines Hochzeitskleides. Es sah so albern aus, dass ich kichern musste.

»Paul!«, rief er. »Paul! Wo bist du? Wir müssen los! Ich hab keinen Parkplatz finden können, das ist einfach grässlich hier, grässlich … Paul?« Er rauschte in die Küche, dann in das Wohnzimmer, ins Schlafzimmer und zurück in den Korridor. »Paul!«

Der weiße Schatten hatte sich inzwischen als ein unterernährter, langnasiger Windhund entpuppt, der irgendeine Fährte aufgenommen hatte und mit der Schnauze den Küchenboden absaugte. Immer wieder geriet er auf den glatten Fliesen ins Rutschen und konnte sich nur vor einem Spagat retten, indem er mit dem blanken Hintern bremste.

»Paul, wo steckst du?«

Die Stimme des Mannes schob sich wie ein Skalpell unter meine Haut. Ihre Frequenz war schwer zu ertragen – als würde sie alle Nervenstränge rund um mein Herz zum Vibrieren bringen.

»Paul, Hase?«, nölte er.

Hase?

»Mann, ich bin am Kacken!«, tönte es gereizt aus dem Bad.

»Och, Mönsch, musst du immer so ordinär sein?«, trompetete der Mann und klapperte nervös mit einem gigantischen Schlüsselbund. »Du bist immer so schrecklich ordinär, Paul! Paul? Wir müssen lohooos!«

Ich bemühte mich nicht, mein belustigtes Schmunzeln zu unterdrücken, und grinste dem Mann direkt ins Gesicht. Doch sein Blick bestand aus purer Verachtung. Angewidert sah er an mir herunter, um sich sogleich abzuwenden und mit seinen Fingern an die Badezimmertür zu trommeln.

»Mein Jaguar steht in zweiter Rei-he! Hast du an den neuen Rahmen gedacht? Du musst auch noch die Leuchten anbringen … und die Preislisten drucken lassen … Paul, die Zeit rennt!«

Die Spülung rauschte.

»Ach, dass der immer so lange braucht zu allem! Der braucht so lange!«, rief der Mann, ohne mich dabei anzusehen. »Und in seinem Schlafzimmer sieht's wieder auuuuus … Wo ist denn der schöne Überwurf, den ich dir geschenkt habe, Paul?«

Ungeniert starrte ich ihn an. Überwurf? Schlafzimmer?

»Rossini, nicht!«, bellte er Richtung Küche, aus der ein unterdrücktes Winseln ertönte. »Nicht, pfui, pfui!«

»Wer bist du überhaupt?«, fragte ich und stellte mich direkt vor ihn. Wer mich so ignorierte, durfte nicht erwarten, dass ich ihn siezte. Eine Wolke süßlich-herben Parfums drang in meine Nase, als ich ihn musterte. Seine Haut wirkte solarienverbrannt und ledrig und am kleinen Finger prangte ein hässlicher Siegelring. Er war Galerist, blondierte sich die Haare und hielt einen Windhund. Ich hatte zu lange in Köln gelebt, um diese Hinweise zu ignorieren. Vor allem aber nannte er Paul Hase und schenkte ihm Überwürfe fürs Schlafzimmerbett. Herzlich willkommen in Tuntenhausen.

»François Later«, übernahm Paul die Antwort und drückte sich zwischen uns hindurch in den Flur. »Mein Partner. François, das ist meine Schwester Elisabeth. Ich hab dir von ihr erzählt.«

»Hoffentlich nur Gutes«, kommentierte ich kühl, doch an François' Blick konnte ich sehen, dass auch das nichts gerettet hätte. Ich verzichtete darauf, ihm die Hand zu geben. Ich wollte ihn nicht berühren. Meine Nerven waren zur Genüge angespannt und ich ging davon aus, dass es mit einem Handschlag nicht besser wurde. Doch nun streckte er mir mit einem affektierten Seufzen seine Rechte hin. Ich gab mir einen Ruck und nahm sie. Sie war warm und schwitzig. Er quetschte meine Finger kurz, aber fest, sodass ich ein Aufkeuchen unterdrücken musste. Angewidert löste ich mich von ihm.

Augenblicklich brach wieder Hektik aus. Paul und François stürmten in einer abenteuerlichen Choreografie, bei der sie sich zweimal beinahe gegenseitig über den Haufen rannten, ins Schlafzimmer, den Werkraum, die Küche, das Bad und schließlich an mir vorbei aus der Wohnung. »Komme heute Nacht zurück!«, rief Paul mir zu. Dann fiel die Tür ins Schloss.

Was, bitte, war denn das gewesen? Verdattert lehnte ich mich gegen die Wand und schaute mit leeren Augen in den Flur, um zu begreifen, was diese Szenen mit Paul zu tun hatten. Dem Paul von früher. Deshalb dauerte es auch eine Weile, bis ich den weißen Schatten wahrnahm, der mit eingeknicktem Schwanz und schief gelegtem Kopf vor der Werkkammer kauerte und ein verängstigtes Fiepen ausstieß.

François hatte tatsächlich seinen eigenen Hund vergessen.

»Hallo, Rossini«, sagte ich. »Ich bin Ellie. Und ich bin kein Hundefreund.« Vielleicht weil Hunde keine Mahre mögen, dachte ich mit einem schmerzhaften Ziehen im Bauch.

Nachdem der Hund zu hyperventilieren aufgehört und sowohl auf den glatten Küchenfliesen als auch auf dem Parkett seine spagatfreie Balance gefunden hatte, stellte sich heraus, dass er einen ganz passablen Charakter besaß. Er war der typische Angstbeißer – wenn ich mich zu schnell bewegte, wich er knurrend zurück. Sobald ich mich aber still auf den Boden setzte und abwartete, ohne ihn anzusehen, näherte er sich und drückte hechelnd seinen weichen Kopf an meine Wange. Ob man ihn wohl darauf abrichten konnte,

Ratten zu jagen? Oder, noch besser, François in die Waden zu beißen? Safeschlüssel zu finden?

Es dauerte nicht lange, bis mein Handy klingelte. Es war Paul. Neben ihm hörte ich François schnattern und die Verbindung war miserabel, doch der Klartext lautete: »Wir haben den Hund vergessen, können aber nicht mehr umkehren, bitte pass auf ihn auf.«

Rossini presste sich winselnd an die Wohnungstür – ich befürchtete, dass er dringend Gassi musste. Also improvisierte ich aus einem Strick und einem Karabinerhaken, den ich aus Pauls Werkraum entwendete, eine Leine und trug den zitternden Hund die Treppen hinunter, da er sich weigerte, den Lastenaufzug zu betreten.

Eine halbe Stunde lang rannte ich japsend hinter ihm her, dann fand er nach und nach zu einem gemächlicheren Tempo und ich konnte mir zumindest streckenweise einbilden, ich würde ihn führen und nicht umgekehrt. Ich begann den Spaziergang zu genießen. Bei Tageslicht empfand ich die Speicherstadt als ein zwar immer noch wundersames, aber angenehm freundliches Pflaster. Schulklassen warteten vor dem Dungeon und dem Miniatur-Wunderland auf Einlass, Touristen knipsten sich die Finger wund, die Barkassen schipperten Schaulustige durch die Kanäle. Sogar der ständige Baulärm wirkte auf mich erfrischend lebendig. Auf den Balkonen der Büros und Lager standen schwer beschäftigte Unternehmer, rauchten und telefonierten. Jetzt konnte ich verstehen, warum Paul hier wohnen wollte. Solch ein Ambiente gab es wohl kein zweites Mal auf der Welt. Es hatte Flair. Aber ich wusste genau, dass ich anders denken würde, sobald die Dämmerung hereinbrach. Dann verwandelte sich das maritime Märchen in eine düstere Schauerlegende, die ich nicht deuten konnte. Und die Dämmerung kam immer noch sehr früh.

Rossini und ich liefen bis vor an den Sandtorkai, kreuz und quer über die Brücken. Es war kalt, doch die Sonne schien und die Luft roch so intensiv nach der See, dass mich ein jäh aufflackerndes Fernweh zum Seufzen brachte. Ich musste an die düsteren Fjorde und nordischen Eislandschaften denken, die wir bereist hatten, an unsere dunklen Urlaube in eingeschneiten Hütten und der Polarnacht, weitab von der nächsten menschlichen Siedlung und für Paul und mich immer wieder ein gigantisches Abenteuer. Das offene Meer mit Blick bis zum Horizont hatte ich jedoch noch nie erlebt. Und auch hier blieb es mir verwehrt. Ob Papa es bewusst gemieden hatte, weil es ihn zu sehr an die Kreuzfahrten und damit auch an seinen Befall erinnerte? Oder barg es zu viel Licht? Wie musste es wohl aussehen, wenn die Sonne den Ozean zum Glitzern brachte und sich ihre Strahlen in seinen Abertausend Wellen brachen?

Am Nachmittag kam ein hartnäckiger Wind auf und trieb mich und Rossini zurück zum Wandrahmsfleet. Diesmal fand ich Pauls Wohnung sofort – ich wunderte mich darüber, wie ich mich hier hatte verlaufen können, eigentlich war es ganz einfach – und verbrachte den Rest des Nachmittags damit, Rossini darauf abzurichten, Parfums aus den Badezimmerregalen zu holen und in die Kloschüssel fallen zu lassen. Für jeden erfolgreichen Versuch bekam er ein Stückchen Fleischwurst und viel, viel Lob.

Blieb nur noch zu hoffen, dass François seinen Klodeckel offen stehen ließ und seine Parfums nicht in verschlossenen Schränken lagerte.

Und dass mein Bruder nicht das mit ihm tat, was ich schon den ganzen Tag befürchtete.

Apnoetauchen

Ohne nachzudenken, sprang ich hinab, und sobald mich das Wasser umfing, schob ich meine Arme weit nach hinten, beugte den Kopf und machte mich schwer. Ich sank sofort und ich spürte weder die Kühle des Wassers noch das Salz in meinen offenen Augen.

Ich musste Paul finden. Er war hier, am Grund des Meeres, auch wenn die anderen ihn längst aufgegeben hatten. Nur ich konnte ihn retten. Unbeirrt schwamm ich der Finsternis entgegen, die sich um mich herum ausbreitete. Da! Da war er, ja, das war Paul – aber was tat er denn? Ohne mich anzublicken, schoss er an mir vorbei. Ich hob den Kopf und sah, wie sein Körper die Wasseroberfläche durchbrach. Er war gerettet. Er würde leben. Ich sollte ihm folgen, wenn ich ebenfalls leben wollte, denn meine Luft wurde knapp.

Doch ein helles Flimmern unter mir zog mich weiter abwärts. Es war ein Stück Papier, das sich über dem aufgewirbelten Sand des Meeresgrundes wellte – ein Papier, beschrieben von Colins Hand, Zeilen über Zeilen, zusammengesetzt aus seinen geschwungenen, eleganten Lettern, die ich so sehr liebte. Ein Brief für mich …

Ich wollte nach ihm greifen, aber er glitt mir immer wieder durch meine Finger. Blubbernd entwich die letzte Luft aus meinen Lungen. Mit einem kraftlosen Stoß meiner tauben Beine versuchte ich, dem Brief nachzuschwimmen, doch unter mir tat sich eine klaffende Spalte auf und er trudelte in die Schwärze des Ozeans hinab, ohne dass ich ein einziges Wort hatte lesen können.

Nun will ich nicht mehr, beschloss ich müde. Es hat keinen Sinn. Und ertrinken tut nicht weh. Es ist sogar angenehm. Ich besiegte meine Instinkte und atmete tief ein. Das Wasser strömte kühl in meine Kehle und ich wartete geduldig darauf zu sterben. Wie würde es sein? Schon begannen meine Gedanken zu ermatten, wurden schläfrig und wirr. Noch einmal sog ich das Wasser ein. Mein Herzschlag verlangsamte sich. Ein Schlag … und noch ein Schlag … ein Atemzug Wasser … Dauerte es so lange zu sterben?

Nein, verdammt, nein – nein, das war noch nicht alles! Das konnte nicht alles gewesen sein! Panisch riss ich meinen erschlaffenden Körper in die Senkrechte und streckte die Arme hinauf zur Wasseroberfläche, so weit weg, sie war viel zu weit weg … Schon griff die Schwärze auf mich über, raubte mir die Sehkraft, obwohl ich mein Herz dumpf schlagen hörte, es kämpfte, meine Beine strampelten wild, wo war die Sonne? Wo war die Luft? Ich würde es nicht schaffen – ich würde ertrinken. Jetzt.

»Nein! Ruhe! Sei still!« Wütend fuhr ich auf und presste die Hände auf meine Ohren. Sie dröhnten, als hätte mir jemand eine beidseitige Ohrfeige verpasst, und der Lärm meines ungestüm polternden Herzens ließ mein Trommelfell schmerzen. Ich lebte. Ich war in Pauls Spielzimmer. Alles gut. Nur geträumt. Doch noch immer hatte ich das Gefühl, nicht frei atmen zu können. Ich riss das Fenster auf und lehnte mich weit hinaus. Der Wind hatte sich gelegt. Es roch nicht mehr nach der See, sondern so faulig und verwesend, als würden Metzgerabfälle in den Fleeten entsorgt. Zäh und mit spiegelglatter Oberfläche floss das Wasser unter mir dahin. Der Mond verbarg sich hinter einem tief hängenden Dunstschleier, der jedes Geräusch erstickte. Die nächtliche Totenstille hatte sich wie ein alles vergiftender Smog über die Speicherstadt gesenkt.

Aber was hatte mich dann geweckt? Zitternd atmete ich ein und hob instinktiv die Hände an, um sie erneut auf meine Ohren zu pressen, als François' Stimme durch die Wohnung schallte. Ich lachte tonlos auf. Frage beantwortet.

»Du wirst dir ja wohl nicht wegen einer Tunte in die Hosen machen, Ellie«, wies ich mich wispernd zurecht. François' nölende Stimme verstummte, dann winselte der Hund und Paul sagte etwas. Richtig, der Hund – er war weg! Gegen Mitternacht hatte ich sein hohles Gefiepe nicht mehr ertragen, ihn zu mir genommen und auf meinen Füßen einschlafen lassen. Hatte François Rossini etwa selbst aus meinem Zimmer geholt? War er bei mir gewesen, eben noch? Von einem jähen Kälteschauer gepackt, griff ich nach meiner Bettdecke und zog sie mir fest über die Schultern. So wie ich die Unruhe im Korridor deutete, waren Paul und François gerade erst nach Hause gekommen.

Ich kroch zurück auf mein Bett. Das Fenster ließ ich geöffnet. Eine irrationale Angst, nicht atmen zu können, trieb mich dazu, obwohl ich bereits am ganzen Körper schlotterte. Sofort zog der rauchige, feuchte Dunst in mein Zimmer und ließ die Konturen der Scheußlichkeiten auf Pauls Regalbrettern verschwimmen. Noch einmal jaulte Rossini auf und die Haustür klappte. Nun hätte entweder der Aufzug zu quietschen beginnen müssen oder Schritte von der Treppe ertönen. Doch ich hörte nichts. Blieb François heute Nacht hier und hatte eben nur die Haustür zugezogen? Und schlief er bei Paul im Zimmer unter dem wunderhübschen Überwurf, den er ihm geschenkt hatte?

»Pfui«, murmelte ich angewidert. Das war dann wohl der schlussendliche Beweis dafür, dass Paul am anderen Ufer angekommen war. Warum das so war, konnte ich immer weniger verstehen. Nein, ich konnte es weder verstehen noch glauben. Es konnte nicht sein. Von mir aus hätte es sein dürfen, jeder Jeck, wie er will. Aber was mich maßlos an der Sache irritierte, war die tief sitzende Gewissheit, dass es ein kolossaler Irrtum war.

Ich versuchte, die Angelegenheit so logisch wie möglich zu betrachten. François betrieb mit Paul zusammen eine Galerie, okay. Das alleine bedeutete gar nichts. Er war auf Pauls handwerkliches Geschick angewiesen – das machte aus den beiden noch lange kein Liebespaar. Er hatte ihm einen Überwurf fürs Bett geschenkt (dem Paul allerdings nicht allzu große Bedeutung beimaß, und ich sollte es auch nicht tun). Er hatte ihn Hase genannt … Nein, ich brauchte einen Beweis.

»Dann schauen wir doch mal«, murmelte ich, stand auf und tapste auf Zehenspitzen zur Tür. Ich wollte die beiden nicht in flagranti erwischen, denn das war nicht unbedingt das Bild, das mir zu schöneren Träumen verhelfen würde. Aber einen kurzen Blick ins Schlafzimmer zu werfen war nun mal die einzige Möglichkeit, meine Theorie zu überprüfen und hoffentlich zu entkräften.

Ich war immer noch gut trainiert im Schleichen und es glückte mir auch, die Klinke von Pauls Schlafzimmer herunterzudrücken, ohne das geringste Geräusch zu verursachen. Wie ich hatte Paul die beiden Flügel seines Fensters weit offen gelassen und die Bewegungen der Wasseroberfläche spiegelten sich an der hellen Decke des Raumes. Warum bewegte sich das Wasser eigentlich? Als ich eben hinuntergeschaut hatte, war es so langsam dahingezogen, dass ich seinen Fluss kaum hatte ausmachen können. Und wieso drang Mondlicht in das Zimmer? Ungläubig blickte ich über das Bett hinweg nach draußen. Tatsächlich – der Dunst hatte sich aufgelöst und der fahle Mond überzog die Speicherstadt mit einem weißlich-milchigen Schimmer.

Ein durchdringendes Keuchen vom Bett her ließ mich zusammenfahren. Mit einer hastigen Bewegung glitt ich in den Schatten der Tür, doch das wäre gar nicht nötig gewesen. Paul schlief und er tat es allein. François war nicht bei ihm. Dennoch empfand ich kaum Erleichterung, als ich Paul betrachtete. Er hatte die Decke so weit zurückgeschlagen, dass sie nur bis zu seinem Bauchnabel reichte. Sein Oberkörper lag komplett frei, obwohl es in diesem Raum noch kälter war als in meinem Zimmer. Pauls Hals war leicht nach hinten überstreckt, sein Mund stand offen und sein Atem hörte sich scheußlich an.

»Polypen«, stellte ich sachlich fest. »Schätzungsweise in Blumenkohlgröße.« Paul regte sich nicht. Ein gurgelnder Schnarcher entwich seiner bebenden Kehle. Wie konnte er nur so tief und fest schlafen? François hatte sich doch eben erst aus dem Staub gemacht, vor maximal fünf Minuten. Oder war das passiert, was ich fürchtete, seitdem ich diesen Raum betreten hatte – dass mir erneut mein Zeitgefühl abhandengekommen war?

Es geschah nicht zum ersten Mal, doch im Sommer war Colin daran schuld gewesen. Hier aber gab es keinen Colin. Hier gab es nur mich und meinen Bruder, der schnarchte wie ein Bauarbeiter und seine Schwester für schizoid hielt. Ein gestörtes Zeitempfinden ergänzte sich sicherlich wunderbar mit all den anderen Symptomen, die er mir unterstellte.

Ich trat ans Bett, legte meine Hände um seine kräftigen Schultern und schob ihn vorsichtig auf die Seite. Wieder reagierte er nicht auf mich. Ich fragte mich ernsthaft, warum er nicht von seinem eigenen Schnarchen aufwachte. Ich würde mich jedenfalls darauf einrichten müssen, eine unruhige Nacht zu verbringen, denn Pauls Zimmer lag direkt neben meinem und die Wand war dünn. Umso beruhigender war der Gedanke, dass François nicht bei ihm schlief. Oder mit ihm.

»Puh«, raunte ich kopfschüttelnd und zog Paul behutsam die Decke über den nackten Oberkörper. Mit einer gereizten Bewegung befreite er sich von ihr und drehte sich zurück auf den Rücken, ohne auch nur ansatzweise wach zu werden.

Trotz Pauls Schnarchen vernahm ich plötzlich ein leises Plätschern, gefolgt von dem Krabbeln kleiner, behänder Füßchen an der Backsteinmauer des Hauses. Das Geräusch näherte sich unaufhörlich. Ratten! Mit einem Satz war ich am Fenster und drückte die Flügel zu, doch sie rasteten nicht ein, sondern glitten quietschend aus ihren Angeln und rissen mich mit, sodass ich den Halt verlor und nach vorne stürzte. Ich hatte nicht einmal Zeit zu schreien. Noch in der Luft drehte ich mich zur Seite, krallte meine Finger um die Kante des Simses und stemmte meine nackten Füße gegen die feuchte Hauswand.

»Oh Gott …«, keuchte ich. Über mir hingen die Fenster wie zwei Segel in der Luft. Beide Flügel wurden nur noch von der unteren Angel gehalten. Ich hatte die Fenster nach außen gedrückt. Wie zum Teufel war das passiert? Es hatte mich beinahe umgebracht.

Eine vorwitzige Nase schnupperte an meinen Zehen, doch nach ihr zu treten hätte mich das Leben kosten können, sosehr mich die Ratten in der Speicherstadt inzwischen auch anekelten. Ich hing mindestens zehn Meter über dem Wasser und wusste nicht, ob das Fleet tief genug war, dass ich einen Sprung überleben würde. Eine kleine Weile verharrte ich bewegungslos und dachte fieberhaft nach. Was würde mich mehr Energie kosten – nach Paul zu schreien oder zu versuchen, mich aus eigener Kraft nach oben zu ziehen?

Nein, nach Paul zu rufen war keine gute Idee. Es würde nur allzu gut in meinen vermeintlichen Symptomkatalog passen, wenn er mich fand, wie ich im Nachtgewand an der Hauswand unterhalb seines Zimmers klebte. Suizidversuch. Das brachte einem mindestens drei Tage in der Geschlossenen.

Die Ratte begann verblüffend sanft, an meinem kleinen Zeh zu knabbern, und trotz meiner misslichen Lage kicherte ich auf. Meine Fußsohlen waren entsetzlich kitzelig. Dann atmete ich tief durch, setzte den rechten Fuß ein Stück nach oben, zog den linken nach und wuchtete meinen Körper über die Fensterbank auf Pauls Fußboden. Mein Bruder schnarchte währenddessen immer noch angestrengt vor sich hin.

Auf allen vieren und am ganzen Leib zitternd kroch ich aus seinem Zimmer, schob die Tür zu und legte mich flach auf die kalten Korridordielen. Ich wusste, dass ich hier nicht bleiben durfte, nicht so lange, bis Paul aufwachte, aber für den Moment war ich froh, am Leben zu sein und nicht morgen früh als aufgedunsene Wasserleiche im Wandrahmsfleet gefunden zu werden.

Um mein rasendes Herz zu beruhigen, drehte ich mich auf den Rücken, verschränkte die Arme unter dem Kopf und schaute auf das Gemälde, das mir gegenüber an der Wand hing. Eine einfache, aus Punkten getupfte Spirale in einem dunklen Orange, das im Halbdämmer des Flurs wie getrocknetes Blut glitzerte. Meine Augen folgten träge den Windungen der Spirale, und wenn sie in ihrem Inneren angekommen waren, begannen sie von Neuem, bis mein Geist angenehm müde und friedlich wurde.

»Du musst aus deinem Rahmen heraus«, hörte ich mich flüstern und sah mir dabei zu, wie ich aufstand, das Bild von der Wand nahm, es umdrehte, die kleinen Scharniere öffnete, die Paul angebracht hatte, um es zu bändigen, und das Gemälde fast zärtlich unter dem schweren Passepartout herauszog.

Dann trug ich es hinüber in mein Zimmer, legte es unter mein Kopfkissen, ließ mein Gesicht in die Federn sacken und schlief sofort ein.

Scherben bringen Glück

»Na schön«, sagte ich zu der Zeitung, die sich vor meiner Nase ausbreitete. »Mag sein, dass Papa und ich nicht ganz sauber im Oberstübchen sind. Und mag sein, dass Bilder aufhängen deine neue Bestimmung ist und so viel Geld einbringt, dass man sich all den Luxus hier leisten kann, aber eins weiß ich: Du bist nicht schwul.«

Obwohl François nicht bei uns übernachtet hatte, ließ mich die Frage, ob Paul und er ein Liebespaar waren, nicht mehr los. Und als ich eben einige wohlplatzierte Andeutungen fallen gelassen und Paul nicht widersprochen hatte – von gemeinsamen Urlauben war die Rede, ja, sogar von einem Erbvertrag (mit vierundzwanzig!) –, war mir klar, dass mein Verdacht seinen realen Nährboden hatte.

»Die Marge ist hoch bei diesen Bildern«, drang es durch das dünne Zeitungspapier. »Und der Porsche gehört uns beiden.« Das also auch noch. Pauls Chirurgenhand bewegte sich gezielt zum Glas mit dem frisch gepressten Orangensaft. Ich hörte ihn hastig trinken und sofort danach aufhusten. Wieso nur verschluckte er sich so oft? Doch schon Kehlkopfkrebs?, fragte ich mich zynisch.

»Eine hohe Marge – warum? Weil ihr den Ureinwohnern die Bilder für einen Appel und ein Ei abkauft, ihnen ein hübsches Rähmchen bastelt und sie anschließend irgendwelchen Snobs für zigtausend Euro unter die Nase reibt?«

»Die Leute sind bereit, dafür so viel Geld hinzulegen. Ethno Art ist gefragt.«

»Ach«, erwiderte ich spöttisch. »Und es ist auch gefragt, alkoholisierte und traumatisierte Aborigines bis aufs letzte Hemd auszuziehen …«

»Oh Ellie, jetzt spiel nicht den Weltverbesserer, bitte! Die Zeiten sind hart und ich muss von etwas leben. Wenn du glaubst, dass du heutzutage als Arzt ohne ständige Schuldenberge existieren kannst, bist du auf dem Holzweg.«

»Aber das ist nicht der Grund, weshalb du aufgehört hast, oder?«, bohrte ich weiter.

Endlich ließ Paul die Zeitung sinken. Seine Augen waren schmal geworden und das Blau in ihnen hatte eine schneidende Härte bekommen. Der Stier wurde wütend. Ich wusste, dass ich recht hatte mit meiner Vermutung. Ich hatte gestern Abend noch an Pauls Computer recherchiert und die Website von François' Galerie gefunden. (Paul wurde mit keinem Buchstaben erwähnt, nicht einmal im Impressum.) Das billigste Bild fing bei viertausend Euro an. Auf der Website einer Menschenrechtsorganisation jedoch wurde darauf hingewiesen, dass die Gemälde den Aborigines oft zu Spottpreisen und gleich stapelweise abgekauft wurden. Die eigentliche Investition der Galeristen lag in den anfallenden Transportkosten. Doch auch die hielten sich in Grenzen. Ich konnte mir gut vorstellen, dass François die Gemälde gleich containerweise orderte und persönlich am Hafen abholte. Doch darüber wollte ich jetzt nicht streiten.

»Außerdem bist du nicht schwul«, kehrte ich zum Kernthema zurück.

»Ich weiß nicht, ob ich schwul bin oder nicht«, erwiderte Paul deutlich gereizt. »Er ist nun mal mein Freund und mein Partner, wir arbeiten zusammen und …«

»Und?«

»Ellie, es reicht. Rück mir nicht so auf die Pelle.«

»Das übernimmt ja offensichtlich jemand anderes«, gab ich giftig zurück.

»Vorurteile?«, fragte Paul mit einem unüberhörbaren Triumph in der Stimme.

»Oh Paul, ich bitte dich! Ich hab meine Jugend in Köln verbracht, in meiner Clique gab es gleich zwei Schwule und ich hab mich prächtig mit ihnen verstanden.« Eigentlich sogar besser als mit Jenny und Nicole. Vielleicht hätten Daniel und Jim es akzeptiert, wenn ich meine Maske abgesetzt und mich so gegeben hätte, wie ich war. Doch damit hatte ich ja erst im Westerwald angefangen – mit dem Ergebnis, dass mich mein eigener Bruder am liebsten in eine psychiatrische Klinik einweisen lassen wollte und mein Herz in Stücke zerrissen war, weil ich mich in einen Cambion verliebt hatte.

»Jaja, jeder kennt einen Schwulen und findet ihn nett, aber wenn's dann in der Familie passiert, will man es trotzdem nicht«, sagte Paul trotzig.

»Das ist nicht der Grund, Paul, ehrlich. Ich weiß einfach ganz genau, dass … dass du ihn nicht liebst. Du liebst François nicht. Und du bist nicht schwul …«

»Ellie.« Pauls Ruhe war nur noch mühsam erzwungen, doch ich spürte, dass ich nicht lockerlassen konnte. Ich musste das jetzt klären, um diesen Stachel in meinem Bauch zu besänftigen, der beständig bohrte und pikste. »Ich möchte darüber nicht sprechen. Akzeptier das bitte.«

»Nein«, entgegnete ich entschlossen. »Ich hab dich mit Lilly gesehen, Paul. Ich hab selten ein Paar erlebt, das so verliebt war. Sie war vernarrt in dich und vor allem warst du vernarrt in sie, du hast sie angebetet …«

»Elisabeth, ich will nicht reden!«, brüllte Paul und knallte das Messer so fest auf seinen Teller, dass er zerbrach. Ich fuhr zusammen. Seine Finger zuckten und eine Sekunde lang glaubte ich, er wolle das Messer nehmen und mir in die Brust rammen. »Verdammt!«, herrschte er mich an, als habe ich das Besteck auf den Tisch gehauen und nicht er. »Diese Serie gibt es nicht mehr und jetzt ist wieder ein Teller kaputt ...«

»Es ist nur Geschirr«, versuchte ich ihn zu beruhigen. Er machte mir Angst. Fahrig schob Paul die Scherben zur Seite und wieder schienen seine Finger nach dem Messer zu gieren.

»Das ist nicht nur Geschirr. Das ist Versace«, widersprach er grollend.

»Und es ist grottenhässlich«, sagte ich kalt, nahm meinen Teller und warf ihn an den Küchenschrank. Schon beim Aufprall zersplitterte das feine Porzellan in unzählige Stücke. Paul sprang auf. Sein ausgestreckter Arm schoss auf mich zu.

»Du ...«, keuchte er dumpf. Verängstigt wand ich mich aus meinem Stuhl und wich zurück. »Lass – mich – in – Frieden – ich – warne – dich ...«, stieß er hervor und erhob seine Hand. Seine andere prallte auf meine Brust und schleuderte mich grob nach hinten. Ich verlor das Gleichgewicht und versuchte, mich an der Tischkante festzuhalten. Doch Pauls Wucht war stärker. Ich stürzte und schrammte hart mit dem Rücken an der Wand entlang, bevor mein Hinterkopf auf den Fliesen aufschlug. Instinktiv zog ich meine Beine an, um meinen Körper zu schützen.

Noch immer hatte Paul seine rechte Hand erhoben, als wolle er jeden Moment zuschlagen. Sein Mund war verzerrt und seine Augen waren so dunkel, dass sich nicht einmal der helle Morgenhimmel in ihnen spiegeln konnte. Sein langes Haar streifte mein Gesicht, als er sich über mich beugte. Wimmernd kroch ich rückwärts. Paul holte wie unter einem Zwang erneut aus, doch kurz vor meiner Wange blieb seine Hand in der Luft hängen.

Ich wagte nicht zu atmen oder mich zu bewegen, obwohl alles in mir nach Flucht schrie.

»Ich bin still, ich sag nichts mehr, versprochen, ich sag nichts!«, versuchte ich ihn zu beschwichtigen und spürte, wie auch mein Mund sich verzerrte – aber nicht vor Hass und Zorn wie bei Paul, sondern aus nackter Panik. »Paul, bitte …«

Mit einem tiefen Aufstöhnen zog er seine Hand zurück. Es schien ihn unendliche Kraft zu kosten. Dann legte er den Kopf zurück und stieß einen Schrei aus, der das Blut in meinen Adern zum Stocken brachte. Augenblicklich wurde mir übel.

»Du … bist … nicht mein Bruder. Du bist nicht mein Bruder!«, flüsterte ich und presste beide Arme vors Gesicht, um ihn nicht sehen zu müssen, denn schließen konnte ich meine Augen nicht. Sie waren erstarrt.

Ich wartete, bis der Schatten seiner schweren Gestalt meinen Körper freigab und seine Schritte verklangen. Dann rollte ich mich auf dem Boden zusammen und schluchzte hemmungslos. »Oh Gott, Papa … warum bist du nicht hier … ich brauche dich doch …«, weinte ich vor mich hin, als könne mein Vater es hören und alles wiedergutmachen.

Was nur war mit Paul geschehen? Beinahe hätte er seine eigene Schwester geschlagen. Geschlagen? Nein, nicht nur das – ich hatte Angst um mein Leben gehabt.

Nie zuvor hatte Paul mir auch nur ein Haar gekrümmt – es sei denn, man zählte seine Versuche dazu, mich bei vollem Bewusstsein mit einem Küchenmesser und der Grillgabel zu operieren. (Immerhin hatte er vorher meine Haut desinfiziert.) Im Gegenteil – Paul war ein echter Beschützer gewesen. Wer mir zu nahekam, konnte sich seiner Rache sicher sein. Und jetzt? Er hatte mich angegriffen. Aus dem Nichts heraus. Wegen eines bescheuerten, hässlichen Tellers.

Ich musste zwar zugeben, dass ich ihn bis aufs Blut gereizt hatte. Doch früher – es war ja nicht zum ersten Mal geschehen – war er in solchen Situationen einfach in sein Zimmer gegangen und hatte mich ignoriert.

Und dann dieser Schrei – gequält und voller Schmerz. Er hatte geklungen, als hätte er all seine letzte Energie geballt, um diesen Schrei auszustoßen und danach nie wieder zu atmen, nie wieder zu fühlen …

War das alles eine Folge des Verlusts von Lilly? Erst im Sommer hatte ich erfahren, warum Paul so früh ausgezogen war. Seine Freundin Lilly hatte sich in Papa verliebt. Und Paul war davon überzeugt gewesen, dass Papa diese Verliebtheit erwidert, ja, herausgefordert hatte. Schließlich glaubte er zu diesem Zeitpunkt schon lange, dass Papa Mama so oft alleine ließ, um irgendwelche Affären zu pflegen.

Ich versuchte mir auszumalen, wie ich mich fühlen würde, wenn Colin mich verließ, weil er sich in Mama verliebt hatte. Allein die Vorstellung war grauenvoll. Und wahrscheinlich würde ich ebenfalls die Schuld bei Mama suchen. Aber reichte das aus, um all meine früheren Leidenschaften und Pläne fallen zu lassen und – lesbisch zu werden?

Dieser Gedanke irritierte mich so sehr, dass ich zu weinen aufhörte. Nein. Bestimmt wäre ich nicht lesbisch geworden. Aber unter Garantie kreuzunglücklich. Obwohl sehr viel unglücklicher als in diesem Moment eigentlich kaum noch möglich war.

Erschöpft blieb ich liegen. Die Übelkeit hatte mich fest im Griff, sodass ich nur noch flach durch meinen ausgetrockneten Mund atmete, da ich die Gerüche vom Frühstückstisch nicht ertragen konnte. Wenn ich die Tür richtig zugeordnet hatte, die vorhin zugeknallt worden war, hatte Paul sich in sein Schlafzimmer zurückgezogen. Ob er dort auf dem Bett lag? Oder frische Luft schnappen wollte? Verflucht, das Fenster … Ich hatte die Flügel heute Nacht vom Boden aus nur lose in ihre Ausgangsposition zurückgedrückt, weil ich nicht in der Lage gewesen war aufzustehen. Und sosehr Paul mich eben erschreckt hatte – er war mein Bruder und es war etwas mit ihm geschehen, wofür er möglicherweise nichts konnte. Reizen durfte ich ihn keinesfalls mehr, aber ich musste nachsehen, ob er in Ordnung war.

Ich zog mich an meinem Stuhl hoch und taumelte zu Pauls Tür. Ich öffnete, ohne anzuklopfen. Mit einem Stoßseufzer der Erleichterung stellte ich fest, dass Paul bäuchlings auf seinem Bett lag, den Kopf tief ins Kissen vergraben, und atmete. Langsam, aber regelmäßig.

»Verschwinde, Ellie.« Seine Stimme war belegt. Hatte er etwa geweint? Oder war es die Erschöpfung, die ihn so schwach klingen ließ?

»Deine Fenster sind kaputt. Wollte ich dir nur sagen.«

»Ich weiß.«

Ich zuckte mit den Schultern – mehr konnte ich nicht tun und trösten wollte ich ihn schon gar nicht – und zog mich auf mein Zimmer zurück. Ich hatte meinen Koffer immer noch nicht ausgepackt; zum einen mangels Schrankfächern, zum anderen, weil ich mir nach wie vor nicht im Klaren darüber war, ob ich bleiben sollte oder nicht.

Ich fühlte mich nicht mehr sicher bei Paul. Im Moment kam *er* mir vor wie der Wahnsinnige und ich empfand mich im Vergleich zu ihm als geradezu durchschnittlich normal. Und trotzdem: Ich hatte zwar einen Striemen an der rechten Wange, eine Beule am Hinterkopf und mir war durch und durch elend zumute, aber … er hatte sich in allerletzter Sekunde zurückgehalten, hatte die Kontrolle über sich zurückerlangt, und irgendetwas in mir sträubte sich dagegen, jetzt einfach abzuhauen. Schließlich war ich heil davongekommen. Und ich wollte wissen, was in ihm vor sich ging. Wenn ich jetzt floh, würde er mich nie wieder so nah an sich heranlassen.

Ich war nun drei Tage in Hamburg und ich hatte mir bislang nur die Speicherstadt angeschaut. Ich wollte hier raus, etwas anderes sehen, nicht nur auf die Backsteinwände der gegenüberliegenden Häuser, das schmale Stück Himmel über mir oder das trübe Wasser unter mir starren. Die Stellenzusage der Klinik erschien mir einmal mehr wie ein Fingerzeig. Natürlich würde sich der Irrtum auch dann aufklären, wenn ich nicht persönlich dort erschien. Doch die Klinik lag in der Nähe der Alster, wo Hamburg angeblich am schönsten war. Ich konnte den Termin mit einem Spaziergang verbinden und dabei in Ruhe nachdenken. Und wenn ich mich danach fühlte, sagte ich den Herren und Damen später, dass ich nicht ihre erwartete Putzhilfe war.

Nachdem ich diesen Plan gefasst hatte, beruhigte ich mich ein wenig. Bis zum frühen Abend blieben Paul und ich stumm auf unseren Betten liegen. Ab und zu löste sich noch ein erschrockener Schluchzer aus meiner Kehle, doch nach einigen Stunden entkrampfte sich der Knoten in meinem Magen und ich bekam Durst und Hunger. Ich suchte mir ein paar anständige Klamotten heraus, ging ins Bad, duschte und benutzte seit Langem wieder meine vernachlässigten Schminkutensilien. Obwohl es völlig absurd war, da ich gar nicht gemeint war, hatte ich das Gefühl, vorzeigbar zu meiner ersten Arbeitsschicht erscheinen zu müssen.

Als Paul unvermittelt in der halb offenen Badezimmertür auftauchte, begann meine Hand so sehr zu zittern, dass mir die Mascara ausrutschte. Nun zierten zwei Striemen mein Gesicht, einer an der linken und einer an der rechten Wange. Schwarz und rot.

»Ellie, Kleine.« Pauls Worte hörten sich müde an. So abgrundtief müde und erschöpft. »Ich wollte das nicht. Es bereitet mir keinen Spaß. Und es zieht mich runter … Du darfst mich nicht reizen, bitte tu das nicht …«

Ich drehte mich zögerlich zu ihm um. Oh Gott, sein Blick … Sofort wandte ich mich ab. Doch der kurze Kontakt unserer Augen hatte ausgereicht, um meine zum Weinen zu bringen. Hastig griff ich nach einem Kleenex und betupfte mir in bester Tussenmanier immer und immer wieder meine Lider, damit meine Mascara sich nicht selbstständig machte.

»Ist okay«, murmelte ich erstickt.

»Wofür machst du dich denn zurecht?«, fragte Paul verwundert.

»Hab noch einen Termin.«

»Einen Termin? Bist du sicher, dass du in diesem Zustand …?«

»Ja«, log ich. Ich war mir kein bisschen sicher. Im Moment würde es genügen, mich freundlich anzulächeln, um das in mir hervorzukehren, was ich gerade war: ein Häufchen Elend. Ich drückte meine Schultern zurück und griff nach einem weiteren Kleenex, um mir den Mascarastriemen von der Wange zu wischen. Der andere musste bleiben. Für ein ausführliches Make-up hatte ich sowieso keine Zeit mehr und für einen Spaziergang erst recht nicht. Ich hatte das Schminken verlernt und viel zu viel Zeit vertrödelt.

Ich feuchtete meine Hände an, versuchte, meine Haare glatt zu streichen, und schob mich an Paul vorbei auf den Flur.

»Wo gehst du jetzt hin, Ellie?«

»Putzen.«

»Putzen?«, fragte Paul konsterniert. »Du gehst – putzen?«

»Genau«, erwiderte ich trocken. Ich sah ihn an und spürte, dass meine Mundwinkel wie seine in einem jähen Anflug von Belustigung zuckten. »Du klopfst Nägel in die Wand und ich gehe putzen. Die Geschwister Sturm machen Karriere.«

Ich verschwand ohne Gruß, winkte mir am Sandtorkai ein Taxi herbei und ließ mich mit leerem Magen und dröhnendem Schädel zu meiner ersten offiziellen Arbeitsstelle fahren.

Der Sandmann

Bei dieser Taxifahrt war ich diejenige, die an der Richtigkeit der Adresse zweifelte. Das Haus sah nicht aus wie eine Klinik, sondern vielmehr wie ein Luxushotel. Es hatte ein tief sitzendes, spitzes Giebeldach und eine auffällige rotbraune Backsteinfassade, die im Untergeschoss von runden, in den oberen Stockwerken von eckigen Sprossenfenstern durchbrochen wurde.

»Das kann nicht sein«, sagte ich resigniert. »Sie müssen sich irren.«

»Jerusalemkrankenhaus, oder? Das ist das Jerusalemkrankenhaus, junge Frau«, erwiderte der Taxifahrer höflich, aber mit leicht gereiztem Unterton. »Moorkamp 2 bis 6. Ein anderes Jerusalemkrankenhaus gibt es nicht in Hamburg.«

Also zahlte ich und stieg aus. Noch fünf Minuten bis zu meiner ersten Schicht. Hinter den meisten Fenstern war es bereits dunkel, doch aus dem Foyer schimmerte Licht. Eigentlich war das völlig bescheuert, was ich hier vorhatte. Ich hätte anrufen können. Ich hatte die Telefonnummer zwar nicht dabei und auf dem Brief stand nur eine E-Mail-Adresse, aber es wäre eine Sache von drei Minuten gewesen, mein Handy aus der Tasche zu kramen, die Auskunft anzurufen, mich verbinden zu lassen und Bescheid zu geben, dass eine Verwechslung vorlag.

Warum also tat ich es nicht? Ich las mir das Schreiben im Schein der Laterne ein letztes Mal durch. Irgendetwas in diesem Brief hatte mich dazu gebracht, ihn wichtig zu nehmen, doch ich konnte es nicht benennen. Ich zog unwillkürlich die Schultern hoch, als ich an Paul und seine Schnelldiagnose denken musste. Ich war wild entschlossen, nicht an meine vermeintliche Geistesverwirrtheit zu glauben. Wenn es wahr war, was Paul dachte, wurde ich sowieso irgendwann von den Männern in Weiß abgeholt und weggesperrt. Dann konnte ich nichts dagegen tun. Also war es besser, sich nicht mit dem Gedanken verrückt zu machen, möglicherweise verrückt zu sein. Denn das fühlte sich verrückter an als alles andere. Und schon gar nicht durfte ich wie bereits auf der Hinfahrt der hirnrissigen Theorie verfallen, dass dieser Brief von Paul stammte und er seit Langem vorhatte, mich einweisen zu lassen. Vielleicht genau in diese Anstalt.

Mit einem Mal war die Straße vor mir frei. Ich ergriff die Gelegenheit und überquerte sie, ohne nach rechts oder links zu schauen. Zwei Minuten vor acht. Gemächlich lief ich an den Bäumen vorbei und dem Eingang entgegen. Eine Minute vor acht. Nun konnte ich nichts mehr dagegen tun. Meine Füße bewegten sich wie von selbst, und sobald ich die Klinik betreten hatte, steuerte ich schnurstracks auf den Empfang zu.

Sofort fiel mir der schlanke, fast kahlköpfige Mann in weißem Doktorkittel und mit Stethoskop um den Hals auf, der sich hinter der Dame am Telefon herumdrückte. Ja, anders konnte man es nicht bezeichnen – er drückte sich herum, obwohl er hier eigentlich nichts verloren hatte. Er lugte in ein paar Fächer und blätterte einen Stapel Briefe durch, doch seine Aufmerksamkeit lag woanders.

Sie lag bei mir.

»Guten Abend, wie kann ich Ihnen helfen?«, fragte die Dame hinter der Glasscheibe freundlich.

»Ich … äh«, begann ich stotternd und hielt den Brief in die Höhe.

»Ach, da sind Sie ja, Frau Schmidt – kommen Sie, kommen Sie!«, rief der Mann aufgeräumt und schoss um die Ecke. Ehe ich mich wehren konnte, hatte er nach meinem Ärmel gegriffen und schob mich in den Aufzug.

»Ich bin nicht Frau Schmidt«, zischte ich und versuchte, meinen Ellenbogen aus seiner Hand zu befreien. Sofort ließ er los und hob entschuldigend die Arme.

»Verzeihen Sie, Fräulein Sturm«, flüsterte er. »Aber Sie müssen jetzt mitkommen und bitte halten Sie den Schnabel, bis wir oben sind.« Schon gesellte sich eine Krankenschwester mit einer bauchigen Teekanne in der Hand zu uns und der Mann begann im Plauderton mit ihr Konversation zu betreiben, gut gelaunt und mit dem üblichen Blabla. Wetter, man wünscht sich den Frühling herbei, endlich mal wieder draußen sitzen, wie geht's den Kindern? Ich versuchte, ein unverbindliches Gesicht aufzusetzen und so zu tun, als sei es völlig normal und richtig, dass ich mit dabei war. Doch in mir brodelte es. Wenn der Typ mich »oben« in eine Zwangsjacke stecken wollte, konnte er was erleben. Er kannte meinen Namen ... Es *musste* Paul dahinterstecken.

»Ich bringe dich um, ich schwöre es«, knurrte ich zwischen meinen zusammengebissenen Zähnen, als die Schwester uns endlich allein ließ.

»Bitte?«, fragte der Mann irritiert und drehte sich mit einem Lächeln zu mir um. Seine grauen Augen blitzten schalkhaft.

»Nichts«, antwortete ich seufzend. »Nun machen Sie schon. Erzählen Sie mir, was alles mit mir nicht stimmt. Dann füllen Sie mich mit Valium ab und ich werde mich bald viel, viel besser fühlen. Oder etwa nicht?«

Sein Lächeln verwandelte sich in ein breites Grinsen.

»Nur eines müssen Sie mir erklären«, fuhr ich hitzig fort. »Warum spielen Sie als Arzt so einen albernen Mist mit? Putzstelle, ha ...«

»Ich fürchte, hier liegt ein doppeltes Missverständnis vor. Wer hält

Sie denn für verrückt, Fräulein Sturm? Oder sollte ich sagen: Fräulein Fürchtegott?«

Ich stockte. »Mein Bruder.«

»Ah ja. Paul, nicht wahr?«

Ich nickte.

»Nun, Sie machen auf mich zwar einen aufgebrachten und leider etwas unglücklichen Eindruck, doch Ihr Geist scheint in Ordnung zu sein, falls Sie darauf anspielen.«

»Das will ich auch meinen«, entgegnete ich und lachte vor Erleichterung auf. »Dann hat Paul also nichts mit dieser albernen Putzstellensache zu tun? Aber was soll ich dann hier? Und wer sind Sie?«

Der Arzt hatte mich in ein gemütliches Arbeitszimmer geschoben. Auf dem Schreibtisch war kein Zentimeter Platz mehr frei. Er quoll über vor Akten und gefährlich hoch gestapelten Büchern, ein wunderbar wissenschaftliches Chaos, das mich sofort ruhiger stimmte.

»Ich möchte Ihnen gerne meine Patienten zeigen.«

»Warum?«

Sein verschmitztes Lächeln, das mir so sympathisch war, dass ich mich automatisch entspannte, blieb, doch etwas mit diesem Lächeln stimmte nicht – und das fiel mir nicht zum ersten Mal auf. Es wirkte nicht falsch oder aufgesetzt. Aber es machte auf mich den Eindruck, als habe er lange und hart trainieren müssen, damit es ihm nicht zu schnell wieder entglitt. Wenn es ihm entglitt – wie eben, nur für Bruchteile von Sekunden –, wurden seine grauen Augen so ernst und traurig, dass sie in mir das Bedürfnis weckten, meinen Blick von ihnen abzuwenden.

»Wären Sie damit einverstanden, dass ich Ihnen das Warum anschließend erkläre?«, fragte er mich, ohne eine echte Antwort zu erwarten. »Ich würde mir wünschen, dass Sie sich die Patienten unvoreingenommen ansehen.«

»Aber Sie wissen schon, dass ich nicht Ihre, äh, Putzhilfe bin?«

Anstatt darauf einzugehen, stand er auf und reichte mir seinen Arm. Obwohl ich fremde Menschen nicht gerne anfasste, hakte ich mich vertraulich unter. Im Gang ließ er mich wieder los, um die erste Tür zu öffnen.

»Bitte«, sagte er. »Schauen Sie.«

»Aber ich kann doch nicht … Warum?«

»Tun Sie mir den Gefallen, Fräulein Sturm, und seien Sie nicht so stur. Sehen Sie sich das an, ich bitte Sie.«

Ich gab widerwillig nach. Es behagte mir nicht, fremde Patienten anzustarren, und das hier war offensichtlich ein Patientenzimmer. Durch eine Glasscheibe, vor der sich ein schmales Pult mit Messgeräten und verschiedenen Instrumenten befand, konnte ich auf ein Bett blicken, in dem eine Frau schlief. Nun – sie sollte wohl schlafen. Doch das, was sie tat, hatte nichts mit dem gemein, was ich unter Schlaf verstand. Ihre Augen waren geschlossen und ihr Gesicht wie bei jedem Schlafenden leicht erschlafft. Sie war woanders, nicht hier, sie bemerkte uns nicht. Ihr Körper aber bäumte sich beinahe gewalttätig gegen den Schlaf auf. Sie hockte in der Mitte ihres zerwühlten Bettes auf den Knien und bewegte ihren Oberkörper rhythmisch vor und zurück. Manchmal beugte sie sich dabei so tief hinunter, dass ihre Stirn das Laken berührte. Allein vom Zuschauen ging mein Atem schneller. Das ständige Wippen musste anstrengend und kräftezehrend sein. Ich atmete langsam aus, um das Schwindelgefühl in meinem Kopf zu bezwingen, das mich beim Anblick dieser Frau ergriff. Ihr Gesicht erinnerte mich an die Bilder aus Papas Patientenakten. Es war ein zerstörtes Antlitz und ich konnte mir kaum vorstellen, dass sie nicht spürte, was sich da abspielte. Sie konnte nur nichts dagegen tun. Sie war hilflos. Und das anzusehen machte mich ebenso hilflos.

»Sie tut das die halbe Nacht lang, seit Jahren«, erläuterte der Arzt sachlich, doch nicht ohne Mitgefühl. »Zwei Ehen gingen kaputt, ihr dritter Mann hat sie zu mir gebracht. Er weiß sich nicht mehr zu helfen. Er hat versucht, neben ihr zu schlafen, aber er findet keine Ruhe. Und sie selbst ist seit Jahren dauererschöpft und arbeitsunfähig. Sie fühlt sich morgens, als habe sie einen Marathonlauf hinter sich.«

»Was fehlt ihr?« Obwohl die Glasscheibe sicher schalldicht war, senkte ich meine Stimme. Ich hörte mich matt und zittrig an.

»Gute Frage«, lobte mich der Arzt. »Genau die richtige. Und genau die, auf die ich seit Jahren eine Antwort suche. Wir nennen es Somnambulismus. Wie so oft: ein Begriff, jedoch keine Heilung. Gehen wir weiter …«

Ich blieb ein paar Sekunden stehen, bevor ich mir einen Ruck gab und ihm folgte. Dieser Anblick eben hatte mir eigentlich genügt. Im Gehen sah ich mich nach einem Fenster um, an dem ich kurz frische Luft tanken konnte, denn das Schwindelgefühl wurde stärker. Doch es befand sich ganz am Ende des langen Gangs und der Arzt winkte mich bereits energisch zu sich.

Im nächsten Zimmer saß ein junger Mann an einem Schreibtisch vor einem Laptop. Ich schätzte ihn auf dreißig, maximal fünfunddreißig. Als er sich zu uns umdrehte und der Doktor grüßend die Hand hob, erschrak ich. Seine Augen waren wie tot. Blassblau, hängend, vollkommen umschattet, und wenn ich irgendeinen Rest von Gefühl darin erkennen konnte, dann war es der Widerhall einer Traurigkeit, die so vernichtend war, dass sie kein Mensch dieser Welt ertragen konnte. Der Mann lächelte mir kurz zu, ein verwegenes, fast flirtendes Lächeln, und beugte sich wieder über seine Tastatur, um weiterzutippen.

»Das ist Marco, mein Problemkind. Er kommt aus Bosnien, hat im Bürgerkrieg seinen besten Freund verloren, seine Mutter wurde vergewaltigt, er hat dabei zusehen müssen … Er ist dann geflohen, um jahrelang tagtäglich Drogen in sich hineinzufressen – mit dem Ziel, seine Gefühle abzutöten und all das zu verdrängen, was er nicht bewältigen konnte.«

»Und jetzt?«, fragte ich, ohne meine Augen von Marco abzuwenden. Er tippte, als würde er den längst beendeten Krieg nun gegen seine Buchstaben fortführen. Aber er sah nicht aus, als stünde er unter Drogen. Menschen unter Drogeneinfluss stellte ich mir anders vor.

»Selbstmordversuch. Er hatte sich in ein Hotelzimmer eingeschlossen, ein schwarzes Kreuz an die Wand gepinselt und zweiundvierzig Pillen geschluckt. Wiederbelebung, anschließend totaler Zusammenbruch. Das komplette System hat versagt. Sein Körper wusste, dass seine Seele die Realität nicht verkraften kann, und hat das Leben verweigert. Sie konnten ihn schließlich trotzdem retten.«

»Darf man so etwas überhaupt Rettung nennen?«, fragte ich schärfer als beabsichtigt. »Wenn er das Leben nicht aushält und sterben möchte, warum lassen Sie ihn dann nicht?« Ich suchte mit meinen Händen nach Halt, denn nun flimmerten schwarze, tanzende Flecken vor meinem Sichtfeld. Ich glaubte, das Hacken der Tastatur durch das dicke Panzerglas zu hören. Tacktacktack. In meinem Kopf vervielfältigte es sich rasend.

»Wir unterliegen nun mal dem hippokratischen Eid, Fräulein Sturm. Ihm verbietet das Gesetz, sich zu töten, und uns der Eid, ihn sterben zu lassen«, mischte sich die Stimme des Doktors in das Hämmern meiner Venen. »Wir konnten ihn mit Medikamenten einigermaßen stabilisieren, aber er hat immer wieder Flashbacks, die ihn zurück in den Krieg reißen. Meistens, wenn er Brücken überquert. Er möchte springen und einige Male hat er es versucht. Wer ihn abhalten will, ist in Gefahr, mitgerissen zu werden. Seine Augen sind während dieser Flashbacks komplett weiß. Er sieht nach innen. Er sieht das, was er sich sonst nicht vergegenwärtigen kann. Und es muss grauenvoll sein. Marco ist beziehungsunfähig, kann keine geregelte Arbeit ausführen, doch er schreibt wie ein junger Gott. Das hält ihn am Leben. Nur das Schreiben.«

Ich fuhr mir mit der Zunge über meine trockenen Lippen.

»Und wenn er Freunde findet, echte Freunde, sich eine Familie aufbaut, vielleicht einen Beruf hat, der ihn wirklich erfüllt – vielleicht schafft er es ja als Autor? Er ist bestimmt nicht dumm und hässlich auch nicht und …« Wieso konnte ich überhaupt noch denken und sprechen? Ich sah schon fast nichts mehr und hörte meine eigene Stimme kaum noch.

»Glauben Sie mir, Fräulein Sturm: Daran liegt es nicht. Frauen gab es viele und potenzielle Freunde erst recht. Aber Marco kann keine Liebe zulassen, weil er sich verachtet und seine Seele nichts erlaubt, was er wieder verlieren könnte. Menschen kann man nun mal verlieren. – Die Fachdiagnose lautet übrigens posttraumatisches Belastungssyndrom. Er selbst bezeichnet es schlicht als *madness.*« Der Arzt zögerte kurz. »Kommen Sie, es geht weiter.«

Unsicher wandte ich mich um und konnte nicht vermeiden, dass ich taumelnd gegen die Schulter des Doktors prallte. Er tat so, als habe er es nicht bemerkt – und auch nicht meine Mühe, wieder ins Gleichgewicht zu kommen. Marcos tote, leere Augen ließen mich kaum los. Übergroß blickten sie mir aus dem Wirbel der schwarzen Flecken entgegen. Nur widerstrebend folgte ich dem Doktor zum nächsten und letzten Zimmer des Flurs.

Die Panzerglasscheibe vermochte es nicht, das ohrenbetäubende Schreien und Kreischen abzuhalten – das Schreien eines Babys, welches von einer erschöpft wirkenden Schwester auf ein kleines Bett gelegt, behutsam gestreichelt und nach einer Weile wieder hochgenommen wurde. Wiegend trug sie es hin und her.

»Haben Sie schon mal von der Diagnose Schreibaby gehört?«, fragte der Arzt. Ich schüttelte beklommen den Kopf. Träge schwappten die schwarzen Flecken hin und her, um sich dann weiter zu verdichten.

»Manche Babys schlafen viel zu wenig und schreien stundenlang. Es gibt eine Palette an Theorien, die besagen, warum das so ist, doch den betroffenen Eltern nützen sie wenig, denn sie können kaum etwas dagegen tun – oder dafür. Für den Schlaf ihres Babys. Sehen Sie selbst ...«

Die Schwester legte das Baby wieder ab und augenblicklich begann es mit den Beinchen zu strampeln und in den höchsten Tönen zu kreischen. Es klang panisch. Ich musste an meine Träume im vergangenen Frühjahr denken – meine Träume von Colin, Colin als Baby. Ein winziges, ungeliebtes Wesen, das nie schrie, kein einziges Mal. Und das von seiner Mutter auf den kalten Dachboden gelegt wurde, weil sie es nicht neben sich haben wollte. Sie fürchtete es wie den Teufel.

»Wo ist seine Mutter?«, fragte ich und presste unwillkürlich die Hände auf meine Ohren, in denen sich das Tacken von Marcos Tastatur nun mit dem verzweifelten Brüllen des Babys vermischte.

»Letzte Nacht erlitt sie einen Nervenzusammenbruch. Sie war am Ende ihrer Kräfte, hat seit der Geburt keine Nacht geschlafen. Sie glaubt, dass sie etwas falsch macht, hat massive Schuldgefühle ...«

»Verdammt, was tut die Schwester da?« Meine Finger suchten nach dem Türgriff, doch er gab nicht nach. Am liebsten wäre ich in das Zimmer gestürzt und hätte ihr das Kind aus den Armen gerissen, obwohl sie liebevoll mit ihm umging. Aber sah sie nicht, dass es sich vor dem Bett fürchtete? Es wollte darin nicht liegen, kapierte sie das denn nicht? Und hatte Colins Mutter nicht gespürt, wie allein und einsam er gewesen war? Hatte sie nicht gemerkt, dass er alles mitbekam, von der ersten Sekunde an – dass er verstand, wie einsam er war? Er hatte es nicht nur erduldet. Er hatte es verstanden.

»Sie bringt ihm das Schlafen bei.« Ich versuchte, die Stimme des Arztes abzuschütteln wie eine lästige Mücke. »Jeder Mensch braucht Schlaf, verstehen Sie? Das Baby muss schlafen lernen. Das ist das Einzige, was wir tun können, und manchmal funktioniert es – vorausgesetzt, sie ist rund um die Uhr bei ihm. Ein harter Job. Wenn sie Feierabend hat, weiß sie, was sie getan hat.«

»Warum will es denn nicht schlafen?«, fragte ich verzweifelt.

»Es hat Angst«, antwortete der Arzt. »Haben Sie sich schon einmal überlegt, was Babys wohl für Träume haben? Sie könnten eine Delikatesse sein.« Seine grauen Augen glitzerten, als er mich ansah. Mit einem Schlag verschwanden die schwarzen Flecken. Meine Fingerspitzen wurden taub. Ich wich dem Blick des Doktors nicht aus, obwohl mir ein Schauer über den Rücken kroch. »Denken Sie nach, Elisabeth. Warum will das Baby nicht schlafen? Warum? Wovor fürchtet es sich? Ich empfehle jungen Eltern, ihr Kind bei sich schlafen zu lassen. Es scheint zu helfen. Womöglich hält es sie ab … Wer weiß, was sie anrichten können?«

Er fuhr sich über seinen kahlen Schädel, als wolle er damit seine eigenen dunklen Gedanken vertreiben. Meine Knie gaben nach und ich rutschte ein Stück an der Glaswand entlang nach unten, meinen Rücken fest an die kalte Scheibe gepresst. »Stellen Sie sich vor, welch eine Tragödie: Die Mutter kommt morgens ins Zimmer und ihr Baby …«

»Nein, seien Sie still, bitte, bitte! Ich will das nicht hören!« Ich trat von der Wand weg und torkelte blind vor Tränen in Richtung Fenster. Ich spürte es selbst … Ich spürte diese fassungslose Trauer, den alles hinabreißenden, grellen Schreckmoment, der niemals vergessen werden konnte … und sah plötzlich Colin, der als winziges Bündel im eisigen Wind auf der Kuppe eines Hügels lag, weit und breit keine Menschenseele, sein Gesicht von Schneekristallen bedeckt. Geboren als Dämon und von Anfang an gehasst. Ausgesetzt zum Sterben? Ich wollte ihn trösten, ihn davon heilen, es von ihm nehmen, und gleichzeitig gehörte er zu jenen Wesen, die sich am Schlaf von Menschen vergriffen.

Haben Sie sich schon einmal überlegt, was Babys wohl für Träume haben? Sie könnten eine Delikatesse sein.

Der Arzt fing mich ab, bevor ich fiel, und stützte mich, sodass ich ihn mehr stolpernd als laufend in sein Büro begleiten konnte. Dort ließ er mich auf den bequemen Besuchersessel sinken und nahm meine zitternden Hände in seine.

»Sie wollen es nicht hören, weil Sie es dann nicht fühlen müssen, Fräulein Sturm?«

Ich erwiderte nichts. Die Emotionen, die mich eben angesichts des panisch schreienden Babys überflutet hatten, verflüchtigten sich nur zäh. Etwas davon würde bleiben, für immer. Einen Moment lang wollte ich lieber tot umfallen, als mich all den Gefühlen zu stellen, die mich in diesem Leben noch aus der Bahn werfen konnten, ob sie nun mir gehörten oder nicht. Und meine eigenen reichten mir eigentlich voll und ganz.

»Also ist es so, wie ich ahnte …«, sagte der Doc leise. »HSP.«

Ich hob misstrauisch den Kopf.

»Was sollte das Ganze?«, fragte ich bissig, obwohl der Schwindel nur langsam nachließ. »Wollten Sie mich testen? Vorführen? Es ging nicht um die Patienten, oder? Sie waren nur Mittel zum Zweck.«

»Sie werden es nicht leicht haben, Elisabeth. Sie sind eine HSP, wussten Sie das? Hochsensible Person. Sie empfinden auch das, was gar nicht Sie persönlich betrifft, als würde es in Ihnen selbst stattfinden. Das erschwert Ihnen das Leben. Und deshalb weiß ich nicht, ob Sie den gleichen Weg einschlagen sollten wie Ihr Vater.«

Mein Vater … Er kannte meinen Vater?

»Wissen Sie, wo er ist? Sind Sie vielleicht selbst ein … Halbblut?«, sprach ich ohne Vorwarnung und hörbar aufgeregt das aus, was schon die ganze Zeit als vager Verdacht durch meinen Kopf flirrte. Der Arzt lachte erheitert auf. Auch das schien er gut trainiert zu haben.

»Nein. Nein, das bin ich nicht. Dem Herrn sei Dank. Darf ich mich vorstellen? Dr. Sand, Schlafmediziner. Sie können mich gerne Sandmann nennen. Manchmal vergesse ich, dass ich eigentlich Sand heiße. Alle hier nennen mich den Sandmann.«

»Elisabeth Sturm«, erwiderte ich lahm, obwohl es überflüssig wie ein Kropf war. Er hatte meinen Namen ja bereits in Erfahrung gebracht. Und zwar nicht, wie ich anfangs gedacht hatte, über meinen Bruder. »Sie kennen meinen Vater also.«

»Ja, sehr gut sogar. Er hat sich mir anvertraut. Und ich glaube ihm.«

»Sie glauben ihm …«, schluchzte ich und fühlte mich einen Wimpernschlag lang wie erlöst. Dr. Sand reichte mir ein Taschentuch. Ich schnäuzte mich kräftig. Irgendwie hatten sich all die mühevoll unterdrückten Tränen in meiner Nase versammelt. Sobald ich mich von ihnen befreite, beschloss die Nachhut, aus meinen Augen zu flüchten.

»Ja. Ich glaube ihm. Er hat mir in regelmäßigen Abständen ein Zeichen zukommen lassen, dass alles in Ordnung ist. Doch nun …« Er sah mich fragend an.

»Er ist verschollen«, brachte ich seinen Gedanken heiser zu Ende. »Seit Neujahr. Sie wissen also nicht, wo er sein könnte?«

Dr. Sand schüttelte den Kopf. »Nein, es tut mir leid, Elisabeth. Ich weiß nichts. Alles, was ich wusste, war, dass er eine Tochter hat, die ebenfalls eingeweiht ist. Die … ja, die sich sogar mit einem von ihnen eingelassen hat. Sie sind mutig, Elisabeth. Um nicht zu sagen, vollkommen leichtsinnig.« Ein Schmunzeln huschte über seine Mundwinkel und diesmal hatte ich nicht den Eindruck, als sei es trainiert worden.

»Das liegt wohl im Auge des Betrachters«, entgegnete ich schnippisch. »Okay, Sie wollten wissen, wer diese Wahnsinnige ist, die sich in einen Mahr verliebt hat. Voilà, hier bin ich. Aber warum haben Sie mich dann nicht einfach angerufen? Warum dieser Umweg über eine Stellenzusage für eine Putzstelle? Und wieso diese Patientenbesichtigung? Ich bin nicht Ihr Versuchskaninchen.«

Sein Schmunzeln verbreiterte sich. »Ich wollte Ihren Instinkt testen. Offensichtlich funktioniert er vortrefflich.«

»Sie hätten mich auch einfach anrufen können.«

»Ich wollte die Worte ›Mahr‹ oder ›Traumraub‹ nicht in einem Telefongespräch fallen lassen«, entgegnete Herr Sand unbeeindruckt. »Vorsicht ist …«

»… die Mutter der Porzellankiste. Ich weiß. Ist einer meiner Lieblingssprüche.« Ich atmete prustend aus. »Aber was hat mich denn Ihrer Meinung nach bewegt hierherzukommen, anstatt anzurufen oder Ihnen zu mailen? Hellsehen kann ich schließlich nicht. Es war ein blöder Zufall, weil ich gerade nichts Besseres zu tun hatte«, sagte ich und spürte am ganzen Körper, dass ich log.

»Sie zweifeln an der Macht der Intuition, Fräulein Sturm?«

»Ich bin nicht gerade esoterisch veranlagt«, gab ich kühl zurück.

Dr. Sand brach in ein schallendes Lachen aus, fing sich aber sofort wieder.

»Sehen Sie sich den Brief noch einmal an. Und zwar ohne ihn zu lesen. Betrachten Sie das Gesamtbild.«

Seufzend faltete ich ihn auf. »Und was hat das mit meiner Intuition zu tun?«

»Intuition gehorcht keinen esoterischen Schwingungen. Sie gehorcht der Logik – einer feinen, kaum wahrnehmbaren Logik. Sie richtet sich nach Vorzeichen. Das meine ich wörtlich. Vorzeichen …«

Ich stellte meine Augen weich, wie damals, als ich mit Colin bei Louis gestanden hatte. Oh. Nun sah ich es auch – und wusste plötzlich, was Dr. Sand meinte. Es waren die Anfangsbuchstaben der ersten drei Sätze, die jeweils mit einem deutlichen Abstand untereinandergesetzt worden waren. L, E, O. Leo. Mein Vater.

Trotz meiner jähen Rührung stopfte ich den Brief achtlos in die Hosentasche und verschränkte die Arme. Mir gefiel es nach wie vor nicht, dass Experimente mit mir gemacht wurden. Daran änderte auch der Umstand nichts, dass ich Dr. Sand mochte.

»Was wollen Sie nun von mir?«, fragte ich barsch.

»Im Moment gar nichts«, antwortete er aufgeräumt und etwas zu locker. Ich glaubte ihm nicht. »Sie sollten einfach nur wissen, dass Sie in mir einen Gesprächspartner haben, der die Existenz von Mahren zumindest für möglich hält. Abgesehen davon suche ich irgendwann einen Nachfolger. Gerne auch eine Nachfolgerin. Ich bin nicht mehr der Jüngste, wissen Sie.«

»Ach«, sagte ich trocken und ließ meinen Blick über seine Glatze schweifen. »Daher weht also der Wind.«

Er grinste amüsiert. Konnte ich ihm wirklich trauen? Nun musste ich ein paar Dinge in Erfahrung bringen. Das hier konnte auch alles eine Falle sein. Er war mir sympathisch – das auf jeden Fall. Und eigentlich wirkte er auch glaubwürdig. Doch was war seine Motivation?

»Warum glauben Sie meinem Vater eigentlich? Sie sind doch Wissenschaftler«, fragte ich mit fester Stimme. »Die glauben nur das, was sie sehen.«

Augenblicklich erlosch sein Grinsen. »Eine berechtigte Frage, Fräulein Sturm.«

»Dann beantworten Sie diese Frage. Ich bin Ihnen in Ihre Geisterbahn der Schlaflosen gefolgt und nun möchte ich Antworten. Warum in Gottes Namen sollte ich Ihnen trauen? Was haben Sie mit Nachtmahren zu schaffen?«

Als ich das Wort »Nachtmahre« aussprach, erschlafften seine Züge und er sah mich so verbittert an, dass ich versucht war, tröstend meine Hand auf seinen Arm zu legen.

»Gut, Fräulein Sturm. Dann erzähle ich es Ihnen«, begann er leise. Auf einmal wirkte sein Körper alt und verbraucht. »Ich hatte eine Tochter in Ihrem Alter, ein fröhliches, quirliges Mädchen, voller Pläne und verrückter Ideen und mit einer kunterbunten Fantasie gesegnet.«

»Das bin ich auch, aber fröhlich und quirlig war ich nie«, unterbrach ich ihn sanft. Mich trieb der Wunsch, wieder ein Lächeln auf seine grauen Züge zu zaubern, und fast gelang es. Nach einer kleinen Pause fuhr er fort.

»Eines Tages veränderte sie sich ... Sie lachte weniger, schrieb keine Geschichten mehr, ging kaum noch aus, verkroch sich, hörte auf, Sport zu treiben. Und eines Morgens lag sie mit gebrochenem Genick auf dem Bürgersteig. Ich war in der Klinik in dieser Nacht, aber meine damalige Frau hatte sie entdeckt, wie sie auf dem Dachfirst stand, im dünnen Nachthemd mitten im Winter, den Kopf in den Nacken gelegt, die Arme ausgebreitet. Meine Frau machte den Fehler, sie anzusprechen ... Sie fiel und starb sofort. Wenigstens musste sie nicht leiden. Zumindest nicht im Todeskampf.«

»Sie ist geschlafwandelt«, flüsterte ich betroffen.

Er beugte sich vor und griff wieder nach meinen Händen. »Nein. Sie ist zuvor kein einziges Mal im Schlaf umhergegangen, Elisabeth. Etwas hat sie gelockt. Und sie wollte sich auch nicht umbringen, wie manche behaupteten. – Warum stehen Menschen im Schlaf auf und treiben die unmöglichsten Dinge? Warum?«

Er ließ mich los, fasste mit beiden Händen um die Tischkante und umklammerte sie, bis die Knöchel weiß hervortraten. Langsam beugte er sich zu mir, um mich fest anzusehen. Ich brachte keinen Ton heraus. Wir dachten ohnehin das Gleiche. Es war ein Mahr gewesen. Das war es, was wir vermuteten. Außerdem hatte ich den

Eindruck, dass Dr. Sand reden musste, um seinen Schmerz zu besiegen, der ihn in diesem Moment wieder heimgesucht hatte. Also ließ ich ihn reden – schnell und gehetzt, als sei er auf der Flucht.

»Nehmen wir Marco. Die Ursache seines Traumas ist klar. Daran gibt es keinerlei Zweifel. Das waren die Menschen. Aber stellen Sie sich vor, wir könnten einen Mahr dazu bringen, ihn von seinem Trauma zu erlösen – er wäre in der Lage, ein einigermaßen normales Leben zu führen, vielleicht sogar eine Familie zu gründen! Das ist es, was Ihr Vater vorhatte, nicht wahr?«

»Vorhat«, verbesserte ich ihn.

»Das da draußen, das sind nur drei meiner Patienten. Soll ich Ihnen etwas verraten, Elisabeth? Die Wissenschaft hat keine Ahnung von Schlaf und Traum. Wir tappen im Dunkeln, im wahrsten Sinne des Wortes. Und ich glaube wie Ihr Vater, dass die Mahre uns helfen könnten, aber auch, dass sie die größte Plage sind, die Gott uns je geschickt hat.«

Nun, da gab es noch die Pest und Aids und Tsunamis und Erdbeben und Ed Hardy und Modern Talking, doch ich wollte ihm jetzt nicht widersprechen, obwohl er sich gefangen hatte und seine Augen erneut zu blitzen begannen.

»Ich weiß«, sagte ich stattdessen. »Colin hat mir davon erzählt. Aber er hat auch gesagt, dass es quasi unmöglich ist, diese Pläne umzusetzen. Wir müssten sie einerseits bekämpfen und andererseits für uns nutzen, und wie entscheiden wir, wer wofür gut ist? Denn alle Mahre sind hungrig, oder? Keiner möchte sich freiwillig mit schlechten Gefühlen vergiften. Außerdem – was würden Ihre geschätzten Kollegen zu Ihren neuen Methoden sagen?«

»Sie haben recht. Die Zeit ist noch nicht reif.« Seufzend setzte Dr. Sand sich auf die Schreibtischkante, die sich nun in tiefen Dellen auf seinen Handinnenflächen abzeichnete. Gedankenverloren strich er darüber. »Aber ich hoffe, dass der Tag kommt. Und ich hoffe, dass

Sie dabei eine Rolle spielen, Elisabeth. Eine gute Rolle. Sie sind der erste Mensch, der sich in einen Cambion verliebt und es überlebt hat. Sie sind intelligent, neugierig, können hervorragend logisch denken. Sie brauchen nur ein entsprechendes Studium, Sie müssten Ihre Sensibilität ein wenig in den Griff kriegen …«

»… was unmöglich ist …«, ergänzte ich spitz.

»Oh, so unmöglich ist das nicht«, widersprach Dr. Sand lächelnd. Da war es also wieder. »Sie bringen jedenfalls achtzig Prozent der Voraussetzungen mit und ich akzeptiere den Gedanken nicht, dass nach mir niemand mehr diese Idee mit den Mahren aufgreift, so absurd sie für das Gros der Wissenschaftler auch klingen mag. Was meinen Sie? Sie haben doch sicherlich vor zu studieren, oder? Und es würde mich sehr wundern, wenn es Literatur oder Musik sein sollte. Sie sind Wissenschaftlerin, Elisabeth!«, rief er so überzeugend, dass ich mich schwer damit tat, ihm den Wind aus den Segeln zu nehmen.

»Ehrlich gesagt, habe ich im Moment genug damit zu tun, nicht von meinem eigenen Bruder in die Klapse verfrachtet zu werden.«

»Er glaubt Ihnen nicht?«

»Kein bisschen.«

»Dann lassen Sie das Thema ruhen. Reden Sie nicht mehr davon, Sie machen es nur schlimmer. Man kann Menschen nicht dazu zwingen, an etwas zu glauben, was sie nicht sehen wollen. Das hat noch nie funktioniert.«

Dr. Sands Worte hallten immer noch in meinem Kopf nach, als ich mich – diesmal vom Bus – zurück zur Speicherstadt bringen ließ. Zähneknirschend musste ich ihm recht geben. Ich konnte Paul nicht zwingen, es zu glauben. Aber ebenso wenig konnte er mich dazu zwingen, ihm gewisse Dinge zu glauben. Zum Beispiel seine Geschichte mit François.

Im ersten Moment hatte mich die Tatsache, dass Dr. Sand mich für geistig klar und die Existenz von Mahren für möglich hielt, ungemein beruhigt. Hier, in dieser Stadt, nicht allzu weit entfernt, gab es jemanden, mit dem ich darüber sprechen konnte, noch dazu einen Wissenschaftler, dessen Urteil man vertrauen durfte. Dieser Gedanke machte es leichter, die Zweifel in mir zum Schweigen zu bringen.

Aber er hatte auch ein sehr starkes Motiv: den Tod seiner eigenen Tochter. Wenn er meinen Vater für verrückt erklärt hätte und mich dazu, hätte er diesen Schicksalsschlag einfach so hinnehmen müssen, und zwar als das, was andere in ihm sahen: einen tragischen Unfall beim Schlafwandeln oder aber Selbstmord. Er hatte einen Nutzen davon, mich und Papa nicht für verrückt zu halten. So gesehen war es nicht verwunderlich, dass er sich regelrecht in seinen Plan verbissen hatte, mit dem kleinen, aber bedeutenden Unterschied, dass er sich nicht selbst in der Welt der Mahre bewegte. Er befand sich auf sicherem Boden und vermied es, seine Theorien nach außen dringen zu lassen. Denn ebenso wie wir hatte er keine Beweise.

Trotzdem. In mir ruhte unverrückbar und felsenfest die Gewissheit, dass ich nicht meinen Verstand verlor. Ich war bei Sinnen. Und ich würde den Spieß nun umdrehen. Ich würde Paul beobachten – im Beobachten hatte ich wahrlich hinreichend Erfahrung gesammelt in den vergangenen Jahren – und herausfinden, was sein verfluchtes Problem war.

Und danach konnten wir immer noch darüber diskutieren, wer von uns beiden der Beklopptere war.

Superbia

Zeter und Mordio

Da war es endlich – das offene Meer. Ich blieb stehen und wagte kaum zu blinzeln, so berauschend war der Anblick, der sich mir bot. Nicht das kleinste Wölkchen trübte den Himmel, die Luft strich lau über meine Haut, die Sonne wärmte meinen Nacken. Über mir rauschten die Palmwedel im Wind und das Flüstern ihrer Blätter vermischte sich mit dem Auf und Ab der Brandung zu einem fast hypnotischen Brausen, das im Nu alle düsteren Gedanken aus meinem Kopf vertrieb.

Es ist Sommer, dachte ich übermütig. Es ist Sommer, ich bin am Meer und es ist viel schöner, als ich es mir je ausgemalt habe … Mein Gott, ist das schön. Meine Augen schwammen selig im Azurblau des Ozeans und beobachteten ungläubig, wie er mit einem Mal zurückwich – weit zurückwich, viel zu weit. Unverhältnismäßig weit. Schon erhob sich am Horizont die Welle, haushoch und glitzernd und gekrönt von schneeweißer Gischt, und mit ihr erhob sich auch das Schreien der Menschen, die wussten, was sie brachte. Ich wusste es auch. Sie brachte meinen Tod.

Zu lange blieb ich stehen, während alle anderen um ihr Leben rannten, und sah zu, wie die Welle unaufhörlich näher kam und immer höher wuchs, bis ich es endlich schaffte, mich aus meiner Erstarrung zu lösen. Zu spät. Ihr Brüllen und Tosen legte sich über das Flüstern der Palmwedel, schon konnte ich das Salz riechen und all die Gaben des Meeres, die die Welle mit sich führte und mit denen sie uns ersticken würde, uns und die gesamte Insel. Die Sonne verdunkelte sich. Dann schlug die Kälte über mir zusammen.

Ich griff nach vorne, um mich an die Kaimauer zu klammern, gegen die ich mich eben noch gelehnt hatte. Vielleicht konnte ich mich an ihr festhalten, bis das Wasser sich wieder in den Ozean zurückzog, ich musste nur lange genug die Luft anhalten, vielleicht schaffte ich es … Doch die Macht der Welle riss die Mauer mit mir zu Boden. Noch hielt ich einen Stein in meinen Händen, das letzte Stück dieser Erde, bis das Wasser mir auch ihn nahm, mich mit sich trug und mit erbarmungsloser Gewalt mein Rückgrat zerbrach …

»Natürlich, die Mauer!«, rief ich und schnellte hoch. Ich war schweißgebadet und nur unter allerhöchster Konzentration gelang es mir, Luft zu holen. Pfeifend atmete ich ein und meine Lungen pressten den Sauerstoff sofort wieder heraus, als hätte ich ihnen zu viel zugemutet, ja, als wollten sie ihn gar nicht. Doch meine Gedanken waren klar.

»Gott, wie konnte ich nur so blöd sein«, schimpfte ich. Noch einmal rang ich nach Luft und diesmal zeigten meine Lungen sich kooperativ. Das Schwindelgefühl, das beim Aufwachen so stark gewesen war, dass ich mich Halt suchend an der Bettkante festgeklammert hatte wie im Traum an der zerberstenden Kaimauer, verebbte.

Der Safeschlüssel! *»Du findest ihn in Pauls Mauern«*, hatte Papa geschrieben. Ich hatte vermutet, »in Pauls Mauern« sei eine poetische Umschreibung für Pauls Wohnung gewesen. Und Poesie gehörte nicht zu meinen liebsten Hobbys. Ich hatte die Formulierung mit einem Achselzucken abgetan. Doch nun wusste ich, was Papa meinte – und es war so offensichtlich, dass ich mich für meine eigene Begriffsstutzigkeit hätte ohrfeigen können. In Pauls Wohnung gab es tatsächlich eine Mauer – eine Mauer, die im Nachhinein gesetzt worden war, um die Küche vom Wohnzimmer zu trennen und diesen großen Raum etwas gemütlicher zu gestalten. Sie reichte nicht bis zur Decke, sondern endete in der Höhe meines Kopfes. Paul hatte den verbleibenden Platz für eine exquisite Lichtinstallation genutzt. Wahrscheinlich hatte Papa persönlich diese Wand hochgezogen; schließlich hatte er die Wohnung damals eigenhändig renoviert.

Es würde mir wohl nichts anderes übrig bleiben, als sie in Stücke zu hauen, wenn ich den Schlüssel finden wollte. Vielleicht gab es aber auch eine Möglichkeit, durch Klopfen den hohlen Stein zu erlauschen, in dem sich der Schlüssel verbergen musste. Ich widerstand dem Bedürfnis, sofort nachzuschauen, denn ich wollte Paul keinen weiteren Stoff für seine Ellie-ist-bekloppt-Theorie liefern, indem ich an der Küchenmauer stand und Morsezeichen an mein zweites Ich sendete.

Also lehnte ich mich mit dem Rücken an die Wand, ließ das Licht aus und dachte nach. Es war das erste Mal seit einer Woche, dass ich um diese Zeit die Gelegenheit dazu bekam, denn Pauls phlegmatische Lebensweise begann bereits auf mich abzufärben und stimmte mich matt, müde und antriebslos. Genau das, was Paul ausstrahlte. Nach meinem Beschluss, ihn zu beobachten, hatte ich im Internet versucht herauszubekommen, welche Verhaltensweisen ich mir zulegen sollte, um einen zwar geistig angeschlagenen, aber nicht vollkommen verrückten Eindruck zu machen.

Ich wurde rasch fündig – eine depressive Verstimmung war das Beste. Sie bot keinen Grund, mich einzusperren, doch sie würde Pauls Theorie weiterhin nähren, ohne dass er auf den Trichter kam, ich hätte das Zepter in die Hand genommen. Schon beim Durchlesen der gängigen Symptome war mir mit erschreckender Deutlichkeit aufgefallen, dass sie eigentlich zu Paul passten. Ja, zu Paul und nicht zu mir. Und das konnte ich genauso wenig glauben wie die Tatsache, dass er hoppladihopp schwul geworden war.

Seine sexuelle Kehrtwende musste sich gleich nach seinem Umzug hierher vollzogen haben. Paul und François kannten sich geschlagene vier Jahre und seit anderthalb Jahren arbeiteten sie offiziell zusammen. Sie hatten sich gemeinsam den Porsche gekauft, fuhren gemeinsam in den Urlaub und sie nächtigten hin und wieder gemeinsam. Zum Glück nicht hier, und bei den drei Malen, die Paul bei François geschlafen hatte, war er irgendwann frühmorgens in die Wohnung gestolpert und hatte bis zum Nachmittag komatös in seinem verdunkelten Zimmer gelegen. Er behauptete, mit François in einem Bett sei es kaum auszuhalten, weil er sich ständig hin und her wälze und ihm die Decke wegreiße, und François behauptete, Paul würde nachts ganze Wälder absägen. Nun, in diesem Punkt musste ich ihm widerwillig zustimmen. Pauls Schnarcherei war eine Zumutung.

Aber ich glaubte auch Paul. Denn François' Hauptaufgabe in Pauls Leben bestand darin, Hektik zu verbreiten. Entweder scheuchte er Paul am Telefon durch die Wohnung (Paul musste dann irgendwelche Unterlagen oder Abrechnungen oder Preislisten suchen), wobei die beiden meistens anfingen zu streiten und François aus lauter Gereiztheit immer wieder mitten im Gespräch auflegte. (Er behauptete natürlich, die Verbindung sei abgebrochen – François war *nie* an etwas schuld und hatte *immer* recht.) Oder aber er stürzte höchstpersönlich zu uns herein und tat ungefähr das Gleiche in Grün, was für mich aber wesentlich unangenehmer war, da François mich geflissentlich übersah oder mich wie üblich mit kalter Verachtung strafte, sobald seine Blicke meinen nicht mehr ausweichen konnten. Ich machte mir während seiner Anwesenheit einen Spaß daraus, blöde Spiele mit seinem Hund zu treiben, was François erst recht in Rage brachte. Doch ich war seiner Konversation nicht würdig und so befahl er mir auch nicht, damit aufzuhören.

François redete allerhöchstens indirekt mit mir – zum Beispiel, wenn Paul mal wieder auf dem Klo hockte, weil er verpennt hatte, und François ihn zur Eile trieb. Dann sprach er in der dritten Person von Paul, ohne mich dabei anzusehen oder gar ernsthaft mit einer Antwort zu rechnen. »Ich habe ihm gesagt, dass wir kaum mehr Zeit haben und der Kunde wichtig ist, ich habe es ihm gesagt!« »Er hat wieder verschlafen, oder? Ach, dass er aber auch nie den Wecker hört!« »Hach, wie er wieder rumläuft und wie er redet! Ich sag es ja, Paul ist der hetischste Schwule, den ich je erlebt habe!«

»Das liegt vielleicht daran, dass er ein Hetero ist«, erwiderte ich frostig, doch François schnalzte nur mit der Zunge und winkte ab.

Ansonsten machte ich mir nicht die Mühe, mit François ein Gespräch anzufangen, obwohl ihn die gleichen Dinge an Paul zu stören schienen wie mich. Der große Unterschied bestand darin, dass François sich über diese Dinge echauffierte, ohne sich Gedanken über ihre Ursache zu machen, und mein Kopf beinahe zu rauchen anfing vor lauter Grübeleien. Inzwischen war es sogar so, dass ich am eigenen Leib die Last zu spüren begann, die Paul mit sich herumtrug – eine unsichtbare, tonnenschwere Last, die ich nicht ignorieren konnte. Ich glaubte schon lange nicht mehr, dass die Geschichte mit Lilly die alleinige Ursache dafür war. Paul hatte sich mir stets als ein Stehaufmännchen präsentiert und ihm war ein beneidenswerter Optimismus eigen. Das war der große Unterschied zwischen uns gewesen: Paul hatte nichts so schnell aus der Fassung gebracht. Er wusste genau, was er wollte, und es kümmerte ihn nicht, was die anderen darüber dachten. Und wenn Plan A nicht funktionierte, fing er eben am nächsten Tag mit Plan B an.

Doch der neue Paul hatte keine Pläne mehr. Er wurde nur noch getrieben – von François. Wenn François in die Wohnung rauschte und Stress verbreitete, kam Leben in Paul und er startete entweder mit François irgendwelche kunstgewerblichen Unternehmungen oder raffte sich und seine unsichtbare Last dazu auf, in seiner Werkkammer einen Rahmen zu basteln. Ich gab es ungern zu, aber ich war François beinahe dankbar für seinen nervenzehrenden Aktionismus, denn Pauls Apathie war schwer zu ertragen und es verschaffte mir eine spürbare Erleichterung, wenn er wenigstens irgendetwas tat. Außerdem begann er in diesen Stunden selbst aufzuleuchten. Aus dem Stinkstiefel, der missmutig auf dem Klo hockte oder sich hinter seiner Morgenzeitung versteckte, wurde dann ein chic gekleideter, energetischer junger Mann mit blitzenden Augen und beschwingtem Gang, der zwar schimpfend und streitend, aber immerhin zielgerichtet und in Gesellschaft die Wohnung verließ und mit einem röhrenden weißen Porsche davonbrauste.

Trösten konnten mich diese Momente dennoch nicht, denn in mir schwelte ein grauenhafter Verdacht – nein, eigentlich war es kein Verdacht mehr. Es war beinahe Gewissheit. Nach wenigen Tagen des Beobachtens hatte ich Paul als depressiv diagnostiziert, ja, schlimm genug – aber das war nicht alles. Ich musste an Dr. Sands Hinweis während unseres Gesprächs in der Klinik denken. Ich sei Wissenschaftlerin, hatte er gesagt. Ich könne logisch denken. Und genau dieses logische Denken verbot mir, meine Schlussfolgerungen zu ignorieren, auch wenn sie noch so erschreckend waren.

Denn Paul war nicht nur depressiv. Nein, hinzu kamen merkwürdige Verhaltensweisen, die ich in gar kein Schema einordnen konnte.

Wie so oft listete ich sie im Geiste auf und bemühte mich, plausible Gründe dafür zu finden – andere Gründe als den einen, grausamen, den ich die ganze Zeit schon fürchtete.

Punkt 1: sein Essverhalten. Es war durchweg verstörend. Paul aß dauernd und er tat es wie nebenbei, ja, beinahe ferngesteuert und absolut gedankenlos. Er aß nicht aus Hunger – niemand war hungrig, wenn er gerade drei Teller Chili con Carne mit Reis heruntergeschlungen hatte –, aber als Kummerfressen konnte man es auch nicht bezeichnen, denn es stimmte ihn nicht glücklicher.

Nach dem Essen griff er in regelmäßigem Wechsel nach Salzstangen, Schokolade, Salzstangen (seine Begründung: nach süß brauche er etwas Salziges), dann einem Schnäpschen, einem Schluck Wein, wieder Schokolade. Außerdem schien ihm das Empfinden von Kälte und Hitze abhandengekommen zu sein. Er konnte siedend heißen Kaffee trinken und in ein Eis hineinbeißen, ohne zu zucken. Was fühlte er überhaupt noch?

Ähnlich verhielt er sich beim Fernsehen. Punkt 2: Medienkonsum. Paul zappte, doch er guckte nicht. Ich musste dabei oft aus dem Raum gehen, um nicht auszurasten, weil er keinen Sender länger als drei Minuten angeschaltet ließ, geschweige denn zu reflektieren schien, was da überhaupt lief. Und das war schon eine Rekordzeit.

Punkt 3: Konsumverhalten. Wenn er sich etwas Neues kaufen wollte – das tat er oft und am liebsten übers Internet –, verbrachte er Stunden, manchmal Tage damit, sich die Bewertungen der Produkte in Foren durchzulesen und zu vergleichen, mit dem Ergebnis, dass er irgendwann kaum mehr fähig war, eine Entscheidung zu fällen. Er kaufte trotzdem, aus purem Frust, und meistens kam es in defektem Zustand an. In all seinem Handeln lag eine gequälte, unlustige Fahrigkeit, die mich mit in den Abgrund zog, sofern ich nicht ab und zu aus der Wohnung türmte und im Marschschritt die Speicherstadt durchquerte.

Punkt 4: körperliche Verfassung. Das war das dramatischste Verdachtsmoment. Paul war immer müde und schlapp. Das Einzige, was ihm geblieben war, waren seine schlummernde, athletische Kraft, die ruhigen Hände und seine bemerkenswerte Reaktionsgeschwindigkeit. Reagieren konnte er blitzschnell, aber sein Agieren war eine Katastrophe. Von sich aus unternahm er nichts. Und Sport trieb er auch nicht. Angeblich machten seine Bronchien nicht mit.

Nur einmal am Tag hörte ich sein lautes, herzhaftes Lachen von früher, in das ich einstimmen musste, ganz gleich in welcher Stimmung ich mich befand: wenn auf Pro7 *Die Simpsons* liefen. Dann setzte ich mich dazu, lachte mit ihm und bildete mir für zweimal dreißig Minuten ein, alles sei so wie früher. Aber das war es nicht.

Das hier war keine typische Depression. Es war eine Wesensveränderung. Paul wurde jemand anderes. Sein wahres Ich verschwand. Ich konnte dabei zusehen. Etwas Totes hatte sich in ihm breitgemacht – eine gähnende tiefschwarze, sumpfige Leere.

»Nun sprich es schon aus«, murmelte ich vor mich hin. »Sprich es aus.« Doch ich konnte es nur denken und selbst das war schwer genug. Es war nur ein Wort. Ein Wort, das für mich früher völlig bedeutungslos gewesen war. Seit vergangenem Sommer aber löste es ein inneres Beben aus, das mich bis in meine Träume verfolgte. Zwei Silben, die über die Seele eines Menschen entschieden: Befall.

Ja, ich war mir so gut wie sicher, dass Paul befallen worden war. Ich glaubte nicht, dass es noch geschah – oder redete ich mir das nur ein? Nein. Paul hatte erwähnt, dass er extrem wenig träume, und wenn, könne er am nächsten Morgen nicht einmal sagen, was ihm nachts widerfahren war. Von Colin wusste ich, dass die Mahre von ihrem Opfer abließen, sobald die Nahrung minderwertig wurde. Dann suchten sie sich einen neuen Wirt und die Menschen hatten mit den Folgen des Befalls zu kämpfen, ohne zu wissen, was eigentlich mit ihnen geschehen war. Wenn Paul keine Träume mehr hatte, war der Befall schon vorüber. Das zumindest redete ich mir ein. Ein echter Beweis war es nicht.

Außerdem träumte ich selbst nach wie vor lebhaft. Es waren zwar regelmäßig Albträume dabei (fast immer ertrank ich oder wollte etwas zu fassen kriegen, was mir in letzter Sekunde aus den Händen glitt), aber auch sehr schöne Träume. Zu schöne. Mich an sie zu erinnern tat weh, und obwohl ich in ihnen Glück empfand, wachte ich weinend auf. Denn ich wusste, dass sie nicht wahr werden würden. Und ich brauchte Stunden, um mich von ihren Nachwehen zu befreien; Stunden, bis ich wieder die Augen schließen konnte, ohne Colins funkelnden Blick in der Schwärze hinter meinen Lidern und seine kühlen Hände auf meiner Haut zu fühlen. Es waren andere Träume als früher, in den ersten Wochen unseres Kennenlernens. Sie gingen weiter – weiter als all das, was wir jemals getan hatten. Und doch nicht weit genug. Es waren einzelne wunderschöne Scherben, matt glänzend wie silbriger Mondstein, und ich sehnte mich danach, sie zusammenzufügen, um das Mosaik betrachten zu können, das sie ergaben. Es fühlen zu können.

Derartige Träume mussten ein Festessen für einen Mahr sein und Mahre waren gierig. Er hätte sie sich genommen, wenn er sie gewittert hätte. Trotzdem konnte ich nicht zu hundert Prozent sagen, dass Pauls Befall Vergangenheit war, und deshalb hatte ich mir vorgenommen, Berta nachts wieder stärker ins Visier zu nehmen. Bisher hatte sich das schwierig gestaltet, weil ich nicht wach geworden war. Ich schlief wie ein Stein. In den Abendstunden jedenfalls hatte sie stets einigermaßen normal gewirkt – missmutig und desinteressiert, aber für ihre Verhältnisse umgänglich. Kein Zittern und Beben, kein Springen gegen den Terrariendeckel.

Außerdem hatte ich versucht, eine Ratte einzufangen. Am Wandrahmsfleet wimmelte es von Ratten und vielleicht gaben sie mir Aufschluss über die Anwesenheit eines Mahrs. Immerhin waren Ratten für ihren guten Instinkt bekannt – war es da nicht möglich, dass sie Schwingungen empfingen, die mir entgingen? Doch kaum hatte ich ein besonders fettes Exemplar in die Wohnung gelockt und mich mit Pauls dicken Arbeitshandschuhen und gellendem Kriegsgeschrei auf sie gestürzt, war Paul mir dazwischengekommen – den kreischenden François im Gepäck – und hatte das Vieh aus dem Haus getrieben. Den Käfig, den ich bereits vorbereitet hatte, kickte ich mit dem Fuß rasch unters Bett, aber an Pauls Gesichtsausdruck konnte ich sehen, dass er ihn sehr wohl registriert und ihm nur ein weiteres Verdachtsmoment geliefert hatte.

Doch jetzt herrschte tiefste Nacht – ich schätzte, dass die Geisterstunde lange verstrichen war – und ich sollte die Gelegenheit nutzen, einen Blick auf Berta zu werfen. Das Problem war nur, dass ich überhaupt keine Lust dazu verspürte. Ich hatte Angst. Denn was zum Henker sollte ich tun, wenn sie sich wie eine Irre aufführte und ich davon ausgehen musste, dass genau in diesem Moment im Zimmer nebenan …? Ich wollte den Gedanken gar nicht erst zu Ende führen. Aber Paul war mein Bruder. Und ich konnte ihn nicht den Fängen eines Mahrs überlassen. Ich wusste zwar nicht, was ich gegen einen Mahr ausrichten wollte, der sich an Pauls Träumen labte, doch die Augen davor zu verschließen war auch keine Lösung. Außerdem, versuchte ich mich zu ermuntern, war die Wahrscheinlichkeit ja nur sehr gering, dass er Paul noch befiel. Oder sie? Tessa? Eine infame Variante familiärer Rache?

Meine klammen Finger suchten nach dem Lichtschalter. Im nächsten Moment kniff ich geblendet die Lider zusammen, überzeugt, dass ich mich getäuscht hatte und vor lauter Flimmern nichts erkennen konnte. Doch es war keine Täuschung. Bertas Terrarium war leer. Und der Deckel stand ein winziges Stück offen.

Wie ein Soldat beim Bombenangriff wälzte ich mich aus dem Bett, sprang auf meine Beine, streifte mir hysterisch das Nachthemd über den Kopf, schüttelte meine Haare aus und floh gleichzeitig rückwärts zur Tür, im atemlosen Bewusstsein, jeden Moment gebissen werden zu können, als im selben Augenblick ein zorniger Schrei aus dem Nachbarzimmer ertönte.

»Oh nein …«, keuchte ich. »Nein … nicht Paul …« Ich hastete halb nackt durch den Flur und legte mir im Geiste einen Plan zurecht, mit dem ich Paul retten konnte – Bisswunde aussaugen, betroffenen Körperteil abbinden, Giftnotrufzentrale alarmieren, 110 –, doch bevor ich sein Zimmer stürmte, gab es einen heftigen Schlag. Ein ohrenbetäubendes Krachen folgte, gekrönt von einem zufriedenen Grunzen. Und beides hörte sich nicht an, als würde Paul im Todeskrampf liegen. Nein, es hörte sich an, als …

»Verdammt, was hast du getan?«, brüllte ich ihn an. Er stand mitten auf seinem Bett, die Arme triumphierend erhoben, in der einen Hand einen wuchtigen Aborigines-Art-Bildband, in der anderen den Schirm der Deckenlampe, der auf ihn hinabgestürzt war. Doch meine Aufmerksamkeit galt dem zusammengekrümmten Leib von Berta, die soeben zitternd auf Pauls Laken verendete.

»Nicht sterben, Berta, bitte nicht, Süße«, bettelte ich sie an, aber es war zu spät. Paul hatte ihren Körper zertrümmert und das Zucken ihrer Beine war nur eine letzte Reaktion ihrer Nerven. In diesem Spinnchen regte sich kein Leben mehr.

»Sorry, Ellie, das Vieh ist über mein Kopfkissen gekrabbelt …«

»Musstest du sie denn gleich umbringen?«, rief ich anklagend. »Du hättest sie ja wohl auch einfangen können …« Ich hatte Berta nicht gemocht, doch nun standen Tränen in meinen Augen. Sie war mein wichtigstes Werkzeug gewesen und Paul hatte ihrem Dasein einfach ein Ende gesetzt. Gut, wenn er es nicht getan hätte, hätte sie womöglich seinem Dasein ein Ende gesetzt, aber hätte er seine schnelle Reaktion nicht weniger todbringend kanalisieren können?

Vorwurfsvoll schaute ich ihn an und er erwiderte meinen Blick mit absoluter Ratlosigkeit.

»Elisabeth, das war eine Spinne. Eine hässliche, widerliche Giftspinne …«

»Ich hab sie gebraucht. Ich hab sie gebraucht, um … ach, das verstehst du nicht.«

Kopfschüttelnd griff Paul nach Bertas Überresten und schmiss sie achtlos aus dem Fenster.

»Nein, das verstehe ich wirklich nicht.«

Ich seufzte schwer. »Mach's gut, Berta«, murmelte ich. »Und danke für alles.« Der eisige Luftzug von draußen ließ mich erschauern. Paul warf mir seinen Bademantel zu und ich wickelte ihn mir umständlich um meine Schultern.

»Langsam wirst du mir ein bisschen unheimlich, Ellie. Du erinnerst mich ja fast schon an den Renfield aus *Dracula* …«

»Also bitte«, protestierte ich. »Ich esse doch keine Kätzchen und rufe ständig: ›Meister, Meister, ich fühle dich!‹«

Pauls Mundwinkel zuckten kurz. »Nein, aber erst das mit der gefangenen Ratte und nun die Spinne? Du tust gerade so, als wäre sie dein liebstes Haustier gewesen. Entschuldige bitte, dass ich mein Leben gerettet habe.«

»Sie hätte vielleicht dein Leben gerettet«, flüsterte ich so leise, dass er es nicht hören konnte, und zog mich in mein Zimmer zurück.

Es wurde Zeit, dass ich handelte. Sobald Paul das Haus verließ – ich wusste, dass er zu einer Ausstellung nach Berlin musste, und hegte die berechtigte Hoffnung, dass François ihn spätestens um neun nach draußen scheuchte –, würde ich die Mauer zu Fall bringen.

Und wenn ich nur ein Quäntchen Glück hatte, fand ich den Schlüssel und in Papas Safe lag irgendetwas, das es mir ermöglichen würde, Paul zu überzeugen und ihn zu heilen.

Falls es denn noch Heilung für ihn gab.

Trümmerfrau

»Und bist du nicht willig, so brauch ich Gewalt«, knurrte ich, griff nach dem Vorschlaghammer und schwang ihn drohend hin und her. Übermäßig Furcht einflößend wirkte ich dabei nicht. Das Gewicht des Hammers riss mich fast zu Boden. Mir war schleierhaft, wie ich es fertigbringen sollte, ihn über den Kopf zu heben.

Ich hatte den hohlen Stein gefunden und im selben Moment Papa verflucht, denn er steckte mitten in dieser vermaledeiten Mauer, und alle Versuche, ihn zu befreien, waren kläglich gescheitert. Gut, wenn ich es nicht schaffte, den Hammer über meinen Kopf zu heben, war es vielleicht sinnvoller, mich von oben herunterzustürzen und ihn dabei mit Schwung in die Mauer zu hauen? Nein, physikalisch ein Ding der Unmöglichkeit. Ich würde zu Boden plumpsen wie eine faule Frucht im Spätherbst.

Also musste die Schlagbohrmaschine dran glauben – mein allerletztes Ass im Heimwerkerärmel. Entschlossen tauschte ich den Hammer gegen dieses nicht minder schwere Mordgerät aus, drückte seine Spitze in die Mauerfugen, schaltete es ein und wurde augenblicklich von Staubwolken eingenebelt. Doch nachdem ich die Fugen zerbröselt hatte und aussah, als hätte ich im Schlamm gebadet, musste ich genau ein einziges Mal den Hammer schwingen – das schaffte ich gerade so, wenn auch mit einem schmerzhaften Reißen in der rechten Schulter – und die Mauer begann zu bröckeln.

Eine Stunde später war Pauls Küche nicht wiederzuerkennen. Der Staub hatte sämtliche Möbel und Elektrogeräte grau-pudrig überzogen und sich sogar an die Wände geschmiegt, auf dem Boden lagen kreuz und quer Backsteine und diverse Zerstörungsgerätschaften herum – doch mir stand der Sinn nicht nach Aufräumen und Putzen. Ich war fix und fertig. Mit letzter Kraft schleppte ich den hohlen Stein zum Tisch, pfriemelte die kleine Holzplatte heraus, die sein Innenleben schützte, und gelangte aufseufzend in den Besitz des Schlüssels.

Nun hielt mich nichts mehr in Hamburg. Mamas Post war immer noch nicht angekommen. Im Westerwald herrschte – wie fast überall in Deutschland – Schneechaos und offenbar war die Post noch nicht über die Waldgrenzen hinausgelangt. Paul konnte den Brief zurücksenden, sobald er hier eintrudelte, und für mich gab es nur ein Ziel: Papas Safe. Ich bereute es, meine Terrarien und Aquarien statt des Safes in den Kofferraum geladen zu haben, denn sonst hätte ich ihn auf der Stelle öffnen können.

Trotzdem wurde ich euphorisch. »Hab ich dich endlich!«, jauchzte ich und drückte dem unscheinbaren Schlüssel einen Kuss auf den Bart. Papas Plan war aufgegangen – ein Plan, der mir im Nachhinein mehr als riskant erschien. Denn woher hatte er wissen wollen, dass Paul in dieser Wohnung blieb? Angesichts Pauls Ablehnung Papa gegenüber wäre es gut möglich gewesen, dass mein Bruder irgendwann ausgezogen wäre und sich ein anderes, eigenes Zuhause gesucht hätte, an dem Papa nicht mitgewirkt hatte. Papa musste sich also sehr sicher gewesen sein, dass Paul hierblieb. Allerdings erinnerte ich mich auch daran, dass Papa vor Eifer gebrannt hatte, nachdem Paul diese Wohnung in Hamburg gefunden hatte. Sie sei etwas Außergewöhnliches, hatte er gesagt. Und Paul würde sie lieben. Ob er mit ihr etwas hatte gutmachen wollen? Paul schien die Wohnung tatsächlich zu lieben, obwohl sie in diesem Moment dank meiner Umbaumaßnahmen beträchtlich an Charme verloren hatte. Er hatte vor Kurzem noch auffällig schwärmerisch betont, hier nie wieder wegzuwollen.

Ausnahmsweise fand ich sie jetzt ebenfalls schön und hüpfte vergnügt um den Schutt herum. Das schrille Läuten der Türklingel bereitete meinem Freudentanz ein jähes Ende. Etwa François? Nein, mit dem war Paul heute Morgen streitend nach Berlin aufgebrochen. Oder hatten sie etwas vergessen? Falls dies so war, standen mir unangenehme Szenen bevor.

Ich betätigte seufzend die Sprechanlage. »Ja, bitte?«

»Können Sie mal runterkommen, ich krieg nix mehr rein«, schallte es mir schlecht gelaunt entgegen.

»Wie – Sie kriegen nichts mehr rein?«, fragte ich verwirrt.

»In den Briefkasten. Nun kommen Sie doch mal runter oder ich nehm Ihre Post wieder mit.«

Ich mochte wie Tillmann grundsätzlich keine Befehle, fügte mich aber und löste einiges Erstaunen aus, als ich mich dem armen Mann von der Post gänzlich staubüberpudert präsentierte. Der Briefkasten war zum Bersten voll. Paul musste ihn tagelang nicht geöffnet haben. Ich wusste zwar nicht, wo der Schlüssel steckte, nahm das aktuelle Päckchen Briefe jedoch entgegen und zog anschließend so viel Post aus dem Briefschlitz, wie ich zu fassen bekam. Und siehe da – auch Mamas Brief war dabei.

Bevor ich ihn öffnete, sprang ich unter die Dusche und verwandelte mich wieder in einen normalen Menschen. Für die Küche musste Paul ein Putzkommando bestellen. Dafür blieb keine Zeit mehr. Wenn ich jetzt losfuhr, würde ich heute Abend im Westerwald ankommen. Und ich musste mich sputen, denn Paul hatte den Volvo in einer angemieteten Garage außerhalb der Speicherstadt untergestellt. Wegen Ebbe und Flut und ständigen Hochwassergefahren war der Alte Wandrahm kein guter Ort für Tiefgaragen und

Paul behagte es schon nicht, seinen Porsche auf offener Straße parken zu müssen, aber den fuhr er nun mal täglich.

Eine Viertelstunde später war ich reisefertig. Ich machte mir noch einen Kaffee, und während die Maschine in Schutt und Asche geschäftig vor sich hin röhrte, öffnete ich nachlässig Mamas Umschlag. Ja, er sah offiziell aus, aber offizielle Briefe hatten in der Regel Absender, was diesem hier definitiv fehlte.

Bestimmt war es irgendeine Gewinnbenachrichtigung oder Lotteriewerbung, der ein möglichst seriöses Aussehen verliehen worden war, um – nein. Nein. Es war etwas gänzlich anderes.

»26. Februar, Sylt, Wanderdünen am Ellenbogen, bei Sonnenuntergang.« Mehr stand nicht auf dem Blatt Papier. Die Schrift gab mir auch keinen Hinweis auf den Verfasser. Die Worte stammten unverkennbar von einer alten Schreibmaschine, bei der das S nicht einwandfrei funktionierte. Der Poststempel war unleserlich und die Briefmarke hatte sich durch den Zwangsaufenthalt im feuchten Briefkasten beinahe aufgelöst. Sie wirkte exotisch auf mich, aber sie half mir nicht weiter.

Mit weichen Knien ließ ich mich auf den nächstbesten Stuhl sinken. Der 26. Februar war heute. Hatte Papa auf Sylt nicht mal eine seiner »Konferenzen« gehabt? Ich erinnerte mich daran, was Colin mir über beliebte Aufenthaltsorte von Mahren gesagt hatte. Sie lebten gerne an Plätzen, die automatisch für einen ständigen Menschennachschub und -austausch sorgten und wo Mahre nicht weiter auffielen. Ich war noch nie auf Sylt gewesen, hatte jedoch oft genug Reportagen über die Insel im Fernsehen gesehen, um zu wissen, dass sie ein solcher Platz war. Ein ideales Mahrrevier. Außerdem war diese Nachricht mit einer Schreibmaschine getippt worden. Viele der alten Mahre blieben irgendwann in ihrer Entwicklung stehen, beherrschten die moderne Technik nicht mehr – und oft versagte sie in ihrer nächsten Nähe auch. Das dritte Indiz war die genannte

Uhrzeit. Bei Sonnenuntergang. Die liebste Tageszeit der Mahre, weil es endlich dunkel wurde und ihre Opfer zu träumen begannen.

»Nein. Nein, das mache ich nicht«, murmelte ich kopfschüttelnd und wusste im gleichen Moment, dass ich es doch tun würde. Jemand wollte mich auf Sylt treffen und ja, die Chancen standen gut, dass es ein gieriger Mahr war, der sich entweder für Papas Verrat oder für meine Verbindung mit Colin rächen und mich anschließend aus Spaß an der Freude komplett leer saugen wollte. Aber es bestand ebenso die Chance, dass es sich bei diesem Mahr um einen der Revoluzzer handelte. Die Revoluzzer waren die »Guten«. Laut Papa gab es sie und Colin hatte dem nicht widersprochen. Ach, was hieß gut – natürlich hatten auch sie Hunger. Doch sie waren wenigstens zur theoretischen Kooperation mit Papa bereit gewesen. Vielleicht stammte die Nachricht von einem dieser guten Mahre und er wusste etwas über Papas Verbleib – oder gab mir einen Tipp, wie ich ihn auslösen konnte.

Ich musste sofort aufbrechen. Die Tage waren zwar wieder länger geworden, doch wenn ich es bis zur Abenddämmerung schaffen wollte, durfte ich keine weitere Minute verlieren. Ich nahm mir einen Packen Scheine aus der Spardose in der Küche, stopfte Jeans, Pulli, Shirt, meinen Kulturbeutel und frische Unterwäsche aus meinem Koffer in einen Rucksack, fütterte hastig meine Tierchen, krallte mir kurz entschlossen Pauls Porscheschlüssel – den Volvo zu holen würde zu viel Zeit kosten und die beiden Schwuletten waren heute Morgen mit François' flaschengrünem Jaguar gestartet – und verließ die Wohnung ohne einen Blick zurück.

»Alter Schwede«, raunte ich respektvoll, als mir die erste rote Ampel Gelegenheit bot zu halten. Der Porsche war eine Höllenmaschine und ich begann, ihn zu mögen. Mein Magen vibrierte im Takt mit dem knurrenden Motor unter mir und aus purer Lust am Angeben ließ ich ihn wild aufheulen und grinste den Mann neben mir an, der sich mit unübersehbarem Neid in den Augen ans Steuer seiner metallicgrauen Familienkutsche krallte. Sobald die Ampel auf Grün sprang, schoss ich auf Nimmerwiedersehen davon. Mir war sehr wohl bewusst, dass ich bei fast jeder Kurve in akuter Lebensgefahr schwebte, doch ich war auf dem Weg zu einem Date mit einem unbekannten Mahr auf Sylt – da stellte der schneeweiße Porsche 911 das deutlich kleinere Gefahrenpotenzial dar. Außerdem hatte er ein perfekt funktionierendes Navigationssystem. Trotzdem bemühte ich mich, nicht schneller als hundertsechzig Stundenkilometer zu fahren und auf nasser Fahrbahn das Tempo zu drosseln, denn das Raubtier, in dem ich saß, reagierte unversöhnlich auf winzigste Schlenker und Unsicherheiten.

Doch mit jedem neuen Streckenabschnitt – beziehungsweise mit jeder Baustelle, die mich zum Abbremsen nötigte – gewöhnten wir uns besser aneinander und die letzten vierzig Kilometer Landstraße nach Niebüll zum Autozug waren ein einziges Vergnügen. Außer mir war fast niemand unterwegs und auch das Verladen klappte erstaunlich gut. Ich fuhr auf die Rampe, als hätte ich nie etwas anderes getan, und lächelte dem frierenden Menschen vor mir souverän zu, als er mich an den Vorderwagen heranwinkte. Nur zehn Minuten später setzte sich der Zug in Bewegung und ich musste mir eingestehen, dass ich mir Sylt und den Transfer über die See weitaus romantischer vorgestellt hatte. Blauer und sonniger.

Der graue Himmel ging nahtlos in das schlammig-schmutzige Watt über und auf der Seite zum offenen Meer hin jagte der Wind schwarze Wolken vor sich her und brachte die Wellenkämme zum Schäumen. Mit deutlichem Unbehagen sah ich dem Naturschauspiel um mich herum zu. Ich fürchtete keine Sekunde lang, dass sich im nächsten Augenblick eine gigantische Welle am Horizont auftürmen würde, aber mit erholsamer Sommerfrische hatte diese Szenerie auch nicht viel zu tun. Die Böen rüttelten unwirsch am Wagendach, als wollten sie mich aus dem Porsche zerren, es waren weder Schafe noch Möwen zu sehen und am allerwenigsten konnte ich fassen, dass Sylt unter einer trübweißen Schneedecke lag.

Ich stieg gar nicht erst aus dem Wagen, obwohl es noch hell war, sondern machte mich sofort auf den Weg zum Ellenbogen, dem nördlichsten Zipfel von Sylt. Nachdem ich List hinter mir gelassen hatte, wurde es so einsam und der Asphalt so holprig, dass ich kurz anhielt, um durchzuatmen und meinem Herz Gelegenheit zu geben, sich zu beruhigen. Doch das tat es nicht. Meinem Herzen und mir gefiel diese Gegend nicht. Nicht einmal bei Sonnenschein, fünfundzwanzig Grad im Schatten und völliger Windstille hätte ich mich hier entspannen können.

Die Dünen schienen mir lebendig zu sein – nun, das waren sie im Grunde auch, sie wanderten schließlich –, aber ich hatte das Gefühl, dass sie Augen bekamen, sobald ich ihnen den Rücken zukehrte. Sie beobachteten mich, um sich dann auf ein unsichtbares Kommando hin auf mich zuzubewegen und mich genüsslich in ihrer Mitte zu zerquetschen. Ich musste an das Bild denken, das ich bei einer Kunstprüfung interpretiert hatte – *Der Mönch am Meer* von Caspar David Friedrich. Ich kam mir vor wie der Mönch, nur ohne Gottes Beistand. Das hier war eine gottlose Gegend, ihr fehlte jegliche Geborgenheit. Wenn ich aus meinem Auto stieg, war ich ihr ausgeliefert.

Ich warf den Motor wieder an und fuhr bis zum letzten Parkplatz am Ellenbogen. Außer der gähnend leeren Parkfläche gab es an diesem Punkt der Insel gar nichts mehr. Keine Häuser, keine Hotels, keine Jugendherbergen. Im Klartext bedeutete das, dass mir niemand helfen konnte, falls ich in Gefahr geriet. Ich war völlig auf mich allein gestellt.

Doch noch war die Sonne nicht am Untergehen. Ich konnte wenigstens aussteigen, über den Dünenkamm zum Meer hinunterlaufen und es mir ansehen – denn das war es, was ich mir seit Langem wünschte und wovon ich immer geträumt hatte, ob gut oder in letzter Zeit eher schlecht: das offene Meer.

Ich klammerte mich mit der einen Hand an das Handy und mit der anderen Hand an einen kleinen Hammer, den ich in Pauls Handschuhfach gefunden hatte, und marschierte mit gesenkten Schultern und eingezogenem Kopf durch den tosenden Wind der See entgegen. Ein Hammer war besser als nichts. Ein gezielter Schlag auf die Schläfe konnte vielleicht auch einen Mahr für einige Minuten außer Gefecht setzen. Und das Schlagen hatte ich heute bis zur vollkommenen Zerstörung trainiert. Eine Backsteinmauer, ein Mahrschädel – so groß konnte der Unterschied nicht sein.

Der Anblick des Meeres erschlug mich beinahe. Wütend rollten die Wellen auf den nassen, verschneiten Strand zu, wirbelten zügellos ineinander, bis die Gischt meterhoch sprühte, salzig und süß zugleich. Der Wind zerrte so unbarmherzig an meinen Haaren, dass ihre Wurzeln zu schmerzen begannen, und die Kälte zog jegliche Empfindung aus meinem Gesicht. Meine Muskeln wurden starr und leblos. Meine Hilfeschreie würde ich nicht hören können, wenn sie meiner Kehle entwichen, und erst recht niemand anderes, denn das Meer übertönte in seinem aufgebrachten Tosen sogar das Heulen des aufkommenden Sturms.

Das, was ich hier vorhatte, war wider jede Vernunft. Nicht mehr lange, und die unsichtbare Sonne würde im aufgewühlten Meer versinken und was geschah dann? War es am Ende Tessa selbst, die in diesem Nirgendwo auf mich wartete, vielleicht schon hinter einer der Dünen lauerte, um mich zu packen, sobald es dunkel wurde?

Ja, ich war neugierig, und obwohl ich die offene See fürchtete, konnte ich meine Blicke kaum von ihr abwenden. Aber ich wollte auch noch ein bisschen leben. Ich machte kehrt, um zurück zum

Auto zu rennen, doch eine plötzliche Böe trieb mir Schnee und Sand ins Gesicht. Ich konnte nichts mehr sehen, hatte binnen Sekunden die Orientierung verloren. Ich stopfte das Handy in die Jackentasche und ließ den Hammer fallen. Mit beiden Händen rieb ich meine Augen, um den Sand aus ihnen zu entfernen, bevor er sich unter die Kontaktlinsen schieben konnte. Tränen schossen über meine Wangen und wurden vom Wind in Abertausend Wassertröpfchen zerrissen.

Dann, mit einem Mal und vollkommen unvermittelt, legte sich der Sturm, als werfe er sich vor einer höheren Macht nieder, und ich sah von fern das pechschwarze Pferd, das durch die Gischt preschte und sich mir unaufhaltsam näherte. Ein Reiter schmiegte sich an seinen Hals, den Kopf gesenkt, das Haupt bloß, die Arme nackt. Nackt und weiß.

Ich konnte seine Haut riechen.

Ich wandte mich ab und begann zu rennen, mit zusammengebissenen Zähnen und tränenden Augen gegen den sich von Neuem aufbäumenden Wind, und die Brandung hinter mir schrie und brüllte, als ginge es um ihr Leben. Doch die Angst und meine wild wirbelnde Hoffnung raubten mir jegliche Kraft. Ich stürzte vornüber in den nassen Schnee, rollte mich um die eigene Achse, kämpfte mich wieder hoch, um erneut vom Wind zu Boden gedrückt zu werden. Er machte es mir unmöglich zu fliehen. Ich konnte nur hier kauern und das geschehen lassen, wovon ich doch eigentlich so lange geträumt hatte. Es wurde wahr – ganz anders als erhofft, doch es wurde wahr.

Ich kniete mich in den Schnee, fest entschlossen, dem entgegenzusehen, was mich erwartete, die Augen tränend, meine Haare zerzaust, mein Puls ein Trommelfeuer.

Das Pferd hielt direkt auf mich zu. Wie hypnotisiert streckte ich meine Arme aus, obwohl ich vor Panik schlotterte, und ließ mich nach oben ziehen, weil es keine andere Möglichkeit gab, als genau das zu tun. Mein Herz verbot mir jedwede Alternative. Und mein Körper hatte mir seinen Dienst verweigert, sobald meine Augen ihn erblickt hatten.

»Verfluchte Scheiße, muss das immer so dramatisch sein mit dir?«, schrie ich ihm ins Ohr und ein Lächeln huschte über seine kantigen Wangenknochen.

»Es muss«, drang seine samtene Stimme in meinen Kopf, ohne dass er den Mund bewegte. Dann schlang sich sein nackter Arm um meine Hüfte und Louis' Hitze kroch in meinen Bauch und flackerte durch meine Venen. Louis' Hitze? Oder kam sie von Colin? Hatte er lange genug auf seinem Pferd gesessen, um sich wie ein Mensch anzufühlen?

In vollem Galopp preschte der Hengst den Strand entlang, rechts von uns das Meer, links die Dünen, außer uns dreien keine Seele weit und breit. Ich heulte und lachte gleichzeitig. Ich hatte immer noch Angst vor diesem verdammten Pferd und natürlich musste Colin es über die Buhnen vor Westerland springen lassen, eine nach der anderen, warum auch nicht, schließlich saß ja nur seine pferdephobische Freundin mit im Sattel – ein bisschen Spaß muss sein.

Kurz vor der Strandpromenade wendete er Louis und trieb ihn nach einigen Hundert Metern hinauf in die Dünen und entlang verschlungener Pfade. Aus dem Galopp wurde ein Trab, der meine Innereien neu sortierte und mich allzu deutlich meines leeren Magens bewusst werden ließ, bis Colin Louis an einer schneegeschützten Stelle abrupt zum Stehen brachte. Mit einer einzigen Bewegung sprang er aus dem Sattel und zog mich in den Sand hinab. Meine Füße waren taub vor Kälte, und als ich sie aufsetzte, fühlten sie sich an wie zwei schwere Eisenklötze, die nur zufällig an meinen Knöcheln hingen. Ich hatte keine Kontrolle mehr über sie. Verdutzt sah ich mir dabei zu, wie ich seitwärtskippte.

»Ich kann nicht stehen«, bemerkte ich atemlos, doch Colin hatte kein großes Interesse daran, dass ich stand. Er drückte mich rücklings auf den feuchten Grund, bis sein Gesicht dicht vor meinem war. Ich wollte meine Hände heben, um ihn zu berühren und endlich glauben zu können, dass es wirklich geschah, aber sie blieben starr neben meinen Ohren liegen. Colins Kohleaugen versenkten sich brennend in meine.

»Träumst du, Ellie? Kannst du noch träumen?«, fragte er mich eindringlich und strich mir mit seinen kühlen Fingern das Haar aus der Stirn. Kühl, aber nicht kalt. Dieser Schneewinter machte es möglich, dass ein Cambion eine höhere Hauttemperatur hatte als ich. Denn ich bestand aus purem Eis und selbst die lodernde Glut in meinem Bauch konnte diesen Zustand nicht ändern.

»Hast du mich heute Nacht gespürt?«

Nun musste ich reden, so schwer es mir fiel.

»Ich, ähm … also …«, stotterte ich verlegen. Ja, ich hatte ihn gespürt, und zwar auf höchst unaussprechliche Weise und fast überall. Gut, um genau zu sein: überall.

Doch wie immer hatten sich bei Anbruch des Tages die messerscharfen Splitter meines Bewusstseins unbarmherzig zwischen die Traumbilder geschoben und die schwebenden Glücksmomente zerstört und ich war lautlos weinend aus meinem Traum erwacht.

»Ellie? Ich habe dich etwas gefragt«, zog Colin mich sanft aus meinen Erinnerungen.

»Äh, ja. Ja, das habe ich«, schloss ich bibbernd und wich seinem Blick aus. »Ich habe dich gespürt. Ein bisschen.«

»Ein bisschen?«, wiederholte Colin amüsiert.

»Ein bisschen viel«, gab ich widerstrebend zu. Mein erstarrter Mund verzog sich zu einem verschämten Grinsen.

»Ich habe mir Mühe gegeben«, erwiderte Colin und ließ seine Zähne blitzen.

»Ja, es war ganz nett«, lobte ich ihn gnädig.

Schmunzelnd zwickte er mich in die Seite. »Du bist mager geworden, Lassie.«

Ich wollte protestieren, weil er mich so nannte, doch dann begriff ich, wie sehr ich es vermisst hatte. Er durfte es. Ich war sein Mädchen. Sein mageres Mädchen.

»Oh, der Winter war nicht so prickelnd, weißt du. Mein Freund und Geliebter ist abgehauen, danach wurden alle krank, ich auch, es hat nur geschneit und gestürmt, ich musste zwischendurch mein Abitur schreiben, mein Vater ist verschwunden …« Ich wurde schlagartig ernst und auch Colins Lächeln erstarb. »Mein Vater ist verschwunden. Wir haben keine Ahnung, wo er ist.«

»Ellie, ich habe versucht, dich zu erreichen, und das war nicht leicht, weil ich mich am anderen Ende der Welt befand, aber ein paarmal habe ich es geschafft – und ich habe eine Gefahr gespürt.«

»Genauer bitte«, forderte ich knapp.

Doch Colin schüttelte den Kopf. »Ich bringe dich erst zu deiner Ferienwohnung. Es sind nur ein paar Schritte. Da du mit dem Porsche angereist bist, gehe ich davon aus, dass ein Luxusappartement in Kampen genehm ist?«, fragte er mit süffisantem Unterton. Er ließ mich los und wir standen auf, er geschmeidig, ich etwas weniger anmutig.

»Du siehst auch geschafft aus«, stellte ich fest, als ich ihn betrachtete. Geschafft und für mich unfassbar, nein, unerträglich schön, aber sehr blass und ausgezehrt.

»Es war nicht leicht, mich zu ernähren in den vergangenen Monaten. Und das ist es immer noch nicht«, gestand Colin gleichmütig und zuckte mit den Schultern. »Jede Flucht hat ihren Preis. «

»Und jetzt – sind wir denn jetzt nicht in Gefahr? Ich weiß nicht, ob man es mir anmerkt, aber ich bin gerade glücklich und du … hast auch schon zerknirschter gewirkt.«

Colin lachte kurz auf und griff nach Louis' Zügeln.

»Später. Wir reden morgen. Ich bringe dich erst zu deiner Wohnung.«

»Morgen? Meine Wohnung? Und was ist mit dir?«, fragte ich verständnislos.

»Ich wohne woanders. Nicht auf der Insel. Hier steht nur Louis. Du hast in dem Appartement alles, was du brauchst, es gibt sogar eine Sauna und ...«

»Abgelehnt«, schnitt ich ihm das Wort ab. »Das kommt gar nicht in die Tüte. Ich will das Appartement nicht. Nimm mich mit zu dir.«

»Nein, Ellie«, sagte Colin entschieden.

»Hast du vergessen, wer ich bin, während du über die Weltmeere geschippert bist?«, fuhr ich ihn an. »Ich lass mich nicht in irgendeine blöde Bude wegpacken, wenn ich dich gerade erst wiedergesehen habe, nachdem ich mir jede Nacht die Augen ausgeheult habe vor lauter ...« Ich brach ab. Nein, zu viel verbale Streicheleinheiten sollte er nicht bekommen und Geständnisse schon gar nicht.

»Ellie, das ist nicht so einfach, wie du dir es vorstellst ...«

»Ach, es war nie einfach mit dir, Colin Blackburn! Du bist der Antipode von einfach! Schwieriger geht's gar nicht mehr, aber soll ich dir etwas verraten? Ich bin genauso! Deshalb passen wir ja auch so gut zusammen! Alles, was zu einfach und zu fröhlich ist, widert mich an! Ich mag es schwer verdaulich!«

Colin gab sich sichtlich Mühe, das spöttische Grinsen im Zaum zu halten, das sich seiner Mundwinkel bemächtigte, doch es dauerte einige Sekunden, bis es ihm gelang.

»Es wird dir nicht gefallen. Das schwöre ich dir. Ich kenne dich, Ellie. Doch von mir aus, bitte, vielleicht ist es das Beste, wenn du dich persönlich von meinem Antipoden überzeugst.« Das klang anzüglich und mir schoss die Hitze ins Gesicht. »Aber erst wärmst du dich in deinem Appartement auf, während ich dein Auto hole und Louis in den Stall bringe. Anschließend fahren wir zu mir.« Er warf mir einen Schlüssel zu und ich gab ihm widerstrebend den des Porsche. »Geh diesen Pfad weiter. Nach zwei Biegungen gelangst du zu einer kleinen Siedlung mit reetgedeckten Häusern. Kurhausstraße 32.«

»Wehe, du kommst nicht wieder, Colin«, drohte ich.

»Stets Euer Diener, Madame.« Er verbeugte sich elegant, sprang auf Louis' Rücken und jagte davon.

»Du hättest mich ruhig küssen können. Dämlack«, fauchte ich. Dann steckte ich den Schlüssel in die Hosentasche, überzeugte mich mit einem Blick nach unten, dass meine Füße noch da waren (denn spüren konnte ich sie nicht mehr), und machte mich schwankend wie eine frisch betankte Schnapsdrossel auf den Weg zu meiner Luxusbude.

Sturmflut

»Was machen wir hier?« Fragend drehte ich mich zu Colin um. Er hatte mich tatsächlich abgeholt – nach zwei unendlich langen Stunden, in denen ich nichts anderes getan hatte, als auf dem piekfeinen Ledersofa in der Ferienwohnung zu sitzen, den Glastisch anzustieren und dämlich vor mich hin zu grinsen. Das Triumphgefühl, das immer wieder in mir aufwallte, versetzte mich in eine beinahe schwebende Hochstimmung. Wir hatten es geschafft, Tessa zu überlisten – wie, wusste ich noch nicht, aber Colin hätte mich nicht zu den Dünen gelockt, wenn es Gefahr für uns oder für mich bedeutet hätte. Also war Tessa nicht hier. Wir waren der blöden alten Schlampe eine Nase voraus.

Nun aber knickte meine Stimmung dezent ein. Wir standen in der heulenden Finsternis des Nordmeeres am Hafen von Hörnum. Weder das Meer noch der Himmel hatten sich beruhigt. Hart schlugen die Wellen gegen die Steine der Hafenmauern und immer wieder sprühte uns die Gischt ins Gesicht.

»Jetzt fahren wir zu mir«, antwortete Colin ruhig, nahm mich bei der Hand und ging mit mir die Stufen zu den auf dem Wasser tanzenden Booten hinunter. Instinktiv trat ich einen Schritt zurück, als er das Tau eines Motorschlauchbootes zu lösen begann. Es war eines dieser Geschosse, mit denen Greenpeace versuchte, Öltanker zu kapern oder Robben zu retten, und die dazu dienten, Touristen hinaus zu den Walen zu bringen. Ich hatte sie oft im Fernsehen gesehen, aber nie in einem gesessen. Und ich war auch jetzt nicht erpicht darauf.

»Damit? Wirklich?«, vergewisserte ich mich skeptisch. Ich zog den Reißverschluss meiner Jacke bis zum Kinn zu, doch der scharfe Wind drang durch den Stoff bis zu meiner Haut. Außerdem fror ich von innen heraus. Die Glut in meinem Herzen war soeben erloschen. Es war kein Fünkchen mehr übrig.

»Keine Bange, das ist unsinkbar.« Behände setzte Colin auf das Boot über, das wie eine Nussschale auf und ab geworfen wurde. Und wir befanden uns noch im Hafen.

»Jedes Schiff ist sinkbar«, entgegnete ich gereizt. Seine Augen blitzten auf, als er sich mir zuwandte und mir seine Hand entgegenstreckte.

»Du hast die Wahl, Ellie. Uns bleibt circa eine halbe Stunde, dich in die Wohnung zurückzufahren. Oder aber du kommst mit. Länger dürfen wir nicht warten, sonst wird der Wind zu stark, um aus dem Hafen hinauszukommen.«

Ich gab mir einen Ruck, nahm seine Hand und ließ mich auf das schwankende Boot ziehen. Kneifen wollte ich schließlich nicht. Colin schob mich auf die Sitzbank hinter dem Steuerstand und bedeutete mir, mich an den Seitengriffen festzuhalten und keine Sekunde loszulassen.

Zehn Minuten später wusste ich, warum. Ich schrie zum fünften Mal: »Anhalten, langsamer, mach langsamer!«, obwohl mir klar war, dass ich mich aufführte wie eine hysterische, verwöhnte Schickse, die befürchtete, das Stürmchen könne ihre Frisur ruinieren. Aber ich bestand nur noch aus Angst. Alles in mir wollte weg von hier und zurück ans Land, wieder festen Boden unter den Füßen bekommen, nicht von einem Moment zum nächsten hin und her geworfen werden, ohne dabei die Chance zu haben, mich zu sammeln oder gar durchzuatmen.

Die Wellen kamen von allen Seiten und bei jeder einzelnen glaubte ich, dass sie das Boot zum Kentern bringen würde. Es war mir ein Rätsel, dass es sich in letzter Sekunde doch über sie erhob, und dennoch verfluchte ich diese Eigenschaft, denn sie zog unweigerlich mit sich, dass das Boot sich ständig in der Luft befand, um dann mit einem ohrenbetäubenden Krachen ins nächste Wellental hinabzustürzen. Die Stöße waren so heftig, dass mir beinahe die feuchten Haltegriffe aus den Fingern glitten.

Colin hingegen stand (stand!) gelassen am Steuerrad und schaute sich nicht einmal zu mir um, den Blick stur auf das tosende schwarze Meer gerichtet, die Hand fest am Gashebel.

»Langsamer, bitte, Colin!«, brüllte ich verzweifelt, als der Wind sich für eine Sekunde legte. Ich wusste inzwischen, dass er das nur tat, um anschließend noch zorniger über die See zu peitschen. Endlich drehte sich Colin zu mir um. Er war genervt.

»Wenn ich langsamer fahre, haben die Wellen mich im Griff und nicht umgekehrt, verstanden? Halt dich fest und schau auf den Horizont. Und hör auf zu schreien, du bekommst dabei zu viel kalte Luft in die Lungen.«

Mein »blödes Arschloch« ging im neuerlichen Röhren des Motors unter. Auf den Horizont schauen – das war mal wieder typisch Colin. Ich sah keinen Horizont. Die Welt hatte ihren Horizont verloren. Ich sah nur Wellen, meine Augen fanden keinerlei Halt in ihnen. Eine elendige Übelkeit breitete sich in mir aus. Ich schaffte es nicht, meinen Mund geschlossen zu halten; ich schrie automatisch auf, wenn das Boot zur Seite schlingerte oder mit dem Bug aus dem Wasser schnellte und wie das Gefährt eines Himmelspiraten durch die eisige Luft schoss.

Ich wusste nicht, wie lange Colin uns über das aufgewühlte Meer quälte – jede Minute schien ewig und trotzdem hatte ich das Gefühl, stundenlang unterwegs zu sein. Einzig meine Tränen wärmten mein kaltes Gesicht, doch mein Zittern und Schlottern war nur noch eine Reaktion meines Körpers; ich selbst spürte nichts mehr davon, ich registrierte es nur, wenn ich an mir herunterschaute. Alle Empfindungen hatten sich auf meinen Magen konzentriert und dem ging es überhaupt nicht gut.

Plötzlich gab es einen Ruck und wir fuhren knirschend auf eine Sandbank auf. Colin sprang in die Wellen hinab, griff sich einen Strick und zog das tonnenschwere Boot auf den Schlick, wo er es an einem im Wind schwankenden Holzpfosten befestigte.

»Wir sind da! Willst du nicht aussteigen?«

Ich kann nicht, wollte ich sagen, doch ich hatte Angst, kotzen zu müssen, sobald ich redete. Regungslos hockte ich auf dem schmalen Bänkchen und krallte mich nach wie vor an die Griffe.

Ich bin seekrank, mir ist furchtbar schlecht, dachte ich so deutlich und intensiv, wie ich nur konnte. Ich kann jetzt nicht aufstehen. Hörte er mich denn nicht?

Colin sprang zurück ins Boot und löste meine Finger einzeln von den Griffen. Dann nahm er mich hoch, trug mich durch die schäumende Gischt an Land und über eine minimale Sanderhebung, bis vor uns im Mondlicht eine Pfahlbaukonstruktion auftauchte – eine Hütte, errichtet auf Holzstämmen und nicht viel geräumiger als ein großzügiges Saunahaus, aber mit einem rundumlaufenden Balkon und Fernrohren an jeder Front. Eine steile Leiter führte nach oben. Schon schob sich die nächste Wolke vor den Mond und es wurde zappenduster.

Colin verlagerte mich auf seine rechte Hüfte und erklomm die Stiege mit drei federnden Schritten. Als die Tür endlich ins Schloss gefallen war und das Heulen des Sturms ausgesperrt hatte, legte er mich auf dem Holzboden ab. Ich rührte mich nicht. Ich kostete es aus, festen Grund unter mir zu haben, und redete mir beharrlich ein, dass ich die Scampi, die ich in Hörnum noch schnell verdrückt hatte, nicht auf Colins Füße spucken würde, sobald ich meine Stimme benutzte. Die Scampi mussten drinbleiben.

»Du bist nicht seekrank, Ellie. Du hast nur Angst.«

»Ha«, machte ich matt und war sehr stolz, dass mein Magen diesen Laut akzeptierte, ohne sich zu drehen. Nach ein paar ruhigen Atemzügen wurde ich mutiger. »Wo zum Henker sind wir hier?«

»Trischen«, erwiderte Colin kurz angebunden und griff nach meinen Schultern, um mich sanft aufzurichten und gegen die Kante eines Bettes zu lehnen. Seines Bettes. Eine plötzliche Rührung ergriff mich – auch hier hatte Colin ein Bett, obwohl er nicht schlief. Ich musste an das Bett mit dem samtenen Überwurf in seinem Haus im Wald denken, auf dem wir beide die Nacht verbracht hatten, und biss mir auf die Zunge, um nicht wieder zu weinen.

»Trischen. Ich hab nie davon gehört und ich hab kein anderes Haus gesehen …«, murmelte ich. »Was ist das für eine Insel?«

Das Reden fiel mir immer noch schwer, und der Umstand, dass ich kaum mehr Spucke im Mund hatte, machte es nicht einfacher. Colin beugte sich zu mir hinunter und drückte mir eine Tasse mit Wasser an die Lippen.

»Es ist keine Insel. Es ist eine Sandbank. Ich habe hier die Stelle des Vogelwarts übernommen. Eigentlich beginnt seine Aufgabe erst im März, aber …« Colin machte eine kurze Handbewegung und ich ahnte, was sie bedeutete. Für Mahre gab es gerne und oft Ausnahmeregelungen. Vogelwart – das war mindestens ebenso uncool wie Forstgehilfe, doch diesmal verkniff ich mir einen ironischen Kommentar. Ich wusste inzwischen, warum Colin sich derartige Berufe zulegte. Er brauchte die Zurückgezogenheit. Diese Zurückgezogenheit war mir jedoch einen Tick zu exzentrisch.

»Das heißt, außer dir gibt es niemanden hier? Du bist ganz alleine?«

Colin half mir aufzustehen, nachdem ich einen Schluck Wasser getrunken hatte – oh Wunder, mein Magen behielt ihn bei sich –, und führte mich zu einem der Panoramafenster. Trischen war wirklich nur eine Sandbank. Es gab diese Hütte und sonst nichts. Und die Hütte bestand aus einem einzigen kahlen Raum. An der Wand stand ein Bett – ein gemütliches Bett, musste ich zugeben –, daneben ein Schreibtisch, es gab eine kleine Kochnische und einen Schrank. Das war alles.

Colin hatte es im Sommer verweigert, mich in die Geheimnisse seiner Verdauung einzuweihen, doch diese Behausung war schließlich nicht für Mahre konzipiert und …

Mit einem Zwinkern in den Augen wies Colin nach unten.

»Für ganz dringende Fälle. Besteht ein solch dringender Fall? Wenn ja, muss ich dir meine Begleitung anbieten, denn …«

»Nein«, unterbrach ich ihn errötend. »Ich – ich glaube, ich habe keine inneren Organe mit dringenden Anliegen mehr. Außer meinem Magen. Aber dem geht's schon ein bisschen besser.« Vielleicht hatte ich mir ja vor lauter Angst auf dem Weg hierher in die Hosen gemacht. Wenn, würde es nicht auffallen. Ich war klitschnass, während Colins Klamotten – wie immer Hemd und Hose und zerfallende Stiefel – fast wieder trocken waren.

»Du musst aus deinen Sachen raus«, forderte er mich mit rauer Stimme auf. Tja. Das musste ich wohl. Doch meine Hände waren so klamm, dass ich mehrere Anläufe benötigte, um den Reißverschluss meiner durchnässten Jacke zu öffnen. Colin unternahm keinen Versuch, mir zu helfen, aber seine Augen hingen an mir. Ohne den Blick von mir abzuwenden, zog er sich sein Hemd aus und warf es mir zu.

Mein Arm gehorchte zu spät und es segelte zu Boden. Ein betörender Duft stieg zu mir auf. Für einen Moment schwankte ich. Colin beobachtete mich unentwegt, während der Wind am Gebälk der Hütte rüttelte, als wolle er sie zum Einstürzen bringen. Ich stülpte mir den Pullover über den Kopf und fiel beinahe auf die Knie, als ich aus meiner Jeans kroch, die wie Pattex an meinen Beinen klebte. Meine Unterwäsche war einigermaßen trocken geblieben. Schweigend schob ich die Jeans mit meinen Füßen zur Seite. Dann bückte ich mich, um das Hemd aufzuheben.

Lautlos trat Colin auf mich zu, öffnete seinen Gürtel und zog ihn mit einer einzigen schnellen Bewegung aus den Schlaufen. Die Metallschnalle klirrte leise.

Ich stockte. Was wurde das denn jetzt?

»Das ist kein Spiel, Ellie.«

Ich hob meinen Blick und wagte es, ihn anzusehen – während ich mich vor seinen Augen ausgezogen hatte, hatte ich dies tunlichst vermieden. Warum, wusste ich nicht genau, aber nun ahnte ich es. Seine weiße Haut war wie ein Magnet. Bevor ich meine Lippen auf seine nackte Brust drücken konnte, schnappte er sich mein Handgelenk und schob mir den Gürtel zwischen die Finger. Automatisch griff ich danach.

Er ging rückwärts auf das Bett zu, setzte sich ans Kopfende und erhob die Hände, um sie über sich an die altmodische Gitterkonstruktion zu schmiegen. Die Muskeln an seinen Oberarmen wölbten sich sanft.

»Fessle mich. Bitte.«

Ich zögerte kurz. War das nun wirklich nötig oder eine beliebte sexuelle Gepflogenheit der Mahre? Wenn Letzteres der Fall war, dann … »Es ist kein Spiel«, hatte er gesagt. Und die Worte hallten noch immer in meinem Bauch wider. Nein, es war kein Spiel.

»Etwas fester. Sicherheitshalber«, bat mich Colin. »Keine Angst, du tust mir nicht weh.« Es fiel mir schwer, mich zu konzentrieren, denn ich saß halb nackt auf dem Schoß eines Cambions in einer sturmumwehten Hütte mitten auf dem Nordmeer und dieses Nordmeer hatte mir an diesem düsteren Tag mehr Angst eingejagt als alles andere, doch ich gab mir Mühe und quetschte seine Handgelenke unbarmherzig an die Eisenstreben. Nun, ich konnte es auch wie folgt formulieren: Ich saß halb nackt auf dem Schoß eines Vogelwarts in seiner Hütte – und schon konnte ich ein albernes Kichern nicht unterdrücken.

»Du kennst dich aus mit Vögeln, oder?«, zitierte ich einen uralten Witz von Papa, den er immer gerne gebracht hatte, wenn Oma von ihren Singvögelbeobachtungen im Garten schwärmte. Bereits in der nächsten Sekunde wurde mir meine zotige Bemerkung peinlich und ich verstummte betreten.

»Du darfst«, sagte Colin gelassen.

»Ähm, was darf ich?« Doch ich wusste, was er meinte. Und er wusste, dass ich es wusste – weil er ebenso wusste, dass ich es mir die ganze Zeit schon wünschte. Ich wartete noch ein paar Atemzüge, um sicher zu sein, dass meine blöde Vögelbemerkung keine Wirkung mehr hatte. Dann beugte ich mich sacht vor und berührte mit der Zungenspitze seinen Mundwinkel. Colin keuchte leise auf, bevor seine kühlen Lippen meine streiften. Seine Zunge war ebenso kühl und ich lachte lautlos auf, weil ich sie noch nie zuvor gespürt hatte und sie besser schmeckte als jede Zunge, die ich jemals …

»Stopp. Stopp, Ellie!«

»Entschuldigung, sorry!«, rief ich und rückte von ihm ab. Oh Gott, nein, ich war ihm zu nahe getreten, ich hatte ihn doch falsch verstanden … Er wollte nicht geküsst werden. Oder hatte ich etwa Mundgeruch? Das konnte durchaus sein, denn …

»Nein, Ellie, das meine ich nicht. Ich würde dich auffressen, wenn ich dürfte. Wir müssen aufpassen. Ich habe viel gehungert und du hast mehr Kraft bekommen.«

»Kommt mir nicht so vor«, erwiderte ich nüchtern.

»Ich spüre es aber. Du bist kein kleines Mädchen mehr. Du ziehst Energie aus mir. Denn es wird schwieriger für mich, mich zu beherrschen. Komm, lehn dich an mich, das halte ich gerade so aus«, ermunterte er mich und bei seinen letzten Worten huschte ein spöttisches Grinsen über seine geschwungenen Lippen.

»Ich weiß nicht, ob *ich* es aushalte, aber okay, von mir aus«, erwiderte ich benommen und bettete mich in seine Armbeuge. Nein, ich hielt es nicht aus. Ich rückte wieder von ihm ab, griff nach der Bettdecke, schob sie zwischen seine Haut und mich und lehnte mich an ihn. Nun war es besser. Die Decke war zumindest ein kleiner Schutzwall. Colin zog unwillkürlich an den Fesseln, als meine feuchten Haare seine nackte Schulter kitzelten, und mir wurde überdeutlich bewusst, dass ich trotz der Decke zwischen uns seine Rippen und den Bund seiner Hose spürte. Im gleichen Moment hatte ich das Gefühl, dass die Hütte ein paar Millimeter zur Seite gedrückt wurde. Der Wind schrillte über uns hinweg und das Gebälk knirschte.

»Da hat sich was bewegt«, meldete ich alarmiert.

»Das liegt durchaus im Bereich des Möglichen.« Colins Grinsen verstärkte sich und meine erhitzten Wangen begannen zu pulsieren.

»Nein, das meine ich nicht«, erwiderte ich hastig. »Die Hütte – bist du sicher, dass sie dem Sturm standhält?«

»Um die Hütte mache ich mir keine Sorgen, Ellie. Ich mache mir Sorgen um dich.«

Ich riskierte es nicht, ihn noch einmal zu küssen. Eine Weile blieb ich still bei ihm liegen, dann löste ich den Gürtel um seine Handgelenke, knöpfte mein Hemd zu und wartete, bis er sich ein frisches übergezogen hatte. Nun setzte ich mich ans Kopfende und Colin legte sich neben mich, sodass nur seine Haarspitzen, die sich knisternd um sich selbst wanden, meinen nackten Oberschenkel streiften. Mit etwas gutem Willen konnte ich mich dabei auf ein Gespräch konzentrieren.

»Okay. Warum sind wir hier sicher?«

Colin seufzte kurz auf. »Ich habe herausgefunden, dass sie Wasser meidet. Offenes Wasser. Sie scheut es.«

Wie ich, dachte ich, doch ich unterbrach ihn nicht.

»Je kleiner die Inseln, desto schneller konnte ich sie abschütteln und auf Distanz halten, und schließlich verlor sie meine Spur. Ich glaube, sie ist nach Italien zurückgekehrt. Daraufhin habe ich die kleinste bewohnbare Insel in der Nordsee gesucht und mir … nun, ich habe mir einen Job verschafft.«

»Darf ich erfahren, wie du ihn bekommen hast?«, fragte ich kühl.

»Nun ja, ich habe immerhin ein Vordiplom in Biologie und … Es ist ansteckend, nicht gefährlich. Sie wird die Stelle bald wieder übernehmen können.«

»Sie?«, hakte ich nach.

»Die eigentliche Vogelwartin hier. Sie ist momentan etwas entstellt, fürchte ich.«

Ich schnaubte nur. Colins Gabe, andere Menschen krank werden zu lassen, war mir immer noch nicht sonderlich sympathisch.

»Also sind wir auf diesem idyllischen Eiland sicher.«

»Ich bin hier sicher. Du bist es momentan nicht.«

Ich schwieg bedrückt. Dass Colin unter Hunger litt, war mir nicht entgangen. Und ich sah auch das Verlangen in seinen Augen, wenn er mich anblickte. Er beherrschte sich, ja, aber wie lange würde er die Kraft dazu haben?

»Ich muss da raus, Ellie«, sagte er in einem Ton, der keinen Widerspruch duldete – einem Ton, den ich sehr gut an ihm kannte und dessen hypnotischer Macht ich oft erlegen war. Zu oft. »Ich muss jagen.«

»Nein, bitte nicht, Colin … Lass mich hier nicht allein, nicht auf dieser winzigen Insel. Was ist, wenn es eine Sturmflut gibt und alles weggerissen wird, die Hütte, das Boot, ich …«

»Glaub mir, die Gefahr, dass das passiert, ist geringer als die Gefahr, die von mir ausgeht«, versuchte Colin mich zu beruhigen, doch ich war schon aufgestanden und tigerte alarmiert in der kleinen Hütte auf und ab.

»Aber sie besteht, oder? Und wenn wir schon ins Meer gerissen werden, dann bitte gemeinsam, hast du das kapiert?« Ich drückte die Hand auf meinen Mund, damit Colin meine zitternden Lippen nicht sah. Die Vorstellung, er würde in die Fluten da draußen hinabtauchen – denn das waren offensichtlich seine neuen Jagdgründe – und mich dem Sturm überlassen, machte mich panisch und kopflos. »Verdammt, Colin, ich träume ständig, dass ich ertrinke, und jetzt … Bitte lass mich nicht allein.«

»Genau, deine Träume«, murmelte Colin fahrig. Auch seine Konzentration ließ nach und ich sah, wie seine Fäuste sich ballten. Der Hunger bohrte in ihm. »Ich habe eine Bedrohung in deiner Nähe gespürt. Keine menschliche Bedrohung, sondern die Gegenwart eines Mahrs. Deshalb bin ich aus der Südsee zurückgekehrt.«

Ich erstarrte. Paul … Hatte ich mich geirrt? Der Mahr befiel ihn immer noch?

»Ich bin okay, ich träume, sehr lebhaft sogar«, beschwichtigte ich Colin hastig. »Aber Paul, mein Bruder – ich hab den Verdacht, dass er befallen wurde, irgendwann in der Vergangenheit, doch wenn du sagst, dass du einen Mahr gewittert hast, dann ist er vielleicht noch da!«

Colins Blick begann zu flackern und unter seinen Augen bildeten sich bläuliche Schatten. Es geschah so schnell, dass ich für einen Moment meine Sorge um Paul vergaß und fasziniert auf sein Gesicht starrte.

»Ich muss ins Meer, Ellie. Jetzt. Sonst verschlinge ich dich.« Seine Stimme war nur noch ein Grollen. Ich presste mich rücklings an die Wand, als er an mir vorbeiglitt, die Tür gegen den Wind stemmte, um sie zu öffnen, und in der Dunkelheit verschwand. Ich stürzte ans Fenster und blickte angstvoll hinaus.

Er lief auf die Brandung zu, als könnten ihre Kräfte ihm nichts anhaben, den Kopf erhoben, sein schmaler Rücken gestrafft, seine Bewegungen fließend und geschmeidig wie die eines Panthers. Die Wellen zerbrachen an seiner Gestalt und die Gischt umschäumte ihn, als das Meer sich ihn nahm.

Allein blieb ich zurück und wartete darauf, dass er wiederkehrte, bevor der Sturm mich in die Nacht davonriss.

SOS

»So, der Herr ist also satt«, knurrte ich grimmig, als ich Colins stolzes Haupt aus den Fluten auftauchen sah. Während ich auf ihn wartete, hatte sich meine Panik zögerlich abgeschwächt und schließlich in Unmut verwandelt. Ich hatte meinen Platz am Fenster nicht verlassen und ich hätte schwören können, dass die Sandbank sich nach und nach verkleinerte. Ja, es sah wirklich aus, als wolle das Meer sie verschlingen. Doch die Hütte stand noch, auch wenn sie sich im Sturm, der unvermindert tobte, immer wieder einige Millimeter zur Seite neigte. Und mir waren frappierende Ungereimtheiten aufgefallen in diesem ganzen mitternächtlichen Spektakel, denen ich mich nun umgehend widmen wollte.

»Ich hätte da noch ein paar Fragen«, bellte ich, sobald Colin die Tür geöffnet hatte. Die Schatten unter seinen Augen waren verschwunden, ebenso wie das unruhige Flackern in seinem Blick. Satt wirkte er dennoch nicht; darüber konnten auch seine ausgeruhte Körperhaltung und sein athletischer Gang nicht hinwegtäuschen. Gedankenverloren sah ich dabei zu, wie sich eine kleine Krabbe aus seinen Haaren fallen ließ und im Krebsgang über seine Schulter stakste. Colin nahm sie zart zwischen seine Finger, öffnete die Tür und warf sie hinaus in den Wind.

»Bitte, nur zu«, gestattete er höflich und lehnte sich an die Wand. »Ich bin mir sicher, ich kann sie zu deiner vollen Zufriedenheit beantworten.«

»Ich hab es auf dem Pferd schon gesagt: Warum so dramatisch? Du weißt, dass ich Angst vor Louis habe, und ich habe auch beim letzten Mal keine Freudenschreie ausgestoßen, als du mich, ohne zu fragen, auf seinen Rücken gezogen hast. Ich meine, gut, von außen betrachtet: zweifellos eine wundervolle Szene, das schwarze Ross am finsteren Meer, und der Reiter ist erst recht finster, dazu die holde Maid im feuchten Sand. Aber stand ein Hollywood-Kamerateam in den Dünen? Nein, oder? Hättest du dich nicht einfach ganz normal mit mir treffen können?«

Colin atmete schnaubend aus und ich hätte ihm ans Schienbein treten können, weil er schon wieder zu grinsen begann.

»Ich habe dir mal erzählt, dass Louis das Böse in mir zügelt, oder? Ich wollte sichergehen, dass ich dir nichts tue und möglichst menschlich bin, wenn ich dich wiedersehe. Du hast mir gefehlt, Lassie. Das hat mein Begehren nicht unbedingt vermindert.«

»Okay«, murmelte ich schwach und musste zugeben, dass seine Antwort meinem Unmut erheblichen Schwung nahm. Doch es war nicht die einzige Frage gewesen, die mir auf den Lippen brannte. »Dann weiter. Warum ein anonymer Brief?«

»Ich habe etliche Male versucht, mich dir im Geiste zu nähern, und dafür übrigens trainiert und meditiert bis zum Exzess.« Er verzog kurz den Mund. »Und ich habe, wie bereits erwähnt, eine Gefahr gewittert, konnte sie aber nicht zuordnen. Ich weiß nicht, wer dieser Mahr ist, und auch nicht, wo er sich befindet. Ich hatte lediglich den Eindruck, er ist in deiner Nähe. Und sollte sich dies als richtig erweisen, wäre es nicht klug, ihm ein Indiz für die Tatsache zu liefern, dass du dich mit einem Cambion verbündet hast.«

Das klang zwar ein bisschen nach Sherlock Holmes, hörte sich jedoch durchweg logisch an. Vor allem aber nahm es meinem dritten Einwand die Grundlage.

»Gut, ja. Mag sein. Denn eigentlich würde ich erwarten, dass du schleunigst herkommst und etwas unternimmst, wenn ein Mahr an meinen Träumen knabbert.«

»Ich war vor vier Tagen noch in der Südsee. Schleunigst genug? Und ich wollte dich nicht in den Tod treiben, indem ich plötzlich bei dir auftauchte und dem anderen Mahr in dessen Augen die Nahrung streitig machte. – Deinem Bruder wäre das übrigens auch nicht gut bekommen.«

»Aha.« Ich kam mir mit einem Mal vollkommen dämlich vor. Natürlich hatte es Gründe gegeben für Colins Vorgehensweise. Ich ärgerte mich, dass ich selbst nicht darauf gekommen war und nur meine Pfeile geschärft hatte, anstatt logisch nachzudenken. Dabei war das schließlich eine meiner Stärken – logisch zu denken. Anscheinend hatten die Glücks- und Angsthormone mein Hirn vernebelt.

»Das kannst du alles nicht wissen, Ellie«, beantwortete Colin nachsichtig meine Gedanken. »Mahre sind sehr gierig, und wenn sie spüren, dass ein anderer Mahr sich ihren Traumopfern nähert, sind sie mitunter bereit, das Opfer zu töten, damit ihr Konkurrent sich nicht an ihm laben kann. Du wirst verstehen, dass ich das nicht riskieren wollte.«

»Ja, klar. Das verstehe ich«, erwiderte ich trotzig. Ich verstand es sogar so gut, dass meine Angst erneut die Regie übernahm und meinen Unmut zum Ersterben brachte. »Trotzdem kapier ich nicht, warum du mich an diesen gottverlassenen Ort schleppst, obwohl es gefährlich ist, mit dir hier in dieser Hütte zu sein.«

»›Trotzdem‹ ist dein Lieblingswort, hm?«, fragte Colin schmunzelnd.

»Dicht gefolgt von ›nein‹«, antwortete ich reserviert. Sein Schmunzeln verbreiterte sich zu einem belustigten Grinsen, doch nachdem er sich die letzten Wassertropfen aus den Haaren geschüttelt hatte, verschwand es wieder.

»Mal ungeachtet dessen, dass du mich angefleht hast, mitkommen zu dürfen, dachte ich, es könnte dich dazu ermuntern, mich endgültig zu verlassen und dich zu entlieben«, sagte er emotionslos.

»Bitte was? Hast du den Verstand verloren?«, rief ich erzürnt. »Entlieben, wie soll denn das funktionieren?«

»Oh Ellie, ich habe das bei euch schon tausendmal beobachtet. Menschen sind perfekt im Entlieben.«

»Na, wenigstens *können* wir lieben«, zischte ich und bereute es im gleichen Moment. Colins Gesicht versteinerte sich. »Ist mir rausgerutscht. Es tut mir leid. Aber du machst mich wahnsinnig, Colin, ich kann nicht mehr klar denken ...«

»Genau das meine ich, Ellie.« Er setzte sich auf das Bett und stützte seinen Kopf in die Hände. »Ich wollte dich wiedersehen, um mich davon zu überzeugen, dass es dir gut geht, dass du noch träumst.«

»Aus Konkurrenzdenken oder aus Zuneigung?«, giftete ich. Immerhin hatte er mir vor zwei Minuten höchstpersönlich verraten, dass Mahre ihr Revier mit allen Mitteln verteidigten. Vielleicht war ich ja sein Revier.

»Ich denke nicht, dass ich darauf antworten muss, Elisabeth«, erwiderte er mit altvertrauter Arroganz. Verdammt, wir stritten. Und ich verabscheute es. »Unser Gespräch ist das beste Beispiel dafür, dass es nicht funktionieren kann. Es würde dich früher oder später unglücklich machen. Das tut es jetzt schon, nicht wahr?«

Ich konnte ihn angiften und ihn schlagen und anspucken – vielleicht. Doch anlügen konnte ich ihn nicht.

»Ja«, sagte ich leise. »Ich bin unglücklich. Aber ich erwarte gar nicht, glücklich zu sein. Glücklich sein ist nicht für mich gemacht, jedenfalls nicht als Dauerzustand. Genauso wenig wie fröhlich sein. Du bist nicht mein erster Freund. Ich weiß, wie es sein kann, mit einem ganz normalen Menschenmann eine Beziehung zu führen. Um ehrlich zu sein: Ich hab mich zu Tode gelangweilt.«

Colin unterdrückte ein ironisches Prusten, ohne die Hände von seinem Gesicht zu nehmen.

»Ich meine das ernst, Colin! Dauerfröhliche Menschen setzen mich unter Druck und früher oder später bin ich ihnen ein Klotz am Bein. Außerdem ist das für mich wie ein zu süßes Bonbon, wenn alles schön und easy ist. Irgendwann will ich es ausspucken. Oh, ich kenne diese heiteren Abende zu zweit – eine Pizza, eine DVD, vielleicht noch ein Gesellschaftsspiel. Gesellschaftsspiele! Ich krieg Ausschlag, wenn ich ein Gesellschaftsspiel machen muss, und wenn ich zu viel lache, bekomme ich stundenlang Schluckauf und der tut richtig weh! Ich bin nicht dafür geboren, grinsend durch die Gegend zu rennen!«

Nun musste Colin wirklich lachen. Kopfschüttelnd ließ er sich nach hinten aufs Bett fallen.

»Ich habe es geahnt ... das klappt nicht ...«, murmelte er.

»Selbst schuld. Colin, ehrlich, das war nicht konsequent. Du näherst dich mir in meinen Träumen, holst mich nach Sylt, reitest mir entgegen, schnappst mich, wirfst mich auf den Boden, kommst mir viel zu nah ... Was denkst du dir eigentlich? Dass mich das alles kaltlässt? Du heizt mich an und willst mich anschließend wegschicken?«

»Entschuldige bitte, Ellie«, sagte er leise, aber mit fester Stimme. »Ich bin ein Mann. Ich musste dir nahekommen.«

»Fein. Und ich bin eine Frau. Dann hätten wir das ja geklärt. Können wir nun darüber nachdenken, was wir mit meinem Bruder anstellen? Er hält mich übrigens für geisteskrank«, fügte ich erklärend hinzu und sah an Colins bebendem Bauch, dass er schon wieder lachte.

»Ja, ich finde das auch alles unglaublich witzig«, grummelte ich, doch es gelang mir nicht mehr, am Fenster stehen zu bleiben. »Idiot«, setzte ich hinzu, trat zu Colin und wollte ihm meine Faust in die Rippen knuffen. Er kam mir zuvor und packte meine Handgelenke, um mich zu sich zu holen.

»Hat dir schon mal jemand gesagt, dass man dir den Hintern versohlen sollte, Frau?«

Ich warf ihm einen strafenden Blick zu. »Ähm. Mein Bruder …«

»Ein weiser Mann.« Colin zog spielerisch an meinen Haaren. Doch dann wurde seine Miene wieder ernst. »Wenn du dir sicher bist, dass der Mahr nicht dich befällt – meistens bedienen sie sich nur an einem Opfer, bis sie satt sind –, wäre es das Klügste, du bleibst bei deinem Bruder und findest heraus, ob unser Verdacht richtig ist. Das ist allerdings auch das Gefährlichste. Deshalb bin ich nicht begeistert davon.«

Ich rollte mich neben Colin auf den Rücken, denn solange ich auf ihm selbst lag, verflochten meine Gedanken sich zu einem wirren Durcheinander.

»Meinst du, es ist Tessa?«, fragte ich bang.

»Nein, das denke ich nicht. Tessa ist zu dumm für intrigante Racheakte. Und ich glaube kaum, dass sie sich am Meer aufhalten wird. Paul wohnt doch am Meer, oder? Ich habe Wasser gesehen, als ich mich dir heute Nacht genähert habe …«

»Ja. Speicherstadt Hamburg. Beinahe Meer.«

»Dann ist es ein anderer Mahr. Das würde Tessa sich nicht antun, zumal sie eigentlich auf mich fixiert ist.«

»Apropos Tessa«, schnitt ich das Thema an, das mich seit Colins Flucht Tag und Nacht beschäftigt hatte. Tessa und die theoretische Möglichkeit, einen Mahr zu töten. »Du hast gesagt, dass du sie nicht töten kannst, jedenfalls nicht im Kampf. Aber es gäbe da eine weitere Möglichkeit …«

»… die ich nicht genau kenne und die ich dir auch nicht erzählen werde.« Ich spürte, wie Colins Muskeln sich anspannten. Das Rauschen in seinem Körper wurde unregelmäßiger. Sein Hunger kehrte zurück. Und die Nacht war noch lange nicht vorüber. Frustriert schwieg ich. Mir schwante, dass an diesem Punkt nicht viel zu machen war, und ich fühlte mich auf einmal restlos überfordert.

Colin drehte sich zu mir um. Mit Schrecken sah ich, dass seine Augen rötlich glühten. Es war kein gesundes Glühen. Er brauchte neue Nahrung. Ich konnte fühlen, wie meine bloße Anwesenheit seinen Hunger ins Unermessliche wachsen ließ. Vorsichtig rückte ich von ihm ab. Er schüttelte bedauernd den Kopf.

»Das allein hilft nichts. Du erfüllst den ganzen Raum. Das alles hat dich nur stärker gemacht, Ellie. Der Kampf gegen Tessa, der harte Winter. Deine Träume. Ich spüre diese Stärke, auch wenn du sie nicht wahrnimmst. Und das Jagen ist so schwierig geworden im Meer. Es ist zu warm, die Fische sind schwach, sie fühlen sich nicht mehr wohl, sind fast nur noch auf der Flucht vor euren Netzen. Wale habe ich keine finden können. Sie haben wenigstens echte Träume … Ich bringe dich jetzt zurück an Land und dann …«

»Nein! Nein. Vergiss es. Ich weigere mich. Du kriegst mich hier nicht weg.« Ich schlang meine Finger um die Eisenverstrebungen des Bettes, obwohl ich wusste, dass es sinnlos war. Neben mir saß ein Dämon. Er konnte sie vermutlich lösen, indem er kurz dagegenpustete.

»Verflucht noch mal, du stures Weib!«, brüllte Colin. Es war das erste Mal, dass er seine Stimme gegen mich erhob, und schön fand ich es nicht. »Du bist in Gefahr bei mir, begreifst du das nicht?«

»Oh doch, das begreife ich sehr wohl. Aber ich gehe nicht zurück auf das Boot, nicht jetzt, nicht bei diesem Sturm. Ich lasse mich lieber von dir ausrauben, als zu ertrinken, denn ich weiß, wie es ist …« Meine Stimme brach, als ich an meine Albträume dachte. Es war quälend genug, sie immer wieder zu durchleben; beinahe jede Nacht suchten sie mich heim. Doch meine Träume, Gefühle und Erinnerungen waren auch das, was ich in die Waagschale werfen konnte.

»Wir könnten es kontrolliert tun. Ich schenke dir eine meiner Erinnerungen. Noch bist du nicht so ausgehungert wie damals in der Klinik …«

Colin packte mich an den Schultern und schüttelte mich, als wolle er mich zur Besinnung bringen. Er tat mir nicht weh dabei, aber ich versuchte dennoch, mich zu befreien.

»Ellie, du weißt nicht, was du da sagst!«, rief er drohend.

»Doch. Ich weiß es. Und ich möchte es tun. Es ist meine freie Entscheidung. Bitte, Colin, ich bitte dich darum. Ich will hier nicht allein bleiben und ich will erst recht nicht raus aufs Meer. Es macht mir Angst!«

Sah er nicht, wie sehr? Er musste mir doch glauben! In meiner Not schlug ich meine Faust gegen die Wand der Hütte, tat mir aber nur weh dabei. Zornig trat Colin einen kleinen Hocker um, der in hohem Bogen durch den Raum schoss und dann gegen die Spüle krachte. Doch ich ließ mich davon nicht beeindrucken.

»Colin, bitte. Es kann nicht schlimmer werden als der Traum, in dem du mich hast sehen lassen, wie Tessa sich dich nahm, wie sie dich verwandelt hat, und das habe ich auch überlebt.«

Es konnte nicht schlimmer werden als eine zweite Fahrt über das offene, tosende Meer. Und es konnte nicht schlimmer werden, als mich noch einmal von Colin auf ungewiss zu verabschieden. Ich wollte bei ihm bleiben. Finster sah er mich an. Dachte er vielleicht doch darüber nach?

»Ich weiß sogar schon, welche meiner Erinnerungen ich dir geben würde …«, redete ich ermutigt weiter. Das Rauschen in Colin schien darauf zu reagieren. Es bezirzte mich, klang wie Musik. »Ich sehe sie deutlich vor mir. Du kannst sie dir ganz schnell nehmen. Wahrscheinlich merke ich es gar nicht. Ich habe damals …«

Colin beugte sich vor und legte mir seine kalte Hand auf den Mund. »Scht. Schweig. Indem du sie verrätst, nimmst du ihr ihre

Stärke. Wir wollen nicht genau wissen, was uns erwartet, wenn wir rauben. Das macht es nahrhafter.« In seiner Stimme lauerte die Gier.

»Heißt das, du tust es?«, rief ich hoffnungsvoll. Das Rauschen in seinem Körper hatte sich zu einem hitzigen Pulsieren gesteigert, das von Sekunde zu Sekunde schriller wurde und mich dennoch zunehmend betörte. Ich wollte mich an ihn lehnen, doch er stieß mich von sich.

»Zum Teufel, Ellie … ich hätte dich wegbringen sollen, nicht diskutieren. Jetzt ist es zu spät.«

»Du tust es also?«, wiederholte ich bang. Colin schwieg einige Augenblicke, in denen wir gebannt der grellen Sinfonie seines Körpers zuhörten. Dann nickte er. Wir mussten handeln, sonst würde er auf dem Boot über mich herfallen. Wir hatten unsere Zeit verspielt. Doch ich war zutiefst erleichtert über seine Zustimmung. Ich musste nicht wieder nach draußen auf die See.

»Danke«, flüsterte ich. Ich durfte in der Hütte bleiben, geschützt und in Sicherheit.

»Bedanke dich nicht. Fürchte dich«, murmelte Colin. Er ging zum Schreibtisch und griff sich einen Block und einen Stift.

»Gib mir eine Adresse, wo ich dich hinbringen kann und du dich erholen kannst, falls etwas schiefgeht. Nicht in Kaulenfeld. Das ist zu weit weg.«

Panik wallte in mir auf, denn mir fiel niemand ein. Obwohl – Dr. Sand vielleicht?

»Ich habe einen Arzt kennengelernt, der …«

»Nein«, fuhr Colin ungeduldig dazwischen. »Bloß keinen Mediziner. Der lässt dich am Ende nicht mehr weg und mich wahrscheinlich auch nicht. Und so könnte es zu unschönen Szenen kommen. Nein. Es muss jemand sein, dem du vertrauen kannst. Eine Privatadresse.«

»Dann bleibt nur mein Bruder. Und dort ist der Mahr. Ich habe keine Freunde in Hamburg …« Würde es daran nun scheitern?

Colin schüttelte gereizt den Kopf und knurrte. »Dann die Adresse von deinem Bruder. Schnell. Ich werde spüren, ob der Mahr dort ist oder nicht. Sonst muss ich dich eben doch nach Kaulenfeld fahren … Ich bringe Paul auf keinen Fall in Gefahr. Es ist nur ein Sicherheitsseil, Ellie, mehr nicht. Für alle Fälle.«

Ich diktierte ihm gefasst Pauls Anschrift und erwähnte, dass Paul zumindest ein halbes Medizinstudium absolviert hatte, aber nun als Galerist arbeitete. Trotz seiner neuen beruflichen Gefilde hortete mein Bruder in dem Apothekerschrank, der in seinem Schlafzimmer an der Wand prangte, ein beeindruckendes Medikamentenarsenal. Ich sorgte mich nicht darum, dass Paul sich regelmäßig bediente, denn alle Packungen waren vollständig befüllt. Er wollte diese Sachen besitzen, wie früher. Selbst leere Faltschachteln, die Mama und Papa weggeworfen hatten, hatte er aus dem Mülleimer gefischt, in seinem Kinderzimmer gelagert und die Beipackzettel gelesen wie Kinderbücher. Andere Jungs hatten Mehl und Zucker in ihrem Kaufmannsladen. Paul hatte leere Aspirinschachteln. Das Zeug in dem Apothekerschrank hatte er garantiert aus dem Krankenhaus mitgehen lassen. Vielleicht würden die Pillen jetzt zum ersten Mal Verwendung finden.

Ich versuchte, meine Nervosität herunterzufahren. »Wo du dich erholen kannst«, hatte Colin gesagt. Nicht: »Wo du bestattet werden kannst.« Nur lebende Menschen konnten sich erholen. Paul wurde wahrscheinlich Nacht für Nacht befallen und dafür machte er sich recht gut. So schrecklich würde es also nicht werden. Außerdem bestimmte ich selbst, was ich Colin geben würde, und ich vertraute ihm.

Colin nahm mich zu sich und drückte mein Gesicht an seine Brust. Sein Duft ließ mich schwindelig werden.

»Ich will das nicht tun, Ellie, doch der Hunger wird immer größer und mit ihm die Gefahr, dass ich dir Schaden zufüge. Lass uns keine Zeit verlieren. Hör mir gut zu: Lehne dich an mich und denke so intensiv an diese Erinnerung, wie es dir möglich ist. Konzentriere dich nur darauf. Du musst deinen Geist verschließen, alles andere darf dich nicht erreichen. Atme ruhig. Ich werde es spüren, wenn du bereit bist, und dann werde ich sie dir nehmen und dich aufwecken. Hast du mich verstanden?«

»Ja«, sagte ich müde und hatte das Gefühl, dass mein Körper sich bereits aufzulösen begann. Meine Lider wurden bleischwer. Gemeinsam mit Colin sank ich auf den kalten Boden hinab. Seine Arme hielten mich fest und das Rauschen in seiner Brust übertönte das Brüllen des Meeres.

Es konnte beginnen.

Flashback

Nun kroch die Wärme über meine Haut, zuerst ein Schauer, dann vertraut und weich wie ein Schlaflied. Ich lehnte schwer an Papas Schulter, über meinem Rücken eine wollene Kuscheldecke. Nur ab und zu öffnete ich meine Augen, um mich davon zu überzeugen, dass es draußen vor dem kleinen Fenster noch schneite. Denn ich liebte es, den Flocken zuzusehen, wie sie herrlich trudelnd im Schein der Petroleumlampe durch die Winterschwärze der Polarnacht torkelten – fast wie in einem Märchen. Und ich liebte es, danach einen kurzen Blick auf Mama zu werfen, die in der winzigen Küche stand und Waffeln backte. Sie dufteten so köstlich, dass mir das Wasser im Mund zusammenlief.

Wir waren gerade erst von einem Spaziergang durch den Schnee zurückgekehrt. Ich hatte gefroren, bis ich vor Schmerzen geweint hatte und die Tränen auf meinen Wangen zu Eis erstarrten. Doch jetzt war alles wieder gut. Paul spielte vor dem Kamin mit seinem Arztkoffer und nähte meinem Teddy sein rechtes Bein an, das er heute Morgen ausgerissen hatte – wahrscheinlich nur zu diesem Zweck. Wir hatten uns fast die Köpfe eingeschlagen. Doch wir waren Bruder und Schwester und schafften es nie, länger als zwei Stunden böse aufeinander zu sein.

Papa hatte eine seiner alten Platten aufgelegt, ich kannte sie, und obwohl ich die Worte nicht verstand, summte ich leise mit, die Augen geschlossen, meinen Kopf in Papas Armbeuge gekuschelt, bis die Müdigkeit mir die Stimme stahl und mich immer schwerer werden ließ.

Ich würde das Waffelessen verschlafen, doch das machte nichts, ich war bei Mama und Papa und Paul – es gab keinen besseren, geschützteren Platz auf der Welt als Papas kühle und trotzdem so warme, starke Brust …

Nun gab sie nach. Ich rutschte zur Seite und mein Gesicht prallte gegen einen nackten Schulterknochen, ausgemergelt und bleich. Die Haut spannte sich grün schillernd über die dünnen Muskeln. Erschrocken holte ich Luft und musste im selben Augenblick würgen. Es roch widerlich süß nach Verwesung und Fäulnis. Es roch nach Tod. Ich wollte mit den Armen um mich schlagen, um mich zu befreien, aber ich konnte sie nicht rühren. Ich war eingepfercht zwischen nackten toten Leibern. Hohle Augen blickten mich an, starr und geweitet, in ihnen noch immer das pure Entsetzen. Manche der Fratzen wirkten überrascht, als wäre etwas geschehen, das sie nicht erwartet hätten, doch auch in ihre Mienen hatte sich das Grauen fest eingegraben. Es war ihre letzte Empfindung gewesen – das reine Grauen. Nur ich, ich lebte. Ich lebte, obwohl ich nicht mehr atmete, weil der Gestank mir beinahe die Besinnung raubte.

Plötzlich gerieten die Leichen um mich herum ins Rutschen. Ich wusste genau, dass ich mich nicht rühren durfte, nicht blinzeln, nicht zucken, sonst sahen die da unten, dass ich noch lebte, und alles würde wieder von vorne anfangen, die Experimente, das Prügeln, das Foltern … Doch ich schaffte es nicht. Ich schaffte es nicht, weil die Leiber mich mit sich rissen und ich auf das Mädchen gedrückt wurde, in dessen Gesicht ich geblickt hatte, als es begonnen hatte. Sie hatte nach oben zu den Düsen geschaut und plötzlich verstanden, was passierte. Ein paar der Älteren sanken bereits zu Boden, weil sie schwächer waren als die Kinder. Das Mädchen aber hatte mehr Kraft übrig und schaute zu, wie die Menschen um sie herum starben, und wusste, dass es auch sie holen würde. Ich hatte gehandelt, ohne zu überlegen, und dem Mann neben mir seinen allerletzten Traum geraubt, um ihn ihr zu schenken, damit es ihr leichter fiel, und sie stand immer noch, als alle anderen längst tot waren – bis auf mich.

Ich nahm sie zu mir, zog sie an meine Brust, streichelte ihren Rücken und konnte ihr nicht antworten, als sie ihre letzten Worte sprach: »Warum stirbst du nicht?« *Warum stirbst du nicht … Warum stirbst du nicht …*

Schon packten schwielige Hände nach meinem Knöchel und zogen mich von dem Mädchen fort, dem ich nicht hatte helfen können. Niemandem konnte ich helfen, alles, was ich konnte, war, ihnen jeden Tag von Neuem beim Sterben zuzusehen …

»Wach auf! Ellie, verdammt, wach auf!«

Ich hörte ihn, doch ich war nicht willens, in meinem Leben auch nur noch ein einziges Wort zu sagen, ein Gefühl wahrzunehmen, eine Regung zu erlauben. Ich wollte tot sein. Das alles hier war nichts mehr wert.

Ich ließ es mit mir geschehen, dass Colin mich aus der Hütte zerrte, in den Sturm hinaus, meinen Kopf in die Brandung tauchte, mich brutal ohrfeigte, meine Lider nach oben zwang, denn ich hegte die Hoffnung, dass er mich dabei umbrachte.

»Atme, Elisabeth, du wirst jetzt sofort atmen! Sofort, hörst du?«

Meine Lunge gehorchte ihm, doch mein Blick, mit dem ich ihn nun ansah, troff vor Hass. Ich wollte nicht atmen und mein Körper tat es dennoch. Auch ihn hasste ich. Ich wollte ihn nicht, wollte ihn nicht spüren, nicht benutzen.

Colin schleifte mich durch die Brandung zum Boot, band mich an die Eisenstangen fest, Stricke um die Brust, Stricke um die Beine. Seine Haut blühte und seine Augen strahlten wie Diamanten. Er war satt. Ich aber wollte nie wieder essen. Nie wieder. Noch immer klebte der Leichengeruch in meiner Nase und die Augen des Mädchens würde ich mein Lebtag nicht vergessen. Deshalb wollte ich, dass mein Lebtag heute endete.

Hol mich, dachte ich, als ich starr in die Nacht sah, während das Boot durch die offene See pflügte. Hol mich endlich. Bring uns zum Sinken. Ertränke mich. Aber der Sturm zeigte keine Gnade. Er ließ mich am Leben.

Immer wieder zwang mich Colin, Luft zu holen, beugte meinen Nacken zurück und ließ seinen kühlen Atem in meine Kehle strömen, während ich regungslos verharrte.

Dann, urplötzlich, packte mich die blanke Panik. Ich schrie, bis ich heiser war, versuchte, meine Fesseln zu sprengen, um aus dem Boot springen zu können, doch Colin zeigte ebenso wenig Gnade wie der Sturm.

Der Ekel und die Panik krochen in meinen Kopf hinauf, weil mein Herz sie nicht mehr fassen konnte, und als das Boot durch die Eisschollen der Fleete gejagt war und Colin mich die Treppen hinauf zur Wohnung meines Bruders trug, war ich von Sinnen vor Schmerzen. Glühende Lanzen schienen sich durch meine Schläfen zu bohren, und jeder Atemzug, den ich nur widerwillig tat, verschärfte die grelle Pein hinter meiner Stirn. Es waren die Bilder, diese grauenvollen Bilder – sie mussten dort raus …

Als Paul die Tür öffnete, befreite ich mich mit schier unmenschlicher Kraft aus Colins Armen, robbte in den Flur und begann wimmernd, meinen Schädel gegen die harte Wand zu schlagen.

»Ich hab es gewusst …«, drang Pauls Stimme wie aus weiter Ferne in meine zerstörte Welt. »Sie hat ihren Verstand verloren … Heute Morgen hat sie die Mauer in meiner Küche zertrümmert, einfach so, dann ist sie mit meinem Porsche abgehauen, sie schläft auf einem meiner Bilder …«

»Deine Schwester ist nicht verrückt, Mann«, schnitt Colin ihm kalt das Wort ab. »Ihr Verstand ist klarer, als du ahnst, und genau das ist das Problem. Hast du Morphium da? Schlafmittel? Sie darf nichts träumen, nicht jetzt …«

Colin versuchte, mich von der Wand wegzuziehen, doch ich trat schreiend um mich. Ich wollte nicht, dass er mich berührte, niemand sollte mich berühren, niemand. Aber sie waren stärker.

Obwohl ich ihnen und mir das Gesicht zerkratzte, nach ihren Händen biss und unaufhörlich strampelte, trugen sie mich zu meinem Bett und banden mich darauf fest.

»Ich kann ihr die Spritze nicht setzen, wenn sie so zappelt«, keuchte Paul verzweifelt.

»Ich will keine Spritze!«, brüllte ich, doch meine Stimme war nur noch ein schwaches, tonloses Kreischen.

»Ich fixiere sie. Beeil dich!« Mit unerbittlicher Härte presste Colin meine Arme und Beine auf die Matratze. Dann spürte ich einen leichten, beinahe kitzelnden Stich in der Vene und schon wurde das Pulsieren in meinen Schläfen milder.

»Lasst mich sterben, bitte«, bettelte ich, doch Paul schob mir eine kleine Pille in den Mund und strich mir wie einem kranken Tier über die Kehle, damit ich sie schluckte.

»Schlaf jetzt, Lassie«, hörte ich Colin flüstern, bevor die Schwärze um sich griff. »Ich verspreche dir, dass du nicht träumen wirst.«

Gemütskrank

»Er soll still sein! Sag ihm, dass er still sein soll!«

Es war mir vollkommen gleichgültig, dass François mich so sah, wie ich eben aus dem Bett gestiegen war – in einem ausgebeulten alten Pyjama von Paul, ungewaschen und mit wild zerzausten Haaren. Wenn er nur endlich aufhören würde zu reden! Seine Stimme drohte meinen Kopf bersten zu lassen. Und der brachte mich schon seit Tagen um den Verstand. Die Schmerzen fraßen sich in mein Gehirn hinein. Alles, was ich wollte, war, sie zu stoppen. Sonst wollte ich nichts mehr. Gar nichts mehr. Mein Kopf war zu meinem ärgsten Widersacher geworden seit Trischen. Trischen … oh Gott. Warum erinnerte ich mich überhaupt noch daran? Das durfte ich nicht.

»Ach herrje, die schon wieder«, nölte François naserümpfend und ich presste wimmernd meine flachen Hände auf die Schläfen. »Willst du sie nicht mal …?« François machte eine Bewegung mit seiner hageren Schulter, die eindeutig »abschieben« bedeutete. Abschieben in eine Klinik. Wegsperren.

Paul stöhnte entnervt auf.

»Ellie, bitte geh zurück ins Bett, wir müssen etwas Wichtiges besprechen und du solltest dich eigentlich ausruhen.«

»Könnt ihr das nicht woanders tun?«, fragte ich matt. Meine Stimme hörte sich so zerbrochen an, dass ich bei ihrem Klang erschauerte.

»Du weißt, dass ich dich nicht allein lasse.«

Rossini tapste geduckt auf mich zu und rieb seinen Kopf an meinem Knöchel.

»Hierher, Rossini! Hierher, sofort, zack, zack«, orderte François ihn zurück, als könne ich seinen Hund mit einer hochgefährlichen Seuche anstecken. Paul stand schwer atmend auf, während François den hechelnden Rossini am Halsband zu sich zerrte, und schob mich aus der Küche. Ich sperrte mich, war aber zu ausgelaugt, um echten Widerstand zu leisten.

»Dann gib mir wenigstens eine Tablette, bitte, nur eine«, flehte ich ihn an. »Eine gegen die Schmerzen oder eine, damit ich schlafen kann. Ich halte das sonst nicht aus.«

»Was ist denn jetzt, Paul?«, kläffte François uns hinterher. Ich fuhr zusammen und sackte in die Knie, doch Paul hielt mich. »Machen wir hier weiter oder nicht? Paul, du weißt, die Leute warten auf die Kataloge, wir müssen weitermachen ...«

»Siehst du nicht, dass meine Schwester krank ist?«, erwiderte Paul mit mühsamer Beherrschung.

»Krank«, schnaubte François aus der Küche. »Krank ...«

Ich versuchte noch einmal, mich von Paul zu lösen, doch sein Griff wurde resoluter. Meine Haut brannte unter seinen Fingern und eine ungeheuerliche Wut keimte in mir auf. Er musste mich loslassen, sofort.

»Ich kümmere mich erst um meine Schwester. Fahr am besten nach Hause. Ich rufe dich dann, wenn ... wenn wir weiterarbeiten können. In Ordnung?«

Schimpfend und zeternd rauschte François samt Hund an uns vorbei und ließ die Haustür hinter sich ins Schloss knallen.

»Ellie, so geht das nicht weiter«, klagte Paul, nachdem er mich zurück ins Bett gebracht hatte. »Und eine Tablette gebe ich dir nicht. Du hast fast zwei Wochen lang jeden Tag morgens und abends zwei

Stück bekommen – das ist für dein Gewicht eigentlich schon zu viel. Ellie, das war Morphium am Anfang, jetzt ist es Novalgin und du nimmst zusätzlich immer noch harte Schlaftabletten – das ist alles nicht für den Dauergebrauch gedacht und das weißt du!«

»Bitte, Paul, bitte!«

»Ich frag mich, was das für ein Freund ist, der dich in einen solchen Zustand versetzt, zu Unzeiten bei mir abliefert, mir befiehlt, dir Morphium zu spritzen, und sich dann nicht mehr bei dir blicken lässt«, lästerte Paul wütend. »Eigentlich könnt ihr gleich zusammen in …« Er brach ab. »Der Typ ist mir nicht geheuer.«

Wie ich, dachte ich. Denn so war es. Paul fürchtete sich vor dem, was ich geworden war. Und deshalb musste er meinen Wunsch erfüllen.

»Eine einzige, Paul. Du bist mein Bruder, bitte …«

»Ja, ich bin dein Bruder, aber kein Arzt. Ich kann eingebuchtet werden für das, was ich hier tue. Ich möchte, dass du in professionelle Hände kommst. Ich kann das nicht länger verantworten. Ich rufe meinen Hausarzt an.« Schon hatte Paul sein Handy aus der Hosentasche gezogen und suchte nach der Nummer.

»Nein, Paul, keinen Arzt, ich werde wieder gesund, wenn du mir noch eine Tablette gibst, nur eine …« Damit ich nicht träume und mich nicht erinnere. Ihr habt mich nicht sterben lassen, also lasst mich wenigstens vergessen.

Denn sobald die Wirkung der Tabletten nachließ, begannen meine Schläfen erneut zu hämmern und jeder Schlag ließ die Bilder in meinem Kopf deutlicher werden – panische, entsetzte Augen, die mich anstarrten, als könne ich ihnen helfen; ich sah die blassen Kacheln an der Wand, den sterilen Boden, all die ausgemergelten, gequälten Leiber, ich roch Tod und Gas, hörte Schreie und Flehen und Wimmern. Zu laut, zu schrill. Ich presste die Augen zu und stopfte meine Finger in die Ohren, drückte die Nase in mein Kopfkissen, doch die Bilder waren übermächtig, sie jagten mich. Erst wenn die nächsten Tabletten zu wirken begannen, schwammen sie langsam davon, wurden schließlich unscharf und verloren sich in tiefgrauen, beruhigend kalten Nebelschlieren, die alles einfroren, was mir zu nahekommen konnte.

Ich wollte weiterhin dumpf vor mich hin dämmern, nichts fühlen und nichts denken, alles verschwommen und weich, sodass nicht einmal die Sehnsucht nach Colin sich durchkämpfen konnte. Sehnsucht nach einem Mann, den ich gehasst hätte, wenn ich zu solch starken Empfindungen in der Lage gewesen wäre. Aber das wollte ich nicht. Deshalb brauchte ich Tabletten. Und obwohl mein Gehirn sich anfühlte wie eine funktionslose, leere Masse, drang plötzlich ein klarer Gedanke in mein Bewusstsein: der Sandmann. Der Sandmann musste kommen.

»Ich habe einen Arzt, Paul, ruf ihn an. Ich war bei ihm, als ich zu dir sagte, ich würde putzen gehen. Er praktiziert hier in Hamburg, er ist Schlafmediziner und ich hab doch diese furchtbaren Albträume und dann die ganze Sache mit den Mahren …« Paul stockte und ließ das Handy sinken.

»Wie heißt er?«, fragte er argwöhnisch. Er glaubte mir nicht.

»Dr. Sand, er arbeitet im Jerusalemkrankenhaus. Lass dich mit ihm verbinden, sag ihm meinen Namen … dass er herkommen soll … au, mein Kopf …«, stöhnte ich. Es war wieder schlimmer geworden, obwohl François gegangen war. Bei jedem einzelnen Atemzug, jedem Wort, jeder Regung meines Gesichts raste der Schmerz in die Schläfen und rotierte wie eine Turbine durch meinen Schädel.

Eine halbe Stunde später saß Dr. Sand an meiner Bettkante und blickte mich sorgenvoll an. Doch auch Paul stand noch im Zimmer.

»Paul, kannst du mir ein Glas Wasser holen?«, bat ich ihn. Ich musste ihn loswerden, um offen reden zu können. Er nickte und verschwand.

»Colin, der Cambion …«, flüsterte ich gehetzt. »Ich hab ihm eine meiner Erinnerungen geschenkt, weil er hungrig war, und dann – dann ist etwas passiert, das … seitdem bin ich so! Ich habe diese Schmerzen und ich will nicht träumen, auf keinen Fall, und ich brauche Tabletten, ich brauche sie wirklich!« Pauls Schritte näherten sich.

»Würden Sie uns einen Moment allein lassen, Herr Fürchtegott?«, bat Dr. Sand Paul höflich, nachdem er mir das Wasser auf den Nachttisch gestellt hatte. »Wir können anschließend gerne alles zusammen bereden, aber im Zuge der Therapie ist es geschickter, wenn ich erst unter vier Augen mit der Patientin spreche.«

Das verstand Paul und so warteten wir schweigend, bis er sich in die Küche zurückgezogen hatte.

»Was genau ist passiert, Elisabeth? Sie müssen versuchen, sich zu erinnern.«

»Nein, bitte nicht!«, rief ich mit zitternder Stimme. Ich wollte nicht einmal daran denken, mich zu erinnern. »Da ist überall … es ist wie eine Eisschicht, ich kann sie nicht durchbrechen, aber ich weiß auch, dass es mich umbringt, wenn ich sie durchbreche. Deshalb brauche ich die Tabletten. Wenn ich sie nehme, spüre ich dieses Eis nicht mehr.«

Besser konnte ich es nicht erklären. Entmutigt sank ich ins Kissen zurück.

»Sie verdrängen etwas, Elisabeth.«

»Das weiß ich auch!«, blaffte ich Dr. Sand an. »Mein Körper und mein Kopf tun es für mich. Ich kann nichts dagegen ausrichten.«

Dr. Sand atmete tief durch, unternahm aber keinen Versuch, mich zu berühren, wofür ich ihm sehr dankbar war. Ich hätte ihm meine Nägel über den Arm gezogen, wenn er es getan hätte. Seinen hellgrauen Augen wich ich aus, doch ich spürte, dass sie mich unablässig durchleuchteten.

»Gut, Elisabeth. Ich lasse Ihnen etwas hier. Nehmen Sie dreimal am Tag eine Tablette, mit einem Glas Wasser. Schlucken, nicht kauen. Es wird ein paar Stunden dauern, bis sie wirken. Sie müssen Geduld haben, aber dann werden sie Ihnen helfen. Sobald Sie sich besser fühlen, kommen Sie zu mir in die Sprechstunde.«

Er klappte seinen Koffer auf, kramte eine Weile darin herum und legte mir schließlich eine Schachtel Pillen auf den Nachttisch.

»Wenn es abends besonders schlimm sein sollte, können Sie auch zwei nehmen. Nicht mehr, in Ordnung? Und sagen Sie Ihrem Bruder nichts davon. Er scheint ein Tablettengegner zu sein. Das mag in vielen Fällen richtig sein, in Ihrem jedoch nicht.«

»Danke ...«, seufzte ich. Ich nahm sofort die erste Pille. Sie hatte einen schwachen, würzigen Geruch, der mir irgendwie bekannt vorkam, doch ich machte mir nicht die Mühe, darüber nachzudenken. Ich wollte nur noch schlafen.

»Elisabeth ...«, begann Dr. Sand behutsam. »Dieser Mahr, Colin ... Haben Sie ihn seit diesem – Ereignis gesehen oder gesprochen?«

»Nein«, antwortete ich abweisend. »Und das will ich auch nicht.«

»Vielleicht müssen Sie das aber, um herauszufinden, was passiert ist. Ist er denn in der Stadt?«

»Ich weiß es nicht ... Es interessiert mich nicht. Er soll bleiben, wo der Pfeffer wächst.« Mein Herz schlug schneller, weil es die Lüge erkannte, und befreite sich einen Moment aus der Trägheit meines Körpers. Doch das Eis schob sich über seine Empörung und zwang es, zu seinen langsamen, widerwilligen Schlägen zurückzufinden.

Ich legte die Tabletten unter mein Kopfkissen, drehte mich zur Wand und schloss die Augen, um Dr. Sand zu bedeuten, dass er gehen konnte. Und das tat er auch. Ich hörte, wie er einige Worte mit meinem Bruder wechselte, ein kurzer, sachlicher Dialog, dann klappte die Tür. Es würde ein paar Stunden dauern, bis das Medikament wirkte, hatte Dr. Sand gesagt. Ein paar Stunden – das war zu viel. So lange würde ich nicht warten können. Aber wenn ich zwei vorm Einschlafen nehmen durfte – und ich wollte schlafen, obwohl es erst später Nachmittag war –, würden drei oder vier mich nicht töten, obgleich mir das herzlich egal gewesen wäre. Ich drückte sie mit bebenden Fingern aus ihrer Plastikhülle und stopfte sie in den Mund. Mit dem letzten Schluck Wasser spülte ich sie meine trockene Kehle hinunter, gerade rechtzeitig, bevor Paul ins Zimmer kam.

»Geht es dir nun ein bisschen besser?« Er wirkte beinahe erlöst, als habe ihm jemand eine schwere Last von den Schultern genommen. »Ich bin so froh, dass du endlich Hilfe zulässt, Ellie. Du hättest mir früher sagen können, dass du bei ihm in Therapie bist.«

»Ich hab mich halt dafür geschämt«, redete ich mich heraus.

»Es gibt keinen Grund, sich für eine Krankheit zu schämen. Keinen einzigen. Hör mal, ich muss mit François unbedingt den Katalog vorbereiten, wir haben einen wichtigen Kunden in Dubai, der darauf wartet. Ich überlasse dir die Entscheidung: Entweder kommt François hierher oder ich fahre zu ihm. – Aber ich warte natürlich, bis du eingeschlafen bist!«

Paul hörte sich müde an. Er hatte jede Nacht bei mir gesessen, auf dem schmalen Gästebett, das er gegenüber von meinem an die Wand gestellt hatte (ich hatte mich geweigert, in seinem Bett zu schlafen, sein Zimmer löste Angst in mir aus), und Wache gehalten, bis die Tabletten wirkten und ich tief und fest geschlummert hatte. Er war mir nicht von der Seite gewichen, hatte mich gezwungen, zu essen und zu trinken, weil ich sonst gar nichts zu mir genommen hätte. Ich wog kaum mehr fünfzig Kilo. Mir war klar, dass ich Paul in Beschlag nahm. Ich war sein neuer Full-Time-Job.

François war außer sich deswegen. Und sowenig ich François auch mochte und vertraute, sosehr mich der Gedanke, dass die beiden sich liebten, verstörte: Sie waren ein Paar und Paul wollte ihn sehen. Ich konnte ihn nicht zwingen, bei mir zu bleiben. Und die Tabletten unter meinem Kopfkissen beruhigten mich. Schon bald würde ich die Kälte des Eises nicht mehr spüren.

»Du kannst gerne zu ihm gehen. Das ist mir lieber, als wenn er hier ist. Musst nicht warten, bis ich schlafe«, murmelte ich. Doch Paul blieb. Die Tabletten wirkten schneller, als ich zu hoffen gewagt hatte. Sanfte Watte legte sich um meinen Körper. Meine Gedanken, ohnehin taub und stumpf, verloren jegliche Form. Das Letzte, was ich hörte, war das Klacken der Tür und der aufheulende Motor des Porsche. Der Porsche … wieso war er wieder da? Wer hatte ihn gebracht?

Doch auch dieser Gedanke verlor seine Farbe wie ein Tropfen Tinte im Meer und ich ließ mich dankbar in die vollkommene Leere meines Schlafs fallen.

Katharsis

»Wach auf.«

Ich reagierte sofort und fragte mich im gleichen Augenblick, warum ich es tat. Es passte nicht. Hatten die Tabletten etwa schon ihre Wirkung verloren, mitten in der Nacht?

Ich öffnete meine brennenden Lider. Eine dunkle Gestalt saß auf dem Fensterbrett. Kalte, modrige Luft strömte ins Zimmer und kurz glommen zwei Augen auf wie Kohlestücke, die in der Glut schwelten.

Ich haute so fest auf den Lichtschalter, dass die Lampe ins Schwanken geriet und gegen die Wand kippte.

»Du!«, keifte ich ihn an. »Du … wagst es hierherzukommen, mich zu wecken, *du* weckst mich?«

Colin erwiderte nichts. Langsam ließ er sich von der Fensterbank gleiten, ohne den Blick von mir abzuwenden. Oh, er sah immer noch blendend aus. Gesund, erfrischt, stark. Ja, er war das blühende Leben, zwar totenbleich, aber voller Kraft und Anmut. Seine Haare züngelten.

»Mein Gott, Ellie …«, sagte er leise. »Dein Anblick zerreißt mir das Herz.«

»Was für ein Herz?«, fauchte ich. »Sag, was für ein Herz? Es schlägt nicht! Rede keinen Unsinn, Colin, du hast kein Herz – und wage es ja nicht, mich anzufassen!«

Er war mir nicht einmal nahe gekommen und doch wich ich bis

an das Fußende des Bettes zurück. Reglos blieb er am Fenster stehen.

»Warum klingelst du nicht an der Tür wie jeder andere Mensch auch?«

»Du hättest mich nicht gehört«, antwortete Colin ruhig. »Und erst recht hättest du nicht geöffnet. Außerdem möchte ich keine Spuren hinterlassen.« Ich winkte ab. Wen interessierte das denn? Spuren? So ein Quatsch.

»Überhaupt – kannst du nicht einmal irgendetwas normal tun? Muss denn immer dieses Theater sein? Es kotzt mich langsam an! Es ist albern, lachhaft, merkst du das nicht? Wir haben fünf Grad und du rennst mit einem Hemd durch die Gegend, einem uralten weißen Hemd, an dem die Hälfte der Knöpfe fehlt. Findest du das nicht ein wenig affektiert? Hallo, seht her, ich bin etwas Besonderes!«

Colins Lippen verhärteten sich, doch er ließ mich reden. Und das gab meiner Boshaftigkeit nur neuen Zunder.

»Deine Stiefel, mein Gott, es gibt tausend Schuhgeschäfte da draußen, aber nein, es müssen die Stiefel aus dem neunzehnten Jahrhundert sein und dazu ein bisschen moderner Style, damit auch ja niemand übersieht, welch ein Exot du bist, oder? Dann diese tuntigen Ringelchen im Ohr, pah, als Tarnung, obwohl dich sowieso kein Mensch anschaut, weil sie dich hässlich finden, ja, Maike fand dich hässlich und ich bin mir sicher, sie war nicht die Einzige … Ich kann es jedenfalls nicht mehr sehen, deine lächerlichen Klamotten und dein beknacktes Raubtiergehabe.« Ich holte Luft und spürte, wie das Packeis in mir immer dichter und fester wurde, je länger ich redete, doch es kam mir gelegen. Mein Herz sollte tot werden wie seines.

»Du bist selbstverliebt und eitel, Colin. Dein dämliches Armband lässt du sogar beim Baden an … Wir saßen zusammen in der Badewanne, weißt du noch? Weißt du es noch?« Er schaute mich unverwandt an. Ich konnte keine Regung in seinem Gesicht ablesen. »Ich weiß es noch – das Armband blieb dran, denn sonst wärest du möglicherweise nichts Besonderes mehr gewesen, oder? Ich hasse dieses Armband an dir, ich hasse es …«

»Ich auch«, erwiderte Colin schlicht. »Soll ich es abnehmen?«

Doch ich war schon wie eine Furie auf ihn zugeschossen, grub meine Fingernägel in die Haut unter dem schwarzen Band und riss es von seinem Handgelenk. Colin wehrte sich nicht. Er zuckte nicht einmal. Mit einem leisen Plopp fiel das Band auf den Boden. Ich erstarrte. Colin hob wortlos seinen Arm, drehte ihn und hielt mir die Innenseite seines Handgelenks vor die Augen.

»Weißt du, was das ist, Ellie?«

Mit einem Mal begann das Zimmer, sich zu drehen. Bevor ich vornüberfallen konnte, hatte Colin mich zurück aufs Bett gesetzt und an die Wand gelehnt, ließ mich aber sofort wieder los.

»Eine Nummer …«, antwortete ich benommen. Ich hatte eine solche Nummer schon einmal gesehen. In einem Geschichtsbuch. Eine schlichte Ziffernfolge, eingebrannt für immer. Denn der Tod hatte System. Er wurde registriert. Zahlen statt Menschen. Es war, als ob es einen Schlag in meinem Herzen tat und das Packeis Risse bekam. Tiefe, schmerzende Risse. Die schweren Schollen begannen sich aneinanderzureiben, verloren ihre Starre. Aber das wollte ich nicht! Der Panzer musste bleiben.

»Kannst du mir zuhören?«, fragte Colin vorsichtig. »Geht das? Wenn es zu viel wird, hebe die Hand, und ich bin sofort still. Aber es wird nicht so schlimm werden wie in dem Moment, als du es gesehen hast, und sollte es so sein, bin ich bei dir. Diesmal bin ich schnell genug, dich rauszuholen. Doch gewisse Dinge musst du wissen, denn dann kannst du besser mit dem umgehen, was du gesehen und gefühlt hast. Und das willst du doch, oder?«

Ich nickte. Sprechen konnte ich nicht. Ich drückte die Fäuste gegen meine Brust, als könne ich mit ihnen das Eis daran hindern, sich zu lösen.

»Gut. Du bist zu schnell eingeschlafen. Warum, weiß ich nicht. Du hast nicht gehört, wie ich dir sagte, du sollst keine deiner frühen Kindheitserinnerungen nehmen, doch genau das hast du getan. Genau das.«

Ich wollte ihm vorwerfen, dass er log, dass das nichts als eine billige Ausrede war, aber irgendetwas in mir glaubte ihm. Ich war tatsächlich schnell eingeschlafen. Nicht einmal das Meer hatte ich noch tosen gehört.

»Und dann warst du geschwächt, bevor es zu Ende war. Es ist außer Kontrolle geraten, du bist in meine Erinnerungen gerutscht. Ellie, wenn ich eine Seele hätte – ich würde sie dir sofort überlassen, um all das gutzumachen, denn ich hätte wissen müssen, dass es passieren könnte, es ist schließlich schon einmal geschehen …«

Wieder brach etwas in mir und Eiswasser stieg meine Kehle hinauf. Ich bekam Angst, doch noch wollte ich meine Hand nicht heben. Vielleicht konnte ich es auch nicht.

»Diese Erinnerungen.« Colin räusperte sich. »Du hast es eben sehr treffend formuliert und du hast es selbst so empfunden. Ich bin hässlich, denn ich erwecke Hass. Ich bin anders. Du weißt, warum ich diese Kleider trage und die Ringe, aber du hast es vergessen, hast es nicht mehr fühlen können, weil du nicht fühlen willst.«

Ich blickte an ihm vorbei, starr und unbewegt. Ein Teil von mir wollte sich bei ihm entschuldigen, ihn um Verzeihung anflehen für das, was ich gesagt hatte. Doch ein anderer Teil genoss es, so hart und gemein zu ihm gewesen zu sein. Zu ihm und damit auch zu mir selbst.

»Erzähl mir, was passiert ist. Was habe ich gesehen?«, fragte ich tonlos, obwohl ich es schon ahnte. Meine Hände rutschten von meiner Brust und sanken auf das Laken.

»Ich wollte neue Papiere beantragen, wie so oft mit gefälschten Ausweisen, um eine Weile in Deutschland bleiben zu können. Du weißt ja, ich habe eine Schwäche für deutsche Wälder. Doch ich war ihnen sofort suspekt, und anstatt mich wieder gehen zu lassen, befragten sie mich, fanden Ungereimtheiten, Verdachtsmomente. Ich passte ins Schema, verstehst du? Ich war anders. Dazu die dunklen Augen, meine Nase … Ich bot ihnen eine ganze Reihe von Gründen.«

Colin hielt inne, um sich zu sammeln, und mit einem Mal begriff ich, dass es ihn ebenso viel Anstrengung kostete, davon zu erzählen, wie mich, es mir anzuhören. Denn der Nebel in meinem Kopf lichtete sich mit jedem Wort und die gefrorene See in meinem Inneren begann sich zu regen, sosehr ich sie auch unter ihrem Panzer gefangen halten wollte.

»Warum hast du denn überhaupt Papiere beantragt? Du brauchst sie doch nicht, du kannst ohne sie existieren, oder?«

Colin wandte sich für einen Moment von mir ab. »Mein alter Fehler«, sagte er schließlich. »Ich wollte so sehr Mensch sein wie nur möglich, mich vielleicht sogar für den Krieg verpflichten – auf welcher Seite, war mir egal. Immerhin wäre ich an der Front sicher gewesen. Keine Frauen, keine Tessa. Vielleicht wäre meine Kaltblütigkeit dort etwas wert gewesen. Vielleicht hätte man mich dafür geschätzt.«

»Oh Gott, Colin …« In den Krieg ziehen, um als Mensch wahrgenommen zu werden, egal, auf welcher Seite? War das denn Menschsein – andere Wesen töten?

»Ich weiß. Es war dumm. Und es kam, wie es kommen musste: Ich machte mich verdächtig und sie brachten mich in eines ihrer Lager, wo ich erst arbeiten sollte und dann sterben. Ich habe den Ernst der Situation nicht erkannt, dachte, ich könnte fliehen, wann immer ich wollte, sobald sich eine Gelegenheit bot – nachts, wenn ich am stärksten bin. Aber all die Angst und der Schrecken, die schlechten Träume um mich herum haben mich sofort hungern lassen. Und ich wollte nicht jenen Menschen ihre Träume rauben, die noch welche hatten, denn es war das Einzige, was sie besaßen, und die Träume der Aufseher widerten mich an. Sonst gab es nur die Angst und den Tod. Schon nach wenigen Tagen war ich so krank und ausgemergelt wie sie.«

Ich konnte die Übelkeit in meiner Kehle kaum mehr kontrollieren, doch meine Hand blieb neben mir auf dem Laken liegen. Ich hob sie nicht.

»Irgendwann fingen sie mit den Vergasungen an. Du weißt, was sie sagten: Ihr sollt duschen, euch waschen. Dann kam das Gift aus den Düsen. Nur ich überlebte. Natürlich stellte ich mich tot, aber …«

»Ich weiß es«, wisperte ich. »Ich hab es gesehen. Ich war in dir gefangen. Ich war du.«

Wir schwiegen, während draußen das Wasser gurgelte. Die Flut kam. Ich hätte gerne das Fenster geschlossen, doch ich vermochte nicht, mich zu bewegen. Colin tat es für mich, obwohl er es hasste, eingesperrt zu sein. In diesen stillen Minuten vielleicht mehr denn je.

»Sie haben Experimente mit mir gemacht, als sie feststellten, dass das Gas mir nichts anhaben konnte, doch auch die Experimente …«

Colin schaffte es nicht, zu Ende zu sprechen. Aber das war nicht notwendig. Ich hatte es schon damals in der Schule nicht begreifen können und ich begriff es immer noch nicht. Ich glaubte es, ja, und ich wusste es, doch ich begriff es nicht. Medizinische Experimente hatten dazugehört. Es ging schließlich darum, zu züchten und auszumerzen. Der Massenmord war nur das Mittel zum Zweck.

»Wie hast du es geschafft, wieder rauszukommen?«, fragte ich, nachdem ich mein Würgen in meinen leeren Magen zurückgezwungen hatte. Ein bitterer Geschmack kroch auf meine Zunge.

»Tessa. Sie hat mich befreit. Sie zog mich eines Nachts aus dem Leichenhaufen und floh mit mir über die Zäune.« Colin wandte sich ab und verbarg das Gesicht in seinen Händen. Ein Schauer lief durch seinen sonst so kontrollierten Körper. Er schämte sich. »Ich war ihr dankbar. Und ich verachte mich dafür, denn ohne sie wäre das alles nie geschehen. Ohne sie hätte ich meine Heimat womöglich nie verlassen. Ohne sie wäre deine Seele jetzt noch unverletzt.«

»Meine Seele war nie unverletzt, Colin«, sagte ich und das Eiswasser überflutete mich, erstickte meinen Hals und kämpfte sich durch meine Augen. Irritiert hob ich meine Finger und legte sie auf meine nassen Wangen, bis ich verstand, dass ich weinte.

»Himmel, Ellie … ich dachte schon, du kannst es nicht mehr …« Noch immer fasste Colin mich nicht an und ich war froh darum, denn ich hätte ihn von mir weggetreten, aber ich musste aufschluchzen, um atmen zu können, und ich erlaubte ihm, sich meiner Tränen anzunehmen und sie aufzufangen. Sie brachten uns Wärme.

»Weißt du, dass im späten Mittelalter viele Frauen als Hexen verbrannt wurden, weil sie nicht weinten?« Ich sah Colin fragend an und schüttelte den Kopf. Nein, das wusste ich nicht. »Man vermutet heute, dass sie depressiv waren und nicht weinen konnten. Und das war den Menschen unheimlich. Aber wenn ihr sehr traurig oder traumatisiert seid, dann …«

»… dann weinen wir nicht mehr«, führte ich seinen Gedanken erstickt zu Ende. Das war es auch, was ich bei Dr. Sand in Marcos Augen gesehen hatte. Es waren Augen, die nicht mehr weinten.

Colin rückte ein Stück von mir ab. »Nimmst du noch Tabletten, Ellie? Hat dein Bruder auf mich gehört und sie abgesetzt?«

Ich blickte verdutzt auf. Colin hatte Paul dazu geraten?

»Es tut mir leid, im ersten Moment war es das Beste, dir starke Medikamente zu geben, und Schlafmittel verhindern nun mal Träume. Aber auf Dauer ist es gefährlich. Das weißt du, oder?«

Es hatte noch nie Sinn gehabt, Colin etwas zu verheimlichen. Ich griff unters Kopfkissen und warf ihm die Briefchen mit den Pillen zu. Er drückte eine heraus und schnupperte an ihr. Ein schwaches Grinsen vertrieb die Härte aus seinem Gesicht.

»Und – wirken sie?«

»Ja, das tun sie sehr wohl«, erwiderte ich schnippisch. »Okay, ich hab ein paar mehr genommen als vorgeschrieben, doch dann … dann bin ich gut eingeschlafen.«

»Und aufgewacht, als ich nur zwei Worte zu dir gesagt habe. Schluck sie ruhig alle auf einmal, Ellie. Es lebe der Placeboeffekt. Das ist Baldrian, mein Herz.«

»Oh Mann. Dieser Hund«, sagte ich verdattert. Dr. Sand hatte mich hinters Licht geführt. Mit Erfolg. Ich *war* eingeschlafen. »Ich hab trotzdem Angst zu träumen, Colin.«

Ich richtete mich auf. Der Nebel in meinem Kopf hatte sich endgültig gelichtet. Mein Herz fühlte sich zwar noch kalt an, aber es gehörte wieder zu mir und mir wurde plötzlich klar, wie fürchterlich ich mit Colin umgesprungen war. Wir Menschen seien perfekt im Entlieben, hatte er gesagt. Ich war auf dem besten Weg dorthin gewesen. Vielleicht war ich es immer noch und ich wusste nicht, ob es eine Rückkehr gab zu dem, was wir vorher gewesen waren. Wir hatten uns unsere Unschuld genommen.

»Was sind wir denn jetzt eigentlich?«, fragte ich schüchtern. Er musste schließlich gemerkt haben, dass ich mich nicht von ihm anfassen lassen wollte. Nicht von ihm und auch von keinem anderen.

»Auf jeden Fall Freunde«, erwiderte Colin sanft, als wolle er mich beruhigen. »Aber das ist jetzt nicht wichtig. Darüber sprechen wir später.«

»Später – warum später? Ich möchte jetzt …« Verwirrt schüttelte ich den Kopf. Wie konnte er nur so gelassen bleiben? Traf ihn denn gar nicht, was passiert war? Doch eigentlich traf es mich auch nicht.

Ich wusste, dass etwas zwischen uns zerstört war. Aber noch ließ es mich seltsam unberührt, obwohl ich ahnte, dass es mir irgendwann das Herz brechen würde.

»Nein. Nicht jetzt. Dein Schlaf war nicht echt in all den Nächten, Ellie. Es war eine Bewusstlosigkeit, aber kein Schlaf. Du hast sie gebraucht, damit dein Körper sich regenerieren konnte. Doch nun musst du schlafen. Ich bleibe bei dir sitzen. Ich schwöre dir, ich fasse dich nicht an. Und ich werde dich sofort wecken, falls die Bilder zurückkommen. Aber du musst schlafen.«

»Colin ...«, murmelte ich, als ich die Decke über meine Schultern gezogen hatte und meine Beine genüsslich ausstreckte. »Ich muss etwas wissen ... Wirst du da sein, wenn ich aufwache?«

»Ich werde in der Nähe sein. Ich lasse dich nicht allein. Nicht heute und morgen auch nicht. Aber mein Hemd und meine Stiefel behalte ich, ob es dir passt oder nicht.«

Mein Mund war es nicht mehr gewohnt zu lachen und meine Mundwinkel zitterten, als sie sich verzogen – doch ich schlief ein mit einem Lächeln im Gesicht.

Pavor nocturnus

Ein langes, forderndes Knurren weckte mich und ich brauchte eine Weile, um es zuzuordnen. Es war mein Magen, der sich beklagte. Ich hatte einen Bärenhunger. Noch genoss ich es, überhaupt wieder Hunger zu haben, und hielt die Augen geschlossen, um sie erst dann zu öffnen, wenn ich sicher war, dass ich die Welt um mich herum sehen wollte. Denn sie fühlte sich verändert an. Sie roch anders. Nach Herrenparfum und Sägemehl und – Lack? Farbe? Außerdem war da ein feines Tabakaroma, das meine Nase umschmeichelte. Und die Bettdecke schmiegte sich glatter und seidiger an meine Hände als meine eigene. Teurer.

Langsam und noch immer blind richtete ich mich auf und lehnte mich an den Kopfteil des Bettes. Auch das fühlte sich anders an. Rattangeflecht, kein Holz.

Ich ließ meine Lider nach oben klappen und blickte in das rubinrote Auge einer Schlange. Genau, es war dieses riesige Gemälde mit der gewundenen blauen Schlange, das mich immer wieder aus Pauls Schlafgemach verscheucht hatte. Ich mochte es nicht. Es hing direkt gegenüber seinem Bett an der Wand, die sein Zimmer von meinem trennte.

Doch jetzt konnte es mich nur kurzfristig beunruhigen, denn die Situation, in der ich mich befand und derer ich nur ungläubig gewahr wurde, hätte sogar jedem lebendigen Schlangenpfuhl die Show gestohlen. Minutenlang saß ich da und versuchte zu verstehen, was passiert war. Ich merkte, dass mein Mund offen stand, war aber zu verblüfft, um etwas daran zu ändern. Mein Magen nutzte die Gelegenheit, seine bohrende Leere ein weiteres Mal sonor knurrend kundzutun.

Colin hatte sein Versprechen nur zur Hälfte gehalten. Ich war nicht allein. Das stimmte. Ich hatte sogar gleich doppelt Gesellschaft – einen Mann zu meiner Linken und einen zu meiner Rechten. Doch keiner von beiden war Colin.

Das Knurren meiner Eingeweide änderte spontan seine Tonhöhe und glitt in ein glockenhelles Betteln über.

»Ist gut, alles gut«, murmelte Paul im Schlaf und schlang seinen Arm um meine Beine, um mich zu sich zu ziehen. Mit spitzen Fingern griff ich nach seinem Handgelenk und löste es von meinem Knie, obwohl mich seine rasche Reaktion rührte. Sie erinnerte mich an unsere Kindertage. Manchmal hatte er mich zu sich geholt, wenn ich mich nachts fürchtete (meistens vor Spinnen), und selbst im Tiefschlaf die feinsten meiner Regungen wahrgenommen. Wie jetzt. Er hatte noch immer einen guten Instinkt für mich.

Der Mann – nun, vielleicht war es eher ein Junge – zu meiner Linken machte keinerlei Anstalten, mich anzufassen, doch mir entging nicht, dass seine Hand neben meinem Körper ruhte, bereit, jeden Moment zuzupacken und – ja, was? Mich festzuhalten? Ich wusste zu gut, dass seine Reaktionen nicht minder flink waren als die meines Bruders, und dazu eine gute Portion aggressiver.

Versunken studierte ich sein Gesicht, das ich noch nie so still hatte ruhen sehen. Es hatte sich aufs Neue verändert, war gereift und – oh, es hatte ihm nicht geschadet. Das markante Kinn verriet seinen halsstarrigen Charakter und ergänzte sich harmonisch mit der geraden Nase und der geschwungenen Linie seiner Wangenknochen. Die Lippen waren voller geworden, ohne ihre Schärfe zu verlieren. Sein provokant freches Grinsen, aber auch seine Nachdenklichkeit schlummerten in ihren feinen Winkeln. Das Haar hatte sein Rot fast vollkommen verloren, es hatte sich in ein Blond mit schwachem rötlichen Glanz verwandelt. Umso krasser erschien mir sein Kontrast zu den dunklen Brauen. Ich wusste, dass sich hinter den geschlossenen Lidern ein warmes, feuriges Braun verbarg. Er sah nicht mehr aus wie siebzehn. Wäre ich ihm jetzt das erste Mal begegnet, hätte ich ihn auf zwanzig geschätzt. Wie Colin. Dennoch – zwischen beiden lagen Sonnensysteme. Tillmanns Gesicht fehlte das Wissen um all die Jahrzehnte. Ich war froh darum. Er war noch jung.

Er atmete ruhig und rührte sich nicht, doch mir war klar, dass er nicht schlief. Du schläfst nicht, dachte ich und Tillmann schlug die Augen auf, als habe er mich gehört. Sie waren dunkler geworden, wie Mahagoni, und etwas in ihnen veranlasste mich dazu, mit einem kleinen Japsen nach Luft zu schnappen.

»Ich bin da, bin bei dir, alles gut«, lallte Paul und streckte suchend seine Hand nach mir aus.

»Schlaf weiter«, flüsterte ich, strich ihm kurz über die Haare und wandte mich sofort wieder Tillmann zu, der in Pauls Bett lag, als sei diese Wohnung sein neues Zuhause, und das seit mindestens vier Wochen. Dieser Gedanke vollendete meine Verwirrtheit.

»Dein Bruder schnarcht abartig, Ellie.«

»Ich weiß«, antwortete ich mechanisch. »Polypen.«

»Polypen?« Tillmann hob skeptisch seine Brauen. »Glaub ich nicht. Schau dir mal seine Nasenlöcher an. Das sind Trichter. Der müsste Luft für zwei kriegen.«

Er hatte recht – es *waren* Trichter, obwohl Paul keine breite Nase hatte. Ich schüttelte unwillig den Kopf. Pauls Nase war nun wirklich nicht mein wichtigstes Anliegen.

»Was zum Henker mache ich hier?«, zischte ich.

»Pavor nocturnus«, sagte Tillmann ungerührt und streckte sich, bis seine Schultern knackten. Paul seufzte leise im Schlaf auf.

»Aha«, erwiderte ich verständnislos. Pavor nocturnus. Nie gehört.

»Und was machst *du* hier?« Ich fühlte mich plötzlich eingepfercht zwischen diesen beiden Männern, wollte aber weder über Paul noch über Tillmann klettern, um meine Freiheit zurückzuerlangen. »Reden. Küche«, befahl ich stattdessen wispernd.

Tillmann stand auf, ließ mich aus dem Bett krabbeln und folgte mir auf leisen Sohlen. Ich wusste nicht, wie spät es war, doch die Sonne durchbrach gerade den Dunst über den Fleeten und ließ die Marmorfliesen des Küchenbodens in ihrem Licht schimmern. Tillmann gähnte herzhaft. Als sein Mund sich schloss, hörte ich seine Raubkatzenzähne klirren.

Verwundert musterte ich ihn. Er war gewachsen. Mindestens zehn Zentimeter. Ja, er war so groß wie ich, vielleicht sogar größer …

»Ein Meter vierundsiebzig«, vermeldete er, als er meine Blicke registrierte. »Zwölf Zentimeter in drei Monaten.«

»Autsch«, sagte ich mitfühlend. Das musste wehgetan haben. Plötzlich wurde mir bewusst, dass auch ich noch einen Körper besaß. Abgesehen davon, dass dieser Körper sich nicht im besten Zustand befand und umgehend gereinigt werden musste, hatte er dringende Bedürfnisse, die er jetzt mit aller Macht einforderte.

»Muss duschen und aufs Klo«, murmelte ich. »Mach bitte Kaffee. Nicht weglaufen.«

Ich beeilte mich, denn ich hatte Angst, all die Fragen zu vergessen, die durch meinen Kopf wirbelten. Doch als ich mich abtrocknen und anziehen wollte, ließ mein Spiegelbild mich stocken. Vielleicht war es besser, dass Colin und ich im Moment Freunde waren, obwohl mich der Gedanke so schmerzte, dass mir die Tränen in die Augen traten. Aber in diesem Zustand wollte ich mich ihm nicht zeigen. Meine Rippen traten hervor und meine Oberschenkel waren eindeutig zu dünn. Das Einzige, was mir noch einigermaßen akzeptabel erschien, war mein Hintern. Ich zog mich schnell an, um das Trauerspiel nicht länger ansehen zu müssen, und wrang das Duschwasser aus meinen Haaren. Mein Gesicht war extrem blass – um nicht zu sagen, untot –, doch meine Augen hatten ihre bleierne Stumpfheit verloren, die mich in den Tagen meiner Krankheit dazu gebracht hatte, mich sofort wieder vom Spiegel abzuwenden, wenn ich zufällig hineingesehen hatte. Wissbegierig und aufmerksam blickten sie mir entgegen.

Zum ersten Mal seit der Nacht auf Trischen – wie lange sie zurücklag, wusste ich nicht, aber es konnte sich nicht um viel mehr als ein paar Tage handeln – hatte ich das Gefühl, über meine Zukunft nachdenken zu können. Ja, es gab wieder eine Zukunft.

Ausgeruht und sehr hungrig kehrte ich in die Küche zurück. Tillmann hatte tatsächlich Kaffee gekocht. Er hockte auf der Arbeitsfläche neben dem Herd und wartete geduldig auf mich.

»Schön«, seufzte ich und wickelte das Handtuch um meine nassen Haare. »Dann fangen wir mal an. Pavor nocturnus?«

»Kannte ich vorher auch nicht. Du hast heute Nacht plötzlich aus dem Nichts heraus geschrien und um dich getreten – Mann, Ellie, das war echt spooky. Ich hab noch nie einen Menschen so schreien hören. Als würde jemand versuchen, dich umzubringen. Aber du hattest die Augen geschlossen und wir haben es nicht geschafft, dich zu wecken. Du bist einfach nicht aufgewacht.«

Ich ließ das Handtuch los und meine Haare fielen kalt auf meine Schultern. Ich konnte mich an nichts erinnern. An gar nichts.

»Paul hat dann einen Arzt angerufen, einen Dr. Sand von einem Krankenhaus hier aus Hamburg, während du weitergebrüllt hast wie am Spieß. Der Doc meinte, das sei vermutlich Pavor nocturnus. Es käme meistens bei Kindern vor, sei aber nicht schlimm. Wahrscheinlich würdest du irgendwann aufhören und weiterschlafen. Rausholen könnten wir dich da nicht. So war es auch.« Tillmann zuckte mit den Schultern. »Ich hab deine Lider hochgeschoben und du hast mich angeschaut, doch gesehen hast du mich nicht. Licht an, aber niemand zu Hause. Nach einer Weile bist du still geworden und hast weitergeschlafen. Wir haben dich zwischen uns gelegt, falls es noch mal passiert.«

»Wieso habt ihr denn nicht meinen Vater angerufen?«, fragte ich vorwurfsvoll.

»Ellie …« Tillmann sah mich zweifelnd an. »Dein Vater ist verschwunden. Oder?«

Ich ließ mich auf einen Stuhl sinken und rubbelte gedankenverloren mit dem Handtuch über meine feuchten Haare. Natürlich … mein Vater war verschwunden. Jetzt fiel es mir wieder ein. Er war weg. Und auch alles andere kam mir in den Sinn – dass ich den Safeschlüssel gefunden hatte und Paul befallen und außerdem schwul geworden war. Und dass ich nächste Woche meine mündliche Abiturprüfung bestehen musste, wie ich beim Blick auf den Küchenkalender registrierte. Trischen lag nicht ein paar Tage zurück, sondern …? Ich rechnete schwerfällig.

»Entschuldige bitte«, murmelte ich zerstreut in Tillmanns Richtung. »Ich hab eine zweiwöchige Suchtkarriere hinter mir.« Oder doch nicht? »Wie lange bist du schon hier?«

»Seit vorgestern.«

»Vorgestern? Aber wieso hab ich das nicht mitbekommen?« Meine Rechenexempel fielen in sich zusammen wie ein schlecht gebautes Kartenhaus. Hier stimmte gar nichts mehr.

»Du hast achtundvierzig Stunden geschlafen. Und die erste Zeit davon ganz ruhig und friedlich. Colin war bei dir. Er hat mich übrigens reingelassen.«

»Ach.« Ich rieb mir über die Stirn. In meinem Kopf herrschte immer noch Chaos. Colin war hier gewesen, trotz des Mahrs. Aber richtig – deshalb war er bei seinem ersten Besuch durchs Fenster gekommen. Um keine Spuren zu hinterlassen. Was ich für totalen Quatsch erklärt hatte, weil ich mich nicht an Pauls Befall hatte erinnern können. Und vermutlich hatte der Mahr endlich eine Fresspause eingelegt, sodass Colin mich erneut hatte aufsuchen können. Jedenfalls hoffte ich das. Aber da Paul noch lebte, musste es so gewesen sein.

»Und warum bist du überhaupt hier? Haben deine Tarotkarten es dir befohlen? Oder ist dem Herrn das winterliche Saunieren im Wald zu langweilig geworden?«

»Tarot«, antwortete Tillmann gleichmütig. »Ich hab meine Jahreskarte gezogen. Und die sagte, dass ich mich von meinen inneren Fesseln befreien und eine Wendung herbeiführen muss. Zumindest hab ich das so interpretiert. Wir müssen etwas unternehmen, Ellie. Gegen Tessa.«

»Ich verliere noch meinen Verstand …« Stöhnend band ich meine halb trockenen Haare zu einem wüsten Zopf zusammen. »Das denkt übrigens mein lieber Bruder von mir. Dass ich verrückt geworden bin.«

»Ist mir nicht entgangen.« Tillmann grinste mich breit an. Es amüsierte ihn, keine Frage.

»Schön, dass dich das erheitert«, giftete ich. »Paul ist außerdem schwul geworden.«

»Schwul? Dein Bruder? Niemals!« Tillmann lachte auf. »Komm, Ellie, das glaubst du doch selbst nicht …«

»Natürlich glaube ich es nicht!« Ich stopfte mir eine trockene Brotkante in den Mund – eine Hinterlassenschaft von François, der grundsätzlich nur die oberen Brötchenhälften und das Innere der Brotscheiben aß. »Aber er ist seit drei Jahren mit einem Mann zusammen. Einem Galeristen.«

»Ja, das mit der Galerie hab ich mitbekommen«, bestätigte Tillmann zufrieden. »Ich hab Paul gestern geholfen, eine Ausstellung zu installieren, und hab für ihn Filmaufnahmen davon gemacht. Dein Bruder hat handwerklich echt was drauf.«

»Das mag ja sein, doch er hat vorher Medizin studiert! Und ich weiß nun mal, dass das seine Leidenschaft ist. Oder war. – Hast du in der Galerie François kennengelernt?«

Tillmann schüttelte den Kopf und nahm einen tiefen Schluck Kaffee, wobei er mich für eine Sekunde an seinen Vater erinnerte. Oh Gott, sein Vater – wussten seine Eltern überhaupt, dass er hier war? Ich traute Tillmann zu, dass er abgehauen war, ohne die winzigste Nachricht zu hinterlassen. Gleichzeitig drängte sich ein anderer Gedanke in mein Bewusstsein, während ich Tillmann betrachtete, wie er auf der Arbeitsplatte hockte, mit entspannt hängenden Schultern, das Gesicht über die Kaffeetasse gebeugt und die Lider gesenkt … Mamma mia, er war die pure Verführung für jeden auch nur ansatzweise homophil fühlenden Mann. Wenn Paul schwul war, musste Tillmann ihn in irgendeiner Form beeindruckt haben und danach sah es nicht aus. Tillmann bemerkte mein Starren und wusste es sofort einzuordnen.

»Nee. Ellie, glaub mir, der ist nicht schwul. Ich werde ständig von Schwulen angebaggert in letzter Zeit. Da ist einer in Rieddorf, der hat angeblich einen Hunderteuroschein und ein Foto von mir über seinem Bett hängen und sagt immer, ich soll zu ihm kommen und mir das Geld abholen …« Tillmann verzog verächtlich den Mund, als ich kicherte. »Ich hab echt nix gegen Schwule, aber ich selbst? No way. Und dein Bruder hat mich stinknormal behandelt.«

Tja, mein Bruder vielleicht. Doch sollte François hier auftauchen, musste ich Tillmann in Sicherheit bringen.

Wenn man vom Teufel spricht, dachte ich resignierend, als zwei Sekunden später laut rasselnd die Wohnungstür aufgesperrt wurde. François besaß neuerdings seinen eigenen Schlüssel, ein Zugeständnis von Paul. Ich war überzeugt, dass François es nicht länger hinnehmen wollte, sich von mir die Tür öffnen zu lassen, falls er wie so oft Sturm klingelte. Schon schlitterte Rossini hechelnd zu uns in die Küche und begann, wild kläffend vor Tillmann auf und ab zu springen. François' hektische Schritte klapperten durch den Flur.

»Paul! Paul, es ist höchste Zeit! Wir müssen nach Duuu-bai! Der Flieger geht!«

Keine Antwort. Tillmann schaute mich gebannt an, während der Hund immer schriller winselte. Zum ersten Mal an diesem Morgen war ich froh, dass Colin nicht auch noch hier war, denn dann hätten wir spätestens in zehn Minuten den städtischen Tierrettungsdienst anrufen müssen.

»Paul! Wo steckt er nur wieder?« Die Badezimmertür klappte. »Da ist er nicht ... Paul!« Mit flatterndem Mantel und umweht von einer Parfumwolke hetzte François zu uns in die Küche.

»Der *ist* schwul«, kommentierte Tillmann trocken. Ich konnte ein belustigtes Kichern nicht unterdrücken, obwohl François' Stimme meine Schläfen zum Hämmern brachte. Ich beobachtete ihn angespannt. Seine trübblauen Augen über den dicken Tränensäcken huschten erst zu mir – missachtend wie immer – und verfingen sich dann für eine Sekunde an Tillmann. Tillmann sah ihn ohne die geringste Scheu an – kühl und ein wenig herausfordernd. Doch François schnalzte nur ungeduldig mit der Zunge und machte kehrt. Er hatte Tillmann sehr wohl wahrgenommen. Doch offenbar war er für dessen körperliche Vorzüge unempfänglich und das wiederum konnte ich kaum fassen.

»Na ja. Die Geschmäcker sind bekanntlich verschieden«, resümierte Tillmann und ließ sich von der Arbeitsfläche gleiten. »Mensch, das Geschnatter von dem Typen ist echt nervig.«

Ich konnte ihm nur zustimmen. François hatte Paul nun entdeckt und krähte ihn wach. Es lag Streit in der Luft. Und ich musste François' Stimme entfliehen.

Tillmann und ich zogen uns mit Kaffee und zwei trockenen Brötchenunterhälften in mein Zimmer zurück, während François Paul aus dem Bett brüllte.

»Thema Colin«, knüpfte ich an einen meiner durcheinanderjagenden Gedanken an. »Du hast erwähnt, er sei hier gewesen, bei mir …«

»Richtig. Er war hier, als ich klingelte, und ließ mich rein. Dein Bruder kam kurz nach mir. Und dann sind die beiden sich fast an die Gurgel gegangen. Colin bestand darauf, bei dir zu bleiben, und hat sich keinen Zentimeter von dir wegbewegt, aber Paul wollte ihn rausschmeißen. Ich hab dann gesagt, dass ich Colin kenne und dich kenne und du bestimmt willst, dass Colin bleibt. Paul wollte mich außerdem heimschicken.«

»Und er hat es nicht, weil …?«, fragte ich geduldig.

»Weil er meine Hilfe bei dieser Ausstellung gebrauchen konnte. Denke ich. Jedenfalls – gestern Abend sagte Colin zu mir, er müsse jetzt gehen. Sich ernähren. Dann meinte er noch, wir sollten dich nicht allein lassen, weil dein Kopf wieder anfange zu arbeiten. Das war alles.«

Ja, mein Kopf arbeitete wieder und erst jetzt wurde mir klar, dass er gewisse Dinge zwischenzeitlich gelöscht hatte. Als ich krank gewesen war, hatte ich vergessen, dass Papa verschwunden und Paul befallen war. Oder hatte ich es erst vergessen, als Colin mich in den Genesungsschlaf geschickt hatte? Hatte er dafür gesorgt – oder ich selbst, indem ich eine Tablette nach der anderen in mich hineingestopft hatte?

Nun wusste ich alles wieder: Papas Verschwinden, Pauls Befall. Ob ich deshalb diesen nächtlichen Anfall gehabt hatte? Möglicherweise waren genau in diesem Moment die Erinnerungen heimgekehrt und hatten mich überwältigt.

Doch eine fehlte. Keine schlechte, sondern eine schöne. Die, die ich Colin geschenkt hatte. Ich spürte, dass da eine Lücke war, fast wie eine Wunde in meinem Gedächtnis und in meiner Seele. Dass etwas fehlte, was ich eigentlich brauchte. Doch ich wusste nicht, was.

Konnte er sie mir nicht zurückgeben? Oder wollte er nicht?

Trotz dieser Leerstelle war es mir wieder möglich, freier zu atmen, an den nächsten Tag zu denken und selbst die Nacht in Trischen flüchtig mit meinen Gedanken zu streifen. In der Woche zuvor hatte ich Panik gehabt, auch nur irgendeine Erinnerung an diese Nacht zuzulassen, und als Colin und ich darüber geredet hatten, war mir furchtbar übel gewesen. Jetzt konnte ich immerhin akzeptieren, dass es geschehen war, und ich konnte akzeptieren, dass ich lebte. Außerdem brauchte ich die Tabletten nicht mehr. Und ich war froh, dass Tillmann bei mir war. Besser hier im sturmschen Chaos als im Wald vor Colins Haus.

François' und Pauls Diskussion hatte sich inzwischen zu einem handfesten Streit gemausert, wie fast jedes Mal, wenn die beiden diskutierten. Tillmann untersuchte gerade neugierig die Gerätschaften auf Pauls Regalbrettern, als François' nölende Stimme sich näherte.

»Das wird Konsequenzen haben, Paul, ich warne dich! Das ziehe ich dir vom Gehalt ab! Ich war die vergangenen Tage nur deshalb nonstop unterwegs. Ich brauche dich in Dubai!«

»Brauchst du nicht. Ich hab gestern mit denen telefoniert, die haben alles schon hergerichtet, du musst nur da sein und das tun, was du am besten kannst: den dicken Manager raushängen lassen und den reichen Tanten Puderzucker in den Arsch pusten. Ich bin doch sowieso nur dein Handlanger.« Oh. Paul war wütend.

»Weißt du was, Paul?«, keifte François. »Du hättest die Olle längst wegschicken müssen. Du kannst eh nix für sie tun. Sie ist nicht klar in der Birne, kapierst du das nicht? Aber ich, ich brauche dich, wir sind Partner und du kommst jetzt mit! Der Flieger geht in zwei Stunden und ich muss den Hund vorher noch wegbringen!«

»Nein. François, bitte, ich weiß, dass wir ein Team sind, doch ich hab eine Familie und meine Schwester braucht mich. Nicht du. Das ist mein letztes Wort.«

Oho. Paul hatte eine Familie. Das war ja mal etwas ganz Neues. François wiederholte noch ungefähr fünfmal, dass und wie sehr er Paul brauche, dann fügte er sich endlich, pfiff den verstörten Rossini zu sich und ließ uns mit einem finalen Türknallen allein.

Zwei Minuten später streckte Paul den Kopf zu uns ins Zimmer.

»Packt eure Sachen. Wir fahren nach Hause.«

Heimaturlaub

Nun war meine vermeintliche geistige Umnachtung also doch zu etwas gut gewesen: Sie hatte Paul dazu bewegt, mich nach Hause zu bringen. Und damit auch sich selbst. Ich hatte meine Aufträge erfüllt.

Mit dieser Erkenntnis versuchte ich mich auf der Heimfahrt bei Laune zu halten, denn die fiel alles andere als gemütlich aus. Tillmann verbreitete eisiges Schweigen, da er sich einem Befehl hatte fügen müssen und sein Kurzausflug in die Ferne so ungewollt schnell unterbunden worden war, und das, wo er angeblich sein letztes Taschengeld in das Zugticket investiert hatte. Immerhin hatte er es getan, um mich zu sehen und mit mir zu reden. Eine plötzliche Kehrtwende, mit der ich nicht mehr gerechnet hatte.

Ich hatte darauf gewartet, Colin noch einmal zu sehen, bevor wir abreisten, doch er zeigte sich nicht. Es gab kein Lebewohl. Ich wusste nicht, ob er sich überhaupt noch in Hamburg aufhielt oder schon wieder auf seine gottverfluchte Vogelinsel zurückgekehrt war.

Aber nach dem Streit mit François war Paul zu keinen weiteren Diskussionen aufgelegt und zudem der Meinung, ich müsse schleunigst meiner Mutter anvertraut werden und für mein Abitur lernen. Außerdem habe er nicht die geringste Lust, sich strafbar zu machen, indem er einen davongelaufenen Teenager beherberge. Alles in allem wirkte mein Bruder eine Spur überfordert und ich konnte ihn verstehen. Ich selbst fühlte mich schon lange überfordert.

Doch ich konnte auch Tillmann verstehen, sehr gut sogar. Während wir gepackt hatten, hatte er mir eindringlich klarzumachen versucht, warum er nach Hamburg gekommen war und nicht wieder zurück nach Rieddorf gehen konnte. Die Schule war in seiner Argumentation völlig nebensächlich; für ihn war sie ein lästiges Übel, mehr nicht. Dennoch gingen mir seine Worte nach. »Ich kann nicht weitermachen, als wäre nichts gewesen. Das geht nicht!« Es hätten meine Worte sein können. Denn ich empfand genauso, seitdem Colin geflohen war, und erst recht, seitdem wir uns wiedergesehen hatten. Es gab keine Rückkehr zur Normalität. Trotzdem hatte ich mich den Winter über irgendwie überwinden können, zur Schule zu gehen, zu lernen, mich mit anderen Leuten zu treffen – bis zu dem Zeitpunkt, als meine Pflichten erledigt waren und Mama verkündete, dass Papa verschollen sei und wir etwas unternehmen müssten.

Tillmann aber war nicht willens, sich zu überwinden. Wie ich inzwischen erfahren hatte, war er auch vom Gymnasium in Altenkirchen geflogen und sollte nun die Realschule besuchen, wogegen er sich beharrlich wehrte. Mir war schon klar, dass ich ihn darin nicht ermuntern durfte. Doch ich wollte, dass er wieder mit mir nach Hamburg kam. Denn genau das hatte ich vor: Ich würde nach meinem mündlichen Abi erneut zu Paul fahren, selbst wenn der sich auf den Kopf stellte. Er war befallen. Ich durfte ihn nicht allein lassen. Und in Tillmanns Gegenwart fühlte ich mich nicht mehr ganz so ausgeliefert, ja, ich fühlte mich sicherer. Wenn es irgendjemanden gab, mit dessen Hilfe ich einen Mahr entlarven und stellen konnte, dann war es Tillmann. Abgesehen von Colin, doch der wagte sich ja nur in Pauls Nähe, sobald er sich vergewissert hatte, dass der Mahr abwesend war und uns nicht aus purem Futterneid allesamt abschlachtete.

In den vergangenen Tagen hatte der Mahr sich nicht gezeigt. Das zumindest hatte Colin gewittert, als er bei mir war. Aber es hatte nichts zu bedeuten. Laut Colin gab es Mahre, die sich so vollsaugten, dass sie für Tage, manchmal sogar für ein bis zwei Wochen satt und träge blieben. Manchen verschaffte es sogar besondere Lust, zu hungern und dann zuzugreifen.

Im Westerwald war Paul möglicherweise vorerst geschützt, auch wegen der vielen Orchideen und Pflanzen, die Mama als Schutzwall errichtet hatte. Sie irritierten die Mahre und störten ihre Instinkte.

Doch ich hätte meine Großmutter darauf verwetten können, dass er nicht bleiben würde. Das hier war eine Stippvisite. Nicht mehr und nicht weniger. Er würde seinem Mahr in wenigen Tagen wieder in die Arme laufen. Trotzdem brachte sein Besuch Mama ihren verlorenen Sohn zurück und mir den Zugang zum Safe.

Paul war ein guter, zügiger Autofahrer und ließ sich durch unser Dauerschweigen nicht aus der Ruhe bringen. Reden konnten Tillmann und ich schlecht miteinander, da wir nur ein Thema kannten: Tessa, Colin und meinen Vater. Von Pauls Befall wusste Tillmann immer noch nichts.

Also vertiefte ich mich in Bismarcks Bündnissystem – Gegenstand meiner mündlichen Abiturprüfung – und wurde nur dann aus meiner Lernerei aufgeschreckt, wenn François mal wieder durchklingelte und wir dank Pauls Freisprechanlage mithören mussten, was ihm so alles auf den Nägeln brannte. Und das war viel. Glücklicherweise brach die Verbindung meistens schon nach wenigen Minuten ab und wir blieben von François' Klagen über enge, überfüllte Flieger, unqualifiziertes Sicherheitspersonal und die dicke, ungepflegte Frau, die es wagte, direkt neben ihm einen Zwiebelburger zu verdrücken, verschont. Sein letzter Anruf erreichte uns aus dem Hotel in Dubai. Paul begann, unruhig auf seinem Sitz herumzurutschen, als ihm bei François' blumigen Schilderungen bewusst wurde, was er in diesem Moment verpasste: kilometerweite Wellnesslandschaften, marmorne Whirlpools und XXL-Wasserbetten. Dann knackte es in der Leitung, François' Schwärmereien wurden abgewürgt und Tillmann und ich atmeten auf.

Kurz nach der Autobahnabfahrt zur Landstraße – es wurde bereits dämmrig und meine Augen müde – tauchte plötzlich ein schwarzer Schatten hinter uns auf. Ich erkannte Colins Schlachtschiff sofort. Wie ein kleines Kind drückte ich meine Nase an die Scheibe und sah mit seligem Lächeln dabei zu, wie Colin Gas gab und zum Überholen ansetzte.

Als er sich in Augenhöhe mit Paul befand, der das Gaspedal des Volvos vergeblich durchdrückte, tippte sich Colin galant an die Schläfe und zog an uns vorüber.

»Yes!«, riefen Tillmann und ich gleichzeitig und schlugen mit erhobenen Händen ein.

Paul knurrte etwas von »Porsche« und »längst abgehängt« und »reif für die Klapse, alle drei«, doch für einen kurzen Moment fühlte ich mich beinahe euphorisch. Colin war hier. Mehr musste ich nicht wissen, obwohl ich keine Ahnung hatte, wie ich ihm überhaupt begegnen sollte. In der nächsten Biegung gelang es Paul, Colin wieder abzuhängen, und der schwere Geländewagen geriet außer Sichtweite. Was hatte Colin vor? Wollte er etwa in sein Haus zurückkehren?

Ich hatte Mama nicht Bescheid gesagt, dass wir kamen, es sollte eine Überraschung werden. Doch sie stand bereits vor der Eingangstür, als Paul in den Hof fuhr. Wie drei Sünder traten wir ihr entgegen. Ich versuchte, möglichst gesund und munter auszusehen, was vermutlich grandios scheiterte; Tillmann schaute stur auf den Boden; nur Paul wagte es, Mama entgegenzublicken, aber auch er wirkte angespannt und verkrampft. Wir waren alle drei in Erklärungsnot.

Bevor Mama, deren Augen erst zu leuchten begannen und sich

dann mit Tränen füllten, Paul in die Arme schließen konnte, drängelte ich mich an ihm vorbei, warf mich an ihren Hals und flüsterte: »Er hält mich und Papa für verrückt und glaubt mir nicht. Erwähne die Mahre nicht. Spiel mit.« Ich wollte sie nicht berühren, niemanden wollte ich berühren, aber ich musste es tun, um ihr die Informationen zu übermitteln, die sie dringend brauchte. Ich zitterte vor Widerwillen.

Mama gab mir mit einem sanften Druck ihrer Hand zu verstehen, dass sie kapiert hatte, was ich meinte, und sofort befreite ich mich aus ihrer Umarmung. Ich hatte das Gefühl, mich auf der Stelle duschen zu müssen. Ich wollte meine Haut abschrubben, bis sie glühte, sie am liebsten von meinem Körper ziehen. Sie schmerzte durch die plötzliche Nähe, die ich ihr zugemutet hatte, und dieser Schmerz ließ die Wut in meinem Bauch aufbegehren.

Ich überließ Mama und Paul ihrer Wiedersehensfreude und lief ums Haus herum zum Wintergarten. Tillmann folgte mir gemächlichen Schrittes.

Doch als ich nach oben blickte, blieb ich so plötzlich stehen, dass ich das Geländer der Stiege packen musste, um nicht zu straucheln. Da saß jemand an unserem Tisch. Genau erkennen konnte ich die Gestalt nicht, da die Sonne auf die Scheiben schien, doch es war ein Mann und er saß an Papas Platz, hatte Papas Tasse vor sich und nebendran ein Bündel Papiere … Er war zurück! Papa war wieder da!

»Pa… oh.« Auf der oberen Treppenstufe bemerkte ich meinen Irrtum und die Enttäuschung sprudelte kochend durch meine Brust. Tillmann griff an mir vorbei, um die Tür aufzudrücken, und ich schob mich hölzern samt Koffer nach drinnen.

»So ist das also«, brach ich als Erste die Stille. »Das ging ja flott.«

»Hallo, Elisabeth«, erwiderte Herr Schütz ruhig und so behutsam, dass ich ihm am liebsten die Kaffeetasse aus den Händen geschlagen hätte. Das war Papas Tasse und es war Papas Platz, an Papas Tisch.

»Schön, dich wiederzusehen. Hallo, mein Sohn.« Die letzten drei Worte klangen schon weniger behutsam.

»Entschuldigt bitte, aber mir ist gerade richtig schlecht«, sagte ich kühl und rauschte an Vater und Sohn vorbei in Richtung Treppe.

»Ellie, warte doch!«, rief Mama, die uns inzwischen gefolgt war.

Nein. Ich würde nicht warten. Sie wartete ja anscheinend auch nicht. Sah sie denn nicht, was da passierte? Tat es ihr nicht weh, das zu sehen – Herr Schütz an Papas Platz, als wäre es seiner, ja, als wäre Papa nie da gewesen? Wie konnte sie das zulassen? Oder war es etwa noch schlimmer – nämlich so, wie ich es Herrn Schütz eben im ersten Schreck unterstellt hatte: Zwischen den beiden lief etwas?

Ein schwarzer Blitz galoppierte an mir vorbei, während ich die Treppen nach oben stapfte, und suchte das Weite. Mister X! Was für eine nette Begrüßung. Wo wollte der denn jetzt hin? War mir nicht einmal ein bisschen kätzischer Trost gegönnt? Ich musste eine Pause machen, der Koffer wurde zu schwer und ich war immer noch zu schwach. Schnaufend wartete ich darauf, dass mein Puls sich beruhigte, und vernahm in der plötzlichen Stille das Blubbern von Colins Wagen. Ich ließ den Koffer stehen und machte sofort kehrt. Ja, ich wollte fort von hier. Mister X war zu Colin gerannt und dort musste ich auch hin. Ohne zu denken oder gar meine Flucht zu erklären, jagte ich an Mama, Paul, Herrn Schütz und Tillmann vorbei, durch den Garten und Richtung Straße.

Colin hatte den Wagen bei laufendem Motor auf dem Feldweg zum Stehen gebracht – wie vergangenen Sommer einige Meter oberhalb unseres Hauses. Die Beifahrertür war geöffnet. Mit einem federnden Satz sprang Mister X in das Auto.

»Nimm mich mit«, keuchte ich, nachdem ich den Kater eingeholt hatte und mich neben Colin auf den Beifahrersitz schob. »Ich bleib dort keine Sekunde länger.«

Ich schlang meinen Mantel um meinen Bauch, damit er nicht sehen konnte, wie mager ich war. Seinem forschenden Blick, den ich so deutlich auf meinem Gesicht spürte, dass ich errötete, wich ich aus. Ich wollte nur weg hier. Aber warum fühlte ich mich auch bei ihm im Auto nicht mehr wohl? Dieses Auto hatte ich sogar schon gemocht, als Colin mich noch wie ein lästiges Insekt behandelt hatte. Jetzt kam es mir auf einmal zu eng und zu stickig vor.

»Geh wieder zu deiner Familie, Ellie. Ich nehme dich nicht mit. Ich weiß nicht, was mich in meinem Haus erwartet. Diesmal hast du keine Chance, mich zu überreden, also versuch es gar nicht erst.« Er klang beinahe hart, so hart und abweisend wie bei unserem Kennenlernen. Doch es tat tausendmal mehr weh als damals.

»Weißt du was? Ihr könnt mich alle mal. Du, mein Bruder, meine Mutter, mein notgeiler Biologielehrer, François. Tillmann ist wirklich der Einzige, dem ich noch trauen kann.«

Colin hob fast entschuldigend die Achseln. »Mir war klar, dass du das irgendwann sagen würdest. Er hat sich ja auch ganz prächtig entwickelt, oder? Und er ist ein Mensch. Das hat etliche Vorteile.«

Der ironische, aber gleichzeitig todernste Unterton in Colins Stimme brachte mich innerlich zum Rasen – ein kalter, erstickender Zorn.

»Mag sein. Doch so einfach mache ich es dir nicht. Ich habe dir schon einmal gesagt, dass du mich nicht für dumm verkaufen kannst. Tessa hat ihn so werden lassen. Warum? Damit er schöner für sie ist oder schöner für mich? Vielleicht ist beides ganz praktisch. Es käme ihr gelegen, wenn er mich von dir ablenken würde!«

»Gut erkannt. Das ändert jedoch nichts an der Tatsache, dass er die bessere Variante für dich wäre«, sagte Colin, sein Gesicht eine steinerne Maske. »Ich fahre jetzt zu meinem Haus. Bitte steig aus.«

»Ich weiß, wem meine Gefühle gehören, Colin.« Aber meine Stimme bebte und ich fühlte mich wie ein Papierschiffchen im Sturm, als ich meine Worte aussprach. Hoffnungslos verloren.

»Du irrst dich, Ellie«, erwiderte Colin leise. »Genau das weißt du nicht mehr.«

Dann schob er mich sanft, aber unerbittlich aus dem Wagen, setzte Mister X auf seinen Schoß, zog die Tür zu und brauste davon.

Ich drückte mir die kalten Finger an die Schläfen, um meine Fassung zurückzugewinnen. Was meinte er nur? Ich war nicht in Tillmann verknallt. Ja, ich hatte registriert, dass er sich zu einem erstaunlich erwachsen aussehenden und vor allem attraktiven Kerl entwickelte hatte. Seine Vorzüge entgingen mir nicht. Früher hätte ich mich vielleicht sogar zu ihm hingezogen gefühlt. Aber alles, was mit Verlieben oder Schwärmen oder den Dingen zu tun hatte, die man dabei machte, war so unendlich weit weg für mich. Sah Colin das denn nicht? Oder sah er genau das und hatte Tillmann gar nicht gemeint? Sondern sich selbst?

Als ich zum Haus zurückkehrte, passte mich Herr Schütz im Hof ab.

»Kann ich mit dir sprechen, Elisabeth?« Er wollte nach meinem Ellenbogen greifen, doch ich zuckte so heftig zurück, dass seine Hand in der Luft erstarrte. Ich wies nach vorne und führte ihn ins Wohnzimmer. Mama, Paul und Tillmann saßen im Wintergarten, wo Paul Mama von seinen Ausstellungen erzählte. Sie hörte ihm angeregt zu, ohne nach seinem Medizinstudium zu fragen oder gar Papa zu erwähnen – sie spielte mit. Wenigstens etwas.

»Ich möchte in Ruhe mit dir sprechen. Allein. Ohne Zuhörer«, bat mich Herr Schütz gedämpft. Blieb also nur mein Zimmer oder das Arbeitszimmer meines Vaters. In keinem von beiden wollte ich mich mit Herrn Schütz jetzt aufhalten. Deshalb leitete ich ihn notgedrungen in unseren dunklen und eiskalten Windfang.

»Dann schießen Sie mal los. Ich bin gespannt.« Ich verschränkte meine Arme und sah ihn fragend an. »Soll ich schon mal Papas Schrankfächer für Sie frei räumen?«

Herr Schütz atmete tief durch. »Elisabeth. Deine Mutter ist sicherlich eine sehr attraktive Frau. Aber das ist nicht der Grund, weshalb ich hier bin. Was Mia und mich …«

»Mia. Sie duzen sie also bereits. Erzählen Sie mir doch keinen Mist! Von wegen, Sie sind nicht ihretwegen hier!«

»Gehst du mit jedem ins Bett, den du duzt, Elisabeth?« Seine Offenheit überrumpelte mich und ich schwieg verwirrt.

»Gut, du tust es nicht«, fuhr Herr Schütz fort. »Das habe ich gehofft. Hier auf dem Land duzt man sich schneller als in der Stadt, das ist alles. Deine Gedanken entbehren jeglicher Grundlage. Was deine Mutter und mich verbindet, ist unsere Sorge um unsere Kinder. Dein Bruder hat angerufen und gesagt, dass er Tillmann und dich nach Hause bringt. Ich bin sofort hergekommen, um ihn abzufangen, bevor er weitere Dummheiten macht.«

»Aber das war nicht das erste Mal, dass Sie hier waren, oder?«

»Nein. Nein, das war es nicht, ganz richtig. Ich wusste, dass Tillmann und du befreundet seid, jedenfalls habt ihr etwas zusammen erlebt. Deshalb habe ich deine Mutter aufgesucht, nachdem er verschwunden ist. Und sie hat es bestätigt. Aber wie ich weiß sie nicht genau, was ihr erlebt hat. Oder sie will es mir nicht sagen.«

»Sie will nicht«, erwiderte ich und genoss die Genugtuung, die mich bei diesen Worten durchflutete. »Und ich werde es auch nicht tun.«

»Elisabeth …« Herr Schütz benetzte mit der Zungenspitze seine spröden Lippen. Seine Ratlosigkeit tat mir auf einmal leid. »Ich respektiere das, obwohl ich es nicht verstehe.«

»Sie würden es auch dann nicht verstehen, wenn ich es Ihnen erzählen würde«, unterbrach ich ihn, doch mein Ton war versöhnlicher geworden.

»In Ordnung. Es ist nur so – meine Exfrau kommt nicht mehr mit ihm zurecht. Sie sagt, er würde Drogen nehmen, und ich mache mir große Sorgen. Ich dachte, vielleicht weißt du, was ihn – beschäftigt. Ich gehe davon aus, dass ihn etwas beschäftigt.«

»Ich glaube nicht, dass er Drogen nimmt«, entgegnete ich und zweifelte im gleichen Moment daran. Ich kannte Tillmann nicht besonders gut. Vielleicht irrte ich mich auch. Trotzdem witterte ich in all dem Schlamassel eine Chance. »Aber … er hat Paul wohl ganz ordentlich bei einer seiner Ausstellungen geholfen und ein paar Werbeaufnahmen für ihn gemacht.«

Herr Schütz hob erstaunt den Kopf und seine Augen leuchteten kurz auf. »Ja, er hat schon früher gerne fotografiert und gefilmt, wenn wir unsere Exkursionen machten. Das kann er gut.« Sein Lächeln verstärkte sich.

Okay, Elisabeth, du bist auf dem richtigen Weg. Weitermachen, befahl ich mir.

»Möglicherweise ist die Schule momentan nicht das … Passende für ihn«, fuhr ich fort und bemühte mich, erwachsen und klug zu klingen. »Ich gehe jedenfalls zurück nach Hamburg nach dem Mündlichen, ich möchte mich dort an der Uni umsehen und … ich könnte ihn mitnehmen, wenn Sie das erlauben. Dann dürfen Sie von mir aus auch Ihr Glück bei meiner Mutter versuchen.«

Jetzt lachte Herr Schütz überrascht auf. »Oh, Elisabeth, deine Mutter …« Er schüttelte den Kopf und strich sich über sein schütteres Haar. Ich wusste, was er sagen wollte. Sie bewegte sich in einer anderen Liga. Wie Grischa bei mir. Unerreichbar. Doch Herr Schütz ahnte nicht, dass ihr verschwundener Mann ein Halbblut war und sie alleine durch diese Tatsache nachts um ihren Schlaf gebracht worden war, Jahr für Jahr, tagein, tagaus. Vielleicht hatte sie ihre Trauer ja so schnell überwunden, dass sie sich nun nach einem geschiedenen Pädagogen mit Haarausfall sehnte, den so gar nichts Magisches umgab.

»Dein Verdacht ist völlig absurd. Trotzdem, wäre doch nicht das Schlimmste«, meinte Tillmann später, als ich ihm nach einem gekünstelt lockeren Kaffeekränzchen mit Paul, Mama und seinem Vater in meinem Zimmer von meinen Befürchtungen bezüglich meiner Mutter und seinem Vater berichtete, obgleich ich inzwischen auch wusste, dass ich Gespenster gesehen hatte. »Dann wären wir Geschwister.«

»Ich hab schon einen Bruder«, murrte ich. »Der reicht mir.«

»Hey, entspann dich. Ich weiß, was du meinst. Das ist scheiße. Ich bin jedes Mal wütend geworden, wenn meine Mum mit einem Neuen ankam. Ich glaub aber nicht, dass deine Mutter was von ihm will.«

Ich glaubte es ja eigentlich auch nicht. Nichtsdestotrotz mochte ich den Gedanken nicht, dass mein Biolehrer sich mit meiner Mutter über mich und Tillmann unterhielt.

Draußen hupte es. Es war Herr Schütz, der Tillmann wieder nach Rieddorf bringen wollte.

»Ich muss, Ellie.« Tillmann stand auf.

»Einen Moment noch.« Ich erhob mich ebenfalls und zog den Schlüssel aus meiner Jeanstasche. »Ich werde morgen den Safe meines Vaters öffnen. Vielleicht erfahre ich dabei mehr über Papas Machenschaften. Über die Mahre.« Morgen, weil ich heute keine Neuigkeiten mehr ertragen konnte. Von Mahren hatte ich erst einmal genug.

Doch Tillmanns Interesse war geweckt. Ich konnte also noch eins draufsetzen: »Und: Mein Bruder wird befallen. Ich bin mir absolut sicher, dass er befallen wird.«

»Scheiße«, antwortete Tillmann salopp, aber sehr passend.

»Bevor wir uns Gedanken über Tessa machen, möchte ich ihn befreien. Und du hilfst mir bitte dabei. Einverstanden?«

»Mann, Ellie – meine Mum dreht jetzt schon durch und mein

Vater …« Er zeigte aus dem Fenster und im selben Moment hupte es wieder.

»Lass mich das regeln. Ich hab es bereits angeleiert. Wir fahren mit Paul zurück nach Hamburg, sobald ich mein Abitur in der Tasche habe.«

»Okay. Sehr gut.« Tillmann grinste zufrieden. »Hey, Ellie«, sagte er, als er die Tür öffnete und sich noch einmal zu mir umdrehte. »Du musst echt was essen. Viel Fleisch und so. Du siehst ziemlich kacke aus.«

»Danke.«

Er drehte sich wortlos um und nahm mit fliegenden Schritten die Treppe. Ich ließ mich rückwärts aufs Bett fallen und wartete, bis es dunkel geworden war und ich mich nicht mehr sehen konnte. Wartete, bis meine Haut aufhörte, zu brennen und zu prickeln. Wartete, bis Colins kalte Worte von meiner Müdigkeit überschattet wurden.

Dann, endlich, wagte mein Körper es zu ruhen.

Mutter-Tochter-Gespräch

»Also gut. Ich öffne ihn jetzt.«

Ich fummelte den Schlüssel aus der Tasche meiner Strickjacke, während Mama nervös ihre Finger knetete. Viel Zeit hatten wir nicht, denn Paul war gerade zu einem Erkundungstrip durch das Dorf aufgebrochen und, weiß Gott, lang konnte dieser Spaziergang nicht dauern.

Mama und ich hatten den Safe mit vereinten Kräften aus dem Keller nach oben in Papas Büro geschleppt, weil wir beide das Gefühl hatten, es sei ihm nicht angemessen, ihn dort unten im staubigen Halbdunkel von Omas alter Truhe aufzuschließen. Denn dort hatte er wieder sein angestammtes Zuhause gefunden, nachdem Papa ihn während seines und Mamas Italienurlaub vor meinen neugierigen Blicken versteckt hatte – in der Garage, wie Mama mir gestand. In puncto Kreativität und Originalität bewegten Papa und ich uns also ungefähr auf der gleichen, wenn auch sehr niedrigen Fallhöhe.

Ich steckte den Schlüssel ins Schloss, drehte ihn um, zog die Tür auf und …

»Oho«, murmelte Mama trocken. In stummem Einverständnis griffen wir nach den Bündeln und zogen sie heraus. Ich weiß nicht, ob es vor mir jemals einen Menschen gegeben hatte, der angesichts dermaßen vielen Geldes so unendlich enttäuscht war. Fahrig blätterte ich eines der Bündel durch – ja, es war viel Geld, ich schätzte es summa summarum auf mindestens fünfzigtausend Euro, bar und in kleinen Scheinen.

Ansonsten barg der Tresor ein Visitenkärtchen, einen zusammengefalteten Zettel und eine Europakarte, auf der einige Orte angekreuzt waren. Das frischeste, dickste Kreuz markierte Süditalien. Was das bedeutete, konnte ich mir denken. Es waren Orte, an denen Papa Mahre vermutete. Vielleicht wusste er sogar, dass sie dort lebten.

Mit zitternden Fingern entfaltete ich den Zettel und begann laut zu lesen, damit Mama mir nicht zu nahe kam oder sich gar über meine Schulter beugte.

»*Liebe Elisa, ich danke Dir sehr, dass Du Paul zurückgebracht hast. Ich hoffe, ihm gefällt seine Küche auch ohne Mauer. Ich fand sie offen – sozusagen amerikanisch – ohnehin schöner.*« Mama schaute mich fragend an, doch ich las bereits weiter. »*Nachdem Du diese beiden Aufträge erfüllt hast, ist es Zeit für den dritten: Ich möchte, dass Du meine Nachfolge übernimmst.*«

Mama sog zischend die Luft ein, doch da sie mich nicht unterbrach – womit ich fest gerechnet hatte –, las ich weiter. »*Suche die Journalistin auf – aber bitte persönlich. Sie hat sehr kompetent über einen Kongress zum Thema Schlaf berichtet. Ich könnte mir vorstellen, dass sie Dir bei Deinen Vorhaben behilflich sein kann. Ich halte sie für vertrauenswürdig. Möglicherweise kann sie eingeweiht werden.*

Das Geld ist für Dich (keine Sorge, Deine Mutter hat genug). Gib es sorgsam aus.

Ich liebe Dich,

Dein Vater Leo«

»Warum habe ich diesen Mann eigentlich geheiratet?«, fragte Mama seufzend. »Warum?«

Erstaunt drehte ich mich zu ihr um. Sie tobte und schrie nicht? Obwohl Papas dritter Auftrag die ersten beiden bei Weitem überbot? Stattdessen seufzte sie nur ein weiteres Mal, um ihre eigenen Worte wie ein geplagtes Echo zu wiederholen. »Warum habe ich diesen Menschen geheiratet …«

»Ich tippe auf Liebe«, antwortete ich wahrheitsgemäß, nutzte die unverhoffte Ruhe und griff schnell nach der Visitenkarte. »Gianna Vespucci. Freie Journalistin und Texterin. Kellinghusenstraße 19, Hamburg.« Auf eine Telefonnummer hatte sie verzichtet, was ich angesichts ihres Berufes für nicht sehr sinnvoll hielt, aber es war immerhin eine E-Mail-Adresse vermerkt. Und sie lebte in Hamburg. Ein Grund mehr zurückzukehren. Trotzdem hatte Papas Nachricht mein Gefühl der Überforderung zu einem neuen Gipfelpunkt getrieben. Und warum sagte Mama so gar nichts dazu? In Gedanken vertieft starrte sie auf die Geldbündel.

»So langsam wächst mir das alles über den Kopf«, stöhnte ich und ließ mich auf das Ledersofa sinken.

»Was? Was wächst dir über den Kopf?« Mama beugte sich argwöhnisch vor, um mir in die Augen sehen zu können – etwas, was ich ihr seit meiner Ankunft verwehrte. Und jetzt hatte ich mich beinahe verraten. Denn sie wusste weder von Pauls sexueller Kehrtwende noch davon, dass er meiner Meinung nach befallen wurde. Ich hatte es ihr verschwiegen, aus mehreren Gründen. Ich wollte ihre Wiedersehensfreude nicht trüben und ich wollte ihr erst recht nicht das beste Argument liefern, mich zu zwingen, hier bei ihr in Sicherheit zu bleiben. Doch ich hatte auch Skrupel, Paul zu verraten. Er selbst erwähnte François nur am Rande als »Kollegen« und schwieg sich ansonsten aus. Außerdem: Wenn ich etwas vom Befall laut werden ließ, würde es Mama nur dazu treiben, mit Paul über die Mahre zu reden, und dann konnte er Mutter und Tochter gemeinsam einliefern. Nein, ich wollte, dass er Mama für normal hielt. Es reichte, dass ich den Beklopptenstempel trug. Sonst würden wir uns noch gegenseitig zerrütten.

»Ellie, antworte mir. Was wächst dir über den Kopf?«

»Ach, das mündliche Abitur … ich habe kaum gelernt und …«

Mama atmete erleichtert durch. »Wenn es nur das ist … Selbst wenn du vier Punkte bekommst, wirst du insgesamt bei den Besten sein. Ellie, ich erwarte diesbezüglich nichts von dir, gar nichts. Das Einzige, was ich von dir erwarte, ist, dass du Papas verrückter Forderung nicht nachkommst.«

Aha. Also doch. Warum sagte sie das so halbherzig? Ich hörte zwar aufrichtige mütterliche Sorge heraus, doch ihren Worten fehlte die Schärfe.

»Ich, äh, nein. Nein, ich will studieren und …« Ich trat ans Fenster, damit Mama mein Gesicht nicht sehen konnte. Ich hasste es, lügen zu müssen. Und ich war mir sicher, dass meine Miene mich verraten würde.

»Du willst also doch studieren?« Mama klang alles andere als vertrauensselig. Ich durfte mich jetzt auf keinen Fall zu ihr umdrehen.

»Na ja, ich weiß noch nicht genau, was, aber ich würde gerne nach dem Abi mit Paul zurück nach Hamburg fahren und mich an der Uni umsehen. Ich möchte, dass Tillmann mich begleitet. Ich hab Herrn Schütz schon gefragt, ob das geht. Paul braucht Hilfe in der Galerie.« Paul braucht Hilfe beim Schlafen. Wir müssen seinen Mahr töten. Ich muss dich deshalb schon wieder allein lassen und anlügen.

»Ellie … setz dich mal zu mir.« Mama klopfte neben sich auf das Sofa. »Erzähl mir ein bisschen von Paul – wie ist seine Wohnung? Fühlst du dich wohl dort?«

»Sie ist ganz hübsch. Geschmackvoll.« Vor allem Pauls Spielzimmer und die Ratten, die nachts an der Hauswand hochkrabbelten. Doch ich war froh, dass wir nicht mehr über Papas Auftrag sprachen. Vielleicht hatte Mama ihn gar nicht ernst genommen – oder aber sie war überzeugt, dass ich ihn sowieso nicht ausführen würde.

Im Grunde entsprach das ja der Wahrheit. Also gab ich mir einen Ruck, ging zur Couch und nahm Platz.

»Hat Paul denn Freunde? Oder vielleicht sogar eine Freundin? Sein Handy klingelt oft.«

»Ich weiß nicht genau. Kann sein.« Konnte man François als Freundin bezeichnen? Er war es nämlich, der Paul am Telefon heimsuchte, wann immer ihm der Sinn danach stand. Freunde hatte Paul keine. Stimmt, er hatte gar keine Freunde. Da waren nur François und der hysterische Hund … und die Geschäftskunden.

»Er hat viel zu tun«, sagte ich ausweichend, obwohl das die nächste Lüge war. Pauls Job war ein Traum. Lange schlafen, ein Rähmchen basteln, ein paar Nägel in die Wand schlagen, Bilder aufhängen, Hände schütteln, fein essen gehen.

»Paul hat mir gesagt, dass du sehr krank gewesen bist.« Dieser simple Satz troff nur so vor Subtext. Er hatte mindestens zwanzigtausend versteckte Botschaften und ich wollte keine davon hören.

»Fängst du jetzt etwa auch noch damit an? Ich bin nicht verrückt!«

»Das weiß ich doch!«, beschwichtigte Mama mich und wollte nach meiner Hand greifen. Ich stopfte sie schnell in meine Jackentasche.

»Aber verändert bist du. Und Paul hat erzählt, dass du Colin begegnet bist.«

»Ach, und Paul ist gar nicht verändert, was? Hast du ihn dir mal angeschaut?«, versuchte ich sie abzulenken.

Mama ließ sich gar nicht erst darauf ein. »Ich habe Paul seit etlichen Jahren nicht mehr gesehen. Dich aber habe ich vor drei Wochen das letzte Mal gesehen. Also, du bist Colin begegnet …«

»Ich will nicht darüber sprechen«, sagte ich barsch.

»Hat er dir etwas angetan?«

»Nein, das hat er nicht!«, rief ich mit einer Heftigkeit, die mich selbst überraschte. »Falls überhaupt, habe *ich* mir etwas angetan. Und wie bereits gesagt: Ich will nicht darüber sprechen.«

»Hättest du dich Papa anvertraut, wenn er hier wäre?« Obwohl die starre Kälte in mir wieder zunahm, entging mir die unterschwellige Angst in Mamas Stimme nicht. Sie fürchtete, mir nicht mehr zu genügen. Dabei war das Gegenteil der Fall. Sie war mir zu viel. Ihre bloße Gegenwart war zu viel.

»Nein«, antwortete ich müde. »Ich würde mit Papa auch nicht darüber sprechen.«

Das plötzliche Schrillen des Telefons war wie eine Erlösung für mich. Ich nahm sofort ab. Herr Schütz war am Apparat. Aber er wollte nicht mit Mama reden, sondern mit mir.

»Ich hatte eine lange Diskussion mit meiner Exfrau.« Die Art und Weise, wie er »Exfrau« betonte, verriet mir, dass diese Diskussion nicht sehr erquicklich gewesen war. »Tillmann und ich konnten uns durchsetzen. Bis zu den Sommerferien hat er Zeit, sich bei deinem Bruder in der Galerie zu bewähren und sich Gedanken zu machen, was er mit seinem Leben anfangen möchte. Danach sehen wir weiter.«

»Danke, vielen Dank«, stammelte ich, um mich sofort zu verbessern. »Ich meine natürlich, Tillmann wird Ihnen sicher dankbar sein und wir kümmern uns gerne um ihn.«

»Er ist kein einfacher Charakter, Elisabeth«, sagte Herr Schütz warnend. Doch damit erzählte er mir nichts Neues.

»Ich weiß«, erwiderte ich ruhig. »Wenn er sich nicht benimmt, schicke ich ihn zurück. Mir wäre es übrigens lieb, wenn Sie die Tiere wieder übernehmen könnten. Den Albinomolch und so.« Ich wollte sie loswerden, alle zusammen. Ich gruselte mich vor ihnen, wie früher, und einen Nutzen brachten sie mir auch nicht. Herr Schütz atmete schwer durch. War das ein Ja?

»Von mir aus. Ihr könnt Tillmann abholen, wann immer ihr reisefertig seid. Bis dahin hat er Hausarrest. Viel Glück bei deiner Prüfung und, ach ja – du solltest vielleicht wissen, was es mit den Burenkriegen auf sich hat.«

Aha. Die Burenkriege. Doch die nächste halbe Stunde führte ich erst einmal meine eigene kleine Schlacht und versuchte, Paul von meinem Vorhaben zu überzeugen. Nachdem ich auf ganzer Linie gescheitert war, musste ich erneut zu einer Lüge greifen. Und diese Lüge war mein bestes Argument: meine angebliche Therapie bei Dr. Sand. Paul hatte nach seinem Dorfrundgang rasch begriffen, dass es hier weniger als nichts gab und vermutlich auch das medizinische Fachpersonal dünn gesät war. Mich in Papas alter Klinik unterzubringen war selbst in seinen Augen indiskutabel.

Dass ich Tillmann mitnehmen wollte, entlockte ihm zwar noch einmal einigen Protest und ich musste einwilligen, ihn in »meinem Zimmer« aufzunehmen, wie Pauls Palast der gesammelten Scheußlichkeiten neuerdings betitelt wurde. Doch nachdem ich ihm klargemacht hatte, dass Tillmann ihm mit den Bildern helfen würde, willigte Paul widerstrebend ein, obwohl ich mich fragte, was Paul überhaupt noch zu tun haben würde, wenn Tillmann ihm zur Hand ging.

Paul stellte nur eine Bedingung: »Hauptsache, dieser gruselige Typ taucht nicht bei uns auf.«

Nein, das würde er wohl nicht. Der gruselige Typ – womit zweifellos Colin gemeint war – hatte sich seit unserem Disput auf dem Feldweg nicht mehr blicken lassen. Ich fragte mich, womit ich seine Abweisung verdient hatte – steckte dahinter etwa immer noch die Befürchtung, wir könnten Tessa auf seine Spur bringen? Ich hoffte, dass das der Grund war, doch irgendetwas in mir wusste mit erdrückender Unfehlbarkeit, dass meine Hoffnung vergebens bleiben würde.

Ich zwang mich, beim Abendessen – Kartoffelauflauf mit Schinken, Pauls Lieblingsessen – zwei Portionen zu vertilgen, obwohl ich nichts schmeckte, lernte ein bisschen (Burenkriege!) und tat dann etwas, was ich seit Wochen nicht mehr gewagt hatte. Nein, seit Monaten. Vielleicht würde es ihn anlocken, eine Verbindung zwischen uns herstellen. Vielleicht.

Ich kuschelte mich angezogen ins Bett, drückte mir die Kopfhörer in die Ohren und wollte mich meinen Tagträumereien überlassen. Doch lange bevor der letzte Ton verklungen war, hatte mich die verstörende Gewissheit gepackt, dass ich das Tagträumen verlernt hatte. Die Bilder blieben fern und farblos. Ich spürte sie nicht und sie bewegten nichts in mir.

Starr lag ich auf meinem Laken, bis die Nacht kam und mir das Bewusstsein raubte.

Nachtbegegnung

Sommer. Ja, es war wieder Sommer … Ich roch es, bevor ich die Augen öffnete. Und ich hörte es. All die leisen Geräusche von draußen klangen klarer, feiner, wärmer. Sonnendurchtränkt. Und doch nahm ich eine dunkle, schwere Melancholie darin wahr. Die Amsel vor meinem Fenster sang sehnsüchtig und schrill und das Rauschen in den Bäumen war durchmischt mit jenem zarten, trockenen Knistern, das den Tod der ersten fallenden Blätter ankündigte. Im Duft des Windes nistete die süße Würze beginnender Fäulnis.

Was war geschehen? Wie hatte ich so blind sein können? Ich hatte den Sommer verpasst. Er war schon am Welken, vielleicht gab es noch ein, zwei letzte heiße Tage, doch die Nächte würden bereits vom Herbst erzählen. Und ich hatte den Sommer nicht gesehen. Nicht ausgekostet. Ich hatte kein einziges Mal die Sonne auf meiner Haut gespürt. Er war an mir vorbeigezogen und ich konnte ihn nicht zurückholen.

Ich lief ans Fenster und schaute hinaus, um zu finden, was ich ahnte: Die Blätter verfärbten sich an ihren Spitzen, dünne bräunliche Spuren, das Gras war trocken und ausgedörrt und der Gesang der Amsel klang immer verzweifelter.

Ich würde einen weiteren Winter nicht ertragen. Nicht jetzt. Ich hatte keine Kraft für einen zweiten Winter, hatte zu wenig Wärme gespeichert – es durfte nicht sein!

»Nein«, sagte ich und begann zu schreien, und noch während ich schrie, warfen die Bäume ihre Blätter ab und der Himmel verdunkelte sich. Zu spät … es war zu spät …

Ich schreckte hoch und merkte als Erstes, dass ich tatsächlich schrie. Meine Stimmbänder krächzten gequält, doch es dauerte ein paar Sekunden, bis ich ihnen befehlen konnte zu schweigen. Gehört hatte mich niemand. Einen solchen Schrei hörten die anderen nicht. Er galt nur einem selbst.

»Es ist März«, flüsterte ich. »Mitte März, Ellie. Der Sommer kommt noch. Du hast nichts verpasst.« Nun verstummte auch mein inneres Schreien. Ich würde alles erleben, die ersten Knospen, das weiche Gras unter meinen nackten Füßen, das Zirpen der Grillen. Nach und nach. Ich musste nur ein wenig Geduld haben und wach bleiben.

Ich trug noch immer meine Jeans und meine Strickjacke, angelte mir aber zusätzlich meine graue Fleecekapuzenjacke vom Boden, die ich mir im Herbst in einem jähen Anfall von Colin-Nostalgie gekauft hatte. Ich konnte sie gebrauchen, denn es war eine eisige Nacht. Ich öffnete das Fenster und blickte hinaus auf die Straße. Mein Atem stockte, als ich die lange, schmale Gestalt wahrnahm, die gegenüber an der Wand des verlassenen Hauses lehnte.

Mein Körper reagierte innerhalb von Sekundenbruchteilen mit nackter Angst. Angst vor dieser Gestalt da unten, deren Augen ich nicht sehen, nur spüren konnte. Mein Magen zog sich krampfartig zusammen und mein Blut schoss in meine Arme und Beine. Ich war fluchtbereit.

Ich schlüpfte in meine Boots und nahm im Dunkeln die Treppe, schlich durch den Wintergarten ins Freie und auf die menschenleere Straße hinaus. Ja, sie war menschenleer. Denn diese Gestalt war kein Mensch.

Schweigend liefen wir der Kuppe des Feldweges entgegen, vorüber an der Eiche, deren kahle Zweige feucht glänzten. Oben auf der Anhöhe öffnete Colin das Gatter der Weide, auf der seit dem Herbst drei alte Ponys ihren Lebensabend verbrachten, und steuerte den offenen Holzwagen an, dessen Ladefläche als Lager für Heuballen genutzt wurde. Die Ponys wichen schnaubend zurück, doch ein leises, samtenes Summen aus Colins Kehle nahm ihnen die Furcht.

Ich ließ mich von ihm leiten, ohne nachzudenken. Jeder Gedanke war verlorene Liebesmüh – er hätte mich ohnehin nicht retten können. Mein schlimmster Feind lauerte in meinem Herzen.

Ich setzte mich an das andere Ende des Wagens; nah genug, um mit Colin sprechen zu können, ohne meine Stimme erheben zu müssen, aber weit genug weg, um ihn nicht versehentlich zu berühren, wenn ich mich bewegte.

»Wir sind also nicht in Gefahr?«, beendete ich unser Schweigen.

»Tessa mag dumm sein, doch sie hat einen guten Instinkt für Liebe. – Nein, wir sind nicht in Gefahr.«

Ich wusste, was er mir damit bedeuten wollte. Jedes weitere Wort darüber war eines zu viel. Ich lehnte mich an das Heu in meinem Rücken und blickte in den sternklaren Himmel. Seine Schönheit ließ mich unberührt. Minuten vergingen, in denen keiner von uns etwas sagte. Wie ich schaute Colin zum Mond hinauf, der mir nicht wie der geliebte, ferne Begleiter vorkam, sondern wie eine matte Scherbe, die jemand an das schwarze Firmament geklebt hatte. Und auf einmal fiel mir ein, worüber ich sprechen konnte.

»Diese Nacht, in der ich so deutlich von dir geträumt habe, die Nacht vor unserem Wiedersehen … du … du hattest mich gefragt, ob ich dich gespürt habe.«

Hatte ich diesen Traum wirklich erlebt? Und gemocht? Ja, das hatte ich. Colin löste seinen Blick nicht vom Mond, doch seine Aufmerksamkeit galt mir. Das ermunterte mich weiterzureden.

»Ich habe dich gespürt. Ich meine – mir ist schon klar, dass das ein Traum war, aber was ich träume, ist ja ein Teil von mir, oder?«

Ich zog die Beine an und legte meine Wange auf meine Knie. Diese Nacht war so kalt, so erbärmlich kalt. Aber die Kälte arbeitete mir zu. Sie passte zu mir.

»Also konnte ich mich nicht anlügen. Meine Empfindungen waren echt und ich war mir sicher, dass ich dich spüren wollte, es gab keine Sekunde, in der ich es nicht wollte oder daran zweifelte oder gar Angst bekam ...«

Und jetzt sah ich mich wie aus weiter Ferne allein auf dem Feld sitzen, ein dünner, leerer Schatten. Ja, es war jemand neben mir, aber ich spürte ihn ebenso wenig wie mich selbst. Während des Traums waren wir eins gewesen, obwohl unzählige Kilometer uns getrennt hatten.

»Ich weiß«, beschwichtigte mich Colin leise. »Das weiß ich, Ellie. Und ich weiß auch, dass es jetzt nicht mehr so ist. Die Nähe, die wir in Trischen hatten, am Abend nach deinem Traum ...«

Ich erschauerte, als er Trischen sagte, und er hielt einen Moment inne, als wolle er mir Zeit geben, mich zu fassen.

»Diese Nähe und mein Raub – es lag zu eng beieinander. Deine Seele hat es miteinander verbunden. Ist dir eigentlich bewusst, dass deinem Körper seitdem nur Gewalt widerfahren ist? Und du nichts anderes zulässt?«

Die Bitterkeit in seiner Stimme lähmte mich. Ich musste warten, bis der Frost mich zum Zittern brachte und ich wieder sprechen konnte. Nun begann ich die Kälte dieser Nacht zu spüren.

»Es ist nicht nur bei dir so, Colin. Es betrifft alle. Paul, Mama, Tillmann, Herrn Schütz. Jeder Handschlag ist wie ein Attentat! Meine Haut beginnt zu brennen und zu kribbeln und ich bekomme eine solche Wut dabei! Wie können die Menschen es nur wagen, mich anzufassen!«

Ich war immer lauter geworden. Eines der Ponys wieherte nervös auf und sogleich antwortete ein anderes mit einem beruhigenden

Prusten. Schlotternd hob ich mein Kinn, um Colin anzusehen. Er drehte seinen Kopf langsam zu mir. Er wirkte nach wie vor ausgeruht und satt, doch in seinen linken Mundwinkel grub sich die vertraute kleine Falte. Früher hätte ich meine Hand gehoben, um sie glatt zu streichen.

»Colin, irgendetwas in mir hat vergessen, dass ich dich liebe.«

Es blieb still. Die Pferde standen wie steinerne Statuen beieinander und regten sich nicht. Colin senkte seine Lider. Was fühlte er? Fühlte er überhaupt etwas? Wenn er nun auch nichts mehr fühlte – wie ich –, was taten wir hier dann noch? Wieso unternahm er nichts, um mir nahezukommen? Er hatte doch nichts Schreckliches erlebt.

»Ich weiß nicht, wie ich mich daran erinnern soll – und du machst es mir nur schwerer, denn du stößt mich von dir weg!«, rief ich anklagend.

»Erinnerst du dich an das, was ich dir von meiner leiblichen Mutter erzählt habe? Dass ich ihre Milch ablehnte?«

Ich nickte beklommen. Wie hätte ich es vergessen können?

»Sie überwand sich, mich zu stillen, entgegen ihrer Furcht, aber ich verweigerte mich. Weil ich spürte, dass sie es nicht wollte. Ich kann und will dich nicht dazu zwingen, Ellie, wenn ich doch genau weiß, dass du keine Berührung ertragen kannst.«

»Aber …« Ich klang beinahe panisch und schluckte krampfhaft, um nicht aufzuschluchzen. Jeder andere Junge hätte längst versucht, mich an sich zu ziehen und wieder das herzustellen, was vorher war. Colin schien die plötzliche Kluft zwischen uns einfach hinzunehmen, ohne Kampf, ohne Protest. Er ließ mich sein, wie ich war, zerstört und zugepanzert. Es war das Schlimmste, was er mir antun konnte. »Wenn du nichts machst, wird das ewig so bleiben – für immer! Es wird schlimmer, von Tag zu Tag!«

»Ich sitze hier neben dir, Lassie. Wenn du etwas dagegen tun möchtest, dann tu es, in Gottes Namen.«

»Bitte hilf mir dabei. Bitte.« Ich hatte einfach nicht die Kraft, mich zu rühren, weil mein Körper es mir verbot. »Es ist meine Entscheidung. Hilf mir.«

In einer katzenhaften Bewegung glitt Colin hinter mich, sodass ich mich an ihn lehnen konnte. Sämtliche Muskeln in meinem Oberkörper verspannten sich, als ich es tat, und die Wut brüllte in mir, doch ich biss meine Zähne zusammen und hielt still. Nach einer Weile wagte Colin es, seinen Arm um meinen Bauch zu legen, ganz leicht nur, zu leicht, um ihn durch meine beiden Jacken zu spüren, und trotzdem zuckte ich, als hätte er mich geschlagen.

Ich ließ meine Wange an seinen Hals sinken und hörte dem Rauschen in seinen Adern zu, bis ich etwas ruhiger atmen konnte und die Knoten in meinen Schultern sich zu lösen begannen.

Ja, es wurde besser und auch die Wut mäßigte sich, doch es hatte nichts mit dem Glühen zwischen uns zu tun, das ich in Trischen gefühlt hatte, als wir uns geküsst hatten. Das Bedauern darüber, dass eine so schöne Nacht so schrecklich hatte enden müssen, trieb mir die Tränen in die Augen. Wenigstens konnte ich darum trauern, wenn ich schon keinen Kummer um uns empfand. Noch nicht.

Nein, ich musste mich wirklich nicht um Tessa sorgen. Sie war weit, weit weg.

Colin hielt mich bei sich, aber er tat es wie ein Freund, sicher und ruhig. Und doch saß ich lieber bei ihm in Freundschaft als bei jedem anderen in Liebe. Was waren die anderen überhaupt gewesen? Blasse, durchsichtige Gestalten.

»Wie war es eigentlich – dein erstes Mal?«, fragte Colin, als wüsste er genau, woran ich dachte. Ich seufzte so dramatisch auf, dass er lachen musste, eine kleine, lebendige Erschütterung in meinem Rücken. Nun, wir waren Freunde. Was machte es schon aus, von diesem unrühmlichen Vorfall zu sprechen? Und ich war dankbar, über etwas anderes zu reden als uns.

»Ich hab mich geschämt.«

»Geschämt?«, fragte Colin mit einigem Erstaunen und sein kühler Atem streifte meinen Nacken. »Ich bin mir sicher, du bist es so umsichtig und gut vorbereitet angegangen wie jede einzelne deiner Klassenarbeiten.«

Haha. Ja, das war ich. Aber genützt hatte es nichts.

»Ich hab mich trotzdem geschämt. Erst für mich und dann für ihn, weil er gar nicht merkte, dass ich mich nicht besonders wohl dabei fühlte und …« Ich brach ab. Wir mochten ja jetzt gute Freunde sein, aber leicht fiel mir dieser Dialog wahrhaftig nicht. Trotzdem sprach ich weiter. »Er war so überwältigt von der Sache und sich selbst, richtig high, redete davon, wie toll das doch wäre – er sah einfach nicht, dass mein Lächeln nicht echt war und ich eigentlich gar nichts dazu beigetragen hatte, außer mich nackt auszuziehen und auf sein Bett zu legen.«

»Das kann unter Umständen sehr viel sein«, bemerkte Colin und ich hörte an seinem Tonfall, dass er schmunzelte.

»Hmpf«, machte ich und strich spielerisch über seine Finger. Ich genoss es, das tun zu können, auch wenn es mir im Moment kaum etwas bedeutete. *Ich* tat es. Aus freien Stücken. Das hielt meine Wut im Zaum. Ich konnte es mir anschauen wie einen schönen Film.

»Und wie war dein erstes Mal?«, fragte ich und biss mir im gleichen Moment auf die Zunge. Dumme Frage, Frau Sturm, sehr, sehr dumme Frage.

»Nicht so toll«, antwortete Colin trocken. »Ich wurde vergewaltigt.«

»Oh, das ist gut!«, entfuhr es mir mit nicht zu überhörender Erleichterung. Er hatte es nicht schön gefunden mit Tessa. Mehr musste ich nicht wissen.

Colin lachte erneut auf. »Ich weiß dein tiefes Mitgefühl zu schätzen, Ellie.«

»Und danach?«, löcherte ich ihn weiter. »Mit, ähm, normalen Menschenfrauen?«

»Es war nicht immer schlecht. Aber meistens spürte ich irgendwann, dass sie es gar nicht wirklich wollten, Angst bekamen und trotzdem weitermachten, um mir zu gefallen. Das raubt mir jede Intimität. Ich war der typische Frühstücksflüchter.«

Ich musste kichern. Nicht immer schlecht. Das klang nach vielen Nächten. Doch Colin war knapp hundertsechzig. Ich sollte Nachsicht walten lassen. Er nahm mich bei den Hüften, schob mich vom Wagen und drehte mich um, sodass ich vor ihm auf der Wiese stand und ihn ansehen musste.

»Wenn du darüber hinwegkommen möchtest, Ellie, musst du noch einmal nach Trischen kommen. Es muss deine eigene Entscheidung sein. Vollkommen freiwillig«, sagte er ernst. Sein Humor war restlos verflogen.

»Aber ich habe solche Angst!«, flüsterte ich. Angst, dass die Leichen zurückkehrten. Dass ich ihn berührte und nur die nackten, toten Leiber spürte. Sein Gesicht verschwamm in meinen Tränen.

»Ich weiß, mein Herz.«

Ich wollte eine widerspenstige Haarsträhne zurückstreichen, die ihm in die Stirn fiel, doch meine Muskeln verweigerten sich. Es war zu früh dafür.

»Du hast einmal etwas sehr Schönes zu mir gesagt, obwohl du es kitschig fandest: Jemanden zu lieben bedeutet, ihn freizulassen. Erinnerst du dich?«

Ich nickte.

»Eigentlich hat dieses Sprichwort noch einen zweiten Satz. ›Denn wer liebt, kehrt zurück.‹ Und jetzt lasse ich dich frei, Ellie.«

Gula

Nachrichten von C.

»Meine tapfere Königin der erfrorenen Herzen,

wenn Du diese Zeilen liest, bin ich bereits auf dem Weg zurück zu meiner Insel, um mich mit Vögeln zu beschäftigen. (Ha! Aufgrund meines fortgeschrittenen Alters kannte ich den Kalauer schon sehr, sehr lange, doch aus Deinem Mund erhielt er eine völlig neue Würze, obwohl er stimmungstechnisch ein wahrer Zerstörer ist. Bei Menschen zumindest. Mich kann nichts so schnell zerstören, wenn Du halb nackt und in einem meiner zerschlissenen Hemden auf meinem Schoß sitzt.)

Ich weiß um Deine seelische Wüste, ich kenne ihre Schmerzen und ich würde mich gerne tausendfach bei Dir entschuldigen. Aber was würde es nützen? Und vor allem: Ich kann nicht mit Sicherheit sagen, was passiert wäre, wenn wir uns nicht auf den Raub eingelassen hätten. Ich fürchte, es wäre weit schlimmer ausgegangen.

Egal, was in Zukunft geschieht: Ich werde es nie wieder tun.

Sobald ich es vermag, sobald ich genug Kraft tanken kann, um es zu überstehen, ohne Dich im nächsten Moment auszusaugen, gebe ich Dir deine Erinnerung zurück. Sie ist stark und wichtig. Sie hat mich tagelang von innen gewärmt. Trotzdem hatte ich zu lange gehungert, um sie entbehren zu können. Ich wollte bei Dir bleiben, als Du so krank warst, und das konnte ich nur mit Deiner Erinnerung. Ein Circulus vitiosus. Ich hatte zwar die Möglichkeit, im Tierpark Hagenbeck zu rauben, aber die Träume von Zootieren sind so stumpf und gequält.

Wenn sie dort geboren wurden, wissen sie nicht einmal, wovon sie träumen sollen.

Ach, Ellie, warum hast Du ausgerechnet diese Erinnerung gewählt? Ihr Menschen braucht Eure frühesten Geborgenheitserinnerungen. Sie sind Euer Überlebenswerkzeug und die Basis Eures Urvertrauens. Für mich hätte auch die Erinnerung an die Freude über eine Eins in Mathe gereicht – aber ich ahne es schon, Du hast Dich niemals darüber gefreut, nicht wahr?

Wir hatten leider nicht die Gelegenheit, über all die Dinge zu reden, die jetzt auf Dich zukommen. Ich muss es schriftlich nachholen.

Ich spreche Dir nun eine Empfehlung aus: Schaffe Deinen Bruder an einen anderen Ort und hoffe darauf, dass der Mahr ihm nicht folgen wird. Die Chancen stehen gut, denn Hamburg ist dank der großen Kreuzfahrer und all der St.-Pauli-Touristen ein nahrhaftes Pflaster für Mahre und immerhin ist er Euch nicht in den Wald gefolgt. Er scheint faul zu sein. Macht am besten einen ausgedehnten Urlaub im Süden, aber bitte nicht Italien. Die Balearen sind auch schön. Danach sucht Ihr Euch ein hübsches Städtchen fernab von Hamburg, Du nutzt Deinen klugen Kopf und beginnst ein Studium – bei den Sozialwissenschaftlern bist Du nicht gut aufgehoben, wohl aber bei den Biologen – und Dein Bruder passt ein bisschen auf Dich auf. In Ordnung? Nein. Ich mache mir etwas vor. Es ist natürlich nicht in Ordnung.

Du willst also Mahre jagen. Du weißt, dass Du an akuter jugendlicher Hybris leidest, oder? Wenn Du es schon nicht lassen kannst, Deinen Bruder retten zu wollen – und ich fürchte zudem, er ist nicht minder stur als Du und würde sowieso nicht aus Hamburg wegziehen –, hör wenigstens in diesem Punkt auf mich: Versuche, einen Beweis von der Existenz dieses Mahres festzuhalten, und zeige ihn Deinem Bruder. Und dann klemmt Ihr die Beine unter die Arme und verschwindet, so schnell Ihr könnt.

Solltest Du aber vorher spüren, dass Deine Kraft zu träumen nach-

lässt, musst Du Deine Haut retten. Dass Du an dem Abend vor unserem Stelldichein auf der Weide nicht mehr tagträumen konntest, lag an mir – ich hatte es unterbunden, damit Du Deinem Schmerz nicht davonlaufen konntest. Du wirst die Gabe wiederfinden, sobald Du es versuchst. Übrigens bekomme ich dieses Bild nicht aus meinem Kopf: Du ziehst Dich kompromisslos, wie Du bist, splitternackt aus und legst Dich auf ein Bett. Und es endete mit Scham? Was für ein Stümper muss er gewesen sein!«

Tillmann räusperte sich bedeutsam, doch mein strenger Blick ließ ihn fortfahren. Folgsam las er weiter.

»Und noch etwas: Mahre mögen es nicht, wenn Menschen nebeneinander oder gar in Gruppen schlafen. Manche von den Alten behaupten, die Mahre seien entstanden, als die Menschen anfingen, sich so sicher zu fühlen, dass sie nachts allein schliefen. Sich Häuser mit einzelnen Räumen erbauten. Das Schlafzimmer – für Euch heute absurderweise ein Symbol der Geborgenheit – bereitete den Mahren den Weg. Es war wie eine Einladung.

Wenn Eure Träume ineinander übergehen, scheint sich aus ihrer Kraft eine Art Wall zu bilden – und gleichzeitig nehmt Ihr unbewusst die Geräusche der anderen Schlafenden wahr und fallt nicht in jenen totenähnlichen Tiefschlaf, auf den die Mahre warten und den sie Nacht für Nacht mit ihrer hypnotischen Macht fördern, zum Befall nutzen und schließlich damit zerstören. Möglicherweise hat das Gähnen deshalb eine solch ansteckende Wirkung. Diese Wirkung sicherte, dass die Menschen gemeinsam schliefen. (Ich werde Dich damit niemals anstecken können, denn ich kann nicht gähnen. Ich mag es aber, wenn Du es tust und ich all Deine scharfen Zähne sehen kann.)

Ich habe das, was ich Dir eben geschildert habe, nur gehört; ich kann nicht mit Gewissheit sagen, ob es stimmt, doch als ich mich noch von Menschenträumen ernährt habe, suchte ich instinktiv Mädchen und Frauen auf, die allein schliefen. Es könnte also etwas dran sein.

Ich bitte Dich ungern darum, weil mir die Vorstellung gar nicht behagt, aber es könnte nun mal einen guten Schutzschild darstellen: Ich weiß, dass Du Tillmann mit nach Hamburg nehmen willst, und möchte, dass Ihr nebeneinander schlaft. Ich hoffe, Du hältst das aus. Er erscheint mir sehr wach und aufmerksam. Ich glaube, ihm entgeht nichts. Du hingegen bist erschöpft und müde. Also suche seine Nähe und sieh zu, dass seine Hände auf der Bettdecke ruhen, wenn Du einschläfst.«

Tillmann ließ den Brief sinken. Ich war nicht imstande gewesen, ihn selbst vorzulesen, deshalb hatte ich ihn ihm gegeben und ihn gebeten, es laut zu tun, damit ich mir während des Zuhörens Gedanken darüber machen konnte. Ich schaffte es nicht, Tillmann in eigenen Worten von dem Raub zu berichten. Er würde sich den Rest zusammenreimen können, nachdem er den Brief in seiner vollen Länge kannte.

»Also echt. Ich werde mich ja wohl noch nachts am Sack kratzen dürfen.«

Ich schüttelte grinsend den Kopf. »Du darfst.«

»Außerdem …«

»Ja. Ich weiß, dass du nicht auf mich stehst. Nun lies schon weiter.«

Tillmann rückte auf seinem quietschenden Gästebett an die Wand, um sich anzulehnen, und fuhr fort:

»Sorge Dich nicht um Deine Mutter. Ich weiß, dass das schlechte Gewissen an Dir nagt. Doch ihr Sturms seid stark. Sie wird dankbar sein, dass Du bei Deinem Bruder bist. Du hast ihr nichts verraten, oder? Sonst hätte sie Dich niemals ziehen lassen. So aber glaubt sie, dass Du in Sicherheit bist. Mach keine Alleingänge, hörst Du? Und versuche, sie nicht zu enttäuschen. Sie vertraut Dir.

Vergiss nicht, was ich Dir gesagt habe. Ich möchte Dich zu nichts drängen und schon gar nicht erwarte ich etwas. Ich behaupte nicht, dass Du die Angst besiegst, wenn Du Dich ihr stellst. Aber Du kannst ihr wenigstens ins Auge sehen.

In überaus liebevoller Freundschaft

Colin«

Tillmann gab mir den Brief zurück, der für meinen Geschmack viel zu viele Anweisungen und Befehle enthielt, und musterte mich wissbegierig.

»Ihr habt also Schluss gemacht?«

»Schluss gemacht! Mit jemand wie Colin macht man nicht Schluss – das … das gibt es bei ihm nicht und bei mir erst recht nicht. Wer hat diese Redewendung überhaupt erfunden? Schluss machen.« Ich schnaubte verächtlich. »Als ob man das so nebenbei entscheiden könnte. Ach, heute mach ich mal Schluss. Was für eine gequirlte Kacke.«

»Okay, ihr *habt* Schluss gemacht. Oder du hast es? Na, muss ja nicht für immer sein. Ich würd mich allerdings mit dem Versöhnen beeilen, denn du wirst im Gegensatz zu Colin älter, und spätestens wenn du dreißig bist …«

»Tillmann, es reicht«, stoppte ich seine beglückenden Schlussfolgerungen. »Ich bringe dich jetzt erst einmal auf den aktuellen Stand, bevor wir uns meinem Liebesleben widmen.« Und das tat ich, obwohl ich müde von unserer Rückfahrt nach Hamburg und erst recht von meiner Abiturprüfung war und mich gerne ausgeruht hätte. Doch ich erzählte ihm kurz und knapp von den wenigen Dingen, die ich über Papas Verschwinden wusste, von meinem Treffen mit Dr. Sand und dass mein Vater sich diese hanebüchene Idee in den Kopf gesetzt hatte, seine Tochter solle seine Nachfolge antreten – eine Idee, die meine Mutter verblüffend schnell und protestarm als »Irrsinn« abgestempelt hatte.

»Dann bist du die neue Buffy im Bann der Dämonen, oder was? Und ich dein Assistent?« Tillmann sah mich frech an.

»Ja, klar, sicher.« Ich konnte schon den Trailer der Serie kaum über mich ergehen lassen, ohne mir die Haare zu raufen. Und ein schlimmerer Mädchenname als Buffy musste erst noch erfunden werden. »Ich hab kein Interesse, Papas Nachfolge anzutreten. Ich will Paul befreien.«

»Aber Ellie, überleg doch mal …« Tillmanns Blick wurde drängend. »Wenn wir Tessa irgendwie finden können und uns etwas einfällt, womit wir sie …« Tillmann machte eine Handbewegung, die sich irgendwo zwischen Erdrosseln und Kopfabschlagen bewegte. »Das ist doch genau der Grund, warum ich nach Hamburg gekommen bin. Die Geschichte ist noch lange nicht zu Ende – jedenfalls für mich nicht.«

»Tessa ist nicht das Problem. Im Moment zumindest nicht. Colin und ich sind weder glücklich, noch lieben wir uns.«

»Ich sag ja: Schluss gemacht. Trotzdem, das mit Tessa. Ich lasse da nicht locker, Ellie. Ich will wissen, was sie mit mir gemacht hat, ich will sie stellen. Hier geht es auch um mich! Ihr habt mich da mit reingezogen.«

»Tillmann ….« Ich seufzte leise auf. »Wir haben dich nicht reingezogen. Du bist mir gefolgt. Außerdem – bist du dir denn sicher, dass du sie deshalb suchen willst, oder kann es nicht sogar sein, dass sie dich irgendwie lockt? Und du es nur falsch interpretierst?«

»Ja, vielleicht lockt sie mich«, gestand Tillmann gelassen. »Na und? Was wäre so verkehrt daran? Dann würden wir sie leichter finden.«

»Es wäre mir recht, wenn du dich damit etwas gedulden könntest. Mir ist das Leben meines Bruders ein bisschen wichtiger als deine persönlichen Rachegelüste.«

»Komm, Ellie, jetzt spiel hier nicht Mutter Teresa«, brauste Tillmann auf. »Du willst Tessa doch auch am liebsten ans Kreuz schlagen, oder?«

»Mann, du hast keine Ahnung, wovon du redest! Du hast sie nicht gesehen da draußen im Wald! Die würde sich nach zehn Minuten mit einem Liedchen auf den Lippen losreißen, als wäre nichts geschehen. Tessa kann man nicht mal eben so töten. Es wird schwierig genug, Pauls Mahr zu erledigen. Und wenn er so alt wie Tessa ist oder noch älter, haben wir gar keine Chance.«

»Bei Paul sehe ich aber gar kein so großes Problem«, meinte Tillmann. »Vielleicht sollte er mit François zusammenziehen. Colin hat doch geschrieben, dass es die Mahre abhält, wenn man nebeneinanderschläft. Pauls Schnarchen könnte einen aus dem Koma erwecken. Es müsste ausreichen, um François vom Tiefschlaf abzuhalten und dem Mahr den Appetit zu verderben.«

»Auf gar keinen Fall!«, rief ich heftig. »Paul und François ziehen nicht zusammen, nein, das lasse ich nicht zu.« Tillmanns Gedanke mochte ja gar nicht so falsch sein. Schon die bloße Daueranwesenheit von François sollte genügen, um jedes dämonische Wesen in die Flucht zu treiben. Aber Paul und François in einer Wohnung, Tag und Nacht vereint, wie ein Ehepaar, auf ewig? Niemals.

»Warum sperrst du dich so dagegen?«

»Weil –« Ich ließ meinen Zeigefinger nach vorne schnellen und Tillmanns Mundwinkel kräuselten sich belustigt. »Weil ich ihm nicht traue … Es hat nichts damit zu tun, dass er schwul ist, von mir aus kann Paul schwul sein, wenn er sich dafür hält. Ich vertraue François nicht. Ich kann nicht erklären, wieso. Ich fühle das.«

»François kann dich nicht ausstehen, Ellie«, stellte Tillmann sachlich fest, als sei das der Grund für mein Misstrauen und alles, was ich sagte, eine Lüge. Aber gut – Herr Schütz hatte mich gewarnt und ich hatte nicht darauf gehört. Selbst schuld. Jetzt saß sein Sohn bei mir im Zimmer und durchsiebte mich mit blöden Fragen. Ich atmete tief durch.

»Du überschüttest mich auch nicht gerade mit Zuneigung und

Respekt und trotzdem nehme ich dich mit nach Hamburg, oder? Und ich lasse dich Colins Brief lesen. – Außerdem hat Colin gesagt, dass er sich nicht sicher ist, ob das mit dem Beieinanderschlafen funktioniert. Am Ende saugt der Mahr Paul weiter aus und dazu ist Paul noch auf ewig an einen neurotischen Galeristen gefesselt. Das treibt ihn ins Grab.«

»Und du hältst es für ausgeschlossen, dass er den neurotischen Galeristen liebt?« Tillmann hob die Hand, bevor ich protestieren konnte. »Nein, andere Frage. Du glaubst also, dass Paul schwul geworden ist, weil er von einem Mahr befallen wird?«

»Jein. Ich glaube, dass er durch den Befall vergessen hat, was und wie er ist. Seine Gefühle verkümmern, er entfremdet sich. Und somit ist er beeinflussbar. Ich habe aber keinen Zweifel daran, dass François Paul – will. Der will ihn wirklich. Mit Haut und Haaren.« Ich stockte, weil ich registrierte, dass ich mich nicht überwinden konnte, »liebt« zu sagen. Nur »will«. Dabei war Paul sehr wohl jemand zum Lieben. Nur – war François jemand, der aufrichtig fühlen konnte? Der wusste, was Liebe war?

Tillmann gähnte und kroch unter seine Bettdecke. Auch ich legte mich hin. Zwischen unseren beiden Betten befand sich ungefähr eine Armlänge Platz. Ich hoffte, dass das in Colins Augen nah genug war.

»Ich will jetzt nicht mehr über François reden«, verkündete ich. »Die beiden werden nicht zusammenziehen. Wir brauchen einen anderen Plan.«

»Ich werde heute Nacht drüber nachdenken, okay?«, fügte sich Tillmann bereitwillig meinem harschen Diktat. »Sag mal, Ellie, was meinte Colin eigentlich mit diesem Stümper?«

»Geht dich nix an.«

Tillmann schwieg, doch ich wusste, dass er grinste.

»Hast du dazu vielleicht ebenfalls eine Ladung Senf übrig, die du dringend loswerden möchtest?«, fragte ich geduldig, obwohl er meine Nerven langsam überstrapazierte.

»Ich glaub, das erste Mal wird überschätzt. So ähnlich wie Valentinstag.«

Wider Willen musste ich kichern. »Aha. Der Fachmann spricht.«

»Bei mir war's auch nicht so toll, aber eben das Tor zu einer neuen, wunderbaren Welt.«

Ich biss ins Kopfkissen, um nicht laut zu lachen, und doch hatte ich einen Kloß in der Kehle. Mein Tor zu dieser ach so wunderbaren Welt war vor Kurzem wieder zugeschlagen worden. Und es schien tonnenschwer zu sein. Nur eine Armee konnte es sprengen.

»Es war eine Italienerin«, sagte Tillmann bedeutsam und wir stockten im gleichen Moment, um erschrocken die Köpfe hochzureißen und uns anzusehen.

»Nein, nicht Tessa!«, rief Tillmann eilig. »Nee. Das war bei einem Schüleraustausch. Verdammt, ich meine doch nicht Tessa!«

»Gut.« Wir ließen uns wieder zurück ins Kissen fallen.

»Also, mit Colin, er und du im Bett ... wie ist das eigentlich so bei einem Mahr, ich meine, im Detail, du hast ja mal gesagt, die können sich nicht fortpflanzen, und wenn ich mir das konkret vorstelle ... Kommt da vielleicht gar kein –«

»Es macht puff und dann rieseln ein paar Konfetti durch die Luft«, schnitt ich ihm gereizt das Wort ab. »Hast du Quasselwasser getrunken? Früher warst du so schön schweigsam. Jetzt wird geschlafen. Verstanden?«

»Mach dich locker, Ellie. Bleibt alles in diesen vier Wänden. – Konfetti wird übrigens auch überschätzt«, flachste Tillmann und ich knipste entnervt das Licht aus.

Als ich endlich einschlief, lag Tillmann immer noch wach, seine dunklen Augen auf die Zimmerdecke gerichtet, und ich spürte, wie seine Gedanken sich zu neuen Waffen formten.

Insomnia

Es war genau wie bei unserer Fahrt zurück nach Hamburg – ich saß am Steuer, Tillmann neben mir und in einem beklemmenden Déjàvu riss ich das Lenkrad herum und polterte in den Wald hinein, um mich endlich davon zu überzeugen, was mit Colins Haus passiert war. Beim ersten Mal hatte ich nicht gewagt hineinzugehen. Beim zweiten Mal hatte er es mir nicht erlaubt.

Jetzt aber war die Zeit gekommen. Ich wollte es wissen. Der Wagen rumpelte schwer über die frostharten Wege, doch die Spinnweben waren verschwunden. Hatte ich sie mir nur eingebildet? Schon wieder zweifelte ich an meinen Sinnen.

»Hey, Tillmann, hast du all die Spinnen gesehen, als du …?« Ich blickte zur Seite und trat sofort auf die Bremse. Tillmann saß nicht mehr im Auto. Irritiert schaute ich mich um. Da war er, vorne zwischen den Bäumen – auf allen vieren und geduckt wie eine Raubkatze schlich er den Weg entlang und auf all die Wasserstraßen zu, die Colin in die gefrorene Erde gegraben hatte, um sein Haus vor ihr zu schützen. Ihr den Zutritt zu verwehren, falls sie es noch einmal wagen sollte, es aufzusuchen. Einen kompletten Bach hatte er umgeleitet. Tillmann erreichte den Rand des vorderen Wassergrabens und sah sich zu mir um. Komm mit, bedeuteten mir seine Blicke. Folge mir.

Ich stieg aus dem Wagen. Der Wald roch nach Rauch, ein süßer, würziger Geruch – kein Salbei, keine glühenden Steine … Es war etwas anderes. In federnden Sprüngen setzte Tillmann über die Wasserstraßen. Der süße Geruch zog mich magisch an. Ich beschloss, es Tillmann gleichzutun, und nahm gleich zwei Gräben auf einmal. Ich war beinahe schwerelos. Das Springen kostete mich keinerlei Mühe.

Tillmann verschwand hinter dem Haus. Ich pirschte ihm nach und der Duft wurde intensiver. Je näher ich ihm kam, desto geschmeidiger und weicher wurden meine Arme und Beine, aber auch meine Gedanken wurden weich … so haltlos.

Dann sah ich Colin. Er stand mit dem Rücken zu uns neben dem Brennholzstapel, vor sich einen riesigen Barbecue-Grill. Fünf feiste Wildschweinköpfe brutzelten darauf vor sich hin, eingewickelt in Tessas rotes Haar, aus dessen schmutzigen Strähnen winzige Spinnen in die Glut fielen und zischend verbrannten. Der Gestank des verkohlten Haars brachte mich zum Würgen. Ich konnte nicht mehr einatmen …

Keuchend fuhr ich hoch und nahm im gleichen Moment das Aufflackern einer Feuerzeugflamme wahr.

»Es brennt!«, rief ich schwach, um sofort von einem erstickenden Hustenreiz geschüttelt zu werden.

»Tut es nicht«, schwebte Tillmanns tiefe Stimme durch die Dunkelheit. Sie klang müde und seine Worte lösten sich nur unwillig von seiner Zunge. Nein. Keine Wildschweinköpfe und kein brennendes Hexenhaar. Ich kannte diesen Geruch sehr gut, und jetzt, wo ich wach war, konnte ich ihn sofort einordnen. Es war Haschisch.

»Also doch«, sagte ich resigniert und knipste das Licht an. Tillmann ruhte auf der Seite in seinem Bett, vor sich einen mustergültig gedrehten Joint und einen Aschenbecher. Er nahm einen tiefen Zug, hustete kurz und drückte die angefangene Tüte sorgfältig aus. Ich hatte dieses klebrige Grasaroma schon immer widerlich gefunden und daran hatte sich nichts geändert.

Tillmann reagierte nicht. Er stellte den Aschenbecher hinter sich auf den Schreibtisch und legte sich zurück aufs Bett. Ich beobachtete zornig, wie seine Lider schwer wurden und er blinzeln musste, um sie offen zu halten.

»Ist dir eigentlich klar, warum du hier bist?«, herrschte ich ihn an. »Das ist deine Chance, die dein Vater dir erkämpft hat, und du vermasselst sie in der dritten Nacht! Oder hast du vorher auch schon gekifft, während ich geschlafen hab?«

Tillmann antwortete nicht. Also ja. Deshalb hatte das Fenster morgens sperrangelweit offen gestanden. Damit die dumme Ellie nix merkt.

»Hör mal, so geht das nicht. Dein Vater hat mich gefragt, ob du Drogen nimmst, und ich hab gesagt: Nein. Und jetzt? Ich hab dir vertraut, mal ganz abgesehen davon, dass dein Vater mein Lehrer ist …«

»War, Ellie. Er war dein Lehrer. Du hast dein Einserabi in der Tasche. Freu dich.«

»Ich dulde das nicht, Tillmann. Wenn du weiterkiffst, kannst du heimfahren. Oder nimmst du auch noch andere Sachen? Kokain? Würde bestimmt gut zu dir passen.«

»Mann, Ellie, hast du etwa nie gekifft? Mach kein Drama draus.«

»Nein, habe ich nicht.«

»Aber sicher schon getrunken und geraucht …«

»Ich hab bisher keinen vernünftigen Grund dafür gesehen, mein Krebsrisiko wissentlich in die Höhe zu treiben. Nein. Und selbst wenn es gesund wäre: Zigaretten stinken und verfärben die Zähne.«

»Warum gehst du eigentlich nicht ins Kloster und betest ein bisschen, Ellie?«, blaffte Tillmann mich höhnisch an.

»Kannst du bitte deinen Ton dämpfen?«, bat ich ihn zischelnd. »Mein Bruder schläft nebenan, er ist bestimmt müde, ihr seid ja wieder elend spät heimgekommen …« Oh weh. Ich hörte mich schon an wie eine vernachlässigte Ehefrau.

»Das liegt daran, dass er immer erst am frühen Nachmittag anfängt zu arbeiten. Darf ich jetzt schlafen?«

Ohne zu antworten, schälte ich mich aus dem Bett, öffnete das Fenster und griff nach dem Haschischpäckchen, das auf dem Schreibtisch lag, um es in das Fleet zu schmeißen. Doch Tillmann war schneller. Ehe ich meinen Arm heben konnte, hatte er mich zu Boden geworfen und mir das Briefchen aus der Hand gerissen.

»Das tust du nicht, Ellie …« Seine Zähne blitzten im Halbdunkel auf und er machte keine Anstalten, mich loszulassen. »Ich brauche das Zeug.«

»Na herzlichen Glückwunsch …«

»Nein, nicht so, wie du jetzt denkst. Ich bin nicht süchtig. Mir geht es nicht um den Rausch. Ich brauche es zum Schlafen. Ich kann nicht mehr schlafen, Ellie. Ich liege stundenlang wach, bin hundemüde, aber … meine Gedanken …« Er deutete auf seinen Kopf, doch seine linke Hand hielt mich unvermindert fest. »Sie kommen nicht zur Ruhe. Dann nehme ich ein, zwei Züge und kann wenigstens ein bisschen dösen. Kein Asthma mehr, aber auch kein Schlaf. Deshalb bin ich so schlecht in der Schule geworden. Ich bin zu müde, um mich zu konzentrieren, sehe aber nicht müde aus, doch das … das kapiert niemand …«

Endlich lockerte er seinen Griff. Ich zog meine Finger unter seinen Händen hervor und wischte sie unauffällig an meiner Pyjamahose ab.

»Tillmann, sorry, dass ich dir widersprechen muss. Wenn du das Zeug brauchst, dann bist du süchtig. Das ist die Definition von Sucht.«

»Nein. Wie gesagt, ich tue das nicht wegen des Rauschs. Ich habe keinen Rausch. Es macht mich einfach müde genug, um schlafen zu können. Ich hab alles ausprobiert, Baldrian und warme Milch mit Honig und Spazierengehen und den ganzen Mist, aber nur *damit* kann ich ein bisschen schlafen. Hier bei euch knacke ich wenigstens zwischen zwei und vier weg, das ist mehr als zu Hause ... Ich will nicht immer wach liegen, verstehst du das? Es macht mich auf Dauer wahnsinnig!«

»Du denkst, es kommt von Tessa, oder?« Ich hockte mich neben Tillmann auf den Boden. Die Dielen waren eiskalt und fühlten sich merkwürdig klamm an, als wären sie erst kürzlich überflutet worden.

»Wovon soll es denn bitte sonst kommen?«

»Wie lange geht das schon so?«

»Na, seit dem Herbst. Ununterbrochen.«

»Oh Gott ...« Er hatte seit dem Herbst nicht eine Nacht durchgeschlafen. Wie hielt er das aus? Wir schwiegen eine Weile, während der Haschischrauch nach draußen zog und die feuchte Luft der Speicherstadt in sämtliche Winkel des Zimmers kroch. Tumb stand ich auf, um das Fenster zu schließen, als plötzlich ein regelmäßiges, ziehendes Plätschern nach oben drang – zu gleichmäßig und langsam, um von einer Ratte zu stammen ... Nein, das, was dort unten das Wasser durchpflügte, war schwerer und größer. Viel größer. Ich hielt inne und auch Tillmann lauschte gebannt.

»Das hört sich an, als ob jemand schwimmt«, sprach Tillmann flüsternd meine Gedanken aus. Ich konnte mich auf einmal nicht mehr bewegen. Mein Arm fiel schlaff herunter. Niemand schwamm freiwillig nachts durch die Fleete. Noch immer hatte das Wasser eisige Temperaturen. Ich wollte Tillmann antworten, doch meine Zunge rührte sich nicht.

»Ellie ... kennst du dieses Gefühl, dass da irgendetwas ist, obwohl du es nicht sehen kannst? Und du bist von einem Moment auf den anderen starr vor Angst? Wie als Kind, wenn du genau weißt, dass ein Monster unterm Bett sitzt, ganz egal, was deine Eltern dir erzählen?«

»Ja«, krächzte ich. Ich wusste zu gut, was er meinte. Da war kein menschliches Leben mehr um uns herum. Die Stadt war tot. Niemand atmete außer uns. Und trotzdem bewegte sich etwas unterhalb des Hauses, erhob sich aus dem Wasser. Kroch die Wand hinauf. Ich hörte seine Krallen, die über die Steine kratzten, wenn es die Arme hob, um den nächsten Meter zurückzulegen. Es näherte sich uns.

»Mach das Fenster zu, Ellie! Ellie!«

Doch ich ließ mich fallen, presste Tillmann an die Wand unterhalb des Simses und drückte ihm meine flache Hand auf die Lippen, damit er keinen Laut mehr von sich gab. Es hatte uns erreicht. Uns trennte nur noch die Mauer des Hauses von ihm. Es befand sich direkt in meinem Rücken. Ein fauliger Geruch zog ins Zimmer und erstickte das würzige Aroma des Tabaks. Ich nahm meine Finger von Tillmanns Mund und griff nach seinem Handgelenk. Ich musste mich irgendwo festhalten, an einem Menschen, an einem Körper, der atmen konnte und lebte. Jetzt hatte ich seinen Puls gefunden; er schlug schnell, aber regelmäßig.

Paul. Oh Gott, Paul, schoss es durch meinen Kopf. Wir müssen zu ihm!

Doch mit meinem nächsten Atemzug brachte das Wesen an der Hauswand alles in mir zum Schweigen. Meine Gedanken verhakten sich und blieben stehen. Tillmanns Puls wurde langsamer. Dann kam die Müdigkeit, so unerwartet und machtvoll, dass unsere Köpfe zur Seite sackten und gegeneinanderschlugen.

Das Letzte, was ich hörte, war das Gurgeln des Wassers unter uns.

Es stieg.

Atemlos

»Ellie!«

Ich fühlte gar nichts. Mein Körper war so schwer, dass es mir unmöglich erschien, meinen kleinen Finger zu heben oder gar zu sprechen. Und wieso sollte ich das auch tun? Es war zu schön, die Lider geschlossen zu halten und vollkommen reglos zu bleiben. Dunkelheit. Willkommene schwarze Dunkelheit, weich und warm.

»Ellie, du tust mir weh, lass endlich los!«

Tillmann rammte seinen Ellenbogen in meine Rippen und der Schmerz weckte mich auf. Meine Hand krampfte. Ich wusste, dass meine Nägel sich tief in seine Venen bohrten, doch ich hatte die Regie über meine Finger verloren. Erst als Tillmann mir zum zweiten Mal in die Seite boxte, verebbte der Krampf. Ich ließ los.

»Entschuldigung«, murmelte ich und massierte meine steifen Fingergelenke. Prickelnd strömte das Blut zurück. Dann fiel mir mit einem Schlag ein, warum wir hier saßen, unter dem Schreibtisch, dicht nebeneinander, unsere Rücken an die Wand gepresst. Noch immer herrschte tiefste Nacht. »Wie lange … haben wir …?«

Tillmann nahm mein linkes Handgelenk und blickte auf meine Uhr.

»Ach du heilige Scheiße …«, flüsterte er. »Es ist kurz nach vier. Als ich mir den Joint gedreht hab, war es Viertel nach zwei. Wir haben mindestens anderthalb Stunden gepennt.«

»Gepennt« war nicht gerade der passende Ausdruck, fand ich. Es war eine Art Besinnungslosigkeit gewesen. Völliger Verlust von Raum und Zeit. Ich lauschte. Bleierne Stille lag über der Speicherstadt, wie vorhin, doch das Wasser gurgelte und plätscherte nicht mehr. Es war zu still … totenstill.

»Paul!«, keuchte ich erschrocken auf. »Wir müssen nach Paul sehen …«

»Ellie, ich bin wirklich nicht feige«, erwiderte Tillmann gedämpft und bedeutete mir, meine Lautstärke zu drosseln. »Aber wenn dieses Ding noch in der Wohnung ist und es uns sieht – hattest du nicht mal gesagt, dass Mahre keinen Wert darauf legen, von den Menschen entdeckt zu werden?«

Ja, das hatte ich. Trotzdem konnte ich deshalb nicht den Tod meines Bruders in Kauf nehmen. Außerdem war das Grauen von vorhin nicht mehr da – lediglich diese totenähnliche schwarze Ruhe. Alles schlief, nur wir waren wach.

»Wir müssen nachschauen. Es geht nicht anders«, beharrte ich. Tillmann seufzte leise. Auf allen vieren, fast wie in meinem Traum, bewegte er sich auf die Tür zu. Wieder lauschten wir. Nichts.

Tillmann richtete sich wie in Zeitlupe auf und drückte die Klinke hinunter. Der Korridor lag leer vor uns. Mit lautlosen Schritten huschten wir zu Pauls Schlafzimmer und öffneten die Tür. Das Fenster war aus den defekten Angeln gekippt, das Bett zerwühlt – aber Paul lag nicht drin. Er war nicht hier. Für einen Augenblick hatte ich Lust, mich auf den Boden zu werfen und meine gesamte Panik und Anspannung herauszuschreien, doch Tillmann war schon wieder in den Flur gestürzt, um weiterzusuchen, und seine Geistesgegenwart holte mich aus meiner entsetzten Trance. Ich rannte zum Fenster und beugte mich vorsichtig über das Sims, um nach unten zu sehen.

Das Fleet zog träge dahin. Keine Ringe, keine Wellen auf dem Wasser. Wenn der Mahr Paul mitgenommen und hier fallen gelassen hatte, war er sowieso längst ertrunken. Aber wieso sollte er ihn mitnehmen? Oder gar fallen lassen?

»Ellie!« Ich drehte mich um. Der Ausdruck in Tillmanns Gesicht ließ sämtliches Blut aus meinen Wangen weichen. Ich begann zu zittern. »Komm mit, schnell.«

Paul hing im Wohnzimmer in seinem Lieblingssessel, den Kopf weit nach hinten überstreckt, den Mund offen. Seine Arme baumelten herab. Auf dem angeschalteten Fernseher rauschte das Störbild. Das Glas Wein neben der halb aufgegessenen Schokolade war umgekippt, auf dem Boden lagen zertretene Salzstangen.

Aus Pauls Kehle löste sich ein ersticktes Gurgeln. Gott sei Dank, er lebte noch …

»Hör dir das an«, sagte Tillmann leise. Wieder holte Paul gurgelnd Luft und ließ sie pfeifend entweichen, dann kehrte Schweigen in seinen Körper ein. Und es blieb viel zu lange. Seine Lippen begannen sich bläulich zu verfärben.

»Oh Gott…«, wimmerte ich und schlug meine Fäuste auf Pauls Brust, doch im selben Moment drang ein gequältes Krächzen aus seiner Luftröhre und seine Lungen erkämpften sich ihren Sauerstoff zurück.

Tillmann griff nach Pauls Schultern, um sie zu rütteln.

»He, Paul, aufwachen … wach auf!«

»Paul!«, brüllte ich. »Herrgott, werd endlich wach!«

Paul öffnete die Augen, deren Weißes rot geädert war. Doch sein Blick blieb hohl. Gespenstisch langsam kippte er vornüber aus dem Sessel. Alle seine Gelenke knackten, als er auf die Knie fiel und mit hängenden Armen verharrte.

»Das gibt's nicht«, lallte Paul, ohne uns wahrzunehmen. »Bin eingeschlafen … Ich versteh das nicht … Ich war weg … Ich versteh das einfach nicht.«

Torkelnd richtete er sich auf, den Oberkörper gebeugt und die

Arme baumelnd wie bei einem uralten Mann, und tapste in kleinen, schweren Schritten zu seinem Schlafzimmer. Kurz darauf klappte die Tür und ich hörte die Federn seines Bettes quietschen. Das Rauschen des Fernsehers dröhnte in meinen Ohren. Ich griff nach der Fernbedienung und schaltete ihn aus.

»Jeder andere würde nun sagen, dass mein Bruder ein massives Alkoholproblem hat.« Erschöpft setzte ich mich im Schneidersitz auf den Boden und las die Salzstangen auf.

»Das ist kein Schnarchen. Das ist eine Apnoe.« Tillmann hockte sich neben mich und trank den Rest Wein aus.

»Apnoe?«, fragte ich müde.

»Ja, Schlafapnoe. Mein Dad hat das. Sein Atem stockt, wenn er schläft, manchmal richtig lange. Als er deshalb beim Arzt war, hat er eine Maske verschrieben gekriegt. Die muss er nachts tragen. Er sieht damit aus wie Darth Vader, nur ohne Lichtschwert.«

Tillmann grinste breit und auch ich fand diese Vorstellung höchst vergnüglich. Vor allem aber raubte sie Herrn Schütz den allerletzten Sex-Appeal, den er vielleicht noch irgendwo ganz versteckt in petto hatte. Im Hinblick auf meine Mutter war das ein recht tröstlicher Gedanke.

Tillmanns Schlussfolgerung jedoch fiel weniger tröstlich aus. »Meinst du, mein Dad ist ebenfalls befallen?«

Oje. Wir mussten aufpassen, dass wir uns nicht völlig verrückt machen ließen. Es fing bereits an.

»Tillmann, ich glaube nicht, dass jeder, der diese Atemaussetzer hat, von einem Mahr ausgesaugt wird.«

Ja, Herr Schütz wirkte manchmal zerstreut und müde, aber ich führte das eher auf seine gescheiterte Ehe und die Querelen mit seiner Exfrau zurück. Außerdem war Tillmann in jeglicher Hinsicht nervenaufreibend. Ihn zu erziehen war eine Lebensaufgabe – falls es überhaupt möglich war.

»Wie viel Mahre gibt es da draußen eigentlich?«, fragte Tillmann unbehaglich.

Ich prustete genervt. »Das weiß niemand so genau. Sie sind eben Einzelgänger und werden sich wohl kaum sonntags zum gemeinsamen Kaffeeklatsch samt Volkszählung treffen.«

»Musst du gleich so zickig werden?«

»Ich bin nicht zickig! Ich sage nur, dass die Lebensweise der Mahre weitgehend im Dunkeln liegt, und dabei wird es wahrscheinlich bleiben. Sie wollen sich den Menschen nicht zeigen und jagen alleine … Es können Millionen sein, es können aber auch nur ein paar Tausend oder ein paar Hundert sein. Ich weiß es nicht!«

Okay, ich *war* zickig – und zwar deshalb, weil es mich vollkommen verunsicherte, dass die Existenz der Mahre ein Thema war, dem ich nicht mit meinen gewohnten Recherchen in Papas medizinisch-psychologischen Wälzern auf den Grund gehen konnte, wie ich es früher zu tun gepflegt hatte. Alles, was wir an Informationen besaßen, waren die kryptischen Hinweise von Papa, Colins Vermutungen und unsere eigenen Erfahrungen. Das war fast nichts. Und doch erdrückend viel im Vergleich zu dem, was die anderen Menschen wussten – was Paul wusste.

»Ich schlafe heute Nacht jedenfalls nicht mehr«, beschloss ich. »Kannst du Kaffee aufsetzen?«

Während Tillmann sich in der Küche nützlich machte, schaute ich nach Paul und drehte ihn auf die Seite, damit er besser Luft bekam, aber sein Atem ging nun ruhig und gleichmäßig und der bläuliche Schimmer um seine Lippen war verschwunden. Er sah jung aus, sehr jung sogar – und doch so alt. Die unsichtbare Last, die auf ihm lag, war schwerer geworden. Ich schloss das Fenster, zog Paul die Decke über seine massiven Schultern und setzte mich zu Tillmann in die Küche.

»Deshalb bin ich also zwischen zwei und vier immer weggeknackt«, sagte er nach einem Schluck Kaffee. »In dieser Zeitspanne ist er hier.«

Auch ich hatte während der Nächte in Pauls Wohnung oft erstaunlich fest geschlafen, ganz egal, wie viele Sorgen in mir bohrten. Ich erinnerte mich wieder an diese eine diesige Nacht, in der ich aus dem Fenster gekippt war … Ein eiskalter Schauer rieselte über meinen Rücken.

»Wir müssen Wache halten«, beschloss ich. »Ein Grund mehr für dich, mit der Kifferei aufzuhören. Wir wechseln uns ab, okay?«

»Ellie, das wird wahrscheinlich nicht viel nutzen. Wir sind eben eingepennt, von jetzt auf nachher, und ich war noch nie in meinem Leben so wach gewesen wie in dem Moment, als dieses Ding …«

»Der Mahr«, unterbrach ich ihn scharf, obwohl ich selbst lieber von einem Ding geredet hätte. Doch wie hieß es so schön? Man soll die Dinge beim Namen nennen.

»… der Mahr an der Hauswand hochgeklettert ist. Und trotzdem – bum, weg. Außerdem – was sollen wir tun, falls wir wach bleiben und ihn bemerken? Ihm Winkzeichen geben, damit er uns auch noch befällt? Nein, ich hab eine bessere Idee.«

Zweifelnd blickte ich ihn an. »Und die wäre?«

»Wir tun das, was Colin uns geraten hat. Wir sammeln Beweise. Wir stellen eine Kamera auf und filmen den Befall.«

»Schön. Und wo gedenkst du, die Kamera aufzustellen, ohne dass Paul und der Mahr etwas merken?«

»Reg dich ab, Ellie. In unserem Zimmer natürlich.«

»In unserem Zimmer«, wiederholte ich verständnislos.

»Ja. Wir bohren ein Loch durch die Wand. Kameraaugen glühen rot, oder? Denk mal an die Schlange …«

Ich horchte auf. Die Schlange – das große Bild in Pauls Schlafzimmer. Die Schlange mit dem roten Auge. Es hing direkt gegenüber seinem Bett.

»Du willst die Wand durchbohren? Dieses Haus steht unter Denkmalschutz und Paul war schon genug bedient, als ich die Trennwand zwischen Küche und Wohnzimmer zertrümmert hab. – Aber die Idee ist eigentlich gar nicht schlecht«, gab ich nach einer Denkpause unlustig zu.

»Die Mauer ist nicht besonders dick. Wir bohren ein Loch durch eine der Fugen, gerade so groß wie die Linse, positionieren die Kamera, schalten sie ein, fertig. Selbst wenn wir einschlafen, zeichnet sie auf.«

»Das wage ich zu bezweifeln. Mahre setzen oft die moderne Technik außer Gefecht. In Colins Nähe hat fast nichts funktioniert. Mein Handy brauche ich gar nicht erst anzuschalten, wenn er bei mir ist.« Wenn …

»Colin ist ein Cambion«, wandte Tillmann ein. »Einer der stärksten und mächtigsten, oder?«

»Zumindest in seiner Altersklasse.« Aber nicht im Kampf gegen Tessa, führte ich meinen Gedanken ernüchtert zu Ende.

»Also. Heißt lange nicht, dass das bei den anderen auch so ist. Wir sollten es wenigstens probieren.« In Tillmanns Mahagoniaugen stand jenes entschiedene Brennen, das ich inzwischen zu gut kannte. Er wollte es tun. Alles in ihm fieberte darauf hin. Und ich hatte keinen besseren Vorschlag. Einen Versuch war es wert.

»Na gut. Dann nimm eine von Pauls Kameras.«

»Vergiss es. Die funktionieren alle nicht einwandfrei. Dein Bruder kriegt jedes Gerät kaputt. Er hat kein Händchen dafür. Ich hab mir für die letzten Aufnahmen eine leihen müssen und die steht in der Galerie. Ich brauche eine neue. Mit möglichst langer Aufnahmezeit und Nachtfunktion.«

Ich stand wortlos auf, ging in unser Zimmer, zog ein Bündel Scheine aus dem einen Katzenschädel und lief zurück in die Küche. Doch das Bündel fühlte sich dünner an als vorher. Irritiert blieb ich auf der Türschwelle stehen und blätterte es durch. Es fehlten mindestens hundertfünfzig Euro.

»Von irgendwas muss ich den Stoff ja bezahlen«, sagte Tillmann achselzuckend, bevor ich meinem Ärger Luft machen konnte.

»Du hast von meinem Geld Haschisch gekauft?«

»Ich hab noch kein Gehalt von Paul bekommen. Hätte ich klauen sollen?«

»Du hast geklaut! Bei mir!«

»Jaaa«, erwiderte Tillmann gedehnt und kratzte sich gähnend im Nacken. »Aber es bleibt quasi in der Familie. Und du hast genug davon. Außerdem war mein Kiffen ja auch für was gut. Wir sind wach geblieben, haben mitbekommen, wie der … der Mahr kam …«

»Super. Ich bin dir unglaublich dankbar, diese Erfahrung gemacht zu haben, weil ich dadurch in Zukunft sicher süßer einschlafe denn je. Ich bin jetzt noch total am Zittern! Und ich weiß nicht, wie lange Paul das durchhält!«

»Deshalb sollten wir erst recht was unternehmen. Ich denke, siebenhundert Euro reichen.« Er streckte die Hand aus und wackelte mit den Fingern.

»Du bringst mir die Quittung, und wehe, wenn nicht.« Ich warf ihm die Scheine neben seine Kaffeetasse.

»Klar. Kannste bestimmt von der Steuer absetzen.«

»Tillmann …« Ich hatte selten das Bedürfnis, jemandem eine Ohrfeige zu verpassen, aber in diesem Moment war es eindeutig vorhanden. Sehr stark sogar.

»Ist ja gut. Was willst *du* eigentlich unternehmen? Ich hab jetzt meine Aufgabe.«

Tja. Das war eine berechtigte Frage. In den vergangenen Tagen hatte ich stundenlang rumgesessen und sinnlos die Zeit totgeschlagen, während Paul und Tillmann zusammen durch Baumärkte streiften, Bilder rahmten, Kataloge erstellten und es sich anschließend bei Vernissagen gut gehen ließen, auch wenn das für Tillmann dank François' krankhafter Eifersucht nicht immer ein Zuckerschlecken war. Er duldete keinen anderen in Pauls Nähe. Aber wenigstens war Tillmann beschäftigt. Ich kam mir bereits vor wie eine unterforderte Hausfrau, die frustriert auf ihren Mann wartete. Und manchmal benahm ich mich beinahe so. Doch eine Sache hatte ich immerhin angeleiert.

»Ich werde diese Journalistin besuchen, die mein Vater mir als mögliche Vertrauensperson genannt hat. Gianna Vespucci.«

»Noch eine Italienerin …«

»Ja. Hört sich fast so an. Allerdings … Ich fürchte, dass mein Vater sich in ihr getäuscht hat. Von wegen Vertrauensperson und Schlafspezialistin. Ich hab ihren Namen gegoogelt. Sie ist Journalistin, aber bei einer Tageszeitung, der *Hamburger Morgenpost*. Und sie schreibt vor allem über Kulturveranstaltungen. Kabarett, Kindertheater, Ausstellungen – nichts Großes.«

»Dann lade sie doch zu unserer nächsten Vernissage in zwei Wochen ein. Da können wir sie in Ruhe beobachten und haben eine gute Gelegenheit, sie anzusprechen und abzuchecken.«

Nein. Zwei Wochen würde ich hier nicht untätig herumsitzen können und mich Nacht für Nacht von einem Mahr in Tiefenhypnose schicken lassen, während er meinem Bruder den letzten Lebensmut aus der Seele saugte. Ich schüttelte entschieden den Kopf.

»Ich will sie alleine treffen, je schneller, desto besser. Und ich möchte dabei nicht François in meiner Nähe haben. Der macht mich nervös. Wenn wir Pech haben, vertreibt er sie durch sein Getue, bevor sie Vertrauen zu uns fassen kann.«

»Hm«, machte Tillmann und dieses »Hm« klang mir eine Spur zu vieldeutig.

»Was ›hm‹?«

»Na ja, Ellie, du wirkst auch nicht immer übermäßig vertrauenerweckend. In letzter Zeit verhältst du dich manchmal ziemlich schräg. Na, eigentlich machst du das schon, seit ich dich kenne.«

»Hast du deshalb den halben Winter über so getan, als befänden wir uns in einer reinen Grußbekanntschaft?«, fragte ich angriffslustig. Ich hatte dieses Thema umschifft, nachdem Tillmann hier aufgetaucht war, doch er sollte ruhig wissen, dass sein Verhalten mich verletzt hatte.

»Ich musste das erst mal mit mir selbst ausmachen, das war alles«, erklärte Tillmann vage. »Ging nicht gegen dich, Ellie.«

»Ich hätte dich gebraucht.« Der Vorwurf in meinen Worten war nicht zu überhören. Tillmann hob erstaunt seine Brauen.

»Warum hast du mir das nicht gesagt? Ihr Mädchen meint immer, wir müssten eure Gedanken lesen können. Echt, Ellie, du bist ganz normal zur Schule gegangen, hast deine Einsen geschrieben, dich mit der dicken Maike und Benni getroffen. Wie bitte hätte ich wissen sollen, dass du mich brauchst?«

»Na, vielleicht hätten es dir deine Tarotkarten verraten«, fauchte ich und musste blinzeln, weil die ersten Sonnenstrahlen durchs Küchenfenster brachen. »Übermorgen fahre ich in die Kunsthalle. Gegen Abend findet ein Führungstermin mit Senioren statt, organsiert von der *Hamburger Morgenpost*. Mit etwas Glück berichtet die Vespucci darüber. Unwichtige Termine scheinen ja ihre Spezialität zu sein. Und jetzt geh ich schlafen.«

Tillmann folgte mir nicht. Froh darum, allein sein zu können, wickelte ich mich in meine Decke und gab mich dem wohligen Gefühl hin, die Nacht heil überstanden zu haben. Paul atmete. Wir hatten einen Plan. Und ich hatte – wenn auch in einem Zustand haltloser Angst – freiwillig einen Menschen angefasst.

Mehr konnte ich im Moment vom Leben nicht erwarten.

Die gescheiterte Hoffnung

Bevor ich zu dem Termin in der Kunsthalle aufbrach, überprüfte ich das Loch in der Wand und anschließend mein Erscheinungsbild. Mit beidem war ich nicht sonderlich zufrieden. Unsere Lochbohrerei – die Tillmann stets zu Witzen weit unterhalb der Gürtellinie motivierte – ging viel zu langsam vonstatten. Das Problem war, dass wir das Loch von Pauls Zimmer aus bohren mussten, damit das Auge der Kamera sich exakt im Auge der Schlange befand. Paul schlief sehr lange, und wenn er nicht schlief, saß er entweder in Hörweite am Küchentisch oder vor dem Fernseher im Wohnzimmer – oder er war zusammen mit Tillmann unterwegs. Wir arbeiteten wie Häftlinge, die ihr Gitter mit der Feile durchsägten, heimlich und bei jeder passenden Gelegenheit. Derer gab es jedoch nur wenige. Die beste Chance hatten wir, wenn Paul auf dem Klo saß oder sich in der Badewanne aufweichen ließ, und ich hoffte trotz meiner Antipathie für François, dass Paul bald wieder bei ihm übernachtete. Denn wir hatten nicht einmal die Mitte der Wand erreicht. An die Schlagbohrmaschine brauchten wir gar nicht erst zu denken. Die Gefahr war zu groß, dass wir mit ihr erheblichen Schaden anrichteten, und das Haus stand unter Denkmalschutz. Außerdem verursachte eine Schlagbohrmaschine Lärm und Staub im Übermaß. Wir bohrten, hämmerten, klopften und meißelten also mit der Hand und ich hatte bereits Blasen an den Fingergelenken.

Meine innere Anspannung war kaum mehr zu ertragen. In den

vergangenen beiden Nächten waren Tillmann und ich irgendwann nach Mitternacht fest eingeschlafen, obwohl wir versucht hatten, uns mit aller Gewalt wach zu halten. Das Erste, was ich morgens getan hatte, war, nach Paul zu sehen. Und sobald Tillmann und er abends nach Hause kamen, begann ich Tillmann auszuquetschen. Wie ging es Paul? Benahm er sich seltsamer als zuvor? War seine Atemnot schlimmer geworden? Angeblich hielt sich Paul wacker. Wie mir in den Wochen zuvor war nun auch Tillmann seine Kurzatmigkeit und sein gestörtes Essverhalten aufgefallen. Außerdem, sagte Tillmann, sei Paul ständig schlapp und müde. Aggressiv war er mir gegenüber nicht mehr geworden, allerdings hatte ich ihm auch keinen Grund mehr dazu gegeben. Tillmann ließ ihn in Frieden; ihn interessierten weder Pauls Liebesleben noch seine beruflichen Prioritäten. Er berichtete jedoch, dass Pauls Geduld an einem sehr dünnen Faden hing, wenn ihm technische Dinge misslangen (und das taten sie oft) oder etwas nicht so funktionierte, wie er sich das vorstellte. Dann konnten schon mal Zollstöcke durch die Gegend fliegen und Pauls Flüche taten ihr Übriges, um Tillmann in Deckung gehen zu lassen. Ja, das war der berühmte Stier in Paul, doch er schien schneller in Rage zu geraten als früher. Ich nahm mir vor, keinen Streit mehr mit ihm anzufangen. Sobald ich an diese hässliche Szene in der Küche dachte, wollte ich nur noch weg hier und das durfte ich nicht. Also versuchte ich, nicht daran zu denken.

Nachdem Tillmann und ich die allabendliche Paul-Frage geklärt hatten, erzählten wir uns gegenseitig, was wir geträumt hatten, um uns zu beweisen, dass wir nicht ebenfalls ausgesaugt wurden. Doch diese Gespräche fielen ernüchternd kurz aus. Die meisten meiner Träume – chaotisch, wirr, schockierend düster oder bodenlos peinlich – wollte ich Tillmann nicht erzählen und Tillmann selbst träumte lediglich bruchstückhaft – schon immer, wie er mir versicherte. Das sei nichts Neues. Er habe nur selten klare, deutliche

Träume. Aber die hätten dann auch etwas zu bedeuten. So wie seine Vision vergangenen Sommer, die ihn dazu ermutigt hatte, mir mitten in der Nacht Steine mit Tarotkarten durchs Fenster zu werfen und mich damit fast zu Tode zu erschrecken.

Noch zwei bis drei Tage, schätzte ich, dann konnten wir die Kamera anbringen. So lange musste ich mich gedulden. Ich hängte das Bild mit der Schlange zurück an die Wand und ging ins Badezimmer, um mich einer letzten Kontrolle zu unterziehen. Die Waschmaschine war mitten in der Nacht im Schleudergang hängen geblieben und ich wurde den unangenehmen Verdacht nicht los, dass es genau dann passiert war, als der Mahr kam. Tatsache jedoch war, dass ich keine vernünftigen Klamotten zur Verfügung hatte. Ich trug einen Schal von Paul und einen grauen Kapuzenpullover von Tillmann. Lediglich die Jeans und die Schuhe gehörten mir, hätten eine Rundumauffrischung aber gut vertragen können. Die Tage, in denen ich meine Jeans allmorgendlich wechselte (denn in unserer Clique war es verpönt gewesen, zweimal hintereinander dasselbe Kleidungsstück zu tragen), waren jedenfalls endgültig vorüber. Meine Haare machten sowieso, was sie wollten. Für ein ausführliches Make-up hatte ich weder Zeit noch Lust. Lipgloss und ein bisschen Tusche mussten reichen. Im Eilschritt lief ich zum Bus.

Ich hatte nicht den Hauch einer Idee, wie ich Gianna ansprechen sollte. Oder ob überhaupt. Was sollte ich ihr schon erzählen, falls es mir gelang, den Kontakt herzustellen? Hallo, ich bin die Tochter von Leo Fürchtegott, über den Sie mal berichtet haben, und wollte fragen, ob Sie Lust haben, einen Artikel zum Thema Nachtmahre zu schreiben? Ratlos stieg ich aus dem Bus.

Nein – alles, was ich tun konnte, war, sie zu beobachten und mir ein Bild von ihr zu machen. Vielleicht hatte ich dabei eine Eingebung. Vielleicht war sie mir auch so unsympathisch, dass ich auf dem Absatz kehrtmachte und ihre Visitenkarte bei der nächsten

Gelegenheit in den Papierkorb warf. Mit einem unruhigen Flattern im Bauch betrat ich den Eingangsbereich der Kunsthalle.

»Kann ich Ihnen helfen?«, fragte die bebrillte Dame hinter der Kasse, als ich brav meine Eintrittskarte bezahlt hatte und mich suchend umblickte. Außer der Dame und mir war kein Mensch zu sehen. Von irgendwoher hörte ich gedämpfte Schritte. Ansonsten herrschte jene fast kirchliche Museumsstille, die mich unweigerlich dazu bewegte, flacher zu atmen und meine Stimme zu senken.

»Ich … ich möchte zur Seniorenführung.«

»Zur Seniorenführung?« Die Frau blinzelte verwundert.

»Ja, ich, ähm … ich, also meine Oma …«

»Ach so, verstehe. Im neunzehnten Jahrhundert.«

Nun war ich diejenige, die verwundert mit den Lidern klapperte.

»Bitte?«, stotterte ich.

»Im neunzehnten Jahrhundert, bei Caspar David Friedrich. Raum hundertzwanzig!«

Oh, gut. Caspar David Friedrich kannte ich. Ich bedankte mich und irrte durch die leeren Gänge, bis ich das neunzehnte Jahrhundert und den passenden Raum fand. Ich entdeckte die Senioren sofort. Nein, eigentlich roch ich sie zuerst. Ein schwaches Aroma nach Menthol, nassen Windeln und alter Haut. Einige von ihnen saßen im Rollstuhl, andere stützten sich auf ihre Rollwägelchen. Mit trüben Augen und schief gelegten Köpfen schauten sie die Kreidefelsen an, während ein dürrer Mann mit einem Zeigestab herumfuchtelte und über Friedrichs ach so tragischen Schlaganfall lamentierte. Ja, von dem hatte mein Kunstlehrer auch immer erzählt, aber ich fand es nicht sehr passend, einer Horde von Greisen davon zu berichten.

Nach Gianna musste ich nicht lange suchen. Sie stach aus der grau-beigen Gesellschaft heraus wie ein Schmetterling aus einem Schwarm Nachtfalter – ein schlecht gelaunter Schmetterling allerdings. Ich schob mich hinter eine Säule, um sie ungestört betrachten zu können. Sie lehnte an der Wand zwischen zwei Bildern, in der einen Hand einen Block, in der anderen einen Kuli, und machte sich ab und zu Notizen, ohne dabei auch nur einen Blick auf das Papier zu werfen. Irgendwie war ich mir sicher, dass sie die Notizen nicht einmal neben die Tastatur legte, wenn sie später den Artikel verfassen würde. Sie schrieb mit, weil man es von ihr erwartete. Aber eigentlich musste sie das nicht. Sie konnte es sich merken. Sie hatte solche Termine schon tausendmal besucht. So kam es ihr selbst jedenfalls vor.

Ich wunderte mich über meine spitzfindigen Schlussfolgerungen, zweifelte jedoch nicht einen Moment lang an ihrer Richtigkeit. Nun merkte Gianna, dass sie beobachtet wurde, hob den Kopf und unsere Augen trafen sich. Rasch zog ich mich hinter die Säule zurück. Mein Herz schlug schneller.

Sie erinnerte mich an jemanden. Ich durchwühlte mein Gedächtnis nach Frauen ihres Typs, denen ich begegnet war, doch ich fand keine. Gianna hatte glattes dunkles Haar mit jenem seidigen Schimmer, den ich meinem früher nur mithilfe eines Glätteisens hatte verpassen können. Ihr Gesicht war oval und ihr Mund weich, aber trotzdem so entschlossen, dass ich mir jetzt schon wünschte, niemals Streit mit ihr zu bekommen. Wir würden uns dabei vermutlich gegenseitig skalpieren.

Ihre Augen hatten eine merkwürdige Farbe. Braun konnte man sie nicht nennen, nein, es war eher Bernstein. Wie ich hatte sie kaum ein Gramm Fett auf den Rippen und gab sich keine Mühe, ihren Mangel an Rundungen mit ihrer Kleidung zu überspielen. Ihre Hüften waren knabenhaft schmal und ihre Körperhaltung schlichtweg miserabel. Hätte sie sich aufgerichtet und ihr Kinn gereckt, wäre sie als stolze Kriegerin durchgegangen. So aber sah ich ihr die verspannten Schultermuskeln aus zehn Metern Entfernung an. Ihr Alter schätzte ich auf Mitte zwanzig. Ähnlich wie Paul.

»Das ist es …«, raunte ich und schlenderte unauffällig ein paar Schritte näher. Jetzt wusste ich, an wen sie mich erinnerte. Lilly. Pauls große Liebe. Es waren nicht Giannas Farben und erst recht nicht ihre Statur, die mich an Lilly erinnerten. Lilly war wie ein Kätzchen gewesen, klein, weich und verspielt, mit großen Brüsten und Mädchenaugen. Nein, es lag an ihrem Ausdruck. Lilly hatte immer alles bekommen, was sie wollte, und trotzdem hatte sie bei dem, was sie tat, stets gewirkt, als sei sie auf der Suche. Als sei ihr das Leben, das sie führte, nicht genug.

Bei Gianna spürte ich dieses Suchen auch, obwohl sie ganz bestimmt nicht immer bekam, was sie wollte. Ich konnte es kaum festmachen, doch es war da. Und wahrscheinlich war es bei Lilly genau dieses Suchen gewesen, das Pauls Herz im Sturm erobert hatte. Und das meines Vaters ebenfalls?

Papa hatte geschworen, dass er Lilly nicht den Hof gemacht habe. Nein, es sei umgekehrt gewesen. Sie habe sich in ihn verliebt und daraufhin Paul verlassen. Und ich hatte ihm geglaubt. Aber warum hatte er mir dann Giannas Adresse gegeben? Die Visitenkarte einer Journalistin, die mittwochabends Senioren auf einer geriatrischen Kunstführung begleitete? Wieso hielt er ausgerechnet sie für vertrauenswürdig? Weil seine Hormone mit ihm durchgegangen waren?

Zum ersten Mal kamen mir Zweifel bezüglich Papas Version zu Paul und Lilly. Ich seufzte gequält und ließ meinen Blick weiterschweifen. Mission Gianna Vespucci gescheitert. Nachdem Herr Schütz versucht hatte, Punkte bei meiner Mutter zu sammeln, sollte ich mich mit einer Gespielin von Papa verbünden? Ausgeschlossen. Ich wollte umkehren und verschwinden. Doch das Bild, das vor mir an der Wand hing, entwickelte binnen weniger Sekunden einen so starken Sog, dass ich plötzlich gar nichts mehr denken und erst recht nichts entscheiden konnte.

Das Bild war nicht groß und ich empfand den Rahmen mit seinem dunklen Blau und dem Goldrand als spießig. Aber das Gemälde selbst traf mitten in meine Seele. Instinktiv legte ich die Hand auf meine Brust, weil ich wie so oft in letzter Zeit das Gefühl hatte, nicht richtig atmen zu können. Schon begannen meine Fingerspitzen zu kribbeln und die Härchen auf meinem Rücken stellten sich auf. Meine Haut war kalt, doch unter ihr glühte mein Blut, als hätte ich Fieber.

»*Die gescheiterte Hoffnung*«, entzifferte ich mühsam. Die Buchstaben tanzten vor meinen Augen, aber das Bild schwebte klar vor mir – zu nah, viel zu nah. Es sog mich in sich hinein. Ich spürte die scharfen Kanten der aufgebrochenen Eisschollen, die mich in das schwarze Nichts der Arktis hinunterzogen wie das Schiff in ihrer Mitte, von dem nur noch die Reling zu sehen war. Schon bald würde das Eis es unter sich begraben, samt seinen Leichen und all ihren verlorenen Träumen … Ich war dabei … Ich war eine von ihnen. Ich sah nicht mehr das Bild. Ich sah direkt in mein Herz. Ich taumelte nach vorne und drückte meine Hände gegen die Leinwand. Meine Fingernägel glitten mit einem leisen Scharren über die getrocknete Ölfarbe. Dann schlug meine Stirn dumpf an die Wand.

»Hey, Achtung, das ist wertvoll.« Jemand griff nach meinem Ellenbogen und half mir, mein Gleichgewicht wiederzufinden. »Anfassen verboten. Keine Bange, hat niemand gemerkt.«

»Ich …« Ich schluckte, um den süßlichen Geschmack von meiner Zunge zu vertreiben. »Schlechte Luft. Das Bild … es ist so kalt.«

»Ja, die Luft hier ist beschissen, das kannst du laut sagen. Und es zieht wie Hechtsuppe. Alles klar? Ich hoffe, du kotzt mich jetzt nicht voll oder so.«

Langsam konnte ich wieder klar sehen, und bevor ich erkannte, dass es Gianna war, die mich stützte und nun losließ, spürte ich ihre Angst. Sie hatte Angst.

»Nein, werde ich nicht. Alles okay. Wirklich«, versicherte ich mechanisch.

»Dein Wort in Gottes Ohr.« Gianna sah mich nicht direkt an. Ihre Bernsteinaugen wanderten über meine Kleidung, meine Haare, meine Schuhe. Doch meinen eigenen Blick mieden sie.

»Ich geh dann mal wieder rüber.« Sie deutete zu ihrem Seniorenklub. Ein kurzes Lächeln entblößte ihre Schneidezähne, die ein Stück auseinanderstanden. »Ich hatte ja eher damit gerechnet, dass einer von denen kollabiert.«

»Sie riechen nach Tod«, flüsterte ich.

»Wer – ich? Meinst du mich?« Gianna wurde blass, ein grünliches Schimmern unter ihrer olivfarbenen Haut.

»Nein.« Ich schüttelte den Kopf und fuhr mir mit der flachen Hand über den Nacken, um mich zu beruhigen. »Die alten Menschen. Es hat sich mit dem Bild verbunden und dann …« Oh mein Gott, was redete ich hier? Nutz deine Chance, Elisabeth, zwang ich mich zur Vernunft. Sie steht direkt neben dir. Verwickle sie in ein Gespräch.

»Kennen Sie das Gemälde *Der Nachtmahr* von Füssli?« sprudelte es aus mir heraus.

Gianna beäugte mich skeptisch. Noch immer wich sie meinem direkten Blick aus. Ich war ihr nicht geheuer. Wie Paul.

»Klar.« Sie zuckte mit den Schultern. »Und?«

»Es ist auch seltsam. Finde ich.« Wenn ich nicht bald die Kurve kriegte, würde sie abhauen. Suchend drehte Gianna sich zu den Senioren um, die inzwischen beim einsamen *Mönch am Meer* angelangt waren. Dann wandte sie sich wieder mir zu.

»Wie dieses?« Sie deutete irritiert auf *Die gescheiterte Hoffnung*. »Aber man kann die Bilder doch gar nicht miteinander vergleichen. Oder interessierst du dich allgemein für die Romantik? Schauerromantik?«

Ich schnaubte. Ja, so ähnlich konnte man das wohl formulieren. Giannas Miene wurde immer skeptischer. Unbehaglich zog sie die Schultern hoch.

»Du kriegst Rückenschmerzen, wenn du so dastehst«, sagte ich. Ich hatte es ohnehin ruiniert, also konnte ich sie auch duzen. Schließlich duzte sie mich auch.

»Hab ich schon«, erwiderte sie knapp und machte einen Schritt rückwärts, als wolle sie sich in Sicherheit bringen. Argwöhnisch musterte sie mich. »Sag mal, kennen wir uns?«

»Nein, wir beide nicht, aber … du kennst meinen Vater. Leopold Fürchtegott.« Instinktiv ging ich davon aus, dass er ihr seinen alten Namen genannt hatte. Er verwendete ihn für Fachartikel und Vorträge.

Sie dachte eine Weile nach, dann schüttelte sie den Kopf. »Ich glaube nicht.«

»Doch, doch! Du hast ihn auf einem Kongress getroffen, es ging ums Schlafen, er war einer der Redner – ein wichtiger wahrscheinlich.«

Gianna stöhnte genervt auf.

»Ich bin fast jede Woche auf irgendeinem Kongress und berichte darüber, ich kann mir die Namen der Redner nicht alle merken. Was glaubst du, wie vielen Leuten ich tagtäglich begegne? Und das seit Jahren!« Sie hörte sich nicht so an, als fände sie es besonders toll, all diese Menschen zu treffen und wieder zu vergessen. Aber mir verlieh es neuen Mut. Wenn sie sich Papa nicht gemerkt hatte, stiegen die beiden wohl kaum zusammen in die Kiste.

»Egal«, sagte ich beinahe euphorisch und merkte, dass ich grinste. »Jetzt kennen wir uns ja.« Und ich werde dich meinem Bruder vorstellen. Falls mein Instinkt nur ansatzweise recht behielt, war Gianna mein Köder, um Paul von François loszueisen. Sie war genau richtig für Paul. Und vielleicht war sie trotz Papas Fehleinschätzung auch die Richtige für Tillmann und mich. »Hättest du Lust, zu uns zum Abendessen zu kommen?«

»Wer ist ›uns‹?«, fragte Gianna reserviert, nachdem sie ein weiteres Mal nach den Senioren Ausschau gehalten hatte. Doch die waren beschäftigt.

»Mein Bruder, Tillmann und ich. Vor allem mein Bruder. Bitte, Gianna.«

»Du kennst meinen Namen?«

»Ähm. Ja. Gianna Vespucci.« Ich streckte ihr meine klamme Hand hin. »Ich bin Elisabeth Sturm. Ellie.«

Gianna ignorierte meine Hand. »Hattest du eben nicht gesagt, dein Vater heiße Fürchtegott?« Wieder trat sie einen Schritt zurück, doch ich machte sogleich einen nach vorne, damit ich nicht schreien musste, um mich mit ihr zu verständigen.

»Ja, ja, das stimmt«, beschwichtigte ich sie. »Ich hab den Nachnamen von meiner Mama. Sturm. Aber mein Bruder heißt Fürchtegott. Wie mein Vater früher. Und er hat echt schöne Augen. Stahlblau.«

Gianna schüttelte den Kopf und in ihren Ausdruck absoluter Verwirrtheit mischte sich leises Entsetzen.

»Verstehe ich das richtig: Du, eine vollkommen Fremde, willst mich zu dir nach Hause einladen, um mich mit deinem Bruder zu verkuppeln?«

Ich prustete und versuchte, meine ungestüm umherjagenden Gedanken einzufangen und zu ordnen.

»Nein. Es wäre nur ein schöner Nebeneffekt, weil …« Weil mein Bruder glaubt, schwul zu sein? Blödsinn. »Eigentlich geht es mir um eine andere Sache. Ich brauche dich als Journalistin. Wir müssen dir etwas erzählen. Oder zeigen. Ich hoffe, zeigen. Falls das klappt bis dahin. Wir müssen das Loch noch bohren«, schloss ich zerstreut. Und ich musste dringend öfter unter Menschen. Ich hatte vollkommen verlernt, Konversation zu betreiben. Falls ich es jemals gekonnt hatte.

»Und was ist das für eine Angelegenheit, über die ich berichten soll?«

»Das kann ich nicht sagen. Nicht jetzt. Sorry.« Ich hob entschuldigend die Arme. »Ich muss dich erst ein bisschen kennenlernen.«

»Meinst du etwa, ich habe Zeit und Lust, mich mit jedem Fuzzi, über den ich berichte, anzufreunden?«, zischte Gianna. »Eigentlich müsste ich längst wieder in der Redaktion sitzen und den Artikel zu diesem Tralala hier in die Tasten hauen, denn er soll morgen schon erscheinen und …«

»Okay. Ist ja gut. Du hast viel zu tun. Verstehe ich. Geld ist kein Problem.« Ich zog ein Bündel Fünfzigeuroscheine aus meiner Hosentasche. »Reicht das für den Anfang?«

Giannas Falkenaugen wurden erst starr und dann sehr wütend.

»Und jetzt zahlst du auch noch dafür, dass ich deinen Bruder treffe? Mensch, Mädchen, ich bin doch keine Hure!«

Gianna war laut geworden und ein paar der Greise drehten sich beim Wort »Hure« interessiert zu uns herum. Gianna lächelte ihnen verbindlich zu.

»Nein, so ist es nicht!«, widersprach ich. Allmählich zerrte dieses Gespräch an meinen Nerven. Unterhaltungen mit Tillmann waren eine Wellnessbehandlung im Vergleich hierzu. »Das ist für deine, äh, journalistischen Dienste. Ein Vorschuss. Den du selbstverständlich behalten darfst. Außerdem kannst du gerne deinen Freund oder Mann mitbringen.«

»Habe keins von beiden.«

»Prima«, seufzte ich und musste wieder grinsen, was Gianna gar nicht passte.

»Ja, prima, finde ich auch«, giftete sie. »Ist toll, jeden Abend allein vor dem Computer zu sitzen und irgendwelches Trashfood in sich reinzustopfen, weil nicht mal Zeit zum Kochen bleibt.« Dann straffte sie ihren Rücken und war sofort fünf Zentimeter größer. Ich richtete mich ebenfalls auf, konnte mich aber nicht mit ihr messen. Sie überragte mich. Zum ersten Mal seit unserem Zufallskontakt sah sie mir direkt in die Augen. Ja, sie hatte Angst. Aber flackerte da nicht auch eine Spur Neugierde in ihrem Blick?

»Gianna … mir ist klar, dass das alles irre wirkt. Ich bin kein Stalker oder so.«

»Glaubst du, da draußen läuft irgendein Stalker herum, der zugeben würde, einer zu sein?«

Ich wusste, was sie meinte. Es war das Gleiche wie in der Geschlossenen. Jeder Insasse behauptete, nicht dorthin zu gehören.

»Nein, wahrscheinlich nicht. Gianna, bitte, ich bin extra hierhergekommen, um dich zu treffen, mein Vater wollte es so, und …« Beim Gedanken an meinen Vater wurde meine Kehle eng. Er war so furchtbar weit weg. »Bitte. Bitte komm zu uns. Nur einen Abend, eine Stunde, ich mach was Schönes zu essen und …« Meine Augen füllten sich mit Tränen. Gereizt wischte ich sie weg.

Gianna schwieg eine Weile. Ich nutzte die stillen Sekunden, um meine Sehnsucht nach Papa zu bezwingen. Ich hatte mittlerweile Übung darin.

»In Ordnung«, sagte Gianna überraschend sanft, als ich mich gefangen hatte. »Eine Stunde. Wann?«

»Am Samstag? So um sechs Uhr?« Ich wollte keinen zu späten Termin ansetzen. Das würde ihr Misstrauen nur stärken. Andererseits sollte Paul einigermaßen lebendig sein. Außerdem wusste ich, dass am Samstag keine Vernissage stattfand. Paul und Tillmann würden Zeit haben. Gianna zog ihren Terminkalender aus der Tasche und blätterte darin.

»Ich hab um einundzwanzig Uhr noch eine Nachtführung im Dialog im Dunkeln.«

»Das ist bei uns in der Straße! Ein Wink des Schicksals, oder?« Ich versuchte, mein Strahlen zu mäßigen, denn Gianna war ganz augenscheinlich nicht nach Heiterkeitsausbrüchen zumute. Sie sah beinahe aus, als bereue sie ihren Mut.

»Alter Wandrahm 10«, sagte ich rasch. »Paul Fürchtegott. Danke! Er hat eine tolle Wohnung, direkt am Wasser, mit großen Räumen und …« Ratten. Silberfischen. François. Mahren. Ich wollte Gianna das Geld in die Hand drücken. Aber sie nahm es nicht.

»Dann bis Samstag«, sagte sie kühl, drehte sich um und suchte das Weite.

»Geschafft«, flüsterte ich zufrieden. Mit geschlossenen Augen lehnte ich mich neben *Die gescheiterte Hoffnung* an die Wand und atmete tief durch. Gianna vertraute mir kein bisschen, doch irgendwie war es mir gelungen, ihre Neugier zu wecken. Und vielleicht war das schon die halbe Miete. Wenn der Abend gelang und sie uns sympathisch fand und nebenbei Paul aus seiner sexuellen Verirrung erretten konnte, hatte ich womöglich die Gelegenheit, sie näher kennenzulernen. Sie in unser Geheimnis einzuweihen war noch weit, weit weg.

Aber in diesem Moment hätte es mir schon vollkommen genügt, wenn Paul sie mochte. Denn das konnte ihm die Kraft schenken, die er brauchte, um durchzuhalten.

Ein Quantum Trost

»Oh Mann, bin ich bescheuert …« Vor lauter Ärger schlug ich mir gegen die Stirn. Ich hatte Tillmann gerade von meiner Begegnung mit Gianna berichtet (und obwohl ich mich eifrig der Auslassungstechnik bediente, wurde offensichtlich, dass ich mich dabei nicht mit Ruhm bekleckert hatte) und in dem Moment, als ich ihm von meinen Kuppelabsichten erzählte, fiel mir ein, dass ich es wesentlich einfacher hätte haben können. Anstatt von Pauls blauen Augen zu schwärmen, hätte ich nur seine vermeintlichen künstlerischen Ambitionen erwähnen müssen. Immerhin war das etwas, was die beiden miteinander verbinden konnte.

Tillmann versuchte nicht, sein Grinsen zu verbergen.

»Aber sie kommt?«, hakte er nach.

»Ich hoffe es«, sagte ich, obwohl ich mir dessen nicht mehr sicher war. Ich an ihrer Stelle wäre wahrscheinlich zu Hause geblieben.

»Wie ist sie denn so?« Tillmann lehnte sich auf seinem schmalen Bett an die Wand und bedeutete mir damit, dass soeben unsere abendliche Gesprächstherapie begonnen hatte. Anders konnte man das kaum bezeichnen. Ich saß den lieben langen Tag alleine rum, und sobald die Jungs heimkamen, zerbrachen Tillmann und ich uns die rauchenden Köpfe und versuchten uns gegenseitig davon zu überzeugen, dass wir alles richtig machten und diese Nacht überleben würden.

»Nichts für dich«, erwiderte ich im Brustton der Überzeugung.

Tillmann sollte gar nicht erst auf die Idee kommen, sich an Gianna ranzumachen. »Zu alt. Bestimmt Mitte zwanzig.«

Tillmann zuckte lässig mit den Achseln. »Meine erste war fünf Jahre älter. Na und?«

»Du lässt die Finger von ihr, sonst kannst du nach Hause fahren, verstanden?« Ich funkelte ihn so drohend an, wie ich nur konnte.

Tillmann zeigte sich wie immer unbeeindruckt. »Beschreib sie mal in ein paar Worten. Wie wirkt sie auf dich?«

»Hmmm … eine frustrierte Mittzwanzigerin mit Helferkomplex und Haltungsschäden.«

»Klingt nicht nach einer toughen Journalistin. Ist sie denn wenigstens hübsch?«

»Ja, ist sie, wenn man auf ihren Typ Frau steht«, gab ich grantig zurück. »Mich interessiert ihre Vertrauenswürdigkeit und nicht ihre Körbchengröße. Ich frag mich immer noch, warum Papa sie für eine ideale Verbündete hält. Er muss sich doch etwas dabei gedacht haben.«

»Du, Ellie …« Tillmanns Ton wurde ernst und sein Grinsen erlosch. »Hast du eigentlich mal darüber nachgedacht, dass dein Vater tot sein könnte?«

Das Wort »tot« traf mich wie ein Peitschenhieb. Meine Füße zuckten, weil ich aufstehen und weglaufen wollte. Nur Tillmanns brennender Blick hielt mich. Ich hasste ihn für sein katastrophales Taktgefühl und seine Unverblümtheit, doch ich blieb.

»Natürlich hab ich das!«, rief ich erzürnt. »Was glaubst du denn? Dass ich unter Realitätsverlust leide? Tag und Nacht denke ich an nichts anderes, falls ich nicht gerade damit beschäftigt bin, die Seele meines Bruders zu retten oder mich nach Colin zu sehnen, was nicht funktioniert, weil ich … ach, das verstehst du alles nicht!«

Tillmann schwieg, sah mich jedoch weiterhin mit einer beinahe unbarmherzigen Neugierde an.

»Ich träume fast jede Nacht von ihm – dass Mama und ich ihn zurückholen konnten, doch er ist so müde, so unendlich müde. Er macht das nur uns zuliebe. Er will eigentlich gar nicht da sein, aber wir lassen ihn nicht gehen, weil wir es nicht aushalten würden, ihn ein zweites Mal zu verlieren.« Meine Worte klangen so endgültig, dass mein Herz zu schmerzen begann. Wieder schob sich der dicke Kloß in meine Kehle, den ich schon beim Treffen mit Gianna nur mit Gewalt hatte hinunterschlucken können.

»Ich glaube es erst, wenn ich einen Beweis dafür habe, dass er nicht mehr da ist. Erst dann! Noch ist alles möglich. Und jetzt hör auf, mich so anzugucken, ich weiß selbst, dass ich schuld an dem ganzen Schlamassel bin! Ich hab ihn auf dem Gewissen!«

Ich drehte mich um und drückte mein Gesicht ins Kissen, damit Tillmann meine Tränen nicht sah. Bei Colin fühlte ich mich nie hässlich, wenn ich weinte. Bei Tillmann schon. Ich wollte in seiner Gegenwart keine einzige Träne zeigen. Ich war mir sicher, dass er sie nicht mochte. Er würde aufstehen und gehen. Als ich damals nach der Begegnung mit Tessa neben ihm geheult hatte, war das etwas anderes gewesen. Wir standen beide unter Schock. Wahrscheinlich hatte er es nicht einmal bemerkt. Aber Jungs mochten keine heulenden Mädchen, das war ein uraltes Gesetz.

Und genau so war es. Ich hörte die Federn seines Bettes quietschen, dann entfernten sich seine Schritte. Es überraschte mich nicht und trotzdem machte es mich so zornig, dass ich mit voller Wucht gegen die Wand trat.

»Ich werd hier noch verrückt«, schluchzte ich und boxte in mein Kissen. Ich fühlte mich eingesperrt, umzingelt von Wasser und Nebel und Ratten und in ständiger Angst vor dem Mahr, der Paul heute Nacht wahrscheinlich erneut heimsuchen würde, und wir konnten nichts dagegen tun, gar nichts … Diese Wohnung war ein Gefängnis. Ich sehnte mich nach dem Wald und Colins Haus, diesem Frieden, den ich dort immer verspürt hatte. Bis Tessa aufgetaucht war. Sie hatte alles zerstört.

Tillmanns Schritte näherten sich wieder. Ich hielt die Luft an. Etwas Knisterndes plumpste neben mir auf das Kopfkissen und ein zarter Hauch Kakao streifte meine Nase.

»Ich bin nicht besonders gut im Trösten«, bemerkte Tillmann sachlich. Sein Bett gab knarzend nach, als er sich auf seinen gewohnten Platz an der Wand setzte. »Aber Schokolade ist nie verkehrt. Da ist irgendwas drin, was die Stimmung aufhellt.«

Ich lachte unter Tränen. Ich hatte im Moment wirklich überhaupt keine Lust auf Schokolade. Trotzdem griff ich danach und schob mir ein Stück in den Mund. Ansehen wollte ich Tillmann immer noch nicht.

»Ich finde, du gehst ein bisschen zu hart mit dir ins Gericht, Ellie.« Tillmann klang wieder mal sehr schulmeisterlich. Nun wusste ich ja, dass es sozusagen ein Erbstück war. »Wenn morgen ein Asteroid auf die Erde kracht, bist du wahrscheinlich auch schuld, weil du heimlich einen Pups gelassen und damit die Umlaufbahn der Planeten gestört hast, oder?«

Ich zog ein Taschentuch aus meiner Jeanstasche und putzte mir ausführlich die Nase, bevor ich wagte zu antworten.

»Ich ertrage den Gedanken einfach nicht, dass meine Mutter da ganz allein in diesem großen Haus sitzt und mich insgeheim hasst. Jetzt hat sie niemanden mehr. Aber ich halte es auch nicht bei ihr aus, weil ich ständig das Gefühl hab, mich verteidigen zu müssen. Und gleichzeitig tut sie mir so unendlich leid. Sie tut mir so leid!«

»Ja, aber deine Mum ist erwachsen. Außerdem – ich hab meinen Dad ein bisschen ausgequetscht wegen ihm und den Gesprächen mit ihr. Du liegst da völlig falsch, Ellie.«

»Hat sie ihm etwa irgendwas verraten?«

»Nein, hat sie nicht. Mein Dad denkt auch, dass dein Vater verschollen ist. Aber deine Mum hat wohl gesagt, dass sie damit schon sehr lange gerechnet hat und es immer wieder kritische Situationen gab.«

»Kritische Situationen?« Ich drehte mich zu Tillmann um, denn meine Tränen waren einigermaßen versiegt. Kritische Situationen – das war ja eine nette Untertreibung. Und so typisch für Mama.

Tillmann nickte. »Und sie meinte auch, dass sie ihn furchtbar vermisst, aber es manchmal fast schlimmer gewesen ist, sich ständig davor zu fürchten, dass er abtaucht. Sie macht sich vor allem Sorgen um dich. Dass du ihn suchen gehen könntest. Sie rechnet damit und hofft einfach nur, dass deine Seele keinen Schaden nimmt. Das hat sie meinem Dad gesagt. Und das klingt nicht so, als würde sie dich hassen.«

Ich legte mir ein zweites Stück Schokolade auf die Zunge und ließ es langsam zergehen. Tillmann hatte unrecht. Er konnte trösten, obwohl er dabei die Ausstrahlung eines Gefrierschranks besaß und seine Worte mich weder beruhigen noch von meinen Schuldgefühlen befreien konnten.

»Ich finde außerdem, dass du dich ganz gut schlägst. Du versuchst, deinen Bruder zu retten, und das mit Colin ist ja wohl auch nicht leicht. Und nebenbei schreibst du ein Einserabitur. Du solltest ein bisschen nachsichtiger mit dir sein. Echt, mach dich mal locker, Ellie.«

»Locker«, schnaubte ich. »Pfff ...« Es war mir immer schleierhaft gewesen, wie das bitte funktionieren sollte. Sich auf Kommando locker zu machen. Ich hörte den Spruch nicht zum ersten Mal. Trotzdem wusste ich, wie ich ihn bei Tillmann zu nehmen hatte. Tillmann erwartete das nicht von mir. Schon gar nicht sollte ich es für ihn tun. Ich sollte es für mich selbst tun.

»Außerdem ...« Tillmann streckte die Arme über den Kopf und gähnte mit knackendem Kiefer. »Außerdem hab ich eine Überraschung für dich.« Er deutete auf das Regalbrett schräg oberhalb von mir. »Hinter dem alten Arztkoffer.«

Ich stand auf und schob das Köfferchen zu Seite.

»Die Kamera!« Tillmann hatte es geschafft – das Loch war gebohrt, die Kamera in Position. Probehalber schaltete ich sie ein und schaute durch die Linse. Sie war direkt auf Pauls Bett gerichtet, in einem beeindruckenden Weitwinkel, der auch das Fenster mit einschloss.

»Sie kann in der niedrigsten Qualität drei Stunden am Stück aufnehmen«, erläuterte Tillmann stolz. »Wir können also einschlafen. Wir müssen sie nur rechtzeitig anschalten. Das werden wir ja wohl schaffen.«

»Und was ist, wenn er sie bemerkt? Wenn er irgendwie spürt, dass er beobachtet wird?«, fragte ich und meine Stimme hörte sich plötzlich sehr piepsig an. »Du weißt doch, dass Mahre nicht entdeckt werden wollen.«

»Es ist nur eine Kamera. Eine Linse. Kein Mensch. Oder?« Tillmann biss sich kurz auf die Unterlippe. Er war sich ebenso wenig sicher, wie ich es war. Colin hatte einen außerordentlich feinen Instinkt. Er hätte es sofort bemerkt, wenn eine Kamera lief – nein, wenn sie mit dem Zweck lief, ihn festzuhalten. Auf der anderen Seite befanden sich heutzutage fast überall irgendwelche Kameras. Und über Google Earth konnte man beinahe jedes Haus ausspionieren. Davon ließen sich die Mahre schließlich auch nicht vom Jagen abhalten.

Ich schaute auf meine Armbanduhr. Es war kurz vor Mitternacht.

»Geisterstunde …«, sagte ich halblaut. Wir lauschten gebannt. Die Klospülung rauschte, ein sehr vertrautes Geräusch, doch viel lauter hörte ich das Pochen meines Herzens in meinem Kopf. Nun klappte die Badezimmertür. Paul ging also gerade ins Bett.

Tillmann stand auf, trat zu mir, warf einen prüfenden Kontrollblick durch das Objektiv und drückte den Startknopf.

»Kamera läuft.«

Ich suchte seinen Blick. Es konnte sein, dass er der letzte Mensch war, den ich ansah. Tillmanns mandelförmige Augen begegneten mir ruhig, aber wie immer sehr aufmerksam. Wie hatte Colin gesagt? Ihm entgeht nichts. Und genau darin lag mein Vorteil. Meine Handflächen schienen zu flimmern. Sie wollten menschliche Haut berühren. Sich vergewissern, dass sie Leben spüren konnten.

Ich widerstand meinem Bedürfnis, ihm über die sommersprossige Wange zu streichen, wandte mich ab und legte mich stocksteif ins Bett. Die Decke zog ich bis hoch an mein Kinn, wie in Kindertagen, wenn ich mich vor Spinnen und Hexen gefürchtet hatte. Der weiche Stoff auf meinem Körper hatte mir das Gefühl vermittelt, alles Böse von mir abzuhalten. Er war meine Schutzhülle gewesen. Aber jetzt funktionierte das nicht mehr.

Tillmann setzte sich im Schneidersitz gegenüber an die Wand, die Decke um seine Schultern gewickelt. Wie damals im Wald vor seinem Schwitzzelt.

»Schlaf ruhig ein bisschen«, sagte er. »Ich versuche, wach zu bleiben, solange es geht.«

Und obwohl ich das Grauen nahen ahnte und die ersten Fäulnisschwaden durch die geschlossenen Fenster drangen, um jede einzelne meiner Körperzellen in Panik zu versetzen, verlor mein Bewusstsein binnen Minuten seinen aussichtslosen Kampf gegen die Finsternis.

Nahaufnahmen

Ich näherte mich von oben, aus sicherer Entfernung. Ich wollte ihn nur beobachten. Es war schön, das zu tun. Mehr brauchte ich nicht. Ich ließ mich noch ein paar Meter nach unten sacken. Jetzt roch ich das Salz der Gischt und hörte die Brandung, aber sie konnte mir nichts anhaben. Ich war nicht ihretwegen hier. Ich war seinetwegen gekommen.

Ich wollte seine Bewegungen für immer in meinem Gedächtnis verankern. Der zerschlissene, dünne Stoff seines Kimonos flatterte im Wind, als er zum Sprung ansetzte, sich geschmeidig drehte, seinen Oberkörper wendete und die Faust nach vorne stieß. Die Wellen umspülten wirbelnd seine Knöchel, doch sie brachten ihn nicht eine Sekunde zum Straucheln. Vollkommenes Gleichgewicht.

Seine Gegner blieben unsichtbar, seine Lider gesenkt. Er war ganz bei sich. Er bemerkte mich nicht, obwohl ich ihn unverwandt anschaute und nicht ein einziges Mal blinzelte, um keinen Augenblick zu versäumen. Jeder Sekundenbruchteil war wertvoll. Ich liebte, was ich sah. Ich liebte es so sehr, dass mich nicht einmal der Schatten vertreiben konnte, der sich grollend über mir erhob. Ich drehte mich nicht um. Er sollte mich begraben, zusammen mit ihm. Und so lächelte ich, als das Wasser über mir zusammenbrach und mich nach unten drückte, tief hinab in die kalte schwarze Leere des Ozeans.

Dann ließ der Druck nach und die Finsternis lichtete sich. Ich war nicht mehr am Meer. Ich war in einer Wohnung, die ich nicht kannte, aber es war meine Wohnung. Es war meine erste Nacht hier. Ich schaute hinaus. Ich befand mich mitten in einer riesigen Stadt – so riesig, dass ich ihre Grenzen nicht erahnen konnte. Vor mir ragte ein schwindelerregend hohes Haus neben dem anderen in den dunstigen Nachthimmel, dazwischen liefen schnurgerade, schmale Straßen. Kein einziger Baum weit und breit. Hinter den Fenstern brannte kein Licht. Kein Auto war unterwegs. All die Menschen da draußen schliefen. Oder sie waren bereits tot.

Ich wusste genau, was ich zu tun hatte. Ich musste jemanden finden, der sich dicht zu mir legte. Denn wenn ich alleine blieb, würde ich diese Nacht nicht überleben.

Hals über Kopf flüchtete ich aus meiner Wohnung und durchstreifte die menschenleeren Straßen, sah durch Schaufenster und in die Häuser hinein, doch überall waren die Fensterläden geschlossen oder die Jalousien heruntergelassen. In meiner Verzweiflung drückte ich mit beiden Händen auf die mannshohen Klingelschilder der Wolkenkratzer. Niemand öffnete mir. Die Sprechanlagen blieben still.

Schon wurden meine Schritte schwerfälliger und mein Puls träger. Sie waren hinter mir her. Sie lauerten. Ich konnte ihre Blicke spüren, ihren gierigen Atem. Ich roch die Fäulnis. Ratten krabbelten aus den Kanaldeckeln, krochen unter meine Hosenbeine und krallten sich an meiner nackten Haut fest, als ich in eine Gasse wankte und endlich eine offene Tür fand. Keuchend schlüpfte ich hindurch und quälte mich die schmale Stiege zum einzigen Zimmer hinauf, das dieses Haus hatte. Ein großes, breites Bett stand in der Ecke, bedeckt mit einem samtenen Überwurf, erleuchtet nur von einer flackernden Stumpenkerze. Auf allen vieren schleppte ich mich dem Bett entgegen, legte meine Hand auf die Matratze und drückte meine Finger in das dünne Laken, um mich hochzuzerren. Ich schaffte es nicht. Ich war zu schwach. Doch dann griff jemand sanft nach meinen Schultern und zog mich an sich.

»Grischa«, murmelte ich müde. »Du bist es.«

Ja, er war es. Er würde mich heute Nacht in seinem Arm halten. Bei ihm war ich sicher. Ich schlang meine Hände um seinen warmen Hals und presste mein Ohr an seine Brust, um dem Schlagen seines Herzens zu lauschen. Es pochte kraftvoll und gleichmäßig. Grischa versuchte, meine Arme von seinem Hals zu lösen, doch das konnte ich nicht zulassen. Es würde mein Tod sein. Ich verhakte meine Finger fest ineinander und konzentrierte mich nur auf sein Herz … Wenn es schlug, lebten wir …

»Ellie. Wach jetzt mal auf. Ich krieg kaum noch Luft. Hallo! Ellie!«

Ich fuhr so ruckartig hoch, dass meine Stirn gegen Tillmanns Kinn prallte. Mit einem metallischen Klacken krachten seine Zähne aufeinander. Blitzschnell rollte ich mich zur Seite und rechnete damit, auf den Boden zu fallen, aber das war mir recht, solange ich mich nicht weiterhin wie eine läufige Hündin an ihn klammerte. Doch ich fiel nicht. Tillmanns Bett hatte über Nacht offenbar seine Breite verdoppelt. Oder lagen wir etwa wieder in Pauls Zimmer?

Verwirrt sah ich mich um. Nein, wir waren in unserem Zimmer und alles sah so aus wie immer – mit dem kleinen Unterschied, dass unsere beiden Betten nun dicht nebeneinanderstanden.

»Eine Sicherheitsmaßnahme«, erklärte Tillmann und massierte sich seinen lädierten Kiefer. »Du hast so unruhig gepennt. Ich glaube, du solltest langsam mal deine Sache mit Colin klären.«

Ich errötete heftig. »Ich hab eben nicht von Colin geträumt.«

»Nein?« Tillmann schmunzelte belustigt. »Also doch von mir?«

»Nein! Von … Spielt keine Rolle.« Oh, das tat es sehr wohl. Denn es war bereits das zweite Mal, dass ich von Grischa geträumt hatte und bei einem anderen Mann im Arm aufwachte. Und leider war es dieses Mal Tillmann gewesen und nicht Colin. Warum zum Teufel träumte ich überhaupt von Grischa? Ich fuhr mir mit allen Fingern durch die Haare, um die Traumbilder zu vertreiben.

»Entschuldige bitte«, sagte ich steif. »Ich wollte dir nicht zu nahe treten.« Dann sah ich, dass Tillmann die Kamera in der rechten Hand hielt, und bekam den nächsten Schreck. »Paul! Ich muss nach Paul gucken …«

»Hab schon nachgeschaut. Alles okay. Er schnarcht friedlich vor sich hin.«

Mit einem Seufzer der Erleichterung ließ ich mich zurück in die Federn fallen. Noch immer hallte Tillmanns tiefer, gleichmäßiger Herzschlag in meinen Ohren nach und ich fühlte einen schwachen Abglanz seiner Körperwärme auf meiner linken Wange.

»Wir sollten die Aufnahmen prüfen, solange er schläft.« Tillmann wackelte mit der Kamera. »Wir brauchen dazu Pauls Laptop.«

Ich musste sowieso aufs Klo. Und ich benötigte dringend ein paar Minuten für mich alleine. Beinahe hatte ich das Gefühl, Colin betrogen zu haben – und das gleich doppelt. Mit Grischa im Traum und mit Tillmann in der Realität. Auf beides hatte ich nur wenig Einfluss gehabt, aber das machte es kaum besser. In dem Moment hatte es mich nicht einmal Überwindung gekostet. Ich hatte die Nähe sogar gesucht.

Tillmanns Aufforderung, »die Sache« mit Colin zu klären, war vielleicht gar nicht so verkehrt. Wer wusste schon, was ich in den nächsten Nächten mit Tillmann anstellen würde, wenn ich von Colin (oder Grischa?) träumte oder mich vor angreifenden Mahren in Sicherheit bringen musste? Doch noch konnte ich mich nicht dazu überwinden. Noch war die Angst zu groß. Ich wartete auf ein Zeichen, das mir bedeuten würde, zu ihm zu fahren – aber was, wenn dieses Zeichen niemals kam? Und er mich irgendwann aufgab?

Auf dem Rückweg vom Badezimmer schnappte ich mir Pauls

Laptop, der wie fast immer auf einem der Wohnzimmersessel lag, weil er wieder stundenlang im Internet Konsumgüter verglichen hatte. Tillmann hatte sich inzwischen angezogen, die Chipkarte aus der Kamera entfernt und in das Lesegerät gesteckt, das er mit einem geübten Handgriff an den Laptop anschloss.

»Fuck …«, fluchte er leise, als sich das Fenster mit den Dateiinformationen öffnete.

»Was denn? Stimmt was nicht?«, fragte ich ungeduldig und äugte ihm über die Schulter, obwohl ich es selbst hasste, wenn das jemand bei mir tat.

»Die Dateimenge ist viel zu gering. Nur vierzehn Megabyte. Die Chipkarte fasst aber sieben Gigabyte.«

»Jetzt mach! Spiel den Film ab!« Ich wollte ihm schon den Kasten aus der Hand reißen, als die Eieruhr erschien und sich der Mediaplayer öffnete. Er präsentierte uns Paul, wie er im Bett lag und schlief, und das kam mir im ersten Augenblick so privat vor, dass ich mich beschämt abwandte.

»Stell dich nicht so an, Ellie«, sagte Tillmann gelassen. »Vorhin hast du dich noch auf mich geschmissen und es war dir auch nicht peinlich.«

»Ich hab mich nicht auf dich geschmissen! Außerdem war es mir sehr wohl peinlich.«

Tillmann reagierte nicht auf meinen Protest. Er bewegte den Rollbalken nach rechts. Paul schlief immer noch, nun auf dem Rücken. Dann flackerte das Bild kurz. Und erlosch. Die Aufnahme war zu Ende.

»Kacke!«, knurrte Tillmann. »Ich hab es geahnt. Die Kamera ist ausgegangen.«

»Ist denn gar nichts drauf? Keine Hinweise? Geh zu den letzten Sekunden und dreh die Lautstärke voll auf.« Ich hatte einen nicht gerade höflichen Befehlston am Leib, aber Tillmann würde schon damit umgehen können. Er fasste mich schließlich auch nicht mit Samthandschuhen an. Und oh Wunder – er tat, was ich sagte.

Pauls Schnarchen drang aus den Lautsprechern, unregelmäßig und gequält. Ich konzentrierte mich so stark auf die Filmgeräusche, dass ich glaubte, die Flimmerhärchen in meinem Gehörgang vibrieren zu spüren.

»Stopp!«, rief ich. »Noch mal zurück.«

Jetzt hörte Tillmann es ebenfalls. Ein kaum wahrnehmbares, gleichmäßiges Plätschern. Schwimmzüge.

»Wir haben uns also nicht geirrt. Es kommt aus dem Wasser«, stellte Tillmann zufrieden fest. Insgesamt konnten wir fünf Schwimmzüge ausmachen. Dann brach die Aufnahme ab. Tillmann schüttelte entschlossen den Kopf.

»Das kannst du in der Pfeife rauchen. Der setzt die außer Betrieb, bevor er überhaupt an der Wand hochklettert. Oder sie.«

»Es ist ein Er.«

»Woher weißt du das?« Tillmann blickte mich fragend an.

»Keine Ahnung. Ich weiß es einfach. Ein Gefühl.« Ich rubbelte meine Arme, um die Gänsehaut abzustreifen, die meinen gesamten Oberkörper befallen hatte. »Na toll. Jetzt haben wir sechshundert Euro in den Sand gesetzt und sind kein bisschen schlauer.«

Ich zog das Lesegerät aus der USB-Buchse und wollte den Laptop zuklappen, doch Tillmann schob seine Hand dazwischen.

»Halt. Ich hab eine Idee, wie es klappen könnte. Ich werde versuchen, eine Super-8-Kamera zu kriegen.«

»Was genau verstehst du unter ›kriegen‹? Und was ist Super 8?«

»Kaufen, ersteigern, im Notfall klauen.« Tillmann loggte sich ins Internet ein und rief eBay auf. »Super 8 ist ein altes Filmformat aus den Siebzigern. Mein Dad hatte so eine Kamera, von meinem Opa. Er hat sie zu den Exkursionen mitgenommen. Total unpraktisch, das Teil, aber eben nicht digital. Vielleicht funktioniert es damit.«

Ich musste – wenn auch unwillig – zugeben, dass mir Tillmanns pragmatische Logik beim Lösen unseres Problems imponierte. Gleichzeitig fühlte ich mich langsam, aber sicher vollkommen überflüssig in diesem Spiel. Alles, was ich bislang getan hatte, war, eine Journalistin zu verschrecken und ein Abendessen auszurichten. Dabei konnte ich nicht einmal kochen. Ich verschwand erneut ins Badezimmer, um zu duschen, stellte Kaffee auf und ging zurück in unser Zimmer. Tillmann hackte mit gerunzelten Brauen auf dem Laptop herum.

»Also …«, sagte er, ohne aufzusehen. »Das Ganze ist nicht so einfach. Ich krieg bei eBay sowohl eine Kamera als auch Filmkassetten, da gibt's einige Angebote. Doch das Verfallsdatum der Filme ist schon lange abgelaufen. Die werden ja nicht mehr produziert.«

»Verfallsdatum«, erwiderte ich verständnislos.

»Ja. Die können schlecht werden. Aber das müssen wir riskieren. Außerdem brauche ich eine XL-Kamera, damit wir im Dunkeln aufzeichnen können. Mit den normalen Super-8-Geräten geht das nicht. Und wir müssen wach bleiben.« Tillmann hob den Kopf und sah mich an. »Die Filmrollen haben eine Aufnahmezeit von drei Minuten zwanzig Sekunden.«

»Drei Minuten? Das können wir vergessen!«, rief ich enttäuscht.

»Abwarten. Jedenfalls brauche ich eine Kreditkarte. Ich muss den Kram sofort kaufen und er sollte so schnell wie möglich verschickt werden. Das machen die Anbieter meistens nur bei Bezahlung über Kreditkarte.« Tillmann musterte mich fordernd.

»Ich hab keine Kreditkarte!«

»Dein Bruder schon. Sein Geldbeutel liegt draußen auf dem Flurtischchen. Ellie, bitte, das merkt der erst, wenn die Abrechnung kommt. Falls er bis dahin noch lebt.«

Und falls nicht, erbte François all seine Reichtümer – samt Porsche – und der Zweck heiligte bekanntlich die Mittel. Ich schoss in den Korridor, zog Pauls Visacard aus dem Geldbeutel und gab sie Tillmann, der sich mehrere Nummern abschrieb und sie mir dann wieder überreichte.

»Das war's. Kannst sie zurücktun.« Er wandte sich erneut dem Laptop zu und begann, die verschiedenen Angebote bei eBay zu durchforsten.

»Wie teuer wird das denn?«

»Dein Bruder wird es verkraften. Eine Kamera, Filmkassetten, ein Projektor mit Leinwand, ein paar Chemikalien und …«

»Chemikalien?«, fragte ich misstrauisch.

»Ja. Zum Entwickeln. Oder willst du Filmaufnahmen vom Angriff eines Nachtmahrs in fremde Hände geben? Außerdem haben wir nicht die Zeit für solche Scherze. Ich werde den Kram selbst entwickeln.«

Tillmann antwortete nur noch unwillig. Ich war ihm lästig. Aber mir konnte sein Feuereifer nur recht sein. Je schneller wir Paul einen Beweis liefern konnten, desto besser. Und ich hatte schließlich auch ein paar Sachen zu erledigen, obwohl sie mir wesentlich unattraktiver erschienen als das, was Tillmann vorhatte. Es waren Hausfrauentätigkeiten. Heute war Freitag. Mir blieben kaum mehr als vierundzwanzig Stunden, um ein Abendessen zu organisieren. Höchste Eisenbahn, Paul einzuweihen. Er durfte nicht auf die Idee kommen, morgen Abend etwas zu unternehmen.

»Hey!«, rief Tillmann, als ich mich zurückziehen wollte. »Ich brauche den Volvo.«

»Du hast keinen Führerschein, Tillmann.«

»Meine Herren, bist du neuerdings mit dem Gesetz verheiratet? Was ist nur los mit dir, Ellie? Als ich dich mitten in der Nacht zu Colin und Tessa bringen sollte, war es dir scheißegal, ob ich einen Führerschein hatte oder nicht. Da hast du einfach gemacht und nicht lange gefragt.«

»Aber jetzt bin ich verantwortlich für dich, kapierst du das nicht?«

»Bist du nicht. Nicht die Bohne. Ich kann allein auf mich aufpassen. Okay, anderer Vorschlag: Du chauffierst mich quer durch Hamburg nach Fuhlsbüttel. Dort steht nämlich eine Kamera samt Zubehör zum Verkauf, die ich abholen könnte. Und ganz ehrlich, Ellie, nach unserer Fahrt hierher weiß ich, dass es gefährlicher ist, wenn du am Steuer sitzt. Du fährst wie eine gesengte Sau. Und du bist mit den Gedanken ständig woanders.«

»Okay, bitte schön!«, fauchte ich und warf ihm den Autoschlüssel auf die Knie. »Du kannst so penetrant sein! Mann!«

Tillmann grinste nur, bevor er sich wieder eBay zuwandte. Ich holte mir zwei Tassen Kaffee aus der Küche, drückte mit dem Ellenbogen die Türklinke zu Pauls Zimmer herunter und schob mich vorsichtig hinein.

Paul lag auf der Seite, das Gesicht von mir weg zum Fenster gerichtet. Ich blieb starr stehen. Ich hörte kein einziges Atemgeräusch. Aber Tillmann hatte doch gesagt …

»Ich bin wach.« Paul richtete sich mühsam auf und lehnte sich an das Kopfteil des Bettes. Seine Haare bildeten ein zerzaustes Vogelnest und auf der linken Wange hatten die Falten des Kopfkissens tiefe Schlafnarben hinterlassen. Er sah aus, als habe er schwere Kämpfe ausgefochten. »Seit zwei Minuten. Warum musst du die Tür so knallen?«

»Hab ich das?«, fragte ich und setzte eine unschuldige Miene auf. »Hier, Kaffee für dich.«

Paul klopfte einladend neben sich auf das Kissen. »Und für dich, wie ich sehe. Na komm schon zu mir, Lupinchen.« Er griff nach der Fernbedienung der MP3-Stereoanlage, die auf der Kommode stand, und wählte eine seiner Chill-out-Sammlungen aus. Während meiner einsamen Nachmittage in dieser Wohnung hatte ich sie nach und nach durchgehört und sogar einige Moby-Stücke gefunden, die ich noch nicht kannte. Ich fing an, diese Musik zu mögen, obwohl ich nun wusste, warum Paul sie brauchte. Sie half ihm, sich von seinen nächtlichen Kämpfen zu erholen.

Wir tranken unseren Kaffee, lauschten den sanften, schmeichelnden Klängen und sagten minutenlang kein Wort. Ich hätte bis in alle Ewigkeit mit Paul hier sitzen können, meine Füße warm unter der Decke verpackt, meinen Kopf an seine Schulter gelehnt. In diesen hellen Morgenstunden konnte ich den Gedanken an das verdrängen, was in diesem Zimmer beinahe jede Nacht geschah. Der Mahr ruhte sich aus und wir konnten Luft holen und uns wappnen.

»Du …«, begann ich mit träger Zunge. »Ich hab da jemanden kennengelernt, ein Mädchen, und ich hab sie eingeladen. Hierher.«

»Du hast jemanden kennengelernt? Wo denn?«, fragte Paul interessiert.

»In der Kunsthalle. Wir sind zufällig ins Gespräch gekommen.« Oh, war das schön, nicht zu lügen. Ich sollte es genießen, bevor es vorbei war. Ich hielt kurz inne und sah Paul an. Hab ich dir eigentlich schon gesagt, dass ich dich liebe?, dachte ich. »Sie heißt Gianna. Sie kommt am Samstag. Und ich – ich würde mich freuen, wenn du auch da bist.«

Paul lächelte. »Klar. Warum nicht? Ich hab nichts anderes vor und François ist sowieso den ganzen Tag in Berlin, weil …«

»Oh, super. Versteh das nicht falsch, Paul, aber François ist manchmal ziemlich anstrengend und ich glaube, er mag keine Frauen.«

Paul schüttelte entschieden den Kopf. »Nein, da irrst du dich, Ellie. François hat nichts gegen Frauen. Er kann sehr charmant sein, wenn er will.«

»Tja. Bei mir will er wohl nicht.«

»Keine Bange. Wie gesagt, er ist in Berlin und kommt erst spätabends zurück. Zu den Vertragsverhandlungen fährt er jedes Mal alleine. Ich kann machen, was ich will, er nimmt mich nicht mit. Er sagt, ich wäre zu grob gestrickt und würde die Leute vergraulen.«

»Du?« Ich lachte kurz auf. Paul war stets ein Menschenmagnet gewesen. Er konnte sowohl Männer als auch Frauen binnen Minuten mit einem Witz oder einer Bemerkung aus der Reserve locken. Er verstand sich ja sogar mit Tillmann. Gut, seine Witze waren nicht immer stilsicher. Trotzdem war er definitiv sympathischer als François.

»Wir haben kaum miteinander geredet in den letzten Tagen, Schwesterchen. Wie geht es denn mit der Therapie voran?«

Oh ja. Meine angebliche Therapie bei Dr. Sand. Himmel, die hatte ich vollkommen vergessen. Nun musste ich mich in Lügen stürzen.

»Ganz gut, denke ich. Ich fühl mich ein bisschen besser.«

»Ja, das sehe ich. Du hast zugenommen, oder? Bist nicht mehr so mager. Hat er eigentlich schon eine eindeutige Diagnose gestellt?«

Eine Diagnose. Auch das noch. Jetzt war mein Improvisationstalent gefragt.

»Ähm … ja, hat er wohl, doch er meinte, es sei momentan zu früh, um mich damit zu konfrontieren. Er will warten, bis ich stabiler bin.«

»Das spricht für ihn. Sehr gut«, entgegnete Paul anerkennend und strich mir fürsorglich über den Rücken. Ich wich nicht aus. »Sagt er denn, dass du studieren kannst? Hast du dich mal an der Uni umgesehen?«

Gutes Stichwort. Studium. Daraus ließ sich etwas machen.

»Na ja. Ich würde gerne Biologie, Medizin oder Biochemie studieren. Aber ich hab Angst, nach ein paar Semestern zu merken, dass es nicht das Richtige für mich ist. Woran hast du das eigentlich gemerkt? Ich meine, es hat bestimmt einen Grund gegeben, weshalb du dich für die Kunst entschieden hast, oder? Außer der Sache mit dem Geld?«

Pauls Gesicht verdunkelte sich. Er hustete und griff sich an die Brust. Sein Atem ging schwerer.

»Ich konnte es auf einmal nicht mehr. Ich hab im Krankenhaus als Pfleger gearbeitet und plötzlich hab ich mich dauernd bei den Patienten angesteckt, mit jedem Mist. Ich war nur noch krank. Und … ich hab mich von einem Tag auf den anderen vor allem und nichts geekelt. Wenn ich die Patienten gewaschen habe, wurde mir fast schlecht, ich hab es nicht geschafft, Windeln zu wechseln oder Erbrochenes aufzuwischen. Ich weiß nicht, warum das passiert ist. Aber es ging nicht wieder weg. Inzwischen ekle ich mich sogar vor Rasierschaum und Duschgel. Das ist so glibberig. Ich will es immer ganz schnell wieder vom Körper kriegen.«

Paul brach ab. Ich versuchte zu verstehen, was er mir gesagt hatte. Ekel? Paul ekelte sich? Alles, was ich früher eklig gefunden hatte, hatte Pauls Augen leuchten lassen. Er hatte in den Ferien aus Wasser, Mehl, Ei und Kakao Scheiße nachgebastelt und sie mit Hingabe auf sämtlichen Klobrillen und Omas Gartenwegen verteilt. Er hatte mit Schneckenschleim experimentiert und mit den Maden aus der Biotonne Wettrennen auf dem Wohnzimmertisch veranstaltet (an diesem Nachmittag wurde selbst Mama hysterisch). Wann immer jemand blutete, war Paul zur Stelle. Einmal hatte er das Blut, das aus meiner Kniewunde tropfte, abgeleckt, weil er wissen wollte, wie es schmeckte.

Doch er hatte mich eben nicht belogen. Das wusste ich genau. Paul hatte eine vollkommene Wesensänderung durchgemacht und der Mahr musste daran schuld sein. Es war die einzige Erklärung, die mir in den Sinn kam. Denn das passte auch zu seiner schwachen Immunabwehr. Normalerweise bekamen Pflegekräfte im Krankenhaus mit der Zeit ein stabileres Immunsystem. Bei Paul aber war es genau umgekehrt gewesen. Wie hatte Colin gesagt? Mahre konnten die Abwehrkräfte der Menschen beeinträchtigen.

»Wie lange liegt das zurück?«, fragte ich im lockeren Konversationston, obwohl mir so übel geworden war, dass ich den Kaffeeduft kaum noch riechen konnte und meine Tasse beiseitestellte.

»Ich hab vor zwei Jahren aufgehört, im Krankenhaus zu jobben. Und vor anderthalb Jahren hab ich das Studium geschmissen. Es machte ja keinen Sinn mehr. In die Forschung will ich nicht gehen. Das ist nichts für mich.« Damit hatte er ausnahmsweise recht. Paul musste mit seinen Händen arbeiten.

Vor zwei Jahren … Das bedeutete, dass er schon mindestens zwei Jahre lang befallen wurde. Für einen Moment hatte ich das Gefühl, das Bett unter uns würde zur Seite driften. Wie hatte er das nur durchhalten können? Mit einem Mal wurde mir bewusst, wie stark Paul war. Stark und zäh. Er hatte keine Ahnung, was mit ihm passierte, spürte täglich, dass er schlaffer und kraftloser wurde und ihm die Energie für die normalsten Dinge fehlte, er war depressiv und schwermütig. Und trotzdem kämpfte er sich jeden Morgen aus dem Bett, das eines Nachts sein Grab werden sollte, und zelebrierte sein Frühstück, als habe er noch alle Eisen im Feuer. Er fing jeden Morgen neu an zu leben. Dass er sich für schwul hielt, war für mich plötzlich nebensächlich geworden.

Nun hustete er wieder und ich konnte deutlich hören, dass seine Lungen flatterten.

»Mann, ich bin so fertig … Ich möchte mal wissen, woher das kommt. Aber die Ärzte finden ja nichts.«

»Vielleicht geht es von alleine weg. Du musst nur noch ein bisschen Geduld haben. Dann ist der Frühling da und alles wird besser.« Meine Stimme zitterte, doch ich wich Pauls fragendem Blick aus. Gut, dass ich Tillmann die Kreditkarte gegeben hatte. Hoffentlich war er schon unterwegs und hoffentlich baute er keinen Unfall. Ich brauchte ihn jetzt mehr denn je. Uns durfte kein Fehler unterlaufen. Ich schluckte meine Panik hinunter und stand auf.

»Okay. Morgen Abend um sechs, ich werde was kochen.«

Ich zog mich eilig in die Küche zurück, bevor Paul meine Angst bemerken konnte.

Zwei Jahre. Warum so lange? Warum hatte der Mahr sich regelrecht an ihm festgebissen? Das war nicht typisch. Laut Papa und Colin arbeiteten Mahre effektiv. Sie saugten, was sie kriegen konnten, bis die Träume ihre Nahrhaftigkeit verloren. Dann ließen sie von ihrem Opfer ab. War es möglich, dass er von mehreren Mahren nacheinander befallen worden war? Und hatte es mit Papas Machenschaften zu tun? War es doch eine Art Mahrrache dafür, dass ein Halbblut sich in ihre Angelegenheiten eingemischt hatte?

Es gab nur ein Wesen, dem ich all diese Fragen stellen konnte. Colin. Ich hörte die Brandung in meinem Kopf rauschen, als ich zum ersten Mal seit dieser unseligen Nacht den Namen der Insel aussprach, auf der es geschehen war.

»Trischen.« Ich hasste dieses Wort. Es war mein persönlicher Horror, wie der Drache Katla für die Gebrüder Löwenherz. Aber sie hatten sich Katla gestellt.

Und doch blieb ich am Küchentisch sitzen, starrte auf meine blassen Hände, die tatenlos vor mir lagen, und wartete, bis Paul zu mir kam, die Musik anstellte, aus unerklärlichen Quellen Kraft tankte und das Wasser – unser beider Verderben – sich schillernd in seinen blauen Augen spiegelte.

Sonnentänzer

»Na endlich, da bist du ja!«, rief ich vorwurfsvoller als beabsichtigt, als Tillmann gegen zehn Uhr abends ins Zimmer gestürzt kam, in beiden Händen zwei große Coffee-to-go-Pappbecher und über der Schulter eine prall gefüllte Sporttasche. »Wo ist Paul? Wie geht es ihm? Ist alles okay? Hast du die Kamera bekommen?«

»Vorsicht, heiß.« Tillmann drückte mir einen Becher in die Finger. »Trink so schnell wie möglich.«

Er ließ die Sporttasche auf den Boden gleiten und stellte seinen Pappbecher auf den Schreibtisch. »Paul geht's gut. Die beiden waren den ganzen Nachmittag in der Sauna. Jetzt sitzen sie unten im Jaguar und streiten.«

Ich verzog angewidert das Gesicht. Paul und François zusammen in der Sauna, das wollte ich mir nicht ausmalen, was meine Vorstellungskraft aber herzlich wenig interessierte. Sie tat es einfach, ohne mich zu fragen.

»Was ist da drin?« Ich löste den Deckel vom Pappbecher und schnupperte. Das Kaffeearoma war so stark, dass ich zurückwich und hustete.

»Zwei doppelte Espresso.« Tillmann holte eine wuchtige Kamera aus der Tasche. »Hast du das Loch vergrößert?«

Ich nickte nur. Tillmann hatte mich mittags auf dem Handy angerufen, mir befohlen, bis abends nichts mehr zu essen und das Loch in der Wand zu erweitern, da die neue Kamera ein wesentlich größeres Objektiv hatte. Jetzt hatte ich einen gähnend leeren Magen und noch mehr Blasen an den Fingern und zudem immer noch nicht das Essen für morgen Abend geplant. Doch das Loch besaß den benötigten Durchmesser.

»Ich hab das Auge der Schlange komplett aus der Leinwand geschnitten und es dann mit doppelseitigem Klebeband befestigt. Sonst würde es auffallen. Wir müssen es nur noch entfernen, sobald Paul schläft. Schläft er denn überhaupt hier?« Ich konnte kaum verhindern, dass mir meine Hoffnung anzumerken war. Wenn Paul bei François schlief, würde der Mahr nicht kommen. Wir hätten eine ganz normale Nacht. Wir könnten uns einfach hinlegen und schlafen.

»Ja. Deshalb streiten die doch gerade. Paul ist k.o. von der Sauna und will nur noch in sein eigenes Bett. Allein. Und François fühlt sich mal wieder verraten. Dabei konnte er doch den ganzen Tag an deinem Bruder rumfummeln. Und ich konnte mich in der Galerie in Ruhe mit der Kamera beschäftigen.«

Wir hörten die Tür ins Schloss fallen und verstummten. Wir hatten unser Zimmer schon vor Tagen zur Privatzone erklärt und Paul gebeten, in Zukunft anzuklopfen. So hatten wir immer genug Zeit, eventuelle Verdachtsmomente zu beseitigen. Die natürliche Folge dieser Abmachung war, dass Paul dachte, Tillmann und ich hätten ein Techtelmechtel miteinander. Das war zwar unangenehm, aber notwendig.

Doch Paul klopfte nicht an. Er rief nur gähnend: »Gute Nacht, Lupine!«, dann begann im Bad das Wasser zu rauschen. Er würde sich also sofort hinlegen und nicht mehr fernsehen. Sehr gut.

Tillmann brachte die Kamera auf dem Regalbrett an und legte eine urtümliche Filmkassette ein. Anschließend drehte er sich zu mir um und seine wissende Miene verriet mir, dass ein kleiner Vortrag folgen würde.

»Trinkst du bitte mal deinen Espresso? Wenn's geht, auf ex.« Ich nahm brav einen Schluck und schüttelte mich. Er war komplett ungesüßt und schmeckte wie Teer.

»Wir müssen alles versuchen, um wach zu bleiben. Wenn man Hunger hat, kann man nicht gut einschlafen«, dozierte Tillmann, ging zum Fenster und drehte die Heizung auf null herunter. »Ebenso wenn einem kalt ist. Das mit dem Espresso muss ich ja wohl nicht erklären.«

Nein, musste er nicht. Würgend kippte ich den Rest meine Kehle hinunter. Tillmann nahm mir meine Wasserflasche aus der Hand und stellte sie auf das oberste Regalbrett. »Nichts mehr trinken. Wir dürfen den Kaffee nicht verdünnen. Aber das Wichtigste …«

Er kniete sich hin und holte zwei MP3-Player aus der Sporttasche. Der eine gehörte ihm, der andere war neu und zweifelsohne von Pauls Kreditkarte bezahlt worden. Oder von meinem Geld, das ich schon lange nicht mehr nachzählte.

»Musik?« Ich sah Tillmann fragend an.

»Du hast mir damals im Wald gesagt, ich dürfe nicht an Tessa denken, weil sie mich sonst wittern kann, oder? Und gilt hier nicht das Gleiche? Wir dürfen auf keinen Fall an den Mahr denken.«

Ich verzichtete darauf, beifällig zu nicken. Offenbar war Tillmann nun James Bond und ich nur noch seine doofe Miss Moneypenny, die ihren Tag damit verbrachte, Däumchen zu drehen, Gelder aufzutreiben und Backsteinwände zu durchbohren, und abends willfährig auf ihren Herrn und Meister wartete. Diese neue Rollenverteilung behagte mir gar nicht.

»Am besten ist es, wenn wir in eine Art Trance fallen. Wir sind wach, denken aber nicht mehr viel. Deshalb das hier.« Er reichte mir den MP3-Player und forderte mich mit einer knappen Geste auf, die Stöpsel in die Ohren zu drücken. Ich schaltete auf Play und spielte den ersten Song an. Ich kannte diese Art von Musik nicht.

Ich wollte sie aber auch gar nicht kennenlernen. Harte, schnelle Beats – zu schnell und zu hart. Fast wie Techno. Ich schaltete wieder aus und sah Tillmann zweifelnd an.

»So voreilig bildest du dir also eine Meinung, Ellie. Nach zwanzig Sekunden.«

»Kann ich nicht was anderes hören?«

»Etwa dein Moby-Gejammer? Dabei pennt man doch ein! Außerdem kann man dazu nicht gut tanzen.«

»Ich soll tanzen?«

»Wir beide. Jeder für sich. Wir können die Musik ja schlecht laut stellen, wenn Paul einschlafen soll.« Tillmann trank seinen Espresso und seine harten, zackigen Bewegungen verrieten mir, dass ich ihn nervte.

»Aber muss es unbedingt Techno sein?«, meckerte ich.

»Das ist kein Techno. Das ist Ethno Dance. Gesänge von Indianern und Aborigines mit Trance abgemischt. Hab die CD bei deinem Bruder gefunden, die ist genau richtig. Mensch, Ellie, guck nicht so! Ich hab's halt nicht geschafft, auf die Schnelle einen Schamanen mit Trömmelchen einfliegen zu lassen!«

»Ist ja gut«, murrte ich. »Ich kann aber nicht tanzen. Nicht einfach so.«

Tillmann ließ sich aufseufzend auf das Bett fallen. Angestrengt rieb er sich über seine Oberschenkel.

»Du kannst wohl tanzen. Ich hab es damals auf der Achtzigerjahre-Party im Chic gesehen. Falls du Hemmungen hast, kann ich dich beruhigen. Ich werde dich nicht angucken. Ich lasse meine Augen geschlossen und du solltest das auch tun. Hör einfach nur auf die Beats und auf die Klänge. Denk an nichts anderes mehr. Und beweg dich dazu. Wer tanzt, schläft nicht.« Tillmann richtete sich wieder auf. »Du hast nicht viel Ahnung von Musik, oder?«

Ich zuckte mit den Schultern. »Muss ich das?«

»Nein, aber ... Techno ist im Grunde nix anderes als das, was die Urvölker machen, wenn sie sich in Trance tanzen. Gleichmäßige Schläge im Herzrhythmus. Jeder Powwow funktioniert so.«

Na, immerhin wusste ich, was ein Powwow war.

Tillmann zog sich seinen Pulli und sein T-Shirt über den Kopf. Dabei war es im Zimmer bereits unangenehm kalt. Er wollte es also wirklich wissen.

»Muss ich das jetzt auch machen?«, fragte ich spitz, doch Tillmanns nackte Brust ließ mich stocken. Ich vergaß meine Verlegenheit und beugte mich vor, um ihn genauer zu betrachten. Oberhalb seiner Brustwarzen befanden sich zwei schlecht verheilte, wulstige Narben. Sie sahen aus, als hätte er sich seine Haut in Fetzen gerissen.

»Was ist das?« Ich konnte mich nicht daran erinnern, dass diese Narben im Sommer schon da gewesen waren. Ich hatte zwar bei Gott andere Sorgen gehabt, als Tillmann sich das T-Shirt vom Leib gezerrt hatte und Tessa entgegengegangen war, doch diese Narben wären mir aufgefallen. Sie waren neu. Ihre Wundränder leuchteten rötlich, beinahe entzündet. Tillmann tat so, als habe er meine Frage überhört, und leerte mit gesenkten Lidern seinen Espresso.

»Hey! Bitte sag mir, was das ist! Wobei ist es passiert? Kamen sie von alleine? Hat es mit ihr zu tun?«

»Nein!«, unterbrach Tillmann mich scharf. »Sie stammen von mir.«

»Von dir? Aber wie ...?« Ich hob verwirrt meine Hände.

»Schon mal was vom Sonnentanz gehört? Nein?« Tillmann atmete tief durch und mit einem Mal kapierte ich, dass ich etwas sehr Privates angesprochen hatte. Er wandte sich von mir ab, als er antwortete. »Man befestigt dünne Zweige unter der Haut, bindet sie mit Schnüren an einem Pfahl fest und tanzt um diesen Pfahl herum, bis man den Mut gefunden hat, die Zweige loszureißen. Bei den

Lakota dauert das manchmal Tage. Ich hab einen Nachmittag und eine Nacht gebraucht.«

»Du hast dir Äste unter die Haut gebohrt? Ist dir eigentlich klar, dass du daran hättest sterben können?«

»Ja.« Tillmann blickte mich kühl an. »Aber ich bin nicht total bescheuert, Ellie. Ich hab sie vorher ausgekocht und desinfiziert, genauso wie das Rasiermesser, mit dem ich meine Haut aufgeschnitten habe.«

»Warum um Himmels willen machst du so etwas?« Ich griff automatisch an meine Brust. Das musste höllisch schmerzhaft gewesen sein.

»Grenzerfahrungen«, antwortete Tillmann einsilbig.

»Hatten wir nicht genug Grenzerfahrungen vergangenen Sommer?«

»Es ging mir um meine eigenen körperlichen Grenzen. Außerdem – man macht den Tanz, um Antworten zu finden. Vielleicht auch eine Vision.«

An der Art und Weise, wie er das sagte, wurde mir klar, dass er keine Antwort gefunden hatte. Er hatte sich selbst verletzt, Tag und Nacht getanzt, um die Zweige aus seiner Brust zu reißen, und doch keine Antwort bekommen. Tessa hatte einen noch tieferen Eindruck hinterlassen, als ich befürchtet hatte. Sie war immer noch unter seiner Haut.

Pauls schwere Schritte tapsten durch den Korridor. Dann klickte seine Schlafzimmertür. Stumm lehnten wir nebeneinander auf dem Bett an der Wand und warteten. Nach einer Weile überwand ich meine Scheu und zog ebenfalls meine Strickjacke und mein Longsleeve aus, sodass ich nur noch in Hemdchen und Jeans neben Tillmann saß. Er würdigte mich keines Blickes. Doch die Maßnahme zeigte Wirkung. Die Kälte überzog meine Arme sofort mit Gänsehaut und beinahe freute ich mich darauf, mich bewegen zu können.

Dann, wie auf einen geheimen Einsatzbefehl hin, beugten wir uns nach vorne und zogen Schuhe und Socken aus. Wir würden barfuß tanzen.

Nach einer halben Stunde stand Tillmann wortlos auf und schlich hinüber zu Paul. Ein leises Scharren an der Wand verriet mir, dass er das Auge der Schlange gelöst hatte. Wir waren bereit. Ich erhob mich und band meine Haare zu einem widerspenstigen Zopf zusammen.

Lautlos kehrte Tillmann zurück, schaltete das Deckenlicht aus und nahm mir meinen MP3-Player aus der Hand, um ihn zu aktivieren. Nur noch die Nachttischlampe spendete eine gelbliche, matte Helligkeit. Unsere Silhouetten bewegten sich geisterhaft riesig über die Wand, und die Scheußlichkeiten auf Pauls Regalbrettern warfen bizarre Schatten an die Tapete.

»Ich hab sie so programmiert, dass sie exakt gleich laufen, wenn wir im selben Moment auf Play drücken.« Er gab mir das Gerät zurück. Ich legte den Finger auf die Taste.

»Eins, zwei, drei …« Wir schalteten ein.

Ich schloss meine Augen und versuchte zu vergessen, wo ich war, doch es gelang mir nicht. Zu deutlich fühlte ich die Enge dieses schmalen Zimmers und Tillmanns Gegenwart. Ich roch seine Haut, ein maskuliner und doch weicher Duft, und unter meinen Lidern leuchteten die wulstigen Narben seiner Brust. Die Bodendielen begannen sanft und rhythmisch zu schwingen, als er zu tanzen anfing, doch ich rührte mich immer noch nicht. Mein Mund wurde trocken. Das Koffein brachte mein Herz zum Rasen und Stolpern und trotz der nagenden Kälte jagten hitzige Wellen über meinen Rücken.

Nicht an Paul denken. Nicht an den Mahr. Nicht an Colin, an meinen Vater, an meine Mutter. Nur an die Musik.

Der zweite Titel machte es mir leichter. Die Wände, die ich eben noch so deutlich wahrgenommen hatte wie die Mauern eines Gefängnisses, wichen zur Seite. Die Decke über uns entschwebte. Ich war allein und doch nahm ich Tillmanns Schritte wahr, die sich gleichmäßig durch die Dielen übertrugen und meine Sohlen kitzelten. Ich passte mich ihnen an, erst zögerlich, dann mutiger, dann brauchte ich keinen Mut mehr. Es geschah von selbst.

Der Boden verlor seine Härte. Er wurde anschmiegsam, gab nach unter meinen nackten Füßen. Ich drehte mich, ließ die Arme hängen, ein Beat, ein Schritt, eine halbe Drehung – nichts anderes denken. Mein Kopf fiel in den Nacken, als ich meine Schultern leicht anhob, um meine Handflächen nach oben zu kehren, und ich glaubte, die heiße Sonne auf ihnen zu spüren, ja, ich roch das intensive Aroma verbrannter Steine und uralter Holzscheite, die vor mir im Sand verglühten.

Mein Herzschlag hörte auf zu stolpern und passte sich dem Beat an. Mein Körper hatte kein Gewicht mehr. Wir wurden eins – Tillmann, ich, unsere Herzen, die Musik. Die Bilder in unseren Köpfen. Er nahm mich mit, weg von hier. Weit weg von mir.

Der Schweiß lief meine Wangen und mein Kinn hinunter und rann an meiner Wirbelsäule hinab, die Jeans klebte an meinen Beinen. Mit der Zunge fing ich die salzigen Tropfen auf und zog neue Energie aus ihnen. Ich wusste nicht, wie lange wir schon tanzten. Die Musik nahm kein Ende, aber ich hätte geschrien, wenn sie verstummt wäre. Denn allein sie erlaubte es mir, zu schweigen und nur noch zu fühlen, nur noch Mensch zu sein, Herzschlag, Tanz, Atem. Ich wollte nie wieder die Augen öffnen. Hier, in mir, in meiner eigenen wachen Dunkelheit, war es kühl und geborgen.

Kein einziges Mal berührten oder streiften wir uns, obwohl wir nichts sahen. Ich bewegte mich sicher und geschmeidig durch die Finsternis. Und doch konnte ich nichts gegen die Schwere meiner Lider ausrichten, die plötzlich mit jedem Trommelschlag zunahm.

Mein Mund war so trocken, dass ich nicht mehr schlucken konnte. Mein Körper brauchte Wasser und Nahrung. Vor allem aber brauchte er Schlaf. Und er würde ihn sich holen. Ich wollte die Musik lauter stellen, doch ich hatte sie schon bis zum Anschlag aufgedreht. Zu leise ... sie war zu leise. Ich torkelte rückwärts gegen das Fenster, verlor den Rhythmus und mein Gleichgewicht. Ich spürte den Schmerz, als ich fiel, die Fensterbank mein Shirt nach oben schob und die dünne Haut über meinen Wirbeln aufriss, doch er störte mich nicht. Warmes Blut sickerte über meinen Rücken.

Der vibrierende Boden empfing mich sanft und warm. Nicht schlafen. Nicht schlafen ... Sieh ihn dir an ... Sieh ihn dir an und finde wieder zurück in den Rhythmus. Öffne deine Augen. Du musst es tun. Aus halb geschlossenen Lidern blickte ich zu Tillmann hoch. Das Zimmer hatte tatsächlich keine Wände mehr. Es gab kein Zimmer, nur einen gigantischen glutroten Himmel, eine Kuppel voller Zorn und Wut und Schmerz. Gezackte Wolken wirbelten über Tillmann hinweg, als er sich im Kreis drehte, immer und immer wieder um sich selbst und das Feuer, mit blutender Brust und einem Ast in beiden Händen, bis er schrie und ihn beim nächsten Trommelschlag in die Flammen hieb ...

Die Funken trafen mitten in meine Augen. Nun musste ich sie schließen, damit sie nicht verbrannten, damit ich wieder sehen und fühlen konnte. Ich musste wieder fühlen. Ich würde sterben, wenn ich nicht wieder fühlen würde.

Ich gab nach. Der Himmel löste den Boden unter mir auf. Es wurde still.

Das bisschen Haushalt

Und? Hat es geklappt?, wollte ich fragen, sobald ich mich von meinen wirren morgendlichen Träumen losreißen konnte. Doch mein Gaumen war so ausgedörrt, dass ich nur ein trockenes Grunzen zustande brachte. Ich rollte mich mit geschlossenen Augen nach rechts, um nach meiner Wasserflasche zu greifen. Meine Stirn knallte hart gegen die Wand. Wand? Warum war da eine Wand? Okay, die Wasserflasche stand sowieso oben auf dem Regal, das war mir zeitgleich mit der Kopfnuss wieder eingefallen. Aber wieso schlief ich neben der Wand? Wir hatten die Betten doch zusammengeschoben. Stöhnend rappelte ich mich auf.

»Wabber«, stammelte ich mit verklebtem Mund. Mein Magen schmerzte, eine Folge des zu starken Espressos, und mir war vor Hunger beinahe schlecht. Da jedoch niemand auf mein halb totes Gewimmer reagierte, blieb mir nichts anderes übrig, als meine Augen zu öffnen.

Tillmann hatte die Betten tatsächlich wieder auseinandergeschoben. Er lehnte auf seiner Pritsche an der Wand, die Knie hochgezogen, und blickte an mir vorbei. Er sah irgendwie verändert aus … Was war mit ihm? Seine ganze Haltung war untypisch. Er wirkte extrem nervös. Sein Fuß wippte und seine Kiefer malmten ununterbrochen.

Ich zog mich ächzend am Regal hoch und angelte die Flasche vom oberen Brett, um einen tiefen Schluck zu nehmen. Das Blut auf meinem Rücken war getrocknet, doch die Risse in der Haut brannten wie Feuer. Außerdem taten mir die Ohren weh.

Es war schon viel zu spät. Die Sonne stand hoch und aus der Küche ertönte Geschirrklappern. Paul war also wach. Er kroch nie vor elf Uhr aus den Federn, es sei denn, er musste. Heute aber war Samstag. Er hatte frei. Ich hatte ungewöhnlich lange geschlafen.

»Hättest du vielleicht die Ehre, mit mir zu sprechen? Hat es geklappt?«

Tillmann presste malmend die Kiefer zusammen, bis seine Zähne knarzten.

»Hat es nicht«, knurrte er. »Bin auch eingepennt. Kurz nach dir.«

»Scheiße«, fluchte ich. »Was sollen wir denn noch machen, um wach zu bleiben? Das gibt es doch nicht! Hast du wirklich gar nichts aufzeichnen können?«

»Nein! Verdammt, ich hab's doch gesagt, ich bin eingepennt!« Tillmanns Tonfall war so aggressiv, dass ich mich bis an die Wand zurückzog. Verunsichert suchte ich seinen Blick. Was war nur mit seinen Augen passiert? Seine Augen wirkten mehr schwarz als braun und seine Lider waren stark gerötet. Ein morbides, dumpfes Leuchten ging von ihnen aus. Mit einem hektischen Geräusch zog er die Nase hoch.

»Was glotzt du mich so an? Hm?«, fragte er schroff.

»Nichts, ich …« Mein Herzschlag verdoppelte seine Frequenz und mein Magen suchte sich eine neue, viel zu hohe Position. Mit Tillmann stimmte etwas nicht. Hatte es mit dem Mahr zu tun? Hatte er die Kamera bemerkt und ihn befallen? Wieder zog Tillmann die Nase hoch und seine Zähne knirschten.

»Bist du krank? Hast du dich erkältet?« Was für eine dämliche Frage. Seine Nase war nicht verstopft. Und trotzdem – gesund war er auch nicht.

»Nein, hab ich nicht!« Tillmann hämmerte die Faust aufs Bett.

Die Federn quietschten. »Kannst du dich nicht um deinen eigenen Kram kümmern? Und mich endlich in Frieden lassen? Geh ins Bad und schmink dich ein bisschen, du gehst mir auf den Sack!« Nun brüllte er.

»Ja, du mir auch«, zischte ich und stob beleidigt aus dem Zimmer. Okay, unser Vorhaben war gescheitert, aber war ich nun die Schuldige, weil ich zuerst eingeschlafen war? Er hatte es doch auch nicht geschafft, wach zu bleiben. Am meisten ärgerte mich jedoch, dass er die Betten wieder auseinandergeschoben hatte. Ich konnte mich nicht entsinnen, wie oder ob ich in meines gekrochen war, nachdem ich am Fenster zusammengeklappt war, doch wir hatten beschlossen, dicht nebeneinanderzubleiben, wenn der Mahr kam. So dicht wie möglich, ohne uns zu berühren. Aber offensichtlich war es meinem Herrn und Meister zu nah gewesen.

»Verklemmter Idiot«, schimpfte ich, stieg unter die Dusche und drehte die Temperatur auf vierzig Grad, denn meine Hände und Füße waren eiskalt. Ich jaulte auf, als das heiße Wasser die Schrammen auf meinem Rücken traf. Dann überwältigte mich die Enttäuschung über unser Versagen und meine Anspannung löste sich in heiserem Schluchzen. Noch gestern Abend hatte ich mir alles so schön ausgemalt: Wir würden den Angriff aufnehmen, den Film entwickeln, Gianna zum Essen empfangen, Paul die Beweise zeigen und ihm klarmachen, dass er hier wegmusste – und ja, vielleicht besaß Giannas Familie irgendein nettes Ferienhäuschen im Süden, in dem wir erst einmal unterkommen konnten. Und dann würden wir im Meer baden und Paul würde sich in Gianna verlieben und François vergessen, ich konnte ihm alles in Ruhe erzählen, er würde kapieren, dass ich nicht verrückt war. Wir würden gemeinsam Papa suchen.

Und jetzt? Jetzt gab es nur das Abendessen mit Gianna und unsere Bude war ein einziger Saustall. Ich hatte nichts, was ich Paul und

Gianna als Beweis für die Existenz von Mahren zeigen konnte. Wenn Paul weder seinem Vater noch seiner Schwester glaubte, wie wahrscheinlich war es dann, dass Gianna einer völlig Fremden glaubte?

Also konnte ich nur darauf bauen, dass Paul Gianna mochte und ich ihn wenigstens von François loseisen konnte. Politisch korrekt war dieser Gedanke nicht, das wusste ich. Ich führte mich auf wie ein erzkonservativer Vater, der nicht wahrhaben wollte, dass sein Sohn schwul war. Aber auch Tillmann sagte, dass er Paul nicht für schwul hielt, und François war ohnehin indiskutabel, darin waren wir uns beide einig. Also sollte ich retten, was zu retten war. Vielleicht klappte wenigstens das.

Jedenfalls musste die Wohnung vorzeigbar sein, wenn Gianna auftauchte. Mit Tillmanns Hilfe konnte ich kaum rechnen. Ich war ohnehin nicht erpicht darauf, ihm zu begegnen, bevor er sich abgeregt hatte. Doch das Knallen der Haustür verriet mir, dass ich darauf keine Rücksicht nehmen musste. Er hatte sich aus dem Staub gemacht.

»Heute ist nicht zufällig Olga-Tag?«, fragte ich Paul, als ich mich zu ihm in die Küche setzte. Olga war Pauls Putzfrau. Sie kam aus Weißrussland, hatte einen Hintern wie ein Brauereigaul und schaffte es, mit durchgestreckten Knien und hochgerecktem Arsch die Dielen zu bohnern. Dafür zollte ich ihr großen Respekt, obwohl sie nie lächelte und immer nur vor sich hin brummelte, dass es eine Schande sei, wie Paul lebe. »So schene Mann und kein Frau in Haus. Braucht Frau. Is schene Mann. Muss Frau her. Dann is auch nicht so mude. Nicht anderer Mann wie diese Franz. Franz schlecht. Macht mich nerves.« Mit ihrer tiefen Abneigung gegen François – sie hatte ihn einmal versehentlich beim Baden überrascht, was in einer beiderseitigen Kreischarie endete – hatte Olga sich in mein Herz gemeckert. Doch leider schüttelte Paul bedauernd den Kopf. Heute war kein Olga-Tag. Ich hatte es befürchtet. Ich musste das Chaos alleine beseitigen.

Am späten Nachmittag hatte ich die Schnauze gestrichen voll. Mein Magen schmerzte immer noch, ich hatte am ganzen Körper Muskelkater von unserer sinnlosen Tanzerei, mir beim Fensterputzen einen Nerv in der Schulter geklemmt, circa hundertfünfzig Silberfische getötet – morgen würden sie auferstehen, ich ahnte es –, festgestellt, dass inzwischen fast dreihundert Euro aus meinem Geldvorrat fehlten, ich wusste nicht, was ich anziehen, und erst recht nicht, was ich kochen sollte. Zum Einkaufen reichte meine Zeit nicht mehr.

In Pauls Kühlschrank fand ich allerdings relativ frische Champignons, zwei Packungen Feinkost-Trüffeltortellini, Sahne, Parmesan und Butter. Also Tortellini mit Pilz-Sahne-Soße. Ich hatte zwar noch nie eine Pilz-Sahne-Soße gemacht, doch so schwer konnte das nicht sein.

Die verbliebene Stunde bis zu Giannas Ankunft verging wie im Flug. Um zehn vor sechs stand ich schweißgebadet im Korridor, entscheidungsunfähig, was ich als Nächstes tun sollte – Tisch decken, Geschirr spülen oder besser mich selbst herrichten –, und raunzte Paul an, er solle sich gefälligst was Anständiges anziehen, es käme gleich Damenbesuch. Er trug noch seinen Blaumann und ein löchriges kariertes Hemd, weil er bis eben an einem neuen Rahmen herumgehämmert hatte. Paul sah zwar putzig aus im Blaumann, doch Gianna sollte er in diesem Aufzug nicht empfangen. Ich selbst ordnete notdürftig meine Haare, klatschte mir eine Portion Deo unter die Achseln und schlüpfte in eine frische Jeans. Nun hatte ich noch fünf Minuten, um zu beweisen, dass sich irgendwo tief in mir doch eine Mrs Doubtfire verbarg.

Als Gianna klingelte – pünktlich wie die Maurer um exakt achtzehn Uhr –, befand ich mich im tiefsten Tal der hausfraulichen Verzweiflung. Meine Tischdekoration war ein Desaster, die Küche ein Kriegsschauplatz und die Soße roch seltsam. Die Sahne war in Ordnung gewesen, die Pilze auch, aber trotzdem verströmte die Soße einen widerlich süßen Geruch, und sollte sie auch so schmecken, wie sie roch – na, guten Appetit.

Doch nun schrillte schon zum zweiten Mal die Klingel. Wenn ich nicht sofort öffnete, würde Gianna wieder umkehren. Ich goss die Tortellini ab, fächerte mir Luft zu und stürzte im Stechschritt zur Tür. Es gab keinen Grund, sich zu fürchten. Wer Mahre jagte, würde ja wohl nicht an einem banalen Abendessen scheitern.

Das perfekte Dinner

»Alles in Ordnung?«, fragte Gianna, nachdem ich ihr schwer atmend geöffnet hatte. »Ist was passiert?«

Noch nicht, dachte ich, bemühte mich aber um ein nettes Willkommenslächeln. Im gleichen Moment jagte Tillmann – bepackt mit seiner Sporttasche (was hatte er wohl diesmal auf meine Kosten eingekauft? Die Kamera jedenfalls stand noch im Zimmer) – die Treppen hoch und drückte sich an Gianna vorbei durch die offene Tür.

»Hoppla«, sagte Gianna kühl. Ihre Augen blieben an Tillmanns blondem Haarschopf hängen. Auch Tillmann blickte sie mit unverhohlener Neugierde an. Gianna sah besser aus als während unseres Zusammentreffens in der Kunsthalle – lebendiger und blühender. Sie war kaum geschminkt, doch auch ohne Make-up zu hübsch, um sie Tillmanns rohem Straßenjungencharme auszuliefern.

»Das ist Tillmann. Er ist nicht wichtig«, erklärte ich und drückte ihn achtlos in das Halbdunkel des Korridors. Er grinste nur und verschwand in unserem Zimmer. Wenigstens wirkte er wieder einigermaßen normal. Hatte ich mir seinen Zustand vielleicht nur eingebildet? Eine Spätfolge meines Koffeinschocks?

»Was riecht hier so komisch?« Giannas feine Nasenflügel bebten.

»Nix. Komm rein!«, rief ich und trat zur Seite. Gianna schälte sich aus ihrer Jacke und wickelte sich den Schal vom Hals, während sie die Bilder an der Wand musterte.

»Aha«, bemerkte sie naserümpfend. Zu meinem Entsetzen klang dieses »Aha« weder bewundernd noch begeistert, sondern völlig vernichtend. Was war denn jetzt wieder verkehrt? Die Bilder waren meine Trumpfkarte gewesen.

»Küche! Wir gehen am besten in die Küche.« Ich überholte sie und lief beschwingt vor, in der Hoffnung, sie würde ihre Kritikeraugen von der Wand lösen und mir folgen, was sie glücklicherweise auch tat, obwohl der seltsame Geruch in der Küche naturgemäß am penetrantesten war. Rasch stellte ich die fertigen Tortellini und die Soße in den Backofen und kippte das Fenster. Dann drehte ich mich atemlos zu Gianna um. Erwartungsvoll blickte sie mich an, die Arme in die Seiten gestützt. Was sollte ich nur sagen? Ich brauchte dringend meinen Bruder.

»Paul!«, rief ich gebieterisch. Die Klospülung rauschte. Auch das noch. Er hielt mal wieder eine seiner Sitzungen. Wenn er jetzt durch die Wohnung brüllte, dass er am Kacken sei, wie er es gerne zu tun pflegte … Aber nein. Paul kam schneller als erwartet zu uns und die Sonne ging auf, sowohl in meinem als auch in Giannas Gesicht.

Er trug einen schwarzen Pullover und eine seiner dunkelblauen Edeljeans, was sein Bäuchlein wohlwollend kaschierte und stattdessen seine breiten Schultern betonte. Die Haare wellten sich wie die von Papa in ihren besten Zeiten und seine stahlblauen Augen glitzerten. Dazu die Ringe an den Händen und eine exquisite Uhr – ich hatte nicht zu viel versprochen.

Lächeln, Paul, bettelte ich in Gedanken. Und er tat es. Die Sonne hatte ihren Zenit erreicht. Selig lächelte ich mit, als Giannas Mundwinkel sich hoben und die kleinen, skeptischen Falten in ihren Nasenflügeln verschwanden. Schlagartig sah sie fünf Jahre jünger aus.

»Ich bin Paul.« Er streckte ihr seine Hand entgegen. Sieh hin, Gianna, es sind wunderschöne Hände. Chirurgenhände. Zupackend und feinfühlig. Was will man mehr?

Gianna nahm sie und er hielt ihre zarten Finger einen Sekundenbruchteil zu lange fest.

»Essen ist gleich fertig!«, flötete ich. Dann hopste ich an den beiden Turteltauben vorbei in den Flur. »Ja!«, juchzte ich unterdrückt und reckte meine Faust in die Luft. »Treffer, versenkt!« Ich tanzte einmal um mich selbst vor Freude, bis ich merkte, dass Tillmann aus unserem Zimmer lugte und mich beobachtete. Ich streckte ihm die Zunge raus. Sollte er sich doch lustig machen.

»Kommst du bitte auch? Es gibt jetzt Essen. Ich warne dich, du wirst sie nicht anmachen.«

»Ich steh auf blaue Augen, nicht auf braune.«

»Ach? Ehrlich?« Ich schwieg verlegen, als mir der fordernde Unterton in meiner Frage bewusst wurde. Ich hatte blaue Augen. Zumindest war der Großteil von ihnen blau. Blaugrau. Mit etwas Grün. Tillmann grinste nur.

»Deine sind nicht blau. Aber ich mag sie trotzdem. Sind echte Elfenaugen.«

»Elfenaugen?«, quietschte ich entsetzt. »Willst du mich etwa beleidigen?«

»Oh Mann«, brummte Tillmann. »Jetzt mach ich ein Mal ein Kompliment und dann ist es auch verkehrt.« Er fuhr sich über den Unterarm und zuckte zusammen.

»Was hast du denn wieder angestellt?« Ich nahm Tillmanns Hand und drehte sie um. In seiner Ellenbeuge prangte eine hässliche, nässende Wunde. Auch die Handfläche war übersät von kleinen Wunden. Es sah aus, als habe er sich verbrannt.

»Ein Unfall mit einem von Pauls Lacken.« Er entzog mir den Arm und ließ seinen Pulli darübergleiten, sodass die größte Wunde nicht mehr zu sehen war.

»Seit wann verätzt Lack die Haut?«, fragte ich argwöhnisch. Tillmann murmelte etwas von »allergisch« und »Hunger« und ließ mich allein, um in die Küche abzuhauen. Was kümmerte mich seine verätzte Haut – er stand nicht auf Gianna, aber Gianna stand möglicherweise auf Paul. Und weil Liebe durch den Magen ging, sollte ich schleunigst das Essen auftischen.

Die Tortellini hatten während ihres Zwangsaufenthalts im Backofen eine wächserne Farbe angenommen und sahen aus, als wären sie steinhart geworden. Die Pilzsoße befand sich in einem nur marginal besseren Zustand. Sie war von einer dicken Haut bedeckt, die sich beim Umrühren in unappetitliche Fetzen zerteilte. Egal. Ich füllte beides in Schüsseln und stellte sie auf den Tisch.

Einen Moment lang herrschte betretenes Schweigen. Pauls Mundwinkel bebten, dann eroberte er sich seine Fassung zurück.

»Wer will zuerst? Der Gast, oder?« Ich entriss Gianna ihren Teller, den sie besitzergreifend festhielt, und belud ihn üppig mit Nudeln und Soße. Immer noch sagte niemand ein Wort. Tillmann wollte sich selbst auftun und Paul rief schon nach der ersten Kelle: »Stopp!«

»Lasst es euch schmecken!«, brach ich das Schweigen und blickte auffordernd in die Runde. Paul und Gianna nahmen mit einem leisen Seufzen ihre Gabel in die Hand, spießten eine Nudel auf und tunkten sie in die Soße. Warum aßen sie denn nicht? Demonstrativ schob ich mir eine Nudel in den Mund und hätte sie am liebsten in der gleichen Sekunde ausgespuckt. Mein Gericht war zweifelsohne das Scheußlichste, was ich jemals gekostet hatte. Tillmann rührte seinen Teller gar nicht erst an, sondern musterte uns abwartend.

Doch Gianna und Paul waren meinem Beispiel schon gefolgt und erstarrten synchron. Gianna schluckte verkrampft, dann schüttete sie hastig einen großen Schluck Wein hinterher. Ich selbst kämpfte immer noch mit der Nudel in meinem Mund und konnte mich nicht überwinden, sie herunterzuschlucken. Mit geblähten Wangen sah ich die anderen an. Paul hatte sich hinter einer aufgefalteten

Serviette versteckt, aber ich erkannte an seinen Augen und den bebenden Schultern, dass er lachte. Giannas Gesicht hatte eine grünliche Farbe angenommen.

»Okay, ich gebe zu, es ist nicht gerade eine Delikatesse«, mümmelte ich. Der grauenvolle Soßengeschmack intensivierte sich beim Sprechen. Ich ekelte mich plötzlich so sehr, dass ich den Mund öffnete und die halb zerkaute Nudel auf meinen Teller fallen ließ.

»Keine Delikatesse?« Gianna prustete. »Madonna, die chinesische Seilfolter ist ein Spaziergang dagegen!«

Paul konnte seine Erheiterung nicht mehr unterdrücken und lachte polternd los – und wie immer war es so ansteckend, dass wir allesamt einfielen.

»Was hast du da reingetan?«, japste Paul, als er wieder reden konnte. Ich stand auf und kippte die Reste des Essens in den Mülleimer.

»Pilze, Sahne, Salz, Pfeffer und einen Schuss Martini.«

»Martini?!«, riefen Gianna, Paul und Tillmann im Chor.

»Ja, ich wollte eigentlich Weißwein nehmen, aber es war keiner im Kühlschrank, also hab ich den Martini genommen. Was guckt ihr mich so an? Ist doch fast dasselbe.«

»Oh Gott, Ellie, du brauchst dringend Nachhilfe im Saufen«, stöhnte Tillmann kopfschüttelnd. »Martini ist pappsüß. Kein Wunder, dass das so grauenvoll schmeckt.«

»Seid ihr eigentlich ein Paar?«, fragte Gianna unvermittelt und deutete auf Tillmann und mich.

»Nein, nur Freunde«, erwiderte Tillmann, bevor ich antworten konnte.

»Genau, *nur* Freunde«, pflichtete ich ihm säuerlich bei. »Und sonst nichts.« Ich knallte den Deckel des Mülleimers zu und kickte ihn in seine Ecke zurück.

»Ach, zwischen euch läuft gar nichts?«, meldete sich Paul verwundert zu Wort. Neugierig schauten Gianna und er mich an.

»Nein«, entgegnete Tillmann seelenruhig. »Nichts.«

»Er steht auf Blondchen mit Riesentitten«, giftete ich.

Ich hatte keine Ahnung, ob Tillmann auf Riesentitten stand, aber ich hatte Lust, ihm eins reinzuwürgen. Wie immer kümmerte ihn das nicht im Geringsten. Gianna fand es ebenfalls nur zum Kichern. Paul rieb sich über seinen laut knurrenden Bauch.

»Okay, dann tritt jetzt das Notprogramm auf den Plan«, beschloss er und stand auf. »Pauls scharfe Spezialpasta. Und wehe, du kommst in meine Nähe, Schwesterchen.«

»Keine Sorge, ich dränge mich nicht auf.« Mit verschränkten Armen ließ ich mich neben Tillmann auf meinen Stuhl plumpsen.

»Du solltest wirklich deine Sache mit Colin klären«, raunte er mir zu. Ich tat so, als existiere er nicht, und beobachtete stattdessen Gianna und Paul, die sich in trauter Zweisamkeit am Herd zu schaffen machten und uns nicht mehr wahrnahmen. Mit einem geübten Griff schaltete Paul die kleine Küchenstereoanlage an und wieder ertönte jener Schlager, den ich an meinem allerersten Morgen in dieser Wohnung gehört hatte. Schon wollte ich zum Regal sprinten und einen anderen Song wählen, bevor er alles zerstörte, was ich mühsam arrangiert hatte – doch Gianna stieß zu meiner größten Verblüffung einen entzückten Jauchzer aus.

»Oh Paul, mach lauter … bitte! Das war das Lieblingslied von meiner Oma! Sie hat es jeden Tag gehört, ich hab schon als Kind darauf getanzt!«

Paul gehorchte ihr aufs Wort und prompt war die Küche erfüllt von Mandolinengeschrubbel und dieser sehnsüchtig-weichen und doch so widerwärtig optimistischen Mädchenstimme. Gianna wiegte sich in der Hüfte und begann mitzusingen. Mit offenem Mund glotzte ich sie an. Sie sang verteufelt gut und sie wurde dabei ein völlig anderer Mensch.

»Was ist das eigentlich?« quäkte ich in möglichst ätzendem Tonfall. Ja, mir sollte es recht sein, dass Paul und Gianna singend und Knoblauch hackend auf Wolke sieben schwebten, aber über meiner Stirn hatten sich zwei spitze Hörner gebildet, mit denen ich alle und alles zerstören wollte.

»Vicky Leandros«, unterbrach Gianna ihren Gesang, um sofort wieder einzustimmen. »Nein, sorg dich nicht um mich – du weißt, ich liebe das Leben …«

»Und ich geh gleich kotzen«, knurrte Tillmann. Ich hätte ihn dafür küssen können. »Vicky Leandros. Mann, ist das krank.«

Nein, Paul war krank, aber die Musik schien wie Medizin für ihn zu sein. Und Gianna erinnerte sie an ihre Kindheit, die anscheinend sehr schön gewesen war.

Ihr hatte ja auch niemand Erinnerungen geraubt. Ich wusste, dass meine Kindheit ebenfalls ihre sonnigen Momente gehabt hatte, und einige dieser Momente hätte ich sogar detailliert schildern können. Aber das Grundgefühl dafür fehlte. Ich hätte genauso gut eine fremde Geschichte nacherzählen können, die nichts mit meinem eigenen Leben zu tun hatte. Gianna hingegen war nicht beraubt worden. Alles war noch da. Ich hasste sie fast vor lauter Neid und Eifersucht.

Was für ein grandioser Abend. Ich saß neben Tillmann, der sich lieber seine Hoden abhacken lassen würde, als mich anzurühren, und missgönnte Paul sein zartes Glück mit Gianna.

Das Schlucken fiel mir immer schwerer. Ich presste die Hände unwillkürlich gegen meinen Bauch, in dem sich eine Leere ausbreitete, die schmerzte und mich hungrig machte, doch gleichzeitig schienen Fäuste in meinen Magen zu stoßen, als wollten sie mich davon abhalten, weiterzuatmen und zu leben und jemals wieder Glück zu empfinden. Es war vollkommene Leere und Übersättigung in einem, wie eine kraftlose, matte Wut, die nicht zum Ausbruch kommen konnte – ich wollte aus mir heraus und weg, weit weg, wollte ohne einen Gruß oder gar einen Blick aufstehen, den anderen den Rücken zukehren und verschwinden. Nach Trischen? Ans Meer?

»Vielleicht gefällt's mir, wieder frei zu sein«, trällerte Gianna. »Vielleicht verlieb ich mich aufs Neu' …«

Meine Augen füllten sich mit Tränen und ich schob mich unauffällig in den Flur hinaus, die Hände weiterhin auf dieses brennende Loch in meinem Bauch gedrückt. Es bemerkte sowieso niemand, ob ich da war oder nicht. Mit dem Rücken an der kalten Wand blieb ich stehen, bis der Song endlich verklungen war und Paul die Musik leiser gedreht hatte.

»Gehst du mal auf den Balkon und holst eine neue Flasche Wein?«, hörte ich ihn Gianna fragen.

Ja, warum eigentlich nicht einfach abhauen? Tillmann machte, was er wollte, ob ich da war oder nicht. Für Paul war ich das kleine verrückte Schwesterchen, und wenn mich nicht alles täuschte, würde François bald der Vergangenheit angehören. Und der Mahr? Gegen den waren wir ohnehin völlig machtlos. Das hatte doch alles keinen Sinn. Ich war hier vollkommen überflüssig.

Ein panisches Kreischen vom Balkon riss mich jäh aus meinem Selbstmitleid und im gleichen Moment drehte sich ein Schlüssel in der Tür. Tja, wenn man vom Teufel sprach – bei François traf dieser Spruch immer zu. Man musste nur an ihn denken und er tauchte auf. Doch warum schrie Gianna so hysterisch? Sie hörte gar nicht mehr auf.

In dem Moment, als ich mich zu den anderen umdrehte, schoss ein kleiner dunkler Schatten in den Flur und hielt direkt auf mich zu. Dann folgte der vertraute weiße Schatten von links – Rossini – und galoppierte kläffend an der Ratte vorüber in die Küche. Ja, es war wieder eine Ratte und sie hatte nur eines im Sinn: mich. Schon hatten ihre kleinen roten Augen sich fest auf meine gerichtet. Ich blieb reglos stehen. Was wollten diese Viecher nur von mir?

Sie verlangsamte ihr Tempo, krabbelte auf meinen Schuh und begann, ihre spitzen Krallen in mein Hosenbein zu graben und sich systematisch daran hochzuziehen. Schon hatte sie meinen Gürtel erreicht. Die Schnalle klirrte, als ihre Hinterbeinchen sich dagegenstemmten. Ein modriger Kanalisationsgeruch waberte in meine Nase. Die Ratte war meinem Gesicht nun so nah, dass ich ihren Atem hören konnte. Ein hektisches, flaches Hecheln.

Giannas Kreischen war verhallt. Auch Rossini hatte aufgehört zu bellen. Alle waren hier, bei mir im Flur. Ich spürte, dass sie mich anstarrten, Paul, Gianna und Tillmann, doch ich war nur auf die Ratte fokussiert. Was hatte sie vor? Wollte sie mich tatsächlich ersticken? Dann sollte sie es mal versuchen.

Komm schon, dachte ich wütend. Zeig mir, was du willst. Was willst du von mir?

Sie fiepte angriffslustig, als sie sich an meinen Hals klammerte und ihren Hinterleib nach oben schob. Ich schluckte, um nicht zu würgen, denn ihr Verwesungsgestank wurde übermächtig. Das Gewicht ihres biegsamen Körpers lastete zentnerschwer auf meiner Luftröhre.

Doch dann durchdrangen die Blicke von François den dumpfen und doch so konzentrierten Nebel, in dem ich mich befand. Ich schaute auf. Was war das nur für ein Ausdruck in seinen trüben Augen? Hass? Abscheu? Misstrauen? Mit einem Mal begriff ich, dass ich mich nicht verhalten durfte, wie ich es gerade tat – ich war ein Mädchen, ich musste Angst haben und schreien, wie Gianna vorhin. François blickte mich so merkwürdig lauernd an, weil ich kühl beobachtete, anstatt panisch zu werden. Es passte ihm nicht. Und aus irgendeinem Grund wusste ich, dass ich es ihm recht machen musste. Der kalte Schwanz der Ratte legte sich drohend um mein Ohr, als wollte sie damit meine Gedanken bestätigen. Ich atmete gepresst ein und begann zu brüllen, wild um mich zu schlagen, zu heulen, weil ich das Gefühl hatte, nur damit mein Leben retten zu können – und es löste die allgemeine Starre im Nu.

Paul zog die strampelnde Ratte von meiner Kehle, Tillmann schlug sie mit der Bratpfanne k.o., Gianna schnappte sich den jaulenden Rossini. Nur François hatte noch immer keinen Ton von sich gegeben.

»Was ist das nur für ein Hund?«, fragte Gianna schluchzend, nachdem Paul die Ratte in das Fleet geworfen und die Balkontür geschlossen hatte. »Jeder Hund würde sich auf die Ratte stürzen, aber der – der frisst stattdessen die widerlichen Tortellini aus dem Müll!«

Rossini sah wieder sehr mager aus. Wahrscheinlich hatte er nur Hunger gehabt. Trotzdem war Giannas Frage berechtigt. Ein Windhund sollte Ratten jagen können. Diese Töle war vollkommen degeneriert. Genau wie ihr Besitzer.

»Bist du verletzt, Ellie? Hat sie dich gebissen?«, fragte Paul und musterte mich besorgt. Ich schüttelte wortlos den Kopf. Gianna entwich ein weiteres angeekeltes Wimmern.

»Ist ja jetzt alles wieder gut«, sagte Paul tröstend und nahm Gianna in den Arm. Sie lehnte sich an ihn. Liebevoll strich er ihr über die seidigen Haare. Ihr zarter Kopf verschwand fast in seiner großen Hand. Die beiden sahen schön miteinander aus.

»Was ist denn hier los?«, blökte François. »Nimmt mich gar niemand mehr wahr?«

Oh doch, ich nahm ihn wahr. Und zwar viel zu deutlich. Sein Parfumschwall raubte mir den Atem, dabei war ich sowieso noch damit beschäftigt, regelmäßig Luft zu holen nach meiner unfreiwilligen Rattenumarmung. Paul ließ Gianna los. Seine Augen leuchteten und ihre Wangen glühten. Jetzt erst sah sie François bewusst an – misstrauisch und sezierend. François würdigte sie keines Blickes und stiefelte in gewohnt hektischer Manier in der Küche auf und ab.

»Den ganzen Tag hab ich versucht, dich zu erreichen, aber nein, Paul geht nicht ans Handy, nein, das tut er nicht, obwohl ich wichtige Neuigkeiten habe, sehr wichtige, Paul, warum gehst du nicht an dein Handy, wenn ich dich anrufe? Warum nicht? Den ganzen Tag schon versuche ich es …«

Nun, Paul hatte das Klingeln nicht hören können, weil sein Handy auf stumm geschaltet in meiner Hosentasche ruhte. Ich hatte nämlich exakt diese Situation vermeiden wollen. Ich bewegte mich rückwärts zum Flurbord und legte das Handy lautlos darauf ab.

Als ich wieder aufsah, stand Gianna vor mir.

»Erklär mir das bitte«, sagte sie gepresst und deutete auf die Küche, wo François vor sich hin lamentierte. Tillmann schlich mit verschlossener Miene an uns vorbei und zog sich ohne ein Wort in unser Zimmer zurück. Giannas Augen waren schmal geworden.

»Ich – äh, das ist François …«

»Ich weiß, wer das ist. François Later. Ein Arschloch sondergleichen. Nie wurde ich auf einem Termin so mies behandelt wie von ihm. Außerdem beutet er die Aborigines aus mit seinem Bilderhandel. Also, erklär mir das. Er hat den Schlüssel zu dieser Wohnung, dein Bruder ist ihm ganz offensichtlich hörig … Und wozu bin ich da? Hm?«

»Paul ist nicht schwul«, erwiderte ich leise.

»Mein Gott, das weiß ich auch, ich bin ja nicht blöd. Aber anscheinend hält er sich für schwul. Und ich sollte ihn davon erretten, oder? Sag mal, was glaubst du eigentlich, wer du bist, Elisabeth? Gott?«

»Es geht nicht nur darum. Es geht um mehr. Pscht!«, unterbrach ich mich selbst und lauschte. François' verbale Diarrhö hatte ihren Höhepunkt erreicht, und wenn ich sie richtig deutete, würde um acht ein Kreuzfahrtschiff starten, auf das er Paul locken wollte. Tillmann war wieder zu uns getreten und lauschte ebenfalls.

»Ein Kreuzfahrtschiff?« Unsere Blicke begegneten sich und wir dachten beide dasselbe. Es würde uns Zeit verschaffen. Paul war für ein paar Tage, vielleicht sogar für ein paar Wochen von seinem Mahr befreit. Selbst wenn der Mahr ihm folgte: Paul und François würden gemeinsam in einer Kabine schlafen. Er hatte dort einen besseren Schutz als hier bei uns.

Gianna war still geworden. Auch sie versuchte François' Geschwafel zu ordnen. Er machte Paul gerade das Schiff schmackhaft. Das Übliche: Sauna, Wellness, Pool, XL-Suiten mit Luxusbädern, sie konnten massenweise Bilder ausstellen und an reiche Tanten verkaufen. Pauls Gegenwehr blieb matt.

»Ich brauche dich, Paul«, nölte François zum hundertfünfzigsten Mal. »Um acht legt der Kahn ab. Und du wirst da sein. Ich rechne mit dir! So, ich muss den Hund noch wegbringen. Sei froh, dass ich so etwas Tolles in letzter Sekunde organisieren konnte!«

Dann rauschte er samt Rossini an uns vorbei und ließ die Tür ins Schloss fallen. Paul streckte den Kopf in den Flur und lächelte Gianna entschuldigend an. Sie sträubte sich dagegen, sein Lächeln zu erwidern … und scheiterte.

»Dann muss ich jetzt wohl meine sieben Sachen packen, oder?«, fragte Paul. Er klang, als würde er es bedauern. Gianna richtete sich zu ihrer vollen Größe auf und sah ihm fest in die Augen, bereit zum Widerspruch.

»Ja«, erwiderten Tillmann und ich gleichzeitig, bevor Gianna den Mund aufmachen konnte. »Scheint wichtig zu sein«, setzte ich hinzu. »Wir kommen schon alleine zurecht.«

Wir warteten stumm, bis Paul gepackt hatte. Es ging schnell. Nur zehn Minuten später stand er mit seinem grauen Koffer vor uns. Er umarmte als Erstes Tillmann – mit einem betont kumpelhaften Schulterschlag –, dann mich und zum Schluss – zärtlicher und bedeutsamer – Gianna. Tillmann und ich wandten uns höflich ab, doch uns war beiden klar, dass wir Gianna nicht laufen lassen würden, bloß weil Paul auf Reisen ging. Wir mussten sie noch besser kennenlernen. Bisher hatten wir kaum Zeit dafür gehabt. Außerdem war sie gut für Paul und das wollte ich nutzen – das musste ich nutzen.

»Kann ich mich mal frisch machen?«, fragte Gianna gefasst, als Pauls Schritte verklungen waren und auf der Straße röhrend der Porsche ansprang. »Ich muss gleich zu meinem Termin.« Sie sah in der Tat etwas zerzaust aus, aber es stand ihr gut.

Ich zeigte ihr das Badezimmer. Sobald sie abgeschlossen hatte, griff Tillmann nach meinem Arm und zerrte mich unsanft in unser Zimmer. Irritiert blieb ich stehen. Ich blickte auf eine meterhohe Leinwand, die vor dem verdunkelten Fenster aufgespannt war. Der Projektor war bereits eingeschaltet und warf ein bläuliches Viereck darauf.

»Und jetzt«, verkündete Tillmann und seine Stimme klang eigentümlich hohl. »Jetzt kann die Show beginnen.«

Cinema noir

»Verstehe ich das richtig?«, stotterte ich. Mein Finger zitterte, als ich auf die Leinwand zeigte. »Du hast – es gibt etwas zu sehen? Aber …?«

»Schließ die Tür ab.«

»Ich –?« Es gab doch gar keinen Schlüssel für unsere Zimmertür. Leider.

»Nicht diese hier. Die Wohnungstür! Sie soll nicht abhauen können.« Da ich nicht reagierte, schob sich Tillmann ungeduldig an mir vorbei in den Flur, schloss die Eingangstür zweimal ab und stopfte den Schlüssel in seine Hosentasche.

»Du hast etwas aufgenommen und willst es ihr zeigen? Ohne ihr vorher zu sagen, wozu?«

»Ja. Sie soll unsere unmittelbaren Reaktionen mitbekommen. Ich kenne die Aufnahmen ja auch noch nicht. Ich weiß nur, dass etwas drauf ist.« Tillmann redete mit mir wie mit einem begriffsstutzigen Sonderschüler. Doch leider war sein Vorgehen nicht ganz unbegründet. Wenn Gianna nicht wollte, wollte sie nicht. Überreden zwecklos. Im Zweifelsfall musste man sie zwingen. Trotzdem war mir nicht wohl dabei, sie vorsorglich einzusperren.

»Das ist Freiheitsberaubung«, erinnerte ich Tillmann daran, dass wir uns nicht in einer rechtsfreien Zone befanden, nur weil wir Mahre jagten. Schon gar nicht mit jemandem wie Gianna. Ich traute ihr zu, das Grundgesetz auswendig herunterbeten zu können.

Gleichzeitig nahm ich meinen Einwand selbst nicht allzu ernst, zumal andere Dinge viel wichtiger waren. »Du meinst, sie glaubt uns, wenn sie unsere Reaktionen sieht?«

»Die Chancen stehen zumindest besser«, meine Tillmann pragmatisch. »Und sie ist ja nicht doof.«

»Aber ist es klug, wenn wir sie jetzt einweihen? Sollten wir nicht warten, bis sie weg ist, und es uns alleine ansehen?«, wandte ich dröge ein. »Wir kennen sie doch noch gar nicht!«

»Bingo. Mensch, Ellie, überleg doch mal. Wir wissen nach wie vor kaum etwas über Gianna. Hat sie dir die Wahrheit gesagt bezüglich deines Vaters? Sie behauptet, sich nicht an ihn zu erinnern. Das nehm ich ihr nicht ab. Deinen Vater vergisst man nicht so schnell. Sie weiß vielleicht mehr, als wir ahnen, und das hier ist die beste Möglichkeit, es aus ihr herauszukitzeln. Einen besseren Überraschungseffekt bekommen wir nie wieder.«

Mein Verstand begriff zwar, was Tillmann da sagte, und hielt es auch für stimmig. Trotzdem blieb sein Verhalten durchweg unlogisch. Denn Tillmann verschwieg mir etwas. Welchen Überraschungseffekt konnte es geben, wenn wir beide die Ankunft des Mahrs verschlafen hatten?

»Aber wieso … ich verstehe immer noch nicht, wieso da was drauf ist. Wir sind doch eingeschlafen. Oder?«

»Du bist eingeschlafen. Ich nicht.«

»Also hast du mich angelogen.«

»Wow, du bist ja heute besonders schnell von Begriff, Ellie«, spöttelte Tillmann. »Ich wollte erst sichergehen, dass sich der ganze Ärger auch lohnt und etwas auf dem Band zu sehen ist, bevor ich es dir sage.«

»Welcher Ärger? Und warum hast du mich nicht geweckt? Mensch, Tillmann, so war das nicht abgemacht! Du kannst hier nicht im Alleingang alles an dich reißen!«

»Dir hätten meine Methoden nicht gefallen.«

»Wir hatten doch die gleichen Methoden!«, ereiferte ich mich. »Wir haben getanzt, gehungert, gefroren …«

»Nicht ganz. Ich hab irgendwann gemerkt, dass ich ebenfalls müde wurde. Und ich hab die Schwimmzüge gehört, als ich die Musik ausgeschaltet habe. Er war schon ganz nah. Deshalb hab ich zu Plan B gegriffen.«

»Plan B?«, fragte ich argwöhnisch. Ich hatte bis dato nichts von einem Plan B gewusst.

Tillmann blickte mich ungerührt an, als er antwortete. »Kokain.«

»Kokain? Bist du wahnsinnig geworden?«, schnauzte ich ihn an und verschränkte meine Finger ineinander, um ihm nicht eins überzuziehen.

»Siehst du. Ich wusste, dass es dir nicht gefallen würde. Dabei hast du mich erst auf diese Idee gebracht.«

Das stimmte. Ich hatte gesagt, dass Kokain bestimmt gut zu ihm passen würde. Aber das war noch lange keine Aufforderung gewesen, sich an harten Drogen zu vergreifen. Ich schnaufte empört.

»Pass auf, Ellie. Kokain macht extrem wach. Also hab ich mir eine Nase reingezogen. Mann, jetzt guck mich nicht so an! Ich hab mein Leben riskiert, um den Angriff aufzunehmen! Ich hatte 'ne totale Überdosis …« Tillmann fasste sich kurz an die Stirn. »Ich wollte schließlich sichergehen, dass sich der Einsatz auch lohnt. Meine Nase hat geblutet und mein Puls hat sich erst heute Mittag wieder einigermaßen eingependelt. Lustig war das bestimmt nicht. Es ist eine Scheißdroge.«

»Dann war das heute Morgen …« Er war wirklich verändert gewesen. Und wie.

»Ja. Sorry.« Tillmann hob entschuldigend die Schultern. »Ich wollte einfach in Ruhe wieder runterkommen. Deine nervtötende Fragerei war nicht gerade hilfreich dabei.«

»Und das Koks hast du von meinem Geld bezahlt. Oder etwa von Pauls Kreditkarte?«

Tillmann lachte höhnisch auf. »Ja, klar. Ich geh auf die Reeperbahn, order eine Nase Koks und bezahl mit Kreditkarte.« Er schüttelte rätselnd den Kopf. »Manchmal frag ich mich, in welchen Sphären du schwebst, Ellie.«

»Jedenfalls nicht in der Drogenszene. Und was machen wir, wenn du jetzt süchtig bist?«

Tillmann winkte ab. »Nicht nach einem Mal. Ich sag doch, das Zeug ist scheiße. Das tötet deine Träume ab und vernichtet all deine spirituelle Kraft. Für mich gab es auf diesem Trip nur noch zwei Wünsche: Sex und Gewalt.«

Ich trat unwillkürlich einen Schritt zurück.

»Vielleicht verstehst du jetzt ja, warum ich die Betten auseinandergeschoben hab.« Tillmann hob seine Hand. Alle Knöchel waren aufgerissen und schillerten bläulich. Er musste seine Faust immer wieder gegen die Wand geschlagen haben.

»Ähm. Ja. Klar.« Ich räusperte mich verlegen. »Du weißt wirklich nicht, was auf dem Film ist?«, wechselte ich eilig das Thema. Sex und Gewalt. Auweia. Nun war ich ihm sogar dankbar, dass er die Betten getrennt hatte.

Tillmann schüttelte den Kopf. »Nein. Keine Ahnung. Ich war zu sehr damit beschäftigt, nicht zu sterben, um einen Blick durch die Kamera zu werfen. Ich hab einen Todesmoment nach dem anderen durchlebt.«

»Todesmoment?«, krächzte ich. »Was ist das?«

»Willst du nicht wissen.«

Nein, vielleicht wollte ich das wirklich nicht. In meinen nächtlichen Träumen hatte ich genug eigene Todesmomente.

»Übrigens.« Tillmann schob seinen Ärmel nach oben. »Das war natürlich kein Lack. Mir ist die Schwefelsäure beim Entwickeln des

Films aus der Hand gerutscht. François muss demnächst in einen neuen Teppich für die Galerie investieren.«

Die Badezimmertür klappte und Giannas zögerliche Schritte näherten sich.

»Elisabeth? Tillmann?«, rief sie unsicher.

»Hier herein!« Ich gab mir redlich Mühe, vertrauenerweckend zu klingen. Doch meine wackelige Stimme verriet meine Anspannung.

Gianna blieb wie angewurzelt auf der Schwelle stehen, als sie die altertümliche Leinwand und den Projektor erblickte, doch Tillmann zog sie resolut in den Raum und schloss die Tür. Nach einem sekundenlangen Verharren drehte Gianna sich ruckartig zu mir um und ihre Hände ballten sich zu Fäusten. Ja, das Zimmer wirkte alles andere als heimelig. Es war ein Schreckenskabinett. Jetzt entdeckte Gianna auch die Kamera, die immer noch auf dem Regalbrett stand. Sie schob sie zur Seite und blickte testweise durch das Loch. Gleichzeitig fiel mir ein, dass wir das Schlangenauge nicht wieder aufgeklebt hatten. Was für ein Glück, dass es Paul nicht aufgefallen war. Gianna stutzte, als sie den Frosch wahrnahm, der sie aus seinem Alkoholbad anglotzte, und wich angewidert zurück.

»Ihr filmt das Bett deines Bruders?«

Tillmann positionierte sich wie ein Wächter vor der Tür. Giannas Blicke flogen zwischen ihm, mir und der Kamera hin und her. Wir sagten nichts.

»Boah, ihr seid echt pervers! Ihr habt ihn gefilmt und wollt es mir jetzt zeigen, oder? Paul und François im Bett?«

»Nein, nicht ihn und François, sondern …«, setzte ich an, sie zu besänftigen, doch ich wusste nicht, wie ich meinen Satz sinnvoll zu Ende führen sollte. Gianna wandte sich ab und steuerte die Tür an. Bevor Tillmann handgreiflich werden konnte, fasste ich nach ihrem Jackenärmel, um sie aufzuhalten. Ihre linke Hand schnellte nach oben, dann zischte es und noch in der gleichen Sekunde kam der Schmerz – grell und beißend und so intensiv, dass ich aufschrie und die Finger auf meine Augen drückte. Es fühlte sich an, als bohrten sich tausend scharfe Splitter in meine Pupillen. Die Tränen schossen in Strömen über meine Wangen und meine Kontaktlinsen schienen sich in der Hornhaut festzufressen.

»Bist du total bescheuert?«, jaulte ich erbost. »Ich hab zufällig Kontaktlinsen! Das tut so weh! Ich glaub, ich bin blind!«

Ich sah tatsächlich nichts mehr, was aber in erster Linie daran lag, dass ich meine Augen nicht mehr zu öffnen wagte. Ich ließ mich fallen, weil mir schwindelig wurde.

»Ihr seid total krank! Absolut krank! Psychos! Lasst mich raus!«, plärrte Gianna. »Aua! Finger weg, du mieser, kleiner Wichser!«

Der miese, kleine Wichser sagte kein Wort, doch an Giannas verbissenem Keuchen hörte ich, dass die beiden immer noch miteinander rangelten. Dann stöhnte Tillmann dumpf auf und ging neben mir zu Boden. Giannas Absätze hackten über die Dielen. Sie floh in den Korridor, um völlig außer sich an dem Knauf der Wohnungstür zu rütteln.

»Hilfe!«, rief sie schrill. »Hallo, hört mich denn niemand? Hilfe!«

»Oh Mann, meine Eier …« Tillmann stieß gequält die Luft aus.

»Wasser!«, übertönte ich das schmerzerfüllte Duett aus Giannas Geschrei und Tillmanns Stöhnen. »Ich sehe nichts mehr! Ich kann meine Augen nicht öffnen! Bitte!«

Über mir knackte das Plastik einer PET-Flasche. Dann traf kühles Wasser auf meine Lider und ich wagte, sie flattern zu lassen, während Gianna mit beiden Fäusten die Haustür malträtierte. Tillmann spülte mir die Augen aus, bis das Brennen und Stechen milder wurde. Mühsam richtete ich mich auf. Der Rotz lief aus meiner Nase und ich schlotterte am ganzen Körper.

»Muss Linsen rausmachen«, schluchzte ich, beugte mich vor und entfernte sie mit geübtem Griff. Schon besser. Ich verfrachtete sie in ihren Behälter und kramte unter Tränen meine Notbrille aus meinem Rucksack.

»Very sexy«, kommentierte Tillmann, nachdem ich sie mir auf die Nase geschoben hatte. Ich sah ihn nur verschwommen. Er reckte den Daumen hoch. »Willkommen in der Geisterbahn.« Gianna versuchte inzwischen, das Türschloss mithilfe einer ihrer Haarklammern zu öffnen.

»Wenn ihr mich nicht sofort hier rauslasst, ruf ich die Polizei! Ich hetz die Bullen auf euch, ich schwöre es! Das ist Freiheitsberaubung!« Tja. Mit diesem Einwand hatte ich gerechnet. Gianna fischte das Handy aus ihrer Tasche und fuchtelte drohend damit herum.

»Gianna, beruhig dich«, bat ich sie beschwörend, sobald ich wieder sprechen konnte, ohne mich an meinen Tränen zu verschlucken. Auch meine Sehkraft kehrte zurück. »Und bitte kein Pfefferspray mehr. Wir wollten dir nur etwas zeigen. Und es sind ganz bestimmt keine Sexszenen von meinem Bruder und François.« Hoffentlich nicht, dachte ich.

Doch Gianna war kaum ansprechbar. Wahllos drückte sie auf ihrem Handy herum. Ich wankte auf sie zu und wollte es ihr aus der Hand nehmen, aber da ich immer noch nicht richtig sehen konnte, fasste ich zweimal daneben (einmal davon dummerweise an ihren ohnehin winzigen Busen), bevor ich es endlich erwischte. Sie versuchte nicht, es mir zu entziehen, sondern guckte mich an wie ein hypnotisiertes Kaninchen.

»Ich hab gewusst, dass du nicht ganz dicht bist, Elisabeth. Schon in der Kunsthalle. Ich hab es gewusst! Warum bin ich nur hergekommen?« Sie presste sich die Hände auf die Schläfen, als habe sie Migräne.

»Hey, jetzt schalte mal einen Gang runter«, warf Tillmann ein, der sich von seiner Intimquetschung erholt hatte, aber ziemlich blass um die Nase war. »Wir wollen dir nur einen kurzen Film zeigen. Drei Minuten. Wir wissen selbst nicht, was drauf ist. Ehrlich.«

»Ihr wisst es selbst nicht? Und was soll das Ganze dann? Ist das so wie in einem dieser Horrorfilme? Ich muss mir etwas Schreckliches anschauen und dann werde ich abgeschlachtet? Sind hier noch andere Kameras?« Sie ließ ihre angstvoll aufgerissenen Augen über die Decke wandern. »Scheiße. Ich will wieder in mein altes Leben zurück, zu meinen langweiligen Terminen mit Tieren und Senioren!«

»Aber das hier ist doch fast das Gleiche!« Ich klang wie eine Übermutter, die einem ihrer Zöglinge klarmachen will, dass Spinat fast so gut schmeckt wie Gummibärchen. Tillmann hob erstaunt seine Brauen.

»Na ja«, verteidigte ich mich. »Alt sind sie allemal und Tiere haben sie auch meistens im Gepäck.«

Gianna hörte auf, zu schimpfen und zu heulen.

»Wer sind ›sie‹?«, fragte sie bang.

Tillmann wies einladend auf die Tür zu unserem Zimmer.

»Finde es heraus.«

»Paul würde es tun«, ermunterte ich sie sanft, und obwohl das eine dreiste Lüge war, erzielte das Wörtchen »Paul« eine Bombenwirkung. Gianna schniefte noch einmal, dann nahm sie die Hände vom Gesicht und hob das Pfefferspray vom Boden auf.

»Ich sehe es mir an. Aber wenn mir einer von euch zu nahe kommt, verätze ich euch die Schleimhäute. Und zwar überall.«

Mit gerecktem Arm, den Zeigefinger fest auf dem Spraykopf, schritt sie zurück ins Zimmer. Ich atmete tief durch und folgte ihr. Als Tillmann die Filmkassette einlegte und den Projektor zum Laufen brachte, schlug der bohrende Hunger in meinem Magen in Übelkeit um. Was immer Tillmann und ich jetzt sehen würden: Es würde unser Leben verändern. Und wir hatten uns beide noch nicht von Tessa erholt. Ich selbst hatte mich nicht einmal von Colin erholt. Aber es würde auch Giannas Leben verändern. Pauls Leben veränderte es sowieso schon lange, und wenn wir nichts dagegen unternahmen, würde es vielleicht sogar sein Ende bedeuten. Es gab kein Zurück. Wir mussten es uns ansehen.

»Film läuft«, vermeldete Tillmann. Ich biss mir auf die Fingerknöchel. Gianna, die dicht neben mir stand, hielt die Luft an, als Paul flackernd auf der Leinwand erschien, das Plumeau zurückgeschlagen, der Oberkörper frei.

Super 8 war ein Stummfilmformat in Schwarz-Weiß. Ich war davon ausgegangen, dass der fehlende Ton die Aufnahmen erträglicher machte. Doch das Gegenteil war der Fall. Die Stille wirkte unnatürlich und erdrückend und das stetige Knistern und Knacken der Filmrollen schien sie zusätzlich zu verstärken. Wir hatten auf den genialen Weitwinkel der modernen Kamera verzichten müssen. Weder das Fenster noch die Zimmerdecke waren zu sehen. War er vielleicht schon da? Tillmann hatte gesagt, er habe die Schwimmzüge gehört, bevor er das Kokain genommen hatte.

»Großer Gott …«, flüsterte Gianna. »Was passiert da?«

Ratten ergossen sich auf Pauls Kopfkissen, wuselten über seine Haare und die Bettdecke, schoben sich in seine Achselhöhlen und krochen über seinen Mund. Dann verdunkelte ein jäher Schatten sein Gesicht. Sein Oberkörper wölbte sich krampfhaft.

»Es kommt von oben«, raunte Tillmann.

Ja, natürlich, von wo denn sonst, dachte ich, doch ich konnte nicht mehr sprechen. Gianna griff nach meiner Hand und quetschte sie so fest, dass meine Gelenke knackten. Ihre Finger waren eiskalt.

Unsere Augen hingen an der Leinwand, als entscheide sie über unser Leben. Nun senkten sich die Schöße eines langen Mantels über Paul und an seinem nassen, tropfenden Stoff seilten sich weitere Ratten ab. Wieder bäumte sich Paul wie in einem Krampfanfall auf. Sein Mund stand weit offen. Er rang nach Luft.

Wir schreckten zu dritt zurück, als sich in gespenstischer Langsamkeit ein Gesicht vor die Kamera schob – verkehrt herum, weil der Mahr mit den Füßen an der Zimmerdecke haftete, aber gut sichtbar im fahlen Licht des Mondes. Viel zu gut sichtbar. Die blondierten Spitzen seines Haars hingen schlaff nach unten, die aufgedunsenen Wangen und seine schweren Tränensäcke schoben sich in Wülsten übereinander wie das verquollene Gewebe einer Wasserleiche. Trüb und unsagbar gierig starrten seine Augen in die Linse, bevor er sich in einer unmenschlichen Verrenkung auf Pauls nackte Brust fallen ließ, um sich mit seinen spinnenartigen Armen und Beinen an ihm festzuklammern und ihn inmitten seiner Rattenbrut auszusaugen.

Der Projektor verkündete ratternd, dass der Film zu Ende war, und das Bild erlosch. Gianna wimmerte kläglich auf.

»Das glaube ich nicht«, wisperte ich. »Das kann nicht sein. Ich glaube das einfach nicht …« Und obwohl es so unlogisch und absurd schien und unendlich viele Fragen nach sich zog, fügte sich in mir auf einmal alles zusammen. Ich, die für verrückt und schwulenfeindlich erklärt worden war, hatte es von Anfang an geahnt. Mein Instinkt hatte mich nicht getäuscht. Ich fühlte endlich wieder die Erde unter meinen Füßen.

»Was war das?« Gianna packte meine Schultern und schüttelte mich. »Was war das, Elisabeth?«

Stück für Stück fanden meine Gedanken zueinander und meine Schlussfolgerungen lösten blankes Entsetzen in mir aus. Wir mussten handeln. Ich riss mich von Gianna los und drehte mich zu Tillmann um, der immer noch entgeistert auf die Leinwand schaute.

Er musste ihn aufhalten. Ich würde es nie aus eigener Kraft schaffen, den Pier zu finden, an dem das Schiff lag. Und zu zweit konnten wir auch nicht fahren. Gianna durfte uns jetzt nicht abhauen. Nicht mit dem Wissen, das sie besaß.

»Halte ihn auf! Hol ihn zurück! Tillmann, du musst Paul vom Schiff holen, er ist ihm dort ausgeliefert!« Tillmann reagierte sofort. Blitzschnell zog er sich seine Jacke über und fegte den Volvoschlüssel vom Regal.

»Nimm dein Handy mit! Und beeil dich!«, brüllte ich ihm hinterher, doch er war schon aus der Wohnung gerannt.

Ich schaute auf meine Uhr und schrie leise auf. Es war zwanzig vor acht. Wenn Tillmann das Schiff nicht mehr erreichte, stach Paul in See. Zusammen mit seinem Mahr und Geliebten.

François.

Mädelsabend

»Aber das kann doch nicht sein«, murmelte ich immer wieder vor mich hin und knetete meine Stirn. Eine Verwechslung war ausgeschlossen. François war der Mahr. Ich musste den Film nicht ein zweites Mal ansehen, um es zu überprüfen. Ich wusste es. Und trotzdem – es gab so vieles, was nicht dazu passte. Einen Berg an Ungereimtheiten. Die größte davon war, dass er sich Paul von Anfang an gezeigt hatte. Nun, was hieß gezeigt – die beiden waren ein Paar.

Ich saß mit angezogenen Beinen auf meinem Bett, Gianna mir gegenüber im Schneidersitz auf Tillmanns Pritsche. Sie hatte ihre Bernsteinaugen fest auf mich geheftet. Keine meiner halblauten Grübeleien entging ihr und doch war ihr Gesicht ein einziges Fragezeichen. Ich ignorierte sie. Ich musste nachdenken. Warum meldete Tillmann sich nicht? Handy und Festnetztelefon lagen neben mir auf der Matratze, doch sie schwiegen beharrlich.

Was war François? Etwa ein Halbblut? Das war immerhin eine Möglichkeit. Ein Halbblut, das sich einem weniger ehrenwerten Dasein verschrieben hatte als mein Vater. Das seinen Hunger skrupellos stillte. Aber er kam mir abartiger und gefährlicher vor, als Papa mir jemals erschienen war. Ja, es hatte vergangenen Sommer einige Momente gegeben, in denen mir mein eigener Vater nicht mehr geheuer gewesen war. Doch das Grauen der Filmaufnahme machte beinahe Tessa Konkurrenz. Trotzdem war François in allem, was er tat, viel zu menschlich.

Da wir nichts Genaues wussten, mussten wir also vorerst vom Schlimmsten ausgehen. Und das Schlimmste bedeutete …

»Scheiße«, flüsterte ich, grapschte nach meinem Handy und wählte Tillmanns Nummer. Die Mailbox sprang an. »Hör mir gut zu, Tillmann: Sprich Paul nicht darauf an. Auf keinen Fall! Versuch nur, ihn vom Schiff zu locken. Sag ihm, dass ich einen schlimmen Anfall hatte oder so.«

Ich spürte, wie Giannas Augen sich in mir festbohrten. Beinahe tat sie mir leid, doch ich sprach unbeirrt weiter. Ich konnte mich jetzt nicht um sie kümmern. Noch nicht.

»Wir müssen alles vermeiden, was François misstrauisch stimmen könnte. Denk am besten gar nicht erst an ihn. Du weißt doch, die telepathischen Fähigkeiten. Am Ende bringen wir Paul erst recht in Gefahr damit. Und bitte, bitte ruf mich an! Ich warte schon die ganze Zeit. Bitte.« Seufzend legte ich auf und schleuderte das Handy an das Fußende meines Bettes.

»Ich bin nicht krank«, sagte ich leicht gereizt, denn Giannas Blick begann mich zu nerven. Himmel, wo sollte ich nur anfangen? Ich war ihr ja nun einige Erklärungen schuldig. Am besten stieg ich mit Paul ein. »Paul denkt zwar, dass ich eine Persönlichkeitsstörung habe. Aber eigentlich ist er derjenige, der krank ist. Sehr krank sogar. Es ist ernst.«

Gianna schlug die Hände vors Gesicht und begann so bitterlich zu schluchzen, dass ich mich neben sie auf Tillmanns Pritsche kniete und unbeholfen ihren Rücken streichelte.

»Ich bin so blöd. So saublöd. Zehn Minuten, und meine ganze Welt ist verändert. Und jetzt?« Sie schnäuzte sich lautstark, hörte aber nicht auf zu heulen. »Wieder kein normaler Mann. Wann treffe ich endlich einen normalen Mann?«

»Meine Beziehung ist auch etwas … kompliziert«, sagte ich tröstend.

»Das sind sie immer!« Gianna zog dramatisch die Nase hoch. »Immer! Ich bin jetzt achtundzwanzig und ich habe …«

»Achtundzwanzig!?«

»Ja. Was dachtest du denn? Jedenfalls galoppiere ich auf die dreißig zu und habe die schönsten Jahre meines Lebens an zwei Volldeppen verschleudert. Der eine versuchte ständig, seinen zu kleinen Schwanz zu kompensieren, der andere mutierte zum Stalker, als ich ihn verlassen wollte, und jetzt, wo ich es endlich geschafft habe und unabhängig bin, treffe ich deinen Bruder … und … wieder kompliziert! Ich kenne ihn erst eine knappe Stunde! Und alles ist kompliziert!« Gianna ließ sich nach hinten kippen, sodass ihr Kopf unsanft gegen die Wand knallte. Es störte sie nicht.

»Na ja. Es könnte noch komplizierter sein. Wenigstens ist Paul ein Mensch. Mein Freund ist einer von ihnen.« Ich deutete auf die Leinwand. Gianna sah mich entsetzt an.

»Ist das euer Familienhobby, oder was? Beziehungen mit …?« Sie malte hilflos Kreisel in die Luft.

»So ähnlich. Meine Mama ist mit einem Halbblut verheiratet. Aber keine Sorge, es ist nichts auf mich übergegangen. Papa wurde nach der Zeugung befallen. Ich bin stinknormal.«

Gianna lachte schrill auf.

»Du – du schläfst mit so einem?« Nun deutete auch sie auf die Leinwand und ich schaute automatisch hin, obwohl sie nur noch ein harmloses weißes Viereck war.

»Noch nicht«, erwiderte ich reserviert, doch meine Wangen wurden heiß. Genau. Noch nicht. Zumindest noch nicht jenseits meiner nächtlichen Träume. »Und, oh, er ist wesentlich attraktiver als François. Ein echtes Leckerchen.« Ich zog den Kopf ein, denn Colin hätte mir eine gewischt, wenn ich das in seiner Anwesenheit gesagt hätte.

»Also eine Art Edward Cullen?«, fragte Gianna und klatschte sich im gleichen Moment gegen die Stirn. »Was rede ich da eigentlich?

Eine Art Edward. Oh Gott, Edward ist eine Romanfigur, aber das hier, das ist …«

»Das ist die Wirklichkeit. Richtig. Ich kann's manchmal auch kaum glauben. Jedenfalls ist Colin nicht niedlich. Nein, kein Edward. Er kann ein richtiger Stinkstiefel sein. Nicht wörtlich genommen! Er duftet köstlich. Und er saugt kein Blut. Hast du etwa gedacht, François ist ein Vampir?« Jetzt erst wurde mir die Tragweite unseres Filmexperiments bewusst. Gianna befand sich wahrscheinlich auf dem völlig falschen Dampfer. Und damit war sie nicht die Einzige heute Abend. Wann meldete sich Tillmann endlich?

»Es gibt keine Vampire, Gianna.« Ich musste grinsen, obwohl ich mich restlos verzweifelt fühlte. »François ist ein Nachtmahr, allerdings stimmt da einiges nicht mit ihm, ich kann ihn noch nicht einordnen.«

»Ein Nachtmahr.« Gianna kapierte rasch. »Deshalb hast du mich in der Kunsthalle nach dem Bild von Füssli gefragt.«

Ich senkte meinen Blick. »Ja, ich – es ist mir so rausgerutscht. Ich hatte ja keine Ahnung, was du darüber weißt und ob überhaupt …«

»Ich weiß tatsächlich etwas darüber, Elisa. Zwei Semester Volkskunde. Aber ich dachte bisher – wie übrigens der Großteil der restlichen Menschheit –, es sei ein an den Haaren herbeigezogener Aberglaube …«

»… der einem gehörig auf die Frisur schlagen kann, ja. Es ist kein Aberglaube. Und Tillmann und ich sind wahrscheinlich die ersten Menschen, die jemals einen Angriff aufgezeichnet haben. Augenblick – warum hast du mich Elisa genannt?« So nannte mich sonst nur mein Vater. Kannte sie ihn etwa doch?

»*Homo Faber*. Max Frisch. Nie gelesen? Elisabeth wird von ihrem Vater Sabeth genannt und von der Mutter Elisa. Sabeth ist auch schön. Aber du bist eine Elisa. Und nicht promiskuitiv genug, um versehentlich mit dem eigenen Vater ins Bett zu steigen. – Trotzdem, ich weiß, was du denkst. Und ich gebe es zu – als ich Paul gesehen hab, äh, hab ich mich wieder an deinen Vater erinnert.«

Sie log, doch ihre Erklärung war so gut, dass sie mich traf.

Ich presste die Lippen aufeinander, um nicht zu weinen.

»Sie sehen sich ähnlich, oder?«

Gianna wackelte abwägend mit dem Kopf.

»Jein. Dein Vater hatte auch ein bezauberndes Lächeln. Paul ist trotzdem anders. Verspielter. Seine Augen – sie schauen einen weicher an. Und doch so … hm. Er sieht von der Seite aus wie ein Indianer, ist dir das schon aufgefallen? Ein tolles Profil.«

Nein, das war mir noch nicht aufgefallen. Aber ich verstand nun, was Gianna vorhin mit der veränderten Welt gemeint hatte. Paul hatte ihr binnen weniger Minuten den Kopf verdreht, und das trotz seines Befalls. Kompliment!

»Wie war es, als du meinen Vater getroffen hast? Was hat er dir genau erzählt? Du konntest dich die ganze Zeit schon daran erinnern, oder? Und nicht erst seit vorhin?«

Gianna grinste ertappt. »Ja, okay. Ich geb's zu. Du warst mir so suspekt in der Kunsthalle, dass ich dachte, es sei besser, die Ahnungslose zu spielen. Es ist schwer, jemanden wie deinen Papa zu vergessen. Aber eigentlich war da nichts Spektakuläres. Er hat mir ein paar Fragen zum Kongress beantwortet, ganz normal, nur – er hat mich dabei angesehen, als ob …«

»Was als ob?«, drängte ich.

»Nicht als wäre er scharf auf mich oder so.« Gianna hob abwehrend die Hände. »Nee, das nicht. Keine Anmache, ich schwöre es. Ich hatte eher das Gefühl, dass er mich abcheckt. Meinen Verstand und mein … Herz.« Gianna räusperte sich. »Mein Gott, klingt das kitschig.«

»Nein, tut es nicht«, sagte ich flüsternd. »Ich weiß, was du meinst.«

So hatte Papa auch mich immer wieder angesehen. »Und sonst war nichts?«

»Nein. Gar nichts. Er bat mich um meine Visitenkarte, um mir die Kopie seines Vortrags zusenden zu können, was er dann auch tat, knapp und sachlich und höflich, aber sonst – nichts. Ehrlich.«

Mir blieb für den Moment nichts anderes übrig, als ihr zu glauben. Mein Bauch tat es sowieso. Gianna fasste sich prüfend an die Achseln und verzog das Gesicht.

»Elisa – mir ist total schlecht und ich hab Schweißflecken unter den Armen und bin kurz vorm Umkippen und stehe unter Schock. Ich muss etwas kochen. Darf ich?«

Ohne meine Antwort abzuwarten, stand sie auf und verließ das Zimmer. Bevor ich mich zu ihr in die Küche gesellte, machte ich einen Abstecher ins Badezimmer und hielt mein Gesicht unter das eiskalte Wasser, denn es glühte, als würde ich Fieber bekommen. Ich war überdreht und aufgeputscht und mein Kopf platzte vor unbeantwortbaren Fragen.

Beim Blick in den Spiegel wurde mir auch klar, warum Tillmann sich so königlich über mein Aussehen amüsiert hatte. Meine Augen waren blutunterlaufen, die Haare wellten sich wirr und zerzaust in alle erdenklichen Richtungen und zu meiner tiefen Beschämung klebte ein Popel in der Größe einer Erbse (und so ähnlich sah er auch aus) an meinem rechten Nasenflügel. Ich wischte ihn errötend weg und beschloss, so zu tun, als wäre er niemals da gewesen. Allerdings sollte mir solch ein optischer Fauxpas verziehen werden. Ich hatte gerade eine Ladung Pfefferspray abbekommen. Dafür sah ich noch einigermaßen gesellschaftsfähig aus.

Nachdem ich mich wiederhergestellt und mich von meiner Brille befreit hatte, setzte ich mich an den Küchentisch und sah Gianna dabei zu, wie sie sich in Rekordgeschwindigkeit in der Küche zurechtfand und mit hochgebundenen Haaren hackte, rührte, schnippelte, briet und dünstete, als gelte es, das Kochduell des Jahrhunderts zu gewinnen. Irgendwie erinnerte sie mich dabei an meine Mutter im Garten und das erleichterte es mir, ihr all das zu erzählen, was sie wissen musste. Über Paul, meinen Vater, Colin, Tillmann und Tessa – und was Nachtmahre bei Menschen anrichten konnten. Dass Paul nicht ganz er selbst war. Dass er sich kaum mehr kannte und eigentlich Medizin studieren wollte, anstatt Bilderrähmchen zu basteln. Die Sache mit Trischen jedoch ließ ich aus. Ich wollte und konnte immer noch nicht frei darüber sprechen. Außerdem war sie für Gianna nicht wichtig. Hier ging es um Paul, nicht um Colin und mich. Gianna hörte stumm zu und legte nur ab und zu Messer und Kochlöffel aus der Hand, um sich an die Brust zu greifen und ein monotones Ave-Maria herunterzurattern.

Sobald es am Herd nichts mehr für sie zu tun gab, weil Soße und Spaghetti nun alleine vor sich hin köchelten, nahm sie einige Bilder von der Wand und hängte die übrigen um, bis sie eine vollkommen andere Wirkung erzielten. Friedvoller, aber auch bedeutsamer.

»Sie dürfen nicht in Massen nebeneinander an der Wand kleben«, erklärte Gianna zwischendurch. »Es sind Traumbilder. Sie haben eine spirituelle Bedeutung. Es müsste verboten sein, sie zu verkaufen. Die Aborigines glauben an diese Gemälde. Diese Bilder leben. Verstehst du das?«

Ich nickte stumm, bevor ich weitererzählte und Gianna die umgestaltete Flurgalerie mit einem zufriedenen Gutachterblick alleine ließ, um sich wieder um das Essen zu kümmern.

Als ich endlich fertig war, tischte sie auf. Ihre Spaghetti alla Mamma schmeckten so gut – fruchtig, süß und scharf zugleich –, dass ich alles um mich herum vergaß und eine Weile brauchte, um zu kapieren, was da in meiner Hosentasche vibrierte. Ich ließ die Gabel mitten in das soßengetränkte Spaghettinest auf meinem Teller fallen, fummelte mein Handy aus meiner Jeans und nahm ab.

»Tillmann? Hast du ihn aufhalten können? Bist du aufs Schiff gekommen?«

Gianna hörte auf zu essen und wandte ihren sensationslüsternen Blick nicht vom Handy ab, während sie mir ein paar Spritzer Tomatensoße von der Wange wischte.

»Hi, Ellie«, schallte Tillmanns dunkle Stimme in mein Ohr. Gott sei Dank, er war es. »Ja, ich bin aufs Schiff gekommen, aber …«

»Was aber?« Ich stand auf.

»Aber nicht wieder runter.« Tillmann klang sehr endgültig.

»Bitte was?«

»Es hat abgelegt, bevor ich Paul gefunden habe, und ich wollte keinen Aufstand machen, immerhin war ich anfangs so etwas wie ein blinder Passagier. Ich bin, ähm, durch die Lagerräume ins Schiff geschlichen. Aber Paul hat das geregelt. Bitte, Ellie, dreh nicht durch. Wir sind schon aus dem Hafen draußen. Und ich glaube, dass es das Beste ist, Paul erst mal gar nichts zu sagen.«

Gianna wedelte aufgeregt mit den Händen.

»Warte mal, Tillmann. Was ist?«

»Auf keinen Fall Paul etwas sagen!«, zischte sie. »Es ist zu gefährlich. Er würde es nicht glauben, selbst wenn ihr ihm die Aufnahmen zeigt.«

Ich fragte mich, woher Gianna das wissen wollte. Sie kannte Paul gerade mal eine Stunde lang und erst seit zwanzig Minuten wusste sie von der Existenz von Nachtmahren. Doch Tillmann kam weiteren Diskussionen zuvor.

»Ich hab kein Ladegerät dabei und der Handyakku ist halb leer. Ich melde mich später, wenn die Luft rein ist, okay?« Schon hatte er aufgelegt. Ich ließ meinen Hintern unsanft zurück auf den Stuhl fallen.

Gianna lehnte sich zur Seite, bis sie mit den Fingerspitzen an die Ramazzotti-Flasche herankam, die inmitten einer exquisiten Auswahl internationaler Spirituosen auf dem Küchenbord stand. Ehe ich mich versah, schob sie mir und sich ein randvolles Schnapsglas vor die Nase.

»Auf ex!«, befahl sie. Ich war zu aufgewühlt, um zu protestieren. Wir stießen an und kippten das Zeug mit Schwung unsere Kehlen hinunter.

»Der kleine Scheißer ist also auf dem Schiff?«

Gianna tätschelte mir mütterlich den Rücken, weil ich vor lauter Husten beinahe erstickte. Ich nickte keuchend.

»Na, dann ist dein Bruder wenigstens nicht allein. Los, noch einen.« Gianna schenkte nach. Ich nahm artig einen großen Schluck und nun schmeckte das Gesöff ein wenig besser. Außerdem wärmte es mich. Mein Gesicht war zwar immer noch fiebrig, aber in meinen Eingeweiden lagerten Eisquader.

»Wie kommst du eigentlich auf die Idee, dass die Filmaufnahmen meinem Bruder nicht die Augen öffnen würden?« Meine Zunge wurde bereits schwer. Giannas Zunge jedoch saß lockerer denn je. Sie plapperte unbeschwert drauflos.

»Erstens könnte das alles ein Trick sein. Ehrlich, Ellie, wenn ich eure Reaktionen nicht erlebt hätte, hätte ich auch gedacht, dass das ein Fake ist. Man kann so etwas am Computer basteln, mit Super 8 abfilmen, und schon hat es diesen dokumentarischen Echtheitscharakter. Das könnte ein x-beliebiges YouTube-Video sein. Dort gibt es auch Zigtausende Beweise für die Existenz von Aliens. Es ist ein Wunder, dass wir nachts überhaupt noch den Mond sehen zwischen all den Raumschiffen, die da oben angeblich herumschwirren. Nimm François' Fresse, bearbeite sie mit Photoshop, drehe sie verkehrt rum, ein paar Ratten dazu – fertig. Ein Prosit auf das digitale Zeitalter.« Gianna hob ihr Glas. »Ach, was heißt digital«, schnatterte sie weiter. »Wissen wir, ob die Amis tatsächlich auf dem Mond waren? Nein, wissen wir nicht. Könnte alles ein Fake gewesen sein. Ein simpler Studiodreh. Aber die Menschen glaubten es, weil sie es glauben wollten. An die Existenz von Mahren jedoch will niemand glauben. Außerdem sind Paul und François Lebenspartner, oder?«

»Ja. Leider.« Ich hatte richtiggelegen. Gianna war nicht auf den Kopf gefallen. Im Moment war sie mir sogar ein bisschen zu schlau. Ihre Hypothesen waren niederschmetternd.

»Damit sind wir beim zweiten Punkt. Paul würde es nicht wahrhaben wollen. Ich war auch blind, als ich noch mit meinem Ex zusammen war. Und er hat mich wie Dreck behandelt. Jeder hat mich gewarnt. Ich wollte es nicht hören. Bei Paul kommt erschwerend hinzu, dass er eine schwule Beziehung führt und die meisten Leute diesbezüglich Berührungsängste haben. Er wird immer denken, dass wir ihn umdrehen wollen und deshalb François schlechtmachen.« Gianna schüttelte den Kopf. »Das bestärkt ihn nur.«

Jetzt brauchte ich den Rest des Ramazzottis. Alles umsonst? Tillmann hatte sich mit dem Kokain beinahe das Hirn weggeblasen und es hatte nichts genützt?

»Das heißt, du kannst gar nichts für uns tun?«

Gianna hob erstaunt den Kopf. »Was soll *ich* denn bitte für euch tun?« Ohne hinzusehen, füllte sie sich nach und nahm einen kräftigen Schluck.

»Na ja, ich hab dich in erster Linie deshalb angesprochen, weil ich die Hoffnung hatte, du könntest vielleicht einen Bericht über Nachtmahre in die Presse bringen.«

Gianna lachte verdutzt auf. »Wenn ich Wert drauf lege, meinen Job zu verlieren, kann ich es ja mal versuchen. Die warten doch nur darauf, dass ich irgendeinen Mist schreibe. Ellie, schlag dir das aus dem Kopf. Ich bin ein Niemand. Ich würde mich damit für alle Zeiten disqualifizieren. Das Einzige, was ich dir anbieten kann, ist ein fieser, abwertender Bericht über zwei überdrehte Teenager, die fest daran glauben, dass es Nachtmahre gibt. Für die Klatschspalte auf

Seite 3. Aber ich nehme mal an, dass du nicht an so etwas dachtest, oder?«

»Danke, nein.«

Giannas Miene verdüsterte sich und eine steile Falte trat auf ihre Stirn, bevor sie den Rest des Gläschens leerte. Sie begann leicht zu schielen.

»Sag mal, was meinen Ex betrifft … Im Nachhinein betrachtet war das auch ein Freak. Ein echter Psychopath. Und ich … na ja. Ich hab mich von ihm manipulieren lassen, bis ich nicht mehr wusste, wer ich bin.« Sie blickte fragend zu mir auf. »Ob er auch …?«

»Glaub ich nicht. Ich weiß es natürlich nicht, aber François' Verhalten ist sehr ungewöhnlich. Normalerweise zeigen sich die Mahre den Menschen nicht. Sie kommen nachts, wenn wir fest schlafen, und die Opfer kriegen nichts davon mit.«

»Dann muss deine Beziehung wirklich sehr kompliziert sein.« Gianna kicherte. »Kein Wunder, dass ihr noch nicht miteinander pimpert.«

»Das hat andere Gründe!«, erwiderte ich heftig, doch Gianna konnte kaum mehr aufhören zu kichern. Ich schob es auf den Alkohol. »Abgesehen davon – Colin pimpert nicht. Ein Pandabär pimpert vielleicht oder eine Meerkatze. Aber nicht Colin.«

»Nenn es, wie du willst – poppen, Rohr verlegen, Steckerle spielen …«

»Steckerle spielen?«

Gianna spülte einen weiteren Ramazzotti hinunter und wollte uns beiden nachschenken, doch ich hielt warnend meine Hand über das Glas. Ich war für heute bedient.

»Stammt von meiner Chefin aus der Kulturredaktion. Jedenfalls geht es doch immer nur darum. Die Männer halten sich für die Krone der Schöpfung und wollen jeden Acker bestellen, den sie anschließend niedertrampeln können. Prost!«

»Colin nicht.« Diese Worte konnte ich im Brustton der Überzeugung sagen, denn sie stimmten. Befruchtungstechnisch war Colin wahrhaftig kein typischer Mann. »Außerdem ernährt er sich von Tierträumen. Ansonsten lebt er wie ein Mensch. Er versucht es wenigstens. Aber wenn er Menschenträume essen würde, würde er sich seinen Opfern auch nicht zeigen.«

»Also doch ein bisschen wie Edward«, gackerte Gianna. »Glitzert er, wenn er sich in die Sonne stellt?«

»Nein, aber seine Haare bekommen rötliche Strähnen und seine Augen werden türkis«, antwortete ich betont geduldig. Die Sommersprossen verschwieg ich; sie würden Gianna nur Anlass zu neuer Häme geben.

»Wie praktisch!« Gianna goss sich ein viertes Mal nach, obwohl sie meiner Meinung nach mehr als genug getankt hatte. Seufzend zog ich nach. »Wir färben uns mühevoll die Haare, weil Strähnchen en vogue sind, und kriegen Kopfhautreizungen und er stellt sich eben mal in die Sonne. Wie heißt er mit vollem Namen?«

»Colin. Colin Jeremiah Blackburn.« Giannas Augen wurden rund. »Und wenn du nichts dagegen hast, würde ich mich jetzt gerne wieder Paul und seinem Befall zuwenden. Oder hast du noch etwas anderes vor heute Abend?«

Giannas Lachen erstarb.

»Oh Gott …«, stammelte sie. »Ich hab meinen Termin vergessen! Den Termin im Dialog im Dunkeln! Die warten bestimmt die ganze Zeit auf mich und das sind doch Blinde! Ich kann doch keine blinden Menschen warten lassen! Das tut man nicht!«

Giannas Bestürzung wollte überhaupt kein Ende nehmen. Nun musste *ich* lachen, doch das Klingeln meines Handys verpasste unseren Gefühlsausbrüchen einen – wenn auch nur schwachen – Dämpfer. Ich war inzwischen ebenfalls beschwingt genug, um den lange erwarteten Anruf locker zu nehmen. Locker und mit fragwürdigem Humor. Ich warf meine Haare zurück, griff geziert nach dem Telefon und spreizte meinen kleinen Finger ab, als ich auf den grünen Hörer drückte.

»Badeanstalt für katholische Hunde?«, näselte ich. Gianna prustete laut.

»Ellie? Bist du das? Hallo?«

»Am Apparat«, sagte ich würdevoll. Gianna zog eine Nudel aus dem Topf und zerkleinerte sie, um die einzelnen Stücke mit versunkener Sorgfalt auf die Verzierungen von Pauls Versace-Geschirr zu kleben. Dabei trällerte sie italienisch vor sich hin, irgendwas mit »amore« und »attenti« und »lupo«.

»Sag mal, was treibt ihr da?«

»Mädelsabend.«

»Okay. Dann hör mir jetzt zu, ohne dazwischenzuquatschen. Paul geht es gut, er schlägt sich gerade den Bauch voll. Ich schlafe in einem anderen Trakt des Schiffes, weit weg von den beiden. Der Volvo steht am Pier, der Schlüssel steckt. Wir sind zwei Wochen unterwegs. Paul ist sauer auf mich, weil ich dich alleingelassen habe und er für meine Kabine blechen muss. Aber ich hab ihm gesagt, dass ich dringend mal rausmusste und du sowieso nach Hause fahren wolltest. Bist du noch da, Ellie?«

»Ich schweige, wie vom Herrn Grafen befohlen.« Ich musste kräftig hicksen – halb Schluckauf, halb Rülpser.

»Ach Gott, die armen Blinden«, jammerte Gianna, die ihr Kunstwerk vollendet hatte und mit schwammigem Blick mein Gesicht fixierte. Dann beugte sie sich vor und legte ihre Fingerkuppe auf meine Nasenspitze. »Hast du eine Nasenhupe?« Sie drückte zu. »Nein, keine Hupe. Ich wusste es. Aber ich, ich hab eine Nasenhupe!« Sie tippte auf ihre eigene Nase – es wunderte mich, dass sie sie traf – und trötete wie ein Lastwagen beim Überholen. Dann sackte ihr Kopf auf die Tischplatte und sie begann zu schnarchen.

»Jetzt sind wir allein, Schätzchen«, säuselte ich in den Hörer.

»Nenn mich nicht Schätzchen, verstanden?«

»Aye, aye, Käpt'n.« Ich erhob mich, um zu salutieren, doch der Raum drehte sich nach rechts und ich knallte mit der Schläfe gegen die offen stehende Küchenschranktür. Schlagartig war ich wieder nüchtern.

»Ellie. Bitte hör mir doch mal richtig zu. Hast du irgendeine Ahnung, was er sein könnte? François?«

Ich glaubte plötzlich, das Meer rauschen zu hören. Tillmann musste draußen an Deck stehen.

»Ich hab keine Ahnung. – Hast du denn gar keine Angst?«

»Nein. Es ist doch im Grunde das Gleiche wie vorher. Er war die ganze Zeit schon da. Nur wissen wir jetzt, wer der Mahr ist. Aber ich finde es besser, wenn ich meinen Feind kenne, als mich die ganze Zeit davor fürchten zu müssen, wer er sein könnte. Es wirft nur einen Haufen neuer Probleme auf. – Und was wirst du jetzt tun?«

Ja, was sollte ich tun? Paul war samt Mahr und meinem Assistenten auf hoher See unterwegs. Gianna hatte sich ins Koma gesoffen. Und ich hatte viel zu viel freie Zeit vor mir und unzählige Fragen, die mir fast den Verstand raubten. Nur einer konnte diese Fragen beantworten. Ich musste mich ihm stellen. Meinem Bruder zuliebe und auch mir zuliebe.

»Ich fahre nach Trischen. Zu Colin.«

Konfrontationstherapie

Meine Entscheidung war also gefallen. Ich würde nach Trischen fahren. Und zwar am besten gleich morgen, bevor ich ins Zaudern geriet und es mir am Ende anders überlegte. Ich konnte Paul nicht im Stich lassen. Das durfte ich nicht tun.

Minutenlang saß ich bewegungslos am Tisch und hörte Gianna beim Schnarchen zu. Ihre dunklen Haare fielen ihr in seidigen Strähnen ins Gesicht und ihr Mund stand leicht offen. Ihre Zungenspitze vibrierte bei jedem Atemzug. Ich konnte kaum glauben, dass sie schon achtundzwanzig war, obwohl sie das Misstrauen einer alten Jungfer besaß und manchmal über Männer wetterte, als seien sie der Abschaum der Menschheit. Und doch hatten ihre Augen jedes Mal geleuchtet, wenn der Name meines Bruders gefallen war.

Konnte sie uns denn wirklich nützlich sein? Gianna war neugierig. Sehr sogar. Und das war nicht schlecht, denn neugierig musste man sein, wenn man sich mit Mahren befassen wollte. Sie musste so neugierig sein, dass sie dabei ihre Angst vergaß. Heute hatte das funktioniert.

Ihre journalistischen Kontakte konnten wir jedoch vergessen. In diesem Punkt würde sie uns nicht behilflich sein können, wenn sie nicht maßlos untertrieben hatte. Aber das glaubte ich nicht. Gianna wirkte auf mich nicht wie eine toughe Enthüllungsjournalistin mit massig Vitamin B. Was sie über ihre Kollegen angedeutet hatte, ließ vermuten, dass sie in der Redaktion nicht den besten Stand hatte.

Dennoch waren wir inzwischen zu viert. Dr. Sand, Tillmann, Gianna und ich. Vier Menschen, die glaubten, was sie gesehen oder gehört hatten. Und wenn wir meinen Vater dazuzählten, waren wir sogar zu fünft. Verschwindend wenig, um einen Kampf gegen die Mahre anzuzetteln. Aber ich fühlte mich nicht mehr so alleine in all dem, was ich tat oder eben nicht tat.

Ab morgen war ich endlich nicht mehr nur die blöde Miss Moneypenny. Kurz überlegte ich, wo die Baldriantabletten lagen, die Dr. Sand mir überlassen hatte. Ob der Placeboeffekt auch ein zweites Mal funktionieren würde? Noch war ich nicht nervös oder gar panisch, aber das würde sich ändern, sobald ich aufbrach.

Im Moment stimmten mich der Alkohol und die Müdigkeit beinahe euphorisch. Es war eine ruhige, fließende Euphorie, die bald in Kopfschmerzen übergehen würde. Ich brauchte dringend eine Mütze Schlaf. Papa hatte mir mal erzählt, dass Schlaf und Sport die besten Heilmittel gegen Angst seien. Der Körper müsse über genügend Energien verfügen, um die Paniksymptome verarbeiten zu können, und Sport schütte Botenstoffe aus, die unsere Psyche aufhellten und uns das Gefühl von Unbesiegbarkeit verliehen.

Ich hatte meinen Körper in den vergangenen Wochen und Monaten schändlich vernachlässigt. Kaum Bewegung, wenig Schlaf – den totenähnlichen Tiefschlaf während der Angriffe von François zählte ich nicht dazu –, fettes, ungesundes Essen, zu viel Kaffee. Keine guten Voraussetzungen für eine Fahrt nach Trischen.

Aber der Mahr – François, was ich immer noch nicht begreifen konnte, obwohl es so bestechend logisch war – konnte mich heute Nacht nicht heimsuchen. Er war weg. Tillmann würde auf Paul achtgeben; es blieb mir nichts anderes übrig, als ihm darin zu vertrauen. Und das tat ich auch. Tillmann war loyal, vielleicht sogar der loyalste Mensch, der mir jemals begegnet war.

»Kleiner Scheißer«, murmelte ich schmunzelnd und zog Gianna

eine Haarsträhne aus dem Mund, die sie immer wieder einatmete und gleich darauf aushüstelte.

Ja, was Tillmann an Feingefühl und Diskretion mangelte, machte er durch Loyalität und Skrupellosigkeit wett. Ich genoss den Gedanken, für ein paar Nächte von seinen verbalen Tiefschlägen befreit worden zu sein. Und gleichzeitig fehlte er mir.

Ob François etwas gespürt hatte? Mit Sicherheit war es kein Zufall gewesen, dass er ausgerechnet in dem Augenblick hier aufgetaucht war, als es zwischen Gianna und Paul zu knistern begann. Was hatte Gianna gesagt? Paul sei ihm hörig. Aber ahnte er, dass wir etwas von Pauls Befall wussten? Ich hatte nicht an den Mahr gedacht, während François im Flur stand. Tillmann sicherlich auch nicht. Wir waren zu sehr von der Ratte abgelenkt gewesen. Aber François' Blick, als das Vieh sich an meine Kehle geklammert hatte und ich still zusah – ja, mein Verhalten hatte ihn irritiert. Hoffentlich hatte ich rechtzeitig zu schreien begonnen und er schob meine Kaltblütigkeit auf meinen vermeintlichen Irrsinn.

Ich erschauerte, als ich an seine trüben Augen dachte. Nie zuvor hatte er mich direkt angesehen. Aber soweit ich wusste, konnten Mahre weder apparieren noch sich zweiteilen. Also würde ich heute Nacht in Sicherheit sein und ich betete, dass Paul es auch war. In diesem Moment konnte ich nichts für ihn tun. Der Einzige, der uns jetzt noch helfen konnte, war Colin. Und selbst das stand in den Sternen.

Ich raffte mich auf, beseitigte die Überreste unseres Gelages und schlurfte in Pauls Spielzimmer, um die Leinwand zusammenzurollen und den Projektor samt Kamera in Tillmanns ausgeleierter Sporttasche zu verstauen. Da ich François in meiner Nähe nicht mehr duldete – weder real noch auf Film gebannt –, stellte ich Leinwand und Tasche in Pauls Werkkammer unter. Zurück im Zimmer öffnete ich das Fenster und ließ die kühle Nachtluft hereinströmen.

Ob Colin überhaupt noch auf Trischen lebte? Oder hatte er längst die Geduld verloren und war abgehauen, um sich am anderen Ende der Welt eine neue Existenz aufzubauen?

Ich nahm Pauls alten Schulatlas aus dem Regal und schlug die Karte von Norddeutschland auf. Mein Mund klappte auf, als ich Trischen fand. Wir mussten tatsächlich stundenlang über das offene Meer gefahren sein … Ich war davon ausgegangen, dass Trischen sich sehr nahe an Sylt befand. Doch die Sandbank lag ein gutes Stück südlicher. Es war also keine Einbildung gewesen, dass mir die Fahrt mit dem Boot so unendlich lang vorgekommen war. Colin hatte uns über das offene Meer geschippert.

Es war völliger Quatsch, morgen nach Sylt zu fahren. Trischen musste direkter zu erreichen sein, wahrscheinlich über das kleine Örtchen Friedrichskoog. Ich ging zurück ins Wohnzimmer – Gianna schnarchte immer noch friedlich in der Küche vor sich hin – und fuhr gähnend Pauls Laptop hoch.

Mein Herz machte einen Sprung, als Google mir offenbarte, dass Trischen sogar seine eigene Website hatte. »Trischen – Vogelinsel im Wattenmeer.« Unbehaglich öffnete ich den Link und stellte erleichtert fest, dass die Startseite eine Aufnahme der Insel von oben zeigte. Ich klickte auf die deutsche Fahne. Noch einmal die Insel von oben, wieder bei Sonnenschein und Ebbe. Wie konnte man angesichts einer solchen Idylle nur Angst haben?

Etwas mutiger studierte ich das Menü. »Die Vogelwartin.« Ich kicherte leise. Was Colin ihr wohl für eine Krankheit verpasst hatte? Hoffentlich ging es der armen Frau besser. Besser, aber nicht so gut, dass sie wieder arbeiten konnte. Ich brauchte ihn schließlich.

Ich ließ meine Augen nach unten wandern. Artenvielfalt, Insekten, Schwebfliegen, Krebse, wunderbar, aber das interessierte mich jetzt alles nicht. Historisches? »Eine neue Hütte.« Ich schob zögerlich den Mauszeiger darüber und drückte auf die linke Taste.

Oh Gott, ja, das war sie … die Hütte … Der Pfahlbau mit der langen Stiege und dem umlaufenden Balkon. Ich schloss die Augen, atmete zitternd durch und öffnete sie wieder. So schrecklich sah sie eigentlich gar nicht aus, wenn die Sonne schien und kein Sturmflutwetter herrschte. Außerdem wirkte die Insel auch auf diesem Foto viel größer, als ich sie in Erinnerung hatte. Platz genug, um am Strand Karate zu trainieren … so wie ich es geträumt hatte? Oder hatte ich Colin wirklich gesehen?

Mein Herzschlag beruhigte sich ein wenig. Trotzdem fühlte ich mich wie früher, wenn Paul und ich uns Bilder von entstellenden Krankheiten im Pschyrembel angeschaut hatten. Die Neugierde und mein Ehrgeiz trieben mich dazu, genau hinzusehen und meinen Blick nicht abzuwenden, aber mein Magen wehrte sich vehement dagegen.

Okay, weiter. »Der neue Inselversorger.« Das war ja niedlich! Ein Boot namens Luise diente als Transportschiff für Lebensmittel. Allerdings … »Scheiße«, knurrte ich. Der Kapitän, ein Axel Nielsen, steuerte die Insel immer nur sonnabends an. Also war er heute dort gewesen. Egal. Ich würde in Friedrichskoog schon jemanden auftreiben, der mich nach Trischen brachte. Vielleicht sogar Nielsen persönlich – ein freundlich wirkender Mann mit weißen Haaren, der in kurzen Hosen am Deck der Luise stand. Ich musste mir nur einen guten Grund einfallen lassen, weshalb er mich auf die Insel fahren sollte. Aber dazu hatte ich noch genug Zeit.

Nun war ich doch kühn genug, auf »Aktuelles im Schaufenster« zu klicken. War dort vielleicht von Colin die Rede? Doch ich fand nur die letzten Grußworte der armen kranken Vogelwartin von vergangenem Herbst. Offenbar liebte sie dieses Eiland.

»Mensch, Colin«, murmelte ich tadelnd. Gleichzeitig musste ich grinsen. Er hatte es für mich getan. Um mir nahe zu sein. Was schrieb das Mädchen denn?

»Vielmehr gab es so viele lustige, aufregende und wunderschöne Augenblicke, dass ich mich wundere, wie das alles in sieben Monate gepasst hat.«

Oh ja. Haha. Aufregende Augenblicke. Die hatte ich auf Trischen auch erlebt. Ich schloss die Seite und klappte den Laptop zu. Es war Zeit, ins Bett zu gehen und die mahrfreie Nacht für einen ausgiebigen Schönheitsschlaf zu nutzen.

Ich schaffte es, Gianna aus dem Koma zu mobilisieren und zu Tillmanns Pritsche zu führen. Sie wachte nicht richtig auf, versuchte sich aber mit geschlossenen Augen und lallender Zunge an einem italienischen Schlager, bevor sie grunzend aufs Bett und zurück in den Tiefschlaf fiel. Ich war so müde, dass ich nur noch aus meinen Schuhen schlüpfte, mich in Kleidern auf die Matratze sinken ließ und in dem Moment einschlummerte, als mein Gesicht das Kissen berührte.

Redseligkeiten

»Na also. Geht doch«, begrüßte ich mein Spiegelbild. Gianna schlief noch tief und fest und ich wollte die morgendliche Stille nutzen, um mich in Ruhe im Bad einzuschließen und aufzuhübschen.

Ja, ich sah besser aus. Meine Augen waren noch etwas gerötet, aber ich konnte alles schärfer erkennen als in den Wochen zuvor. Der Schlaf hatte Wunder gewirkt. Vielleicht konnte ich mit Brille Auto fahren und anschließend wie im Sommer auf meine Kontaktlinsen verzichten. Gegen meine Blässe würde ich nichts mehr ausrichten können, aber für den Rest gab es Hilfsmittel.

Ich stieg summend unter die Dusche, schäumte mich mehrfach mit Pauls riesigem Naturschwamm ein, wusch meine Haare, rasierte Beine, Achseln und diverse andere Körperstellen und begann mich langsam wieder wie ein Mensch zu fühlen. Ich wusste, dass Colin derartige Maßnahmen nicht von mir erwartete, aber ich musste deshalb ja nicht wie ein Affenweibchen herumrennen.

Ich tat es nicht für ihn. Ich tat es für mich. Mein Körper war seit Trischen nur noch eine starre Rüstung gewesen, die für die nötigsten Dinge funktionieren musste. Und es hatte Momente gegeben, in denen ich ihn am liebsten abgeschüttelt hätte. Nur einmal hatte er mir ohne Murren gehorcht und sich sogar sinnvoll angefühlt – bei unserer seltsamen Tanzerei. Wie Tillmann sich wohl in seinem Körper fühlte? Er strahlte eine widersprüchliche Mischung aus, wenn er sich bewegte. Einerseits sehr selbstbewusst, wenn nicht sogar selbstverliebt. Andererseits sackten seine Schultern manchmal leicht nach vorne, während er in sich gekehrt nachdachte, und nachts wickelte er sich in seine Decke wie ein Hundebaby, das kuscheln wollte. Er schlief – oder ruhte – fast immer auf dem Bauch, den Kopf in die Armbeuge gedrückt. Als wolle er sich schützen. Und dann diese Narben auf der Brust – nun, Narben trugen wir alle. Ich am Bein, auf Colins glattem Bauch prangte ein Hufabdruck und Gianna und Paul waren ebenfalls gezeichnet, wenn auch in ihrem Herzen. Ob Paul sich jemals von dem Befall erholen würde, falls wir ihn befreien konnten?

Ich griff nach meiner Bodylotion. Ich hatte sie so lange nicht mehr benutzt, dass der Spender verklebt war und ich ihn frei spülen musste. Ich scheute mich fast, mit meinen Händen über meine Beine und Arme zu streichen, und beeilte mich. Den Bauch ließ ich aus. Zu empfindlich.

»Oh Gott, was hab ich da nur vor …«, stöhnte ich und ließ mich auf den Badezimmerhocker sinken. Ja, was hatte ich eigentlich vor? Ich wollte Colin wegen François um Rat fragen. Und ich wollte … Ich spürte, wie mir das Blut ins Gesicht stieg. Wollte ich es denn wirklich? Oder glaubte ich, Colin etwas beweisen zu müssen, um ihn zu halten? Denn ich wollte ihn nicht verlieren. Auf keinen Fall.

»Abwarten«, sagte ich leise zu meinem Spiegelbild. »Sei für alles gewappnet. Und dann wirst du sehen, was passiert.« Also wappnete ich mich. Schwarze Unterwäsche war neutral, aber auch nicht zu brav. Ich schlüpfte in den Slip und zog das Hemdchen über. BHs mochte ich nicht mehr, da ich mich in ihnen beengt und eingezwängt fühlte. Ich war froh, sie los zu sein. Für sie war Zeit genug, sobald mein Fleisch der Schwerkraft erlag.

Ich musterte mich kritisch im Spiegel. Ich sah weder bieder noch verrucht aus. Prüfend klatschte ich auf meine linke Pobacke. Gut, das nannte man wohl festes Fleisch. Wackelte sie, wenn ich lief? Ich legte meinen Kopf schräg, fixierte meinen Hintern und machte zwei Schritte nach vorne. Autsch. Ein dumpfer Schmerz fuhr in meinen Nacken und ich dehnte sofort die verhärteten Muskeln, um den Krampf zu lösen. Was immer heute Abend geschehen würde – ein Hexenschuss war dabei eher kontraproduktiv. Entschlossen zog ich mich an und packte einige wenige Habseligkeiten in meinen Kulturbeutel. Meine Güte, war das albern. Ein Kulturbeutel für eine Nacht auf Trischen. Wenigstens brauchte ich keine Kondome.

Ohne jegliches Bedauern dachte ich an das heillose Gefummel – es hatte sich angehört, als wolle das Kondom sich wehren und davonrennen, wie ich – und den Geruch nach Gummi zurück, die Andis und meinem ungeschickten Intermezzo vorausgegangen waren. Ich bedauerte nur, dass es überhaupt geschehen war. Eigentlich konnte ich mich an fast gar nichts mehr erinnern außer an meine analytischen Gedankenketten, die sich nüchtern wie in einer Biologieklausur aneinandergereiht hatten. Okay, Elisabeth, Andi hatte eben die Hand an seinem Allerheiligsten, das schon lange, sehr lange kurz vorm Explodieren stand – jedenfalls seinem Hyperventilieren nach zu urteilen –, also hatte sich der Liebestropfen bereits aus seinem dunklen Versteck gekämpft und der Liebestropfen enthielt – auch Herr Schütz (Himmelherrgott, Tillmanns Vater!) hatte uns stets beinahe väterlich davor gewarnt, obwohl wir als Dreizehntklässler dafür eigentlich schon zu alt waren – Spermien. Höchst lebensfähige Spermien. Und wenn Andi nur eines dieser wuselnden Dinger *auf* das Kondom geschmiert hatte während seines ungeschickten Versuchs, es überzuziehen, dann reichte das aus, um … Autsch. Tja, da war es auch schon vorbei gewesen. Ich hatte Schmerzen und Andi fiel in sich zusammen wie ein abgestochener Luftballon. Piff, paff, schwanger. Dachte ich. Fürchtete ich. Aber das Schicksal hatte ein Einsehen mit mir gehabt. Kein Baby von Andi.

Ich seufzte schwer und schüttelte halb amüsiert, halb beschämt den Kopf. Vielleicht barg das Nonnendasein ja doch seine Vorteile. Man musste sich um eine ganze Menge Dinge keine Gedanken mehr machen.

Ich ging in die Küche, stellte Kaffee auf und sah nach Gianna. Sie schlief immer noch. Ich rüttelte sie sanft an der Schulter. Ihr Körper fühlte sich tonnenschwer an.

»Gianna. Aufwachen. Frühstück! Du musst mich zum Hafen fahren.« Und mir dein Auto überlassen, falls der Volvo gestohlen worden ist, weil der kleine Scheißer den Schlüssel hat stecken lassen. Nun rüttelte ich sie etwas rabiater. »Gianna Vespucci!«

»Madonna ...« Gianna rollte herum und presste sich den Unterarm vor die Augen. »Mamma mia, Madonna ...« Dann folgten ein paar italienische Flüche, die sich nicht jugendfrei anhörten. Sie schob langsam den Arm weg und blinzelte mich hohl an.

»Ich bin's, Elisa.«

»Elisa ...? Und ...?« Sie richtete sich auf und sah sich suchend um. »Oh Gott ... was für Träume ... Was – was mache ich überhaupt hier?«

Oh nein. Sie hatte einen Filmriss. Musste ich ihr etwa alles ein zweites Mal erzählen? Hatte sie am Ende sogar vergessen, dass sie die Aufnahmen mit François gesehen hatte? Dass es Mahre gab? Und dass sie sich in Paul verguckt hatte?

»Sag bloß, du erinnerst dich nicht mehr! Bitte sag, dass das nicht wahr ist!« Noch einmal würde ich ihr meine Reaktion auf François' Angriff nicht glaubhaft vorspielen können.

»Ja. Nein.« Gianna legte die Finger auf die Schläfen und zuckte vor Schmerz zusammen. Sie musste einen scheußlichen Kater haben. »Ich ... aber das kann nicht sein ... Hier war doch ... eine Leinwand?«

»Ich hab sie weggeräumt vor dem Schlafengehen!«, rief ich erleichtert. »Sie steht in Pauls Werkkammer. Paul, das ist mein Bruder, mit den schönen blauen Augen und den langen Haaren und …«

»Elisa. Leiser reden. Bitte. Ich erinnere mich an deinen Bruder. Aber da war noch etwas …«

»Die Mahre.«

Gianna schluckte. »Nachtmahre?«

Ich nickte. »François. Colin. Tessa. Mein Vater. Halbblut, Cambion, Befall. Klingelt es?«

»Viel zu laut«, antwortete Gianna leidend. »Und sie stehlen wirklich Träume? – Nein, sag nichts. Doch, sag es.«

»Ja. Sie rauben Träume und manchmal auch schöne Erinnerungen.« Mir ist es schon passiert. Und jetzt ziehe ich in den Vergeltungskrieg. »Kannst du mich nach dem Frühstück zum Hafen fahren? Ich will zu Colin, nach Trischen.«

»Ah. Colin. Unser Edward der Mahre.«

»Solltest du ihn je zu Gesicht bekommen, wirst du diesen Vergleich ein für alle Mal begraben. Und er gehört mir, nicht uns.« Pah. Colin gehörte niemand. Nicht einmal sich selbst. Wenn überhaupt, gehörte er Tessa.

Doch Gianna lächelte nur schwach. »Schon gut. Bäh, ich stinke wie ein Skunk. Kann ich duschen? Hast du was Frisches zum Anziehen für mich?«

Ich legte ihr ein paar Sachen raus, richtete das Frühstück und wartete auf sie.

»Du machst ein Gesicht, als hättest du gleich einen Termin beim Zahnarzt«, zog Gianna mich auf, nachdem sie mit Todesverachtung zwei Tassen ungesüßten Kaffee und ein Aspirin Plus C in sich hineingeschüttet hatte.

»Hmpf«, brummte ich unwillig. So ähnlich fühlte ich mich auch, obwohl ich den Zahnarzttermin dankend vorgezogen hätte. Denn er war berechenbar. Die Panik nahte bereits; ich spürte sie kommen.

Sie baute sich auf wie eine Welle, erst harmlos und in weiter Ferne, dann aber …

»Können sie einem eigentlich auch schlechte Träume rauben?«, vertrieb Gianna mein Angstgespenst. »Träume, die einen belasten? Ich hätte da ein paar abzugeben.«

Es fiel mir schwer, vernünftig zu reagieren und Gianna nicht anzuschreien. Denn wir näherten uns genau dem Thema, vor dem ich seit Wochen weglaufen wollte.

»Ja, könnten sie, wenn sie den Menschen Gutes tun wollten. Aber wer verdirbt sich schon freiwillig den Magen?«, antwortete ich widerstrebend. »Colin hat es mir angeboten und mir gleichzeitig davon abgeraten. Manche Träume brauchen wir, obwohl sie schlecht sind, und außerdem … Es ist gefährlich.«

Giannas Falkenaugen verhakten sich hartnäckig in meinen. Oje. Sie hatte mal wieder angebissen.

»Du denkst das nicht nur. Du hast es erlebt, oder?« So ganz verkehrt war sie in ihrem Job also doch nicht.

»Er wollte sie mir nicht rauben, er wollte es überhaupt nicht tun!«, rief ich hitzig, getrieben von dem tiefen Bedürfnis, Colin zu verteidigen. »Ich hatte ihn gebeten, mir eine schöne Erinnerung zu rauben, weil er hungrig war, und dabei … ist etwas schiefgegangen.«

Gianna umklammerte mit ihren zierlichen Fingern fest die Kaffeetasse. »Was genau?«

»Ich – ach, ich bin in seine Erinnerungen gerutscht. In … in – er war in einem KZ. Sie wollten ihn vergasen. Aber er starb nicht. Ich war in seinem Körper, mitten in dem Leichenhaufen, dann haben sie mich wieder rausgeholt, ich stand in der Gaskammer, alle um mich herum starben, nur ich nicht …«

Ich musste aufhören, da sonst die Gefahr bestand, dass ich auf den Tisch kotzte. Gianna ließ ihre Tasse fallen. Sie zerbrach sofort. Wieder eine Versace-Scheußlichkeit weniger.

»Oh Gott, Elisa …« Sie machte keine Anstalten, mich in den Arm zu nehmen oder den Kaffee wegzuwischen. Sie war völlig versteinert. Ich sah unbeteiligt dabei zu, wie die schwarze Brühe auf den Boden tropfte, und drückte meinen Handballen fest auf die scharfkantigen Scherben, die den gesamten Tisch übersäten. Der Schmerz tat gut.

»Die NS-Zeit und die Rassenverfolgung – das war mein Schwerpunkt im Geschichtsstudium. Vor der Zwischenprüfung hab ich mich Tag und Nacht mit nichts anderem beschäftigt, bis ich nachts davon träumte. Dann hab ich eine Eins bekommen und mich nicht eine Sekunde darüber gefreut.«

»Ich weiß, dass ich es nicht erlebt habe, dass ich es nur gefühlt habe, aber … es ist in meinem Kopf, nein, es ist überall. Es gehört jetzt zu mir und ich …« Wieder musste ich eine Pause einlegen.

»Du weißt nicht, wie du es aushalten sollst.«

»Wie ich es aushalten soll, wenn ich ihn wiedersehe und dadurch alles zurückkommt, ja. All die Bilder, Gerüche und Geräusche. Und es tut mir doch so leid für ihn. Er tut mir so leid! Sie haben Experimente mit ihm gemacht, ihn gequält und gefoltert … und das alles nur, weil er anders ist!«

»Wie wir«, sagte Gianna ernst. »Wir sind auch anders.«

»Ja«, erwiderte ich schlicht.

Gianna schnaubte kurz. »Ich hab mir oft überlegt, was mir wohl in dieser Zeit passiert wäre. Ich glaube, mich hätte es auch erwischt. Ich hätte meine Klappe nicht halten können. Aber selbst wenn doch – sie hätten einen Grund gefunden. Und dich …« Ein zartes Schmunzeln erhellte ihr Gesicht. »Dich hätten sie längst vorher mit Begeisterung als Hexe verbrannt. Du kannst einen total irre angucken, weißt du das?«

Ich schwieg. Was sollte ich dazu schon sagen? Irre. Das war mein Stempel, seitdem ich nach Hamburg gekommen war. Doch aus

Giannas Mund hatte sich das »total irre« sogar eine Spur bewundernd angehört.

»Hast du mit irgendjemandem darüber gesprochen?« Gianna löste sich aus ihrer Erstarrung, nahm ein Küchenhandtuch vom Haken und begann, den Kaffee aufzuwischen.

»Nein, mit niemandem.« Weil ich es nicht gekonnt hatte. Nur mit ihm.

»Kein Wunder, dass du in der Kunsthalle beinahe umgekippt bist.« Gianna schnalzte mit der Zunge. »Man mag den Friedrich ja für einen Romantiker halten, aber dieses Bild ist bedrohlich. Hast du mal Kafka gelesen?«

»Nein«, gestand ich seufzend. Gianna war offenbar unser neues wandelndes Lexikon der schönen Künste.

»Ha! Ihr jagt Mahre und kennt Kafka nicht? Das ist der literarische Traumexperte schlechthin! In einem seiner Werke schreibt er von dem gefrorenen Meer in unseren Herzen. The frozen sea within.« Giannas »th« war eine Katastrophe. Se frosen sie wisin.

»Warum sagst du das auf Englisch? Kafka ist doch ein deutscher Autor.«

Gianna hielt inne und lächelte traurig. »Mein einer Ex und ich schreiben uns auf Englisch. Nein, haben uns geschrieben«, verbesserte sie sich. »Er ist Bosnier. Kriegsflüchtling. Hat am Ende unserer Beziehung mein Geld verkokst. Mich belogen und betrogen. Lange her. Und doch – ich mag ihn. Platonisch natürlich. Er hat dieses gefrorene Meer im Herzen. Ich weiß es genau. Und du hast es auch. Noch.«

»Gianna …« Ich musste mich räuspern, um weitersprechen zu können. »Wie heißt dieser Exfreund?«

»Marco«, murmelte sie gedankenverloren. »Aber er ist verschollen, wie dein Papa. Ich glaube sogar, er ist tot.«

Ist er nicht!, brüllte es in mir. Er ist gar nicht weit weg! Doch jetzt war nicht der richtige Zeitpunkt für weitere Offenbarungen. Trotzdem musste ich eines noch wissen, denn Marco war mir zwar zerstört vorgekommen, nicht aber gewalttätig.

»Marco – war das denn dieser Stalker oder der Typ mit dem … ähm …?«

»Kleinen Schwanz. Nein. Keiner von beiden. Marco war vorher. Vom Regen in die Traufe sozusagen. Ich zähle ihn aber nicht mehr zu meinen miesen Exfreunden. Das Leben hat ihn genug gestraft. Es gibt also nur zwei miese Beziehungen im offiziellen Vespucci-Liebesregister. Zwei verkorkste Beziehungen – die dritte muss klappen!«

»Wird sie«, entgegnete ich leise, aber bestimmt.

»Ich bewundere deinen Optimismus. Hör mal, Elisa, ich bin ja nun doch ein paar Jahre älter als du und … Colin ist dein erster Freund?«

»Der erste, den ich liebe.«

Sie strich entschieden über den Tisch. »Das ist es, was zählt. Also dein erster Freund. Aber angestochen bist du schon?«

»Gianna, echt, du hast eine Ausdrucksweise am Leib …« Ich musste grinsen. Irgendwie passte dieses derbe Mundwerk nicht zu ihrer zarten Statur.

»Scusa. Gut. Keine Jungfrau mehr. Dann tut's wenigstens nicht weh. Du wolltest Colin helfen, nicht wahr? Du musst eines wissen: Wir Frauen wollen das immer. Wir wollen die Männer retten. Ich wollte Marco retten, ich wollte Rolf retten … den Psychopathen«, ergänzte sie erklärend. »Ich wollte Christoph von seinen Komplexen erretten. Aber das Ding war wirklich winzig.« Sie hob entschuldigend die Arme. »Es heißt ja, die mit den kleinen strengen sich mehr an, aber …« Ihre Miene offenbarte, dass das auf Christoph nicht zugetroffen hatte.

Okay. Ein zu kleiner Schwanz samt Komplexen, ein koksender

Kriegsflüchtling, ein Psychopath, notierte ich im Geiste. Da bekam Paul ja eine hübsche Hypothek mitgeliefert. Und mir war es ein wenig zu viel der intimen Information aus Giannas Privatleben.

»Ähm, so genau wollte ich das eigentlich nicht wissen …«, meldete ich mich kleinlaut zu Wort, doch Gianna war in ihrem Element.

»Die Männer wollen uns immer einreden, dass sie uns retten«, fuhr sie enthusiastisch fort. »Dass wir ohne sie nicht klarkommen. Aber das stimmt nicht. Es ist umgekehrt. Wir wollen alles wiedergutmachen, sie erlösen. Und was haben wir davon? Nix als Ärger. Damit muss ein für alle Mal Schluss sein! Du kannst einen Mann nicht retten!«

»Und was haben wir dann mit Paul vor, wenn ich fragen darf?«

Gianna schnappte überrascht nach Luft.

»Oh«, sagte sie matt. »Eins zu null für dich, Elisa. Ich sehe dunkle Zeiten auf uns zukommen.«

»Wir sind schon mittendrin. Und ich muss jetzt los. Könntest du mich zum Hafen fahren, bitte?«

Gianna sah mich lange und prüfend an. Schließlich nickte sie.

»Dann wollen wir mal. Göttinnendämmerung, wir kommen! Die Zeit der Helden ist vorbei.«

Klönschnack

Als wir den Parkplatz am Hafen erreichten und ich sah, dass der Volvo noch dastand (wer würde ein so hässliches Auto auch freiwillig stehlen?), hatte ich mit einem Mal das Gefühl, etwas völlig Blödsinniges vorzuhaben. Nein, nicht nur blödsinnig. Sondern auch naiv, riskant, planlos und für meine Verhältnisse viel zu optimistisch.

Es hätte ausgereicht, Colin nach François zu fragen, und das hätte ich auch schriftlich erledigen können. Ich hatte immerhin zwei Wochen Zeit dafür. Doch in meinem Kopf – und zunehmend auch in meinem Bauch – manifestierte sich ein zweites, viel gewichtigeres Vorhaben. Oder war es die ganze Zeit schon da gewesen? Ich wollte die Freundschaft zu Colin beenden und die Scherben unserer Träume zum Mosaik vollenden. Falls das überhaupt möglich war.

»Okay, Elisa, wir sind da«, bemerkte Gianna überflüssigerweise. Da ich mich nicht losreißen konnte, saßen wir bereits mehrere Minuten lang stumm in ihrem winzigen, unaufgeräumten Auto. Ich hatte vor unserem Aufbruch zum Hafen erst den Beifahrersitz frei schaufeln müssen (zwei halb leere Wasserflaschen, eine Tüte Bonbons, die zerknitterte Hülle eines Schokoriegels, drei Notizblöcke, eine Kugelschreibermine, das Ladegerät ihres Handys und sieben hüllenlose CDs), um Platz nehmen zu können, und bei jeder Kurve rollten irgendwelche schweren Gegenstände durch den Kofferraum. Die Rücksitze waren komplett mit Jacken, Schals und Regenschirmen bedeckt. Mein Rucksack ruhte zwischen meinen Knien. Gianna hatte gar nicht erst versucht, ihn woanders unterzubringen.

Ich hatte nicht viel dabei. Etwas zum Schreiben, mein Handy – das ich spätestens auf Trischen nicht mehr würde benutzen können –, Kontaktlinsen, meinen Kulturbeutel, Unterwäsche zum Wechseln, ein Paar frische Socken. Colin und ich hatten noch nie mehr als acht bis zehn friedliche Stunden miteinander verbracht. Für ihn einen Koffer zu packen lohnte sich nicht.

»Weißt du …«, sagte ich bedrückt zu Giannas staubigem Handschuhfach. »Eigentlich ist er gar nicht mehr mein Freund. Sondern ein Freund. Also freundschaftlich.«

»Oh nein!«, rief Gianna mitleidig. »Hat er den bösen Satz gesagt? Er hat doch nicht etwa den bösen Satz gesagt!«

»Welchen bösen Satz?«, fragte ich lahm.

Gianna plusterte sich auf. »Lass uns Freunde bleiben! – Fast so schlimm wie ›Es liegt an mir, nicht an dir‹ und ›Ist nicht persönlich gemeint‹!«

»Nein. Nein, er hat noch keinen dieser Sätze gesagt. Eigentlich hat er es auch gar nicht so klar gesagt, aber ich …« Ich wusste nicht mehr weiter. Im Grunde hatte er nur das ausgesprochen, was ich in diesem Moment gedacht hatte, obwohl mein Herz darunter litt. Ich hatte seine Berührungen nicht mehr ertragen. Nein, ich hatte sie gar nicht erst gewollt. Doch in den vergangenen Nächten war ich ihm in meinen Träumen wieder nähergekommen. Und ich wusste genau: Wenn ich noch länger wartete, würde es nur schwerer werden. Dann würde die Kluft zwischen Traum und Wirklichkeit so groß werden, dass ich sie irgendwann nicht mehr überbrücken konnte. Denn diese Träume hatte nicht er mir geschickt. Dazu waren sie zu diffus gewesen. Sie waren aus mir selbst entstanden. Auch das Tagträumen wagte ich wieder, ganz sacht, ganz vorsichtig und ohne Musik. Musik wäre zu viel gewesen.

Gianna klopfte mir ermunternd auf meine Knie. »Du machst das schon, Elisa.«

Ich seufzte schwer. »Ich muss wohl.«

»Ciao, bella«, sagte Gianna herzlich, kicherte über die Doppeldeutigkeit ihres Kosewortes (Edward schien für sie ein lieb gewonnener Running Gag zu werden), gab mir einen Kuss auf die Wange und schob mich aus dem Wagen. Ich war schon fast beim Volvo, als ich sie plötzlich nach mir rufen hörte. Fragend drehte ich mich um. Sie stand neben ihrem Auto und lächelte mich beinahe bittend an.

»Wir sehen uns doch wieder, oder? Hast du dein Handy dabei?«

»Hab ich. Aber es wird in Colins Nähe nicht funktionieren. Es … es wird bestimmt alles gut gehen. Bestimmt.« Ich glaubte selbst nicht an meine Worte.

»Ruf mich an, wenn du zurück bist, okay? Schreib mir eine Mail. Irgendwas! Sonst denke ich, ich hab alles nur geträumt. Bitte!« Sie warf mir eine Kusshand zu.

Ich nickte, winkte ihr zum Abschied und ignorierte die neugierigen Blicke einer Touristengruppe, die augenscheinlich geschlossen der Meinung war, soeben die ersten zarten Annäherungen eines lesbischen Liebespaars beobachtet zu haben.

Die Fahrt nach Friedrichskoog war eine einzige Selbstüberwindung. Immer wieder hielt ich an, weil ich mich vor lauter Herzrasen und Übelkeit nicht mehr auf den Verkehr konzentrieren konnte und glaubte zu ersticken, wenn ich nicht sofort an die frische Luft kam. Unzählige Male wollte ich umkehren und bei der einen Ausfahrt tat ich es sogar, um gleich darauf die nächste Auffahrt gen Norden zu nehmen und doch auf meiner Zielgeraden zu bleiben. Ich heulte, schimpfte und betete sogar ein bisschen. Nur ab und zu besaß ich die Nerven, Musik oder Radio zu hören. Auf den letzten fünfzig Kilometern war vollkommene Stille das Einzige, was ich ertrug.

Es ist anders als beim vorigen Mal, völlig anders, sagte ich mir. Die Sonne schien. Es war mindestens zehn Grad wärmer, wenn auch immer noch viel zu kühl. Keine Schneereste mehr. Kein Sturm. Nur ein beständiger, sanft rauschender Wind und wenige blitzend weiße Schaumkrönchen auf dem Blau des Meeres. Möwen segelten durch die Luft und hinter den Deichen weideten Schafe. Ich wusste, dass es schön war. Doch ich spürte es nicht.

Viel zu schnell hatte ich den Hafen von Friedrichskoog erreicht – erstaunlich groß für diesen kleinen, verschlafenen Ort. Ein Krabbenkutter reihte sich an den nächsten.

Ich suchte mir einen Parkplatz, stieg aus, hievte mir den Rucksack auf den Rücken und machte mich zu Fuß auf die Suche nach Luise. Meine Verdauung spielte verrückt und meine Nasenspitze war eiskalt. Ich wusste, was das bedeutete. Ich erlebte es nicht zum ersten Mal. Heute Morgen noch hatte ich das Internet nach den typischen Symptomen durchforstet. Panikattacken. Der Körper signalisiert Todesgefahr, obwohl keine besteht. Deshalb sollte man Ruhe bewahren, sich auf das Atmen konzentrieren und warten, bis das Adrenalin sich wieder normalisierte. Das Problem war nur, dass in meinem Fall möglicherweise tatsächlich Todesgefahr bestand und mein Körper alles richtig machte, indem er auf Panik umstellte. Ich wusste nicht, in welcher Verfassung Colin war. Und ich wusste nicht, ob ich es wirklich überleben würde, wenn mich ein Flashback packte oder ich erneut in seine Erinnerungen abrutschte, sobald ich dort war. Auf Trischen. Das letzte Mal hatte es mir jeglichen Lebensmut geraubt.

Du kannst immer noch umkehren, bläute ich mir ein. Selbst wenn ihr auf der Insel anlegt, kannst du den Skipper immer noch bitten, dich wieder nach Hause zu fahren. Noch bist du in Sicherheit.

Da war sie. Die Luise. Unruhig schaukelte sie auf der sanften Hafendünung hin und her, was den Mann auf ihrem Deck nicht aus der Ruhe brachte. Mit dem Rücken zu mir flickte er hockend an einer blauen Plane herum. Ja, das war Nielsen. Verdammt, er war da. Sein Boot war da. Warum hatte ich auf einmal so viel Glück? Schon bemerkte er meinen gaffenden Blick und drehte sich fragend zu mir um.

»Können Sie mich …?« Oh Gott, war mir schlecht. Ich versuchte zu schlucken, doch ich brauchte drei Anläufe, bis es klappte und mein Kehlkopf sich fügte. »Können Sie mich nach Trischen fahren? Ich muss dem Vogelwart etwas Wichtiges bringen.«

Das Lächeln wich schlagartig aus Nielsens wettergegerbtem Gesicht.

»Dem Vogelwart?«, fragte er misstrauisch. Ich kam etwas näher. »Heute, am Ostersonntag?«

Oh Gott. Es war Ostern. Das hatte ich vollkommen vergessen.

»Ja«, erwiderte ich fröstelnd, obwohl die Sonne wärmend auf meinen Rücken schien. »Er ist doch noch dort, oder?«

Nielsens Miene verdüsterte sich. Er nickte knapp.

»Ist er. Jahrelang ist mein Vater nach Trischen gefahren, später dann ich, und immer waren die Vogelwarte froh, wenn wir kamen, aber der …« Er wandte sich wieder seiner Plane zu. »Er sagt, er braucht nichts. Nicht einmal Klönschnack halten will er.«

Ich vermutete mal, dass er damit auf Colins Wortkargheit und die Tatsache anspielte, dass er kein menschliches Essen benötigte.

»Aber Sie können mit mir klönschnacken! Auf der Fahrt dorthin!«, gab ich mich gesellig.

Nielsen antwortete nicht, sondern fuhr fort, seine Plane zu flicken. Ich wagte mich auf den schwankenden Steg und griff nach der Reling des Bootes. Ehe er mich davon abhalten konnte, stand ich neben ihm an Deck.

»Bitte. Es ist wichtig. Er braucht Medikamente.« Ich griff in meinen Rucksack und hielt ein paar Pillenschachteln hoch, die ich bei

Paul im Medizinschrank gefunden hatte und die einigermaßen ernst aussahen (was sie jedoch nicht waren – Lutschpastillen gegen verschleimte Bronchien, eine leere Packung Hämorridencreme, längst abgelaufene Schmerztabletten). Seinen Apothekerschrank mit den wirklich ernsten Sachen hatte Paul leer geräumt. Wahrscheinlich eine Vorsichtsmaßnahme mir gegenüber, damit ich nicht wieder einer Medikamentensucht verfiel.

Nielsen brummte etwas in tiefstem Platt, von dem ich nicht eine einzige Silbe verstand. Was ich aber genau heraushörte, war Angst. Er wollte Colin nicht begegnen.

Okay. Dann musste ich die Pillenschachteln gegen etwas Gewichtigeres austauschen. Ich streckte ihm ein Bündel Scheine vor die Nase. Langsam richtete er sich auf, schob seine Mütze in den Nacken und musterte mich feindselig.

»Sie wollen mich bestechen?«

»Nein«, antwortete ich gekränkt. »Ich möchte Sie bezahlen.« Natürlich wollte ich ihn bestechen. Und die Zeiten waren schlecht, wie Paul immer so schön sagte. Auch in Friedrichskoog. Nielsen schien das jedoch nicht zu betreffen. Er machte keine Anstalten, das Geld zu nehmen. Wieder überkam mich ein gewaltvolles Frösteln und meine Zähne schlugen aufeinander. Warum fügte ich mich nicht? Es war Schicksal. Ich hatte keine Möglichkeit, nach Trischen zu kommen. Wieso das Unmögliche versuchen? Was für eine Erlösung würde es sein, von diesem schwankenden Boot zu verschwinden, mich ins Auto zu setzen, zurück nach Hamburg zu brettern, mich ins Bett zu vergraben, zu schlafen … und dann? Zu warten, bis Paul und sein Mahr von ihrer Liebeskreuzfahrt zurückkamen?

»Bitte. Bitte bringen Sie mich da raus. Herr Blackburn braucht die Medikamente. Und ich muss sie ihm persönlich bringen.«

»Ist Ihnen kalt?« Nielsen deutete auf meine zitternden Hände.

»Nein. Ich hab nur furchtbare Angst vorm Bootfahren.«

Vielleicht mochte Nielsen panische Mädchen. Vielleicht aber hatte ihm mein Angstgeständnis auch gezeigt, wie ernst es mir war, auf die Insel zu kommen. Sein eisernes Seemannsherz wurde weich. Knurrend schob er mich auf eine Sitzbank, löste die Leinen und warf den Motor an. Wenn ich da rauswolle, rief er mir zu, müssten wir uns sputen, bevor der Wasserstand den Weg nach Trischen unpassierbar mache. Zu viele Untiefen.

»Sie können auch sofort wieder zurück!«, brüllte ich durch den Fahrtwind, als das Boot an Geschwindigkeit zulegte und ich mir schon mal im Geiste einen Platz an der Reling aussuchte, von dem aus ich ungestört und ohne entgegenkommende Böen ins Wasser kotzen konnte. »Ich bleibe dort!«

Nielsens Kopf fuhr herum. Er sah mich so zweifelnd an, dass mir selbst ein wenig mulmig zumute wurde. Ich überlistete meinen Mund zu einem arglosen Strahlen und zwang mich, all das zu tun, was ich in dem Internetratgeber über Seekrankheit gelesen hatte. Auf den Horizont gucken. Mit den Wellen mitgehen. Ablenkung suchen (wo, bitte? Der Horizont war eine Linie, mehr nicht!), sich bewegen (nicht möglich, ohne über Bord zu stürzen). Eine Ingwerknolle hatte ich auch nicht zur Hand. Ich grub meine Fingernägel in den vermeintlichen Akupunkturpunkt im Handgelenk – die Gefahr war groß, dass ich mir dabei meine gesamte Blutzufuhr abquetschte – und fragte mich, ob ich jemals wieder Speichel im Mund haben würde. Inzwischen kribbelten nicht nur meine Nasenspitze und Fingerkuppen, sondern Gesicht, Arme, Beine, Hände – ja, die Ohnmacht klopfte energisch an und verlangte, eintreten zu dürfen.

Wie hatte Colin gesagt? Ich sei nicht seekrank, ich habe nur Angst. Die Symptome waren zwar zum Verwechseln ähnlich, doch wenn jemand über meine Gefühle Bescheid wusste, dann er. Und er behielt recht. Ich kotzte nicht über die Reling. Das minderte meine Panik allerdings nur geringfügig. Als Trischen vor uns auftauchte –

zuerst die Hütte, dann die flachen Dünen –, drosselte Nielsen den Motor, sodass wir abrupt an Fahrt verloren.

»Was ist?«, rief ich. Er drehte sich langsam zu mir um.

»Er ist nicht da. Sein Boot ist nicht hier. Wir kehren um.«

»Nein!«, rief ich schrill. »Nicht umkehren!«

Ich stürzte nach vorne, obwohl ich die Luise damit in gefährliche Schräglage brachte, und klammerte mich an Nielsens Schulter fest, um nicht zu fallen. »Bitte nicht. Bringen Sie mich auf die Insel. Ich warte dort auf ihn.«

Doch Nielsen hatte schon das Steuerrad herumgerissen und drückte den Gashebel nach oben. Der Motor heulte auf. Entschieden packte ich seine knorrige Hand und presste den Hebel wieder herunter. Das Boot hustete gequält, dann gab es einen so heftigen Schlag, dass unsere Köpfe aneinanderprallten.

»Sind Sie wahnsinnig, Mädchen?«, fuhr Nielsen mich an. »Ich lasse Sie nicht alleine da raus, nicht zu diesem Menschen, ich traue ihm nicht. Er ist nicht ganz …«

»Ja, genau!« Ich deutete warnend auf meinen Rucksack. »Er hat sie nicht alle. Und wenn ich ihm nicht sofort seine Medikamente bringe, nimmt er seine Axt und haut all den lieben Vögelein da draußen den Kopf ab. Verstanden?«

Nielsen schnaubte nur, drückte mich mit erstaunlicher Kraft zurück auf die Bank und nahm Fahrt auf.

»Dann viel Spaß noch!«, schrie ich. »Und danke!«

Die Wellen hatten uns während unserer kleinen Diskussion immer näher an den Strand von Trischen getrieben. Es war nicht mehr weit. Und Nielsens Reaktionen waren gut, aber nicht schnell genug. Er bekam nur noch meinen linken Stiefel zu fassen, bevor ich ins Wasser hechtete. Und behielt ihn.

Das Meer war so eisig, dass mein Herz einen Moment lang zu schlagen aufhörte. Dann kämpfte ich mich an die Oberfläche und schnappte keuchend nach Luft. Obwohl die Kälte mich beinahe lähmte, schaffte ich es, meinen Arm aus den Wellen zu strecken und Nielsen zuzuwinken.

»Fahren Sie nur! Ich bin Leistungsschwimmerin! Fahren Sie!«

Die nächste Welle kam zu schnell. Ich schloss nicht rechtzeitig meinen Mund, schluckte Salzwasser und fing hirnrissigerweise zu husten an, bevor mein Kopf wieder an die Luft gelangte. Wenn Nielsen das sah, würde er mich schnurstracks aus den Fluten ziehen und ans Festland bringen. Doch das Boot war schon so weit weg … so weit … Mein Rucksack sog sich mit Wasser voll und wurde schwer, zog mich nach unten. Strampelnd wie ein Hund versuchte ich, mich an der Oberfläche zu halten, doch es wurde von Welle zu Welle schwieriger. Wo trieb ich überhaupt hin? Zurück nach draußen? Oder an den Strand? Ich schlug wild mit den Beinen, wie beim Kraulen, doch ein Wadenkrampf ließ mich vor Schmerz erstarren. Sofort sank mein Körper hinab. Dann geschah es jetzt also doch. Ich ertrank. Falls ich nicht vorher vor Kälte einen Herzinfarkt erlitt.

So oft hatte ich mir gewünscht, im offenen Meer zu baden. Nun war der Tag gekommen und die Erfüllung meines Wunsches würde mit meinem Tod enden.

Doch Moment – was war das unter meinen Füßen? Es gab nicht nach, als ich mich dagegenstemmte. Ich konnte laufen. Das Wasser war gar nicht tief! Die nächste Brandungswelle riss mich nach vorne. Ich überschlug mich und schrammte mit dem Gesicht auf dem Sand entlang, presste jedoch geistesgegenwärtig meine Hände hinein und stemmte mich hoch. Ich war mir sicher, dass eine Leistungsschwimmerin anders an den Strand gelangen würde, doch ich hatte die Kraft, mich umzudrehen und Nielsen erneut zu winken.

»Mir geht's prima!«, brüllte ich und würgte hustend Salz und Sand hervor. Und eine winzige Muschel. Nielsen zögerte, den Rettungsring noch in der Hand und bereit, zu mir zu fahren und ihn mir zuzuwerfen. Ich reckte den Daumen nach oben und wedelte eifrig mit meinen Armen (ich fühlte sie nicht mehr, aber ich sah, dass sie taten, was ich wollte), um ihm zu bedeuten, dass er verschwinden konnte. Endlich tat er es. Aufrecht und strahlend sah ich ihm nach, bis er aus meinen Augen verschwand und ich mich von der nächsten Welle zu Boden werfen lassen konnte.

Nielsen hatte mir geglaubt, dass ich bei Kräften war und mein kurzes Bad im eisigen Ozean überleben würde. Ich war mir dessen jedoch gar nicht mehr sicher. Ich musste die Hütte erreichen, und zwar hurtig. Ganz egal, wie viel Angst sie mir einjagte. Außerdem war Colin nicht hier. Trotz aller platonischer Freundschaft hätte er mich nicht durchnässt und halb erfroren am Strand liegen lassen. Ganz abgesehen davon spürte ich mit all meinen verbliebenen Sinnen, dass er nicht da war. Und mit einigem Erstaunen stellte ich fest, dass meine Panikattacke abebbte. Wie war das noch mal mit dem Sport gewesen? Er gab einem das Gefühl, unbesiegbar zu sein? Nun, besiegbar fühlte ich mich allemal, aber die plötzliche Anstrengung hatte meine Angst zwischenzeitlich zum Teufel geschickt.

Triefend und schlotternd stapfte ich der Hütte entgegen. Noch bevor ich sie erreichte, schleuderte ich den verbliebenen Stiefel von meinem Fuß, weil er mich sowieso nur behinderte. Die Stiege erschien mir unendlich hoch und meine Finger waren so steif vor Kälte, dass ich die Türklinke der Hütte kaum herunterdrücken konnte. Es gelang mir erst, als ich mich mit meinem Ellenbogen darauflehnte.

Wie ich gehofft hatte, war sie nicht abgeschlossen. Wer sollte hier auch einbrechen, wenn schon der Inselversorger Angst hatte, an den Strand zu fahren? Und, oh Himmel, es war warm in der Hütte.

Ich trat die Tür zu und ließ mich an Ort und Stelle auf den Boden sinken. Eine Minute. Nur eine Minute liegen und atmen. Dann würde alles gut werden.

Salva mea

Nein, das würde es nicht. Es würde nicht alles gut werden. Denn wenn ich nur zehn weitere Sekunden tatenlos in meinen nassen Kleidern und dem vollgesogenen Rucksack in Colins Hütte auf den Dielen lag, würde ich erfrieren.

Es war das Gleiche wie beim letzten Mal. Ich musste mich ausziehen. Und doch war alles ganz anders. Ich war alleine. Keine lodernden Blicke auf meiner Haut. Keine Böen, die an den Läden rissen. Sondern mildes Nachmittagssonnenlicht, ein nahezu sanftes Brandungsrauschen und das stete Geschrei der Möwen, die in Schwärmen die Hütte umkreisten und mich neugierig aus ihren starren Pupillen beäugten.

Das Meerwasser aus meinen Haaren und Klamotten hatte einen kleinen See auf dem Boden hinterlassen. Ich warf meine feuchten Kleider hinein, wischte das Wasser damit auf und schmiss sie achtlos auf den Balkon. Nur die Unterwäsche hängte ich über den Ofen, den Colin neben dem Bett aufgestellt hatte und der auf Hochtouren lief. Ich konnte die Holzscheite in ihm knistern und krachen hören. Also war Colin noch nicht lange weg … Der dünne Stoff von Slip und Hemdchen begann sofort zu dampfen und ein zartes Waschmittelaroma erfüllte die salzige Luft.

Auch ich selbst war salzig. Sandreste klebten zwischen meinen Zehen und knirschten in meinem Mund und abgerissene Algen schmückten meine bleichen Waden wie florale Tattoos. An meine

Haare wollte ich gar nicht erst denken. Das Schönheitsprogramm heute Morgen hätte ich mir sparen können. Es war hinüber.

Bis meine Unterwäsche trocknete, würden Stunden vergehen. Die Sachen aus dem Rucksack waren ebenfalls unbrauchbar. Ich schüttete das Wasser, das sich in ihm gesammelt hatte, in die kleine Spüle neben dem Minikochfeld und reihte meine ruinierten Habseligkeiten nebeneinander auf dem Boden auf: ein klitschnasser Kulturbeutel samt eingeweichten Schminkutensilien, eine aufgequollene Bürste, mein Handy (dank Schutzhülle intakt, aber ohne Empfang), Slip, Hemdchen, das Bündel Geldscheine, eine Dose Haarspray (was zum Henker hatte ich eigentlich damit vorgehabt?), eine Tube salzverkrustete Bodylotion. Und eine Packung feuchtes (haha) Toilettenpapier. Nach dem hatte ich mich nämlich gesehnt, als Andi und ich damals »fertig« gewesen waren. Und jetzt?

Meine Haut glühte zwar, doch das tat sie nur, weil ihre Oberflächentemperatur eben noch gefühlte null Grad betragen hatte. Es war der gleiche Effekt wie nach der Sauna, nur umgekehrt. Ich musste mir dringend etwas überziehen. Aber was?

Mein Blick fiel auf Colins Karatekimono, der über der Lehne des einzigen Stuhles in diesem Raum hing. Ja, der Kimono … Wie immer packte mich ein Gefühl der Ehrfurcht, wenn ich ihn betrachtete, doch mein eigenes Leben war mir dann doch ein Quäntchen wichtiger als der Respekt vor dem heiligen Dojo und all dem anderen Kampfkunstgedöns. Entschlossen schnappte ich mir das Oberteil, streifte es über und schlüpfte in die Hose. Natürlich war sie zu weit. Ich krempelte den Bund um, musste aber zusätzlich den Gürtel über dem Oberteil verknoten, damit ich sie an meiner Hüfte fixieren konnte. Ich erschauerte, als der seidige Stoff sich schmeichelnd an meine nackte Haut schmiegte. Wie ich wusste, trug Colin niemals Unterwäsche – also auch dann nicht, wenn er Karate machte. Ein sehr belebender Gedanke.

Etwas munterer schaute ich mich in der Hütte um. Entweder war ich bei meinem letzten Besuch vor Angst blind gewesen oder – nein, so blind war ich selbst in heller Panik nicht. Colin hatte das Innere der Hütte verändert, ja, er hatte sie ein wenig eingerichtet. Sich wieder einmal ein Zuhause in der Einsamkeit geschaffen.

»Na, Godzilla«, raunte ich lächelnd und strich über das Bild von Louis, das über dem Schreibtisch hing. Ja, Louis war ein Prachtross, keine Frage. Und doch mochte ich ihn lieber, wenn mir seine schwarzen Samtaugen von einer Fotografie entgegenblickten als aus leibhaftiger Nähe. Nanu, was war denn das? Am Rand der Fotografie haftete ein dünner Zopf, geflochten aus zweierlei Haarfarben – dem warmen Schwarz von Louis' Fabeltiermähne und einem sehr vertrauten Braun mit Rotstich. Meine Haare? Konnte das sein? Wann bitte hatte Colin mir eine Strähne abgeschnitten? Damals im Sommer? Wie auch immer, ich hatte genug davon und meine Haare waren mittlerweile so unbezähmbar, dass ein paar Hundert mehr oder weniger nicht auffielen.

Ich seufzte leise. Wie sehr Louis ihm fehlen musste … Colin konnte ihn bestimmt nicht täglich reiten wie bei uns im Wald, wo der Hengst sogar oft direkt am Haus auf seinem Paddock gestanden hatte. Mit leiser Wehmut erinnerte ich mich an den Abend bei Colin, an dem er mir gesagt hatte, was er war – an meinen Schrecken, meine Angst und auch an das tiefe Vertrauen, das ich empfunden hatte. Louis hatte damals seinen Kopf durch das Fenster gestreckt und so zärtlich geprustet, dass ich das Gefühl gehabt hatte, er verstünde, was Colin und mich bewegte.

Colins karierten Kilt suchte ich vergeblich. Ob er am Ende doch Tessas lüsterner Habgier zum Opfer gefallen war? Nein, an Tessa wollte ich jetzt nicht denken. Ich befand mich auf einer Insel. Tessafreie Zone.

Was war noch neu in der Hütte? Ah, das Regal neben dem Schreibtisch – samt Schallplattenspieler und CD-Anlage. Colin versuchte also immerhin, die Technik zu überlisten. Musik war für ihn ebenso wichtig wie für mich. Und doch hatte ich sie in den vergangenen Wochen gemieden, wo es nur ging. Denn ich konnte nicht Musik hören, ohne etwas dabei zu empfinden, und die meisten dieser Empfindungen waren untrennbar mit Erinnerungen verknüpft. Erinnerungen an Colin.

Ich wollte gerade nach der CD greifen, die auf der Lautsprecherbox lag, als mich das untrügliche Gefühl beschlich, beobachtet zu werden. Nein, nicht nur beobachtet, sondern fixiert. Um nicht zu sagen: durchbohrt.

Mit geducktem Kopf wandte ich mich zur Seite. Die Anspannung verflog innerhalb eines erlösenden Atemzugs.

»Mister X?« Ich trat näher. »Nein. Wenn du Mister X bist, bist du geschrumpft. Schätzungsweise um die Hälfte.«

Das Kätzchen war winzig, aber rabenschwarz wie Mister X und der Ausdruck in seinen gelben Augen war der gleiche. Immer hoheitsvoll, immer einen Hauch empört. Auch jetzt, als ich das zierliche Tierchen im Nacken kraulte und es meine Zärtlichkeit genoss, lauerte ein stiller Vorwurf in seinem Gesicht. Doch ich verwöhnte es weiter, und während ich es tat, stoben die Möwen mit einem Mal kreischend davon und jagten auf das offene Meer hinaus. Ich hörte nur noch das Schnurren des Kätzchens und das Rauschen der Brandung. Ein unvermittelter Wärmeschauer streifte meinen Nacken.

Eine dritte Seele war hier. Da war meine eigene, unruhig und mit den Flügeln schlagend, dann die würdevolle, aber räuberische Seele des Kätzchens. Und eine, deren Kräfte so mächtig und überwältigend waren, dass ich mir für einen Moment wünschte, meine würde sich aus dem Gefängnis meines Körpers befreien und den Möwen nach auf das Meer hinausflüchten. Oder sich mit der anderen Seele vereinen. War es überhaupt eine Seele?

Am besten tat ich so, als sei ich gar nicht hier. Noch besser: als sei alles nur ein Traum. Einer von den guten, in denen ich immer wusste, dass mir nichts Schreckliches oder Böses widerfahren konnte. In denen ich unsterblich war. Ich konnte aufwachen, wenn das Wesen in meinem Rücken zu gefährlich wurde.

Doch ich wollte nicht aufwachen. Ich straffte meinen Nacken, auf dem sich seine Augen wie zwei glühende Kohlenstücke in die Haut brannten.

»Dreh dich um.«

Ich gehorchte nicht sofort. Ich wollte mir Zeit lassen – Zeit, mich zu fassen und mit allem zu rechnen. Ich musste jedoch zugeben, dass ich mit *diesem* Anblick nicht gerechnet hatte.

Ich hatte Colin noch nie zuvor so gesehen. Er trug weder eine seiner dunklen, schmalen Hosen noch sein weißes Hemd. Nicht einmal seine verfallenen Stiefel. Er war barfuß wie ich. Und es entzückte mich, dass mein Tessa-Verdacht von vorhin jeglicher Grundlage entbehrte. Denn Colin hatte den Kilt an. Ja – er trug seinen Kilt und, bei Gott, ich hatte mich selten an einem kriegerischeren Anblick ergötzen dürfen als in diesen still staunenden Atemzügen. Er sah mehr aus wie ein Punk als wie ein Schotte; glücklicherweise ohne den Makel schlechter bunter Frisuren und ungepflegter Haut. Wie ich zuvor triefte er vor Nässe. Seine Brustwarzen drückten sich durch das schwarze, eng anliegende Shirt. Ich konnte jeden seiner sanft gerundeten Muskeln sehen. Er musste eben erst aus dem Meer gestiegen sein.

Und seine Haare … oh … sie waren gewachsen. Er hatte sie zurückgebunden, es hatte eine Art geflochtener Zopf werden sollen, doch das interessierte die feucht glänzenden Strähnen ebenso wenig wie meine. Sie tanzten.

Die untergehende Sonne verzauberte seine Augen in ein schillerndes Mosaik aus türkisfarbenen Splittern, sanftem Braun und tiefem, verschlingendem Schwarz. Ich neigte den Kopf und mein Blick folgte einem Einsiedlerkrebs samt Muschel auf seiner träumerischen Flucht aus Colins Bann, dem ich ebenfalls längst erlegen war.

»Warum trägst du meinen Kimono?«

»Warum trägst du einen Rock?«

Er mochte mir ja viel erzählen, doch eines wusste ich: Zum Träumejagen im Meer brauchte Colin Jeremiah Blackburn keinen Rock. Er brauchte überhaupt keine Kleider. Er fror nicht.

»Weil ich es stets ein wenig entwürdigend finde, mich beim Liebesspiel aus meinen Hosen winden zu müssen.«

Mein Mund klappte auf und sofort wieder zu. Colins Miene war unbewegt, doch sein Blick funkelte vor vergnügtem Spott.

»Ja, da hast du wohl recht«, erwiderte ich kühl. Und wie recht er hatte! Andi war zu einem zappelnden Lindwurm mutiert, als er sich aus seiner Jeans geschält hatte. Auch das hatte nicht zur allgemeinen Entspannung beigetragen. Ich selbst war immerhin nackt gewesen. Und jetzt … Herrgott, wer war eigentlich Andi?

»Nur der Vorarbeiter«, beantwortete Colin meine unausgesprochene Frage und grinste diabolisch. Seine Zähne blitzten. Was hatte ihn nur derart stark werden lassen? Nicht einmal nach dem Erinnerungsraub hatte er so unbesiegbar gewirkt. Seine Schönheit machte mich schwindelig und doch vermochte ich es nicht, meine Augen von ihm zu lösen. Da war noch etwas anderes, was ich so nicht an ihm kannte … Ja, das breite Lederarmband. Es fehlte.

Bevor die Panik sich auf meinen Rücken krallen konnte, hastete ich auf ihn zu, nahm seinen Arm und drückte meine Lippen auf die Tätowierung. Konfrontation. Nur das half. Nichts sonst. Doch seine Hand war eiskalt, kalt und feucht und … tot. Mein Sichtfeld verschwamm. Ich hörte mich aufwimmern. Schon roch ich den bestialisch süßen Verwesungsgestank und seine Haut gab nach unter meinen Lippen. Schleimig, aufgedunsen. Kein fließendes Blut mehr in den Adern. Gleich würde ich die anderen spüren, sie rollten auf mich zu, um mich unter sich zu begraben, all die Leichen mit ihren hohlen, leeren Augen, deren Seelenqualen niemand hatte lindern können, niemand …

»Bleib hier, Ellie! Bleib bei mir!« Colins samtene Stimme durchbrach meine Finsternis und ich hielt mich daran fest, spürte seine Hände nach mir greifen und mich hochziehen.

»Öffne deine Augen. Sieh mich an.«

»Ich kann nicht …«, hauchte ich kraftlos. Ich versuchte zu schreien. Aber es war wie in diesen unendlich langen Träumen, in denen man weder lebte noch starb, nur schrie, lautlos schrie …

»Doch, du kannst. Du kannst, Ellie. Du bist hier bei mir, nicht dort. Sieh hin!« Er pustete kühl gegen meine Lider und sie reagierten sofort. Obwohl ich es nicht für möglich gehalten hatte, öffneten sie sich.

»Schau mich an. Mich.« Colin packte den Saum seines schwarzen Shirts und zog es sich in einer schnellen Bewegung über den Kopf. »Ich lebe. Ich bin hier. Nichts anderes. Nur du und ich.« Er nahm meine Hand und legte sie auf seine nackte Brust. »Was fühlst du? Sag mir, was du fühlst. Konzentrier dich, Ellie! Verflucht noch mal, tu, was ich dir sage!«

»Ich … ich … da ist das … dieses Rauschen … und …«

»Nicht die Augen schließen. Sieh hin! Vergewissere dich, dass du hier bist. Atme. Du musst atmen, mein Herz, sonst stirbst du.«

Ich holte bebend Luft, erst durch den Mund, dann, etwas kühner geworden, durch die Nase. Oh. Das war gut.

»Du … riechst … ich weiß nicht … nach Meer und Salz und … ich möchte dich essen …«

Colin lachte leise. Aber es war wirklich so. Es fühlte sich an, als würden meine Zähne plötzlich spitzer werden. Auch mein Speichel kehrte zurück. Das Wasser lief mir im Munde zusammen. Ich hatte Hunger. Kein Verwesungsgeruch mehr. Nur ein köstlicher Duft … so köstlich … Ich strich mit der Hand über den Hufabdruck unterhalb seines Nabels und erstarrte.

»Mein Gott … du glühst ja!« Seine Haut war fiebrig heiß. Vierzig Grad. Mindestens. »Was hast du …?« Wen hatte er nur beraubt? Hatte er wieder Erinnerungen gestohlen? Und von wem? Es konnte nicht nur ein Mensch gewesen sein. Es mussten Dutzende gewesen sein.

»Wale.« Er lächelte versonnen. »Gerade eben. Ich habe sie gestern schon rufen hören. Eine ganze Herde. Wir sollten ihnen einen Tempel errichten.«

»Oh ja … das sollten wir«, pflichtete ich ihm zerstreut bei. »Aber bitte im Sitzen. Ich kann nicht mehr stehen. Nicht wegen der Angst, sondern …« Sondern. Das musste reichen.

»Das hier brauche ich.« Mit einem Glitzern in den Augen löste Colin den Knoten aus dem Kimonogürtel und ein kühler Luftzug in meinen Kniekehlen verriet mir, dass ich soeben meine Hose verloren hatte.

»Schon besser.« Colins Stimme war rau geworden. Ohne mich aus dem Visier zu lassen, trat er rückwärts auf das Bett zu und lehnte sich an das Gitter am Kopfende. Mithilfe seiner Zähne fesselte er seine Hände oberhalb seines Hauptes an die eisernen Verstrebungen und zog knurrend den Kimonogürtel fest.

»Jetzt kannst du mit mir machen, was du willst.«

Nun gut. Das war immerhin eine Option. Was ich wollte. Ich konnte mich an Ort und Stelle auf den Boden setzen und erst einmal gründlich darüber nachdenken, was das überhaupt sein sollte, oder aber …

»Komm, Ellie. Und ich meine das wörtlich.«

Oh, dieser Schuft. Mit drei Schritten war ich bei ihm, ohne zu wissen, wie ich all das anstellen konnte, was mir an mehr oder weniger sündhaften und zugegeben auch verzweifelten Gedanken durch den Kopf schoss. Aber ein Kuss war wahrscheinlich kein allzu schlechter Anfang.

Colin ruhte entspannt am Gitter und musterte mich mit unergründlichem Blick, als ich mich auf seinen Schoß setzte. Ohne Kimonohose. Nur den zerschlissenen Kilt zwischen uns. Und ja, da bewegte sich etwas und diesmal war es nicht die Hütte im Sturm.

Ich beugte mich vor, bis unsere Lippen nur noch wenige Millimeter voneinander entfernt waren, doch bevor ich ihn küssen konnte, spürte ich Wut in mir aufwallen. Wut und Rachsucht und … Liebe. Ohne seine Lippen zu berühren, ließ ich meinen Mund abwärtswandern, den Hals entlang bis zur Schulterbeuge, dieser weichen, verletzlichen Stelle über seinem Schlüsselbeinknochen, und biss zu, während meine Nägel über seine Brust ratschten. Ich hatte keine Krallen mehr wie früher, lackiert schon gar nicht. Sie konnten kaum etwas ausrichten. Aber meine Zähne waren scharf. Colin stöhnte auf, als ich sie tief in seine Haut drückte, so tief, dass sie Spuren hinterließen. Er riss an den Fesseln, unternahm aber keinen Versuch, mich zu stoppen.

Doch mein Biss reichte aus, um mich zu besänftigen. Ich sah mit einer fast befremdlichen Befriedigung zu, wie bläuliches Blut aus den Einstichen sickerte, und leckte es ab. Metallisch. Ein wenig bitter. Süß. Meine Wut verflog.

Aber noch fand ich nicht den Mut, Colin mit meinen Händen zu erobern … und auch keinen Mut für alles andere. Was sollte ich nur tun? Er war gefesselt. Er konnte mir nicht helfen.

»Fühle dich«, drang seine Stimme in meinen Kopf, ohne dass er den Mund bewegte. Fühle dich? Hatte ich das richtig verstanden? Seine Augen sagten Ja. Unmissverständlich Ja. »Du hast es doch schon getan.«

Erwischt. Aber das lag ungefähr ein halbes Jahrhundert zurück, so kam es mir jedenfalls vor, und heute Morgen hatte ich es nicht einmal geschafft, mich sachgemäß mit meiner Bodylotion einzucremen. Die übrigens immer noch aufgereiht neben Kulturbeutel, Haarspray und feuchtem Toilettenpapier auf dem Boden stand. Sehr erotisierend.

Und dann tat ich es doch. Weil es keinen anderen Weg gab. Es half mir, mit jeder Regung zu spüren, dass Colin es ebenso gerne getan hätte. Aber ich war die Einzige in diesem Spiel, die es konnte. Und durfte.

Ich sah mich mit seinen Augen, wusste, dass er ahnte, was ich fühlte, als der Kimono von meinen Schultern rutschte und ich meinen glatten, weichen Bauch streichelte, meine Finger weiterwandern ließ, über seine und meine Haut – so viel Leben. Kein Tod weit und breit.

Verwundert registrierte ich, dass meine linke Hand forscher wurde und den Verschluss des Kilts öffnete. Colin nahm sanft meine Zungenspitze zwischen seine Zähne, als der Rock zur Seite glitt. Und ließ wieder los. Natürlich trug er nichts darunter. Ich zögerte unwillkürlich, nachdem ich näher an ihn herangerückt war.

»Ich glaube, das funktioniert nicht«, wisperte ich.

»Was genau meinst du, Ellie?« Aha. Der Herr amüsierte sich mal wieder. Wie schön für ihn. Dass bei ihm alles funktionierte, war unübersehbar. Um mich war es im Grunde auch ganz gut bestellt. Trotzdem …

»Es … passt nicht zusammen. Fürchte ich«, sagte ich errötend. Verstand er, was ich ihm signalisieren wollte?

»Wenn es sich so anfühlt, ist es genau richtig.« Colin verlagerte sein Gewicht und ich seufzte leise auf. Vielleicht passte es ja doch. »Beweg dich nicht. Gewöhn dich in Ruhe an mich. Ich warte auf dich.«

Ich blickte prüfend zu ihm auf. Er wollte warten?

»Keine Bange. Ich hatte über hundertdreißig Jahre Zeit, das zu trainieren. Ich habe kein Problem mit vorzeitiger Ejakulation.«

Ich konnte nicht anders – ich musste einfach lachen, selbst wenn es die Stimmung ruinierte. Auch weil ich bei Colins Worten sofort an Tillmanns neugierige Fragen und meine patzige Konfetti-Antwort denken musste. Colin schien meine Heiterkeit nicht aus dem Konzept zu bringen. Ganz im Gegenteil. Der Ernst kehrte schneller zurück, als ich ahnte.

Ja, es war mir ernst.

Und während wir Wange an Wange lehnten, uns nicht rührten und meine Gedanken zu seinen wurden, nahm ich ihn mir endlich zum Mann.

Der kleine Tod

»Und, war ich gut?«, fragte ich trocken, als ich wieder einigermaßen bei Sinnen war und im Geiste versuchte, eine kleine, überschaubare Liste jener Blessuren zu erstellen, die ich eben davongetragen hatte. Allesamt heilbar.

Colin begann so heftig zu lachen, dass das gesamte Bett bebte. Seine Hand ruhte entspannt auf meinem blanken Hinterteil, und nachdem Miss X – es war ein Mädchen, wie ich inzwischen erfahren hatte – sich aus ihrem tiefen Schock befreit hatte, war sie zu uns gekrochen, um sich in Colins Armbeuge zu kuscheln.

»Wie immer eine glatte Eins«, murmelte er mit leisem Sarkasmus. »Ich müsste dich fragen. Wie warst du? Wie waren wir?«

»Oh, ich bin angenehm überrascht. Ich hatte immer Angst, ich hole mir eine Blasenentzündung, wenn ich mit dir schlafe«, witzelte ich und stellte verblüfft fest, dass ich geschwätzig wurde. Bisher war es mir stets unglaublich schwergefallen, mit einem Mann über Sex zu reden, der mein Bett teilte oder vorhatte, das zu tun. So absurd meine verbale Zurückhaltung auch sein mochte. Wieder bebte die Matratze.

»Ich würde niemals eine Frau begatten, ohne vorher zu jagen. Die Bedeutung der Nekrophilie wird allgemein überschätzt. Kalte, leblose Körperteile sind nicht up to date.«

Ich kicherte. Colin hatte alles andere als kalt und leblos gewirkt. Weder leblos noch still. Er hatte mit mir geredet … auf Gälisch …

Und erst nachdem der Kampf auf beiden Seiten ausgefochten war, hatte ich seine Fesseln lösen dürfen. Ich fuhr zärtlich über die Striemen, die der Kimonogürtel an seinen Handgelenken hinterlassen hatte.

»Ich hätte sie übrigens nicht gebraucht. Ich war satt genug.«

Ich drehte mich erstaunt zu ihm um. Sein Lächeln zog sich in seine Augen zurück, die mit der zunehmenden Dunkelheit ihre schillernde Schwärze wiedererlangten.

»Aber – warum musste ich dann die ganze Arbeit erledigen?«

»Ich wollte sichergehen, dass alles, was du tust, freiwillig geschieht. Außerdem möchte ich doch sehr bitten, Lady Chatterley. Ich habe auch meinen bescheidenen Teil dazu beigetragen.«

Und der war so bescheiden gar nicht gewesen. Ich konnte ihm beim besten Willen nicht widersprechen.

»Wusstest du, dass ich komme?«

»Ich habe es gehofft.« Die Anzüglichkeit in seinem Tonfall brachte mich im Nu zum Erröten. Colin grinste mich unverschämt an.

»Nein, so meinte ich das nicht … ich …«

»Mir war schon klar, wie du es meinst. Ich hatte gewittert, dass der Mahr sich entfernt hat, du dich mir näherst und …«

»Oh Gott!« Ich setzte mich abrupt auf. »Der Mahr! Wie konnte ich ihn nur vergessen! Oh nein, mein Bruder ist mit seinem Mahr auf dem Schiff und ich mache hier …«

»Auf dem Schiff?«, unterbrach Colin mich und setzte sich ebenfalls auf. »Was für ein Schiff?«

Doch ich war schon aus unserem Liebesnest geflüchtet und rannte wie ein aufgescheuchtes Huhn zwischen meinen zum Trocknen aufgereihten Habseligkeiten umher, zerrte meine klitschnassen Kleider vom Balkon, versuchte sie über den Ofen zu hängen, wo die Unterwäsche immer noch vor sich hin dampfte, schüttelte den klammen Rucksack aus … und wusste eigentlich gar nicht, was ich wollte. Hier sah es aus wie in einem tibetanischen Wanderpuff. Miss X hielt das alles für ein tolles neues Spiel und sprang immer wieder von hinten gegen meine Waden, was mir den ein oder anderen spitzen Schrei entlockte. Colin beobachtete mich eine ganze Weile, unverkennbar fasziniert und nicht minder belustigt.

»Ellie, Liebes.« Er streckte seine Hand aus.

»Zieh dir etwas an, wenn du mit mir redest!«, fauchte ich.

»Das könnte ich dir auch sagen. Du versprühst jede Menge weiblichen Charme in meiner Hütte.«

Erschrocken hielt ich inne. Stimmt, ich war ja auch noch unbekleidet. Argwöhnisch verrenkte ich meinen Kopf.

»Wackelt mein Hintern, wenn ich laufe? Oh Gott! Mein Hintern! Ich bin doch nicht wegen meines Hinterns hier! Was rede ich da! Ich bin wegen …«

»Wegen dir hier. Und mir. Das sind zwei sehr gute Gründe. Und ja, dein Hintern wackelt. Alles andere würde mir auch Angst einjagen. Aber du missbrauchst den Namen des Herrn etwas zu häufig, seitdem du Hemd und Hose verloren hast.«

Ich schlug verlegen die Augen nieder. Ja, das hatte ich. Und nicht nur fluchenderweise.

Colin erhob sich, nahm meine Hand und zog mich neben sich aufs Bett.

»Ich wusste, dass du mit mir reden wolltest. Und mir war klar, dass es einen dritten Grund geben musste herzukommen. Du brauchtest ihn als Anlass.«

Ich nickte betreten. So konnte man es in drei Sätzen zusammenfassen.

»Es war dein gutes Recht, dich zuerst um deine eigenen Verletzungen zu kümmern, Ellie. Das ist die Grundvoraussetzung für alles andere.«

Colin erhob sich, trat splitternackt an den roh zusammengezimmerten Kleiderschrank und suchte sich seelenruhig Leinenhemd und eine dunkle Jeans heraus.

»Ich weiß, du hältst dich für seekrank, aber ich möchte so lange wie möglich satt bleiben. Wir fahren zu Louis. Nach Sylt. Dort können wir reden.«

»Ich … ich bin nicht nur seekrank. Ich hab auch eine Pferdephobie. Aber bitte, wenn ich mir eine Lungenentzündung holen soll. Ich habe nämlich zufällig nicht einmal trockene Socken. Und nur noch einen Stiefel.« Ich wackelte anklagend mit den Zehen.

»Das mit den Klamotten können wir lösen. Vielleicht passt dir etwas von Juliane.«

»Juliane?«, fragte ich misstrauisch und mit einem Mal schoss ätzende Eifersucht durch meine Brust. Wer war nun bitte Juliane? Colins Zweit- und Nebenfrau, wenn ich nicht da war?

»Die Vogelwartin. Ihr geht es übrigens wieder etwas besser.«

Colin warf mir eine Hose zu, in die ich zweimal reinpasste, gekrönt von schlabberiger grauer Unterwäsche, unförmigen Boots und einem jägergrünen Fleecepulli. Während er sich in den heimlichen Traum jedes homosexuellen Designers verwandelte, durchlebte ich die unglückliche Metamorphose zur scheinbar übergewichtigen Vogelscheuche.

Also hockte ich in meinem XL-Aufzug vor der Hütte im Sand und wartete geduldig, bis Colin samt Boot vom Meer zurückkehrte. Er hatte es draußen auf einer Sandbank liegen gelassen, als er die Wale gewittert hatte. Ich hätte mich gerne wieder an den warmen Ofen und in Colins Bett vergraben. Faul neben ihm zu liegen hätte mir genügt. Zu wissen, dass er da war. In Reichweite. Ja, es hätte genügt, ohne zu reden, den Nachhall auszukosten, den unser Zusammentreffen in mir hinterlassen hatte. Denn so etwas wie das eben hatte ich noch nie erlebt. Schon jetzt dachte ich mit einer Mischung aus Scheu, Betörung und Melancholie daran zurück. Und trotz meines

Hungers fing mein Magen zu beben an, wenn ich mich an Colins Worte erinnerte, an das, was er mir ins Ohr geraunt hatte, bevor …

»Einsteigen bitte.« Colins schmaler Schatten fiel vor mir auf den Sand. Ausgeträumt. Ich musste mich erneut dem Meer stellen.

Hand in Hand liefen wir hinunter zum Boot, das in der seichten Brandung schaukelte. Colin hob mich mit spielerischer Leichtigkeit hoch und trug mich über die Wellen, damit ich nicht nass wurde – was ziemlich sinnlos war, da er selbst eben noch durch die salzigen Fluten geschwommen war. Ich schlang meine Arme um seinen Hals und schmiegte meine kalte Wange an seinen Nacken. Ohne ein Wort setzte er mich auf dem Boot ab und drehte den Zündschlüssel.

Die See war so glatt und ruhig, dass das Boot mühelos dahinglitt. Keine Schläge, kein Schlingern, keine eisigen Böen. Nur das sonore Tuckern des Motors und das gleichmäßige Rauschen des Wassers um uns herum. Zu laut, um sich zu unterhalten, zu leise, um Angst zu bekommen. Für einen euphorischen Augenblick glaubte ich, das Meer eigenmächtig milde gestimmt zu haben. Es war mir untertan und gönnte mir Frieden.

Ich lehnte mich zurück und sah hinauf in die Sterne. Ich brauchte gar nichts. Weder Nahrung noch Worte noch Berührungen. Und auch keine neuen Eroberungen. Mein Körper gehörte mir und meine Seele begann sich mit ihm zu versöhnen. Es war kein wunschloses Glück, sondern die tiefe, erholsame Entspannung eines Waffenstillstands zwischen zwei Schlachten. Die erste hatte ich gewonnen. Die zweite war noch weit, weit weg.

Colins Geländewagen wartete am Hörnumer Hafen auf uns. Als ich mich – steif vom langen Verharren und bis in die Knochen durchgefroren – auf den Beifahrersitz schob und Colin mein Gepäck auf die Rückbank warf, traten mir zum ersten Mal die Tränen in die Augen. Ich blinzelte sie irritiert weg, doch das Bedürfnis zu weinen blieb. Obwohl ich das Schweigen mit Colin gerne noch weiter ausgedehnt hätte, versuchte ich den Druck in meiner Kehle mit Reden zu verscheuchen.

»Meinst du nicht, dass die Stallbesitzer sich wundern, wenn du so spät dort auftauchst?« Immerhin handelte es sich um einen Stall mit Ferienwohnungen und Touristen-Ponyreiten.

»Nein. Ausnahmsweise nicht. Es ist schließlich schon öfter vorgekommen. Aber die holde weibliche Begleitung ist eine Premiere«, fügte Colin hinzu, nachdem ich ihm einen scharfen Seitenblick zugeworfen hatte.

»Der Nielsen hat sich fast in die Hosen gemacht, als er sich der Insel näherte. Er wollte mich nicht einmal an den Strand bringen.«

Colin schnaubte kurz. »Oje. Die gute Seele. Er kam vergangenen Samstag vorbei, als ich trainiert habe. Er hat mir ein paar Minuten lang stumm zugesehen und ist dann geflüchtet.«

Ja, Colins Karatetraining konnte Furcht einflößend wirken. Und für Colins erotische Ausstrahlung, die ihn dabei umgab, war Nielsen aller Wahrscheinlichkeit nach nur bedingt empfänglich.

»Und wer … mit wem hast du in Louis' Stall zu tun?«, hakte ich nach. »Ist es auch ein Mann oder …?«

»Blutjung, platinblond, Brüste wie Turbinen und immerzu willig. Ein echter Vamp. Du wirst sie mögen.«

Ich presste ertappt die Lippen zusammen. Sie waren immer noch leicht geschwollen von unseren Bissen und Küssen. Mehr Bisse als Küsse.

Den Rest der Fahrt hielt ich meinen Mund und auch Colin schien nicht das Bedürfnis nach Small Talk zu hegen.

Der Vamp war ein alter, gebeugter Mann mit den eindrucksvollsten O-Beinen, die ich jemals in natura gesehen hatte. Man hätte locker eine Wassermelone zwischen seinen Knien hindurchschießen können.

»Er wartet schon sehnlichst auf Sie!«, rief er Colin entgegen, als wir aus dem Auto stiegen. »Oh. Moin, Moin, junges Fräulein.« Er tippte sich an die Mütze und zwinkerte Colin anerkennend zu. Aus dem Stall schallte ein markantes Wiehern. Louis.

»Danke, Jansen.« Colin hob die Hand zum Gruß. Der Alte blieb in gebührendem Abstand zu uns stehen. Ich spürte, dass er uns nachschaute, als wir auf den Stall zuliefen. Colins geschmeidige Schritte beschleunigten sich, ich hingegen hätte mir gerne noch ein bisschen Zeit gelassen.

»Warum akzeptiert er dich? Er sah gar nicht ängstlich aus«, wunderte ich mich.

»Er wollte mich zunächst auch nicht hierhaben. Als ich ihm Louis vorstellte, begann er an seiner Entscheidung zu zweifeln. Dann bat ich ihn, mir beim Reiten zuzusehen, und er willigte ein. Ich kenne dieses Muster schon. Er ist ein Pferdemensch. Ihn interessiert nur, wie ich mit den Tieren umgehe. Ob sie mir vertrauen. Und das tun sie.«

Noch einmal klang Louis' Wiehern durch die Nacht – lauter und auch fordernder. Er stand am Ende der Stallgasse, eine leere Box zwischen ihm und den anderen Pferden. Ich verharrte ohne Regung, als Colin zu ihm trat und Louis seinen schweren Kopf gegen seine Wange drückte. Dann bewegten sich Louis' Ohren in meine Richtung und er prustete wissend.

»Er erkennt dich wieder. Kompliment.«

»Die Freude ist ganz meinerseits«, erwiderte ich sarkastisch, labte mich aber klammheimlich an Colins Zärtlichkeit, die seit heute nicht mehr nur Louis galt, sondern auch mir. Sie rührte mich zutiefst. Noch nie hatte mich das Ende einer Freundschaft so erleichtert und gleichzeitig mit dunkler, ziehender Schwermut erfüllt. Es wurde immer schlimmer. Schon wieder stahlen sich Tränen in meine Augen.

»Ich nehme an, du möchtest nicht mit ausreiten?«

Ich schüttelte den Kopf. Sprechen war zu gefährlich, das Weinen zu nah. Spürte Colin denn überhaupt, was hier mit mir passierte? Ich verstand mich selbst nicht.

Er führte Louis auf die Stallgasse, band ihn fest und lief mir voraus auf ein kleines, reetgedecktes Häuschen zu, das direkt neben dem Stallgebäude errichtet worden war. Es diente als Feriendomizil für jene pferdenärrischen Urlauber, die gleich beim Aufwachen den Geruch von Mist in der Nase haben wollten. Zum Beispiel Colin.

Er schloss auf und trat zur Seite, damit ich hineingehen konnte. Als er das Licht anknipste, kniff ich geblendet die Augen zusammen, doch Colin tauschte es rasch gegen eine altertümliche Petroleumlampe aus, die aussah, als sei sie von einem Piratenschiff gestohlen worden, und ein beruhigend mattes Flackern spendete.

Eine Nische mit einem gemütlichen breiten Bett, Tisch und Stuhl, ein winziges Sofa, ein Fernseher, ein Kühlschrank – mehr gab es hier nicht. Ein überschaubarer Hort der Zivilisation, in dem ich wieder einmal auf Colin warten sollte. Ich kam mir abgeschoben vor, wie bei meinem ersten Besuch auf Sylt, als er mich in die Ferienwohnung verfrachten wollte.

»Ich lasse dir etwas zu essen kommen. Jansen kocht fantastisch. Ich bin in ein paar Stunden wieder zurück, dann können wir reden.«

Ehe er sich umdrehen konnte, griff ich nach seinem Hemdkragen und schob ihn zur Seite. Erstaunt hielt er inne, um mich gewähren zu lassen. Doch meine Bissspuren verblassten bereits und die Kratzer auf der Brust waren gar nicht mehr zu sehen.

»Es tut mir leid«, sagte ich. Oh nein. Meine Stimme zitterte. »Ich wollte mich nur vergewissern, dass es wirklich passiert ist … ich brauchte einen Beweis …«

Colin hob seine Hand und fuhr sanft mit den Fingerknöcheln über meine Wange.

»Es ist ein Wunder, dass es überhaupt noch zu erkennen ist«, entgegnete er leise. »Morgen ist nichts mehr davon übrig. Wenn ich könnte, würde ich den Abdruck deiner kleinen, spitzen Zähne bis in alle Ewigkeit auf meiner Haut tragen.«

Bis in alle Ewigkeit. Wenn wir Menschen das sagten, war es eine Floskel. Wenn Colin es sagte, war es die Wahrheit. Bis in alle Ewigkeit. Ich würde irgendwann sterben und er wäre immer noch da. Unverändert. Die nächsten hundert Jahre. Zweihundert, dreihundert. Immer wieder neue Begegnungen. Neue Frauen. Wie sollte ich ihm im Gedächtnis bleiben? Mit einem lachhaften Biss in die Schulter, der nach wenigen Stunden verschwunden war?

Meine Tränen hatten sich bei dieser Vorstellung so gewaltvoll gelöst, dass ich aufschluchzen musste, um weiteratmen zu können. Ich wollte sie mir aus dem Gesicht wischen, doch Colin kam mir zuvor. Behutsam pflückte er sie von meinen nassen Wangen, sanfte, kitzelnde Berührungen seiner Zunge, doch sie konnten mich kaum trösten.

»Ich verstehe das nicht«, weinte ich. »Warum freue ich mich nicht? Ich müsste an die Decke springen vor Glück.«

»Postkoitale Traurigkeit.« Colin streifte die Feuchtigkeit von meinen Augen und leckte seinen Daumen ab. Seine Mundwinkel vertieften sich in liebevollem Spott. »Mich erstaunt, dass es jetzt erst passiert. Du hast dich gut gehalten.«

»Postkoital? Was …? Oh. Ich verstehe.« Ja, Latein hatte ich in Köln gelernt. Postkoital hieß wohl so viel wie »nach dem Beischlaf«. Na wunderbar. Warum redete eigentlich im Sexualkundeunterricht niemand davon? Und doch war mir dieses Phänomen nicht vollkommen unbekannt.

»Weißt du, wie die Franzosen den Orgasmus nennen?«, fuhr Colin fort, ohne seinen glitzernden Blick von meinen Tränen abzuwenden, und ich war froh, dass er mir nicht direkt in die Augen sah. »La petite mort. Der kleine Tod. Man trauert ein wenig. Das gehört dazu.«

»Ich dachte, wenn …« Ich verlor den Mut, doch Colin tat, als habe ich gar nichts gesagt, und so fand ich ihn bald wieder. Entschlossen holte ich Luft. »Ich dachte, wenn ich dabei zu zweit bin … hm. Bei meinem ersten Mal kam es nicht dazu. Also mit Andi.«

Es erschien mir frevelhaft, seinen Namen zu nennen, doch Colin zuckte nicht einmal mit der Wimper. Ich suchte nach Worten wie ein Goldgräber. Trotzdem reichte es nur zu fahrigem Gestammel.

»Ich kannte es nur alleine. Ohne, ähm, Mann. Aber – ich ging davon aus, dass ich danach deshalb immer ein bisschen traurig war, weil ich es mit niemandem teilen konnte. Also den … ähm.« Ich atmete tief durch. Colin sagte immer noch nichts. »Orgasmus«, vollendete ich und wand mich förmlich dabei. »Verdammt, warum hab ich immer das Gefühl, ich bin zu jung dafür, wenn ich darüber rede?«

»Bist du nicht. Weiter«, erwiderte Colin, als würden wir hier nur französische Verben konjugieren. Meine Tränen waren versiegt. Stattdessen war ich so verlegen, dass mein Gesicht brannte. Zum Teufel, warum eigentlich? Colin war doch dabei gewesen.

»Und jetzt ist es trotzdem so. Ich bin traurig, obwohl wir uns am Schluss so nahe waren. Als gäbe es nur noch einen einzigen Körper, ein Wesen. Aber ich kann dieses Gefühl nicht festhalten … es geht nicht …«

Und nun wollte er zu allem Überfluss mit Louis ausreiten. Es war nicht nur vorüber, nein, er ließ mich auch noch zurück. Wieder einmal. Vielleicht war er nicht nur ein Frühstücksflüchter. Vielleicht war er auch ein Abendessenflüchter.

Colin legte seine Stirn an meine. Seine Haut duftete schwach nach Louis' schimmerndem Fell, nach Holz, Salz und Meer. Und nach mir.

»Du bist doch Spezialistin im logischen Denken, Ellie. Abgesehen davon, dass es Unsinn wäre, bei Frauen zu bleiben, die sich insgeheim vor mir fürchten – was würden sie wohl sagen, wenn morgens die Sonne aufgeht und sich mir nichts, dir nichts meine Haar- und Augenfarbe verändert?«

Ich räusperte mich. Er hatte recht. Das war ein handfestes Argument fürs Frühstücksflüchten.

»Aber hier – bei dir – flüchte ich nicht. Ich gehe, um bleiben zu können. Ich habe Hoffnung, dass die Wale noch da draußen sind. Ich reite mit Louis an den Strand und suche sie, denn sie sind gen Norden gezogen. Ich tue das, um bei dir zu bleiben. Und nicht, um zu fliehen.«

»Okay. Ist gut.« Schon wieder begann ich zu weinen. Aber dieses Mal vor Erleichterung.

»Du hattest gar keine Angst.« Colins Atem streifte kühl meinen Hals, und ohne es zu entscheiden oder zu planen, wanderten meine Finger unter sein Hemd und zogen es aus der Hose. »Du hast mir den Verstand geraubt. Ich wäre ein Idiot, wenn mich das in die Flucht schlagen würde.«

»Okay«, wiederholte ich lahm und stellte fest, dass meine linke Hand wieder Sonderfahrten unternahm und sich, nachdem ich sie unter den Gürtel geschoben hatte, beherzt um seine nackte Pobacke legte. »Knackarsch«, setzte ich vorwurfsvoll hinzu und fühlte mich mit einem Mal beruhigt und geborgen. Postkoitale Traurigkeit, Sehnsucht, Wehmut, Melancholie. Was hatte ich denn anderes erwartet? Ich war mit einem Mahr zusammen. Es musste so sein.

Und jetzt musste ich ihn gehen lassen, so schwer es mir und meiner linken Hand auch fiel. Umständlich befreite sie sich aus seiner Jeans.

Colin stand da wie vom Donner gerührt. Seine Augen sahen benebelt durch mich hindurch.

»Was ist?«, fragte ich. »Worauf wartest du?«

»Darauf, dass wieder Blut in mein Gehirn fließt.« Er schüttelte sich, als wolle er sich von seinen eigenen Gedanken befreien, und auch die letzten Strähnen lösten sich aus seinem Zopf. Das Band glitt ihm aus dem Haar, doch ich fing es rechtzeitig auf.

»Warte kurz«, bat ich Colin und drehte ihn um, stieg auf das Höckerchen neben dem Bett und flocht seinen Zopf neu. Die dunklen, glänzenden Strähnen kribbelten unter meinen Fingern, und noch während ich das Band verknotete, begannen sie zu rebellieren. Doch für eine Weile sollte es halten. Kritisch begutachtete ich das Ergebnis. Colin sah umwerfend aus.

»Warum sind sie so schnell gewachsen?«

»Das Meer«, antwortete er achselzuckend. Ohne mich zu küssen oder zu umarmen, aber mit einem Blick, bei dem mir Hören und Sehen verging, verließ er das Haus und verschwand in der Nacht. Kurz darauf vernahm ich das gleichmäßige Trappeln von Louis' Hufen, das sich näherte, an mir vorbeizog und schließlich langsam verklang.

Erschöpft schlüpfte ich aus meinen Kleidern, zu müde, um noch Wasser an meine Haut zu lassen, meine Haare zu kämmen oder mir gar die Zähne zu putzen, und kroch unter die schwere weiße Daunendecke.

Als ich einschlief, hörte ich die Wale singen. Ganz nah.

Wandelgang

»Du kannst nicht nur von Luft und Liebe leben, Lassie.«

Wie immer holte Colins Stimme mich zielsicher und schnell aus meinen Träumen. Noch war ich nicht bereit, mich der Wirklichkeit zu stellen, und hielt die Augen geschlossen. Doch als mein Bewusstsein sich erst meines Kopfes und dann meines Körpers – warm, träge, entspannt – bemächtigte, sah ich durch meine Lider hindurch, dass noch Nacht herrschte.

»Du musst etwas essen, wenn du nicht ohnmächtig werden willst. Das hatten wir doch im Sommer schon.«

Weise Worte. Obwohl ich lag, fühlte ich mich schwindelig. Wahrscheinlich hatte ich deshalb eben noch von einer nicht enden wollenden Fahrt mit einem Aufzug geträumt, der viel zu schnell nach oben und nach unten raste, ohne dass ich etwas dagegen tun konnte.

»Hmhmm«, brummelte ich schläfrig und öffnete gehorsam meinen Mund. Oh, das war … buttrig. Ein Hauch Vanille. Feines Zimtaroma. Quark? Eier? Jedenfalls war es ein Stück Kuchen, wahrscheinlich Napfkuchen. Ambrosia.

»Mehr«, forderte ich gebieterisch und wartete wie ein Vögelchen im Nest mit auseinandergeklapptem Kiefer auf das nächste Häppchen. Erst nach dem dritten Bissen schlug ich die Augen auf. Colin saß vor meinem Bett im Schneidersitz auf dem Boden und sah mir interessiert beim Kauen zu.

Er musste die Wale gefunden haben. Seine Haut schimmerte im Dunkel des Zimmers, die Haare wanden sich sacht und seine Augen versprühten schwarz glitzernde Funken. Der Teufel fütterte mich und ich liebte ihn dafür. Doch ich brauchte auch etwas zu trinken.

»Wasser.«

»Ich habe etwas Besseres.« Er hielt mir einen Becher an den Mund, und ehe meine Nase erkennen konnte, was sich darin befand, schluckte ich gierig. Heiße Schokolade. Ja, das war in der Tat besser. Viel besser. Kaum gesüßt, aromatisch, stark.

»Ich kann mir nicht vorstellen, dass Träume delikater schmecken«, murmelte ich zufrieden.

»Du hast deine eigenen noch nicht gekostet.« Colin nahm mir die Tasse ab und stellte sie auf den Nachttisch. Ich streckte mich genüsslich, zuckte kurz zusammen, weil mir alle möglichen Körperteile wehtaten – nicht schlimm, es war ein angenehmer Schmerz –, und richtete mich auf.

»Wie spät ist es?«

»Kurz nach vier. Die Sonne geht bald auf. Ich bin gerade heimgekehrt.«

Ich rückte an die Wand, damit wir beide Platz auf dem Bett fanden, stützte meinen Kopf in die Hände und versuchte unter einiger Anstrengung, System in meine Gedanken zu bringen. Es war also Zeit zu reden, uns endlich meinem Anlass zu widmen, nach Trischen zu kommen. Meinem Bruder. Meinem Bruder und seinem Befall. François.

Doch vorher musste ich wissen, ob wir sicher waren.

»Tessa – kann sie uns hier nicht …?«

»Sylt ist auch eine Insel, Lassie. Und wahres Glück sieht anders aus, oder? Du bist es nur nicht mehr gewöhnt. Aber wenn du ehrlich darüber nachdenkst …«

Richtig. Wenn ich darüber nachdachte, war es nur wenig glückselig, in einer winzigen, von Pferden umgebenen Ferienwohnung zu sitzen und darüber zu sprechen, dass mein Bruder von seinem Lebenspartner befallen wurde. Noch weniger glückselig war das Gefühl, ständig von Colin allein gelassen zu werden, um sinnlos zu verharren. Das hier war nur ein kurzes Verschnaufen, mehr nicht, und beileibe keine Idylle. Wir waren Getriebene. Deshalb konnte ich auch sofort zum Wesentlichen kommen.

»Wir haben es geschafft, ihn zu filmen. Den Mahr.«

»Ihr? Wer genau ist ihr?«, fragte Colin und legte sich quer vor mich aufs Bett, die Arme unter dem Kopf verschränkt. Ich schob meine Beine auf seinen Bauch. Er war immer noch fieberwarm.

»Tillmann und ich. Mit einer Super-8-Kamera. Eigentlich hat Tillmann ihn gefilmt – ich bin vorher eingeschlafen. Er hat gekokst, um wach zu bleiben.«

»Ja, so habe ich ihn eingeschätzt«, sagte Colin abgeklärt.

»Dann haben wir es uns mit Gianna angesehen …«

»Moment. Wer ist Gianna?« Colin hob seinen Kopf und seine Bauchmuskeln spannten sich unter meinen Waden an.

»Pauls zukünftige Freundin und unsere … na ja, Verbündete. Das sollte sie zumindest sein. Papa hat mir ihre …«

»Verbündete?«, fuhr Colin dazwischen. »Heißt das, sie weiß Bescheid?«

Ich nickte.

»Sag mal, Ellie, legst du gesteigerten Wert darauf, gelyncht zu werden? Wer weiß denn noch alles Bescheid? Hast du eine Rundmail an deine Klassenkameraden geschickt? Hallo, wir filmen heute Nacht Mahre? Kommt alle, das wird eine Riesengaudi?«

»Ich habe keine Klassenkameraden mehr«, sagte ich würdevoll. Ich nahm meine Beine von seinem Bauch und suchte nach einem anderen Platz für sie, fand aber keinen bequemen. Seufzend legte ich sie zurück. »Es war nicht meine Idee, Gianna sofort einzuweihen, sondern Tillmanns. Er meinte, dass sie unsere unmittelbaren Reaktionen erleben müsse, um es zu glauben. Und er hat recht behalten. Sie glaubt uns. Wir waren völlig geschockt. Denn der Mahr ist François. François ist der Mahr!«

Colin schaute mich fragend an. »François? Wer ist François? Ellie, ich habe zwar telepathische Fähigkeiten, aber ich …«

»Hab ich dir nicht von François erzählt? Pauls Freund? Geliebtem?«

»Paul ist nicht schwul.«

»Ja.« Ich hatte ihm also nicht davon erzählt. »Das wissen wir alle. Nur er nicht. Er hält sich für schwul. Und genau das ist ja das Verrückte an der ganzen Sache. Sein Freund, François Later, ist der Mahr. Es war eindeutig zu erkennen auf dem Film. Wir sind uns sicher! Und ich habe ihm von Anfang an misstraut, seine Stimme – ich habe seine Stimme nicht ertragen …«

Die Erinnerung genügte, damit ich abwehrend die Hände auf meine Ohren drückte. Und auf einmal jagte ein Satz den anderen.

»Das ist so unlogisch – ich verstehe es nicht! François verhält sich wie ein Mensch. Er hat gebräunte, warme Haut, ganz normale blaue Augen … Na, normal sind sie nicht, er hat Tränensäcke und sie sind immer so trüb, aber es sind Menschenaugen. Er hält sich einen Hund. Einen Windhund. Er isst. Ich habe ihn essen sehen. Immer nur vom Feinsten! Außerdem arbeitet er. Er betreibt eine Galerie. Er …«

»Langsam, Ellie. Du bekommst noch einen Knoten in die Zunge.«

»Und jetzt frage ich mich, ob er ein Halbblut ist. Kann das sein? Ein bösartiges Halbblut?«

Colin musterte mich so durchdringend, dass ich Mühe hatte, seinen Blick zu erwidern.

»Ein Galerist in Hamburg? François Later? Blauäugig?«

»Na ja. Blau ist was anderes. Aber es geht in die Richtung.«

Er dachte nach und wirkte dabei, als würde er im Kopf ein Personenprofil nach dem anderen checken.

»Nein«, sagte er schließlich. »Nein – das wüssten sie. Das wüsste ich.« Der Ernst, der seinen Mund verhärtete, machte mir Angst. Und seine Worte erst recht.

»Das wüssten sie? Wen meinst du damit?«

»Die Mahre. Wir. Wir kennen die Halbblüter. Er gehört nicht dazu.«

Für einen Moment gefror das Blut in meinen Adern, bevor es wilder als je zuvor durch meine Brust schoss. Meine Schläfen begannen zu dröhnen.

»Es gibt eine Liste, Elisabeth – nicht auf dem Papier, sondern in unseren Köpfen. Eine Liste mit allen Halbblütern dieser Welt. Es sind nicht viele. Er steht nicht drauf.«

Aber Papa, dachte ich in jähem Schrecken. Papa steht drauf.

»Warum gibt es diese Liste?«, fragte ich atemlos, obwohl ich die Antwort schon ahnte. Jegliche Weichheit war aus Colins Zügen gewichen, als er seine langen Wimpern hob, um mich fest anzusehen.

»Weil sie getötet werden sollen. Alle. Ohne Ausnahme. Sie wissen zu viel.«

Das Dröhnen in meinen Schläfen ging in ein erregtes Hämmern über und unter meinen Achseln brach schlagartig der kalte Schweiß aus.

»Oh nein … Papa …«, flüsterte ich. »Sie haben ihn umgebracht … Er ist tot …«

Sie? Colin war einer von ihnen. Er wusste von der Liste. Die ganze Zeit.

»Warum hast du mir nichts gesagt?«, schrie ich ihn an, als ich kapierte, was das alles eigentlich bedeutete. »Er hat dich gewarnt, er hat dich vor Tessa gewarnt und du lässt ihn ins offene Messer laufen! Er ist mein Vater! Ich liebe ihn! Oh Gott, und ich habe mit dir geschlafen …«

Ich drehte mich von ihm weg, doch er packte meine Schultern und zog mich zu sich, bis ich nicht anders konnte, als in seine Augen zu sehen.

»Er wusste es auch, Ellie. Er wusste von der Liste. Er hat es mir gesagt. Und wir sind beide übereingekommen, es dir nicht auf die Nase zu binden. Hast du mich verstanden?«

Ja, das hatte ich, aber es änderte nur wenig an meinem inneren Aufruhr.

»Dann verrate mir doch endlich, was los ist! Haben sie ihn umgebracht?« Ich wollte es hören, sofort, obwohl ich keine Ahnung hatte, wie ich damit leben sollte.

»Ich weiß es nicht. Ich habe ehrlich keine Ahnung, Ellie. Ich war in den vergangenen Monaten damit beschäftigt, meine Spuren zu verwischen und mich von Mahren fernzuhalten. Denn sie hätten mich an Tessa verraten können. Ich weiß nicht, welchen Stand ich bei den anderen habe. Möglicherweise gibt es für mich ja auch einen Mordbefehl.«

»Also kann es sein, das er noch lebt?«, fragte ich hoffnungsvoll. Es klang beinahe wie ein Betteln.

»Ja, es kann sein. Er hat immerhin Verbündete. Aber es kann genauso gut sein, dass er tot ist, Ellie. Es tut mir aufrichtig leid.«

»Du weißt doch gar nicht, wie es ist, einen Vater zu haben«, zischte ich und schämte mich im gleichen Augenblick für meinen Ausbruch. Colins Augen verloren ihr Glitzern, als er mich wieder losließ.

»Aber ich weiß, dass du ihn geliebt hast«, sagte er bestimmt.

»Ich tu es immer noch! Er ist für mich erst tot, wenn ich es schwarz auf weiß habe, klar? Denn ich, ich bin schuld an alldem, ohne mich wäre es nicht passiert, ohne mich wäre er noch bei uns, in Sicherheit … Ich kann es nicht ertragen, schuld zu sein. Er *muss* leben!«

Es war noch viel dramatischer, als ich befürchtet hatte. Papas Name stand auf einer Todesliste, wahrscheinlich gleich ganz oben. Das war ja wie im Mittelalter. Und seine eigene Tochter hatte ihn ins Verderben geritten. Mama musste mich hassen, wenn sie davon erfuhr. Sie durfte niemals davon erfahren …

»Ich bin mir ziemlich sicher, dass sie es auch weiß, Lassie. Bitte, hör mir zu. Die Liste gab es schon lange vor dir. Die Mahre sehen Halbblüter als Ergebnis ihres Versagens an. Eines ihrer Opfer hat sie abschütteln können, ist zwischendrin hängen geblieben. Keine Metamorphose. Weder Mensch noch Mahr. Halbblüter sind potenzielle Verräter. Und wenn man es ganz genau nimmt, gehöre ich auch dazu, weil ich versuche, möglichst menschlich zu bleiben, und Tessa ihr Werk nicht habe vollenden lassen. Ich stehe nur deshalb nicht auf dieser Liste, weil ich von Geburt an ein Dämon war. Halbblüter haben Kontakt mit Menschen und erinnern sich ans Menschsein, wissen um dessen Vorzüge. Das macht sie unberechenbar. Du selbst hast damit nichts zu tun.«

»Aber Papa hat Tessa verraten und …«

Colin lachte trocken auf. »Wie kommst du denn darauf? Dachtest du wirklich, er habe mir etwas Neues erzählt, als er mich zu sich gebeten hat und du uns belauscht hast?«

Ich horchte auf.

»Du wusstest es schon?«

»Ich habe es lange vor ihm gespürt. Ich hatte nur noch keinen Plan. Weil du da warst. Früher wäre ich schon über alle Berge gewesen. Ich bin zu ihm gekommen, weil ich hoffte, etwas über dich zu erfahren, und ich ihm die Gelegenheit geben wollte, mit mir zu sprechen. Aber bilde dir bloß nicht ein, er habe mir das Leben retten wollen oder sich in Gefahr gestürzt, um Tessa zu verraten.«

»Er war doch vorher in Italien und er kam später als ausgemacht zurück. Es muss etwas mit den Mahren zu tun gehabt haben«, wandte ich ein.

»Hatte es auch. Er hat sich über mich informiert. Über mich, Ellie! So wie Väter das bei potenziellen Schwiegersöhnen gerne tun. Nur deshalb hat er diesen Urlaub überhaupt unternommen und riskiert, dass du deine Freundinnen alleine nach Ibiza reisen lässt. In diesem Zusammenhang hat er auch erfahren, dass der Fluch Tessas auf mir lastet. Das ist alles. Und glaub mir – ganz unrecht ist ihm das sicher nicht gewesen. Es trieb mich von dir weg.«

»Also bin ich nicht schuld daran, dass er verschleppt wurde?« Meine Hände zitterten so sehr, dass Colin sie nahm und unter sein Hemd auf seine Brust schob. Das sanfte Rauschen in seinem Körper beruhigte sie augenblicklich.

»Dein Vater hat schon mit dem Feuer gespielt, bevor wir uns begegnet sind. Ich sage dir das nicht gerne, Ellie, aber … wenn es im Zusammenhang mit Tessa und mir jemanden gibt, den die Mahre töten wollen, dann ist es nicht dein Vater, sondern dann bist du es. Du hast dich in den Kampf eingemischt. Das hat bisher noch niemand gewagt. Und ich hoffe sehr, dass Tessa es in ihrer Gier nicht bemerkt hat. Denn sonst gibt es eine zweite Liste, extra angefertigt für Elisabeth Sturm und Konsorten. Du hast dich mit einer der Mächtigsten angelegt. Und deine Jagd auf François wird es kaum besser machen.«

Ich schwieg betroffen. So schnell ging das also – ich wurde von meiner Schuld befreit und im nächsten Moment erfuhr ich, dass ich selbst am Pranger stand. Und ich konnte nichts mehr dagegen ausrichten. Es war geschehen. Ich hatte mich in den Kampf eingemischt, Colin in Sicherheit gebracht, ihm einen Vorsprung verschafft. Tessa musste schon einen selten niedrigen IQ haben, um nicht zu bemerken, dass da menschliche Hilfe im Spiel gewesen war.

Die Hilfe eines Mädchens, das Colin liebte. Aber genau das war möglicherweise auch mein Vorteil. Ich hatte einen Cambion an meiner Seite. Colin war reinblütig. Kein Mensch, der irgendwann verwandelt worden war. Sondern ein Wesen der Nacht von seinem ersten Atemzug an.

Doch ich hatte auch die anderen mit hineingezogen – Tillmann, Gianna, und wenn überdies Paul die Wahrheit erfuhr, konnten die Mahre wirklich eine neue Liste erstellen. Sturms und Konsorten. Bitte alle töten. Schnell. Es sei denn, wir konnten Papas Verbündete zu unseren machen.

»Colin …« Ich hatte diesen Gedanken bisher konsequent auf Abstand gehalten, weil ich genug andere Probleme hatte, aber nun musste ich ihn aussprechen. »Kann es sein, dass Tillmann auch auf der Liste steht? Dass er ein Halbblut ist?«

»Hat er denn Hunger auf Träume? Hat er feinere Sinne bekommen? Kann er kein Licht mehr ertragen?«

Oh doch. Das konnte er gut, besser als ich sogar. Tillmann war durch und durch feurig.

»Nein, aber er schwitzt nicht mehr und er schläft so gut wie gar nicht.«

»Das ist ihr Gift. Tessas Gift ist sehr stark. Es wird irgendetwas in ihm verändert haben. Aber sie hatte ihre Klauen noch nicht in sein Fleisch gegraben, oder?«

Ich schüttelte mich angeekelt. »Nein. Er konnte sich vorher losreißen. Ich konnte ihn losreißen.« Und dabei hatte Tessa mich bemerkt. Verdammt.

»Dann ist er kein Halbblut. Aber vergiftet. Das kann passieren. Die nächsten Monate werden entscheiden, ob er es in etwas Positives oder in etwas Negatives verwandeln kann. Ob er sich damit auseinandersetzt oder flüchtet.«

Nein. Jemand wie Tillmann flüchtete nicht. Und ich wollte es auch nicht tun, obwohl mir der Raum trotz der zunehmenden Helligkeit immer enger und erdrückender vorkam. Ich zog meine Hände aus Colins Hemd und setzte mich wieder auf, etwas ruhiger und konzentrierter und … entschiedener. Papa lebte vielleicht noch. Und Paul musste gerettet werden.

»François ist kein Halbblut. Aber was ist er dann?«, fragte ich sachlich. »Wie gesagt, er gaukelt ein normales Leben vor, isst, trinkt, arbeitet, fährt in Urlaub, macht Erbverträge …« Was einer gewissen Komik nicht entbehrte, allerdings zulasten von Paul. Denn François würde niemals sterben. Nur erben. Ein erkleckliches Einkommen im Laufe der Jahrhunderte.

»Hat Paul Freunde? Ein gesellschaftliches Leben? Trifft er sich mit anderen?«

»Nein. Nicht dass ich wüsste. Immer nur François.«

Colin strich sich gedankenversunken die Haare aus der Stirn. »Und er ist beruflich und finanziell von François abhängig? Sein Lebensmittelpunkt ist das, was François ihm damit ermöglicht?«

»Ja. Wenn man das so sehen mag, ja. Obwohl ich nicht glaube, dass er François liebt. Tillmann hat gesagt, er würde ihn nicht gerne küssen. Er tut es zwar, aber er wischt sich danach heimlich den Mund ab. Das hat Tillmann beobachtet.« Und ich hatte mich diebisch darüber gefreut.

Colin musterte mich kopfschüttelnd. »Wie stellst du das nur an, Ellie? Wie schaffst du es, die schwierigsten aller Fälle um dich zu scharen? Halbblut, Cambion, eine der Ältesten und Mächtigsten, ein Vergifteter, ein Befallener?«

»Ich denke, es hängt alles irgendwie zusammen«, verteidigte ich mich trotzig. Und so war es auch. Bis auf den sagenhaften Zufall, Colin begegnet zu sein. Ich wollte es lieber Schicksal nennen. Damit konnte ich besser umgehen. Außerdem waren wir aufs Land gezogen, weil Papa eine mahrfreie Gegend suchte. Was für ein kolossaler

Irrtum. Und jetzt verstand ich auch endlich, warum er so aggressiv auf Colin reagiert hatte. Es war nicht nur Sorge um mich gewesen, sondern auch Selbstschutz.

»Dann nenne mir doch bitte den Sechsten im Bunde. Gibt es noch eine Spezies, von der ich nichts wusste? Was ist François?«

Colin seufzte leise. »François ist ein Mahr. Doch er lebt und jagt als Wandelgänger.«

»Wandelgänger. Das bedeutet konkret, dass …?«

Colin lehnte sich zurück und griff nach meinen Waden, um sie wieder auf seinen Bauch zu betten. Die Märchenstunde konnte beginnen.

»Seine Motivation ist Gier. Wie bei allen Mahren. Doch er fixiert sich auf einen einzigen Menschen, den er möglichst lange aussaugen möchte. Einen Menschen, der vieles verloren hat und doch noch vieles erhofft, dem aber ein festes soziales Netz fehlt. Vielleicht auch die Familie. Das Geschlecht ist dabei nebensächlich. Es hätte auch eine Frau sein können. Aber der Mensch muss beeinflussbar sein, offene Wunden haben. Dort setzt der Mahr an. Wandelgänger nähren nicht nur ihre Gier, sondern auch die Gier ihrer Opfer. Sie züchten ihr eigenes Futter heran. Sie halten ihren Wirt damit so lange wie möglich am Leben. Sie wollen ihn ganz besitzen, Tag und Nacht, am liebsten jede Stunde und Minute, körperlich wie seelisch. Ein vollkommener Befall. Und wenn die Opfer schlafen, greifen sie an.«

Meine Nackenhaare stellten sich auf. Ich rückte etwas näher an Colin heran. Er ließ ein paar stille Sekunden verstreichen, bevor er fortfuhr.

»François konzentriert sich ausschließlich darauf, Paul hörig und abhängig zu machen. Wenn Paul schwach wird und seine Träume ihre Intensität verlieren, kümmert sich François persönlich um Nachschub. Er nährt sie selbst, indem er Pauls Gier anfacht. Gier nach Dingen, die ihm vorher vielleicht gar nicht wichtig waren.

Aber Paul hat sonst nichts mehr. Auch dafür hat François gesorgt, denn wie alle Mahre weckt er bei den Menschen Misstrauen und Stresssymptome.«

Jetzt wurde mir einiges klar. Die Luxusuhren. Das Versace-Geschirr. Ausgedehnte Saunanachmittage. Designerklamotten. Pauls eBay-Sucht, die ihn letztlich doch nicht befriedigte. Dieses Getriebensein, doch etwas noch Schöneres zu finden, ein neues Schnäppchen zu machen. Der Porsche. Nun, der Porsche war wirklich ein nettes Spielzeug. Aber eigentlich brauchte Paul ihn nicht. Und die Kreuzfahrt …

»Mein Bruder ist zurzeit mit François im Urlaub. Auf einem Kreuzfahrtschiff. Sie können dort ihre Bilder verkaufen und es sich nebenbei gut gehen lassen. Wir haben zu spät gemerkt, dass François der Mahr ist. Paul war schon auf dem Schiff und Tillmann hat es nicht mehr rechtzeitig runtergeschafft. Er ist jetzt bei ihnen.«

»Tja. Dann werden Pauls Träume gerade aufgefüllt. François gönnt ihm eine Entspannungsphase und sieht lustvoll zu, wie Paul auflebt und sich dadurch noch enger an ihn bindet. Denn François ist derjenige, der ihm all das bietet, um anschließend abermals zuzuschlagen. Paul wird bald Lust auf einen neuen Urlaub verspüren.«

»Wie … wie lange wird das so gehen? Wie lange tut er das?«, fragte ich mit dünner Stimme. Im Moment löste eine Hiobsbotschaft die nächste ab. Ich hätte gerne laut »Scheiße!« gebrüllt oder irgendetwas zertrümmert.

»Wandelgänger sind fixiert. Eine einzige Nahrungsquelle, deren Träume sie selbst zu bestimmen und zu schaffen versuchen. Es liegt in der Natur des Wandelgängers, das so lange fortzuführen, bis das Opfer nicht mehr kann. Und den Verstand verliert oder«, Colin machte eine kurze Pause, »… stirbt.«

»Wie? Wie stirbt das Opfer? Beim Angriff oder …?« Ich wagte

nicht, meinen Satz zu vollenden. Paul war in Lebensgefahr. Nicht in akuter, da François ihn gerade aufleben ließ. Aber …

»Kennst du diese Meldungen von plötzlichem Herzstillstand? Viel zu jung im Schlaf gestorben? Hat sich ohne erkennbare Vorzeichen das Leben genommen? Nicht immer sind Wandelgänger der Grund. Aber dann und wann schon.«

»Oh nein …« Das Zittern nahm mich erneut in seine Gewalt und dieses Mal konnte auch Colin es nicht lindern. »Er ist schon so lange unter Befall, wahrscheinlich mehr als zwei Jahre. Er hat massive Atemprobleme und fühlt sich schwach und schlapp. Seine Gelenke knacken, wenn er sich bewegt. Er ist gerade mal vierundzwanzig!«

»Kann er denn noch lachen?«, fragte Colin vorsichtig.

»Ja. Paul hat einen ziemlich derben Humor, den er anbringt, wann er nur kann. Es ist zwar weniger geworden, aber ab und zu …« Ich dachte angestrengt nach. Wenn er *Die Simpsons* guckte, ja, dann lachte er. Auch Tillmann hatte von Pauls Zoten berichtet. Mir selbst gegenüber mimte er weitgehend den fürsorglichen Bruder und ließ nicht viel Raum für Witze. Aber er lachte noch. Und Gianna hatte er mit seinem Humor glücklicherweise eher bezirzt, anstatt sie in die Flucht zu schlagen (wie es ihm bei fast jeder meiner Freundinnen gelungen war). »Doch, er lacht noch. Trotzdem, wir müssen etwas unternehmen, schnell! Du musst etwas unternehmen, Colin! Paul wehrt sich mit Händen und Füßen gegen diese ganze Nachtmahrkacke und …«

Colin zog tadelnd die Augenbrauen hoch. »Nachtmahrkacke?«

»Du weißt schon. Dass es sie gibt und so weiter. Du musst François erledigen, ihn verjagen, ihn – was weiß ich! Mach ihn fertig! Paul wird uns niemals glauben und er wird sich auch niemals von François trennen. Vielleicht privat, beruflich aber bestimmt nicht.« Ich hoffte auf Colins Widerspruch, doch er blieb aus.

»François sorgt von ganz allein dafür, dass Paul es nicht glauben würde. Außerdem folgen Wandelgänger ihren Opfern. Egal, wohin sie gehen – die Mahre werden auch da sein und irgendeinen Grund finden, weshalb es so richtig ist und sich für die Opfer auch richtig anfühlt. Ein Stalker ist ein Dilettant dagegen.«

»Also bleibt nur der Kampf«, schlussfolgerte ich entschieden. »Oder?«

Colin fuhr grübelnd mit dem Zeigefinger über seine kühn geschwungene Nase. Worüber dachte er überhaupt noch nach? Die Angelegenheit war doch sonnenklar.

»Ich brauche Zeit, um das zu entscheiden. Ich kann jetzt nichts dazu sagen«, antwortete er nüchtern.

»Zeit? Wir haben keine Zeit! Wir müssen handeln! Wie kannst du nur so gefühlskalt bleiben? Hier geht es um meinen Bruder!« Ich konnte nicht mehr auf dem Bett sitzen und so tun, als sei all das nur eine Frage eines korrekten Fazits nach reiflichem Überlegen. Ich musste mich bewegen, wenn ich schon nichts entscheiden konnte und gegenüber François so machtlos war wie eine Ameise unter einem Elefantenfuß. Nervös trat ich ans Fenster und lugte durch die schmalen Ritzen der Rollläden. Die Sonne ging gerade auf und tauchte den Reiterhof in ein warmes rötliches Licht.

Colin lehnte seelenruhig an der Wand, die Lider gesenkt, den rechten Unterarm auf sein Knie gestützt – fast wie eine Statue.

»Wieso unternimmst du nichts?«, rief ich drängend. »Es kann jede Minute zu spät sein!«

»Weil Panik kein guter Ratgeber ist – und abgesehen davon ist sie mir vollkommen fremd. Nein, so einfach ist das nicht, Ellie. Ich muss darüber nachdenken, ob ich in den Kampf ziehe oder nicht.«

»Warum?«, giftete ich. »Weil du Angst hast, dir dabei die Frisur zu ruinieren? Weil du etwas Besseres bist? Weil der Herr sich nicht die Finger schmutzig machen möchte? Weil …?« Meine Kreativität war erschöpft und Blüten hatte sie nicht gerade getrieben.

»Bist du fertig? Oder möchtest du dich noch an ein paar weiteren Metaphern versuchen? Ich rate dir allerdings ab. Du hast darin kein glückliches Händchen.«

»Wirklich, Colin, ich kann nicht verstehen, warum du noch überlegst. Ich dachte, du bist so scharf darauf zu sterben?«

Plötzlich stand er dicht neben mir. Ich zuckte zusammen, fing mich aber wieder. Ich sollte mich langsam daran gewöhnen, dass er ab und zu die Gesetze der Schwerkraft und nebenbei auch die von Zeit und Raum außer Betrieb setzte.

Sein Gesicht war meinem so nah, dass seine Haare sich suchend nach meinen ausstreckten – wie immer müßig und spielerisch. Und damit höchst unpassend in diesem zehrenden Moment voller Anspannung und Furcht. Sie flirteten beinahe.

»Aber du willst nicht sterben«, raunte er. »Und Paul, nehme ich an, auch nicht. Ich habe es dir schon oft gesagt und ich wiederhole mich nur ungern, Ellie. Mit Mahren ist nicht zu spaßen. Mit Wandelgängern erst recht nicht. Sie töten ihr Opfer, ohne zu zögern, wenn ein anderer Mahr ihnen in die Quere kommt. Schon ein Halbblut reicht aus. Sie dulden niemanden neben sich. Deshalb sollte auch Gianna jeglichen Kontakt zu Paul meiden. Hast du das in deinem hübschen Köpfchen abgespeichert?«

»Ja«, murmelte ich störrisch.

»Du bist ihm ebenfalls ein Dorn im Auge. Er will dich weghaben, weil du Paul liebst. Du könntest ihn beeinflussen. Tillmann – er ist wahrscheinlich Gegenstand ewiger Eifersuchtsdebatten, oder?«

Ich nickte nur. Tillmann war manches Mal aus der Galerie geflüchtet, weil François durchdrehte, wenn Paul ihm nur einen Nagel reichte oder einen Kaffee brachte. Und wie mich sprach François Tillmann nicht direkt an, sondern redete immer nur in der dritten Person von ihm. Mich selbst hätte er am liebsten eigenhändig in die nächste Geschlossene gesperrt, und zwar auf Lebenszeit. Was Gianna betraf – er war genau in dem Moment in der Wohnung aufgetaucht, als Paul und sie sich zum ersten Mal nahekamen. Das konnte kein Zufall gewesen sein.

»Es geht hier um Menschenleben, *mo cridhe*. Mehrere Menschenleben, an denen mir etwas liegt. Und wenn es nur deines ist. Ich möchte nicht euer Sensenmann sein, indem ich ohne Bedacht einen Wandelgänger angreife. Es kann euch allen den Tod bringen. Und deshalb muss ich darüber nachdenken, wie ich diese Gefahr minimieren kann. Ausschließen kann ich sie nicht.«

»In Ordnung«, hauchte ich, diesmal weder trotzig noch von oben herab. Colins Worte hatten mich mürbe gemacht.

»Sollte ich mich dafür entscheiden, musst du sowieso Vorarbeit leisten. Du musst herausfinden, wie alt François ist. Und ich meine das tatsächliche Alter.«

Natürlich, das Alter. Je älter, desto mächtiger. Daran hatte ich in all meiner Sorge gar nicht mehr gedacht.

»Ich kann mich weder in seine Nähe wagen noch Erkundigungen über ihn einholen, ohne dass es euch in Lebensgefahr bringt«, sprach Colin weiter. »Ich werde jetzt wieder ins Meer gehen, weil es dort dunkel ist. Jansen darf mich so nicht sehen. Ich muss mich beeilen.«

Ich hob meinen Kopf, um ihn anzublicken. Der erste Sonnenstrahl brach durch die Läden und ich beobachtete gebannt, wie das Schwarz aus Colins Augen wich und einem tiefen, erdigen Grünbraun Platz machte. Schon stahl sich der erste türkisfarbene Sprenkel hinein.

»Ich könnte stundenlang dabei zuschauen«, flüsterte ich. Colins Mund entspannte sich und ich strich mit den Fingerspitzen über seine geschwungenen Lippen. Da, ein bräunlicher Punkt, dann der nächste auf der Nase …

»Du bist die Einzige, die mich Tag und Nacht kennt.«

Ich wollte mich in seiner Stimme suhlen. Sie ließ mich schweben, als hätte ich kein Gewicht mehr. Befanden sich meine Füße überhaupt noch auf dem Boden?

»Was tust du da?«, lallte ich. Meine Zunge sperrte sich dagegen zu sprechen, obwohl ich noch so viel sagen wollte.

»Ich mache dich müde. Es sind meine Farben. Ein Trick unserer Natur, damit jene Menschen, die uns bei Nacht kennen, unseren Anblick bei Tageslicht vergessen. Aber das wirst du nicht. Weil du es nicht willst.«

»Nein, ich …« Zu mühsam. Ich konnte den Satz nicht einmal zu Ende denken.

»Schlaf noch ein bisschen. Du wirst deine Kraft brauchen.«

Er nahm mich hoch und legte mich auf das Bett. Ich wollte ihn zu mir ziehen, um ihn zu küssen, doch meine Hände waren bleischwer, gehörten nicht mehr zu mir …

In meinen Traumbildern kehrte er zurück. Keine Worte, keine Diskussionen, keine Sorgen. Nur die tiefe, geborgene Kühle des Meeresgrundes und seine weiße, schimmernde Haut, die mein Atem mit silbernen Perlen überzog.

Bauchentscheidung

Das Geschrei der Möwen und das Trappeln von Hufen – es musste eine ganze Herde von Pferden sein, die an meinem Fenster vorbeizog – weckten mich gegen Mittag. Mein Hirn arbeitete wieder uneingeschränkt.

Na, das ist ja raffiniert, dachte ich erstaunt. Sobald die Sonne aufgeht, verliert der Mensch, der den Mahr sieht, das Bewusstsein. Schachmatt. Deshalb war ich ohnmächtig geworden, als ich Colin zum ersten Mal im Sonnenschein begegnet war und ihm die Sonnenbrille von der Nase gezogen hatte.

Ich war also die Einzige, die ihn Tag und Nacht kannte. Besonders viel Zeit hatten wir in den Morgenstunden dennoch nicht miteinander verlebt. Und doch wusste ich um das Eis in seinen Augen, im Gegensatz zu den anderen Frauen, mit denen er vor mir die Nacht verbracht hatte und die ihn für den typischen Macho halten mussten, der floh, um nicht reden zu müssen. Dabei floh Colin, um nicht gesehen werden zu müssen. Und weil sie Angst vor ihm hatten. Mein Mitgefühl galt bei diesem Gedanken ihm und nicht den Frauen. Was ihn wohl dazu motiviert hatte, sie zu verführen? Der Fortpflanzungstrieb konnte es kaum sein.

Doch ich wollte mir nicht die Laune verderben lassen – die war innerhalb der vergangenen Stunden ohnehin unberechenbar geworden und machte ihrem Ruf damit alle Ehre. Colin würde aller Voraussicht nach erst in den Nachmittagsstunden zurückkommen, wenn die Schatten länger wurden und die Sonne milder. Ich hatte unverhofft Zeit für mich. Und meine Kleider waren endlich getrocknet. Sie sahen zwar etwas lädiert aus, doch tragen konnte ich sie.

Ich ging in das winzige Badezimmer, duschte mich – wenn auch mit einigem Bedauern, weil ich das Gefühl hatte, Colins Berührungen abzuwaschen –, zog mich an und nahm dann all meinen Mut zusammen, um aus der Tür zu treten und Jansen zu suchen.

Ich fand ihn in der Küche des urigen Gästehauses. Er versorgte mich ohne überflüssige Worte mit Kaffee, Brötchen, Butter und selbst gemachter Marmelade und ließ mich alleine, um nach den Pferden zu sehen. Seine norddeutsche Wortkargheit war mir willkommen, denn es hatte wenig Sinn, mich mit jemandem über Colin zu unterhalten, der nicht wusste, dass es Mahre gab. Und von Pferden hatte ich keine Ahnung. Über mich selbst wollte ich erst recht nicht sprechen.

Als ich satt war, schlenderte ich ohne jegliche Eile durch Keitum, einen malerischen Ort wie von vor hundert Jahren, der so friedlich und verträumt im Sonnenlicht vor sich hin schlummerte, dass mich sogar Urlaubsgefühle heimsuchten.

Doch dann erhob sich urplötzlich ein frostiger Wind und trieb mich zurück zum Stall. Ich ließ die Läden in unserem kleinen Ferienhäuschen geschlossen, denn ich war nicht erpicht darauf, dass mich jemand bei den Anrufen belauschte, die ich nun erledigen musste. Tillmann und Gianna. Vor beiden graute es mir ein wenig.

Auf Tillmanns Handy meldete sich wieder nur die Mailbox und nun wagte ich es nicht mehr draufzusprechen. François war mit der modernen Technik bestens vertraut und er befand sich in nächster Nähe. Falls er irgendeinen Verdacht geschöpft hatte, war es zu riskant, Nachrichten zu hinterlassen. Ich musste es später noch einmal probieren.

Bei Gianna ertönte wenigstens ein Freizeichen – aber dabei blieb es auch. Sie nahm nicht ab. Beim fünften Mal wurde ich bereits nach dem ersten Läuten weggedrückt.

»Was soll das denn?«, knurrte ich und tippte eine SMS. »*Warum nimmst du nicht ab? Ich bin es, Ellie. Geh bitte ran. Oder ruf mich zurück.*«

Die Antwort kam prompt. »*Ich telefoniere nicht gerne. Können wir mailen? Geht es dir gut?*«

»*Es ginge mir besser, wenn du drangehen würdest. Ich probiere es gleich noch einmal*«, schrieb ich zurück und wählte ihre Nummer. Halleluja, sie nahm ab.

»Na endlich. Wie kannst du überhaupt deinen Beruf ausüben, wenn du nie ans Telefon gehst?«

»Ja, ich … ich hab gerade geschrieben und … tja«, druckste sie herum. »Ich hasse telefonieren! Ich hasse es, wenn das Telefon klingelt, und ich hasse es, jemanden anzurufen! Bedank dich bei meinem Ex.«

»Dann besteht also keine Gefahr, dass du Paul anrufst?«, fragte ich.

»Nein. Warum?«

»Das erkläre ich dir, wenn ich wieder zurück bin. Kein Kontakt zu Paul, in Ordnung? Bitte, Gianna, das ist wichtig. Überlebenswichtig sozusagen. Für uns alle.«

Gianna schniefte. »Darf ich ihn denn nie mehr wiedersehen?« Sie klang kläglich und die Enttäuschung in ihrer Stimme schnitt mir ins Herz.

»Vorerst nicht. Tut mir leid. François ist gefährlicher, als wir ahnten. Wir dürfen ihn auf keinen Fall reizen. Alles Weitere weiß ich noch nicht. Ich hoffe nur, dass Colin … dass er etwas tun kann. Heute Abend erfahre ich mehr.«

»Wann wirst du wieder in Hamburg sein?«

»Oh, so wie ich Colin kenne, schneller, als mir lieb ist«, sagte ich bemüht locker. »Wahrscheinlich setzt er mich heute Nacht noch ins Auto. Ich melde mich, sobald ich Näheres weiß, okay? Tschau.«

Ausgedehnte Telefongespräche waren noch nie mein Ding gewesen, zum Leidwesen von Jenny und Nicole, die sich stundenlang über die unwichtigsten Nebensächlichkeiten austauschen konnten und mich damit allenfalls zum Gähnen brachten. Gleichzeitig bestanden ihre Mails maximal aus drei Sätzen, garniert mit einer Unzahl von Smileys, während ich im Aufsatzstil versuchte, mein Gefühlsleben zu schildern. Nicole und Jenny – wie weit weg sie waren. Mein ganzes früheres Leben schien sich in einer anderen Erdumlaufbahn abgespielt zu haben. Und doch war es schon geprägt gewesen von dem, was mich jetzt umgab: Mahren.

Bis zum Sonnenuntergang saß ich auf dem Bett und sah den wandernden Schatten an der Wand zu. Je dunkler es wurde, desto missmutiger und angespannter fühlte ich mich. Was sollte ich tun, wenn Colin sich gegen einen Kampf entschied? Dabei zusehen, wie Paul zugrunde ging? Sich vielleicht sogar das Leben nahm? Schwer krank wurde und niemand in der Lage war, ihn zu heilen? Ihn seinem Schicksal überlassen – das konnte ich nicht. Doch wenn François mich fortekeln wollte, würde er es tun und Paul würde ihm nicht im Wege stehen. Es war mal wieder aussichtslos, wie damals bei Tessa. Und sie spürte uns im Moment nur deshalb nicht auf, weil Colin und mir echtes Glück nicht vergönnt war. Das hatten wir ausgerechnet François zuzuschreiben. Und Colins grausamer Vergangenheit, aus der Tessa persönlich ihn gerettet hatte … Gerettet? Moment …

»Warum ist sie gekommen?«, bombardierte ich ihn mit der ersten meiner tausend Fragen, als er kurz nach Sonnenuntergang zurückkehrte. Allem Anschein nach hatte er nicht nur nachgedacht, sondern auch gejagt. »Du warst doch nicht glücklich dort. Warum ist sie gekommen? Wie konnte sie davon wissen?«

Mit einer nachlässigen Bewegung warf er die feuchten Haare in den Nacken und schüttelte die Nässe heraus.

»Redest du von Tessa?«

»Von wem sonst! Wieso ist sie gekommen?«

Colin sah mich nicht an. Sein Blick verfinsterte sich und sein Gesicht verlor jegliche Mimik. Eine leblose und doch so ominös finstere Maske.

»Das willst du nicht hören.«

»Ach, Colin, bitte, nicht wieder diese Tour! Das willst du nicht hören, das willst du nicht sehen, das ist zu gefährlich, das zu riskant … Ich bin schon mittendrin in dieser Welt, ich muss es wissen!«

»Nein. *Das* musst du nicht wissen.«

»Doch! Sag es mir!«

»Habe ich kein Recht auf Privatsphäre?«, herrschte er mich an. Seine Augen bohrten sich in meine und ich presste mich erschrocken an die Wand. »Quetsche ich aus dir alles heraus, was du nicht erzählen möchtest? Wer Grischa ist und warum er dir immer noch in deinen Träumen begegnet?«

»Wag es nicht, Grischa mit Tessa zu vergleichen! Grischa ist … ist gar nicht real!«

»Oh, dafür ist er aber sehr präsent in deinen Gedanken. Und ich werfe es dir nicht vor. Ich weiß, dass er dazugehört. Zu dir. Und dass du mir nicht alles darüber sagen willst, weil …« Er brach verächtlich schnaubend ab.

»Weil ich es gar nicht kann. Ich weiß nicht, warum das so ist, warum er dazugehört. Aber Grischa war vor dir und …«

»Das mit Tessa war auch vor dir, Ellie. Lange vor dir. Deine Großmutter war nicht einmal auf der Welt. Herrgott, es geht dich nichts an!«

Er packte die Petroleumlampe, die ich vorhin mühevoll und unter einiger Kleckerei entzündet hatte, und warf sie gegen die Wand. Abrupt ließ ich mich fallen und streckte abwehrend die Arme aus. Das Geräusch der Scherben, die neben mir zu Boden rieselten, drehte meinen Magen um. Gleich würde er mich schlagen, es war genauso wie bei Paul … Sein Zorn erinnerte mich an Paul … Ich hatte ihn wütend gemacht, zu sehr …

»Bitte tu mir nichts, bitte nicht … nicht …«, bettelte ich, zog die Knie an und schmiegte schützend mein Gesicht in meine Armbeuge, unterwürfig wie ein rangniedriger Wolf im Kampf. Ich winselte auf, als Colin mich vom Bett zerrte und an sich riss – ohne mir wehzutun, doch das kam nicht mehr in meinem Kopf an.

»Lass mich …«, keuchte ich, unfähig, mich zu rühren.

»Wer hat dir Gewalt angetan? Wer?«

»Er hat nicht … Er wollte das nicht …«

»Wer? Dein Vater?« Colin sprach leise und doch brüllte seine Stimme in meinem übervollen Kopf.

»Nein … nicht Papa … Paul. Es war Paul.«

Ich konnte wieder atmen. Colin ließ mich los. Überrascht stellte ich fest, dass mir nichts fehlte. Und sein Blick sah nicht so aus, als habe er das je beabsichtigt. Er wirkte vielmehr verwirrt und fragend. Und ein wenig vorwurfsvoll.

»Ich hab Paul provoziert, aber nur weil ich die Wahrheit herausfinden wollte, und daraufhin ist er ausgerastet«, erklärte ich beflissen. »Er hat so etwas noch nie vorher gemacht, nie, ich schwöre es! Paul ist kein Gewalttäter!«

»Ist ja gut. Komm her. Ich tu dir nichts, verdammt, Lassie, bilde dir das bloß nicht ein. Ich glaube dir, dass Paul kein Schlägertyp ist. Das kommt durch den Befall und ist eine Art Verteidigungsstrategie seiner Seele. Eigentlich ein gutes Zeichen. Trotzdem solltest du beim Herausfinden der Wahrheit in Zukunft dein Temperament ein wenig zügeln.«

Erst jetzt sah ich, dass die Lampe an der gegenüberliegenden

Wand niedergegangen war, weit weg von mir. Es war mir so vorgekommen, als hätte sie mir gegolten, mich treffen sollen. Einen Moment lang hatte ich Colin vollkommen misstraut. Er nahm mich mit sich aufs Bett, ließ sich auf den Rücken fallen und bettete mich an seine Brust, um gleich darauf die Arme hinter seinem Kopf zu verschränken. Sicherheitsabstand. Ich schnupperte wie ein Trüffelschweinchen an seiner Achselhöhle, obwohl mein Herz immer noch floh und stolperte.

»Also gut.« Das Rauschen in Colins Brust wurde unruhiger. »Ich weiß, dass du es nicht hören willst. Aber bevor deine Fantasie sich ein Szenario nach dem nächsten ausmalt: Ich habe sie gerufen. Ich kann sie rufen, wenn ich in Gefahr bin oder in einer ausweglosen Lage. Gewissermaßen die positive Seite des Fluchs. Und ich wusste mir keinen anderen Rat, als genau das zu tun. Du hast nur einen Teil des Ganzen gesehen, Ellie. Einen kleinen Teil. Ich will mein Verhalten nicht schönreden. Aber hätte Tessa mich nicht herausgeholt und wäre ich so lange dringeblieben, bis der Krieg vorbei gewesen wäre, würde ich nur noch Angst und Schrecken verbreiten. Tag und Nacht. Ich wäre das Böse in Person. Es wäre auf mich übergegangen – nahtlos.«

Ich schwieg schockiert. Immer wieder schossen Wellen der Abwehr durch Colins Brust, als wolle er mich ermuntern, mich von ihm abzuwenden, ja, ihn vielleicht sogar zu schlagen, und doch ließ er mich bei sich ruhen.

»Ich bin enger mit Tessa verbunden, als ich je wollte. Diese dunklen Zeiten kamen ihr gerade recht. Sie hat davon profitiert. Denn durch ihre Rettung ist ihr Gift stärker geworden und die Macht, die sie über mich hat, auch. Weil *ich* sie gerufen habe.«

Und ich hatte ihr zu verdanken, dass ich Colin lieben konnte. Dass er nicht durch und durch böse geworden war. Auf der anderen Seite wäre er möglicherweise für immer in Schottland geblieben, wenn

Tessa nicht gewesen wäre. Er hätte nicht fliehen müssen. Ich stützte meine Arme auf Colins Brust, um ihn ansehen zu können.

»Kannst du mich jetzt berühren oder ist es zu gefährlich?«

»Ich kann. Wir sind doch beide nicht glücklich, oder?«

»Dann tu es. Bitte. Bitte fass mich an. Glück ist nicht alles.«

Ich wartete, bis er sich dazu entschließen konnte und seine Hände zögerlich über meinen Rücken fuhren, erst über, dann unter meinem Pulli, bis er die Unterarme überkreuzte und seine kühlen Finger sanft um meine nackte Brust legte.

»Ich möchte nicht wissen, was du dafür tun musstest. Es spielt keine Rolle, Colin. Sie bestimmt unser Leben, aber in unserem Bett hat sie nichts verloren. Okay?«

Er antwortete nicht, doch das Rauschen in seinen Venen fand nach und nach zu seiner Gleichmäßigkeit zurück und für eine Weile schloss ich die Augen und ließ mich von ihm davontragen. Es hörte sich an wie das Echo meines eigenen Bluts in einer dieser großen Muscheln, die Papa aus der Karibik mitgebracht hatte. Es versetzte mich in andächtiges Staunen.

Wir blieben liegen, bis die Dunkelheit sich nahezu jeder Ecke des Zimmers bemächtigt hatte. Colin wand sich mit einem bedauernden Seufzen unter meinem warmen, schweren Gewicht hervor, sammelte die Einzelteile der Petroleumlampe auf und versuchte, sie in Gang zu setzen. Meinem Körper war nicht nach Reden zumute, er verlangte nach allem anderen, nur nicht nach neuen Verrenkungen unserer Gehirne. Aber es musste geschehen. Denn es war fast schon zu friedlich geworden in diesem finsteren, kleinen Zimmer.

»Ich habe meine Entscheidung getroffen«, drang Colins tiefe, reine Stimme durch die Dunkelheit und wie zur Bekräftigung flammte der Docht der Lampe auf und spiegelte sich sofort in seinem schwarzen Blick, ein lauerndes, unruhiges Züngeln. So musste Luzifer aussehen, wenn er einen an der Höllenpforte erwartete. Im

Himmel war es sicherlich langweiliger, doch im Moment lag mir etwas zu viel Spannung in der Luft.

Ich setzte mich auf, unternahm aber keinen Versuch, Colin zu unterbrechen oder gar nach seinem Entschluss zu fragen. Es war sowieso zwecklos. Mein Gaumen war so ausgedörrt, dass ich allenfalls krächzen konnte. Was nur, wenn er sich gegen uns entschieden hatte? Was sollte dann aus uns werden?

»Ich hatte nie eine Familie, die mich geliebt hat und etwas für mich getan hätte. Auch meine Schwester hat mich nicht geliebt. Doch sie hatte Mitgefühl. Irgendwie war ihr bewusst, dass es nicht recht war, ein Baby sich selbst zu überlassen. Sie hat sich zumindest notdürftig um mich gekümmert. Mich gewickelt, mich ernährt, mir ab und zu die Kleider gewechselt. Mich sprechen gelehrt – nicht Englisch, nein. Gälisch. Nur Gälisch. Wie erfunden für Außenseiter. Aber es war eine Sprache und die Tiere mochten sie.«

Er verstummte. Seine Augen wandten sich dem Fenster zu, als würden sie das finden, was damals gewesen war, wenn wir nur die Läden aufschlugen. Auch ich fühlte mich zurückversetzt. Ich hatte ihn gesehen, in meinen Träumen. Ein Säugling mit Perlenaugen, der in einen schmutzigen Trog gebettet war, in Lumpen gehüllt, und mich so aufmerksam ansah, als wisse er um alle Geheimnisse dieser Welt.

»Meine Schwester hat mich nicht geliebt und nicht besser behandelt als das Vieh im Stall. Aber wenn sie noch leben würde und sich in Gefahr befände – in großer Gefahr –, würde ich versuchen wollen, ihr zu helfen. Ich kann mir nur ausmalen, wie es ist, einen Bruder zu haben, der mich liebt. Meine Entscheidung ist also gefallen. Jetzt musst du deine fällen, Lassie.«

»Meine … aber … ich habe mich doch schon entschieden«, stotterte ich, hin und her gerissen zwischen Dankbarkeit und düsteren Vorahnungen. Was genau meinte er?

»Du hast es heute früh doch schon selbst angedeutet. Wenn ich in den Kampf ziehe, kann es sein, dass ich dabei sterbe, mein Tod aber zu nichts nütze ist. Dass dennoch Paul nicht gerettet werden kann, vielleicht sogar getötet wird und möglicherweise auch Gianna, Tillmann und du. Dessen musst du dir bewusst sein. Mein Tod ist am wahrscheinlichsten. Pauls Chancen zu überleben stehen etwas besser. Wie deine und Tillmanns Überlebenschancen sind, hängt von eurem Verhalten in naher Zukunft ab. Gianna hat die sicherste Position inne. Noch.«

»Oh Gott, ist mir schlecht.« Ich legte die Hand auf meinen Bauch, doch die Übelkeit war überall, strahlte bis in meine Arme aus. Sie schwächte meinen gesamten Körper. »Das muss dir gelegen kommen, oder? Im Sommer wolltest du doch so gerne sterben.« Mir stand nicht der Sinn nach Streit und schon gar nicht nach Vorwürfen. Es war ein hilfloser Versuch, meine Panik einzudämmen.

»Ich sterbe aber nicht gerne in dem Bewusstsein, dass du und Paul mir folgen werdet, weil François in seiner Raserei alle vernichtet, die irgendwie mit ihm zu tun haben. Dass mein Tod den anderer nach sich zieht. Insofern bin ich dieses Mal durchaus interessiert daran zu überleben. Und zu siegen.«

»Oh, gut. Das ist ja immerhin etwas.« Dann brach meine aufmüpfige Abwehr mit einem Mal in sich zusammen. An das, was Colin hier andeutete, hatte ich bisher keinen einzigen Gedanken verschwendet. Ich war davon ausgegangen, dass Colin stärker war als François. François war schließlich nicht Tessa. Und jetzt … jetzt erfuhr ich, dass mein Wunsch mein Verderben sein sollte?

»Es wäre mir eine Ehre, mich von dir in den Tod schicken zu lassen«, sagte Colin mit liebevoller Ironie. »Es wäre nur schön, wenn er euch auch etwas nützt. Trotzdem – du lässt mir keine Wahl, oder?«

Mir wurde schlagartig eiskalt, als ich begriff, dass er recht hatte. Ich konnte ihm keine Wahl lassen.

»Aber was soll ich denn sonst tun?«, rief ich verzweifelt. »Ich kann doch nicht zusehen, wie mein Bruder langsam vor sich hin stirbt, das kann ich nicht! Was hätte ich denn davon? Nichts! Ich kann nicht auf Kosten anderer lieben. Ich muss das Risiko eingehen, dass du stirbst, auch wenn es mich innerlich umbringt!« Ich griff an meine Brust, in der der Schmerz blind wütete, als würde ich Colin morgen schon verlieren. Oder heute Nacht noch.

Colin nickte. »Ich habe gehofft und befürchtet, dass du so entscheidest. Und ich bitte dich zunächst nur um eines: Bleib bei Verstand und hör mir gut zu. Ich werde dir gleich ein paar Dinge über den Kampf erzählen, die du dir merken musst. Hast du vorher noch Fragen?«

Er redete mit mir, als bereiteten wir uns auf einen militärischen Einsatz vor, der nicht im Geringsten unsere Gefühle tangierte. Sachlich und ruhig. Und sehr bestimmend – obwohl seine Augen unentwegt glimmten und flackerten. Doch seine Beherrschung half mir, meine Erregtheit im Zaum zu halten.

»Ja. Ja, die habe ich. Wenn ihr tötet … also, wenn ihr Menschen tötet: Wie macht ihr das eigentlich? Gibt es bestimmte … Techniken? Ich frage nicht nur wegen Paul. Ich frage auch wegen Papa.« Ich sah Colin herausfordernd an.

»Ich weiß es nicht. Ich habe noch nie einen Menschen getötet. Und ich habe mir nie konkrete Gedanken darüber gemacht, wie ich es anstellen sollte. Wahrscheinlich menschlicher, als du glaubst. Wir haben enorme Kräfte, deshalb würde es uns nicht viel Mühe kosten. Weniger Mühe als euch. Aber die Methoden wären wohl ähnlich.«

»Du hast also noch nie … getötet?« Ich war erleichtert und beunruhigt zugleich, das zu hören. »Weder einen Menschen noch einen Mahr?«

»Nein. Bist du jetzt enttäuscht?« Colin schmunzelte. »Ich habe versucht, Tessa zu töten. Davon habe ich vorerst genug. Ansonsten ist mein Gewissen rein. Es gab Situationen, in denen ich gerne einen Menschen oder mehrere getötet hätte – du weißt, wovon ich rede –, doch ich war zu schwach dazu.«

»Du hast also keine Erfahrung im Töten?«

»Mahre töten Menschen höchstens aus Futterneid oder weil die Menschen sie bemerkt haben. Ich habe dafür gesorgt, dass sie mich nicht bemerkten, als ich mich noch von Menschenträumen ernährte. Und meinen Futterneid habe ich im Griff.«

»Okay«, sagte ich langsam. »Keine Erfahrung. Keinen Mahr und keinen Menschen getötet. Ich bin froh deswegen, wirklich froh. Aber …«

Colin begann erneut zu schmunzeln, als er meine unschlüssige Miene studierte. Ich musterte ihn prüfend.

»Verdammt uncool, dein Meister der Finsternis, was?« Colins Lächeln verbreiterte sich zu einem Grinsen. »Habe ich jetzt an erotischer Anziehungskraft eingebüßt?«

»Äh, nein«, bemühte ich mich hastig, mein Gaffen zu entkräften. »Ich dachte nur, dass ein Dämon … dass das Töten …«

»… seine Bestimmung und ihm ein Leichtes sei? Mag sein. Das will ich nicht bestreiten. Ich bräuchte bei dir zwei Sekunden, maximal drei.«

Reflexartig rückte ich ein Stück nach hinten an das Kopfende des Bettes. Colin beobachtete mich entspannt, doch seine Belustigung verblasste schnell.

»Weißt du, Ellie, ich erinnere mich nur zu gut daran, wie meine Mutter in den ersten Wochen meines Lebens immer wieder versucht hat, mich in Eiseskälte auf einem Feenhügel auszusetzen. Und ich erinnere mich ebenso an ihr entsetztes Gesicht, das mir entgegenblickte, wenn sie mich am nächsten Morgen fand und ich immer noch lebte.«

»Sie hat dich ausgesetzt?« Plötzlich kamen mir die Bilder in den

Kopf, die mich heimgesucht hatten, als Dr. Sand mir seine Patienten gezeigt hatte. Colin als Baby auf der Kuppe eines Hügels, Schneeflocken auf seinem Gesicht … Ganz alleine und verloren.

»Oh, es war eine ihrer liebsten Freizeitbeschäftigungen. Sie hoffte, das kleine Volk würde mich gegen das richtige Kind austauschen. Du weißt doch, sie hielt mich für einen Wechselbalg. Und sie wünschte sich klammheimlich, ich würde dabei endlich draufgehen. Den Mumm, mich eigenhändig zu töten, hatte sie nicht.«

Das war zu viel. Dass Colin sterben konnte, wenn wir versuchten, Paul zu retten. Dass ich Gianna mit hineingezogen hatte. Dass mein Vater auf einer Todesliste stand. Dass Colin als Baby auf einen Hügel gebracht und dort alleine zurückgelassen wurde und alles mitbekam, alles … Sich an jedes Detail erinnern konnte, an die Kälte und die Einsamkeit und den Hass der Frau, die ihn geboren hatte. Wer konnte ihn dafür anklagen, Tessa erlegen zu sein? Ich konnte es nicht mehr.

»Das durfte sie nicht tun. Sie hätte das nicht tun dürfen!«, schluchzte ich.

»Sie ist lange tot. Ich lebe noch. Vielleicht eine Art Gerechtigkeit.« Colin hob schicksalsergeben die Schultern. »Wer weiß das schon? Möchtest du sonst noch etwas wissen?«

»Ja. Du hast gesagt, Tillmann wäre vergiftet. Hat jeder Mahr ein Gift, das er überträgt?« Ich suchte betont umständlich nach einem Taschentuch, doch offenbar verspürte Colin gerade keinen Appetit auf meine Tränen.

»Nein. Ich könnte mir vorstellen, dass nur jene Mahre ein Gift in sich tragen, die als Menschen bereits niederträchtig und böse waren und krank dazu. Und somit die Metamorphose dankend angenommen haben.«

Ich musste an den langen, kalten Winter denken. An meine schwere Bronchitis, die Grippeepidemie im Dorf … War es vielleicht sogar ein Erreger aus ferner Vergangenheit gewesen? »Nachdem Tessa verschwunden ist, ist bei uns unter anderem Hepatitis ausgebrochen. War sie das?«

»Wir übertragen keine Bakterien und Viren, Ellie. Sie finden in unseren Körpern keinen Nährboden. Wir können höchstens eure Abwehr schwächen und auch das nur indirekt, indem unsere Gegenwart euch unter extremen Stress setzt. So wie ich es bei dir getan habe im Sommer. Aber wir selbst können nicht krank werden.«

»Bin ich denn jetzt bezüglich Krankheiten stärker gefährdet? Also, weil ich in deiner Anwesenheit permanent unter Stress stehe?«

Colin seufzte tief. »Oh Ellie, ich weiß wirklich nicht, ob ich dabei noch eine Rolle spiele. Ich glaube, du hattest auch ohne mich schon mächtig Stress, oder? Gestern Abend hast du jedenfalls nicht gestresst gewirkt, obwohl ich dir sehr nahe war. Um nicht zu sagen, in dir ... Kränklich hat es dich kaum werden lassen. Du hast gekämpft wie eine Gottin, gegen dich und gegen mich. Glücklicherweise erfolglos.«

Ich errötete binnen Sekunden. Gestern Abend. Oh ja. Ich hatte mich wahrhaftig heroisch gefühlt und gleichzeitig war mein Körper wie Wachs gewesen. Noch etwas mehr Hitze, und meine Knochen wären geschmolzen.

»Okay, nächste Frage«, unternahm ich einen neuerlichen Versuch, mich zurück auf den Pfad der Vernunft zu begeben, auch wenn ich mir dabei ein bisschen wie in der Schule vorkam. Ja, ich wollte Colin um Rat fragen und ich brauchte ihn für das, was wir vorhatten. Doch ab und zu war ich es überdrüssig, mir von ihm die Welt erklären lassen zu müssen. »Du hast gesagt, das Geschlecht des Opfers ist bei einem Wandelgänger nebensächlich. Also sind weder François noch Paul schwul?«

»Ein Wandelgänger sucht nach Menschen, die er formen kann und deren Träume nach seinem Geschmack sind. Das können Männer oder Frauen sein – jung, alt, erfahren, unerfahren, wie es ihm am besten mundet. Entscheidend ist, dass sie keinen Halt haben. Wandelgänger fallen in die entsprechende Rolle, die es braucht, um das Privatleben dieser Menschen zu beeinflussen. Und sie machen ihnen glaubhaft, dass es genau das ist, was sie wollen. Es geht nicht um das Geschlecht, sondern um das Besitzen.«

»Wenn das mit Paul und François öffentlich würde, wären wahrscheinlich etliche Eltern davon überzeugt, dass ihr homosexueller Sohn oder ihre lesbische Tochter von einem Wandelgänger befallen ist«, schlussfolgerte ich. »Und nur deshalb das eigene Geschlecht liebt.«

»Was völliger Unfug wäre. Genau das ist der Knackpunkt, Ellie. Es gibt Menschen, die werden tatsächlich depressiv, haben Konstitutionsschwierigkeiten, schlafen schlecht oder gar nicht und es ist kein Mahr in ihrer Nähe. Und es gibt Menschen, bei denen werden all diese Symptome durch einen Mahr hervorgerufen. Sollte das Wissen um die Mahre verbreitet werden, bräche eine Hysterie aus, die ihresgleichen suchen würde. Es würden Hexenjagden beginnen.«

Ich schwieg bedrückt. Beinahe war ich dankbar, dass Gianna nur über Senioren und Tiere schrieb. Eine Journalistin anderen Kalibers hätte sich vielleicht längst auf den Nachtmahrstoff gestürzt und würde die Zeitungen mit wilden Berichten versorgen. Am Ende wäre Colin dabei verraten worden und sie würden wieder Versuche mit ihm machen … Nein. Die Zeit war noch nicht reif dafür, wie Dr. Sand gesagt hatte. Möglicherweise würde sie das niemals sein.

»Du musst im Kleinen beginnen, Ellie. Und das ist groß und mächtig genug. So mächtig, dass es dich vernichten kann. Können wir jetzt über die Vorbereitungen sprechen?« Colin lehnte sich rücklings an das Fenster, doch ich blieb sicherheitshalber auf dem Bett sitzen. Ich fühlte mich reichlich wackelig in den Knien.

»Wie ich schon gesagt habe – du musst herausfinden, welches Alter François hat, und zwar während er auf dem Schiff ist. Ich möchte dennoch, dass du das nicht alleine tust. Sollte Gianna vertrauenswürdig sein – das werde ich noch überprüfen –, begleitet sie dich. Am besten verschafft ihr euch Zugang zu seiner Wohnung. Die meisten Mahre heben Erinnerungsstücke auf. Ich brauche wenigstens das ungefähre Alter.«

Mir passte Colins Befehlston nicht, aber ich tippte mir salutierend an die Stirn, um ihm zu bedeuten, dass ich verstanden hatte.

»Gut. Ich kann das selbst nicht tun, weil dann die Gefahr besteht, dass er meine Spuren wittert. Das Zuhause von Mahren ist ihr Revier; sie merken es sofort, wenn einer ihrer Artgenossen da war. Stichwort Wintergarten.«

Oh ja. Ich wusste, was er meinte. Die erste Begegnung von meinem Vater und Colin bei uns zu Hause. Sie hatten sich benommen wie Alphawölfe, die um ihre Beute stritten.

»Ich werde außerdem Zeit brauchen, um mich auf den Kampf einzustimmen und meine Kräfte zu mobilisieren. Und diesmal möchte ich es bedächtiger angehen als bei Tessa. Drei Wochen werde ich mindestens dafür benötigen. Du darfst mich in dieser Zeit weder sehen noch sprechen. Ich bitte dich nur, mir einen Brief zu schreiben, in dem du mir mitteilst, wie alt François ist und an welchem Tag der Kampf stattfinden soll.«

»An welchem Tag?«, fragte ich verwundert. »Aber wie kann ich das denn festlegen?«

»In frühestens drei Wochen – der Tag liegt bei euch. Denn ihr habt die Aufgabe, Pauls Träume anzufachen, seine Träume und Wünsche, seine heimlichen Hoffnungen – alles Schöne. Und das muss innerhalb weniger Stunden geschehen. Ein Glücksangriff.« Colin sprach, als ginge es darum, Paul ein besonders hübsches Paar Socken auszusuchen. Selbst damit wäre ich überfordert gewesen.

»Oje. Ich bin alles andere als eine Expertin für Glück.« Ich fuhr mir stöhnend durch die Haare. Durch Colins ständige Nähe begannen sie zu knistern, als stünde ich unter elektrischer Spannung.

Colins Mundwinkel warfen kaum wahrnehmbare Schatten, die zarte Andeutung eines Lächelns. »Tut mir leid, du wirst dich daran versuchen müssen. Ihr müsst Schicksal spielen. Anders geht es nicht. Es muss ein bisschen von dem sein, was François ihm bietet, vermischt mit anderen, echten Glücksgefühlen. Damit François' Gier, aber auch seine Eifersucht und sein Zorn geweckt werden. Er muss Lust bekommen, Paul so auszusaugen, dass er gerade noch lebt und François der Einzige ist, der ihn aus diesem Tief wieder herausholen kann. Genau das ist das Tückische daran. Er könnte in einen Fressrausch geraten. Seine Gier wird jedoch mein Vorteil sein. Ich werde ihn in genau diesem Moment angreifen. Mehr kann ich dazu noch nicht sagen.«

»Wir müssen Paul also den Himmel auf Erden bereiten und ihn damit in den Tod schicken.« Ich presste meine Finger in die Matratze, doch sie gab genauso nach wie der Boden unter mir. Der Schwindel wurde so stark, dass ich kurz die Augen schließen und den Kopf zwischen die Beine nehmen musste.

»Ja. Das müsst ihr. Es ist russisches Roulette, aber die einzige Chance. Ich kann euch bei diesen Vorbereitungen nicht helfen, weil ich euch damit nur zusätzlich in Gefahr bringen würde. Das verstehst du, oder?«

»Ja«, sagte ich tonlos. »Klar. Ich bin nur nicht scharf darauf, meinen Bruder auf dem Gewissen zu haben, wenn es schiefgeht. Aber egal. Wir müssen es versuchen.«

»Noch etwas, Ellie. Ich weiß nicht, wie stark François' telepathische Fähigkeiten sind. Ich habe gehört, dass sie bei Wandelgängern eher schwach ausgeprägt sind, da Wandelgänger zu sehr fixiert sind, um ihren Geist zu öffnen. Trotzdem sind ihre telepathischen Energien in jedem Falle stärker als bei Menschen. Wenn François in eurer Nähe ist, dürft ihr weder an mich denken noch an das, was wir vorhaben. Ihr müsst euch ablenken, so gut es euch möglich ist.«

Colin senkte die Lider, öffnete das Fenster und die Läden und schaute hinaus in die Nacht. Eine kühle, salzige Brise strömte ins Zimmer und irgendwo bellte ein Hund. Es hätte idyllisch sein können. Eine Nacht zu zweit in einem Ferienhäuschen auf Sylt. Doch in mir hatte das Grauen sein altvertrautes Regime übernommen. Einzig die Tatsache, dass wir im Moment ohnehin nichts tun konnten und Paul auf dem Schiff relativ sicher war – Tillmann hätte sich garantiert gemeldet, wenn etwas passiert wäre oder es Paul schlecht ginge –, bewahrte mich davor durchzudrehen. Denn das hätte ich gerne getan: mich auf den Boden geworfen, mit Armen und Beinen gestrampelt, geheult und gewartet, dass jemand käme, der mich aufheben und mir sagen würde, dass alles gut würde. Nur ein böser Traum. Mehr nicht.

Diesmal war ich kein weiblicher Rambo, der mit Todesverachtung in den Wald schritt und vor lauter Liebe zu sterben bereit war. Berauscht und übermütig. Jetzt hatte ich von Anfang an meinen Part und er war nicht zu knapp bemessen. Ich musste in die Wohnung eines Mahrs einbrechen, meinen Geist verschließen (wie sollte mir das gelingen?) und meinen Bruder glücklich machen – einen Mann, der so weit weg vom Glück war wie ein Antarktispinguin von einem Caipirinha.

»Hast du denn schon eine Vorstellung, wie du ihn … tötest?«, fragte ich unbehaglich.

»Darüber kann ich mit dir nicht sprechen. Du wirst mir blind vertrauen müssen, Ellie.« Noch immer schaute Colin aus dem Fenster, als wäre ich gar nicht mehr da.

»Prima. Und wie ich unsere Beziehung kenne, muss ich jetzt wohl wieder verschwinden, stimmt's?« Ich griff nach meinem Rucksack und wollte anfangen, meine wenigen Habseligkeiten einzupacken, weil ich dringend etwas tun musste, um nicht meinen Verstand zu verlieren. Doch Colins glühender Blick ließ meine Bewegungen erstarren.

»Nein. Du kommst mit mir nach Trischen. Aber glaube bloß nicht, dass ich dich auf Rosen bette. Du wirst den Tag verfluchen, an dem du mich kennenlerntest.«

Ira

Karate Kid

Ich hatte den Tag, an dem Colin mich aus dem Gewitter gefischt hatte, schon einige Male verflucht. Insofern war dieser Wunsch nichts Neues. Und doch – dass ich mich damals in dem Unwetter zu Tode gefürchtet hatte, erschien mir absolut lachhaft angesichts der Herausforderungen, die nun auf mich warteten. Ein Gewitter! Nur her damit! Ich hätte mich, ohne zu zaudern, nackt und mit einem eisernen Kronleuchter auf dem Kopf in den strömenden Regen gestellt und mich von Blitzen umtanzen lassen, wenn dadurch die andere, so viel größere Bürde von meinen Schultern genommen worden wäre.

Jetzt saß ich in der Hütte, sah Miss X beim Dösen zu und harrte der Dinge, die da kommen würden. Colin hatte mich im Morgengrauen auf Trischen abgesetzt und war sofort wieder verschwunden. Er habe ein paar Besorgungen zu machen, sagte er. Hieß wahrscheinlich so viel wie: ins Meer abtauchen und Fischschwärme aufspüren. Seine Haut war heute Morgen in den wenigen Momenten, in denen ich sie zu fühlen bekommen hatte, nur noch mäßig warm gewesen. Ich musste mir gut zureden, um seine Distanz nicht als Abweisung zu interpretieren. Immerhin, tröstete ich mich, gab es hier nur ein Bett und er würde mich kaum auf dem Boden schlafen lassen. Denn ich sollte sage und schreibe drei Tage hierbleiben. Bei ihm auf der Insel. Eigentlich hätte ich Purzelbäume schlagen müssen. Doch mir schwante, dass ich nicht zum Vergnügen da war.

Diese Ahnung bestätigte sich, als Colin gegen Nachmittag zurückkehrte, wie in alten Zeiten mit Baseballkappe und dicker Sonnenbrille. Er warf mir eine prall gefüllte Einkaufstüte auf den Schoß. Der Gedanke, dass Colin shoppen gewesen war, kam mir so bizarr vor, dass ich laut auflachte.

»Anziehen«, sagte er knapp und schlüpfte aus Hose und Hemd. Aha. Mister Cool machte sich nackig und ich musste mich neu ankleiden. Was sollte das denn werden? Mit spitzen Fingern öffnete ich die Tüte, deren Inhalt schwer auf meinen Knien lag. Jede Menge weißer Leinenstoff, dick und grob, ein Gürtel … oh nein. Ein Karateanzug. Als ich wieder aufsah, trug Colin seinen Kimono bereits.

»Gibt es ein Problem?«, fragte er. Seine Sachlichkeit rüttelte an meinen Nerven.

»Das Teil ist viel zu weit geschnitten«, murrte ich, entledigte mich aber dennoch meiner wenigen Klamotten.

»Du sollst nicht auf den Laufsteg, sondern trainieren. Außerdem musst du dich darin bewegen können. Warte.«

Ich stand mehr nackt als bekleidet vor ihm und ließ mich begutachten. Was wollte er denn nun?

»Kette aus, Ringe aus, Uhr aus, Ohrringe aus.«

»Geht das auch freundlicher?« Ich legte meine Arme über meine Brüste. Ich hatte mich selten so entblößt gefühlt wie in diesem Moment. Ich und Karate. Das war doch lächerlich. Und wozu sollte es gut sein?

»Ellie, wir sind hier nicht beim Kaffeeklatsch. Zieh deinen Schmuck aus. Und zwar heute noch.«

Während ich meinen Ohrring herausfummelte, beäugte Colin kritisch meine Beine, fasste an meine Oberarme und drückte prüfend gegen meinen Rücken.

»Und? Orangenhaut gefunden?«, fragte ich giftig und riss ihm das Oberteil aus der Hand.

»Nein. Aber auch keine ausgeprägten Muskelpartien. Hast du in den vergangenen Monaten Sport gemacht?«

»Oh. Tut mir leid. Das habe ich ja ganz vergessen! Stimmt! Ich hätte zwischen meiner Bronchitis, meinem Abitur, dem Verschwinden meines Vaters, deinem Erinnerungsraub und all den Mahrangriffen auf meinen Bruder noch Marathon laufen sollen! Wie konnte ich nur so nachlässig sein!«

»Also nicht.« Colin nahm den Gürtel, schlang ihn um meine Taille und zeigte mir, wie ich ihn verknoten sollte. Es war natürlich kein normaler Knoten, sondern irgendein Spezial-Karate-Dojo-Knoten, den ich niemals selbst würde herstellen können. Aber er musste genau so und nicht anders geknotet werden, weil sonst vermutlich in China ein Reissack umfiel.

»Ich sehe aus wie das Michelinmännchen«, meckerte ich, als er endlich fertig war und ich mein Spiegelbild in der Scheibe der Balkontüren betrachtete.

»Es spielt keine Rolle, wie du aussiehst«, erwiderte Colin ruhig. »Und zum Thema Sport: In einem gesunden Körper wohnt ein gesunder Geist.«

»Oh Colin, bitte!«, explodierte ich. »Komm mir nicht mit solchen abgedroschenen Binsenweisheiten! Ich hab früher auch Sport gemacht und mein Geist war nicht viel gesünder als jetzt! Dieser ganze Sportwahn kotzt mich an und ich hab echt anderes im Sinn. Soll ich von nun an jeden Tag joggen gehen, oder was? Wie blöd müssen die Menschen eigentlich sein, um das zu tun! Der arme griechische Bote hatte kein Pferd und ist die ganzen beschissenen zweiundvierzig Kilometer nach Marathon gerannt – nicht weil er das wollte, sondern weil er musste. Er kommt an, fällt um und stirbt. Klasse. Und was machen die Menschen? Eifern ihm nach! Die haben das total falsch verstanden! In einem Auto wäre ihm das nicht passiert!«

Colins Mund zuckte und er wandte sich ab, bis er seine stoische Gleichmütigkeit zurückerlangt hatte und mich direkt ansah.

»In Ordnung. Deshalb machen wir ja auch Karate und kein Marathontraining. Ich halte Marathonlaufen ebenfalls für Humbug, falls dich das beruhigt. Unser Körper ist zum Laufen konstruiert, aber für den Anfang reichen auch zwanzig Kilometer. Wenn du jetzt die Güte hättest, mich nach unten zu begleiten?«

»Und was ist damit?« Ich deutete auf meine nackten Füße.

»Was soll damit sein? Kampfsport wird barfuß trainiert.«

»Da draußen hat es ungefähr zehn Grad!« Wieder verschränkte ich meine Arme. »Mir ist jetzt schon kalt!«

»Du wirst nicht daran sterben, Ellie. Bitte überstrapaziere meine Geduld nicht. Je länger du die Sache hinauszögerst, desto schlechter sind wir vorbereitet.«

Er drehte sich um, öffnete die Tür und lief die Stiege hinunter. Dann stellte er sich an den Strand und wartete auf mich. Und ich fand es albern, hier oben zu bleiben und zu trotzen wie ein kleines Kind. Weglaufen konnte ich auch nicht. Die Insel war winzig. Es gab nicht einmal eine Düne, die groß genug war, um sich dahinter verstecken zu können. Was immer er mit mir vorhatte – ich war ihm ausgeliefert. Und hatte ich das eben richtig verstanden – es sollte zu unserer Vorbereitung dienen? Etwa für den Kampf gegen François? Was hatten meine nicht vorhandenen Muskeln damit zu tun?

»Verbeugen«, befahl Colin, als ich mich ihm gegenüber auf dem feuchten, kalten Sand positioniert hatte.

»Bitte was?«

»Ich möchte nicht über jedes Wort diskutieren. Verbeugen. Zeige Respekt.«

»Vor wem – vor dir? Vor der Insel? Gott? Was soll dieser Mist?« Langsam wurde ich wütend, doch es verwirrte mich, dass diese Wut auch mir selbst galt und nicht nur ihm.

»Respekt vor mir wäre ein guter Anfang. Ich bin dein Sensei. Und auch ich verbeuge mich vor dir.« Colin kreuzte die Arme vor der Brust und neigte kurz, aber voll stiller Achtung seinen Kopf. Ein sanfter Schauer rieselte über mein Rückgrat. Dann richtete er sich auf, nahm die Arme wieder nach unten und positionierte die Fäuste rechts und links neben seinen Hüften.

»Hattest du nicht gesagt, *Tiger and Dragon* sei dein Lieblingsfilm? Und du willst dich schon der allerersten Lektion verweigern?« Seine Stimme war wie Samt, sein Tonfall jedoch unerbittlich. Verdrießlich ahmte ich seine Verbeugung nach.

»Das war eine billige Theatervorstellung. Noch einmal. Wenn du keinen Respekt vor mir zeigst, dann wenigstens vor dir selbst. Ich hätte ihn an deiner Stelle im Moment allerdings nicht mehr.«

Nun schossen mir die Tränen in die Augen, doch ich biss mir auf die Lippen, um ihnen Einhalt zu gebieten, und suchte verzweifelt nach etwas, wovor ich aufrichtigen Respekt zeigen konnte. Colin hatte recht. Ich selbst war es nicht. Ihm Respekt zu zeigen verbat mir mein Stolz, obwohl ich es eigentlich wollte. Aber nicht jetzt. Nicht in diesem Moment. An Gott glaubte ich nicht. Ich blinzelte und eine dicke, warme Träne tropfte auf meine Lippen. Instinktiv leckte ich sie ab. Sie brachte mich auf eine Idee. Das Meer. Ja, vor ihm hatte ich Respekt. Ich versuchte es noch einmal. Colin wartete mit niedergeschlagenen Wimpern.

»Schon besser. Auf die Knie.«

In einer fließenden Bewegung ging er in die Hocke, stützte kurz die Hände auf den Boden und ließ sich dann auf den Knien nieder, den Rücken gerade, die Augen offen. Die Hände bettete er mit der Innenfläche nach oben auf seine Knie. Meine Wirbelsäule knackte, als ich ihm folgte.

»Augen schließen.«

Ich wehrte mich ein paar Sekunden, blickte ihn an, wohlwissend, dass er es spürte. Vielleicht sogar sah. Doch auch dann fügte ich mich und wieder nährte es meine Wut. Minuten vergingen, in denen wir im Wind auf dem kalten Sand saßen und die Augen geschlossen hielten – sah man mal von meinen Kontrollblicken ab –, bis Colin sich aufrichtete und erneut verbeugte, nachdem ich mich mit knirschenden Knien hochgehievt hatte.

Zehn Minuten später brannte meine Wut wie Feuer in meinem Bauch, grell und zerstörerisch. Doch das Feuer stärkte mich nicht – nein, es schwächte mich. Und ich bestand sowieso nur noch aus zitternden, überanstrengten und verkrampften Muskeln und einer völlig desolaten Verdauung. Dabei hatten wir nicht einmal angefangen. Wir waren wie die Verrückten um die Insel gerannt – Colin weich und geschmeidig, ich schimpfend und zeternd – und nun drillte er mich mit Liegestützen auf den Fäusten. Auf den Fäusten! Unter meiner rechten klebte eine scharfkantige Muschel im Sand, aber Colin hielt meine Hand fest, sodass ich sie nicht wegziehen konnte.

»Noch zwei! Los! Eins! Streng dich an, Ellie!«

»Ich kotz dir gleich auf die Finger.« Keuchend brach ich zusammen und meine schweißnasse Wange schrammte über seine Knöchel. »Ich kann nicht, es geht nicht und ich will auch nicht …«

Colin gönnte mir keine Erholung. Er zog mich hoch, stellte mich auf die Beine und trieb mich an zu laufen. Ich stolperte, fiel, kämpfte mich wieder hoch, heulte, bis ich nichts mehr sah, und einmal fing ich tatsächlich zu würgen an, weil mein Magen sich auf den Kopf drehte, doch erst nachdem ich die Insel umrundet und weitere fünfzehn Liegestütze auf den Fäusten gemacht hatte, gewährte er mir eine Verschnaufpause. Mein Herz schlug wie ein Presslufthammer, als ich mich aufrichtete und fluchend an meinem Gürtel zerrte.

»Jetzt ist es genug! Es reicht! Ich hab die Nase voll von dieser Kacke hier. Mach deine Spielchen mit jemand anderem. Nicht mit mir.« Zornig warf ich den Gürtel in den Wind, riss das Oberteil von meinen Schultern und knüllte es Colin vor die Füße. Dann flog meine Hose in die Dünen. Nur im Slip, schwitzend und frierend zugleich, stand ich vor ihm und bebte vor Hass.

Er schüttelte fast unmerklich den Kopf. »Worauf habe ich mich da nur eingelassen …« Es klang weder beleidigt noch gekränkt, sondern vielmehr, als würde er mich unterhaltsam finden. Ich holte aus, um ihm ins Gesicht zu schlagen, doch er parierte meinen Angriff so locker und sicher, dass ich empört aufschrie und meine Zähne in seinen Unterarm hieb. Schon hatte er mich ohne die geringste Anstrengung auf den Sand gedrückt. Ich konnte mich nicht mehr rühren. Und diesmal lag kein Zauber auf mir wie damals im Wald. Es war nur sein eisenharter, erbarmungsloser Griff, der meine Bewegungen lähmte. Und sein Blick.

»Ich wusste nicht, dass es so viele verschiedene Varianten von Wut gibt«, flüsterte ich.

»Und dass einige von ihnen so nah am Begehren liegen«, erwiderte Colin heiser. Seine Haare kitzelten meinen Hals, als er sich über mich beugte und meine Hände weit über meinen Kopf streckte.

»Und so nah an der Angst«, ergänzte ich. Ich hatte das Gefühl zu fallen, als ich mich seinen Augen stellte, doch wenn ich schon hilflos und gefangen war, wollte ich ihn wenigstens anblicken.

»Wehr dich«, forderte er mich auf, seine Pupillen dicht vor meinen, sodass ich mich darin sehen konnte. »Na los. Nicht? Du willst dich nicht wehren?«

Ich sagte nichts. Nur mein Atem war zu hören. Und das wilde Pochen meines Bluts. Trag mich hoch und leg mich auf dein Bett, dachte ich und verfluchte mich gleichzeitig dafür. Ich sollte so etwas nicht denken. Ich durfte nicht. Hier ging es um etwas anderes – aber worum nur?

»Wehr dich, Elisabeth.« Colin ließ sein gesamtes Gewicht auf mich sacken. Erdrückend schwer und doch so willkommen. Ich holte gepresst Luft, weil er meinen Brustkorb zusammenquetschte – meine Lungen rasselten wie ein schlecht funktionierender Blasebalg. Er nahm mir den Atem. Noch immer sagte ich kein Wort, sah ihn nur an.

Ich liebe dich. Und ich hasse dich, dachte ich mit aller Kraft, die ich in meinem schwindenden Bewusstsein sammeln konnte. Es war mehr, als ich geahnt hatte.

Abrupt ließ er mich los, stand auf und lief ins Meer. Wenige Augenblicke später hatte es ihn verschluckt.

Ich blieb wie tot liegen, bis ich langsam und unter heftigen Schmerzen die Kontrolle über meine Arme und Beine zurückerlangte. Sie sträubten sich gegen alles, was ich von ihnen verlangte, doch ich zwang sie, mich nach oben in die Hütte zu bringen, wo ich geschüttelt von Krämpfen und der Kälte auf das Bett fiel und mich meinen Träumen überließ.

All den unerfüllten Wünschen, die Colin in mir geweckt hatte. Und meiner Wut.

Der Weg des Samurai

Mein fiebriger, ruheloser Schlaf war nur von kurzer Dauer. Bald schon kitzelten mich die Strahlen der tief stehenden Sonne wieder wach. Wie so oft an der See hatte das Wetter sich schlagartig verändert und die dunkelgrauen Wolkenmassen, die vorher noch über der Insel hingen, waren zusammen mit dem kalten, böigen Wind weggezogen.

Auch mit mir ging eine merkwürdige Veränderung vor sich. Meine Wut und mein Zorn waren verraucht, und obwohl meine Knochen immer noch schmerzten, regte sich in mir von ganz allein der Wunsch, mich zu bewegen und auszutesten, wozu ich noch in der Lage war. Ich wollte nicht aufgeben. Ja, Colin hatte mich provoziert und er hatte sich für meinen Geschmack viel zu dominant verhalten. Aber das hieß noch lange nicht, dass mein Körper nur zum Ankleiden und Bemalen gut war. Im Sommer war ich in Form gewesen, die langen Spaziergänge in den Wald und die ein oder andere Flucht hatten mich in kürzester Zeit stabiler, biegsamer und robuster werden lassen. Wo also stand geschrieben, dass das nicht wieder passieren konnte? Unsportlich war ich schließlich nicht.

Außerdem sah ich nicht ein, ein weiteres Mal wie die Prinzessin auf der Erbse in der Hütte zu sitzen und auf Herrn Grafen von und zu Blackburn zu warten. Nachdem ich mich ächzend und stöhnend aus dem Bett gerollt hatte, fiel mir auf, dass Lebensmittel auf der kleinen Küchenarbeitsfläche standen, mehrere Wasserflaschen, trockene Kekse, Bananen, Saft, Brot. Im Kühlschrank fand ich Joghurt, frischen Fisch und Gemüse. Colin hatte für mich eingekauft. Ich versuchte ihn mir vorzustellen, wie er mit dem Einkaufswagen durch den Supermarkt schlenderte, und angelte mir kichernd eine Banane. Ich brauchte Magnesium; für meine Muskeln und für meine Nerven. Dann trank ich eine halbe Wasserflasche leer und besuchte das stille Örtchen der Hütte, in dem ich auch in Zukunft nicht mehr Zeit als dringend notwendig verbringen wollte. Was für ein Kontrast zu Colins Badetempel im alten Forsthaus.

Zurück in der Hütte, zog ich mir widerstrebend den Kimono über, obwohl ich immer noch der Meinung war, dass ich darin zur Witzfigur mutierte. Doch wer Sport machte, schwitzte und ich hatte nun mal nicht mehr als zwei Garnituren Kleidung zur Verfügung, von denen die eine schon deutliche Gebrauchsspuren trug. Ich probierte halbherzig, den Gürtel korrekt zu binden, gab aber schnell auf. An dem Knoten würde es ja wohl kaum scheitern.

Am Strand stand ich einige Minuten lang unschlüssig in der Sonne und wusste nicht, wie ich beginnen sollte. Nach reiflichem Überlegen absolvierte ich all die Aufwärmübungen, die ich damals im Ballett gelernt hatte. Schaden konnten sie nicht. Zu meinem Erstaunen war ich immer noch recht beweglich, sobald ich das Ziehen in meinen Sehnen überwunden hatte. Mein einziges Problem war die mangelnde Kondition. Also legte ich zwischen den Übungen kleine Dauerläufe ein, zuerst im tiefen Sand, dann in den Wellen wie vorhin mit Colin, obwohl meine Zähne vor Kälte zu klappern begannen und ich bald kein Gefühl mehr in den Zehen hatte.

Doch meine Muskeln in Armen, Beinen und Rücken wurden warm und dehnbar, das Knacken in der Wirbelsäule verstummte, und so versuchte ich mich an einer meiner früheren Ballettspezialitäten, indem ich im Stehen das Bein neben dem Ohr in die Höhe streckte. Ich war sicher nicht die niedlichste Ballerina gewesen zwischen all den Püppchen, doch darin hatte mir keines der anderen Mädchen das Wasser reichen können. Jetzt aber geriet ich ins Schwanken und ließ mich auf den Hintern plumpsen, bevor Schlimmeres geschehen konnte, und sah aus den Augenwinkeln einen dunklen Schatten über den Wellen auftauchen. Colin. Mal wieder genau im richtigen Moment.

Die Möwen umschwirrten kreischend sein Haupt und stahlen sich kleine Muscheln und anderes Getier aus seinen züngelnden Haaren, als er wie Neptun persönlich, die Augen grellgrün im Licht der Sonne, der Brandung entstieg. Ich wagte nicht, mich zu rühren, obwohl der Oberschenkel neben meinem Ohr zu zittern begann.

»Du bringst mich auf kreative Gedanken«, bemerkte Colin spöttisch, nachdem er neben mich getreten war, doch das anzügliche Flackern in seinem Jadeblick erlosch so schnell, wie es gekommen war. »Können wir weitermachen?«

Ich brachte mein Bein in eine vernünftige Position – es kostete mich immense Selbstbeherrschung, dabei nicht aufzujammern, denn die Ballettstunden lagen lange, sehr lange zurück – und stellte mich ihm gegenüber. Dann kreuzte ich die Arme vor der Brust und verbeugte mich minimal. Mehr war ihm heute nicht gegönnt.

Wir trainierten, bis ich Colin in der Dunkelheit kaum mehr wahrnehmen konnte und meine Muskeln von einem Krampf in den nächsten wechselten. Doch ich beschwerte mich nicht. Er sollte keinen Grund bekommen, mich zurechtzuweisen. Und er ging nicht zimperlich mit mir um. Ich lernte die wichtigsten Grundtechniken: den Faustschlag, zwei Abwehrbewegungen, zwei Fußtritte, wovon einer mir jedes Mal die Hüfte auszurenken drohte. Am Schluss griff er mich in kurzen Zweikämpfen an, um meine Reaktionen zu testen. Nicht nur einmal traf seine Faust meinen Bauch, doch er hatte mir beigebracht, wie ich atmen und meine Muskeln anspannen musste, um dabei nicht verletzt zu werden. Ich sagte kein Wort. Ich hörte nur zu. Es fiel mir schwerer als alles andere, was er von mir verlangte, und ich würde dieses ganze Theater auch nicht ohne Diskussion auf mir sitzen lassen.

Vorerst jedoch kam ich am schnellsten aus der Nummer heraus, wenn ich mich fügte. Und ich musste widerwillig zugeben, dass Colin ein ausgezeichneter Lehrer war. Seine Anweisungen waren präzise, und wenn er meine Haltungen und Bewegungen korrigierte, berührte er mich nur beiläufig und keine Sekunde länger als nötig. Immer wieder brachte er mich an meine Grenzen und legte kurze Pausen ein, wenn meine Motorik schwammig wurde.

Ich dachte, das Training würde nie enden. Meine Fingerknöchel bluteten, meine Bauchmuskeln schmerzten von den vielen Schlägen, meine Unterarme waren übersät von blauen Flecken und all die Steine und Muscheln im Sand hatten meine blanken Fußsohlen aufgeschürft. Meine Fäuste zitterten, als Colin mich zu einer weiteren Schlagfolge aufforderte, sie synchron mit mir lief, Faustschlag, Schritt, Faustschlag, Schritt, Faustschlag. Meine Bewegungen wurden unkontrolliert und beim letzten Schritt stolperte ich. Doch ich blieb stehen. Ich fiel nicht.

Dann signalisierte er mir endlich, dass ich entlassen war. Einige Minuten noch saßen wir auf den Knien im Sand, die Augen geschlossen. Ich konnte nichts mehr denken. In meinem Kopf herrschte eine leere, flimmernde Wüste. Ich schien nur aus Schmerz und Erschöpfung zu bestehen.

Colin ging mir voraus zur Hütte und ich musste mich an dem Geländer der Stiege festklammern, um die Stufen nehmen zu können. Meine blutenden Sohlen schleiften über das rohe Holz, denn heben konnte ich meine Füße nicht mehr. Als ich die letzte Stufe überwunden hatte und in die Hütte getreten war, zündete Colin bereits die Kerzen eines mehrarmigen Leuchters an. Er wirkte nicht ansatzweise angestrengt – nein, er sah erfrischt und ausgeruht aus.

Es hatte ihn belebt. Ich hingegen hatte das Gefühl, dringend mein Testament aufsetzen zu müssen.

Ich lehnte mich schwer atmend gegen die Wand und schaffte es kaum, den Knoten meines Kimonos zu lösen, den ich so sehnlichst von meiner schweißnassen, brennenden Haut streifen wollte. Meine Finger waren steif und unbeweglich. Ich brauchte mehrere Versuche, bis es mir glückte, und ich konnte ein gedämpftes Stöhnen nicht unterdrücken, als das schwere Leinen von meinem Rücken glitt.

Langsam drehte Colin sich zu mir um und pustete das letzte Streichholz aus. Seine Augen schillerten, während er sie über meinen Körper schweifen ließ, als würde er Land vermessen. In der nächsten Sekunde lag ich rücklings auf dem Bett und wie vorhin auf dem kalten Sand beugte er sich über mich, bis seine Haare mein Gesicht berührten. Ich seufzte auf – es war ein Bitten, kein Klagen.

»Soll ich deine Wunden heilen?«

Jede Antwort war sinnlos. Er hatte bereits angefangen und ich war zu zerschunden, um auch nur einen Finger zu rühren oder mich gar zu wehren. Still ergab ich mich seinen Händen. Er ging zügig und konzentriert vor, vergeudete keine Zeit und doch tat er es so versunken und aufmerksam, dass mir selbst Zeit genug blieb, mich zu verlieren. Als ich mich in das Dunkel hinter meinen Lidern zurückzog, entschwebte ich mir, sah mich von oben, wie ich, ohne mich zu regen, auf dem Bett lag, mein Gesicht entspannt, ein leichtes Lächeln auf den Lippen, die Wangen glühend, und Colin … sein Blick … wie er mich ansah … Ich musste meine Augen geschlossen halten, um nicht davon verschlungen zu werden.

»Bleib bei dir, Ellie«, flüsterte er. »Bleib bei dir.«

Ich tauchte wieder hinab, um mit pochendem Herzen in die aufgewühlte, samtene Schwärze meiner Empfindungen zurückzukehren. Dann kam die Flut.

Das Rauschen der Brandung, stärker und mächtiger als zuvor, lotste mich in die Wirklichkeit zurück. Doch noch wollte ich mich nicht rühren. Es war zu früh. Mein schlechtes Gewissen allerdings meldete sich prompt, zuverlässig wie eh und je.

»Und was ist mit dir?«, fragte ich blind und berührte sacht Colins Nacken. Er trug noch immer seinen Kimono. Seine Haut war kühler als meine, aber wärmer, als ich sie im Sommer je erlebt hatte.

»Das Meer ist tief und dunkel. Selbst der liebe Gott kann nicht hineinblicken. Niemand weiß, mit welch räuberischen Gedanken ich vorhin gejagt habe. Ich bin vollauf zufrieden.«

Nun öffnete ich doch meine Augen. Colin strich mir lächelnd eine verirrte Haarsträhne von der Nase – und ja, er sah in der Tat zufrieden aus. Bei Andi wäre ich jetzt in der Pflicht gewesen, und zwar ohne Verschnaufpause. Auch ein Grund, weshalb ich dem ewigen Petting irgendwann hatte ein Ende setzen wollen – um dann ernüchtert festzustellen, dass die nächste Stufe auch nicht unbedingt erfüllender war. Doch nun wusste ich, dass alles, was vorher gewesen war, nie an das herangekommen konnte, was ich hier erlebte.

»Ob es mit den anderen auch so schön ist?« Meine Stimme klang matt, eine glückselige, satte Mattigkeit.

»Wie viele möchtest du denn noch ausprobieren?«, erwiderte Colin belustigt.

»Nein, äh, am besten keinen. Ich frag mich nur … ich frage mich, wie man das noch steigern kann.« Ich wich seinem Blick aus, doch er fing ihn sofort wieder ein und ich sah, dass seine Augen lachten.

»Ach, Ellie. Das ist erst der Anfang. Warte mal ab, bis du dreißig bist und in deiner Blüte stehst. Du wirst noch dein blaues Wunder erleben.«

Ich drehte mich vorsichtig auf die Seite und stützte meinen Kopf auf den Ellenbogen. Das tat zwar grausam weh, aber ich wollte auf einer Höhe mit ihm sein.

»Du weißt es, oder? Von anderen Frauen. Das eben war keine Vermutung?« Und auch meine Frage war keine Vermutung. Denn Colin reagierte nicht. Keine Antwort war auch eine Antwort. Doch in seinen Augen lauerten Wehmut und Bedauern, als wüsste er genau, dass er nicht mehr da sein würde, wenn ich dreißig war.

»Und wie sieht es bei den Männern aus?«, führte ich meine Gedanken stur weiter.

»Oh, eine große Ungerechtigkeit der Natur. Wir haben unsere Blüte schon mit zwanzig erreicht und lassen dann stetig nach. Ich bin also immer kurz vorm Nachlassen.« Er grinste galant und auch ich musste schmunzeln. Mit Nachlassen hatte unser vorgestriges Stelldichein nicht viel zu tun gehabt.

»Colin … was hat dich dazu getrieben, diese … diese One-Night-Stands mit Frauen einzugehen? Gianna meint, die Männer wollten nur möglichst großflächig ihren Samen verteilen und befruchten, was das Zeug hält, aber das kann bei dir ja nicht der Grund sein.« Ich hatte Angst, dass meine Frage taktlos klang, und Colins Blick wurde ernster, doch er schien nicht beleidigt zu sein.

»Ich suchte bei jeder Einzelnen den Beweis, dass ich Tessa nicht verfallen war. Bis ich irgendwann begriff, dass ich diesen Beweis nicht brauchte. Aber auch mich dürstet manchmal nach weiblicher Gesellschaft. Was hat dich denn dazu getrieben?«

»Mit Andi?« Ich verzog das Gesicht. »Ich wollte es hinter mich bringen. Und die Fummelspielchen davor … na ja, es wurde irgendwie erwartet. Ich war ja auch neugierig. Aber …« Ich hob ratlos die Schultern.

»Sex ist nicht das, was Menschen verbindet. Es ist nur die Vollendung«, ergänzte Colin ruhig. Was die Menschen verband? Und wie sah es mit Menschen und Mahren aus? Er legte seine kühle Hand um meine Wange, in der immer noch das Blut pulsierte.

»Und was hat dich bei mir dazu getrieben?«, fragte er leise.

»Genau das«, antwortete ich ebenso leise. »Die Vollendung.«

»So?« Er zwinkerte mir charmant zu. »Und ich dachte schon, es sei mein überdimensional großes Geschlechtsteil gewesen.«

Ich musste so heftig lachen – und gleichzeitig vor Schmerzen heulen, weil mein Zwerchfell zu reißen schien –, dass ich Schluckauf bekam und beinahe vom Bett fiel. Colin reichte mir ein Glas Wasser, das ich gierig austrank, um das Hicksen zum Teufel zu schicken. Er feixte mich gut gelaunt an.

»Na, so klein ist er auch wieder nicht.«

»Gehobene Mittelklasse«, frotzelte ich und wischte mir die Tränen aus den Augenwinkeln. »Idiot.« Ich rempelte ihm meinen Ellenbogen in die Seite – eine meiner wenigen intakt gebliebenen Körperstellen.

»Wir sind ja beide auch so unglaublich mittelmäßig. – Hey, Missy! Hierher!«

Damit war nicht ich gemeint, sondern Miss X, die mal wieder in meinen Rucksack gekrochen war und Beute gemacht hatte. Ich konnte im Halbdämmer der Hütte nicht erkennen, was sie sich geschnappt hatte und stolz im Maul trug, doch als Colin mit der Zunge schnalzte und sie ein weiteres Mal rief, schlug sie einen Haken und sprang mit gesträubtem Fell zu uns, um eine kleine Schachtel auf seine Brust fallen zu lassen. Er nahm sie hoch und hielt sie vor seine Augen, die sich in plötzlichem Erstaunen weiteten.

»Hämorridencreme?« Er drehte sich zu mir um. »Kannst du mir verraten, wozu du so etwas brauchst in deinen jungen Jahren?«

»Oh! Missverständnis! Großes Missverständnis!« Ich versuchte, sie ihm aus der Hand zu reißen, erstarrte jedoch in einem neuerlichen Muskelkrampf. »Die ist nicht für mich, die hab ich für dich mitgebracht!«

»Für mich?« Colin begann zu lachen. »Himmel, Ellie, was hast du denn nur mit mir vorgehabt?«

»Ich … ich hab Medikamente mitgenommen und sie dem Nielsen gezeigt, damit er mich auf die Insel fährt. Ich hab ihm gesagt, dass du sie dringend brauchst!« Ich presste die Hände auf meine Wangen, in der Hoffnung, ich könnte sie kühlen. Doch meine Finger waren mindestens so heiß wie mein Gesicht.

»Und hast damit meinen dämonischen Ruf ruiniert.« Colins gesamter Körper bebte vor Erheiterung. Er sah beklemmend schön dabei aus. »Ein kampfsportelnder Unhold mit Analfissuren – was müssen die jetzt von mir denken?«

Er fand das alles so komisch, dass er gar nicht mehr aufhören konnte zu lachen, und nun war er es, der vom Bett rutschte und hart auf dem Boden aufschlug. »Oh Gott, Ellie, du verrücktes Huhn …«

Miss X nutzte die Chance, schnappte sich erneut die Schachtel und jagte damit kreuz und quer durch die Hütte, als werde sie von einer Horde beißwütiger Hunde verfolgt. Immer wieder schoss sie dabei über Colin hinweg, der entspannt auf den Dielen lag, die Arme zur Seite gestreckt, ein Bein aufgestellt, und mich unentwegt von schräg unten ansah. Ich streckte stöhnend meine Hand aus, stützte sie auf dem Boden ab und ließ mich zu ihm rutschen. Wie ein Sack Mehl fiel ich auf seine Brust.

»Ich mag es, wenn du stöhnst«, gestand er, seine Lippen dicht an meinem Ohr.

»Das war vor Schmerzen«, sagte ich vorwurfsvoll.

»Ich weiß. Aber es klingt ganz ähnlich.« Er drückte mich sanft hoch, bis ich auf ihm saß. »Ellie, es ist mir eine Ehre, mit dir über all das zu sprechen, und ich könnte es unendlich lange fortführen, aber … wir müssen uns jetzt Bushido zuwenden.«

»Bushido?«, echote ich perplex. Warum in Gottes Namen Bushido?

»Nicht der. Er hat den Begriff nur geklaut. Bushido ist der Weg des Kriegers. Und ich kann dir nichts Vernünftiges darüber erzählen, solange du dich auf meiner gehobenen Mittelklasse befindest. Sorry, ich kann nicht. Würdest du …?«

Verlegen krabbelte ich von ihm herunter und zog mich auf das Bett zurück. Es sah zerwühlt aus. Ja, viel Forschergeist herrschte nicht mehr in dieser Hütte. Jedenfalls nicht jene Art von Forschergeist, die hier erwünscht war.

»Soll ich mir was überziehen?«, fragte ich scheu.

»Das wäre schade, aber sinnvoll.« Colin warf mir meine Klamotten zu, ließ seinen Kimono jedoch an. Ich benötigte ungefähr eine Viertelstunde, mich aufzurichten, in mein Hemdchen und den Pulli zu schlüpfen und die Hose überzuziehen, weil ich vor Schmerzen immer wieder Pausen machen musste. Colin nutzte die Zeit, um sich pfeifend an den kleinen Herd zu stellen, Kartoffeln zu schälen, in kochendes Wasser zu werfen und mir einen Fisch zu braten. Auch Miss X bekam ihren Anteil. Nur Colin ging leer aus, ließ es sich aber nicht nehmen, mit Kennermiene zu probieren, um sicherzugehen, dass die Mahlzeit auch genießbar war. Und oh ja, das war sie. Ich war so ausgehungert, dass ich sie binnen weniger Minuten hinunterschlang, danach zufrieden die Augen schloss und mich zurücklehnte. Ich hörte dabei zu, wie Colin den Teller spülte und eine Flasche Wasser neben mich stellte. Dann kehrte Ruhe ein.

Machte es Sinn, mich schlafend zu stellen? Nein. Nicht im Geringsten. Vor mir saß ein Nachtmahr. Mit einem Seufzer, der meine verschiedenen Plagen unmissverständlich zum Ausdruck brachte, öffnete ich meine Augen und sah meine Hauptplage an. Colin hockte im Schneidersitz auf den Dielen, nach wie vor im Kimono und nach wie vor mein Herr und Meister. Sensei Sir Blackburn.

»Wir sind noch nicht fertig, Ellie.«

»Ich weiß«, sagte ich leidend und schickte einen weiteren Seufzer hinterher. »Dann erzähl mir mal was von Bushido.«

Die fünf Hauptforderungen

»Bushido ist die Philosophie des Samurai und beschreibt sein Verhältnis gegenüber seinem Herrscher«, begann Colin mit ruhiger Stimme.

»Soll ich vielleicht mitschreiben?«, fragte ich aufsässig. »Werde ich nachher abgehört?«

Er ging nicht darauf ein, sondern fuhr fort, als habe ich gar nichts gesagt.

»Entscheidend sind die fünf Hauptforderungen Treue, Höflichkeit, Tapferkeit, Aufrichtigkeit, Einfachheit. Die wichtigsten für dich sind die ersten beiden Forderungen. Treue und Höflichkeit. Daran mangelt es dir noch.«

»Mir mangelt es an Treue?«, brauste ich auf. »Ich bin dir in den Kampf mit Tessa gefolgt! Wie viel Treue willst du denn noch?«

»Treue bedeutet im Bushido Treue gegenüber seinem Herrscher, Treue zu dir selbst und Fleiß – zusammengefasst: Loyalität. Höflichkeit bedeutet Liebe, Bescheidenheit, Etikette. Bevor du weiterzeterst: Ich spreche von diesen Eigenschaften innerhalb des kriegerischen Weges. Wir haben einen kriegerischen Weg vor uns, Ellie. Hier geht es nicht um Trotzspielchen oder Emanzipation. Es geht um bedingungslosen Gehorsam. Um absolute Treue gegenüber deinem Sensei.« Colin warf mir einen strengen Blick zu, der in mir den Wunsch weckte, aufzustehen und davonzustürmen. Ich fühlte meine Halsstarrigkeit am ganzen Leib.

»Und das bist du, nicht wahr? Mein Sensei. Ich soll dir gehorchen?«

»Innerhalb des Kampfes, ja. Du musst lernen, mich zu respektieren und mir in dem zu vertrauen, was ich von dir verlange. Bisher tust du das nicht. Du denkst, es geht um Machtspielchen. Doch die liegen mir fern.«

Wie konnte er nur so gelassen bleiben? Sah er nicht, dass er mich bis aufs Blut reizte?

»Wo ist denn da bitte der Unterschied? Blinder Gehorsam ist … das ist Bullshit! Ich unterwerfe mich keinem blinden Gehorsam! Ich bin nicht deine Marionette.«

»Es ist dann Mist, wenn der Herrscher diesen Gehorsam für seine niederen Interessen ausnutzt«, erläuterte Colin geduldig. »Doch auch er ist den fünf Hauptforderungen verpflichtet. Du kannst davon ausgehen, dass ich deine Treue und deinen Gehorsam nicht für meine Zwecke missbrauchen werde.«

»Colin, ich verstehe das nicht! Du redest von Gehorsam, von Unterwerfen – dabei machst du doch auch immer, was du willst! Du unterwirfst dich niemals irgendwelchen Regeln. Und jetzt erwartest du es von mir?«, rief ich erzürnt.

»Innerhalb des Dojo unterwerfe ich mich sehr wohl den Regeln. Ich habe nie behauptet, dass es mir leichtfällt. Ich habe dir schon einmal erzählt, wie hart das Training in China war. Aber ich wurde dabei behandelt wie jeder andere Schüler. Mein Sensei wusste genau, dass ich kein Mensch bin, dass in mir dämonische Kräfte lauern. Und doch hat er Gerechtigkeit walten lassen. Er ahnte, dass ich Karate mache, um das Gute in mir zu wecken und zu bewahren. Noch nie wurde mir so viel Achtung entgegengebracht wie in diesen Monaten, obwohl ich ebenso blind gehorchen musste wie du jetzt. Mein Sensei wusste um meine Möglichkeiten und Grenzen und ich weiß um deine.«

Colin wartete, bis mein Widerstand ein wenig abgeflaut und ich bereit war, seinem Blick zu begegnen. Er war tief, ernst und bittend. Und gleichzeitig auf erdrückende Weise fordernd.

»Wenn es in den Kampf geht, Ellie, musst du mir bedingungslos vertrauen. Das ist das, was ich von dir erwarte und verlange.«

»Aber ich vertraue dir doch. Das habe ich dir letzten Sommer schon gesagt!«

»Du tust es, wenn du es zuvor selbst entschieden hast und es freiwillig geschieht. Aber fast nie, wenn ich es von dir verlange oder gar etwas von dir erwarte, was du nicht verstehst. Du musst mir vertrauen, auch wenn all deine Gedanken und Instinkte nach etwas anderem schreien. Sonst werden wir nicht überleben.«

»Ich weiß nicht, ob ich das kann.« Es war die Wahrheit und kein Starrsinn. Mein Vater hatte mir immer beigebracht, meinen Kopf zu benutzen. Bisher waren meine Intelligenz und mein ständiges Hinterfragen meine Stärke gewesen, manchmal sogar mein Rettungsanker. Es war mir in Fleisch und Blut übergegangen.

»Vorhin hast du mir doch auch vertraut«, sagte Colin und für einen Moment huschte ein zärtlicher Schimmer über seine verschlossenen Züge. Oh. *Das* meinte er also. Und er hatte tatsächlich etwas von mir gefordert. Bei mir zu bleiben.

»Es war nicht leicht. Am Anfang«, gab ich zu.

»Und dann bist du unter meinen Händen zerflossen.« Ich senkte errötend den Kopf. »Du kannst es also. Was Karate betrifft: Ellie, ich weiß, wann du an deine Grenzen kommst. Und ich weiß, wann ich nicht mehr weitergehen darf. Meinst du denn im Ernst, ich würde dich quälen, bis du die wenige Nahrung, die du zu dir nimmst, wieder auf den Sand spuckst? Das wäre sinnlose Schinderei. Ich habe eine sehr genaue Vorstellung davon, was ich dir zumuten kann und was nicht. Lerne im Training, mir zu vertrauen und mir zu gehorchen, und bewahre diese Tugend für den Kampf.«

»Okay«, murmelte ich ergeben. Ich hatte keine Ahnung, wovon er redete, doch seine Worte waren in ihrer Eindringlichkeit kaum zu überbieten. Mir lief ein Schauer über den Rücken. »Kannst du mir nicht verraten, warum ich dir so bedingungslos vertrauen und gehorchen muss? Was genau hast du denn vor?«

»Darüber kann ich nicht sprechen.«

»Aber …«

»Wie war das mit dem Vertrauen? Vertraue mir auch darin. Des Weiteren musst du lernen, deine Gefühle und Gedanken zu verschließen. Vorher habt ihr nicht gewusst, dass François der Mahr ist. Jetzt aber ist die Verbindung da. Sein Wesen ist in euren Gedanken mit dem Mahr gekoppelt. Wenn du in seiner Gegenwart daran denkst, kann er euch auf die Schliche kommen und ein heilloses Blutbad anrichten. Du musst deinen Kopf leeren können. Grundlage für diese Fertigkeit sind Meditation und Askese.«

»Askese?« Ich schaute Colin an, als habe er mich aufgefordert, ein verdorbenes Stück Fleisch zu kosten.

Er nickte. »Keine Intimitäten mehr ab jetzt.«

Ich schwieg betroffen. Hatte ich das richtig verstanden? Keine Nähe mehr? Gar nichts? Nicht einmal ein Kuss? Ein Lächeln stahl sich in seine Kohleaugen, als er meine Gedanken las.

»Du erinnerst dich – es ist nur die Vollendung, nicht das, was uns verbindet.«

»Weißt du was, Colin?«, entgegnete ich aufgebracht. »Ich glaube, ich durchschaue, was du vorhast. Du willst erreichen, dass ich dich hasse und es mir nichts ausmacht, wenn du im Kampf draufgehst, oder? Das ist dein Ziel. Ich soll dich hassen. Und es ist dir heute schon fast gelungen.«

Colin lachte gedämpft auf. »Ich mag ja selbstlos sein, Ellie, aber so selbstlos bin ich nun auch wieder nicht. Du misstraust mir immer noch.«

Ich schnaufte genervt. Verdammt, er hatte recht. »Es wird mir schwerfallen zu verzichten«, gab ich unumwunden zu.

»Mir auch. Denn es liegt überhaupt nicht in meiner Natur. Und deshalb möchte ich dich bitten, dir bei deinem nächsten Zornesblitz nicht den Kimono vom Leib zu reißen. Ein weiteres Mal könnte ich mich nicht beherrschen.« Sein Lächeln war zart und bitter zugleich. »Führe mich nicht in Versuchung«, zitierte er.

»Sondern erlöse uns von dem Bösen«, vollendete ich ironisch, obwohl es genau das war, was ich wollte. Erlöse uns von dem Bösen. »Colin – darf ich dich etwas Persönliches fragen?«

»Bitte.«

»Du benutzt den Namen des Herrn auch nicht gerade selten und manchmal habe ich das Gefühl, es ist dir ernst dabei. Glaubst du denn an Gott?«

Colin schlug die Augen nieder und fuhr sich nachdenklich über die Stirn. »Nun, glauben vielleicht nicht. Ich hoffe einfach, dass es eine höhere Macht gibt und sie mich zu ihren Geschöpfen zählt. Ich stamme aus dem neunzehnten Jahrhundert. In diesen Zeiten war Atheismus ein Luxus der Reichen. Wer zu wenig zum Leben und zu viel zum Sterben hatte, brauchte den Glauben, um weiterzukämpfen und die Schicksalsschläge anzunehmen, die das Leben ihm bescherte.«

Ich hatte den Eindruck, dass er noch etwas sagen wollte, und blieb mucksmäuschenstill. Ich hatte es geschafft, das leidige Schüler-Lehrer-Diktat zu unterbrechen, und diesen Zustand wollte ich nicht gefährden. Nach einer Weile hob er seinen Blick. Seine Augen hatten sich auf Zeitreise begeben.

»Es war ein Mann der Kirche, der meine Mutter schließlich dazu bewegte, ihr Lieblingshobby – du erinnerst dich, Babys aussetzen – aufzugeben. Er sagte ihr, sie müsse ihr Kind als ein Geschenk des Herrn akzeptieren. Das tat sie zwar nicht, aber sie hörte immerhin damit auf, mich nachts aus dem Haus zu schaffen. Unser Dorfpfarrer kämpfte eisern gegen jeden heidnischen Aberglauben. Er fürchtete mich wie die anderen, aber sein Glaube half ihm dabei, mich zu dulden. Glaube kann grausam sein. Und segensreich.«

»Wie findest du mich eigentlich?«, platzte es aus mir heraus. »Ich meine, meinen Charakter? Okay, du bist damals aus den anderen herausgestochen, keine Frage. Aber wenn ich dich über mich reden höre, habe ich den Eindruck, ich bin auch für so ziemlich alles denkbar ungeeignet.«

Colin hob fragend die Brauen, doch mir entging nicht, dass er sich bemühte, seine stille Erheiterung zu verbergen.

»Wie findest *du* dich denn, Ellie?«

»Na ja.« Ich grinste verlegen. »Eigentlich gar nicht so verkehrt. Ich weiß ja, warum ich bin, wie ich bin. Für mich ist es logisch. Nur glauben die anderen oft, es habe Methode. Oder halten mich gleich für durchgeknallt, weil es … einfacher ist?« Ich sah ihn erwartungsvoll an.

»Ich bin kein Psychologe«, entgegnete Colin. »Aber es ist wohl so. Du bist sehr anstrengend und aufwühlend. In jeder Hinsicht. Aber ich möchte dich nicht anders haben. Für mich bist du so genau richtig – vorausgesetzt, du vertraust mir.«

Ich schluckte. Für ihn genau richtig. Das war ein akzeptabler Anfang.

»Zweifelst du an dir?«, fragte Colin behutsam, obwohl er die Antwort kennen musste.

»Ich zweifle daran, dass ich in diese Welt passe.« Wie du, dachte ich, doch ich traute mich nicht, es auszusprechen. »Dr. Sand – der Vertraute von Papa – sagte, ich sei eine HSP. Eine hochsensible Person. Und ich müsse mein Leben danach ausrichten.«

»Ach, wirklich?«, erwiderte Colin spöttisch. »Jetzt haben sie dafür auch eine Diagnose. Irgendwann werdet ihr Menschen nur noch aus Diagnosen statt aus Charaktereigenschaften bestehen.« Er strich sich die Haare aus der Stirn, was ebenso wirkungslos war, wie wenn ich es tat. »Brauchst du diese Diagnose?«

Ich zuckte ratlos mit den Schultern. Half es mir zu wissen, dass es einen Begriff für meine dünne Haut gab? Nein, eigentlich nicht. Denn es änderte nichts daran.

»In manchen Naturvölkern werden hypersensiblen Menschen besondere Kräfte nachgesagt. Sie haben oft die Position des Schamanen oder Heilers inne. Das, was in unserer ach so hochzivilisierten westlichen Welt angeprangert wird – nämlich ein zu intensives Fühlen –, wird dort hoch geschätzt«, versuchte ich zu rekapitulieren, was ich kürzlich in einer Zeitschrift gelesen hatte. Denn natürlich hatte ich mich über Dr. Sands Diagnose informiert, ohne dass mich dies in irgendeiner Weise hätte weiterbringen können.

»Also halte es lieber damit. Betrachte dich als Schamanin. Wobei ich zugeben muss, dass der Begriff ›Hexe‹ am heutigen Tag besser gepasst hätte.«

Ich schniefte kurz, weil ich mich nicht zwischen Weinen und Lachen entscheiden konnte. Das Gefühl der Überforderung erschlug mich beinahe.

»Oh Gott, mein Kopf ist wieder so voll …« Ich massierte meine Stirn, als könne ich damit meine Gedanken dazu überreden, sich aus dem Staub zu machen.

»Deshalb werden wir jetzt meditieren«, verkündete Colin und klopfte neben sich auf die Dielen. »Setz dich zu mir, im Schneidersitz. Handrücken auf die Knie.«

Nur unter Jammern und Klagen gelang es mir, meine Beine zu verschränken und den Rücken zu strecken wie Colin. Seine Wirbelsäule war kerzengerade. Niemals würde ich länger als fünf Minuten in dieser Haltung sitzen bleiben können. Doch ich versuchte es, versuchte, seinen Anweisungen zu folgen, mich dabei nicht in seiner hypnotischen Stimme zu verlieren, keine Gedanken und Gefühle zuzulassen. Aber noch immer bemächtigten sich die Ereignisse der vergangenen Stunde meines Inneren und ich konnte nichts dagegen ausrichten. Ich scheiterte bereits nach wenigen Minuten und gab entmutigt auf, während Colin schweigend in eine Welt abtauchte, die mir verschlossen blieb.

Stumm saß ich neben ihm und sah ihm zu, bis ich begriff, dass ich für ihn nicht mehr existierte. Für einen zeitlosen Moment überließ ich mich meiner bleiernen Müdigkeit und nickte an Ort und Stelle ein. Erst das Schnurren von Miss X, die ihren zarten, flauschigen Leib gegen meine Knöchel schmiegte und an meinen Zehen zu knabbern begann, ließ mich aus dem Halbschlaf hochschrecken. Ich griff unter ihren Bauch, um sie mit ins Bett zu nehmen, kuschelte mich in die nach Colin duftende Decke und umschlang mich selbst, um nicht zu frieren.

Ich vermisste ihn die ganze Nacht.

Die dritte Nacht

Ein pfeifender Windstoß weckte mich. Ich hatte mich gerade erst hingelegt, um mich auszuruhen, meinen Muskeln Entspannung zu gönnen, doch draußen tobte ein Sturm, urplötzlich und mit aller Macht, obwohl die Sonne grell auf mein Bett schien und die Temperatur im Zimmer sekündlich anstieg. Paul und Tillmann waren noch unterwegs, mussten aber jeden Moment zurück sein.

Wieder fuhr eine Böe durch das gekippte Fenster und ich stand auf. Ich musste es schließen. Als ich meinen Arm ausstreckte, um den Griff zu packen, drückte der Wind mir die bodenlangen Vorhangschals ins Gesicht.

Ich versuchte sie wegzuziehen, doch der Sturm verdoppelte seine Kraft und wickelte den Stoff um mich herum. Ich konnte nichts mehr sehen. Beim nächsten Windstoß wand er sich auch um meine Hände, mit denen ich doch gerade erst meinen Mund befreien wollte. Je mehr ich zerrte und zog, um den Vorhang von ihnen zu lösen, desto fester schlang sich der Stoff um meine Fäuste. Der Sauerstoff wurde knapp und die Hitze schier unerträglich. Noch einmal bog ich meine Finger, um sie aus meinen Fesseln zu ziehen. Vergebens.

Ich hatte nur eine Chance – ich musste schreien und hoffen, dass Paul und Tillmann bereits in der Nähe waren und mich hörten. Aber auch das gelang nicht. Die Hitze schwächte mich. Mein Bewusstsein wurde schwammig. Bitte, bitte kommt nach Hause. Bitte, flehte ich, ich kann nicht mehr atmen. Ihr müsst mich befreien …

»Bitte«, keuchte ich und rang nach Luft. Ich lag wie gelähmt auf Colins Bett, die Decke weggestrampelt, weit und breit keine Stoffbahnen, die sich in meine Mundhöhle blähten, wenn ich einatmete. Ich war vollkommen frei.

Dennoch brauchte ich mehrere Atemzüge, bis die Panik nachließ. Mein Nacken war schweißnass, mein Mund ausgetrocknet, die Zunge klebte mir am Gaumen. Ich ließ meinen Kopf zur Seite fallen.

Warum hast du mich nicht geweckt?, dachte ich in stummer Anklage. Nein, dieses Mal hatte Colin mich nicht herausgezogen. Wie die vergangenen beiden Nächte saß er mit dem Rücken zu mir im Schneidersitz auf dem Boden, als hätte es mich nie gegeben. Ich war weniger als Luft. Und es war unsere letzte Nacht.

Morgen würde er mich wieder nach Hause schicken und es war ungewiss, ob wir unsere nächste Begegnung mit dem Leben bezahlen oder überstehen würden. Vorher aber musste ich meine ersten beiden Gürtelprüfungen ablegen. Im Geiste ging ich kurz die Kata für den Gelbgurt durch – eine Art Schattentanz, längst nicht so elegant und eindrucksvoll wie jene Kata, die Colin beherrschte. Wir hatten meine beiden immer wieder gemeinsam geübt und es hatte mich maßlos deprimiert, wie groß die Unterschiede zwischen unseren Bewegungen blieben, obwohl wir doch genau das Gleiche taten. Colin vollführte sie mit einer atemberaubenden Dynamik – er fühlte, was er tat, er sah es vor sich, während ich anfangs unbeholfen hinter ihm herdackelte und nur darauf bedacht war, keinen Fehler zu machen. Ich war dankbar gewesen, mir die Schrittfolgen korrekt merken zu können, und zugleich entmutigt, weil das allein nicht einmal ein Abglanz von dem war, was Karate bedeutete.

Gestern Abend allerdings, kurz vor Sonnenuntergang, hatte ich zu schweben geglaubt, hatte ich nicht mehr nachdenken müssen. Die Schrittwechsel wirkten flüssiger, weicher, mein Kampfschrei war echt und eine Notwendigkeit gewesen, keine Show.

»Du bist so weit«, hatte Colin gesagt, kaum merklich genickt und das Training beendet – genau in der Sekunde, als ich das erste Mal eine scheue Freude daran empfunden hatte. Die Stunden und Tage vorher hatten aus Überwindung und Quälerei bestanden und aus nichts sonst. Kein Platz für Freude.

Am Morgen nach dem ersten Trainingstag waren meine Gelenke und Muskeln so steif und verhärtet gewesen, dass Colin mich erst einmal von oben bis unten durchmassieren musste. Es hatte unsere Enthaltsamkeit nicht ansatzweise beeinträchtigen können, denn mir rannen vor Schmerzen die Tränen hinunter, obwohl ich mir die Zunge blutig biss, um keine Schwäche zu zeigen. Doch er knetete meine Muskeln so lange, bis meine Arme und Beine wieder beweglich und dehnbar geworden waren. Ich glänzte wie eine Speckschwarte und roch durchdringend nach Kräutern, als er mir auf den Hintern klatschte und brummte: »So, nun können wir dich in den Backofen schieben und grillen.«

Doch es half. Nach den Aufwärmübungen war ich bereit zu trainieren – und daraus hatte mein Tag bestanden. Training, essen, trinken, kurz ausruhen, Training. Kaum Worte. Keine Berührungen mehr, es sei denn, Colin korrigierte meine Haltung und meine Schlagfolgen. Kein einziger Kuss. Solange wir uns im Dojo befanden – die Insel, der Sand, die Brandung –, konnte ich es hinnehmen, ohne dass mein Herz brannte.

Jetzt aber schien es mich aufzufressen. Meine Haut sehnte sich so sehr nach ihm, dass sie wehtat, und diese Pein hatte nichts mit dem Ziehen in meinen Muskeln zu tun. Ich konnte mir nicht vorstellen, Colin im Kampf zu verlieren, ohne ihn vorher noch einmal gespürt zu haben. Dass er mich nicht aus meinem Albtraum befreit hatte, machte es kaum besser.

Was hatte er nur vor mit mir? Warum hatte er mir Karate beigebracht? Das, was ich konnte, war ein Witz im Vergleich zu jenen

Kampfkünsten, die er beherrschte. Niemals, und wenn ich noch so oft und hart trainierte, würde ich auch nur in die Nähe seiner Fertigkeiten gelangen. Was also hatte es für einen Sinn, mich die Anfängerlektionen zu lehren? Mir Gürtelprüfungen abzunehmen? Ich verstand es nicht. Ich selbst würde ja wohl kaum gegen François antreten. Und davon war auch kein einziges Mal die Rede gewesen. Diente all die Anstrengung nur dazu, meinen Gehorsam zu stärken?

Ich erhob mich und trat barfuß neben Colin. Nicht einmal seine Haare bewegten sich. Sie waren in der Luft erstarrt. Die Brust hob und senkte sich nicht – kein Atem. Kein Herzschlag. Es gab kein Herz. Die Lider hatte er niedergeschlagen. Sein Mund war geschlossen, aber weich und entspannt und dennoch … nicht menschlich. Nicht nah, nicht greifbar, auch wenn ich nur meine Hand hätte ausstrecken müssen, um ihn zu berühren. Seine weiße Haut leuchtete silbrig auf, obwohl der Mond nicht schien. Es war eine stockfinstere, kalte Nacht. Als ich ihn das letzte Mal so vorgefunden hatte – in sich versunken und entrückt zugleich –, war ein warmer Wind gegangen und die untergehende Sonne hatte bräunliche Sprenkel auf sein Gesicht gezaubert. Er hatte auf seinem Bett gelegen wie ein junger Gott und die Katzen scharten sich um ihn, als beteten sie ihn an. Ich hatte mich neben ihn gesetzt und meinen Kopf an seine Brust gelegt, um zu hören, ob er atmete.

Eigentlich wusste ich, dass er nicht atmen musste, um zu existieren. Er brauchte keinen Sauerstoff. Und doch erfüllte es mich auch jetzt mit nagender Unruhe, keine menschlichen Lebenszeichen zu finden. Würde er so aussehen, wenn François ihm den Todesstoß versetzt hatte? Oder würde er Colin zerfleischen? Jenes Antlitz zerstören, das so vielen Menschen Schrecken einjagte und das ich so sehr liebte? Kühn, unnahbar und doch vertraut. Sein dunkles, glänzendes Schlangenhaar, das nun bis auf die Schultern fiel und sich, bevor es sich der Meditation fügen musste, gegen das Zopfband gewehrt hatte. Die langen, gebogenen Wimpern. Das Schattenspiel, das seine markanten Wangenknochen auf die schneeweiße Haut warfen. Ich musste es festhalten – all das. Wenn ich es nicht tat, würde es niemand tun. Es gab niemanden außer mir, der dieses Wesen liebte. Tessa wollte ihn besitzen und formen. Mit Liebe hatte das nichts zu tun.

Ich riss mich von seinem Anblick los und ließ meine Blicke über den Schreibtisch wandern. Die erkaltende Glut aus dem Ofen spendete nur noch ein schwaches rötliches Leuchten, doch es würde ausreichen, um meine eigenen Striche erkennen zu können. Da, ein Block und ein Bleistift – mehr brauchte ich nicht. Ich konnte es immerhin versuchen. Für dieses Bild benötigte ich keine Fantasie. Ich musste sein Gesicht nur abzeichnen. Ich musste lediglich genau hinsehen und das, was ich sah, in die Spitze des Stifts übertragen. Es war besser als nichts.

Ich setzte mich auf den Stuhl, nahm den Block auf meine Knie und konnte mich nicht überwinden, den ersten Strich zu setzen. Ich hatte das noch nie gekonnt, einfach drauflos zeichnen wie meine Klassenkameraden. Mit einem Schmunzeln erinnerte ich mich an meinen Kunstlehrer, der regelmäßig an dem Umstand verzweifelt war, dass ich hervorragend Bilder interpretieren, aber nicht malen konnte. Zumindest nicht so, wie er sich das vorstellte – bis er eines Tages seinen alten Kassettenrekorder auf mein Pult stellte und auf Play drückte. Diese Sonderbehandlung hatte mir mal wieder missgünstige Blicke und giftige Tuscheleien eingebracht, aber sie hatte Wirkung gezeigt. Meine Bilder blühten immer noch nicht vor Fantasie, doch immerhin hatte ich meinen Kopf ein klein wenig abschalten können, wenn ich der Musik lauschte.

Vielleicht würde das auch jetzt helfen. Auf Colin musste ich dabei keine Rücksicht nehmen. Er hörte und sah nichts mehr. Und selbst wenn – stören würde es ihn nicht. Ich hatte noch nie ein Wesen gesehen, das sich bedingungsloser seines Körpers entledigen konnte als er. Was ich hier tat, interessierte ihn nicht mehr. Meine albtraumhaften Hilferufe hatte er schließlich auch nicht wahrgenommen.

Ich trat zu seinem Plattenspieler und zog spontan eine Maxisingle aus dem Stapel neben dem altertümlichen Apparat. *Moments in Love* von Art of Noise.

»Wie passend«, flüsterte ich zynisch, brachte den Plattenteller zum Rotieren, stellte ihn auf 45 und ließ den Saphir sanft heruntergleiten.

Schon bei den ersten Takten schlug mein Zynismus in Hilflosigkeit um. Ja, mein Bleistift bewegte sich, er zeichnete, aber er scheiterte an jeder Strähne, jedem Fältchen, jeder Linie – und vor allem an dem, was ich am meisten liebte. Seinem Mund und seinen Augen. Das hier wurde allenfalls ein Gesicht, das Colin ähnlich sah. Aber es war nicht seines. Verbissen vollendete ich die Skizze und setzte das Datum darunter, während die ersten Tränen das Papier zu wellen begannen.

Ich hatte es nicht geschafft. Die Skizze würde mir vielleicht helfen, ihn im Gedächtnis zu behalten, für ein paar Wochen. Aber dann war es nur noch eine Zeichnung, die kaum etwas mit Colin zu tun hatte. Sein Zauber war nicht auf Papier zu bannen. Er umgab ihn. Er war nicht zu fassen, mit keiner technischen Finesse dieser Welt. Ich würde ihn verlieren, vollkommen verlieren, wenn wir im Kampf versagten – einem Kampf, von dem ich nichts wusste und dessen Strategien er vor mir verborgen hielt.

Ich knüllte die Zeichnung zusammen und warf sie auf den Boden, ließ die Musik jedoch laufen. Ich konnte sie nicht unterbrechen. Sie hatte einen Sog, dem ich nicht entrinnen wollte. In den ersten Sequenzen zu einfach und zu weich, fast oberflächlich, aber dann immer betörender und magischer. Klangkunst. Sie brachte mich dazu, unsere Tugenden zu brechen.

Ich setzte mich hinter Colin auf den Boden, legte meine Arme um seinen Bauch und bettete meine Wange an seinen kühlen Rücken. Für einen Sekundenbruchteil spürte ich, dass sein Körper mich erkannte und meine Berührungen nicht abwies, sondern erwiderte. Ich sah seine Hände auf meiner Haut, fühlte ihn in mir, hörte sein leises Stöhnen und sein Flüstern. Worte, die ich nie vergessen würde, obwohl ich sie nicht verstanden hatte. Dann beruhigte sich das Rauschen in seinen Venen und der Mann vor mir war nur noch ein Fels, dem keine Seele mehr innewohnte.

Ich küsste ihn auf seinen kalten Nacken, spielte die Platte von Neuem ab und ließ mich von ihren immer gleichen Melodiefolgen in den Schlaf wiegen.

Wir begannen den nächsten Morgen wortlos. Ich ging hinunter an den Strand und bereitete mich auf meinen Prüfungen vor; Colin schritt ins Meer, um zu jagen. In den sonnigen, verträumten Nachmittagsstunden packte ich meine Siebensachen zusammen und versuchte, mir das Innere der Hütte einzuprägen. Denn ich wusste genau, dass ich sie nicht wiedersehen würde. Die Vogelwartin würde bald gesund sein und endlich ihren Job antreten. Nielsen pflegte seinen samstäglichen Klönschnack, durfte Lebensmittel nach Trischen karren und die Möwen und Seehunde und Brutvögel wurden ordnungsgemäß gezählt. Alles wie gehabt.

Niemand würde wissen, was diese Hütte und diese Insel für mich bedeuteten. Anfang und Abschied, Grauen und Erlösung. Ich hatte mich hier selbst verloren, und das nicht nur einmal. Und jetzt hätte ich alles dafür gegeben, dieses Eiland halten zu können.

Ich nutzte Colins Jagd, um Gianna eine SMS zu schreiben. Colin hatte vor, mit mir nach Hamburg zu fahren, um sie auf ihre Vertrauenswürdigkeit zu prüfen – wie immer er das auch anstellen wollte. Er hatte mir Stein und Bein geschworen, ihr dabei nicht zu schaden. Auch darin musste ich ihm vertrauen. Jedenfalls sollte Gianna um Punkt einundzwanzig Uhr am Hafen sein, auf dem Parkplatz, zu dem sie mich vor meiner Abreise gebracht hatte.

Auf meiner Mailbox fand ich eine Nachricht von Tillmann. Sie klang nach Urlaub. Mit Paul alles okay, ich müsse mir keine Sorgen machen, dass er zu viel an François denke, er selbst habe ein Mädchen von der Crew kennengelernt und genieße es, mal wieder der Hengst zu sein. Mal wieder? Er war gerade erst siebzehn.

»*Na, dann rammel dich am besten um deinen Verstand*«, simste ich ihm und meinte meine abschätzigen Worte ernster, als er ahnen würde. Ihn konnte es ablenken, wenn er sich diesen Dingen hingab. Mich brachte es nur näher an die Welt der Mahre, als wir riskieren konnten.

Am frühen Nachmittag nahm Colin mir die Prüfungen ab, mit eisgrünem Blick und flammendem Haar. Dann setzte er sich eine Wollmütze und die dicke Sonnenbrille auf, schaffte meinen Rucksack ins Boot und wartete, dass ich einstieg.

»Wo ist dein Kimono?«, fragte er, als ich zu ihm kletterte.

»Oben, wo sonst?«, gab ich zurück.

»Denkst du etwa, das war alles? Los, hol ihn, und zwar schnell. Du wirst ihn noch brauchen.«

Ich verstaute Oberteil und Hose in zwei Plastiktüten, die ich in dem Küchenschränkchen fand, drückte Miss X zum Abschied einen Kuss auf ihre dunkelrosa Schnauze und gab mir Mühe, die Tüten so respektvoll wie möglich ins Boot zu werfen. Ich war nicht in der Stimmung für Etikette und Höflichkeiten.

»Wenn du denkst, dass ich mit wirbelnden Fäusten Pauls Flur entlangschreite, hast du dich getäuscht«, knurrte ich, als Colin den Motor anschmeißen wollte.

»Das musst du nicht. Du darfst in einer Turnhalle trainieren. Mit Lars. Du wirst dich nach mir sehnen. Er ist nämlich ein richtiges Arschloch.«

»Du bist kein Arschloch«, antwortete ich pflichtbewusst, aber ohne rechte Überzeugung.

»Dafür hast du mich im Geiste aber ziemlich oft eines genannt. Ich bin ein Arschloch, wenn es die Situation von mir verlangt. Lars hingegen macht es Spaß, eines zu sein. Aber er ist ein guter Lehrer und ich habe Einzeltraining für dich arrangieren können. Jeden Nachmittag um siebzehn Uhr bis zum Kampf. Die Adresse der Turnhalle findest du in deinem Rucksack.«

»Dein Abschiedsgeschenk?«, fragte ich säuerlich. Colin grinste mokant und drehte den Zündschlüssel herum. Das Brausen des Motors und des Wassers machte jede weitere Unterhaltung unmöglich.

Bei dieser Fahrt zurück ans Festland verlor ich keinen Gedanken an Seekrankheit, Flashbacks oder Panikattacken. Meine Augen hielten sich an Trischen fest, bis die Insel im Meer verschwand und sich eine gähnende Leere in meinem Bauch ausbreitete. Es war Hunger – aber nicht jener Hunger, den man mit Essen stillen konnte, sondern eine gefräßige, zehrende Wehmut und Melancholie. Schon jetzt wollte ich wieder zurück und ich verstand, was Colin so leicht dahingesagt hatte. Du wirst dich nach mir sehnen. Ich tat es jetzt schon.

Viel zu schnell erreichten wir Friedrichskoog, wo Colin sich an das Steuer des Volvos setzte und mich nach Hamburg fuhr. Ich dämmerte nach den ersten Kilometern weg, obwohl ich wach bleiben wollte, um Colin wenigstens neben mir fühlen zu können. Ich hatte den Verdacht, dass er mir diesen Schlaf schenkte. Er wollte es mir leichter machen. Und so wurde ich erst wieder wach, als es dunkel war und wir den Hamburger Hafenparkplatz erreicht hatten.

Giannas rotes, eckiges Auto stand in Sichtweite neben einer Laterne. Ich sah ihre schmale Gestalt als dunkle Silhouette hinter dem Steuer, steif und verkrampft. Sie hatte das Licht im Wagen gelöscht. Ich konnte nicht erkennen, ob sie zu uns herüberblickte und in welcher Stimmung sie sich befand. Ihrer Körperhaltung nach zu urteilen jedoch in keiner besonders guten.

Als Colin den Motor ausschaltete, vernahm ich ein blechernes Dröhnen, das von Giannas Auto zu uns herüberschwappte – wütendes Getrommel, entfesselte Gitarrenriffs und ein exorzistisch schrilles Gebrüll. Es hörte sich an, als wolle sie mithilfe dieses Gezeters den Teufel austreiben, und erinnerte mich entfernt an Pauls frühere klangtechnische Kostbarkeiten.

»Oh«, machte Colin mit Kennermiene. »*Painkiller.*«

»Was ist das für Musik?«, fragte ich rätselnd. Eigentlich konnte man es gar nicht als Musik bezeichnen. Es musste Gianna das Trommelfell zerfetzen.

»Judas Priest. Guter, alter Achtziger-Metal. Sie hat Angst, Ellie. Sie spürt mich schon. Bleib hier sitzen.«

Ich löste meinen Gurt, verharrte jedoch auf dem Beifahrerplatz, als Colin den Volvo verließ und Gianna ein paar Meter entgegenschlenderte. Er erinnerte mich dabei an einen Leitwolf, der sich seinem Rivalen nähert und witternd prüft, ob er ihn besiegen kann. Er checkte sie ab.

Dann blieb er stehen und ich war überzeugt, dass er ihr direkt in die Augen sah. Bis hinab in ihre Seele. Arme Gianna. Ich rechnete damit, dass sie den Motor anwarf, das Auto wendete und floh, doch das Geschrei und Getrommel dröhnte weiterhin aus ihrem Wagen und sie regte sich nicht. Selbst von hier aus konnte ich sehen, dass sich ihre Finger um das Lenkrad krallten und sie ihre Schultern fast bis zu den Ohren hochgezogen hatte. Alleine beim Zuschauen begann mein Nacken zu schmerzen und dem war es durch das viele

Training heute besser gegangen denn je. Es kam mir fast so vor, als hätten sich bei den Kata jahrelange Blockaden gelöst.

Gianna jedenfalls hatte Grund genug, über einen baldigen Besuch beim Chiropraktiker nachzudenken. Ich atmete auf, als Colin sich umdrehte und zu mir zurückkehrte. Seufzend setzte er sich neben mich und fuhr sich mit beiden Händen über das Gesicht.

»Oh Gott«, murmelte er. »Noch eine Bekloppte.« Seine Mundwinkel kräuselten sich, als er sich mir zuwandte. »Sie ist vertrauenswürdig. Glück gehabt. Ein bisschen neurotisch, aber zäh und mindestens so neugierig wie du. Ihr müsst nur aufpassen, dass sie nicht eigenmächtig zu agieren beginnt. Sie ist sehr spontan, reflektiert weniger als du. Aber das kann auch eine Stärke sein. Und Illusionen gibt sie sich schon lange nicht mehr hin. Halte dich an sie. Und an Tillmann. Ihm traue ich zu, dass er es schafft, seinen Geist frei zu räumen – mit welchen Mitteln auch immer.« Im Moment tat er das wohl vor allem in seiner Funktion als Hengst und Begatter.

»Okay, Herr Doktor. Dann lass es uns hinter uns bringen«, sagte ich tapfer.

Er berührte sacht mein Knie, doch es genügte, um mir einen kleinen Stromstoß durch den Körper zu jagen. Ich begann zu zittern. Ein letztes Mal zählte er mir auf, was ich zu tun hatte. So bald wie möglich bei François einbrechen, zusammen mit Gianna, damit wir schneller seine Sachen durchforsten konnten und weil Gianna in Geschichte besser bewandert war als ich und weil zwei weibliche Duftnoten für Verwirrung sorgten. Pauls Glückstag planen. Einen Termin festsetzen – nicht früher, aber auch nicht viel später als in zweieinhalb Wochen. Colin einen Brief nach Trischen schicken.

Colin richtete seinen Blick aus dem Fenster. »Ich werde auf der Insel bleiben, bis der Kampf beginnt. Denk an das, was ich dir über das bedingungslose Vertrauen gesagt habe. Dein erstes Training findet morgen statt. Du wirst vieles nicht verstehen, was in Zukunft passiert, doch du darfst es nicht hinterfragen. Du musst es annehmen. Jedes zu angestrengte Nachdenken könnte François auf unsere Fährte locken. Hast du das verstanden?«

Ich nickte. Colin öffnete die Wagentür und stieg zusammen mit mir aus. Ich zitterte nun so sehr, dass ich die Tasche kaum halten konnte und mir die Tüten mit dem verfluchten Kimono zweimal aus den Händen glitten.

Colin nahm mein Gesicht in seine Hände und drückte seine Stirn sanft gegen meine. Ich wagte nicht, mich zu rühren.

»Begegne mir in deinen Träumen. Und fürchte mich, wenn du wach bist«, drang seine reine, klare Stimme in meinen Kopf. Und alles um mich herum verlor seine Konturen.

Ich kam erst wieder zu mir, als Colin verschwunden war und das Gebrüll aus Giannas Auto den Nebel in meinem Kopf zu lichten begann. Es regnete in Strömen. Meine Haare klebten klitschnass an meinen Wangen. Bei jedem Schritt, mit dem ich mich zu Gianna schleppte, quietschte das Wasser in meinen Schuhen.

Die Beifahrertür stand offen. Ich schob mich neben Gianna. Noch immer klammerte sie sich an das Lenkrad, den Rücken krumm, den Hals eingezogen. Die Musik war so laut, dass meine Ohren vibrierten. Ich griff nach vorne und schaltete den Player aus.

»Er ist weg, Gianna«, sagte ich in die plötzliche Stille hinein.

Sie ratterte irgendein italienisches Gebet herunter, in dem sehr oft die Worte »madonna« und »padre nostro« vorkamen, um sich anschließend mehrfach zu bekreuzigen. Ich legte meine Hände auf ihre Schultern, um sie nach unten zu bewegen. Sie waren völlig verspannt.

Doch meine Berührung löste ihre Versteinerung. Sie ließ das Steuer los und wedelte mit ihrer rechten Hand, als habe sie sich verbrannt.

»Madonna. Was für ein Figürchen. Lange Beine, groß, schlanke

Hüften, seine gerade Haltung … diese Bewegungen. Ein schwarzer Panther. Heiß!« Sie pfiff anerkennend durch die Zähne und wedelte noch einmal mit der Hand. »Aber der Rest? Sein Blick? Man könnte ihn im Hamburger Dungeon anstellen. Gruselig!«

»So schlimm ist es auch wieder nicht. Das war nur, weil er in dich hineingesehen hat.«

»Eine Art Nacktscanner, hm?«, erwiderte Gianna trocken.

»Was die Seele betrifft – ich fürchte, ja.« Es fiel mir schwer zu sprechen. Ich zitterte immer noch zu stark und mein Kiefer verkrampfte sich, wenn ich meine Wörter zu formen versuchte. »Gianna, kann ich zu dir nach Hause kommen und bei dir schlafen? Ich möchte heute Nacht nicht allein sein.«

Gianna sah mich erschrocken an. Ihre Lider waren gerötet. Hatte sie geweint?

»Oh, das ist schlecht, ich … ich hab eine Katze. Einen Kater.«

»Das macht nichts. Ich mag Katzen. Bitte, Gianna. Ich will nicht in Pauls Wohnung. Außerdem hab ich etwas Wichtiges mit dir zu besprechen. Ich brauche deine Hilfe.«

Gianna musterte mich argwöhnisch. »Wobei?«

Ich erlag meinem Zittern und hörte beinahe staunend dabei zu, wie meine Zähne klappernd aufeinanderkrachten. Erst nachdem ich ausgiebig gegähnt hatte, vermochte ich ihr zu antworten.

Ich tat es langsam und bedacht, damit sie gar nicht erst auf die Idee kam, ich würde scherzen.

»Du und ich, wir müssen ein Verbrechen begehen. Und das ist erst der Anfang.«

Erwachsenengelaber

Giannas Problem war nicht die Katze – ein einäugiger, rot getigerter Kater mit miesepetrigem Gesicht und Hängebauch –, sondern das Katzenklo. Und eine stattliche Reihe weiterer wohnungstechnischer Unzulänglichkeiten. Das Katzenklo war ein offenes Modell und nötigte mich zu akrobatischen Verrenkungen, als ich das Menschenklo benutzen wollte, da in dem winzigen, schmalen Badezimmer eigentlich kein Platz für beides war. Aber irgendwo musste es stehen. Rufus schien die gleiche Verscharrmethode zu bevorzugen wie Mister X – Hauptsache, raus mit der Streu. Das Häufchen war dabei völlig nebensächlich. Es ging in erster Linie ums künstlerische Ausleben. Insofern waren Rufus und Gianna das ideale Gespann.

Gianna ließ mich geschlagene zehn Minuten im Flur stehen, während sie durch die Wohnung hetzte und immer wieder mit einem lieblichen »Bin gleich so weit« (was ihren Stress kaum überspielen konnte) an mir vorbeischoss, meistens mit einem Klamottenbündel, Papieren, Schuhen oder einer Kehrschaufel unter dem Arm. Auch das Bad durfte ich erst benutzen, nachdem sie die Streureste notdürftig von dem abgenutzten Linoleumboden gefegt hatte.

»Scusa«, seufzte sie schuldbewusst, als ich zu ihr in die Küche trat. »Ich war nicht auf Besuch eingerichtet. Ich hatte eine höllisch anstrengende Woche.«

»Ich auch«, sagte ich kurz angebunden und sah mich um. Wow, was für ein Chaos. Kein schlampiges Chaos, aber die Küche sah aus, als sei jedes Einrichtungsteil und jedes Utensil mindestens fünfzig Jahre alt. In den offenen Regalen glich kein Teller, kein Becher und kein Glas dem anderen. Dafür konnte Gianna einen Gewürzhandel eröffnen, wenn sie wollte. Es mangelte an Pfannen, Töpfen und Geschirr, aber nicht an Kochzutaten – eine seltsame Kombination. Neben dem abenteuerlichen Gasherd röhrte ein vorsintflutlicher Kühlschrank vor sich hin, dessen vergilbte Ummantelung keinen vertrauenerweckenden Eindruck machte. Trotzdem fand ich diesen Raum irgendwie sehr gemütlich.

»Ja, ich weiß, ist keine Vorzeigeküche«, gab Gianna beschämt zu. »Rufus liebt es, Gläser und Geschirr runterzuschmeißen. Er mag das Geräusch, wenn es zerbricht.«

Ich ahnte schon, dass Rufus hauptamtlich als Sündenbock für all das diente, was Gianna an Unvollkommenheit mitbrachte. Aber immerhin hatte diese Wohnung mehrere Räume. Die vergangenen Tage hatte ich in einer Hütte verbracht, die aus einem einzigen Raum bestand, ohne Badezimmer, Dusche und zivilisiertes Klo. Mich konnte an diesem Abend nicht mehr allzu viel schocken.

Obwohl ich überhaupt keinen Appetit verspürte, schob Gianna zwei Tiefkühlpizzen in den Gasofen und setzte sich mir gegenüber an den wackeligen Küchentisch, auf dem ein Topf mit Katzengras verdorrte und dessen Fläche von Erde übersät war (Rufus!). Sie wischte die Krümel hastig weg.

»Das war also Colin.« Ihre Bernsteinaugen glänzten vor Neugierde. Mir war nicht danach, von Colin zu erzählen, aber das interessierte Gianna wenig.

»Ellie, das war so krass …«, raunte sie halb andächtig, halb entsetzt. »Er hat dich da einfach stehen lassen, war plötzlich verschwunden und du hast ausgesehen, als würdest du dich nie wieder bewegen … wie in Trance … aber ich konnte mich auch nicht bewegen. Ich hab mich noch nie im Leben so gefürchtet.«

»Das ist noch gar nichts«, sagte ich müde. »Du müsstest mal Tessa begegnen. Und der Film von François war ja auch nicht gerade lustig.«

»Nein, aber es war ein Film. Leinwand! Das hier war live. Ich hab's erlebt, in echt. Ich weiß trotzdem nicht, wie sein Gesicht aussieht. Wie sieht er denn aus? Ich erinnere mich nur noch an schwarze Augen.«

»Kann ich nicht gut beschreiben«, erwiderte ich schleppend und zog meinen Rucksack auf die Knie. »Warte, ich hab ein Bild.«

Ich hatte heute Morgen meine Zeichnung unter dem Tisch hervorgeholt, entknüllt und eingesteckt. Für Gianna sollte sie als vager Eindruck reichen und ich selbst hielt sie plötzlich für überlebenswichtig. Immer noch schwappten Colins Worte durch meinen Kopf: Begegne mir in deinen Träumen und fürchte mich, wenn du wach bist. Warum nur sollte ich ihn fürchten? Und konnte ich es denn bestimmen, von ihm zu träumen?

In meinem Rucksack fand ich nur einen zusammengefalteten Zettel, auf dem Colin die Adresse der Turnhalle und die Telefonnummer von Arschloch Lars notiert hatte. Keine einzige persönliche Zeile, kein Gruß, nichts. Ich erwartete nicht, dass jemand wie Colin Herzchen aufs Papier malte oder sich in kitschigen Liebesschwüren versuchte. Und ich war schließlich keine dreizehn mehr. Mit rosa Herzchen konnte man mich kaum um den Finger wickeln. Aber diese Hinterlassenschaft war an Sachlichkeit nicht zu überbieten. Und wo war denn nur die Zeichnung? Ich kippte kurzerhand den Inhalt des Rucksacks auf den Boden und wühlte ihn mit beiden Händen durch.

»Oh nein …«, flüsterte ich bestürzt, suchte aber weiter, obwohl mir bereits klar war, dass ich nichts finden würde. Hier knisterte kein Papier. Da waren nur meine Kleider und die wenigen anderen Habseligkeiten. Die Zeichnung war weg.

»Was ist denn, Elisa?«, fragte Gianna alarmiert, doch ich schob sie zur Seite, als sie nach meinem Arm greifen wollte.

»Sie muss doch da sein … sie muss irgendwo sein!« Meine Stimme klang zittrig und panisch und mir war bewusst, dass ich mich wie eine Drogensüchtige benahm, die ihren Stoff verloren hatte. Doch das änderte nichts an meinem bodenlosen Kummer. Schließlich ließ ich mich schluchzend auf das kalte, speckige Linoleum fallen.

»Elisabeth … hey. Du machst mir Angst. Sag doch, was los ist.«

»Ich habe ihn gezeichnet, aber jetzt ist die Skizze verschwunden … Ich hab doch sonst nichts von ihm, gar nichts! Es kann sein, dass er beim Kampf draufgeht, und dann?«

Gianna lehnte sich mir gegenüber an den summenden Kühlschrank.

»Was für ein Kampf, Elisa? Von was für einem Kampf sprichst du?«

»Von dem Kampf gegen François.« Ich bohrte mir die Fingernägel in die Handballen, damit der Schmerz mich zur Räson brachte. »Colin wird gegen François antreten, denn der würde Paul überallhin folgen. Er ist ein Wandelgänger. Wir können ihn nicht abschütteln. Die Alternative wäre, darauf zu warten, dass Paul krank wird, stirbt oder sich umbringt. Wir können alle beim Kampf ums Leben kommen. Aber die Wahrscheinlichkeit, dass Colin getötet wird, ist am größten.«

Minutenlang herrschte Schweigen. Nicht einmal Rufus stellte irgendeinen Blödsinn an. Er saß wie ein Denkmal im Flur und fixierte uns missbilligend mit seinem verbliebenen blassgrünen Auge. Gianna schüttelte nur ab und zu den Kopf und drückte stöhnend ihr Gesicht in die Hände, um sogleich wieder aufzuschauen und mich mit ihrem Journalistenblick zu löchern.

Ich holte tief Luft und begann zögernd, ihr möglichst schonend zu erzählen, was ich auf Trischen und Sylt erfahren hatte – was nicht so einfach war, denn immer wenn Giannas Computer piepsend die Ankunft einer neuen E-Mail verkündete, flüchtete sie ohne Vorwarnung aus der Küche und sah nach, wer ihr geschrieben hatte. Dennoch gelang es mir, ihr trotz der leidigen Unterbrechungen klarzumachen, was ein Wandelgänger war, warum sie keinen Kontakt zu Paul aufnehmen durfte und sie in den kommenden Tagen besser in ihrer Wohnung bleiben sollte. Ihre Augen füllten sich mit Tränen, doch sie schluckte sie mit eiserner Disziplin hinunter – und dazu den letzten Bissen Pizza.

»Ich hab noch keine Lust zu sterben, Elisa. Die vergangenen acht Jahre waren absolut kacke für mich. Wirklich, ich will nicht. Das kann nicht alles gewesen sein. Hat Colin dich denn irgendwie auf den Kampf vorbereitet? Weißt du, was passieren wird?«

»Ich habe nicht die geringste Ahnung. Er hat mir Karate beigebracht – na ja, er hat es versucht. Ich hab jetzt den gelben Gürtel. Das ist gar nichts.«

»Moment – du warst doch nur ein paar Tage dort …«, unterbrach Gianna mich skeptisch.

»Ja. Ich sag auch nicht, dass es ein Vergnügen war. Mir tut alles weh.«

»Also kein Liebesurlaub«, grinste sie schwach.

»Na ja«, nuschelte ich ausweichend und merkte, dass ich rot wurde. »Das auch. Ein bisschen. Und ich werde dir keine Details verraten.«

Gianna verzog den Mund. »Schade. Dann bist du jetzt eine Kampfmaschine?«

»Allerhöchstens ein Maschinchen. Der echte Zweikampf beginnt erst ab dem fünften Gürtelgrad. Ich hab keine Ahnung, was das sollte. Ich muss auch weiterhin trainieren, bei einem anderen Sensei, hier in Hamburg. Angeblich soll ich beim Training lernen, Colin zu gehorchen und ihm blind zu vertrauen.«

»Ihm zu gehorchen?« Giannas Zeigefinger schnellte durch die Luft. »Oh bitte, Elisa, das hast du nicht nötig. Gehorchen. Pah! Was bilden sich die Männer überhaupt ein? Tu das bloß nicht! Und im Bett lässt er bestimmt auch den Dominanten raushängen …«

»Nicht ganz«, widersprach ich leise, schaute sie aber nicht an. »Er war gefesselt. Nicht ich.«

Giannas Zeigefinger verlor abrupt an Fahrt und sie verstummte erstaunt.

»Es wäre sonst zu gefährlich geworden«, schwindelte ich. »Aber das ist jetzt nicht wichtig. Wie schon erwähnt – wir müssen Vorbereitungen treffen. Wenn François sehr viel älter als Colin ist, hat es sowieso keinen Sinn.«

Zehn Jahre mehr seien okay, hatte Colin mir eingebläut. Zwanzig mehr ein echtes Risiko. Fünfzig mehr, und er hatte keine Chance. Erst da war mir bewusst geworden, welche Macht Tessa besitzen musste. Und doch hatte Colin sie für eine Weile in Schach halten können.

»Wir müssen bei François einbrechen und herausfinden, wie alt er ist. Dazu brauche ich deine Hilfe.«

»Gut«, sagte Gianna rasch. Vielleicht genoss sie den Gedanken, François gegenüber etwas Unrechtes zu tun. »Von mir aus. Solange dieses Ekel auf dem Schiff ist, bin ich dabei. Ich möchte mich ja nicht drücken.« Gianna bekreuzigte sich wieder. »Doch anschließend bin ich weg vom Fenster. Ich will nicht sterben.«

»Jetzt sei kein Spielverderber, Gianna. Ja, wenn die beiden zurück an Land sind, solltest du in deiner Wohnung bleiben und nicht einmal an Paul denken. Einverstanden?«

Und ich habe auch schon eine Vorstellung, wie das funktionieren könnte, dachte ich mit diebischer Genugtuung. Die Idee war mir auf der Fahrt hierher gekommen und sie war gar nicht übel. Ich liebte es, zwei Fliegen mit einer Klappe schlagen zu können.

»Aber danach …« Ich musste eine Pause einlegen, um zu Atem zu gelangen. Gianna zwirbelte nervös ihre Haare. »Danach müssen wir Paul glücklich machen. Wenn er glücklich ist, ist er für François am leckersten. Wir locken ihn damit an und Colin kann den Kampf eröffnen. So hab ich das jedenfalls verstanden. Wir müssen Paul an einem einzigen Abend glücklich machen, innerhalb weniger Stunden.« Dann stirbt wenigstens einer glücklich, dachte ich schicksalsergeben.

Gianna begann zu strahlen. »Aber das ist doch wunderbar! Oh, ich liebe es, Menschen glücklich zu machen! Das kann man organisieren, ich kann alles Notwendige recherchieren … Gib mir zwei Stunden in seiner Wohnung und ich weiß, was er mag und was nicht.«

»Gianna, so einfach ist das nicht. Paul hat sich durch den Befall verändert.«

»Hältst du mich für doof? Ich kann zwischen den Zeilen lesen, zwischen den Dingen erspüren, was ihm gefällt … Es sind außerdem nicht die großen Sachen, die Menschen glücklich machen. Es sind die kleinen. Ein gutes Essen, schöne Musik, unterhaltsame Gespräche. Das reicht. Mehr muss es nicht sein. Und wenn dann noch Liebe in der Luft hängt …« Gianna stockte.

»Genau. An diesem Punkt kommst du ins Spiel.«

»Nein. Nein, nein, nein.« Gianna wackelte so entschieden mit dem Kopf, dass es aussah, als würde ihr schmaler Hals im nächsten Augenblick abbrechen. »Keine Chance. Ich bin nicht käuflich.«

»Ich hab nicht gesagt, dass du mit ihm ins Bett gehen sollst. Ich weiß gar nicht, ob er dazu momentan in der Lage wäre. Wir werden alle dabei sein. Tillmann, Paul, du und ich. Es gehört nämlich auch Freundschaft zum Glücklichsein, wenn ich mich nicht irre. Du musst dem Ganzen das Sahnehäubchen aufsetzen und dafür sorgen, dass ihr euch ineinander verliebt. Was ihr ja eigentlich schon getan habt«, fügte ich rasch hinzu, weil Gianna guckte, als wolle sie sich schreiend auf mich stürzen. »Es muss nur … ähm, vollendet werden. Ein Kuss reicht völlig.«

Ich dachte an Colins Worte und ein schneidender Schmerz raste durch meine Brust. Sex ist nur die Vollendung. Wenn er starb, war es das für immer gewesen. Ein Mal in Fesseln. Ein Mal nur für mich. Falls das lediglich die Vollendung war, war ich wohl ein Mensch, dem einiges daran lag, Dinge zu vollenden. Nicht alles, aber viel. Dabei wäre ich momentan schon überglücklich gewesen, einfach nur neben ihm zu sitzen. Mich mit ihm in einem Raum zu befinden. Ihn ansehen zu können.

»Elisa. So etwas kann man nicht erzwingen. Das geht nicht«, holte mich Gianna in die Gegenwart zurück. Sie klang enervierend vernünftig.

»Okay«, sagte ich kühl. »Dann lassen wir Paul eben abkratzen.« Ich stand auf und packte meine Sachen in den Rucksack, als wolle ich gehen.

»Nein! Ellie, nein, bleib hier, bitte. So hab ich das nicht gemeint. Ich weiß nur nicht, ob ich das kann. Ich will so etwas nicht arrangieren. Das muss von alleine passieren. Nur dann ist es Liebe.«

»Ich finde, es ist Liebe, wenn man jemandem das Leben rettet«, argumentierte ich stur. Und verdammt noch mal, ich würde in anderthalb Wochen kein zweites Mädchen auftreiben können, in das Paul sich eventuell verknallte. Gianna musste mitmachen. »Du magst ihn doch, oder? Ich hab das gesehen! Ihr habt euch sofort gemocht! Liebe auf den ersten Blick.« Ich hörte mich beinahe euphorisch an.

Gianna betrachtete mich mitleidig. »Daran glaubst du doch selbst nicht. Oder vielleicht doch? Na ja, du bist erst achtzehn – da hat man noch Träume und Hoffnungen …«

»Oh Gianna, verschon mich mit diesem blöden Erwachsenengelaber. Ja, du hast miese Typen gehabt, verstehe ich. Aber das heißt noch lange nicht, dass es für dich keine Träume und Hoffnungen mehr gibt. Wenn ich jetzt keine Hoffnung hätte, würde ich durchdrehen! Wir müssen Hoffnung haben, um Paul zu retten, und Träume – Träume sind lebenswichtig!« Ich stampfte mit dem Fuß auf und der Boden knarrte bedrohlich.

»Okay. Ich darf also weder an Paul denken noch mit ihm in Verbindung treten. Habe ich das richtig verstanden?« Sie blickte verkniffen zu mir auf.

»Hast du. Keinen Kontakt. Keine Mails, keine SMS, keine Anrufe.« Wie hatte Colin gesagt? Sie ist womöglich zu spontan. Und das Internet schien ihr Lebensinhalt zu sein, wenn sie nicht gerade arbeitete. Der Computer lief die ganze Zeit und bisher hatte sie jedes Mal sofort geantwortet, wenn eine neue Mail eingegangen war. Das Hacken auf der Tastatur glich einem Trommelfeuer. Ich musste so bald wie möglich für eine geeignete Ablenkung sorgen. Ablenkung, die hoffentlich nicht andere Gefühle in ihr wecken und damit die zarten Bande zu Paul zunichtemachen würde.

»Und dann ...« Gianna warf die Arme in die Luft und riss dabei eine Pfanne von der Arbeitsplatte, die scheppernd zu Boden ging und Rufus in die Flucht jagte. »Dann soll ich mich einfach mal so in deinen Bruder verlieben. Paff! Aber du hast hoffentlich auch schon den indischen Rosenverkäufer bestellt und die Fee, die uns danach drei Wünsche erfüllt, oder?« Gianna nahm die Pfanne und schlug sie sich auf den Kopf, ein dumpfes, blechernes Geräusch. »Tja. Ich wache nicht auf. Also ist das wohl alles doch kein Traum.«

»Nein. Ist es nicht. Hast du etwa gedacht, das mit den Mahren und mir und Paul wäre ...?« Ich sah sie fragend an.

»Ich war mir nicht mehr sicher. Ich meine, ich habe ordentlich einen im Tee gehabt und ...« Sie klatschte sich mit beiden Händen auf die Wangen. »Doch, ich hab es geglaubt. Aber ich hab manchmal auch gehofft, dass ich nie wieder was von dir und nie wieder etwas von Paul höre und so weiterleben kann wie bisher und …« Sie stockte. »Dann kam deine SMS und ich hab Colin gesehen. Und ich muss dauernd an Paul denken. Ich weiß, dass es wahr ist. Natürlich werde ich euch helfen. Ich kann gar nicht anders. Ich hab ein Helfersyndrom. Ich kann dir nur nicht versprechen, dass es so klappt, wie du dir das vorstellst.«

»Danke. Danach kannst du verschwinden. Den Kampf musst du dir nicht ansehen und Paul muss sowieso einschlafen, damit François angreifen kann.«

Ich atmete langsam aus. Mann, war diese Frau anstrengend. Ich war mir nicht mehr sicher, ob ich Paul einen Gefallen damit tat, ihn mit ihr zu verkuppeln, doch eine andere Wahl hatten wir nicht. Außerdem war ich laut Colin ebenfalls anstrengend. Gianna und ich passten also gut zusammen. »Dann rufe ich jetzt Tillmann an und frage, wo François wohnt und wie wir da reinkommen.«

Zu meiner Überraschung nahm Tillmann sofort ab.

»Kannst du reden?«, flüsterte ich.

»Ja, aber es wäre gut, wenn du laut sprichst. Sonst verstehe ich dich nämlich nicht. Ich bin an Land, die beiden Schwuletten auf dem Schiff. Wir können offen sprechen.«

Ich schilderte ihm so bündig wie möglich die Sachlage und er hörte aufmerksam zu.

»François wohnt im Schanzenviertel. Ich sims dir die Adresse gleich rüber. In der Galerie gibt es einen Notschlüssel, im untersten Schreibtischfach hinter den Büroklammern in einer kleinen Dose. Der Schlüssel zur Galerie müsste bei Paul in dieser scheußlichen Schale im Flur liegen. Wann wollt ihr das denn machen?«

»Morgen«, entschied ich resolut. »Morgen Abend. Vorher hab ich noch Training. Bitte sei erreichbar, falls es Schwierigkeiten gibt oder ich Fragen habe.«

»In Ordnung, das müsste klappen. Wir haben morgen wieder Landgang.«

»Und Tillmann – nicht an François und all das denken, okay? Niemals daran denken, was er ist!«

»Kein Problem.« Ich hörte an seinem Tonfall, dass er grinste. »Ich hab genug Ablenkung.«

»Gratulation. Dann bis morgen. Wenn du nichts von uns hörst, ist alles okay.«

»Dito. Tschau.« Tillmann legte auf.

Gianna hatte sich während meines Gesprächs flach auf den Küchenboden gelegt und erweckte nicht den Anschein, als wolle sie je wieder aufstehen. Selbst das Piepsen des Computers riss sie nicht aus ihrer Apathie. Da sie das Gesicht mit ihren Händen bedeckte, konnte ich nicht sagen, ob sie lachte oder weinte oder einfach nur hoffte, bald aus diesem Albtraum zu erwachen. Wahrscheinlich Letzteres.

Rufus, der sich von seinem Pfannenschreck erholt hatte, kroch ihr auf den Bauch und begann, mit seligem Schnurren auf ihren Brüsten herumzutreteln, was ihrer Lethargie ein rasches Ende bereitete.

»David Gahan«, sagte sie unheilschwanger, nachdem sie sich aufgerichtet und den Kater verscheucht hatte.

»Was?« Ich kratzte mich verwirrt an der Schläfe.

»Befallen. Mit Sicherheit befallen!«, rief Gianna. »Sieh ihn dir an! Ich schwöre, dass er befallen ist. Robbie Williams auch. Es ist in ihren Gesichtern, findest du nicht?«

»Ich weiß nicht.« Ich zuckte mit den Achseln. Ich hatte mir bisher keine Gedanken darüber gemacht, welche Prominenten nachts Besuch von Mahren bekamen. Ich hegte nur nach wie vor den Verdacht, dass Jopi Heesters ein ausnehmend fröhliches Halbblut war.

»Michael Jackson. Ein ganz übler Fall. Wahrscheinlich ein Wandelgänger.«

»Michael Jackson hatte eine beschissene Kindheit. Der brauchte keinen Wandelgänger, um unglücklich zu werden.«

Doch Gianna befand sich schon in einer Art kreativem Rauschzustand, der ihr offenbar half, all das zu verdauen, was ich ihr eben verklickert hatte. Wir verbrachten den Rest des Abends damit zu überlegen, welche Stars befallen oder ein Halbblut sein könnten. Dabei ergab sich eine illustre Gesellschaft und immerhin waren wir uns bei Kurt Cobain einig – der musste als Nahrungsquelle für einen Mahr gedient haben bis zu seinem viel zu frühen Tod. Elvis Presley vermutlich ebenfalls, wobei der laut Gianna auch ein Halbblut gewesen sein könnte. Schließlich wurden meine Müdigkeit und Sehnsucht so überwältigend, dass ich nur noch meine Augen schließen wollte.

Gianna richtete mir ein notdürftiges Lager auf ihrem kleinen blauen Sofa ein.

Als ich das Licht löschte und mich zusammenrollte, fühlte ich mich so einsam und verloren wie noch nie zuvor in meinem Leben.

Ocean's Two

»Ist alles wieder einigermaßen okay?«, fragte Gianna, nachdem sie ihr Auto auf höchst Furcht einflößende Weise in eine Parklücke gequetscht und den Motor abgestellt hatte. Nun waren wir also da. Im Schanzenviertel. François' Kernrevier.

»Hmgrmpf«, brummelte ich, zog den Reißverschluss meiner schwarzen Kapuzenjacke höher und vermied es, Gianna anzusehen. Mir war immer noch unangenehm, was heute Morgen passiert war, und das Karatetraining hatte meine miese Stimmung eher verschlechtert als verbessert.

Ich konnte nicht sagen, was genau in mich gefahren war, ob es ein Traum oder echte, direkte Gefühle gewesen waren, die mich dazu gebracht hatten, mit geschlossenen Augen, aber äußerst lebendig in Giannas Wohnzimmer zu randalieren. Ich erinnerte mich sehr wohl daran, was ich geträumt hatte. Die Bilder waren nach wie vor zum Greifen nahe.

Gianna hatte sich in meinem Traum an Colin herangemacht. Oder umgekehrt? Jedenfalls fand ich die beiden, wie sie ineinander verschlungen am Fenster lehnten, küssend und fummelnd, und mich ansahen, als wäre ich ein kleines, blödes Kind – ja, sie schauten etwas mitleidig und auch belustigt, aber nicht ansatzweise schuldbewusst.

Dann kamen Tillmann und Paul dazu und auch sie konnten nichts Schlimmes an dieser neuen Liebschaft finden. Stattdessen legten sie mir mit Besserwissermiene nahe, dass ich aufhören solle, meinen Mädchenträumereien nachzuhängen – es wäre doch klar gewesen, dass Gianna für Colin bestimmt sei und umgekehrt, das mit mir wäre nur eine Spielerei gewesen, nichts Bedeutsames. Nur ich hätte wieder ein Riesending draus gemacht. So wie ich es eben immer tun würde. Das läge aber an mir und nicht an Colin.

Ich heulte und tobte und schrie, doch die anderen hörten mich gar nicht mehr. Egal, wie ich mich anstrengte und brüllte, niemand reagierte auf mich. Ich wollte Colin schlagen und treten, aber ich schaffte es nicht einmal, mein Knie anzuheben oder gar Schwung zu holen. Und meine Stimme blieb viel zu leise. Trotzdem zerstörte ich, was ich zerstören konnte und zwischen meine kraftlosen Finger bekam, um auf mich aufmerksam zu machen.

»Warum hast du sie mir nicht zurückgegeben? Du hast Wale beraubt, du warst satt wie nie, aber du hast sie mir nicht zurückgegeben! Ich brauche sie doch! Gib sie mir zurück!«

In diesem Zustand hatte Gianna mich gefunden. Ich hatte mich schreiend auf ihrem Boden gewunden wie ein Fisch auf dem Trockenen, zwischen den Scherben des Topfes ihrer ohnehin lebensmüden Yuccapalme, CDs, die ich aus dem Schrank gerissen hatte, Büchern und meiner Decke. Ich war erst zu mir gekommen, als sie mir kaltes Wasser über den Kopf geschüttet hatte. Und das Erste, was ich sah, war Rufus, der völlig traumatisiert unter dem Sofa klebte und mich anschaute, als wäre ich eine Ausgeburt der Hölle.

Mein Gebaren war mir so peinlich gewesen, dass ich kaum mehr ein Wort mit Gianna wechselte, auf das Frühstück verzichtete und mit der S-Bahn in die Speicherstadt fuhr. Der verdammte Volvo stand immer noch auf dem Hafenparkplatz, für dessen Gebühren ich inzwischen beinahe Urlaub hätte machen können. Ich holte ihn nachmittags, um den Schlüssel aus der Galerie zu stibitzen und zum Training zu fahren. Meine Wut hatte sich immer noch nicht abgekühlt, obwohl ich natürlich genau wusste, dass Colin und Gianna kein Verhältnis hatten. Doch dieses Wissen hatte keinerlei Einfluss auf meinen Zorn. Das war es, was mich so aus dem Konzept brachte. Die Gefühle waren echt gewesen. Kein Traum.

»Kannst du mir nicht wenigstens sagen, was er dir zurückgeben sollte? Deine Jungfräulichkeit kann ja nicht gemeint gewesen sein, oder?«, hakte Gianna kichernd nach und presste die Lippen zusammen, als sie sah, dass ich ihre spitze Bemerkung nicht im Geringsten komisch fand.

»Meine Erinnerung. Es ging um meine Kindheitserinnerung«, antwortete ich kalt.

»Was war das denn für eine Erinnerung?«

»Mensch, Gianna, er hat sie mir geraubt! Wenn einem eine Erinnerung geraubt wurde, kann man sich an die Erinnerung nicht mehr erinnern. Das liegt in der Natur der Sache, oder?«, brauste ich auf.

»Klingt logisch«, stimmte Gianna mir zu. »Scusa. Rufus ist aber wieder ganz der Alte. Und die Yuccapalme war sowieso vertrocknet. Sie braucht ihren Topf nicht. Ich habe langsam den Verdacht, dass meine Zimmerpflanzen rituellen Suizid begehen. Rufus akzeptiert ihre spitzen Blätter nicht. Jedes spitze Blatt wird gnadenlos abgeknabbert …«

»Ist gut, Gianna. Ich bin nicht sauer auf dich.« Wider Willen musste ich grinsen und das wütende Tier in meinem Bauch legte sich grollend zum Schlafen nieder.

»Okay. Ich kann nämlich kein Verbrechen mit jemand begehen, der sauer auf mich ist. Wir müssen uns schon verstehen, wenn wir das Gesetz missachten. War denn das Training wenigstens einigermaßen …?«

Mein Gesichtsausdruck brachte sie im Nu zum Verstummen. Nein, war es nicht. Lars war ein Testosteronbulle, wie er im Buche stand. Breitbeinig, muskelbepackt, ein Kinn wie ein Carport und eine niedrige Stirn, über der sich sein gegeltes, blond gefärbtes Affenhaar kräuselte. Trotz der Extraportion Deo, die er seinen Achseln gönnte, konnte ich seine Hormonüberschüsse zehn Meter gegen den Wind riechen. Doch was mich wirklich sprachlos hatte werden lassen, war seine aus tiefstem Herzen rührende Frauenverachtung, die er so offen zur Schau trug, als gälte es, einen Preis beim Machowettbewerb des neuen Jahrtausends zu gewinnen.

Er nannte mich nur »Sturm«, sprach grundsätzlich im Befehlston mit mir und hatte mir gleich zu Beginn unmissverständlich klargemacht, dass er »Frauenausreden« nicht dulde. Im Kampf interessiere es auch nicht, ob gerade die Rote Armee anklopfe. Ich brauchte ein paar Sekunden, um zu kapieren, was er damit meinte, und nickte belämmert. Außerdem, setzte er hinzu, solle ich bloß keine Sonderbehandlung erwarten, nur weil ich mich von Blacky nageln lasse und er mir deshalb die ersten zwei Gürtelgrade geschenkt habe. Eigentlich war das das Allerschlimmste für mich gewesen, dass Lars Colin »Blacky« nannte. Blacky! Im Laufe des Trainings fiel mir aber auf, dass er niemanden bei seinem richtigen Namen rief, wenn er von seinen Trainingskollegen und bekannten Karateka erzählte.

Nicht einmal seiner Frau gönnte er ihren Vornamen, einer grell blondierten Solarientussi mit meterlangen Fingernägeln und aufgespritzten Lippen, die Kaugummi kauend auf der Bank saß und wie ein Schießhund darauf aufpasste, dass Lars mir nicht zu nahe kam. Ihre Hauptaufgabe aber bestand darin, Lars abwechselnd Handtuch und Energydrink zu reichen, denn er schwitzte ohne Unterlass. Sie war nur »Schmitti«. »Schmitti, Handtuch!« »Schmitti, Durst!« Denn Lars hieß Schmitt und natürlich hatte es nie Zweifel daran gegeben, dass seine Frau diesen außergewöhnlich klangvollen Namen übernehmen würde.

Besondere Freude bereitete es Lars jedoch, meine Beine beim Aufwärmen in alle erdenklichen Richtungen zu dehnen und dabei mit geschmacklosen Anspielungen um sich zu werfen. Ruhe vor seinen Stallhasenfantasien hatte ich nur im Training selbst. Wenn es an die Schrittfolgen, Schläge und Tritte ging, war Lars ausschließlich damit beschäftigt, mich anzubrüllen und mir in die Kniekehlen zu kicken, falls ihm meine Haltung nicht passte, und für alles unterhalb der Gürtellinie war kein Platz mehr. Das Einzige, was ich ihm zugutehalten konnte, war, dass er sich selbst nicht schonte und mir zum Abschluss der Stunde eine exzellente Braungurt-Kata zeigte. Damit ich wisse, was ich niemals erreichen würde, sagte er. Ihm fehlte Colins Eleganz und Dynamik, doch seine Bewegungen waren messerscharf und der schwere Leinenstoff seines Anzugs knallte wie Peitschenhiebe, wenn seine Arme durch die Luft schossen.

Nein, mein Karatestündchen hatte es wahrlich nicht besser gemacht. Immerhin war ich nun in der richtigen Stimmung, einen Einbruch zu begehen.

»Können wir dann?« Ich griff nach meinem schwarzen Rucksack, in den ich sicherheitshalber alle möglichen Sachen gepackt hatte, die uns eventuell hilfreich sein konnten. Taschenlampe, Handschuhe, Traubenzucker, eine Flasche Wasser, ein paar Schraubenzieher, Plastiktüten und zwei von Pauls Schutzbrillen und Gesichtsmasken, die er beim Lackieren überzog. Wir hatten zwar einen Schlüssel, aber ich wollte auf alles vorbereitet sein.

»Nein, stopp.« Gianna legte kurz die Hand auf mein Bein, drehte sich um und verrenkte sich, um ein paar CDs von der Rückbank zu kratzen. »Ich muss mir noch Mut ansingen.«

»Bitte kein Judas Priest!«, rief ich schnell. »Das ertrag ich heute Abend nicht.«

»Nein. Besser. Kennst du Gossip? Beth Ditto? Die Dicke, die sich gern auf der Bühne auszieht? Nein? Was hörst du überhaupt so?«

»Depeche Mode, Moby …«

Gianna winkte ab. »Passt jetzt nicht. Wir brauchen Frauenpower.« Sie wischte eine der CDs an ihrem Jackenärmel sauber, schob sie in den Schlitz und drückte auf Play. Ich fuhr zusammen, als die Musik startete. Gianna würde mit vierzig schwerhörig sein, wenn sie so weitermachte, doch sie begann bereits mitzusingen, und wieder einmal konnte ich nur staunend danebensitzen und sie begaffen.

Sie schüttelte die Haare, trommelte auf das Lenkrad, ließ die Hüfte grooven und hätte dabei durch und durch geistesgestört gewirkt, wenn sie nicht gesungen hätte, als habe sie ihr Lebtag nichts anderes getan. Nachdem ich ihr eine Weile mit offenem Mund zugesehen hatte, fingen meine Knie an, sich aus ihrer Betäubung zu lösen, und schließlich legte auch ich einen Eins-a-Sitztanz hin. Als der Song verklungen war, kicherte ich ebenso hemmungslos wie Gianna. Sie strich sich die feinen Haare aus ihrem erhitzten Gesicht.

»So. Dieser Ohrwurm wird uns die nächsten Stunden verfolgen und uns Mut spenden, wenn wir ihn brauchen.«

Wir stiegen aus und ließen behutsam die Türen zuklappen, obwohl unser kleiner Musikausflug wahrscheinlich sowieso zwei Straßen weiter noch zu hören gewesen war.

»Hier?« Ich blickte mich zweifelnd um. Das sah nicht nach einer Gegend aus, in der ich François vermutet hätte.

»Natürlich nicht.« Gianna schnürte sich ihren dunklen und viel zu großen Parka zu. Wie ich hatte sie nur schwarze und graue Klamotten angezogen – und zwar Klamotten, die nicht uns gehörten. Damit wir keine verdächtigen Duftmarken verteilten, trugen wir abgelegte Arbeitskleidung von Paul. Denn Pauls Geruchsspuren würden François kaum auffallen. Ich fragte mich, ob Gianna wie ich auf Unterwäsche und jegliche Kosmetik verzichtet hatte, doch sie war mit den Gedanken noch beim Auto.

»Regel Nummer 1: Niemals den Fluchtwagen direkt am Tatort

parken. Regel Nummer 2: Unauffälligkeit. Wir schlendern plaudernd, aber zielstrebig dem Tatort entgegen, als wäre die Wohnung unsere. Wir sehen uns nicht um, legen keine Pausen ein, lauschen nicht, ob jemand hinter uns ist.«

Das taten wir, doch als wir nach zwei Blocks das richtige Haus erreicht hatten und ins oberste Stockwerk gefahren waren, war Gianna diejenige, die Fracksausen bekam und die Nerven verlor.

»Ich kann das nicht machen. Das geht nicht. Ich kann das nicht. Wenn uns jemand erwischt, kann ich meine Karriere vergessen!«

»Was für eine Karriere?«, zischte ich. »Du hast nie Zeit, weil du ständig irgendeine Scheiße schreiben musst, und trotzdem kein Geld.«

»Tja, tut mir leid, dass ich nicht bis mittags schlafen und dann auf meinem Goldtellerchen mein Lachscarpaccio verspeisen kann, bevor ich mal mit dem rechten Zeh wackle«, giftete Gianna zurück. »Geld ist bei euch kein Problem, was? Ich wette, du hast noch nie in deinem Leben gearbeitet. Arzttöchterchen!«

»Ach, ich soll auch noch Geldprobleme haben? Komisch, ich dachte, es reicht, dass mein Vater verschollen ist, mein Freund ein Dämon und ich meinem Bruder beim Sterben zusehen darf. Abgesehen davon finde ich Pauls Geschirr auch scheußlich.«

»Ja, aber …« Gianna setzte eine wichtige Miene auf und stemmte betont tuntig die linke Hand in die Seite. »Du weißt doch. Diese Serie gibt es nicht mehr.«

Also hatte Paul es ihr auch schon gepredigt. Wenn er erst vor François sicher war, würde er sich für seinen Geschirrwahn in Grund und Boden schämen. Zu Recht.

»Allein deshalb müssen wir es tun. Wir müssen ihn von diesem Geschirr befreien.« Ich gab ihr ein Paar Handschuhe und zog meines über. Wir durften auf keinen Fall Fingerabdrücke hinterlassen.

Dann steckte ich den Schlüssel ins Schloss und drehte ihn um.

Mit einem dezenten Klacken sprang die Tür auf. Wir schoben uns hindurch – mehr panisch als unauffällig, obwohl in dem frisch renovierten Treppenhaus Totenstille herrschte und François' Wohnung die einzige auf der oberen Etage war – und ich knipste das Licht an. Vor uns lag ein weitläufiges Loft mit hohen Fenstern und exklusiven Designermöbeln. Weiße Ledersofas auf einem schwarzen Flauschteppich, schwere Glastische, eine offene Küche mit allerlei Schnickschnack, sorgsam aufeinandergestapelte Kunstbildbände, ein riesiger Flatbildschirm mit Surroundanlage, künstliche Palmen, eine Bar und einer dieser eiförmigen Sessel, die ich bisher nur aus dem Fernsehen kannte.

»Ich dachte, so etwas gibt es nur in Katalogen«, raunte Gianna. »Ich krieg ja schon Komplexe, wenn ich durch die Musterwohnungen bei Ikea laufe. Aber das …«

»Nur keine falsche Ehrfurcht«, holte ich sie aus ihrer feierlichen Trance zurück. »Hier haust ein Mahr. Normalerweise«, fügte ich beschwichtigend hinzu, denn Giannas Nasenspitze wurde schlagartig blass.

»Kennst du den Film *Im Auftrag des Teufels* mit Keanu Reeves und Al Pacino? Bestimmt ist hier auf dem Dach auch so ein Pool, der erst an der Mauer endet. Und wenn wir auf die Straße gucken, fährt kein einziges Auto mehr und kein Mensch ist unterwegs.« Gianna erschauerte.

»Der Teufel ist grad nicht zu Hause. Na such schon. Wir müssen alte Erinnerungsstücke oder Dokumente finden. Die meisten Mahre heben irgendwelchen unnützen Kram auf. Sogar Colin tut das.«

Doch unsere Suche war ein Reinfall. Das Älteste, was wir in der Wohnung fanden, war eine Packung Kondome mit dem Verfallsdatum Ende Oktober 2008. So weit ging François' Tarnung also – er benutzte Kondome, obwohl es bei ihm völlig sinnlos war. Er konnte weder Aids übertragen noch jemanden schwängern, wobei

Schwängern in der momentanen Konstellation ja kaum infrage kam. Gianna legte die Pariser angeekelt in das kleine Nachtschränkchen neben François' XL-Wasserbett zurück.

»Vielleicht ist er ja erst vor zwei Jahren verwandelt worden?«, mutmaßte sie.

Ich schüttelte entschieden den Kopf. »Niemals. Dann würde seine Kraft nicht ausreichen, um ein Leben als Wandelgänger zu führen. Dafür muss er mindestens ein paar Jahrzehnte lang als Mahr gejagt haben. Und zwar bei Menschen.«

François' Wohnung wirkte gänzlich unbewohnt, wie ein Ausstellungsraum. Er hinterließ keine Spuren. Hier kamen wir nicht weiter. Ich angelte mein Handy aus der Hosentasche und wählte Tillmanns Nummer.

»Ellie? Bist du das? Warte einen Moment.« Ich hörte Murmeln, ein deutliches Kussgeräusch, Schritte. »So, jetzt bin ich alleine. Ist alles klar?«

»Nein, ist es nicht. Hier gibt es nichts. Gar nichts. Keinen einzigen Hinweis. Als wäre ich in einem Möbelkatalog gelandet. Was sollen wir denn jetzt machen?«

»Warte mal ...« Tillmann dämpfte seine Stimme. »Es gibt noch einen Kellerraum unterhalb der Galerie, in einem alten Luftschutztrakt. François lagert dort Stellwände und wertvolle Bilder. Paul wollte mal was runterbringen, hat aber auf halber Strecke kehrtgemacht, weil er kaum noch Luft bekam. So 'ne Art Asthmaanfall. François ist fast durchgedreht und hat ihn angeschrien, weil versicherungstechnisch nur er diesen Raum betreten darf, falls die Gemälde Schaden nehmen und so weiter ...«

»Na, das klingt ja sehr beruhigend. Und wie kommen wir da rein?«

»Keine Ahnung. Aber den Galerieschlüssel hast du ja. Und dann müsst ihr halt runter in den Keller. Dort muss dieser Raum irgendwo sein. Das Haus ist nicht groß. Wahrscheinlich gibt es nur eine Tür.«

Tillmann hatte recht – die Galerie war tatsächlich überraschend klein und übersichtlich. Ein schmales, dunkles Haus, ebenfalls im Schanzenviertel, aber im Inneren piekfein hergerichtet. Allein die Kaffeemaschine musste ein Vermögen gekostet haben.

»Okay. Wir schauen mal nach. Du darfst jetzt weitermachen«, beendete ich das Gespräch.

Eine Viertelstunde später standen wir vor der einzigen Kellertür unterhalb der Galerie und keine von uns hatte den Ehrgeiz, sie zu öffnen. Obwohl meine Spinnenangst sich mit Berta – Gott hab sie selig – gemindert hatte, hasste ich Keller immer noch wie die Pest. Mit jeder Stufe hinunter war die Temperatur gesunken und der modrige Geruch hatte sich unangenehm verstärkt. Doch es war nicht nur Moder. Da lag noch etwas anderes in der Luft – etwas, das nicht hineinpasste. Tierischer. Ammoniak und …

»Riechst du das auch?«, fragte ich Gianna und knipste die Taschenlampe an. Ich ließ den Kegel über den Boden wandern. Spinnweben, Staub, Mäusedreck.

»Ich weiß nicht«, wisperte Gianna. »Irgendwie jucken meine Augen.«

Ich drückte die schwere Eisentür auf, bis sie sich auf dem unebenen Boden festfraß. Vor uns lag ein dunkler, gewölbter Gang. Einen Lichtschalter gab es nicht. Der Geruch wurde stärker. Außerdem glaubte ich, ein nervöses Scharren zu hören. Dann wurde es wieder still.

Ich leuchtete nach vorne. Am anderen Ende des Gangs gab es noch eine Tür, verriegelt und mit einem primitiven Vorhängeschloss gesichert. Gianna zupfte ängstlich an meinem Ärmel.

»Elisa … mir ist komisch. Ich will da nicht rein.«

Ja, mir war auch komisch, seitdem Colin in mein Leben getreten war. Darauf konnte ich jetzt aber keine Rücksicht nehmen. Ich machte einen beherzten Schritt nach vorne.

»Was ist das denn?«, fragte Gianna und bückte sich, als ich das Licht der Taschenlampe auf die feuchten Wände richtete. Sie hob etwas auf und drehte es neugierig hin und her. Es kam mir bekannt vor. Überall lagen diese Schachteln auf dem Boden – mindestens fünfzig Stück. Ich hatte sie schon einmal gesehen, kleine, eckige Packungen mit einem roten Totenkopf auf der Rückseite …

»Nicht, Gianna! Wirf das weg!« Ich holte aus und fegte ihr mit einem Schlag die Faltschachtel aus den Händen. »Da ist Thalliumsulfat drin! Rattengift!«

»Ich bin keine Ratte.« Gianna hickste nervös.

»Ja, aber das Zeug ist uralt! Das benutzt heute niemand mehr, weil es auch Menschen flachlegen kann. Es ist schon lange verboten. Nimm das!« Ich wühlte in meinem Rucksack, fand, was ich suchte, und zerrte ihr Schutzbrille und Atemschutzmaske über den Kopf, beides aus Pauls Werkkammer entnommen. Wie hatte Dr. Sand gesagt? Ich hätte einen guten Instinkt. Nun, das hier war beinahe schon Prophetie gewesen, wobei mein Chemielehrer und seine Vorliebe für tödliche Substanzen auch nicht unerwähnt bleiben sollten. Rasch versorgte ich mich ebenfalls mit Schutzbrille und Maske. Gianna blickte mich panisch an.

»Bin ich jetzt vergiftet?«

»Weiß nicht. Ich glaub nicht. Aber wenn deine Augen anfangen zu brennen und dir schlecht wird …«

»Noch schlechter?«, quietschte Gianna. »Ich könnte jetzt schon auf den Boden kotzen!«

»Bitte mach das nachher, wenn wir draußen sind. Wir dürfen keine Spuren hinterlassen. Komm.« Ich packte sie an der Hand und zog sie durch den Gang.

»Verriegelt. Vorhängeschloss. Sinnlos.« Gianna wollte kehrtmachen, doch ich stellte ihr ein Bein, sodass sie nach vorne kippte und sich an mir festkrallte, um nicht in die Rattengiftschachteln zu fallen.

»Bleib hier. Verstanden? Den Riegel kann man abschrauben und nachher wieder dranschrauben. Wir haben ja Zeit.« Ich kniete mich hin und suchte nach dem passenden Schraubenzieher, doch jeder, den ich dabeihatte, war zu groß.

»Warte, das geht auch anders.« Gianna zog einen breiten, verstellbaren Ring von ihrem Finger, bog ihn auf und benutzte die spitze Kante, um die Schräubchen zu lösen. Kurze Zeit später fiel der gesamte Riegel samt Schloss klirrend zu Boden. Im gleichen Moment drang ein gequältes Winseln unter der Tür hindurch.

Auch Gianna hatte es gehört. Wir wagten nicht zu sprechen. Für eine Sekunde wollten wir umdrehen und flüchten, wandten uns gleichzeitig zur Seite, doch dann fingen wir uns wieder und blickten uns stumm an. In einer anderen Situation hätte ich über Giannas Anblick lachen können. Die Schutzbrille stülpte ihre Nasenlöcher nach oben und ihre Haare sahen aus wie die von Rudolf Mooshammer (laut Gianna auch befallen), weil das Band sie zu einem schwarz glänzenden Turm formte. Aber ich machte wahrscheinlich keine bessere Figur.

Ich streckte meinen Arm aus und tippte vorsichtig mit dem Zeigefinger gegen die Tür. Sie rührte sich nicht. In einem plötzlichen Anfall von Zorn – das Tier in meinem Bauch war wieder erwacht – trat ich gegen das morsche Holz und sie schwang auf.

Der Gestank überfiel uns mit solcher Gnadenlosigkeit, dass wir uns würgend und hustend nach vorne krümmten. Selbst die Schutzmasken konnten nichts gegen den Geruch ausrichten. Deshalb bemerkten wir die Ratten nicht sofort, die in Scharen über unsere Füße wuselten und auf den Gang hinausflüchteten – doch als wir sie registrierten, schrien wir auf und sahen uns entsetzt um. Eine

Ratte war schon auf Giannas Hose gekrochen. Ich packte sie am Schwanz und schleuderte sie von uns weg. Doch auch an mir hingen sie, am Rücken und auf meinen Schuhen, und wenn mich nicht alles täuschte, war eine gerade damit beschäftigt, sich in meiner Kapuze ein gemütliches Nest einzurichten.

Hysterisch begannen Gianna und ich, gegenseitig auf uns einzuschlagen und mit den Beinen zu zappeln, um die Tiere wieder loszuwerden, und nicht einmal unsere Schreie übertönten ihr aufgebrachtes Quieken und Kreischen. Doch sie wehrten sich kaum. Innerhalb weniger Sekunden hatten wir sie vertrieben. Mit einem Wimmern am Rande des Wahnsinns klopfte Gianna ein letztes Mal ihren Parka ab und schüttelte ihre Haare aus. Ich zwickte mich brutal in den Arm, um nicht vom Ekel übermannt zu werden. Durch den Mund atmete ich vorsichtig ein. Ich musste etwas sagen, damit Gianna nicht flüchtete. Noch war sie zu gefangen in ihrer eigenen Angst, um auch nur einen Schritt nach vorne zu machen.

»Es sind nur Ratten«, predigte ich in erzwungener Ruhe. »Normalerweise beißen sie nicht. Und sie greifen auch nicht an. Sie wollen frische Luft schnappen, das ist alles. Wir standen ihnen ein bisschen im Weg.«

»Natürlich, natürlich«, pflichtete Gianna mir heiser bei. »Verstehe ich. Klar.« Auch wenn die Ratten das wahrscheinlich nicht so sahen – es war kaum vorstellbar, dass irgendein lebendiges Wesen hier freiwillig Zeit verbringen wollte. In dem Gewölbekeller war kaum Platz, aufrecht zu stehen oder sich gar zu bewegen. Der Müll stapelte sich bis zur ohnehin niedrigen Decke – bergeweise Papiere, Plastikpackungen, Essensreste, vergammelte Pizzastücke, halb leere Flaschen, in denen der Schimmel grün wucherte, schmutzige Klamotten, dazwischen brüchige Regale und Schränke, zum Bersten voll mit unnützem Krimskrams, alles dick überzogen mit Rattenkot und Spinnweben. Gianna rülpste vernehmlich. Auch mir war übel, doch ich zwang mich, den galligen Geschmack in meiner Kehle zu ignorieren, als ich mich genauer umsah. Wieder fiepte es. Dieses Fiepen kannte ich doch … Und seine Herkunft würde zu dem Geruch nach Scheiße und Ammoniak passen, der uns fast den Atem raubte.

»Oh nein …«, flüsterte ich und leuchtete in die hintere Ecke, eine finstere Nische unter dem einzigen Fenster dieses Raumes. Tatsächlich – da hockte er inmitten des Unrats und seinem eigenen Kot und Urin, das helle Fell verfilzt und bis auf die Knochen abgemagert. Rossini. Seine Rippen traten spitz hervor, als er erneut winselte und versuchte, sich mit einem fahrigen Tapser von seiner Leine zu befreien. Sie war an einigen Stellen weich gekaut, doch der Hund wirkte auf mich, als habe er sich selbst längst aufgeben. Als gehöre dieses Martyrium unverrückbar zu seinem Leben. So war es vermutlich auch. Er war nicht das erste Mal hier unten. Und das erklärte auch, warum ihn die Ratten so gleichgültig ließen. Sie waren seine Gefährten.

»Du armer, armer Hund.« Ich trat zu ihm, zog den rechten Handschuh aus und streckte ihm meine Finger entgegen. Sein dreckverkrusteter Schwanz schwang sacht hin und her, als er sie ableckte. Zäh und gelb tropfte der Speichel von seinen weißlichen Lefzen. Das Tier stand kurz vor dem Verdursten.

»Elisa … guck mal hier.«

»Bin gleich wieder bei dir, mein Schatz«, säuselte ich und drehte mich um. Gianna war nicht mehr zu sehen. »Wo bist du?« Ich schüttelte eine letzte Ratte aus meinem Ärmel.

»Hier! Hier, hier, hier …« Ich folgte ihrer Stimme und gelangte zu einem schmalen Gang zwischen zwei Müllstapeln, der mich in eine erdrückend kleine Höhle inmitten allerhand merkwürdiger Gerätschaften führte, die in meinen Augen keinerlei Zweck erfüllten. Gianna deutete auf einen achteckigen Käfig, der auf einem

Tisch mit Rollen angebracht worden war. Ich äugte hinein. »Oh nein«, entfuhr es mir. Der Boden des Käfigs war mit Zeitungspapier ausgelegt und auf diesem Zeitungspapier lagen vergilbte, auffallend zierliche Knochen. Das Gerippe eines Tieres. Ich tippte auf einen Vogel, wahrscheinlich eine Taube. Auch sie war hier gestorben.

Gianna fegte die Knochenreste hektisch zur Seite. »Das meine ich nicht, Ellie. Schau doch mal auf den Leitartikel!«

Angeekelt zog ich die vergilbte, feuchte Zeitung aus dem Käfig und musterte die in altmodischen Lettern gesetzte Schlagzeile: »Les Tornellis trennen sich.«

Ich überflog den Bericht flüchtig. Ich musste ihn nicht vollständig lesen, um zu verstehen, was Gianna mir bedeuten wollte. Schon der erste Satz brachte Klarheit: »Nach dem plötzlichen Tod seines Bühnenpartners kehrt der Hamburger Illusionist Richard Latt der Zauberbühne den Rücken und sucht sein Glück in den fernen Gefilden der Südsee.«

»Du musst auf das Datum gucken, Elisa! August 1902. Dieser Bericht stammt vom August 1902. Und wer Richard Latt ist, muss ich dir wohl nicht erklären.«

Nein, das musste Gianna nicht. Er war auf dem Foto eindeutig zu erkennen. Trübe Augen, Tränensäcke, gieriger Mund. Wie geschaffen zum Aussaugen und Verschlingen.

»Ich hab es immer gewusst«, ereiferte sich Gianna hektisch. »Zauberer waren mir mein ganzes Leben lang nicht geheuer. Welcher Junge wünscht sich schon einen Zauberkasten? Nur Außenseiter oder Typen, die sowieso nicht ganz dicht sind. Diese Tücherherumfuchtelei und das notorische Verschwindenlassen von Gegenständen hab ich noch nie verstanden. Du?«

Ich war mit meinen Gedanken schon eine Ecke weiter. Ich hatte einen Aktenkoffer gefunden, der zwar ebenfalls Schimmelspuren aufwies, aber eindeutig aus unserem Jahrhundert stammte. Ungeduldig fummelte ich an den Verschlüssen herum, bis sie endlich aufklappten.

»Was haben wir denn da?« Gianna schnappte sich die Papiere aus dem Koffer und fächerte sie fachkundig durch. »Immobilienanzeigen …«

»Immobilien? Gib her!« Ich entriss ihr die Exposés. Es handelte sich vor allem um Villen in Blankenese, aber auch um Geschäftsräume in der Speicherstadt. Vermittler: Immobilienbüro F. Later, Hamburg.

»Er hat also Paul die Wohnung angedreht … Aber Papa hätte ihn doch erkennen müssen! Das ergibt keinen Sinn. Papa hat Colin sofort erkannt und erst recht hätte François Papa erkennen müssen.«

»Nee. Nicht unbedingt.« Gianna schüttelte nachdenklich den Kopf. »Schau mal hier. Paul hat den Vertrag selbst unterschrieben. Warum auch nicht? Er war ja schon volljährig.« Sie reichte mir die Kopie eines Kaufvertrags. Sie hatte recht. Pauls Unterschrift.

»Wahrscheinlich hat dein Vater François niemals zu Gesicht bekommen. Aber François war schon damals in Pauls Leben getreten. Das klingt fast, als ob es sein Plan gewesen wäre, Paul zu befallen, oder?«, folgerte Gianna.

Oh ja, das tat es. Genauso plausibel war aber, dass Paul bei seiner Wohnungssuche zufällig auf das Immobilienbüro Later gestoßen war und François sofort gespürt hatte, dass er das ideale Opfer war. Und er hatte ihn sich gekrallt. Paul hatte immer am Wasser wohnen wollen. François war es vermutlich nicht schwergefallen, in ihm den Wunsch zu wecken, genau diese Wohnung unbedingt haben zu wollen – diese und keine andere. Weil sie ihm sein Opfer bestmöglich präsentierte.

Nicht auszumalen, was geschehen wäre, wenn Papa ihm begegnet wäre. Aber der hatte wohl aus der Ferne brav bezahlt und die Wohnung erst gesehen, als sie Paul schon gehörte. Für satte vierhunderttausend Euro, angemeldet als Galerie und nicht als Privatwohnung. Schlau eingefädelt, François.

»Woher hat dein Vater eigentlich so viel Geld, Ellie? Gut, er ist Psychiater, aber so reich sind die doch auch nicht … Das ist fast eine halbe Million!«

»Ich hab mir darüber nie großartig Gedanken gemacht«, gab ich unumwunden zu. »Ist jetzt ja wohl auch nicht wichtig, oder?«

Doch Giannas Einwand war berechtigt. Das Geld im Safe, ein Haus mitten in Köln, unsere sicher nicht billigen Urlaube im Nirgendwo – das war etwas zu viel des Guten für einen »normalen« Psychiater, zumal Papa niemals eine eigene Praxis gehabt hatte.

Mit pulsierenden Fingern legte ich die Papiere in den Koffer zurück und verfrachtete ihn wieder auf den modrigen Zeitungsstapel, wo ich ihn entdeckt hatte.

»Da ist noch ein Gang, Ellie«, vermeldete Gianna voller Unbehagen. Doch man konnte diese schmale Nische kaum als Gang bezeichnen. Wir mussten uns auf alle viere begeben, um zwischen stinkenden, mit Rattenkot beschmutzten Klamottenbergen und unter den quer gelagerten Kulissenteilen, deren Inneres sicher vor Kellerwanzen und Schaben wimmelte, durchkriechen zu können, und gelangten schließlich keuchend und schimpfend zur letzten Dreckhöhle – dem Ausgangspunkt von François' Mahrgenesis.

Auch hier stapelten sich Requisiten, die mich jedoch eher an einen Wanderzirkus erinnerten als an den Fundus eines Zauberers. Paul hätte seine helle Freude daran gehabt. Es sah fast so aus, als habe François davon gelebt, Kuriositäten vorzuführen und dafür Eintritt zu verlangen – Frösche mit fünf Beinen, einen ausgestopften Fuchs, über dessen rechtem Auge ein bizarres Geschwür prangte, mehrere Schrumpfköpfe und eine in Harz gegossene Mumie. Das Grauenvollste aber war ein menschlicher Embryo mit zwei Schädeln, der in Alkohol eingelegt in einem bauchigen Glas schwebte.

Gianna zog eine zerfallende Mappe unter einem mutierten Frosch hervor. Vorsichtig blätterte ich sie auf. Sie enthielt die Unterlagen zu einem Gerichtsurteil. Lebenslange Haft wegen räuberischen Mordes. Das Opfer im Schlaf erdrosselt. Täter: der 19-jährige Franz Münster. Ein Mensch, kein Mahr, zumindest auf dieser Porträtskizze. Doch in seinen Augen lauerte bereits der Hunger. Die Zeichnung musste direkt nach der Verwandlung angefertigt worden sein und offenbar hatte Franz es bei seinem ersten Traumraub ein wenig übertrieben. Colin hatte recht gehabt. Er konnte schon vorher kein Sympath gewesen sein, wenn er so gierig auf seine Beute losgegangen war. Vielleicht hatte er die Metamorphose sogar dankend angenommen.

»25. Februar 1822«, las ich das Datum des Gerichtsurteils vor. »Okay, das kann ich mir merken. 1822, neunzehn Jahre. Lass uns verschwinden.« Warum François optisch nicht mehr wie neunzehn aussah, sondern älter, wenn auch undefinierbar alt, konnte ich mir nicht erklären. Vielleicht hing dieser Umstand mit seinem Jagd- und Fressverhalten als Wandelgänger zusammen. Auf jeden Fall würde es knapp werden. Verflucht knapp. Ich schob die Akte zurück in ihr Versteck.

»Und der Hund?« Gianna blinzelte mich zweifelnd an, als überlege sie, ob ihr Mitleid oder doch ihre Angst stärker war.

»Den nehmen wir mit.« Ich quetschte mich durch die Müllberge und steuerte zielstrebig auf den winselnden Rossini zu.

»Hast du nicht gesagt, wir sollen keine Spuren hinterlassen?« Gianna tippte mir von hinten auf die Schulter. »Elisa, bitte ...«

»Das werde ich auch nicht«, knurrte ich, griff nach der Leine und riss sie an der Stelle auseinander, an der Rossini sie bereits weich gekaut hatte. Mit einem dankbaren Jaulen drückte er sich an meine Beine und versuchte, seinen schmalen Kopf zwischen meinen Knien zu verbergen.

»Wir sind gleich draußen, Hund«, besänftigte ich ihn raunend, doch er wich mir keinen Millimeter von der Seite. Mit einem Hieb meiner Faust stieß ich das kleine, primitive Gitterfenster auf. Den Müllbergen sei Dank war es durchaus plausibel, dass Rossini auf den Stapel aus alten Zeitschriften und Verpackungen gesprungen war und in seiner Verzweiflung die Luke eingedrückt hatte. Oder aber einer der Passanten hatte ihm dabei geholfen (obwohl die sich wahrscheinlich kaum auf den Hof hinter der Galerie verirrten).

Ich kramte die Plastiktüten aus meinem Rucksack und gab eine davon Gianna. »Ratten einsammeln«, befahl ich. Es waren nicht allzu viele, doch sie würden François eventuell auf eine unwillkommene Fährte leiten. Eine oder zwei waren im Rahmen. Ein Dutzend am Gift verendete Kadaver hingegen waren ein Hinweis, dass jemand die Tür geöffnet hatte. Ich hatte gerade die erste sterbende Ratte in die Tüte fallen lassen, als Gianna mich mit zitternder Stimme zurückrief.

»Was ist denn jetzt? Ich will weg hier!« Unwirsch drehte ich mich zu ihr um. Sie deutete an die Decke, und nachdem ich ihrem Blick gefolgt war, vergaß auch ich die Rattenkadaver. Zwischen dem Müll und den feuchten Backsteinen klemmte ein Glaskasten mit einem Totenschädel, erstaunlich sauber und völlig frei von Schimmel und Moder.

»Weißt du, was das ist?«, flüsterte Gianna fassungslos. »Störtebeker! Das ist der Kopf von Störtebeker, der im Januar aus dem Museum für Hamburgische Geschichte gestohlen wurde! Die Deppen hatten die Vitrine nicht abgeschlossen. François hat ihn geklaut. Einen Schädel aus dem 15. Jahrhundert. Was will er damit?«

»Ich sag ja: pure Raffgier. Bestimmt will er ihn teuer verhökern. Aber das können wir wohl kaum der Polizei melden, oder?« Das musste auch Gianna einsehen.

Während sie den Riegel wieder an die Tür schraubte, sorgte ich dafür, dass die toten und sterbenden Ratten aus dem Tunnel verschwanden. Bepackt mit drei dicken Aastüten tapsten wir zurück ins Freie und rissen uns nach Luft schnappend die Masken vom Gesicht. Ich warf die Ratten ohne das geringste Bedauern in den nächsten Müllcontainer. Im Eilschritt liefen wir zu Giannas Auto. Rossini folgte uns japsend.

Ich war mir bewusst, dass meine Windhund-Rettungsaktion die ganze Angelegenheit unnötig verkompliziert hatte. Aber ich hätte es nicht übers Herz gebracht, ihn in François' Müllhalde eingehen zu lassen. Ich war weiß Gott kein Hundeliebhaber, doch das hatte dieses Tier nicht verdient, auch wenn ich riskiert hatte, dass François misstrauisch wurde. Doch es war zu spät, sich darüber den Kopf zu zerbrechen. Ich musste darauf vertrauen, dass François den Verlust seines Hundes in seiner Gier entweder gar nicht erst bemerken oder rasch durch den Kauf eines neuen bedauernswerten Tieres ausgleichen würde.

Ich goss ein wenig Wasser in den Rinnstein und ließ es Rossini aufschlecken. Gianna lehnte blass an der Wand und schmierte sich die Lippen mit ihrem Labello ein. Ihre Augen blickten ins Nichts. Sie sah aus wie eine Untote.

Ich nutzte die plötzliche Ruhe, um mich ausführlich umzusehen. Die Häuser um die Galerie herum waren offenbar derzeit unbewohnt, aber mit Bauzäunen versehen. Wahrscheinlich sollten sie in Kürze saniert werden – und boten damit genug Lebensraum für all die Ratten, die vorhin geflohen waren. Ich konnte sie weder sehen noch hören. Sie würden die Polizei wohl kaum auf den Plan rufen.

Immerhin war es sehr wahrscheinlich, dass es in dieser Gegend keine aufmerksamen und gesetzestreuen Nachbarn gab, die den überfüllten Keller samt Nagerplage entdecken und François anzeigen konnten. Sollte die Polizei François' Rattenhöhle auf die Schliche kommen, hatte er allen Grund, aus Hamburg zu verschwinden und Paul mitzunehmen, womöglich in einer Nacht- und Nebelaktion. Wer als Wandelgänger lebte, hatte sich wohl oder übel an die Gesetze zu halten, wenigstens vordergründig. Und das Stehlen von Piratenschädeln war nun mal illegal. Nein, die Polizei durfte keinen Wind davon bekommen – weder von unserer Einbruchsaktion samt Hundeentwendung noch davon, dass es überhaupt solch einen zugemüllten Keller gab.

»Was machen wir denn jetzt mit ihm?«, fragte Gianna mit brüchiger Stimme und deutete auf Rossini. Noch immer lehnte sie kraftlos an der Hauswand, hatte jedoch wieder ein wenig Farbe ins Gesicht bekommen. Anstatt zu antworten, griff ich nach meinem Handy und wählte jene Nummer, die ich unter unflätigen Verwünschungen kurz vor meiner letzten Abfahrt aus Kaulenfeld eingespeichert hatte – für den Fall, dass Tillmann den Bogen überspannte und ich ihn lieber heute als morgen loswerden wollte.

Es dauerte ein paar Minuten, bis abgenommen wurde, und ich war mir darüber im Klaren, dass ich Herrn Schütz gerade weckte. Aber Rossini durfte hier nicht bleiben und ich hatte nur das Wochenende Zeit, um dem Westerwald einen Kurzbesuch abzustatten. Am Montag musste ich für Lars wieder Gewehr bei Fuß stehen.

Ich wusste sehr gut, dass Mister X Hunde hasste. Er war Colins Kater, er musste Hunde hassen. Wenn also Herr Schütz Rossini übernahm und Mama Mister X behielt, hatten die beiden einen Grund mehr, sich nicht zusammenzutun.

Diese Vorstellung gefiel dem zornigen Tier in meinem Bauch außerordentlich gut, obwohl ich mir dessen bewusst war, dass es sich wahrscheinlich grundlos derart aufbäumte, wenn ich an die beiden dachte. Denn meine blinde Eifersucht war nicht der Tatsache entsprungen, dass Herr Schütz und Mama sich mochten, wie mir mittlerweile klar geworden war – sondern aus der Enttäuschung, dass es mein Lehrer und nicht Papa gewesen war, der bei unserer Heimkehr im Wintergarten gesessen hatte. Dennoch sollten die beiden nichts miteinander anfangen. Niemals. Und Vorsorge war besser als Nachsorge. Vor allem aber wollte ich Mama noch einmal sehen, bevor es in den Kampf ging.

Endlich meldete er sich, verschlafen und mit belegter Stimme.

»Hallo, Herr Schütz. Tut mir leid, dass ich Sie geweckt habe, aber wir haben hier einen kleinen Notfall. Können Sie einen Hund gebrauchen?«

Das ethische Einmaleins

»Elisabeth. Da bist du ja schon«, sagte Herr Schütz mit einem leichten Kopfnicken. Aufrichtige Freude klang anders. »Oh Gott, auch noch ein Windhund«, setzte er murmelnd hinterher, als Rossini an ihm vorbei in den dämmrigen Flur galoppierte und schlitternd gegen die Anrichte in der Küche prallte. »Damit mache ich mich ja zum Gespött des gesamten Dorfes.«

Ich war nach dem Training mit Lars und unserem Einbruch so aufgeputscht gewesen, dass ich mich bis morgens um fünf schlaflos im Bett herumgewälzt und schließlich beschlossen hatte, so früh wie möglich in den Westerwald zu fahren. Jetzt war es kurz vor Mittag und ich konnte es kaum erwarten, Mama meinen Überraschungsbesuch abzustatten. Doch vorher wollte ich Rossini, dem ich heute Nacht noch notdürftig das Fell gesäubert und von den verfilzten Kletten befreit hatte, bei seinem neuen Besitzer abgeben.

»Windhunde sind kluge und sanftmütige Tiere«, versicherte ich Herrn Schütz.

»Eigenschaften, die im Westerwald nicht unbedingt gefragt sind«, gab er stirnrunzelnd zu bedenken, doch ich wollte keine Widerrede hören.

»Viel Spaß mit ihm …« Ich drehte mich weg, um wieder zu verschwinden.

»Stopp, Elisabeth, nicht so schnell. Wo hast du diesen Hund überhaupt aufgegabelt?«

»Ich, äh, ich hab ihn aus schlechter Haltung befreit. Ihn wird niemand vermissen, glauben Sie mir.« Ich lächelte Herrn Schütz vertrauenerweckend zu – jedenfalls glaubte ich, es zu tun. Aber es zeigte keinerlei Wirkung.

»Gibt es in Hamburg kein Tierheim?« Herr Schütz lehnte sich seufzend an die Wand. Hinter ihm schoss ein weißer Schatten durch den Korridor, dann fiel etwas krachend zu Boden.

»Also, Herr Schütz, bitte. Ich hab auch die Spinne behalten und dem ganzen anderen scheußlichen Getier ein Zuhause gegeben, das Sie mir aufgedrängt haben. Ohne zu murren. Nun können Sie ruhig auch mal was Gutes tun und diesen armen Hund …«

»Deine Tiere sind allesamt wieder bei mir, Elisabeth, falls du dich erinnerst. Seit Wochen. Und du warst diejenige, die die Spinne behalten wollte, nicht ich habe es verlangt. Was ist eigentlich mit ihr passiert?«

»Sie ruht in den ewigen Jagdgründen«, wählte ich eine blumige Umschreibung für den kaltblütigen Mord, dem sie zum Opfer gefallen war, in der Hoffnung, Herrn Schütz den Boden für eventuelle Vorwürfe zu nehmen. Er seufzte ein weiteres Mal. »Außerdem muss ich zu meiner Mutter.« Ich hob die Hand zum Gruß, doch Herrn Schütz' verwunderter Blick ließ mich stocken. »Was ist?«

»Elisabeth, Mia ist nicht da dieses Wochenende. Sie ist zu Regina gefahren und kommt erst am Montag zurück.«

Die vertrauliche Art, wie Herr Schütz »Mia« und »Regina« sagte, brachte mich augenblicklich zum Rasen.

»So. Warum wohnen Sie eigentlich noch in dieser Puffbude? Ziehen Sie doch gleich bei meiner Mutter ein. Das Haus ist schließlich groß genug. Aber glauben Sie bloß nicht, dass ich ›Papa‹ zu Ihnen sage.« Ich malte mir aus, wie ich ihm meine Handkante in die Halsbeuge schlug und er binnen Sekunden auf den Teppich sank. Ohnmächtig. Ausgeschaltet. Durch eine einzige Bewegung. Zack.

»Ich habe das mit Regina zufällig gestern im Yoga erfahren«, erwiderte Herr Schütz geduldig. »Und ich wohne gerne in dieser Puffbude.«

»Yoga?« Ich lachte verächtlich auf. »Sie und Yoga?«

»Dürfen Männer denn kein Yoga machen?« Nun wirkte Herrn Schütz' Geduld angestrengt. »Ich habe Mia nur in der Umkleidekabine getroffen und …«

»In der Umkleidekabine! Wissen Sie was – Sie können mich mal kreuzweise! In der Umkleidekabine – und das natürlich vollkommen zufällig. Buchen Sie doch gleich einen gemeinsamen Tantrakurs! Was bin ich froh, dass ich mein Abi habe und Ihnen nicht mehr täglich begegnen muss!«, wütete ich und knallte die Haustür vor seiner Nase zu.

Ich fuhr so schnell und aggressiv nach Kaulenfeld, dass der Wagen in den Kurven schleuderte und die Reifen quietschten. Mir war alles recht, von mir aus sogar ein Unfall, wenn es nur die Bilder vertrieb, die sich in meinem Kopf auftürmten. Mama in irgendeiner exotischen Yogaposition und Herr Schütz, der ihr dabei lüstern in den Ausschnitt oder zwischen die Beine lugte. Hoffentlich biss Rossini ihm bei der nächsten Gelegenheit die Eier ab.

Mama war tatsächlich nicht da – weder sie noch die Ente. Allerdings saß Mister X mitten auf dem Esstisch, umgeben von angeknabberten Zweigen und zertrümmerten Ostereiern (unzweifelhaft sein Werk), und war so gnädig, schnurrend den Kopf zu neigen, damit ich ihn hinter dem Ohr kraulen konnte. Beruhigen konnten mich die kätzischen Streicheleinheiten nicht, aber ich musste mich am Riemen reißen und den Brief an Colin aufsetzen. Ich wollte ihn heute noch abschicken, damit er möglichst schnell in Friedrichskoog ankam, wo Colin ein Postfach gemietet hatte. Wir waren also nicht auf Nielsen angewiesen, um miteinander zu kommunizieren.

Übermüdet und doch zu aufgewühlt, um ans Schlafen zu denken, stolperte ich nach oben in mein Dachzimmer und ließ mich stöhnend am Schreibtisch nieder. Meine Finger zitterten, als ich den Füller aufs Papier setzte – eine Spätfolge des gestrigen Trainings.

»*Hey, Sensei*«,begann ich und überlegte. War das nicht zu flapsig? Aber Colins Schreibstil würde ich sowieso niemals erreichen. Und für sprachliche Schnörkel blieb keine Zeit.

»*Ich möchte vorab bemerken, dass ich keine gute Briefeschreiberin bin. Meine Freundinnen haben meine Briefe nie richtig gelesen und erst recht nicht beantwortet. Und der einzige Liebesbrief, den ich bisher geschrieben habe, hat meinen Angebeteten endgültig in die Flucht getrieben.*«

Grischa, erinnerte ich mich. Zwölf Seiten Gefühlsduselei. Was musste er nur von mir gedacht haben? Wir hatten nie miteinander gesprochen. Und dann bekam er einen zwölfseitigen Brief von einem Mädchen, das er wahrscheinlich nicht einmal bemerkt hatte.

»*Wir haben François' Wohnung gefunden – und seine Zweitwohnung. Ziemlich ekelhaft. Gianna war kurz vorm Durchdrehen. Ich ehrlich gesagt auch. Aber wir wissen jetzt, aus welcher Zeit er stammt.*«

Ich kaute an meinem Füller. François war genau achtundvierzig Jahre älter als Colin. Und laut Colin hatte er ab fünfzig Jahren Altersunterschied kaum eine Chance gegen François. Aber zwei Jahre waren zwei Jahre. Zwei Jahre weniger Kraft für François. Vielleicht war dieser Vorsprung genau das Quäntchen, das die Sache letztendlich entschied.

Und wenn ich schrieb, François sei fünfundvierzig Jahre älter, klang es schon wesentlich besser. Gut, ich unterschlug drei Jahre. Falls es schiefging, musste ich mich anschließend mit dem Gedanken herumplagen, Colin wissentlich in den Tod geschickt zu haben – es sei denn, François schlachtete uns gleich alle ab. Dann war es sowieso egal. Trotzdem. Achtundvierzig Jahre waren keine fünfzig Jahre. Und wenn ich fünfundvierzig daraus machte, fiel es Colin leichter, sich dem Kampf zu stellen.

»François ist fünfundvierzig Jahre älter als Du. Und er hat vermutlich nicht immer als Wandelgänger gelebt. Ich hoffe sehr, dass Du Dich von seinem Alter nicht abschrecken lässt. Colin, ich hab Dich gegen Tessa kämpfen sehen – ich weiß, welche Kräfte in Dir schlummern.

Der Glücksangriff von Paul ist auf den kommenden Freitag, 23. April, angesetzt. Gianna hat Konzertkarten organisiert, Ultravox in der Großen Freiheit. Angeblich eine bekannte Achtzigerjahre-Band. Ich finde, der Name hört sich nach Damenbinden an, aber na gut. Etwas anderes gibt es an diesem Tag nicht und wir können nur den Freitag nehmen, weil François den ganzen Tag wegen Vertragsverhandlungen in Dresden unterwegs ist. Er wird erst spätabends zurückkommen. Der Termin steht dick und fett in seinem Kalender. Es scheint wichtig zu sein, also wird er ihn nicht sausen lassen. Ich weiß, das ist ein Tag weniger Trainingszeit für Dich. Ich hoffe, das geht in Ordnung. (Apropos Trainingszeit: Lars ist wirklich ein Arschloch. Wusstest Du, dass er Dich Blacky nennt?)

Wir werden gemeinsam chic essen gehen, das Konzert besuchen, und wenn Paul anschließend noch fit ist, machen wir zur Krönung des Abends einen Abstecher in die Disco. Gianna meint, das wäre die ideale Kombination. Ein bisschen Luxus und ein bisschen Lebensfreude – Essen, Musik und Tanzen. Sie ist Italienerin, laut gängigem Klischee muss sie es wissen, oder? Und ich hoffe, dass sie Paul küsst. Mindestens küsst.

Ich bin übrigens gerade im Westerwald. Ich wollte meine Mutter vor dem Kampf noch einmal sehen, aber sie ist nicht da. Verdammte Scheiße.«

Eine Träne tropfte auf meine schiefen Zeilen, und als ich sie wegwischte, verschmierte die Tinte. Doch ich hatte nicht die Nerven, den Brief neu aufzusetzen.

»Ich hab scheußliche Träume von Dir, Colin. Ich würde Dir gerne sagen, dass ich Dich liebe, aber ich bin mir momentan nicht sicher, ob ich es tue.«

»Was für ein Käse«, brummte ich und strich den letzten Satz durch.

»Doch, ich liebe Dich. Es fühlt sich nur grad nicht so an. Aber ich weiß es. Ganz bestimmt.

Semper fidelis, Lassie«

Semper fidelis. Immer treu. Einige der wenigen lateinischen Formulierungen, die ich sofort gemocht und nie vergessen hatte. Ich faltete den Briefbogen zusammen, stopfte ihn in ein Kuvert und adressierte es.

Und jetzt? Das ganze Wochenende allein in diesem riesigen Haus verbringen? Wieder nach Hamburg fahren und alleine in Pauls leerer Wohnung sitzen? Nein. Ich brauchte dringend ein wenig Schlaf. Danach konnte ich mich immer noch in den Volvo setzen. Aber zuallererst musste ich den Brief wegbringen.

Schon auf der kurzen Strecke nach Rieddorf begann mich das schlechte Gewissen zu peinigen. Ich wollte einen Brief einwerfen, in dem ich Colin anlog, um die Chancen zu erhöhen, dass er den Kampf annahm. Dabei bestand ohnehin das Risiko, dass er ihn das Leben kosten würde. Doch ich kannte Colin. Manchmal war er mir eine Spur zu vorausschauend und bedächtig und kalkulierend. So etwas konnte auch ein Hemmschuh sein, das wusste ich von mir selbst nur allzu gut. Nein, es war keine Lüge, es war eine Motivationshilfe. Colin würde François schon in die Knie zwingen.

Im Grunde blieb mir gar nichts anderes übrig, als die Zahlen zu frisieren. Ich kannte keinen anderen Mahr, den ich gegen François antreten lassen konnte. Colin musste es tun. Ich hatte im unglücklichsten Falle nur die Wahl zwischen einem schnellen und einem langsamen Verderben und ich wollte das schnelle.

Trotzdem ließ mir mein Gewissen keine Ruhe, nicht nur wegen Colin, sondern auch wegen Herrn Schütz. Ich hatte ihn behandelt, als habe er nach meinem Leben getrachtet. Das mit dem Brief konnte ich nicht mehr ändern. Er musste eingeworfen werden. Aber Herr Schütz war immerhin mein Lehrer gewesen – mein bester. Und er war Tillmanns Vater. Außerdem musste ich dringend mit jemand Vernunftbegabtem über den Floh reden, den Gianna mir gestern Abend ins Ohr gesetzt hatte, bevor wir uns Gute Nacht gesagt hatten:

»Dürfen wir François überhaupt töten? Seinen Tod organisieren? Er ist eine reale Person, auch als Wandelgänger. Mit gültigen Papieren und Arbeit und einer Wohnung. Und selbst wenn er es nicht wäre: Ist es recht, das Böse zu töten?«

Ich hatte ihr keine Antwort geben können. Ich wusste ja nicht einmal, was genau Colin beim Kampf überhaupt im Schilde führte. Aber einen Mahr konnte man vermutlich nur ausschalten, indem man ihn tötete – zumindest konnte ich mir keine andere Variante vorstellen. Und dann war Giannas Frage berechtigt. Um Colin machte ich mir dabei weniger Sorgen. Er würde schneller fort sein, als die Polizei erlaubte. Er würde nicht noch einmal den Fehler machen, sich einsperren zu lassen. Aber was war mit uns? Wir wären Mitwisser, hätten den Mord sogar vorbereitet. Wir konnten für mehrere Jahre im Gefängnis landen. Warum hatte Colin dieses Thema nicht angeschnitten? War es ihm gleichgültig, ob ich hinter Gittern saß oder nicht?

Und Giannas moralische Bedenken – ja, wir waren gestern beide in der Stimmung gewesen, mit François' Gebeinen ein Bowlingturnier auszurichten, doch auch ich fragte mich, ob ich das Recht hatte, den Tod eines anderen Wesens zu beschließen, so niederträchtig es auch war.

»Da bist du ja schon wieder«, begrüßte mich Herr Schütz gottergeben, als ich erneut bei ihm vor der Tür stand – diesmal jedoch wesentlich geknickter und unterwürfiger als vorhin.

»Wollte mich entschuldigen und so«, nuschelte ich und ein Lächeln bemächtigte sich seines Gesichts, während er sich ausgiebig am Hinterkopf kratzte. Er zog an seiner Zigarette und trat zur Seite, um mich hereinzulassen. Er soll bloß nicht glauben, dass er bei uns im Haus rauchen dürfte, dachte ich, legte das wütende Tier in meinem Bauch aber gleich wieder an die Kette. Es durfte sich jetzt nicht selbstständig machen.

»Ich muss Sie etwas fragen«, sagte ich bestimmt, nachdem wir in seiner schäbigen, kleinen Küche unter der Tillmann-Bilderwand Platz genommen hatten.

»Ich dich auch, Elisabeth. Wie geht es meinem Sohn?«

»Oh, der … ja, Tillmann geht es gut. Sehr gut sogar. Er begleitet Paul momentan auf einer Kreuzfahrt, als Assistent sozusagen.« Herr Schütz musste ja nicht wissen, dass Tillmann in erster Linie mein Assistent und als blinder Passagier aufs Schiff geklettert war. »Er hat ein Mädchen kennengelernt.«

»Wirklich?« Herrn Schütz' Lächeln verwandelte sich in ein stolzes Strahlen. Als habe ihm diese Vorstellung einen Energiestoß verpasst, stand er auf und wandte sich seinen Terrarien zu. »Hilfst du mir bitte mal beim Füttern?«

Ich gehorchte mit einem unüberhörbaren Protestschnauben und reichte ihm mit einem weiteren Schnaufen die Pinzette samt zappelnder Grille für Henriette, die starr und hungrig wartete.

»Tillmann ist also verliebt …«, sinnierte Herr Schütz selig. Zack, hatte sich Henriette in einem Sekundenangriff das Heimchen von der Pinzette gerissen. Nun, mit aufrichtiger Liebe hatte Tillmanns neue Bindung vermutlich nicht übermäßig viel zu tun, aber ich nickte beifällig.

»Auch in der Galerie macht er sich gut. Er hat einen sehr interessanten Super-8-Film gedreht … und selbst entwickelt! Wir waren vom Ergebnis überrascht.«

»Schön. Wirklich schön.« Herr Schütz rieb sich versonnen sein kleines Bäuchlein. Zufrieden beobachtete er, wie Henriette nagend den Chitinpanzer der Grille aufbrach.

»Und was hast *du* auf dem Herzen, Elisabeth?«

Ich schlug die Augen nieder und versuchte, mir meine Worte zurechtzulegen. Doch egal, wie ich sie sortierte – sie klangen immer dramatisch.

»Darf man das Böse vernichten, um eine geliebte Person zu retten?«

Herr Schütz schwieg verdattert. Henriette hingegen knusperte unverdrossen weiter. Für Stimmungsumschwünge schien sie kein Feingefühl zu haben.

»Ist das die Grundlage einer theoretischen Diskussion oder … oder sprichst du von einer konkreten Situation?«

»Beides, glaube ich.« Ich setzte mich wieder auf die Küchenbank und zupfte an dem fleckigen Tischtuch herum, während Rossini sich schwer gegen meine Beine lehnte.

»Hat mein Sohn etwas ausgefressen?« Herr Schütz schloss das Terrarium und kam zu mir.

»Nein, nein! Nein, das hat er nicht. Ich kann Ihnen nicht sagen, worum genau es sich handelt. Ich kann es wirklich nicht.«

»Elisabeth, so geht das nicht.« Herr Schütz griff nach meinen Händen, doch ich entzog sie ihm mit einem Ruck. Hebelwirkung. Es gab nichts Besseres.

Herr Schütz ließ sich nicht beirren. »Du willst mir nicht sagen, was ihr beide im Sommer erlebt habt – gut, das akzeptiere ich. Aber nun kommst du her und redest von dem Bösen und ob es vernichtet werden darf. Ich muss wissen, wovon du sprichst.«

»Nein, das glaube ich nicht. Und selbst wenn ich es Ihnen erzählen würde, Sie würden es mir sowieso nicht abnehmen. Auch das habe ich Ihnen schon einmal gesagt. Mir geht es ja nur um folgende Situation: Da ist ein Mensch, den ich sehr liebe, und er befindet sich in großer Gefahr, aus der er aus eigener Kraft nicht entkommen kann, weil er sie gar nicht sieht. Nicht sehen kann! Wenn ich nichts unternehme, wird er sterben. Er ist schon krank. Ich kann ihn nur retten, wenn ich das Böse vernichte. Aber es kann sein, dass es schiefgeht und sowohl er als auch ich dabei umkommen.« Und vielleicht auch Ihr Sohn, führte ich im Geiste zu Ende.

»Hast du dich von irgendeiner Sekte kapern lassen, Elisabeth?«, fragte Herr Schütz mit unübersehbarer Beunruhigung. »Was genau ist das Böse?«

»Das ist es, was ich Ihnen nicht sagen kann. Sorry, ich kann es nicht. Ich will nur wissen, ob ich seinen Tod planen dürfte, wenn ich es denn könnte.« Wenn ich es denn könnte. Dieser Satz brachte die Wendung. Herr Schütz prustete erleichtert. Und doch hatte ich nicht gelogen, denn ich allein konnte es tatsächlich nicht.

»Nun, stellt sich für dich die Frage, ob du es darfst oder nicht? Oder nicht viel eher die Frage, ob du es ertragen kannst, wenn du es nicht tust? Mit welchen Konsequenzen könntest du am besten leben? Das Gesetz jedenfalls fährt eine klare Linie und die Bibel auch. Du sollst nicht töten. Ich für meinen Teil versuche, mich daran zu halten.«

»Zählt man mal die Heimchen nicht dazu, die täglich in diesen vier Wänden krepieren«, ergänzte ich mit einem Blick auf das Terrarium, in dem die gesättigte Henriette mit gefalteten Fangarmen Frömmigkeit mimte.

»Sicher, sicher«, bestätigte Herr Schütz betreten.

So einfach war das also. Ich musste mich entscheiden, mit welchen Konsequenzen ich am besten leben konnte. Diese Frage war für mich schon lange beantwortet. Ich konnte Paul nicht untätig dahinsiechen lassen. Niemals. Lieber hatte ich den Tod eines anderen Wesens auf dem Gewissen als den meines Bruders. Und leider hatte ich nicht die Möglichkeit, die Polizei einzuschalten, ohne selbst eingebuchtet zu werden. Und zwar in die Psychiatrische.

Ich musste das alleine durchstehen, selbst wenn ich dafür lebenslänglich in den Knast kam. Ganz abgesehen davon wäre François sowieso schon längst unter der Erde, wenn er nicht verwandelt worden wäre. Falls Colin ihn tötete, erledigte er nur das, was Mutter Natur bereits vor über hundert Jahren hatte tun wollen.

»Okay. Mehr wollte ich nicht wissen.« Ich stand auf, drückte Rossini einen Kuss auf seinen zierlichen Kopf und gab Herrn Schütz die Hand. Vielleicht zum letzten Mal. »Danke für alles.«

Er sah mir stumm nach, während ich durch die Haustür verschwand und auf den Volvo zusteuerte. Ich war plötzlich so müde, dass ich kaum noch geradeaus laufen konnte. Als ich Herrn Schütz aus dem Autofenster heraus zum Abschied zuwinkte, hob er die Hand und sein Gesicht war sorgenzerfurcht. Lange würde ich ihn nicht mehr hinhalten können. Er wusste genau, dass etwas vor sich ging, was irgendwie – merkwürdig war. Aber es reichte, wenn ich das Leben meiner Freunde gefährdete. Herr Schütz musste nicht auch noch dazugehören. Außerdem würde er es brühwarm meiner Mutter erzählen.

Zu Hause fiel ich wie ein Stein ins Bett. Mein Adrenalinvorrat war endgültig aufgebraucht. Ich hatte nicht einmal mehr die Energie, meinen Arm zu heben, um nach der Wasserflasche zu greifen, obwohl meine Kehle trocken und rau vor Durst war.

In Kleidern und mit Schuhen an den Füßen, das Gesicht fest ins Kissen gedrückt, schlief ich ein, während draußen vor dem Fenster die Amseln klagend den ersten warmen Frühlingsabend begrüßten.

Mutterseelenallein

Der Schuss trennte mein Bewusstsein sauber und schnell vom Schlaf, als wolle er meine Träume ein für alle Mal auslöschen. Ich krümmte mich in einem jähen Schmerz, bevor das panische Winseln durch die Nacht schallte. Ehe der zweite Schuss fiel, stand ich am offenen Fenster und blickte hinaus. Mein Atem blubberte und ich glaubte, Blut zu schmecken. Dann wurde die Stille für eine weitere Sekunde zerrissen, gefolgt von einem grellen Jaulen, das sich mit meinem eigenen Aufschrei vermischte. Ich hielt mich an der Kante der Fensterbank fest, um nicht zu stürzen wie er, dessen Körper sich aufbäumend um sich selbst drehte.

»Ihr Idioten, ihr gottverdammten Idioten«, flüsterte ich. »Es war doch nur ein Wolf. Er hat euch nichts getan …«

Während er starb, verschlangen sich seine Träume ein letztes Mal mit meinen. Ich spürte seinen Schmerz, seinen Schrecken und seinen zornigen Widerwillen gegen den Tod, als hätten die Gewehrkugeln meine eigene Lunge zerfetzt. Auch ich wollte noch nicht sterben und auch ich war unendlich zornig, als ich ihn vor mir auf dem feuchten, kalten Laub liegen sah, ein dünnes Blutrinnsal über den Lefzen, die Pfoten zuckend, als versuchten sie, vor der Endgültigkeit des Todes zu fliehen. Ich ließ die Fensterbank los, weil ich meine Finger ausstrecken und tröstend über sein dichtes Nackenfell streicheln wollte. Aufschluchzend fiel ich zu Boden.

Mehr als der Wolf war gestorben, ich konnte es fühlen. Das hier war nicht mehr meine Heimat. Es war nur noch ein feindseliger, finsterer Wald und ich fürchtete die Menschen, die in ihm hausten. Den ganzen Winter über hatte ich gehofft und gebetet, dass der Wolf sich versteckte und die Jäger ihn nicht entdeckten, dass er für Colin und mich bleiben durfte. Er hatte uns Zeit verschafft, indem er Tessa zerfleischte. Er war freiwillig in den Kampf getreten. Obwohl Colin seine Träume geraubt hatte, hatte der Wolf stets seine Nähe gesucht und monatelang geheult, nachdem er verschwunden war, als wolle er ihn herbeirufen. Niemand außer mir hatte ihn gehört in all den frostklaren Schneenächten. Sein Gesang hatte mich getröstet. Ich kannte seine Träume – er war mir vertraut gewesen.

Nur zögerlich verebbte der Schmerz in meiner Lunge, doch sobald ich mich rühren konnte, stand ich auf, um – wie so oft in diesem Frühjahr – meine Sachen zu packen. Ich musste hier weg. Einen Moment lang hasste ich das ganze Dorf, wollte durch die wenigen Straßen laufen und meine Abscheu laut hinausbrüllen, um jeden einzelnen Bewohner aus seinem bigotten Schlaf zu rütteln. Doch das hätte den Wolf auch nicht wieder lebendig gemacht.

Ich hielt schon die kühle Klinke der Haustür in der Hand, als das Schrillen des Telefons die Grabesruhe des Hauses durchbrach. Telefon? Jetzt? Es war kurz vor vier Uhr in der Frühe – es konnte keine gute Nachricht sein, die auf mich wartete. Zwei Mal hatte uns um diese Uhrzeit jemand angerufen und jedes Mal hatte er den Tod verkündet. Den von Mamas Mutter und den von Papas Mutter. Sie starben beide exakt dreizehn Tage vor ihrem fünfundsiebzigsten Geburtstag, ein Zufall, der mir stets eine Gänsehaut über den Rücken rieseln ließ, wenn ich darüber nachdachte. Doch nun fiel mir ein, dass es auch noch einen dritten Anruf gegeben hatte. Keine Todesnachricht und dennoch mit einem Schrecken verbunden, dessen Echo mich erneut in seiner ganzen Gnadenlosigkeit einholte. Es geschah in der Gewitternacht im vergangenen Sommer – der Strom war ausgefallen und trotzdem hatte das Telefon geklingelt, minutenlang, bis ich abnahm und eine Stimme hörte, die weder menschlich noch tierisch, weder weiblich noch männlich klang, aber uralt und so machtvoll, dass ich mich nicht hatte überwinden können aufzulegen. Bis heute wusste ich nicht genau, wer der Anrufer gewesen war und was er eigentlich gewollt hatte, warum er nach meinem Vater verlangte. Nur eines war mir klar – er konnte es wieder sein.

Und wie in der stürmischen Gewitternacht, in der ich jeden Augenblick mit meinem Tod gerechnet hatte, stand ich auch in diesen grauschwarzen Morgenstunden wie gelähmt vor dem klingelnden Telefon und sah meiner Hand zu, wie sie sich nach vorne bewegte, blass und schmal, und es aus seiner Ladestation zog.

Ich verzichtete darauf, meinen Namen zu sagen, es war überflüssig. Ich hatte das Ohr noch nicht an die Muschel gedrückt, als mir bereits das tiefe, lang gezogene Atmen entgegenbrandete und eine innere Versteinerung auslöste, der ich nicht entrinnen konnte. Ich musste zuhören, obwohl es in der Leitung in einem fort rauschte und knackte und das Wesen am anderen Ende der Verbindung nichts sagte, nur atmete, viel zu langsam. Es musste eigentlich ersticken, aber seine gesamte Aura war so überwältigend, dass ich den Kopf zwischen die Schultern zog und eingeschüchtert auf meine Knie sank, als wolle ich mich vor ihm niederwerfen und es anbeten. Ich dachte gar nicht darüber nach, selbst etwas zu sagen. Wozu auch? Dieses Wesen hatte mich in seinen Bann gezogen, obwohl es sich vermutlich Tausende Kilometer weit weg befand.

So kauerte ich im dunklen Wohnzimmer, den Hörer am Ohr, und wartete. Wartete, bis sich der erste Laut aus seiner Kehle löste. Das Rauschen meines Bluts vermischte sich mit seiner Stimme, als wolle es sie vervollkommnen.

»Gefahr.«

Na, das war ja mal ein hilfreicher Hinweis. Gefahr? Ach, wirklich?

Doch meine Angst und meine Ehrfurcht verboten mir jedweden Kommentar. Nun schien sich ein Sturm in der Leitung zu erheben, sie toste und summte und ich verstand nur noch zwei Wörter, bis die Verbindung mit einem metallischen Schlag unterbrochen wurde: »Süden« und »Augen«.

Obwohl ich am ganzen Leib fror, war meine Hand schweißnass, sodass der Hörer durch meine Finger rutschte und scheppernd auf den Boden fiel. Ich konnte mich immer noch nicht rühren, doch mein Grauen bekam Besuch von dem wütenden Tier in meinem Bauch, das sich in seinem Schlaf gestört fühlte und fauchend gegen die Innenseite meines Magens sprang.

»Ich hab das alles so satt!«, schrie ich und hob das Telefon auf, um es mit all meiner Kraft gegen die Wand zu schmettern. Zufrieden sah ich zu, wie es in seine Einzelteile zersprang und die Batterien über den Boden rollten. Doch das war nicht genug. Noch einmal pfefferte ich es gegen die Tapete, dann ein drittes Mal, ein viertes Mal, begleitet von wüsten Flüchen und Verwünschungen, bis ich mich heiser geschrien hatte. »Gefahr, Augen, Süden – ganz klasse! Kann ich Gedanken lesen? Nein, kann ich nicht! Auf solche Botschaften scheiß ich, habt ihr das verstanden?«

Dann begriff ich auf einmal, was ich hier überhaupt tat. Das Telefon war hoffnungslos zerstört und die Tapete hatte ebenfalls gelitten. Mit unruhiger Hand schrieb ich ein paar entschuldigende Zeilen an Mama: *»Spontanbesuch, warst nicht da, bin übers Telefonkabel gestolpert, sorry, alles Liebe, Ellie.«*

Während das Tier in meinem Bauch sich knurrend in sein gewohntes Revier zwischen Herz und Zwerchfell zurückzog, übernahm die Angst wieder das Ruder – aber diesmal nicht mit heilloser Panik, sondern einem schwelenden, dämmrigen Gefühl permanenter Bedrohung. Mehrmals hob ich den Kopf und lauschte, weil ich glaubte, ein Geräusch gehört zu haben, doch weitaus schlimmer war die dumpfe Stimme in meinem Kopf, die anfing, mir einzubläuen, dass bald etwas Schreckliches geschehen würde.

Meine Bewegungen erschienen mir hektisch und überschnell und gleichzeitig kam ich mir wie ferngesteuert vor, manipuliert von einer Diktatur, die ich nicht kannte, als wäre ich nicht mehr Herrin über das, was ich tat. Ich funktionierte, doch es hatte längst etwas anderes, Gewaltvolleres von meinem Körper und meiner Seele Besitz ergriffen. Ich würde nur noch ihrem Ersterben zusehen dürfen, ohne etwas dagegen ausrichten zu können.

Selbst im Auto ließ dieses Bedrohungsgefühl nicht nach und ich hielt mehrmals an, um nach hinten zu schauen, weil ich fürchtete, dass sich jemand auf oder unter der Rückbank versteckt hatte, um mir bei der nächsten Gelegenheit eine Schlinge um den Hals zu legen. Die ganze Fahrt über wagte ich nicht, Rast zu machen, und ließ die Innenverriegelung eingerastet. Erst mit dem Anbruch der Morgendämmerung wurde ich etwas ruhiger, und sobald ich Pauls Wohnung erreicht hatte, wagte ich sogar, etwas zu essen und das Radio anzuschalten. Doch meine Vorsicht blieb – und auch diese an den Haaren herbeigezogene Idee, verfolgt zu werden, einer unsichtbaren Bedrohung ausgesetzt zu sein. Ich konnte mich dieses Eindrucks selbst dann nicht erwehren, wenn ich so rational, wie meine Logik es vermochte, über den Anruf und meine momentane Situation nachdachte.

Ja, ich war zum ersten Mal in meinem Leben ganz allein, ohne Eltern, ohne Bruder, ohne Freundinnen, ohne mein Lieblingsgefängnis Schule – nicht mitgerechnet meine einwöchige Ibizaverweigerung vergangenen Sommer. Aber damals hatte ich noch nichts von Tessas Heimsuchungen gewusst. Trotzdem – das Alleinsein reichte nicht aus, um mich derart aus dem Konzept zu bringen. Es konnte nicht der einzige Grund sein.

Und der Anrufer? Hatte er es ausgelöst? Mit hoher Wahrscheinlichkeit war es ein Mahr gewesen. Doch vielleicht hatte er gar nicht mich gemeint, letztes Jahr hatte er immerhin meinen Vater sprechen wollen. Auch dieses Mal hatte ich zwar Angst gehabt, fühlte mich jedoch auf unerklärliche Weise zu ihm hingezogen. Ich hatte nicht das Gefühl, dass er mir nach dem Leben trachtete – nein, seine Worte hatten sich eher wie eine Warnung angefühlt. Eine Warnung, mit der ich bedauerlicherweise nichts anfangen konnte.

War es vielleicht doch eine Finte – steckte Tessa dahinter? Aber Tessa hatte keinen Grund dazu. Colin und ich waren weder zusammen noch besonders glücklich. Ich hatte Tessa nie sprechen hören, nur grunzen und singen, eines schauderhafter als das andere. Ich wusste nicht einmal, ob sie sprechen konnte. Als sie im Traum – in Colins Erinnerungen an seine Metamorphose – geredet hatte, hatte ich das Gefühl, ihre Stimme erklänge nur in meinem Kopf. Als höre ich ihre Gedanken. Ich konnte mir nur schwer vorstellen, dass sie in der Lage war, ein Telefon zu bedienen. Tessa arbeitete nicht mit dem Verstand, sie folgte nur ihrer Gier und ihren Instinkten.

François wiederum war auf dem Schiff und seine Stimme klang gänzlich anders als die des Anrufers. Er konnte ebenfalls nicht dahinterstecken. Es sei denn, er hatte schon lange Lunte gerochen und andere Mahre auf mich gehetzt. Auch das war jedoch nicht einleuchtend, da Mahre sich laut Colin bei der Jagd nicht gerne verbündeten. Wandelgänger schon gar nicht.

Keine dieser Schlussfolgerungen konnte mich nachhaltig beruhigen, denn zu jeder Regel gab es auch eine Ausnahme. Meine Logik hatte ihren Einfluss auf meinen Bauch an eine höhere Instanz abgegeben. Und weil ich nichts und niemandem mehr traute, meldete ich mich auch nicht bei Gianna zurück. Es war nicht so, dass ich ihr gegenüber einen Argwohn hegte – nein, ich wollte einfach sichergehen, keine Spuren zu hinterlassen, die entdeckt werden könnten. Es schien mir denkbar, dass Mahre eine Art Radar vor Augen hatten, das ihnen die Wege ihrer Opfer wie eine Landkarte skizzierte, rote Linien von A nach B und C, und jeder Mensch, der sich in diesem Netz verhedderte, wurde vernichtet.

Also blieb ich Tag für Tag in Pauls Wohnung, wachte nachts und schlief tagsüber, unterbrochen nur von einigen überlebensnotwendigen Einkäufen und meinen Karatetrainingseinheiten bei Lars. Sie ähnelten zunehmend einer Folter, bei der es darum ging, mich mundtot zu kriegen und meinen Willen zu brechen. Dabei hatte Lars jedoch die Rechnung ohne das zornige Tier in meinem Bauch gemacht.

Zwar hätte Colin niemals einen Trainer angeheuert, der zu einer ernsthaften Gefahr für mich werden konnte, aber ich hatte trotzdem so manches Mal das Bedürfnis, Lars mit Benzin zu übergießen und anzuzünden. Besonders unangenehm waren seine Selbstverteidigungslektionen, bei denen er mich mit vollem Körperkontakt angriff, ich mich aber nur mit Scheintechniken wehren durfte. Sprich: Lars nahm mich in den Würgegriff, drückte mich an seine Brust, bis meine Knochen knackten und ich auch jene seiner Erhebungen fühlte, die ich niemals fühlen wollte, und ich musste mich heraushebeln, ohne ihm ernsthaft einen Schlag verpassen zu können. Meine Hiebe und Tritte sollte ich allenfalls andeuten. Wenn ich Glück hatte, gönnte er mir anschließend eine kleine Schlagpolstereinheit und ich konnte meine Wut wenigstens an den Kissen auslassen. Doch er beendete die Karatestunde nie, ohne mich bei einem abschließenden Konditionstraining windelweich zu knechten und dabei unentwegt anzuschreien, bis ich entkräftet auf den staubigen Turnhallenboden fiel. Er respektierte meine Grenzen nicht. Ihn interessierte nicht einmal, dass ich Grenzen hatte.

Ich fragte mich zwischendurch natürlich auch, ob ich mich insgeheim vor Lars fürchtete und das Bedrohungsgefühl von ihm ausging. Doch sosehr ich ihn auch ablehnte (und sosehr er mich ablehnte): Der Gorilla hatte nichts damit zu tun. Es war sogar so, dass die Trainingsstunden Erleichterung brachten, da sie mir keine Zeit ließen, meinen Verfolgungswahn zu pflegen, und ich mich in Lars' Gegenwart erstaunlicherweise geschützt und abgeschottet fühlte.

Nach jedem Training wartete er, bis ich geduscht und mich angezogen hatte – einer seiner Lieblingszeitvertreibe bestand dabei darin, mir durch die geschlossene Tür frauenfeindliche Witze zuzubrüllen und meine Reaktion auszutesten (in der Regel bleiernes Schweigen) –, und er blieb stets in seiner hässlichen Angeberkarre sitzen, bis ich den Volvo gestartet hatte und vom Parkplatz gefahren war. Anfangs dachte ich, er sei ein Kontrollfreak und belauere deshalb jede Regung, die ich machte, bis mir klar wurde, dass er sich auf irgendeine abstruse Weise verantwortlich für mich fühlte. Die Gegend, in der sich die Trainingshalle befand, war beileibe nicht vertrauenerweckend, sondern tatsächlich ein handfestes Problemquartier.

Abends saß ich grübelnd vor dem leise geschalteten Fernseher – leise geschaltet, damit ich auf jedes verdächtige Geräusch lauschen konnte – in Pauls Lieblingssessel. Mich kümmerten weder der zögerliche Frühlingseinbruch noch Mamas Anrufe, die sich auf meiner Handymailbox anhäuften. Alles, was ich wollte, war, dass Paul und Tillmann zurückkehrten und sich mit ihnen meine bösen Vorahnungen zerstreuen würden – auch wenn das gleichzeitig bedeutete, dass der Mahr wieder in meiner Nähe war und wir den Kampf vorbereiten mussten.

Die letzte Nacht allein verbrachte ich ausnahmsweise liegend und im Bett, da sich mein Kreuz vom vielen Sitzen und Trainieren anfühlte, als würde es demnächst in der Mitte entzweibrechen. Ich musste mich ausstrecken – und wie durch ein Wunder verordnete mir meine Übermüdung wenigstens einen oberflächlichen Dämmerschlaf. So oberflächlich, dass mich die laute Musik, die mit einem Mal durch die Wohnung dröhnte, nach nur wenigen Ruhestunden gnadenlos in die Realität zurückkatapultierte.

Musik – warum Musik? Waren Tillmann und Paul etwa früher zurückgekommen? Ich stolperte unter Schmerzen in den Flur, doch er lag leer und dunkel vor mir. Keine Taschen und Koffer, keine Schlüssel auf der Ablage. Keine Stimmen. Nur dieser Song, den ich nicht kannte und der eindeutig aus dem Wohnzimmer schallte. Ein gleichmäßiger, harter Rhythmus, schreitend und schwerfällig, und dazu eine leidende, gepeinigte Stimme – gepeinigt wie ich, als ich mich ihr näherte, ihr und dem blauen, flackernden Licht des Fernsehers, das ihren gequälten Todesgesang begleitete.

»Aber … das kann doch nicht sein …«, wisperte ich. Ich hatte den Fernseher ausgemacht, bevor ich zu Bett gegangen war. Ich wusste es ganz genau. Ich hatte die Fernbedienung genommen, auf Standby geschaltet und sie hochkant neben dem Flat positioniert. Wo sie immer noch ruhte. Niemand hatte sie berührt. Und doch lief der Fernseher – nicht Pro7, das ich zuletzt gesehen hatte, sondern ein ausländischer Musiksender.

»Paul? Tillmann? Seid ihr da?«, rief ich mit bebender Stimme, ohne ernsthaft mit einer Antwort zu rechnen. Sie waren nicht da. Meine Augen verfingen sich wieder in dem Video, das ich in einer anderen Ausgangslage vielleicht sogar amüsant gefunden hätte, mich nun aber abgrundtief anekelte. Denn der überschminkte Mund des Sängers erinnerte mich an Tessa, an die widerlich feuchten Krümel, die an ihren Lippen geklebt hatten. Seine Haut war so teigig und bleich wie ihre … und … Sah ich das richtig? Überall Spinnweben? Auch über seinem Gesicht? Er lag im Bett und wurde verschlungen von einer – Spinne?

Er blickte mich an, ebenso gewiss wie ich, dass etwas Schreckliches geschehen würde, dass Flucht sinnlos war, und blieb apathisch liegen, bis der Leib der Spinne sich über seinen schlaffen Körper stülpte. Ich taumelte auf den Fernseher zu, um die Fernbedienung zu nehmen und ihn auszuschalten, doch ehe ich den Knopf drücken konnte, flackerte das Bild hell auf und erlosch. Noch einmal knisterte das Display und ich spürte, wie die Fernbedienung in meiner Hand vibrierte. Dann kehrte Ruhe ein. Eine Ruhe, die es mir erlaubte, jeden einzelnen der Schritte zu hören, die über das Dach huschten, schnell und sicher und so laut, dass jede Einbildung unmöglich war. Es war die ganze Zeit jemand auf dem Dach gewesen, direkt oberhalb meines Kopfes, während ich in Unterwäsche vor dem laufenden Fernseher gestanden und nicht begriffen hatte, was hier überhaupt passierte.

Wimmernd schaltete ich sämtliche Strahler und Lämpchen an, die ich in der Wohnung finden konnte, holte den schweren Vorschlaghammer aus Pauls Werkkammer, kauerte mich mit ihm in der Hand vor die Tür unter all die fremdartigen Gemälde und flehte die Sonne an, bald aufzugehen, um mich von meiner Panik zu befreien.

Rhythmusschwierigkeiten

Als die Tür sich öffnete, kauerte ich immer noch vor ihrer Schwelle und begriff zu spät, was gerade passierte, sodass ich nicht rechtzeitig wegkriechen konnte und sie in mein Kreuz gestoßen wurde. Doch was bedeutete schon Schmerz – Tillmann und Paul waren wieder da! Aufseufzend zog ich mich an ihrem Rahmen hoch.

»Paul! Tillmann, wo ist Paul? Ist er noch unten? Streitet mit –?«

Tillmann schüttelte langsam den Kopf. Die tiefe, ernste Sorge in seinen Augen – ein Ausdruck, den ich bei ihm noch nie gesehen hatte – verdoppelte meinen Herzschlag und ließ mich nach Luft schnappen. Irgendetwas war nicht in Ordnung. Und wenn Tillmann sich schon sorgte, dann …

»Wo ist mein Bruder? Wo ist Paul?« Ich packte ihn am Kragen und zog ihn zu mir. Er wehrte sich nicht, kickte aber nachlässig einen grauen Koffer in den Flur, während ich an ihm herumzerrte. Pauls Koffer.

»Versuch, ruhig zu bleiben, Ellie, okay? Und lass mich mal los.« Er griff nach meinen Händen und löste sie entschieden von seinem Pulli. »Paul ist … er ist zusammengeklappt. Das ging ganz schnell, ich hab es selbst gar nicht mitbekommen …«

»Wann? Wo? Und was heißt das, zusammengeklappt?«

»Wenn du aufhörst zu schreien, kann ich dir alles erklären. Wir sind gerade vom Schiff gegangen und ich hab mich … verabschiedet.« Verabschiedet. Ja, klar.

»Du hast mit deiner Tussi rumgemacht, während es meinem Bruder schlecht ging?«

»Ellie«, sagte Tillmann drohend. Seine Augen verengten sich. »Unterbrich mich nicht dauernd und hör mir zu. Kapiert? Jedenfalls hab ich es nicht mitgekriegt, er lag beim Auschecken auf einmal auf dem Boden und war bewusstlos. François wollte ihn wegzerren, aber zum Glück haben ein paar Leute einen Krankenwagen gerufen und dann – na ja, dann ist er abgeholt worden. Er ist nicht mehr zu sich gekommen. Aber er hat geatmet, Ellie, das hab ich genau gesehen. Er lebt. Guck mich nicht so an!« Jetzt war auch Tillmann laut geworden. Er rückte ein Stück von mir ab. »Ich bin jedenfalls nicht daran schuld! Es ging so schnell …«

»Könntest du mir endlich meine Frage beantworten: Wo ist er?«, fauchte ich ihn an. Er wich noch ein paar Zentimeter zurück, sah aber nicht so aus, als ob er Angst hätte. Sondern eher, als wolle er sein Gesicht davor schützen, zerkratzt zu werden.

»In einem Krankenhaus, wo sonst?«

Ohne ein Wort rannte ich in unser Zimmer und zog mich an. Meine wirren Haare band ich notdürftig im Nacken zusammen. Drei Minuten später stand ich wieder vor Tillmann.

»Bring mich dahin. Sofort.« Ich drückte ihm den Autoschlüssel in die Hand.

»Hattest du nicht gesagt, ich hätte keinen Führerschein?«, fragte Tillmann betont cool. »Hör gefälligst auf, mich rumzukommandieren, und …«

»Du bringst mich jetzt dahin! Deine Fahrerlaubnis interessiert mich nicht! Du bist auch als blinder Passagier auf die AIDA geklettert, also stell dich nicht so an! Oder soll ich fahren?« Mit einem betont irren Lächeln stemmte ich die Arme in die Seite.

»Besser nicht«, murmelte Tillmann abschätzig, nahm den Schlüssel und lief mir voraus zum Auto.

»Wo ist eigentlich François?«, bellte ich, nachdem ich mich in den Wagen gesetzt hatte. Ich sah Tillmann unentwegt an, doch er war damit beschäftigt, den Volvo aus der Parklücke zu bugsieren – und das machte er bemerkenswert souverän.

»Hallo, ich hab dich was gefragt!«

»Wieder mal unterwegs zu Kunden. Mann, der Typ ist gierig, das glaubst du nicht. Der labert die Leute tot, damit sie ein Bild kaufen. Die denken am Schluss, es liegt ihr Seelenheil darin, dafür zu blechen. Er hat alle Gemälde losbekommen, zu Unsummen! Paul war das manchmal richtig peinlich.«

»Du warst dabei? Du solltest dich doch von ihm fernhalten, hab ich dir gesagt …«

»Ich war immerhin offiziell als ihr Assistent auf dem Schiff! Ich konnte mich schlecht drücken. Aber mach dir mal keine Sorgen um meine Gedanken. Die waren woanders.« Tillmann grinste dreckig. Ich schnaubte nur. Gedanken konnte man das wohl kaum mehr nennen.

Kurz vor der Klinik – leider nicht dem Jerusalemkrankenhaus – schlug meine Gereiztheit in Angst um, ohne Vorwarnung, aber mit derselben Intensität wie so oft in den letzten Tagen. Ich wusste nicht mehr, wie es war, sich ausgeglichen und entspannt zu fühlen. Ich bestand nur noch aus Extremen.

Es konnte mir nicht schnell genug gehen und so stauchte ich nicht nur Tillmann zusammen, weil er sich alle Zeit der Welt beim Bezahlen des Parktickets nahm, sondern auch die Frau hinter dem Infoschalter, weil sie telefonierte, anstatt uns ihre Aufmerksamkeit zu schenken. Sie sah mich an, als habe ich ihr soeben den Mann weggeschnappt und ihre Kinder entführt. Dieser Blick war mir sehr vertraut. Tränen und Aggressivität in einem trieben auch die besten Freunde in weite Ferne. Doch ich wollte keinen Kaffee mit ihr trinken. Ich wollte meinen Bruder sehen.

Nach einer lästigen Diskutiererei, bei der Tillmann – ausgerechnet er! – sich für mich in Grund und Boden schämte, durften wir endlich zu ihm.

»Paul!« Mit einem Mal verpuffte meine Wut und ich klebte als heulendes Elend an seiner breiten Brust. Er war bei sich, wach und aufrecht sitzend, zwar am Tropf, aber eindeutig lebendig, und er konnte sogar lächeln. »Ich hab dich so vermisst, Mensch, was machst du denn, du Idiot …«

»Ist doch alles nicht so schlimm, Lupine.« Seine Stimme war belegt und sein Herzschlag ging langsam und schwer. Ich durfte ihm nicht zur Last fallen. Und mich nicht an ihn klammern, als wäre er die einzige verbliebene Schiffsplanke nach dem Untergang der Titanic. Nein, ich musste ihn aufheitern, zum Lachen bringen. Ich brauchte sein Lachen als Beweis, dass alles gut werden würde.

»Ich kenne einen neuen Witz.« Ich ließ ihn los und setzte mich ordnungsgemäß auf die Bettkante, während eine Schwester mit kritischem Blick seinen Tropf überprüfte.

»Oje«, sagte Paul trocken. Ich hatte noch nie gut Witze erzählen können und meistens die Pointe versemmelt. Aber dieser musste Paul gefallen.

»Was ist der Unterschied zwischen Frauen und Gummistiefeln? Na?«

»Ich habe keine Ahnung«, antwortete Paul höflich. Die Schwester drückte ihm schnaubend ein Fieberthermometer ins Ohr.

»Also. Es gibt keinen«, begann ich triumphierend. »Wenn sie trocken sind, kommt man nicht rein; wenn sie feucht sind, fangen sie an, komisch zu riechen, und wenn man sonntags mit ihnen vor die Tür geht, wird man schief angeguckt.«

Nun, schief angeguckt wurde ich jetzt auch, obwohl erst Samstag war, doch das geschockte Schweigen der Schwester wurde im Nu durch Pauls schallendes und gelinde beschämtes Lachen abgelöst.

»Oh Gott, Ellie … Wo hast du den denn her?« Ich zuckte verlegen mit den Schultern. Gut, dass Gianna nicht hier war. »Von meinem Karatelehrer.«

»Du machst Karate?« Richtig. Das wusste Paul ja noch gar nicht. Und auch Tillmann wusste es nicht. Umsichtig vergrößerte er den Abstand zwischen uns. Er ging vermutlich davon aus, dass Colin der Karatelehrer war.

»Ja, bei so einem Gorilla, im Moment täglich. Soll gut für die Psyche sein. Dr. Sand hat es mir verordnet. Innere Ruhe und so.« Immer schön die Bekloppte mimen. »Was ist denn jetzt mit dir, Paul? Warum bist du bewusstlos geworden?«

Ein Arzt samt wissbegieriger Studentengefolgschaft, der weder von mir noch von Tillmann großartig Notiz nahm, nahm ihm die Antwort ab. Ich verstand nicht alles, was der Doc vor seinen Schützlingen und nebenbei auch vor Paul herunterbetete, aber was ich verstand, war alarmierend. AV-Block. Zweiten Grades. Herzschrittmacher empfehlenswert. Herzschrittmacher? Paul war vierundzwanzig! Und wieso hatte er plötzlich einen Herzfehler? Die Reizleitung war gestört, hieß es. Haha. Sehr symbolisch. Da waren so einige Reizleitungen gestört. Es sollten weiterführende Untersuchungen folgen, Blutwerte, Langzeit-EKG, Belastungstest.

Paul hörte ruhig zu und hakte nur ab und zu nach. Ihm musste man nicht viel erklären. Er hatte selbst Medizin studiert. Er wusste genau, was das alles bedeutete – und doch wusste ich es viel besser.

»Vieraugengespräch«, befahl ich Tillmann raunend, während ich mich an den Studenten vorbei aus dem Zimmer drückte – ich hatte darin sowieso nichts mehr verloren –, und marschierte den Gang entlang, bis ich eine Nische mit Besucherbank fand, in der wir ungestört reden konnten.

»Das dürfen wir auf keinen Fall zulassen. Auf keinen Fall!«

»Was meinst du, Ellie?« Tillmanns Befremden mir gegenüber

wuchs sekündlich, doch er wusste nicht, was ich in den vergangenen beiden Wochen durchgemacht hatte. Eigentlich hielt ich mich noch wacker.

»Den Herzschrittmacher, was sonst!« Ich trat gegen die Bank.

»Aber wieso denn das? Ist doch klasse, dass die was gefunden haben und ihm helfen können …«

»Sag mal, hast du dich dumm gebumst? Weißt du, wie ein Herzschrittmacher funktioniert? Die haben es eben selbst gesagt! Moderne Technik vom Allerfeinsten! Mit minimalen, genau ausgerechneten Impulsen! Und dann einen Mahr in ständiger Nähe? Wir können Paul auch gleich ein Grab schaufeln und ihm eine Axt in den Rücken hauen!«

»Okay. Stimmt. Hast recht. Hab ich nicht dran gedacht. Musst mich trotzdem nicht beleidigen. Dumm gebumst … echt …« Tillmann tippte sich an die Stirn.

»Paul hat einen AV-Block zweiten Grades. Er muss nicht zwingend einen Herzschrittmacher tragen. Es würde seine Lebensqualität lediglich verbessern. Kann es ja auch, wenn François Geschichte ist. Aber noch ist er da. Also – wir müssen ihn davon abbringen. Aber wie?«

»Ellie, ich verstehe ja, was du meinst. Nur: Woher kommt der Herzfehler? Von François? Oder war er schon immer da? Wird es vielleicht schlimmer? Was ist, wenn es von einem auf den anderen Tag ein Block dritten Grades ist und Paul daran stirbt? Ich kann mir zwar gut vorstellen, dass diese Reizleitungsstörung von François kommt …« Tillmann brach ab. Er wusste selbst nicht weiter.

»So langsam bist du zurück im Spiel, was?«, entgegnete ich sarkastisch. »Genau das ist es ja. Am Freitag findet der Kampf statt. Bis dahin müssen wir Paul irgendwie am Leben halten. Dann machen wir ihn glücklich. François greift an, Colin kommt dazu und …« Ich machte eine entschiedene Handbewegung. »Eine knappe Woche. Entweder ein falsch programmierter Herzschrittmacher oder das Risiko, dass aus dem zweiten Grad ein dritter Grad wird. Was ist besser? Hm?«

»Es ist beides scheiße. Aber ich glaub, ich würde für das mit dem dritten Grad plädieren. Wir müssen ihn halt schonen. François ist bis Mittwoch aus den Füßen. Er will die Bilder nun auch auf Mallorca an den Mann bringen.«

»Hättest du das nicht gleich sagen können?« Noch einmal trat ich gegen die Bank. Ich hätte gerne Holz gehackt oder ein paar Schocktechniken von Lars ausprobiert. Mit Vorliebe an Tillmann.

»Du hast doch gar nicht mehr richtig zugehört«, erwiderte er gähnend. »Und wie willst du Paul jetzt dazu bringen, sich keinen Schrittmacher einpflanzen zu lassen? Er ist immerhin ein halber Mediziner.«

Ich atmete langsam aus, um meinen Herzschlag zu drosseln, denn sonst hatte das Krankenhaus nicht nur einen, sondern zwei neue Patienten. Grübelnd marschierte ich auf und ab. Tillmann saß in stoischer Ruhe auf der Bank und sah mir dabei zu.

»Okay, ich glaube, ich hab eine Lösung. Sie haben gesagt, dass sie erst weitere Untersuchungen machen, dann den Schrittmacher einbauen, dann soll Paul in die Reha. Korrekt?« Tillmann nickte. Also hatte ich den Arzt richtig verstanden.

»François wird kein Interesse daran haben, dass Paul einen Rehaaufenthalt macht. Aber der ist nun mal an den Eingriff gekoppelt. Einer von uns muss François Bescheid sagen und sich unauffällig gegen den Schrittmacher und die Reha aussprechen. Danach wird er für uns den Rest erledigen. Weiß er denn schon etwas?«

Tillmann schüttelte den Kopf. »Es sei denn, Paul hat ihn angerufen … aber ich glaube, dafür hatte er noch keine Zeit. Dein Bruder ist erst seit ein paar Stunden hier. Und ganz ehrlich, Ellie – du solltest das tun. Du bist seine Schwester. Es ist nur logisch, dass du ihm

Bescheid sagst. Wenn ich es mache, wird er nur wieder eifersüchtig. Und vielleicht sogar misstrauisch.«

Ich reagierte nicht, denn ich hatte nichts einzuwenden. Ich sah die Sache genauso. Ich musste es tun. Jetzt galt es also, meine Gedanken zu verschließen. Das, woran es bei mir am meisten haperte. Am besten aber klappte es im Training – wenn ich vor Schmerzen so müde war, dass mein Hirn zu schwimmen schien. Außerdem hatte ich das Telefon immer als etwas Unpersönliches empfunden. Zumindest war es unpersönlicher, als mit jemandem zu sprechen, der direkt gegenübersaß und dem ich in die Augen sehen konnte. Der mir in die Augen sehen konnte. An den unbekannten Anrufer von neulich wollte ich jetzt mal nicht denken, der unterlag anderen Gesetzen. François hoffentlich nicht. Ich krempelte meinen linken Pulliärmel hoch und setzte mich neben Tillmann.

»Siehst du diesen Punkt hier?« Ich deutete auf die kaum sichtbare Kerbe zwischen Elle und Speiche kurz unterhalb des Gelenkes. »Leg deine Finger darauf, und wenn ich ›jetzt‹ sage, drückst du so fest zu, wie du kannst. Aber erst dann, in Ordnung?«

Tillmann sah mich an wie damals, als ich mich im Auto mit Erde beschmiert und Blütenwasser getrunken hatte. So ähnlich fühlte ich mich jetzt auch. Doch diesmal fragte er nicht, was das alles sollte. Er nahm es hin, nicht weil er mir vertraute, sondern weil er sich sicher war, dass ich mich noch absurder benehmen würde, wenn er mir widersprach. Vorsichtig legte er die Finger auf meinen Arm.

»Gib mir das Handy. Wähl schon mal François' Nummer.«

Ich wollte es hinter mich bringen, je schneller, desto besser. Ich musste im Grunde lediglich das tun, was ich früher in der Schule jeden Tag praktiziert hatte. Schauspielerei. Mit den Wölfen heulen. So tun, als sei François ein Teil unserer Familie. Ich brauchte ihm keine Sympathie vorzugaukeln – nein, es ging einfach darum, dem Lebensgefährten meines Bruders zu berichten, wie es um ihn stand.

Meine Sorge durfte echt sein. Meine Hintergedanken aber mussten im Verborgenen bleiben.

Das Freizeichen ertönte. »Jetzt«, sagte ich leise. Tillmanns Fingerkuppen bohrten sich in meinen Arm und ich unterdrückte ein Aufstöhnen. Verdammt, tat das weh. Es war noch schlimmer, als wenn Lars mir auf diese Stelle schlug. Aber es half mir, mich zu konzentrieren.

»Tillmann? Bist du das? Was ist mit Paul? Ich habe versucht, ihn anzurufen, immer und immer wieder, was ist mit ihm?«, schallte François' ätzendes Blöken aus dem Hörer.

»Hey, François. Ich bin's, Ellie. Pauls Schwester.«

In der Leitung ertönte nur ein verächtliches »Pfff«.

»Fester«, flüsterte ich, und obwohl Tillmann blöd grinste, gehorchte er. Ich krümmte mich nach vorne und biss die Zähne aufeinander, um nicht zu schreien.

»Hör zu, François, ich wollte dir nur sagen, dass Paul einen Herzfehler hat, nichts Dramatisches, irgendeine Blockierung, keine Ahnung. Sie wollen ihn noch untersuchen in den nächsten Tagen, dann soll er einen Herzschrittmacher bekommen und vier Wochen lang zur Reha …«

»Reha? Sind die bescheuert? Wieso soll Paul denn in die Reha? Er ist doch nicht alt oder krank, warum in die Reha? Warum? Ich brauche ihn. Er kann nicht in die Reha. Ich brauche ihn. Das geht nicht. Das kann er nicht tun. Paul kann nicht in eine Reha.«

Nicht freuen, Ellie. Teile seine Gedanken. Begib dich auf seine Ebene.

»Ja, ich finde es auch seltsam. Er ist schließlich nur umgekippt. Aber du weißt, wie Ärzte sind. Geht garantiert ums Geld. Paul ist immerhin privat versichert. Ich wollte dir auch nur Bescheid sagen. Kannst ihn ja mal anrufen, er freut sich bestimmt. Tschau.«

Ich legte auf und befreite meinen Arm aus Tillmanns Griff, um ihn zu massieren. Kannst ihn ja mal anrufen, er freut sich bestimmt. Was hatte ich da nur angerichtet? Ich brachte Paul um seine Therapie. Wenn es irgendeinen vermeintlich gesunden Vierundzwanzigjährigen gab, der eine Reha dringend nötig hatte, dann war er es. Er ging am Stock, und das schon seit Monaten. Zeichen eines schleichenden Verfalls, einzeln betrachtet harmlos, aber im Gesamtpaket vernichtend.

Doch besser dieses Risiko als einen Schrittmacher, der durch die Störfrequenzen eines Mahrs außer Takt geriet und Pauls Herz im Ernstfall zum Aussetzen brachte. Vor allem aber stand der Termin zum Kampf fest. Ich hatte Colin Bescheid gegeben. Auch wir konnten keine Reha gebrauchen.

François war also erst einmal weg – seine Geldgier kam uns zugute – und Tillmann hatte angeblich keine Probleme, seine Gedanken abschweifen zu lassen. Blieb nur noch Gianna. Von Pauls Zusammenbruch durfte ich ihr nichts sagen, es hätte sie augenblicklich angelockt. Doch sie wusste, dass er heute zurückgekommen war, und wenn ich sie nicht ablenkte, würde sie an ihn denken. Zu viel an ihn denken. Vielleicht spontan werden, wie Colin es befürchtet hatte.

»Ich muss noch mal weg«, murmelte ich und stand auf. »Wir sehen uns heute Abend.«

Dr. Sand freute sich, mich zu sehen, und ich freute mich, ihn zu sehen. Doch ich wollte mich nicht lange bei ihm aufhalten. Ich erzählte ihm kurz von Tillmanns Schlafstörungen und er empfahl mir, den Knaben persönlich vorbeizuschicken. Sein Problem könne er aus der Ferne nicht beurteilen.

»Geht es Ihnen denn wieder besser, Elisabeth?« Er sah mich ernst an.

»Ja. Ich – ich habe mich den Erinnerungen gestellt«, antwortete ich aufrichtig und er schien zu spüren, dass ich nicht log. Doch Dr. Sand war nicht dumm. Er spürte auch, dass weitaus mehr in mir brodelte. »Es gibt da noch ein paar Schwierigkeiten«, ergänzte ich vage. »Nichts Spruchreifes. Es ist … verzwickt.«

»Aha«, machte Dr. Sand, ohne mich aus seinem grauen Blick zu entlassen.

»Und ich habe deshalb eine Bitte an Sie. Sollte – sollte mir etwas zustoßen, mir und meinem Bruder, meine ich. Und Colin. Dann können nur Sie herausfinden, was genau passiert ist. Verstehen Sie?« Sie sollen unsere Leichen fleddern, dachte ich, was ich nicht auszusprechen wagte. In unsere Hirne schauen. Nachsehen, ob Colin ein Herz hat. Dr. Sands Augen weiteten sich.

Schnell sprach ich weiter. »Wenn Sie mir versprechen, das zu tun, und sich vorab nicht einmischen, verspreche ich Ihnen im Gegenzug, dass kein Bericht in der *Hamburger Morgenpost* über Sie und Ihre kruden Mahrtheorien erscheinen wird. Und dass ich Ihre Nachfolge übernehme. Ich werde eines Tages Ihre Patienten heilen lassen.«

Das saß. Und hörte sich sogar überzeugend an, obwohl ich nicht den geringsten Wunsch verspürte, dieses Versprechen innerhalb der nächsten Jahre in die Tat umzusetzen. Vielleicht sogar niemals. Aber es war das, was ihm Seelenfrieden gab. Dr. Sands Mund verzog sich – erst betroffen, dann verblüfft, dann anerkennend. Er begann zu grinsen. Glaubte er mir? Oder wusste er ganz genau, dass ich pokerte?

»Sie sind ein Teufelsweib, Elisabeth. Ich habe Sie unterschätzt.«

»Das sollte man niemals tun. Ist Marco noch hier? Ich würde ihm gerne Guten Tag sagen.«

»Wieder. Er ist wieder da.« Dr. Sand strich sich über seine Glatze. »Er hat es übertrieben mit seinen Versuchen, sich ins normale Leben zu integrieren. Zu viel Stress, dann sind die Sicherungen durchgebrannt. Sie können ihn trotzdem sehen. Aber Elisabeth …«

»Ja?« Ich war schon dabei zu gehen.

»Halten Sie Abstand. Hier, meine ich.« Er deutete auf sein Herz.

»Mit Sicherheit«, sagte ich in tiefster Überzeugung. Das wenige, was ich von Gianna wusste, reichte mir doppelt und dreifach, um Marcos Charme nicht zu verfallen. Außerdem gehörte mein Herz Colin, auch wenn es das im Moment nicht zum Jubeln fand und sich bei jeder passenden Gelegenheit dagegen sträubte. Es reagierte mit Angst statt mit Sehnsucht und Zuneigung. Warum, verstand ich nicht. Trotzdem ging kein Risiko von Marco aus – das wusste ich.

Er sah etwas aufgedunsener aus als bei unserem letzten Zusammentreffen; wahrscheinlich eine Folge der Medikamente. Doch sein Tippen hatte nichts von seiner zerstörerischen Energie verloren. Was würde wohl passieren, wenn man ihm die Tastatur unter den Händen wegzog? Den Computer konfiszierte? Er brauchte ihn offenbar noch dringender als Gianna. Gut so, dachte ich zufrieden und sang im Geiste ein kurzes Loblied auf das Internet, als ich die Glastür öffnete und zu ihm trat.

Marco erkannte mich – ein mildes Aufflackern in seinen toten Augen, das zu schwach war, um das Leben zurückzuholen.

»Hey, wie geht's?«, fragte ich, wohl wissend, wie beknackt diese Frage war.

»Gut«, log er höflich. »Was machst du hier?«

Sein Deutsch überraschte mich. Es war beinahe akzentfrei. Warum nur hatte Gianna sich dann in Englisch mit ihm ausgetauscht? Ich legte ihm eine Kopie ihrer Visitenkarte auf den Schreibtisch. Er las ihren Name und stutzte.

»Sie denkt, du bist tot. Ich glaube, sie würde sich freuen, wenn du ihr mitteilst, dass du es nicht bist.«

Mit diesen Worten ließ ich ihn alleine – auf alles andere hatte ich keinen Einfluss mehr – und fuhr zurück nach Hause, wo ich Tillmann relaxend auf dem Sofa vorfand, vor sich einen Teller mit Pizzarändern, ein Bier und sein Handy. Im Fernsehen lief irgendein Mist und Tillmann machte den Eindruck, als hätte er noch nie etwas von Mahren gehört und führte ein völlig durchschnittliches, gefahrenloses Dasein. Weder mir noch dem zornigen Tier im Bauch gefiel das. Außerdem hätte er mir ruhig ebenfalls eine Pizza bestellen können.

»Übrigens: schönen Gruß von deinem Vater«, giftete ich und schob mich frontal vor den Fernseher, damit er nichts mehr sehen konnte.

»Du warst bei meinem Dad?« Tillmann schaute nicht einmal zu mir hoch, sondern nur auf das Handy, das vibrierend den Sofatisch entlangkroch. Wahrscheinlich seine Tussi. Ich schnappte es ihm vor der Nase weg und drückte auf Ablehnen.

»Willst du eigentlich gar nicht wissen, was hier passiert ist, während du auf dem Schiff deinem Hormonrausch erlegen bist?«

»Mann, Ellie, jetzt mach mal einen Punkt. Es läuft doch alles optimal!«

»Optimal?« Meine Stimme wurde kratzig vor Entrüstung. »Paul liegt mit einem Herzfehler in der Klinik und du findest das optimal?« Nun nahm ich die Fernbedienung und schaltete auf stumm. Das Gelaber in meinem Rücken machte mich nervös. Alles machte mich nervös. Sogar die Pizzareste. Und Tillmanns linker offener Sneaker. Der Krümel an seinem Mundwinkel. Konnte er sich den nicht endlich wegwischen?

»Natürlich ist das nicht optimal, aber im Krankenhaus ist Paul in Sicherheit, François ist auf Mallorca und …«

»Ja. Wunderbar. Schon mal überlegt, warum? Könnte es nicht sein, dass er dort eine neue Existenz aufbauen will für sich und Paul? Ihn weglocken, weil er ahnt, dass sich hier eine Verschwörung bildet?« Ich griff nach dem Teller, trug ihn rüber in die Küche und ließ ihn scheppernd in die Spüle fallen. »Er ist nur nach Mallorca gefahren, weil er Paul nach dem Zusammenklappen eine Pause gönnen muss. Seine Träume müssen nachwachsen!«, raunzte ich Tillmann an. »Und womit ginge das nach diesem Scheißwinter besser als mit einer Aussicht auf eine neue Existenz im Süden?«

»Trotzdem verschafft es uns Zeit. Du bist echt 'ne Schreckschraube geworden, während wir weg waren, Ellie. Du drehst total am Rad.«

Ich schoss aus der Küche zurück ins Wohnzimmer und ließ den Akkusauger ausführlich um Tillmann herum über das verkrümelte Sofa wandern. Ich berührte ihn dabei absichtlich immer wieder mit der Düse, weil ich wusste, dass es ihn bis aufs Blut reizen würde. Und das tat es auch. Das Tier in meinem Bauch grollte genüsslich, als Tillmann mir den Sauger aus der Hand riss und aufgebracht in die Ecke schleuderte, denn es gab mir einen Grund, ihm die Handkante auf den Oberarm zu hauen.

»Ellie …« Seine Fäuste waren geballt und seine Augen brannten. »Lass mich in Frieden.« Er war kurz davor zuzuschlagen.

»Ich soll dich in Frieden lassen? Du hattest zwei Wochen lang deinen Frieden, während ich mich hier um tausend Sachen kümmern musste – herausfinden, was François überhaupt ist, mich von Colin und diesem Gorilla mit allerhärtestem Training piesacken lassen, in François' widerliche Messiebude einbrechen, beinahe an Rattengift krepieren, François' zum Tode verurteilten Hund entführen, dann wurde der Wolf erschossen, ich hatte irgendeinen fremden Mahr am Telefon, der mir eine superdämliche Warnung mitgeteilt hat, mit der kein Mensch was anfangen kann …«

»Hol mal Luft«, unterbrach Tillmann mich. »Sonst implodiert dein Hirn. Und ich kann das ja alles nicht wissen, wenn du es mir nicht erzählst. – Wie war es eigentlich mit Colin?«

Ich warf ihm einen bitterbösen Blick zu. Er verstand nicht im Geringsten, was ich ihm hier zu sagen versuchte. Er hatte keine Ahnung – weder wie es in mir aussah, noch womit wir rechnen mussten.

»Schön war es«, sagte ich kalt. »Wir haben fünfundsiebzig Stellungen ausprobiert, Cocktails getrunken und uns allerhand niedliche Namen für unsere zukünftigen Kinder ausgedacht. Und es kann sein, dass wir am Freitag draufgehen. Colin, Paul, Gianna, du, ich. Möchtest du noch ein bisschen fernsehen? Da!« Ich warf ihm die Fernbedienung aufs Sofa.

»Mensch, Ellie. Denkst du denn, ich weiß das nicht?« Tillmann strich sich ratlos über den Nacken. »Ist doch logisch, dass es gefährlich wird. Aber Colin wird uns schon nicht ins Messer laufen lassen. Ich freu mich auf die Herausforderung. Endlich können wir aus unserer Passivität raus. Darauf warte ich schon die ganze Zeit.«

Ich wusste nicht, was ich dazu sagen sollte. Für Tillmann schien der Kampf ein großes Spiel zu sein. Er hatte überhaupt keine Angst! Ich konnte es kaum fassen. Wie sollte ich ihm nur begreiflich machen, was hier vor sich ging? Kopfschüttelnd sah ich ihn an. »Du kapierst es nicht. Genau wie letztes Jahr. Da hast du es auch nicht kapiert. Du hast gedacht, Colin macht Rodeo und Tessa liebt dich. Und ich konnte dich mal wieder aus der Scheiße ziehen, als schon alles zu spät war …«

»Halt jetzt den Mund, Ellie!«, brüllte Tillmann. »Ich blute jeden Tag dafür, okay? Über alles andere will ich nicht reden. Hau ab! Und warte bloß nicht auf mich. Ich schlaf heute Nacht auf dem Sofa.«

»Ja, das rate ich dir auch!« Ich flüchtete ins Bad, bevor er meine Tränen sehen konnte, die plötzlich meine Augen überfluteten. Ich heulte eine Weile still vor mich hin, ging aufs Klo, wieder zurück in die Küche, machte mir lieblos ein Käsesandwich und verkroch mich auf unser Zimmer. Doch schlafen konnte ich nicht. Sosehr ich Tillmann auch für seine Ignoranz verfluchte – ich hatte etliche Nächte ohne eine Menschenseele in dieser Wohnung verbracht und mich jedes Mal zu Tode gefürchtet und diese Nacht war es kaum anders. Ich hatte Angst, die Augen zu schließen und nicht kontrollieren zu können, was hier geschah. Ich wollte nicht mehr alleine sein.

Stundenlang wälzte ich mich hellwach hin und her, bis ich die Nase voll hatte, meine Bettdecke um mich wickelte und ins Wohnzimmer tapste. Tillmann lag mit dem Rücken zu mir auf dem Sofa. Der Fernseher war aus, das Licht gelöscht. Schlief er?

Ich kuschelte mich samt dem Bettzeug auf Pauls Lieblingssessel. Eine Schreckschraube war ich also geworden. Ja, ich konnte mich selbst nicht mehr leiden. Meine Ventile standen unter Überdruck. Wie sollte ich so in den Kampf ziehen und vorher meinen Bruder glücklich machen? Wie? Auch das Bedrohungsgefühl war noch da, unvermindert stark und nebulös. Nicht greifbar, doch ich spürte es von den Haarwurzeln bis zu den Zehenspitzen. Ich schniefte unterdrückt.

»Ach komm, Ellie, das ist doch albern. Lass uns ins Bett gehen.«

Tillmann stand auf und lief voraus zu unserem Zimmer und ich stellte mit einem verschämten Grinsen fest, dass wir uns benahmen wie ein zerstrittenes Ehepaar. Nach ein paar Anstandsminuten folgte ich ihm und war eingeschlafen, bevor ich bis zehn zählen konnte.

Das Zweite Gesicht

Noch zwei Nächte. Zwei Nächte bis zu unserem Glücksangriff. Das war nicht viel – das sollte zu schaffen sein. Doch mir kam es vor wie der Olymp und ich hatte keine Kraft mehr, ihn zu besteigen. Körperlich barst ich schier vor überschüssiger Energie, die unaufhörlich von dem zornigen Tier in meinem Bauch genährt wurde. Doch meine ständige Angst und das unüberwindbare Misstrauen gegen alles und jeden fühlten sich an wie lebensnotwendiges Gift, mein Verderben und meine schärfste Waffe zugleich. Als bräuchte ich es, obwohl es meine Nervenstränge bis in die feinsten Ästelungen verätzte.

Jeden Moment sollte Paul aus dem Krankenhaus zurückkommen. Er hatte darauf bestanden, selbst nach Hause zu fahren, wahrscheinlich, weil er noch François treffen wollte. Ich klebte im Flur vor der Eingangstür und wartete auf ihn, da er auf keinen Fall auf die Idee kommen durfte, irgendetwas Riskantes zu unternehmen. Mit jeder Minute wurde es dunkler, doch ich machte kein Licht. Ich wollte die Bilder nicht sehen.

Meine List mit dem Anruf bei François war aufgegangen. Paul würde sich weder einen Herzschrittmacher einpflanzen lassen noch eine Rehaklinik aufsuchen. Dabei war es nicht nur sein Herz, das Probleme machte. Seine Cholesterinwerte waren kriminell – wie ich es geahnt hatte. Er war eine tickende Zeitbombe.

Als es klingelte, schoss ich hoch und riss die Tür auf, um Paul in die Wohnung zu zerren. Doch nicht Paul stieg die Treppe herauf. Es war Gianna und sie sah nicht aus, als sei sie hergekommen, weil sie mich gerne wiedersehen wollte. Nein, sie wirkte, als wolle sie mir die Gurgel umdrehen.

Ich hatte inzwischen blitzschnelle Reaktionen. Trotzdem gelang es mir nicht vollständig, ihre Ohrfeige abzufangen. Die zweite aber traf mich nicht mehr. Mit einem verwunderten Quieken ging Gianna zu Boden, und bevor sie Piep sagen konnte, hatte ich sie auf den Bauch gewälzt und ihren Arm verdreht, sodass sie nicht mehr in der Lage war, sich zu rühren. Reden konnte sie allerdings noch.

»Warum hast du das getan? Warum?«, keuchte sie und versuchte, sich aus meinem Griff zu winden. »Ellie, du kugelst mir die Schulter aus …«

Ich ließ los. Gianna blieb einen Moment liegen und tastete mit schmerzverzerrtem Gesicht ihren Arm ab, bevor ihre Augen sich in meinen festsaugten. Himmel, war sie sauer.

»Marco?«, hakte ich nach.

»Genau. Der Mann, an den ich drei Jahre meines Lebens verschenkt habe, und weißt du was? Er erinnert sich nicht mehr! Er hat sich jeden verdammten Tag mit Drogen zugedröhnt, um nichts mehr von der Welt mitzukriegen. Er weiß nicht mehr, was wir zusammen getan haben, was ich alles für ihn getan habe, er …« Gianna brach ab, um sich ein paar Tränen von ihren erhitzten Wangen zu wischen. »Er weiß nicht einmal mehr, dass er mein erster richtiger Mann war. Dass ich dachte, von ihm schwanger zu sein. Er weiß gar nichts. Blackout. Ich habe eine Beziehung mit einem Gespenst geführt! Dead man! Und ich wollte das alles niemals erfahren, niemals, verstehst du?«

Für einen winzigen, aber sehr klaren und hellen Moment überwältigte mich das Mitgefühl und ich wollte Gianna in den Arm nehmen und trösten, mich entschuldigen. Dann aber kehrten die Wut und das Misstrauen zurück – und dazu eine Gereiztheit, die kaum zu bändigen war.

»Es bleibt aber bei unserer Abmachung, oder?«, fragte ich. Meine Stimme klang schneidend. »Übermorgen Abend. Paul und du.«

»Elisabeth.« Gianna schüttelte aufschluchzend den Kopf. »Wer bist du? Warum hast du das getan? Warum hast du dich eingemischt? Ich hatte ihm schon verziehen und jetzt ist alles wieder aufgebrochen. Jetzt weiß ich Dinge, die ich nie hatte wissen wollen ...«

»Es war notwendig«, sagte ich mit einer Härte, die mir selbst fremd war. »Setz dich damit auseinander. Finde einen Weg. Beschäftige dich damit. Schreib ihm deine eigenen Erinnerungen, okay? Schreib bis übermorgen Abend. Und dann kommst du hierher. Schreiben kannst du doch, oder?«

Kopfschüttelnd stand Gianna auf, warf mir einen Blick zu, der mich endgültig als Verrückte klassifizierte, und rannte die Treppen hinunter.

»Lass Paul nicht im Stich, hörst du?«, schrie ich ihr hinterher.

»Das würde ich nie und das weißt du genau, Elisa!«, brüllte sie zurück. »Das ist das Gemeine an dir! Du bist berechnend!«

»Berechnend«, äffte ich sie nach, sobald ihre Schritte verklungen waren. »Tja, sorry, das muss ich nun mal sein, um deinen Pelz zu retten.« Dabei fühlte ich mich nicht einen Hauch berechnend. Nein, ich fühlte mich, als würde jemand anderes *mein* Leben berechnen und mich umprogrammieren. Zelle für Zelle, zu einem ganz bestimmten Zweck, der mir vollkommen im Verborgenen blieb.

Meine Wange brannte immer noch – Gianna hatte mehr Kraft, als ich geahnt hatte –, als endlich Pauls schwere Schritte im Hauseingang ertönten und der Aufzug ihn scheppernd nach oben brachte. Ich stellte mich in den Türrahmen, um ihn zu empfangen, und sah sofort, dass er keine Tasche trug.

»Hi, Lupine«, sagte er matt, doch seine Augen blitzten kurz auf.

»Wo ist deine Tasche? Soll ich sie holen?«, fragte ich eilfertig.

»Nein. Ich bin schon noch in der Lage, meine Tasche zu tragen. Behandle mich nicht wie einen schwer kranken Mann, bitte. Ich wollte auch nur kurz Hallo sagen. Ich übernachte bei François.«

»Nein. Nein! Das darfst du nicht!«, rief ich entsetzt und schlug im gleichen Moment die Hände vor den Mund. Wieso hatte ich mich nur so schlecht unter Kontrolle? »Bitte nicht, Paul, bleib hier, du kommst gerade erst aus der Klinik und …«

»Genau. Ich komme aus der Klinik und habe François seit Sonntag nicht mehr gesehen. Du aber warst jeden Tag mindestens dreimal da, zur großen Freude sämtlicher Ärzte und Schwestern.« Denen ich immer wieder versucht hatte, ins Handwerk zu pfuschen. Aber nur weil ich im Gegensatz zu ihnen wusste, was Paul tatsächlich fehlte. Gesunder Schlaf. Träume. Glück. Und was machten sie? Zapften ihm ständig Blut ab, warfen ihn um sechs Uhr aus den Federn – ausgerechnet dann, wenn er am tiefsten schlummerte – und verabreichten ihm haufenweise überflüssige Medikamente.

»Trotzdem, Paul … bitte bleib da. Bitte. Bitte!«, flehte ich ihn an.

»François wartet am Sandtorkai. Ich muss jetzt weg. Mensch, versteh das doch, Ellie. Sein Hund ist gestorben, er braucht mich jetzt. Morgen bin ich wieder da – er will ja am Freitag schon ganz früh nach Dresden aufbrechen und wir haben nur heute Abend. Wir müssen eine Menge besprechen. Akzeptier das bitte. Ich fand deinen Typen auch nicht prickelnd. Hab ich deshalb was dazu gesagt? Nein.«

Prickelnd fand ich Colin momentan ebenfalls nicht. Allerhöchstens unangenehm prickelnd. Heute Nacht hatte er sich auf eine Art und Weise in meine Träume geschlichen, die ich nicht einmal zu beschreiben wagte. Er hatte mich dabei gewürgt. Und immer wenn es mir gelungen war, einen Finger von meiner Kehle zu lösen, war sein Griff fester geworden. In letzter Sekunde war ich aufgewacht und es hatte sich angefühlt, als hätte der Traum die Macht gehabt, mich zu töten.

Träumte man vom Ersticken, wenn man aus irgendeinem Grund beim Schlafen keine Luft bekam? Oder bekam man keine Luft, wenn man vom Ersticken träumte? Mein Gesicht hatte bläulich geschimmert, als ich mich anschließend im Spiegel betrachtet hatte, und in meinen Augen waren Äderchen geplatzt. Den Rest der Nacht schlief ich ohne Bettdecke. Falls man das unruhige Herumwälzen überhaupt als Schlaf bezeichnen konnte.

Und Colin war ein »guter« Mahr. Ich bezweifelte mittlerweile zwar, dass es gute Mahre gab, aber François war definitiv keiner von den Guten. Was nur, wenn er heute Nacht in einen Fressrausch geriet und niemand von uns in der Nähe war, um Paul wiederzubeleben? Doch der hatte sich schon umgedreht und hob die Hand zum Gruß.

»Bis morgen, Ellie.«

Ich wollte ihm hinterherrennen, ihn aufhalten, doch wieder geschah das, was in den vergangenen Nächten schon einige Male passiert war, als ich aus meinen Albträumen erwacht war und durch die Wohnung lief, um mich mit der Frage zu quälen, wie es weitergehen sollte. Ich stand plötzlich starr da, unfähig, mich zu bewegen oder Entscheidungen zu treffen, während meine Gefühle und Gedanken sich zu einem Orkan zusammenfanden, der mit zerstörerischer Wirkung durch mein Hirn raste und ein wirres weißes Rauschen hinterließ. Ich dachte und fühlte alles gleichzeitig, ohne es einordnen oder gar Konsequenzen daraus ziehen zu können. Ich war mir selbst ausgeliefert.

Es dauerte Minuten, bis ich mich aus diesem Sturm befreien konnte und es schaffte, Paul nachzulaufen. Doch François' Jaguar war schon fort. Ich konnte ihn nicht mehr einholen. Und ich durfte es vor allem nicht tun. Oh Gott, ich durfte es nicht tun! Vielleicht hatte François meine Worte gehört. Mahre hatten gute Ohren. Er saß vielleicht in seinem Wagen und hatte jeden einzelnen meiner Gedanken vor sich gesehen. Wusste Bescheid.

Doch irgendetwas in mir trieb mich dazu weiterzulaufen, ziellos und planlos durch die Speicherstadt, an den Fleeten entlang, über die Brücken, kreuz und quer. Ich quetschte mich ohne Rücksicht und Entschuldigungen durch die Touristen, geriet auf dem feuchten Pflaster ins Schlittern und musste mich einige Male an einem der Geländer festhalten, um nicht zu fallen. Je länger ich rannte und je finsterer und einsamer die Speicherstadt wurde, desto sicherer war ich mir, dass jemand hinter mir her war. Ich hatte es die ganze Zeit schon gespürt, doch jetzt hörte ich es auch – Schritte. Behände und leichtfüßig. Sie verstummten, sobald ich stehen blieb, und hallten durch die Nacht, wenn ich rannte. Oder war es das Echo meiner eigenen Absätze?

Ich drückte mich in einen Hauseingang und lauschte. Klapp, klapp, klapp. Stille. Nein, das war kein Echo gewesen. Das waren Schritte. Keine Einbildung. Keine Paranoia. Hier war jemand, der es auf mich abgesehen hatte.

Ich versuchte, mein Atmen zu drosseln, leise zu werden – lautlos und unsichtbar. Doch auch die Schritte meines Verfolgers waren verstummt. Er war nicht fort, nein, das brauchte ich mir nicht einzureden. Er war hier. Ich spürte ihn. Nicht direkt neben mir, aber er wartete darauf, dass ich mich rührte. Er wollte mich mürbe machen.

Ich drückte meine Wange an das zerfressene Gemäuer des Hauseingangs und schaute um die Ecke, um nach einem Fluchtpfad zu suchen – und zuckte zurück, als habe mich der Schlag getroffen.

Da stand er – aufrecht und lauernd mitten auf der Brücke. Er gab sich keinerlei Mühe, sich in irgendeiner Form zu verbergen. Nebel umwaberte seine Füße, sodass er zu schweben schien, doch er blickte mir direkt entgegen, eine finstere, hoch aufragende Silhouette mit funkelnder Glut in ihren Augen, die schwarze Blitze durch den Dunst schickten. Ich kannte diese Gestalt – oh, ich kannte sie so gut. Unter Tausenden hätte ich sie erkannt. Eigentlich liebte ich sie sogar. Aber noch nie hatte sie mir solche Angst eingejagt.

»Colin«, krächzte ich hilflos, doch in dem Moment, als ich seinen Namen aussprach, drehte er sich elegant um und verschwand im Nebel. »Colin! Was tust du hier?«

Obwohl ich torkelte und schwankte wie eine Betrunkene, setzte ich ihm hinterher. Er war wie vom Erdboden verschluckt – keine Schritte, kein Hallen. Nur das grausam gewisse Gefühl, immer noch fixiert und beobachtet zu werden. Deshalb verwunderte es mich nicht, als sich plötzlich eine eiskalte Hand von hinten über meinen Mund und meine Nase legte und so fest zudrückte, dass meine Eckzähne die Wangeninnenseite aufschlitzten. Warmes Blut strömte über meine Zunge und die Übelkeit schnellte in Sekundenbruchteilen meine Kehle hinauf.

Die Hand drückte meinen Kopf zurück, bis mein Nacken knackte und meine Wirbelsäule zu brechen drohte. Sehen konnte ich nichts. Immer wenn ich versuchte, meine Lider zu heben, streifte sie ein frostiger Luftzug und sie fielen zu. Es war mir unmöglich, Luft zu holen. Die Hand war wie eine todbringende Schneelawine, die mich meterhoch umgab und keinem einzigen Sauerstoffmolekül Platz bot.

Meine Füße erlahmten und das Kribbeln in meinen Fingerspitzen verriet mir, dass mein Bewusstsein dem Kampf nicht mehr lange standhalten würde. Ich starb. Und ich hatte den Mann geliebt, der mich jetzt umbrachte, mir mein Leben nahm, einfach so, auf offener Straße, mitten in einer Stadt – und weit und breit keine Seele, die mir helfen oder mich wenigstens dabei begleiten konnte.

»Ich hoffe, dass er mich zu seinen Geschöpfen zählt«, hatte er gesagt. Nein, du bist kein Geschöpf Gottes, Colin, dachte ich. Du bist eine Ausgeburt der Hölle.

Das Letzte, was mein Körper tat, war das, was er am besten konnte. Meine Tränen versuchten, seine Hand zu lösen und den Tod zu vertreiben, perlten weich und salzig über seine eisigen Finger.

Unvermittelt ließ er los. Ich hörte keine Schritte, kein Plätschern des Wassers, auch die Luft bewegte sich nicht – aber die Hand war weg. Die Hand. Nicht er. Er wartete im Verborgenen auf die nächste Gelegenheit. Es machte ihm mehr Spaß, mich in Raten zu töten.

»Hilfe!«, schrie ich, doch es kam kein Laut, wie in meinen schlimmsten Träumen. Ich konnte nicht mehr schreien. Es war nur ein flüsterndes, heiseres Rufen – das Rufen einer Wahnsinnigen. »Hilfe, ich werde umgebracht, bitte helft mir doch, bitte …«

Auf einmal waren Menschen um mich herum, Füße, die neben mir herliefen, während ich bäuchlings über den Boden robbte und ohne Stimme kreischte: »Hilfe, ich sterbe, er bringt mich um, Hilfe.«

Jemand griff nach meinem Arm, doch ich wand mich heraus, wollte nicht angefasst werden, nicht angesprochen, in keine Gesichter sehen … Ich musste weg, verstanden die Leute das nicht? Ich musste weg hier, er war immer noch da, warum bemerkte ihn denn niemand? Er war dicht hinter mir, hing unter dem Brückenbogen, rücklings …

»Ist in Ordnung, sie gehört zu mir, bitte gehen Sie weiter … Weitergehen! Hier gibt es nichts zu sehen.«

Obwohl ich strampelte, wimmerte und spuckte, schoben sich zwei Arme unter meinen Bauch und nahmen mich hoch, um mich wegzutragen.

»Jetzt geht endlich weiter! Ihr elenden Gaffer! Kümmert euch um euren eigenen Kram!«

Noch immer schrie ich, ein tonloses Betteln, doch als die Tür hinter mir klappte und ich an den Bildern vorbeigetragen wurde, verstand mein Kopf langsam, dass ich in Sicherheit war. Vorerst. Eine Zwischenlösung, mehr nicht.

Er wartete da draußen, immer noch. Aber ich durfte Luft holen. Auf den letzten Metern verließ Tillmann die Kraft und er ließ mich stöhnend aufs Sofa fallen.

»Mann, Ellie. Was war das denn? Sind deine Augen wieder okay?«

Irritiert berührte ich meine Lider. »Was meinst du – wieder okay?«

Tillmann schaute mich mit einem Blick an, der mein eigenes Entsetzen widerspiegelte und trotzdem voller Skepsis war.

»Deine Augen … die waren total verdreht. Man hat fast nur das Weiße in ihnen gesehen. Das war echt heftig.«

Nur das Weiße gesehen – wie bei Marco. Ich erinnerte mich an Dr. Sands Worte. »Er blickt nach innen.« Aber das eben war kein Flashback gewesen. Ich hatte es wirklich erlebt. Zum allerersten Mal. Nie zuvor war ich auf diese Weise bedroht worden, obwohl ich oft genug durch Kölns Nachtleben gezogen war.

»Colin ist hier. Colin ist in der Stadt!«, wisperte ich. Noch immer blutete die kleine Wunde in meiner Wange. »Er hat mich verfolgt und …«

»Colin? Da war kein Colin. Nur ein paar Passanten.«

»Ja, als du mich gefunden hast! Aber vorher … vorher war außer uns niemand unterwegs. Er hat mir die Hand vor den Mund gehalten und …«

»Warum sollte er das denn tun? Das ergibt keinen Sinn. Nee, Ellie, ich glaub, du hast dir was eingebildet. Colin hat gesagt, dass er bis zum Kampf auf Trischen bleibt, oder? Und hier gibt's eine Menge zwielichtige Typen. Die Reeperbahn ist quasi um die Ecke. Du solltest nicht alleine da draußen rumlaufen.« Ja, das klang alles logisch, was Tillmann sagte. Aber es stimmte nicht. Nicht in diesem Fall. »Warum bist du überhaupt rausgegangen?«

»Ich wollte Paul aufhalten, weil er heute Nacht bei François schlafen will!« Meine Stimme brach vor Anspannung. »Und jetzt ist es zu spät … Ich halte das nicht mehr aus …«

Tillmann sah mich lange an. Noch nie hatte er so erwachsen und vernünftig gewirkt. Ich wusste nicht, ob ich diesen Zug an ihm mochte. Er fühlte sich mir überlegen. Und er wusste, dass er auf mich aufpassen musste und nicht umgekehrt. Jetzt fing es auch bei ihm an. Er begann, an meinem Geisteszustand zu zweifeln.

»Ja, genau«, sagte er schließlich leise. »Du hältst das nicht mehr aus, oder? Ellie, nur noch zwei Nächte. Das schaffen wir, okay? Schau mal, Paul war im Krankenhaus, wurde in den letzten Tagen nicht angefallen, wahrscheinlich geht es ihm ganz gut. Und wir können sowieso nichts machen. Wenn wir zu ihm gehen, wird François etwas wittern. Wir müssen darauf vertrauen, dass er die Nacht heil übersteht.«

»Aber das ist es ja gerade!«, warf ich zitternd ein. »Ich kann nicht mehr vertrauen. Keinem Menschen mehr, nicht unserem Vorhaben. Nicht einmal Colin.«

»Du vertraust mir also auch nicht?«, vergewisserte Tillmann sich ernst.

Nun sah ich ihn lange an. Ich mochte ihn. Sehr sogar. Aber auch er fing damit an, mich als verrückt abzustempeln, und war damit ein potenzieller Gegner.

»Okay, ich sehe schon. Du tust es wirklich nicht.« Er schüttelte ratlos den Kopf. »Ellie, das ist unsere einzige Chance – uns zu vertrauen. Kapierst du das nicht?«

»Doch. Doch, ich kapiere das, aber …« Ich nahm den metallenen Flaschenöffner vom Sofatisch und presste ihn auf meine brennenden Augen. Ich war mal wieder völlig übermüdet, aber gleichzeitig zu aufgepeitscht, um mich schlafen zu legen. Sollte ich ihm von meinen Träumen erzählen? Von meinen Vorahnungen? Mir von ihm die Tarotkarten legen lassen? Aber was, wenn sie bestätigten, was ich fürchtete? Dass Colin sich gegen mich gewendet hatte und nach meinem Leben trachtete?

Tillmann nahm eine Decke von Pauls Lieblingssessel und legte sie mir über die Schultern und Beine. Dann schob er mir ein Kissen unter die tränennassen Wangen.

»Du kannst heute Nacht beruhigt schlafen. François wird nicht kommen. Immerhin etwas. Und morgen …«

»Sieht die Welt wieder ganz anders aus?«, führte ich seine Worte ironisch zu Ende. »Ganz bestimmt nicht.«

»Das wollte ich nicht sagen. Ich wollte sagen: Brust raus und Arsch zusammen. Wir schaffen das schon. Ich koch jetzt was, dann essen wir, gucken was Blödes im Fernsehen und …«

Ja, es war besser, wenn er nicht weiterredete. Er wusste das auch. Nichts würde in Ordnung kommen, nur weil man etwas aß und fernguckte. Gar nichts. Aber das Klappern des Geschirrs und all die anderen Küchengeräusche stimmten mich schläfrig. Dankbar rollte ich mich zusammen, bis nur noch meine Nasenspitze aus der Decke herausschaute, und war zu müde, um mich vor meinen Träumen zu fürchten.

Aber ich träumte nicht. Ich schlief auch nicht. Es war eine rein körperliche Bewusstlosigkeit, die dazu diente, meine Energiereserven aufzufüllen. Meine Seele jedoch blieb aufgerüttelt und alarmiert, und als ich mitten in der Nacht erwachte, wusste ich sofort, dass sie allen Grund dazu hatte.

Ich lag noch immer auf dem Sofa, aber Tillmann war fort und der Fernseher aus. Es war still – jene Stille, die mich vom ersten Tag an mit tiefer Beklemmung erfüllt hatte, weil sie nicht sein durfte und konnte. Hamburg war eine Großstadt und in Großstädten war es niemals still. Jedenfalls nicht so still wie jetzt. Nicht so still wie in jenen frühen Morgenstunden, in denen François die Wand hochgekrochen war. Nicht so still wie in den Sekunden, in denen ich mich nach langem Ringen aus meinen Träumen befreien konnte.

Nur der Tod war so still – ein schleichender, unsichtbarer Tod, der dort ansetzte, wo wir am empfindlichsten waren. Nicht an unserem Körper. Sondern in unserem Geist. Und nun sollte es auch mich treffen.

Fast devot schlug ich die Augen auf. Sein Blick war kalt und brutal, seine Hände Klauen, seine weit ausgebreiteten Arme Werkzeuge des Verbrechens. Rücklings hing er über mir an der Zimmerdecke, bereit, sich auf mich fallen zu lassen und mir mit einer einzigen Bewegung das Genick zu brechen. Doch vorher würde er mich aussaugen und mir nehmen, was er selbst genährt hatte. Denn ein letztes Quäntchen an schönen Empfindungen hatte ich mir bewahrt. Wann immer ich an meine Nächte in Trischen dachte, waren sie da. Ich hütete sie wie einen Schatz. Doch Colin kannte selbst die tiefsten Abgründe meiner Seele. Er würde den Schatz finden und rauben. Ich konnte nichts vor ihm verbergen.

»Dann tu es«, hauchte ich und wunderte mich kaum, dass es wie eine Bitte klang. Es sollte endlich vorbei sein. Ich wollte keine Angst mehr haben müssen. Und doch überschwemmte sie mich in einer alles zerstörenden glutheißen Flut, als er wie eine Spinne an der Decke entlang zum Fenster krabbelte, sich die Wand hinaufschob und über das Dach kroch. Die Ziegel klapperten leise, dann war er weg.

Jetzt konnte ich schreien. Meine Stimme gehorchte, denn ich schrie um mein Leben – zu spät, verzögert, sinnlos. Wäre ich nicht aufgewacht, hätte er es getan. Colin hätte mich befallen. Dann wäre ich jetzt schon tot gewesen. Tillmann war sofort bei mir. Er roch schwach nach Haschisch.

»Er ist da gewesen!«, heulte ich schlotternd. »Über mir an der Decke! Er hing an der Decke, wollte sich auf mich fallen lassen …«

»Wer?« Tillmann schüttelte mich heftig. »Von wem redest du?«

»Colin! Colin war hier, ehrlich, Tillmann, er war da! Wir müssen fliehen, sofort. Wir müssen abhauen. Die werden uns umbringen!« Ich wollte aufstehen, um mich anzuziehen und meine Sachen zu packen, doch Tillmann hielt mich fest und ich war zu aufgelöst, um mich auch nur an einen von Lars' eisernen Hebelgriffen zu erinnern.

»Flucht? Du willst fliehen? Aber wohin denn?«

»Das ist mir scheißegal! Wir müssen weg – weit weg! Am besten auf einen anderen Kontinent!« Wieder wollte ich mich vom Sofa erheben, doch Tillmann zwang mich zum Sitzen.

»Colin ist hier«, sagte ich so überzeugend, wie ich nur konnte. »Er ist da. Glaub mir. Ich weiß es schon länger, ich spüre ihn. Ich hab seltsame Träume von ihm und dann … das hier …« Ich schob ihm die Zeitung hinüber. Ich hatte den Artikel heute Morgen immer und immer wieder durchgelesen. Das Tigerweibchen im Tierpark Hagenbeck hatte ihre Jungen gefressen und verhielt sich auffällig aggressiv. Wie alle anderen Großkatzen auch. Colin beraubte sie. Sie spürten ihn – genauso intensiv, wie ich ihn spürte.

»Das passiert oft bei Tieren in Gefangenschaft. Ist doch auch kein Wunder, oder?«, wandte Tillmann ein. »Die wissen, dass das kein Leben ist, kein natürliches Umfeld. Das bedeutet gar nichts. Komm, wir schauen im Internet nach, vielleicht finden wir etwas raus und du kannst dich abregen.«

Tillmann öffnete Pauls Laptop und ging auf die Website von Trischen. Ich schrie auf, als uns das freundliche Gesicht der Vogelwartin entgegenlächelte. Hastig überflog ich den Text. Wieder gesund, konnte Dienst antreten …

»Ich hatte recht. Er ist nicht mehr dort. Er ist hier! Ich hab ihn gesehen. Oh Gott …« Nun fiel mir ein, dass Colin aus dem Autofenster geschaut hatte, als er sagte, er würde bis zum Kampf auf

Trischen bleiben. Er hatte mich angelogen. Er hatte von Anfang an gewusst, dass er das nicht tun würde. Womöglich hatte er sich mit François zusammengetan, weil ich zu weit gegangen war. Und all seine Worte und Taten auf Trischen hatten nur dazu gedient, mich so sehr an ihn zu binden, dass ich nicht bemerkte, was eigentlich vor sich ging. Alles war Heuchelei gewesen. Er hatte mich benutzt. Das mit Tessa hatten die Mahre mir durchgehen lassen. Aber mein Vorhaben, François zu stellen, hatte das Fass zum Überlaufen gebracht. Ich hatte es übertrieben. Colin hatte die Seiten gewechselt. Von wegen, Mahre verbündeten sich nicht. Auch das war eine schmutzige Lüge gewesen … Was hatte Papa gesagt? Es liegt in ihrem Wesen, die Menschen hinters Licht zu führen. Mahren ist nicht zu trauen.

»Glaub mir, Tillmann. Wir müssen fliehen. Bitte lass uns fliehen.«

»Nein.« Tillmann reckte entschieden das Kinn. »Ellie, du drehst durch. Gut, vielleicht ist Colin nicht mehr auf der Insel. Was soll er denn auch machen, wenn die Vogelwartin wieder gesund ist? Sich weigern, ihr den Platz zu überlassen? Geht wohl schlecht. Und ja, vielleicht hast du ihn hier gesehen. Aber er war bestimmt nicht derjenige, der dich bedroht hat. Du hast den Angreifer nicht erkennen können, oder?«

»Nein, aber …«

»Also. Wie war Colin eigentlich auf Trischen? Hattest du dort auch schon Angst vor ihm? Hat er sich in irgendeiner Weise dämonisch benommen?«

Ich schwieg und versuchte, mich zu erinnern. Nein, ich hatte keine Angst vor ihm gehabt – nur vor meinen und seinen Erinnerungen. Und wenn ich es mir recht überlegte, hatte ich ihn noch nie zuvor so wenig dämonisch erlebt wie in diesen Tagen. Nicht einmal seine spitzen Ohren waren mir aufgefallen, weil sie sich meistens unter seinen langen Haaren verborgen hatten. Aber vielleicht war das alles schon ein Teil seines Plans gewesen und hatte nur dazu beigetragen, mich einzulullen?

»Ich – ich weiß es nicht«, stammelte ich.

»Hat er dir etwas mit auf den Weg gegeben? Irgendwelche Hinweise, was passieren kann vor oder bei dem Kampf? Einen Rat?«, fragte Tillmann weiter. Ich hasste und bewunderte ihn für seine Sachlichkeit.

»Ja ... ja, das hat er. Er hat gesagt, dass ich ihm unbedingt vertrauen soll, wenn es in den Kampf geht, und ...«

»Dann tu das«, unterbrach Tillmann mich. »Vertrau ihm. Versuch es wenigstens. Ich vertraue Colin. Ich tue es aus reinem Selbstzweck. Sonst werde ich verrückt.« Und du bist es schon fast, sagten mir seine Augen.

»Vom Kopf her verstehe ich das ja«, erwiderte ich drängend. »Aber meine Instinkte sagen mir, das etwas Schreckliches passieren wird. Ich weiß es genau. Und ich weiß, dass sie richtig sind. Meine Gefühle sind richtig.« Ich seufzte tief, als ich bemerkte, wie albern das klang. Meine Gefühle sind richtig. Das war nicht einmal ein Argument. Das war Kinderkram.

»Dann versuch sie zu ignorieren. Ich weiß, das ist nicht leicht. Aber Colin wird dir das nicht einfach so eingetrichtert haben. Das hatte einen Sinn. Auch wenn du den jetzt nicht verstehst. Bald geht die Sonne auf. Dann ist es nur noch eine Nacht.«

Tillmann setzte sich neben mich und schaltete den Fernseher an. Stumm schauten wir irgendeinen dämlichen Verkaufssender, bei dem zu Unzeiten einsame alte Frauen anriefen und sich von den Moderatoren das Gefühl geben ließen, wichtig zu sein, weil sie reihenweise Krimskrams kauften, den kein Mensch brauchte. Als es hell wurde, dämmerte uns langsam, dass die größte Herausforderung erst noch auf uns wartete. Paul hatte gesagt, dass er heute Nacht – in der letzten Nacht – hier schlafen würde. Falls François erneut Appetit verspürte (und damit war zu rechnen), mussten wir das tun, was Colin als die schwierigste Aufgabe für mich bezeichnet hatte. Wir mussten unsere Gedanken verschließen. François durfte nichts merken. Auch nicht von fern. Und es erschien mir unmöglich, nicht an etwas zu denken, was mich unmittelbar bedrohte.

Meine einzige Ablenkung war wie immer das Training, in dem ich zu Hochform auflief. Einmal traf ich das Schlagpolster mit solcher Wucht und einem derartig gellenden Kampfschrei, dass Lars beinahe das Gleichgewicht verlor. Die Strafe folgte auf dem Fuße. Shotokan-Karate sei Semikontaktkampfsport, kein Vollkontakt, schrie er mich an. Seine Frau grinste dümmlich, als ich zwanzig gesprungene Liegestütze auf den Knöcheln machen musste.

Doch das Training war viel zu schnell vorbei und zurück in der Speicherstadt flachte das Hochgefühl, das mich nach dem Sport oft von innen heraus wärmte und entspannte, rasch ab und das, obwohl Paul wieder da war und gut sichtbar lebte. Er schaute *Die Simpsons*, lachte, aß Salzstangen und Schokolade im fliegenden Wechsel. Aber ich hatte ihn noch nie so müde und erschöpft gesehen. Bräunliche Schatten lagen unter seinen stahlblauen Augen und der bittere Zug um seinen Mund hatte sich verschärft. Trotzdem war er auf eine morbide Weise schön. Vielleicht sehen Menschen so aus, wenn sie zum Sterben verurteilt sind, dachte ich und eisige Schauer wanderten meinen Rücken entlang. Ich kroch auf seinen Schoß wie in Kindertagen. Er roch gut, weich und warm und dennoch eindeutig nach Mann und Bruder. Eine Weile ließ ich meine Stirn an seinem Hals ruhen und hörte seinem langsamen, schweren Herzschlag zu, der sich immer dann ganz leicht beschleunigte, wenn Paul lachte. Er musste dringend öfter lachen. Ich selbst kam ja ganz gut ohne ständiges Gegrinse zurecht. Lachanfälle gingen meistens schmerzhaft aus, mit bösem Schluckauf und Zwerchfellziehen. Aber Paul war zum Lachen konzipiert.

Er ging früh zu Bett, nach einem unserer üblichen minderwertigen Abendessen, das wir alle mehr oder weniger lustlos in uns hineinschaufelten.

»Ich wollte dir noch etwas sagen, Ellie«, sprach Tillmann mich an, als ich mit verkrampften Händen das Geschirr in die Maschine räumte. Wir hatten den ganzen Tag kaum miteinander geredet, aber ich hatte gespürt, dass er mich immer wieder intensiv und beunruhigend nachdenklich angeschaut hatte.

»Dann sag es«, entgegnete ich grob. Ich trat die Spülmaschine zu und drehte mich mit verschränkten Armen zu ihm um.

»Okay.« Er räusperte sich. »Ich kann dich so, wie du momentan bist, nicht besonders gut leiden. Du hast dich verändert. Du bist nur noch misstrauisch und panisch und genervt, keifst jeden an, schlägst um dich, verbreitest miese Stimmung, heulst oder fluchst. Es ist echt anstrengend. Aber ich weiß, dass du eigentlich gar nicht so sein willst und … darunter leidest. Oder?«

Ich nickte und spürte, wie mein Gesicht warm wurde und zu pochen begann.

»Ich nehm das jetzt so hin, weil wir zusammenhalten müssen. Ich weiß nicht, was danach ist. Aber wir sind wie … Kennst du *Der Herr der Ringe*?«

»Oh Gott«, murmelte ich. »Auch das noch. Elfenscheiße.«

»Dann denk dir die Elfen weg. Es geht darin um Freundschaft. Aus diesem Grund mag ich das Buch. Es sind Gefährten, die zusammen in den Kampf ziehen, und der eine ist bereit, für den anderen alles zu geben und zu riskieren. Ich sehe das bei uns genauso. Wir sind Gefährten. Deshalb – was immer ich tun kann, um dich heute Nacht abzulenken: Ich tu es. Alles.«

In dem kleinen Wörtchen »alles« schwang eine Bedeutung mit, die die Wärme in meinem Gesicht augenblicklich in Hitze verwandelte. Alles? Meinte er etwa *das* mit alles? Ich schaute ihn an, fragend und verlegen zugleich. Hatte Tillmann Schütz mir soeben ein unmoralisches Angebot gemacht? Er erwiderte meinen Blick ruhig, aber mit unmissverständlicher Bejahung.

»Ich, äh, also … danke. Aber – nein. Besser nicht. Ich möchte deine Freundin nicht … und Colin … ich …« Errötend setzte ich meiner Stotterei ein Ende und stierte demonstrativ an ihm vorbei.

»Ich glaube, es ist klüger, jemanden zu betrügen, als ums Leben zu kommen, wenn es die einzige Möglichkeit ist, an etwas anderes zu denken, oder?«, fragte Tillmann leise.

»Ich bin eine Frau«, entgegnete ich mit kläglichem Galgenhumor, obwohl ich mich gerade wie ein dummes, kleines Mädchen fühlte und bestimmt nicht wie eine Frau. »Ich kann auch dabei sehr gut an etwas anderes denken.« Bei Andi hatte ich es in aller Ausgiebigkeit getan. Bei Colin eher nicht. Und wie würde es bei Tillmann sein? Konnte ich mir das überhaupt vorstellen? Ich ertappte mich dabei, wie ich meine Augen prüfend über seinen Körper wandern ließ, und er begann zu grinsen. Lässig hob er seinen T-Shirt-Zipfel an und entblößte ein Stück seines Bauches. Er war glatt und muskulös. Seine helle Haut schimmerte wie Milch. Ja, ich konnte es mir vorstellen und ich erschrak darüber. Denn ich wollte es nicht.

»Vergiss es«, sagte ich gedämpft und einen Hauch widerstrebend. »Ich steige nicht mit jemandem ins Bett, der mich nicht leiden kann. Es muss auch andere Möglichkeiten geben.«

»Für mich ja«, meinte Tillmann selbstsicher und ließ das Shirt fallen. »Ich weiß nur nicht, ob du das hinkriegst.«

Sein Argwohn war berechtigt. Ich begann bereits panisch zu werden, bevor der Uhrzeiger der Zwölf entgegenrückte. Als Tillmann aus dem Bad zurückkam, hockte ich weinend im Pyjama – irgendein alter Ableger von Paul und viel zu groß – auf dem Bett, erbost über meine Unfähigkeit, meine Gedanken zu verschließen, und restlos verängstigt durch die Vorstellung, dass Paul diese Nacht möglicherweise nicht überstehen würde. Bevor er einschlief, hatte er so schlimm gehustet, dass ich selbst das Gefühl bekommen hatte, an Atemnot zu leiden.

Tillmann setzte sich gegenüber auf seine Pritsche und sah mir eine Weile beim Heulen zu, bis ich mich verpflichtet fühlte, meinen Zustand zu erklären. Aber da gab es nichts zu erklären. Es gab nur etwas zu entscheiden.

»Ich werde Paul nicht allein lassen«, schluchzte ich heiser. »Ich schlafe drüben bei ihm. Ich lasse ihn nicht allein sterben!«

»Ellie, das ist Wahnsinn!« Schon war Tillmann aufgestanden und stellte sich breitbeinig vor die Tür. Diesmal erinnerte ich mich an ein paar wenige Karatetechniken und probierte sie umgehend aus, musste aber verdutzt zusehen, wie Tillmann mich mit einem Tritt und einer schnellen Wendung außer Gefecht setzte. Ich lag auf dem Boden und er hatte mein linkes Bein so verdreht, das mir vor Schmerz beinahe die Luft wegblieb.

»Fünf Jahre Judo«, erklärte er und grinste kurz. »Bist nicht die Einzige, die Kampfsport beherrscht. Außerdem bin ich stärker.«

»Bitte, lass mich zu ihm.« Ich hatte noch ein paar Tricks auf Lager und wahrscheinlich wäre es mir gelungen, mich herauszuhebeln. Aber mir fehlte die Energie, es auszutesten. »Bitte, Tillmann.«

»Nein.«

»Er ist mein Bruder – wenn ich hier einschlafe und François bringt ihn in Lebensgefahr, dann hab ich überhaupt keine Chance, ihm zu helfen ...«

»Das hast du auch nicht, wenn du bei ihm liegst. Oder meinst du etwa, dass du dann nicht einschläfst?«, fragte er mit bester Oberlehrermiene.

»Doch. Natürlich schlafe ich dann auch ein, falls François nicht vorher schon meine Gedanken liest und mich tötet. Aber ich bin mir sicher, dass ich es sogar im Tiefschlaf merken würde, wenn das

Herz meines Bruders stehen bleibt. Er ist mein Bruder, verstehst du? Nein, das verstehst du nicht, du hast keine Geschwister, oder?«

Tillmann schüttelte den Kopf und sein Gesicht verhärtete sich. »Nein. Nein, hab ich nicht. Aber ich hätte immer gerne eine Schwester gehabt. Eine kleine Schwester«, ergänzte er mit Nachdruck.

Okay, eine kleine Schwester. Ich konnte also als Ersatz nicht dienen. Doch das entschiedene Brennen in seinen Augen, das ihm so eigen war, vermischte sich für einige Sekunden mit einer dunklen, weichen Traurigkeit. »Jetzt habe ich so etwas wie eine große Schwester. Man nimmt, was man kriegt, oder?« Er lächelte schief. »Und ich lasse dich ebenfalls nicht allein, klar?«

»Tu mir das nicht an, Tillmann«, bat ich. »Ich möchte zu ihm. Vielleicht hält es François sogar ab. Du weißt doch, Menschen sollten in Gruppen schlafen …«

»Merkst du nicht, was du gerade tust? Deine Gedanken kreisen ausschließlich um ihn! Er ist möglicherweise schon unterwegs hierher, kann sie lesen. Ellie, so geht das nicht!«

»Aber was soll ich denn machen?«, heulte ich verzweifelt. »Ich muss zu Paul!«

»Dann gehen wir beide rüber«, beschloss Tillmann und seine Raubtierzähne klackten, als er mich vom Boden hochzog und unter den Arm klemmte. Auch er war angespannt und diese Anspannung minderte sich kaum, nachdem wir zum fest schlafenden Paul geschlichen waren und uns links und rechts neben ihn legten.

»Das ist total irrsinnig, was wir hier tun«, flüsterte Tillmann. Er kochte innerlich. Wahrscheinlich hätte er mir gerne den Hintern verdroschen. »Wir liefern uns ihm aus. Ein reines Selbstmordkommando.«

Ich schob mein Ohr auf Pauls Brust und lauschte seinem Atem und seinem Herzen. Beides ging behäbig und langsam und sofort zog ich meinen Kopf zurück, weil ich ihm keine weitere Last sein wollte. Nun wusste ich, woher der Ausdruck »totenähnlicher Schlaf« rührte. Paul war keinerlei Leben anzumerken. Er hatte nicht einmal gezuckt, als wir zu ihm ins Bett gekrochen waren. Er reagierte auch dann nicht, als ich ihm die Haare aus der Stirn strich und ihn auf die Wange küsste. Doch ein feiner Lufthauch strömte aus seiner Nase. Immer wieder hielt ich meine Finger davor, um sicherzugehen, dass er Schlafes Bruder noch nicht erlegen war.

»Gib mir deine Hand«, forderte Tillmann nach einigen Minuten. Ich gehorchte und legte meinen Arm über Pauls Brustkorb, damit Tillmann sie greifen konnte. Es war ein gänzlich befremdliches Bild, das sich mir bot, als ich zu ihm hinübersah. Er hatte sein Gesicht vertrauensvoll in Pauls Armbeuge gebettet. Tillmann in Pauls Armen. Aber es war auch ein Bild, das ich niemals vergessen würde. Es beruhigte mich sogar ein wenig. Ja, es konnte mich für einen Wimpernschlag ablenken …

»Es gab eine Zeit vor ihnen«, sagte Tillmann wie zu sich selbst. »Die längste Zeit deines bisherigen Lebens. Du musst dorthin zurückreisen und dich daran festhalten.«

»Da war nichts. Nichts Interessantes«, wisperte ich, obwohl wir unsere Stimmen nicht senken mussten. Paul schlief wie ein Stein. »Nichts, an dem ich mich festhalten wollte.«

»Warst du denn nie vorher verliebt? Also, vor Colin?«, fragte Tillmann ungläubig.

»Doch. Natürlich. Aber …«

»Dann erzähl mir davon. Wie hast du ihn kennengelernt?«

»Ich … eigentlich gar nicht.« Meine Mundwinkel zogen sich automatisch nach unten, als ich an Grischa dachte. Noch immer zwickte es ein wenig. »Ich hab ihn immer nur angeschaut. Das war alles. Fast alles.«

»Du hast nie mit ihm geredet?« Tillmann rückte ein Stück näher, um meine Hand an seine Halsbeuge zu legen, und ich spürte sofort, wie die Arterie unter seiner Haut pulsierte, kraftvoll und beinahe hitzig. Das volle Leben. Ich ließ sie dort ruhen und kuschelte mich wie er an Pauls Schulter.

»Nein. Dazu kam es nicht. Das war alles noch in Köln, an meinem alten Gymnasium. Ich wusste, wie er hieß. Jeder wusste das. Grischa Schönfeld. Eigentlich Christian, aber einer wie er hatte natürlich einen Spitznamen.«

Ich hielt inne. Und was für einen schönen Spitznamen. Schön und ungewöhnlich – nicht Chris oder Chrissi, sondern Grischa.

»Es gab da einen Spruch bei den Mädels: schön, schöner, Schönfeld. Stand auf manchen Klos an der Tür. Er war der tollste Typ der Schule. Alles an ihm war besonders.« Ich stockte. Wie sollte ich das nur erklären?

Doch Tillmann ließ nicht locker. »Was genau war besonders?«

Ich seufzte. »Es war zunächst mal sein Aussehen. Die Art, wie er lief. Er gehörte zu diesen Männern, die sich von Natur aus cool bewegen und eine Figur wie ein Model haben, sogar während der Pubertät. Lässig. O-Beine, aber nicht zu krumm, sondern genau richtig. Kerzengerader Rücken und einen wunderbar ausgeprägten Hinterkopf. Kein dümmlicher Flachschädel. Sein Haaransatz war im Nacken spitz zulaufend. Nicht diese Affenauswüchse rechts und links. Nein, eine Spitze in der Mitte. Wenn es kalt war, wurden seine Wangen rot. Vielleicht mochte er das nicht, aber alle Mädels fanden es niedlich. Es war so lebendig. Er hat beim Laufen die Hände in die hinteren Hosentaschen statt in die vorderen gesteckt. Und es wirkte nie aufgesetzt! Es passte zu ihm. Im Frühling und Herbst hatte er oft eine Jacke aus weichem Jersey mit einem dunkelblau-weiß gestreiften Innenfutter an, das nur an der Kapuze und den Ärmeln herausblitzte. Ich werde diese Jacke nie vergessen. Ich habe sie bei keinem anderen gesehen. Sie war sicherlich schweineteuer. Im Sommer trug er die Schuhe grundsätzlich ohne Strümpfe. Ich weiß nicht, wer ihm das alles beigebracht hat, aber ich hab ihn niemals schlecht gekleidet erlebt … niemals … Er war nicht wie die anderen. Er hatte Stil. Er trug nie irgendetwas, es schien immer etwas Besonderes zu sein, eine Bedeutung zu haben …«

Ich hielt inne und überlegte. Was redete ich da eigentlich? Klamotten, Haaransatz, O-Beine. Gestreiftes Jackenfutter. Ein Festival der Oberflächlichkeiten.

»Und weiter? Was war es noch? Versuch, dich zu erinnern.«

Oh, das fiel mir nicht schwer. Ich erinnerte mich an alles. Ich hätte jedes seiner Kleidungsstücke aus dem Kopf aufzeichnen können.

»Er war Schulsprecher und ein begnadeter Sportler. Bei den Lehrern beliebt, ohne jemals ein Streber zu sein. Er hatte von seinen Eltern auch sofort ein Auto bekommen, nachdem er achtzehn geworden war. Den Führerschein hatte er natürlich auf Anhieb bestanden, klar. Er fuhr einen alten Citroën, ein Cabrio, keine verrostete Knatterente wie Mama, sondern ein wirklich schickes Teil. Silbergrün. Und dann … dann geschah etwas Seltsames. Es war ein knappes Jahr vor seinem Abitur, beim Sommerfest der Schule, abends. Ich stand mit meinen Freundinnen zusammen und wir haben uns gegenseitig mit Gummibärchen gefüttert und auf einmal hab ich bemerkt, dass mich jemand ansieht.« Ich schloss die Augen, um zurück in diese warme, verzauberte Sommernacht zu tauchen. »Er war es. Grischa hat mich angesehen. Tief und fest – und so lange. Es dauerte mehrere Sekunden, vielleicht sogar eine Minute. Meine Freundinnen haben es ebenfalls registriert und verwundert aufgehört zu reden. Als würde die Zeit stehen bleiben. Ich habe seinen Blick erwidert – ich meine, was hätte ich sonst tun sollen? Wegsehen, wenn er mich endlich mal wahrnimmt? Und so haben wir uns angeschaut und nichts sonst getan. Uns nur in die Augen gesehen. Ich hatte tatsächlich das Gefühl, er meinte mich. Mich! Ich war die Erste, die den Blick abwandte. Ich musste lächeln, ich konnte gar nicht anders. Ich weiß bis heute nicht, warum er mich angesehen hat.«

»Hast du ihn nie gefragt?«, wunderte Tillmann sich.

»Vielleicht hat er mich nur angesehen, weil ich irgendwas Doofes anhatte oder weil er und ein Kumpel eine Wette am Laufen hatten, wen sie am schnellsten beeindrucken könnten, oder weil er mich austesten wollte … Als er Abitur gemacht und die Schule verlassen hat, dachte ich, ich sterbe. Dass ich das nicht überlebe. Es war schrecklich. Denn mir war klar, dass er aus meinem Leben verschwinden würde. Für immer.« Und so war es dann auch gekommen.

»Aber – ihr habt doch nie miteinander geredet, es war doch gar nichts zwischen euch …«

»Er war da! Ich konnte ihn anschauen. Er war meine Motivation, zur Schule zu gehen, morgens aufzustehen, mich diesem Kampf zu stellen, diesem Mitziehen und Schauspielern, und auch den Mobbereien, als ich noch nicht schauspielerte … Nur die Hofpausen konnten mir dabei helfen, das zu bewältigen. Selbst wenn ich ihn nur zwei Minuten lang sah, weil es mir wieder Futter gegeben hat für …« Ich verstummte.

»Für was?« Tillmann berührte meine Finger kurz mit seinen Lippen – nicht als wolle er mich zurückholen, sondern als wolle er mich damit weiter weg in die Vergangenheit schicken. Zu Grischa. Er tat etwas, was Grischa niemals getan, was ich mir aber immer von ihm gewünscht hatte.

»Futter für meine Tagträumereien«, gestand ich bitter. »Ich hab mir vorgestellt, dass wir befreundet sind. Ich habe gar nicht erwartet, dass er sich in mich verliebt, dass wir eine Beziehung haben. Ich hätte dem nie standhalten können – es war ja dauernd ein Mädchen hinter ihm her. Wie hätte ich ihn an mich binden können? Eigentlich war ich auch nicht klassisch verliebt in ihn. Ich dachte dabei nicht an Sex oder Zusammenziehen oder Kinderkriegen. Nein, ich wollte, dass er mich beschützt, sich hinter mich und vor mich stellt, wann immer es nötig ist, und manchmal auch, wenn es nicht nötig ist. Dass er an mich glaubt. Dass er mein wahres Gesicht kennt und mag und mich ebenfalls für etwas Besonderes hält. Dass er mich hübsch findet. Mir sogar ein bisschen verfallen ist, sodass er nie ein Mädchen küssen kann, ohne dabei kurz an mich zu denken … Jeder sollte sehen, dass uns etwas Magisches miteinander verbindet. Er sollte mich vor den Zickereien meiner Klassenkameradinnen bewahren und mich verteidigen, wenn sie mich wieder einmal fertigmachten. In meinen Träumen war das so. Wenn ich die Augen geschlossen und Musik gehört habe, war er da.«

Meine Stimme bebte. Es tat immer noch weh. Verdammt, wie konnte es immer noch wehtun?

»Und er hat von alldem nie erfahren? Krass«, murmelte Tillmann.

»Doch, das hat er.« Ich lachte humorlos auf. »Ich hab ihm kurz vor seinem Abitur einen Brief geschrieben. Zwölf Seiten. Zwölf Seiten wirre Gefühlsduselei, die ich selbst nicht erklären konnte. Wahrscheinlich konnte er meinem Namen ja nicht mal ein Gesicht zuordnen … Ich habe nie eine Antwort bekommen. Sein Abiball war eine Tortur für mich. Er hat die ganze Zeit mit dem hübschesten Mädchen des Jahrgangs getanzt. Die beiden sahen so perfekt miteinander aus. Später stand er an der Theke, als ich mein Glas zurückgab, und ich hab gewagt, Hallo zu ihm zu sagen und ihn anzusehen … Ich dachte, es ist sowieso egal, was jetzt passiert, denn ab morgen ist er für immer weg …«

Ich hatte nie zuvor daran gedacht, mich nie zuvor bewusst an dieses Zusammentreffen an der Bar erinnert. Weil ich diese Szene verdrängte, wo es nur ging. Beinahe hatte ich sie vollkommen gelöscht.

»Und wie hat er reagiert?«

»Er hat mich von oben herab angeguckt. Und dann hat er distanziert gefragt: ›Kennen wir uns?‹ Ich kam mir so lächerlich und albern vor. Kennen wir uns! Ich sagte: ›Nein, aber ich hab dir mal einen zwölfseitigen Brief geschrieben. Elisabeth Sturm.‹ Er zuckte mit den Schultern und meinte: ›Oh, kann mich gar nicht erinnern.‹«

»Idiot«, murmelte Tillmann. »Ich würde mich an einen zwölfseitigen Brief erinnern. Auch wenn er noch so beknackt war.«

»Tja. Ich hab nur gesagt: ›Er liegt wohl bei all den anderen, die du so bekommen hast in den vergangenen Jahren‹, und an der Art, wie er grinste, hab ich erkannt, dass ich recht hatte. Ich war nur eine von vielen gewesen. Eines dieser blöden, unreifen Mädels, die einem Oberstufenschüler hinterherrennen.«

Ich gähnte herzhaft und meine Hand rutschte von Tillmanns Hals. Er fing sie auf und legte sie auf sein Gesicht. Träumerisch fuhr ich über die knisternden Bartstoppeln auf seiner Wange, die ganz sacht meine Fingerkuppen piksten. Es tat gut, von Grischa zu erzählen. Weil ich dabei nicht allein war.

»Aber er, er war alles für mich gewesen. Mein ganzes Leben drehte sich um ihn. Um die Idee, die ich von ihm hatte. Denn es war ja nur eine Idee gewesen – ich kannte ihn schließlich nicht. Ich hab einmal bei ihm angerufen. Ich wollte nicht mit ihm sprechen, sondern nur ein Fenster zu seiner Welt öffnen und dann sofort wieder auflegen. Sein Vater meldete sich. Er klang so positiv und ausgeglichen und freundlich! Allein der Elan, mit dem er seinen Namen sagte, hat mich umgehauen … Grischa war ein Königskind. Fünf Stufen über mir. Unerreichbar. Er wird sicher mal ein wichtiges Tier, studiert BWL oder Jura, macht seinen Doktortitel und leitet dann irgendeinen Konzern … wahrscheinlich in der Schweiz. Er hat eine bildhübsche Freundin, die ihn über alles liebt, obwohl er nie zu Hause ist, er macht grandiose Skiurlaube und freut sich, wenn er seine Eltern sehen kann … und …« Ich gähnte nochmals, dann fielen meine Augen zu.

»Was würdest du ihm sagen, wenn du ihn sehen könntest? Jetzt? Wenn ihr alleine in einem Raum wärt?«

»Ich … ich würde ihn fragen …« Meine Zunge wurde schwer. »Ich würde ihn fragen, ob ihm klar ist, was er damit anrichtet, nur so zu sein, wie er ist … was es für andere bedeuten kann … und ich würde ihn fragen, warum er mich angeschaut hat … so lange …«

Seine Augen tauchten vor mir auf und ich war wieder vierzehn, stand im lauen Sommerwind, ein halbes Gummibärchen auf der Zunge – ein rotes –, die rechte Hand noch in der knisternden Tüte, die Jenny mir vor die Nase hielt, und es gab nur noch einen Menschen für mich. Eine Sonne. Einen Mond. Mein einziger Stern am finsteren, unendlichen Nachthimmel.

Grischa.

Tag X

»Ellie. Es ist so weit. Wir haben es geschafft. Ellie?«

Das Erste, was ich wahrnahm, war ein beißender Schmerz in meiner rechten Wange, der sofort in die Schläfe schoss, als ich meinen Kopf drehen wollte. Aber ich konnte meinen Kopf nicht drehen. Irgendetwas mit meiner Schulter stimmte nicht. Meine gesamte rechte Körperhälfte fühlte sich wund und zerschunden an. Am gnadenlosesten aber war das Brennen und Ziehen in meiner Wange. Ich versuchte, meine Zähne voneinander zu lösen, und als es mir endlich gelang, glitt ein dicker Fetzen Schleimhaut auf meine Zunge, der sich zwischen meine Kiefer geklemmt hatte. Ich hatte mich selbst zerbissen.

»Wach auf, Ellie. Ist alles okay?«

Tillmann übernahm das Drehen für mich und ich jaulte leise auf, als meine Schulter knackte. Ich beugte mich nach vorne, um den Mund zu öffnen, aus dem sich hellrote Schlieren auf den Boden abseilten. Doch ich musste das tun, so eklig es auch aussehen mochte, denn ich wollte den penetranten Metallgeschmack meines eigenen Blutes loswerden. Tillmann sah mir interessiert dabei zu.

»Aua«, stöhnte ich und presste meine Hand an die Wange. »Kann nicht reden. Mund kaputt.« Während ich sprach, fielen weitere blutige Speicheltropfen auf die Dielen.

»Das kenne ich«, erwiderte Tillmann ungerührt. »Du hast im Schlaf tierisch mit den Zähnen geknirscht. Mach ich auch oft. Und ein bisschen Schwund ist immer.« Nun ja – mit den Zähnen knirschen war die eine Sache. Sich dabei selbst auffressen die andere.

Er reichte mir die Wasserflasche und ich schaffte es, meinen Mund so weit zu öffnen, dass ich ein paar Schlucke trinken konnte. Dann sah ich mich vorsichtig um. Wir befanden uns wieder in Pauls Schreckenskabinett und draußen war die Sonne aufgegangen. Ich konnte die Möwen über dem Haus lärmen hören.

»Er war nicht da, Ellie«, sagte Tillmann mit einem triumphierenden Ausdruck in seinen wachen Augen. »Er ist nicht gekommen. Du hättest gar keine Angst haben müssen.«

Wir, verbesserte ich in Gedanken. Wir hätten keine Angst haben müssen. Tillmann mochte mir viel erzählen, aber spurlos konnte der gestrige Abend kaum an ihm vorübergegangen sein. Doch er hatte einen Weg gefunden, mich abzulenken. Ich war eingeschlafen, während ich an Grischa gedacht und von ihm erzählt hatte.

»Zeig mal.« Tillmann deutete auf meinen Mund. Ich hob abwehrend meine Hand. Ich hasste es, wenn andere in meinen Mund blickten. Das konnte ich lediglich beim Zahnarzt akzeptieren – und selbst dort unter allergrößter Überwindung. Ein Besuch beim Gynäkologen fiel mir leichter. Mein Mund war absolute Privatzone.

»Jetzt hab dich nicht so. Ich will nur gucken ...«

Knurrend gab ich nach. Mein Kiefer knackte, als müsse er dringend geölt werden. Tillmann nahm die Nachttischlampe und leuchtete in meine Mundhöhle.

»Ach du Scheiße ... du hast ja Weisheitszähne. Alle vier. Kein Wunder, dass du dich zerbeißt. Auweia, das wird wehtun.« Er stellte die Lampe wieder auf den Tisch. »Ist schon entzündet.«

Ja, so fühlte es sich auch an. Ich musste mit brachialer Gewalt auf meiner Wangeninnenseite herumgekaut haben. Die Wunde zog sich an mehreren Zähnen entlang, bis ganz hinten zum Gaumen. Sie würde bei jedem Wort schmerzen.

»Und dann noch mein Rücken …«, klagte ich, als ich mich aufrichtete. Ich probierte es jedenfalls. Doch ich war schief. Ich konnte meinen Kopf nicht mehr gerade halten.

»Du bist auf Pauls Schulter eingeschlafen und warst total verkrampft, als ich dich rübergetragen hab. Wie ein Brett. Zum Glück wiegst du nicht viel.«

Ich stellte beschämt fest, dass ich in diesem Frühjahr trotz meiner täglichen Kampfsporteinheiten verdammt viel durch die Gegend getragen wurde. Und nun war es schon wieder Tillmann gewesen. Ausgerechnet.

Aber wir hatten es überlebt – bis jetzt. Keine weitere Nacht mehr vor dem Kampf. François war nicht da gewesen. Umso größer würde sein Hunger heute Abend sein. Jetzt galt es, Paul glücklich zu machen, und ich konnte mir kaum vorstellen, wie ich dabei behilflich sein sollte. Tillmann lotste mich in die Küche, stellte Kaffee auf und machte uns ein paar Toasts.

Es war kurz vor zehn, doch ich war so müde, dass mir immer wieder die Augen zufielen. Das Kauen war Folter, und wenn ich schluckte, raste der Schmerz durch meine Schläfe und bis ins Ohr. Außerdem verspürte ich nicht den geringsten Appetit. Nach drei Bissen schob ich meinen Teller weg.

»Macht das ohne mich heute Abend«, lallte ich mühsam. »Ich bin euch keine Hilfe. Mir tut alles weh. Ich hab keine Energie mehr. Gar keine.«

»Ich glaub, du spinnst.« Tillmann schnaubte. »Jetzt schlappmachen? Nee. Setz dich mal ans Fenster, ich bin gleich wieder da.«

Seufzend schob ich mich auf meinem Stuhl ins Sonnenlicht, obwohl ich keine Ahnung hatte, was für einen Sinn das haben sollte, zumal die Helligkeit mein tiefes Bedürfnis, die Augen zu schließen, nur noch verstärkte. Tillmann kam mit einem kleinen Fläschchen samt Pinselchen zurück.

»Was ist das?« Skeptisch beäugte ich die trübbraune Flüssigkeit. Doch Tillmann hatte schon die Daumen auf meine Kiefergelenke gedrückt. Ich musste den Mund öffnen, ob ich wollte oder nicht.

»Stillhalten«, befahl er und begann, meine Wunde zu bepinseln, während ich ihm am liebsten sämtliche Familienhoffnungen zerstört hätte. Mein Knie zuckte schon und nur der lodernde Schmerz bewahrte mich vorm Zutreten, weil er mich nach und nach am ganzen Körper lahmlegte. Tillmann feixte belustigt. »Ich weiß, das Zeug brennt, aber es ist echt gut. Wird dir helfen. Und du kommst mit heute Abend. Keine Widerrede.«

»Tillmann, ich kann nicht.« Ich merkte, dass ich sabberte, und wischte mein Kinn ab. Die Tinktur schmeckte scheußlich. »Ich kann meinen Hals nicht bewegen, hab Kopfschmerzen und meine Schulter … Außerdem hab ich heute Abend noch einmal Training und …«

»Aha. So willst du also trainieren? Aber ein Essen und ein Konzert, das geht nicht? Klingt nicht besonders logisch«, stellte Tillmann belustigt fest. Statt einer Antwort gähnte ich – ein wimmerndes Gähnen, da mein Kiefer sich beinahe verhakte und die Zähne von Neuem die entzündete Stelle aufrissen. Tillmann musterte mich eine Weile, als sei ich eine Mathematikgleichung, die es zu lösen galt. Ja, er wirkte, als würde er rechnen. Und ich war nur mäßig auf das Ergebnis gespannt.

»Okay. Dann leg dich ins Bett und zieh schon mal dein Oberteil aus.«

»Spinnst du?«, fuhr ich ihn an und bereute es im gleichen Augenblick. Aufheulend griff ich an meine Wange. »Das wäre Schändung! Außerdem hab ich dir gesagt, dass ich das nicht will! Ich geh nicht mit jemandem ins Bett, der mich nicht hübsch findet!«

»Ich hab nie behauptet, dass ich dich nicht hübsch finde. Du bist nur nicht mein Typ Frau. Und ich hab nicht vor, mit dir zu schlafen.

Dir läuft brauner Sabber aus dem Mund. Das ist nicht besonders sexy.«

Grummelnd stand ich auf und tat, wie geheißen, denn mir war langsam alles egal. Wenn ich nur liegen konnte, ohne mich rühren zu müssen, sollte er tun und lassen, was er wollte. Unter derbsten Flüchen stülpte ich mein Pyjamaoberteil über den Kopf und bettete mich abwartend auf den Bauch. Ich schnappte nach Luft, als Tillmann sich mit seinem ganzen Gewicht auf meinen Hintern schob. Er war schwer. Doch ohne Zweifel korrekt gekleidet. Und was er dann mit mir zu tun begann, fühlte sich so schmerzhaft und schön zugleich an, dass ich ein genüssliches Stöhnen nicht unterdrücken konnte.

»Du solltest das beruflich machen«, bemerkte ich mit einem debilen Lächeln, während seine Finger über die verhärteten Stellen unterhalb des Schultergelenks tasteten und sie sorgsam weich zu kneten begannen.

»Klappe halten«, wies er mich zurecht. »Sonst funktioniert das nicht.« Ja. Klappe halten war jetzt ausnahmsweise das Beste. Ich schloss meine Augen und ließ mich in das Dunkel meines Innenlebens hinabsinken, lauschte in meinen Körper hinein, der sich Berührung für Berührung von seinen Qualen zu erholen begann und dem Schlaf seinen Weg ebnete – einem befreiten und angenehm warmen Schlaf, der ab der ersten schwerelosen Sekunde von Träumen begleitet war.

Es waren kurze Sequenzen aus meiner Vergangenheit, die ich anfangs nur vor mir sah, ohne daran teilzuhaben. Ich beobachtete Szenen aus meiner Schulzeit in Köln, teils erschrocken, teils mitfühlend, teils erheitert, aber nie befand ich mich in Gefahr, Anteil daran zu nehmen. Ich war die Beobachterin meines eigenen Lebens und so schlecht hatte ich mich dabei gar nicht geschlagen. Manchmal musste ich tadelnd den Kopf schütteln, wenn ich mich anschaute, wie ich mitmischte und schauspielerte und heimlich litt, aber ich verzieh es mir. Es war mein Weg gewesen – mein Weg, mich zu schützen.

Doch dann war ich auf einmal wieder mittendrin – in dem Moment, als ich in einen weiteren Klassensaal schwebte und auf Andi traf. Meine Füße berührten den Boden. Ich war in mich zurückgekehrt.

»Du …« sagte Andi leise. »Mit dir habe ich noch eine Rechnung offen.«

Ehe ich etwas erwidern konnte, hatte er mich an die Wand gedrängt und seine Hand zwischen meine Beine geschoben. Die andere Hand legte er betont sanft um meine Kehle, fast ein Streicheln, doch sein Blick sagte mir, dass er zudrücken würde, sobald ich mich zu wehren versuchte.

»Du glaubst, dass ich dir das durchgehen lasse? Was hast du dir dabei gedacht, Elisabeth Sturm, hm? Dich bumsen lassen und dann Schluss machen? Das war nicht das letzte Mal, ich schwöre es dir …«

Sein Griff wurde fester und er fummelte hektisch, aber mit brutaler Entschlossenheit an dem Reißverschluss meiner Jeans herum. Mir war klar, was er vorhatte. Er wollte mich vergewaltigen. Doch Andi wusste nicht, dass ich Karate machte. Ich hatte Angst, große Angst sogar, war kurz davor, panisch zu werden. Doch mit einem einzigen kräftigen Hochziehen meines Knies und einer geschickten Drehung befreite ich mich aus seiner Umklammerung, stürmte aus dem Saal und rannte den Flur entlang, bis nach vorne ins Foyer, wo meine Kräfte schwanden und ich mich zitternd auf den Tisch neben dem Kopierer schob. Ich musste mich ausruhen. Nur einen Moment. Andi würde eine Weile mit sich selbst zu tun haben, bevor er mir folgen konnte.

Es befanden sich nicht viele Schüler außer mir im Gebäude – ein paar Fünftklässler, die schon freihatten und in der Ecke Karten spielten, hier und da lief ein Lehrer an mir vorbei, wie immer mit Papieren und Tasche unter dem Arm. Sie beachteten mich nicht.

Ich lehnte mich an die Wand und schloss die Augen, um zu Atem zu kommen, bis ich die schwere Eingangstür zufallen hörte. Schritte näherten sich, langsam und ausgeruht, aber nicht träge. Nein, sie klangen cool und lässig. Selbstsicher. Schritte eines Königskindes. Und sie steuerten auf mich zu. Direkt auf mich.

Ich hob meine Lider und fühlte mich wie ein Licht, das endlich entzündet worden war, um alles andere zu überstrahlen. Noch nie hatte ich solch aufrichtige und ehrliche Freude empfunden – Freude ohne Erwartungen, ohne Hintergedanken, ohne Berechnung, ohne heimliche Träume, die um ihre Erfüllung bangten. Mein Lächeln war übermächtig, und als ich zu glauben wagte, dass er auch lächelte und mich meinte, wirklich mich, wollte ich die Zeit anhalten.

Er sah eine Spur erwachsener aus, gereifter, doch es war unverkennbar Grischa. Seine Augen blitzten mich verschmitzt an. Er stoppte meine Arme, die sich um seinen Hals schließen wollten, mit einer sanften Handbewegung. Seine Ablehnung machte mir nichts aus. Ja, ich hatte ihn umarmen wollen – na und? Halb so schlimm.

»Entschuldigung«, sagte ich reumütig. »Ich habe mich so gefreut, dich zu sehen. Ich freue mich immer noch.«

»Ich weiß.« Er steckte seine Hände in die hinteren Hosentaschen. »Aber vergiss nicht, dass ich nicht das in deinem Leben bin, wofür du mich gehalten hast. Wir kennen uns gar nicht.«

»Natürlich. Klar.« Ich errötete ein wenig. »Aber du meinst mich, oder? Du bist meinetwegen gekommen?« Warum fragte ich das noch? Ich wusste es doch. Und es machte mich so unfassbar glücklich.

»Ja.« Er nickte. Ich musste meine Hände hinter meinen Rücken schieben, um ihm nicht über die geröteten Wangen zu streichen.

Ernst blickte er mich an. »Du musst mir helfen, Ellie. Nur du kannst es. Ich habe gehört, dass du –«

»Ellie. Hey, Ellie. Aufwachen. Du verpennst den ganzen Tag. Hast du nicht noch Training?«

»Nicht!«, rief ich. »Nicht, lass mich dort, bitte …«

Es war zu spät. Ich sah Grischa reden, doch seine Worte verhallten ohne Sinn. Ich konnte sie nicht hören. »Jetzt weiß ich nicht, wobei ich ihm helfen soll! Ich muss ihm helfen!«

Emport schlug ich die Augen auf. Womit nur hätte ich Grischa helfen können? Ich, Elisabeth Sturm? Ich brannte vor Neugierde, doch stärker als die Neugierde war das helle, glitzernde Glück in meinem Bauch. Ich fühlte mich stark und ausgeruht und wohlig entspannt – ja, ausgeglichen. Meine Schmerzen waren erträglich geworden. Ich setzte mich auf und rekelte mich ausgiebig.

»Vielleicht ziehst du dir besser was an«, meinte Tillmann und blickte mit höflicher Diskretion auf meine Fußspitzen. Oh ja, das sollte ich tun. Doch im Moment war es mir gleichgültig, dass Tillmann meinen entblößten Oberkörper sah – und zwar von vorne und nicht wie heute Morgen von hinten. Meine Gedanken hingen immer noch bei Grischa. Er war meinetwegen in die Schule gekommen. Meinetwegen …

»Scheint ja ein schöner Traum gewesen zu sein.«

Ich nickte abwesend und zerrte mir ein Unterhemdchen über den Kopf. Was hatte Papa gesagt – Träume würden nur wenige Sekunden lang andauern? Das konnte nicht sein. Dieser Traum hatte begonnen, nachdem ich während Tillmanns Massage eingeschlafen war, und bis eben angehalten, bis zum frühen Nachmittag, obwohl ich nicht einmal fünf Minuten lang mit Grischa geredet hatte. Genau das war das Geheimnis dieses Traumes. Zeitlupe. Minuten waren wie Stunden gewesen. Ich hatte mich unendlich lange in dem glücklichen Gedanken suhlen können, dass Grischa mich meinte –

und ich musste herausfinden, wobei er meine Hilfe brauchte. Der Traum war so klar und so echt gewesen – wie eine Vision. Vielleicht gab es wahrhaftig etwas, wobei nur ich Grischa helfen konnte. Und dadurch würde er womöglich endlich verstehen, was er mir bedeutet hatte.

Wenn das alles hier vorbei war, musste ich ihn suchen. Jeder Mensch hinterließ Spuren. Ich würde ihn finden. Alles würde sich klären.

Mit diesem Gedanken ertrug ich sogar Lars' Quälereien, der heute ausnehmend sadistisch aufgelegt war. Doch ich beklagte mich kein einziges Mal. Auch dann nicht, als er mich mit der Lederpratze durch die Halle trieb und zu Tritten und Schlägen nötigte, bis mir erneut das Blut aus dem Mund lief. Ich kostete es sogar ein wenig aus. Ich wollte bis zur Erschöpfung trainieren, wollte gefordert werden, von mir aus überfordert, meine Energie bündeln und das Letzte aus mir herausholen.

Den finalen Tritt setzte ich absichtlich neben das Polster – nämlich direkt auf Lars' Hüfte. Überrumpelt kippte er zu Boden, und ehe er sich aufrappeln konnte, hatte ich sein Bein verdreht und seinen Kopf zur Seite gerissen. Schachmatt. Dann ließ ich wortlos von ihm ab, verbeugte mich und lief in die Umkleidekabine. Fünf Minuten später begann nebenan die Dusche zu rauschen, diesmal jedoch ohne frauenfeindliche Witze.

Ich trat ein, ohne zu klopfen. Erschrocken fuhr Lars herum, ein Gorilla im Dampf und über und über mit blau glitzerndem Duschgel eingeschäumt.

»Oh«, sagte ich betont überrascht und ließ meine Augen auf seiner Mitte ruhen. »Doch so klein?«

Grollend grapschte er nach einem Handtuch, um es sich in Windeseile und ziemlich unkoordiniert um seine Hüften zu wickeln. Der Gorilla schämte sich.

»Was willst du, Sturm?«, fragte er schroff. Er griff nach hinten, um das Wasser abzudrehen.

»Mich verabschieden. Ich habe heute Abend einen Kampf und ich weiß nicht, ob ich ihn überleben werde.« Ich wunderte mich über meine eigene Ruhe.

»Du … was?« Lars ging einen Schritt auf mich zu. Seine breiten, behaarten Füße hinterließen kleine Schaumseen auf dem schmutzigen Boden.

»Richtig verstanden. Ich habe einen Kampf. Einen gefährlichen Kampf.« Ich wich seinem fragenden Blick nicht aus.

»Gegen einen Typen? Ist dir jemand zu nahe gekommen? Irgendein Assi? Soll ich ihn …?«

»Nein. Nein, ich mache das. Jedenfalls werde ich dabei sein. Und es kann sein, dass ich – du weißt schon. Nicht überlebe. Deshalb wollte ich Tschüss sagen.«

Ich streckte ihm meine Hand hin. Lars glotzte mich ungläubig an, während der See zwischen seinen Füßen immer größer wurde und das Handtuch mit einem leisen Rascheln von seinen Hüften rutschte. Er streckte seine Pranke danach aus, aber seine Reaktion kam zu spät. Es fiel zu Boden. Seine Nacktheit schien ihn jedoch nicht mehr zu interessieren. Denn er begann zu begreifen, dass ich es ernst meinte. Nach einem sehr langen und stillen Moment nahm er zögerlich meine Hand. Sein Griff war erstaunlich zart, beinahe schüchtern.

»Dann mach ihn fertig, Stürmchen«, sagte er mit rauer Stimme. Ich wartete, bis er meine Hand freigab – es dauerte einige Sekunden, in denen wir uns stumm anschauten und zum ersten Mal nicht dabei verabscheuten –, drehte mich um und verließ die Halle. Beschwingt lief ich zum Auto.

»Der war nur so klein, weil ich kalt geduscht hab!«, brüllte es aus dem Fenster der Umkleidekabine und ich lachte leise auf. Ja, klar.

Und woher war dann der Dampf gekommen? Immer noch schmunzelnd schloss ich den Wagen auf.

Ein Hauch von Glück glühte in mir. Ich musste diese Glut nur bewahren, sie schüren, am Leben halten. In Gedanken an Grischa. Sie an Paul weitergeben. François damit locken. Über den Rest würde das Schicksal entscheiden.

Ich war bereit.

Totentanz

Schon bei den ersten Klängen des Abschlusssongs verwandelte sich die bitzelnde Gänsehaut auf meinem Rücken in einen eisigen Schauer. Um mich herum brandeten Jubelrufe und Applaus auf. Feuerzeuge blinkten. Menschen umarmten sich und reckten in spontaner Begeisterung ihre Hände in die Höhe. Doch ich wollte hier raus. Denn ich kannte diesen Song. Natürlich kannte ich ihn – ich hatte nur nicht mehr im Gedächtnis gehabt, dass er von Ultravox war. Ich hatte ihn ein einziges Mal gehört, doch dieses eine Mal hatte gereicht, um ihn nie wieder zu vergessen und ihn nie wieder hören zu wollen. Zu viele Erinnerungen – Gefühlserinnerungen. Sie würden zurückkommen.

Ich wandte mich von den anderen ab und sah mich hastig nach einem Fluchtweg um. Doch die Menschen standen zu dicht beieinander, der Notausgang war zu weit weg. Ich würde der Musik nicht entkommen können. Die Bilder in meinem Kopf nahmen bereits Gestalt an.

»Was ist los?«, brüllte Tillmann mir ins Ohr.

»Ich will raus!«, brüllte ich zurück. »Ich muss hier raus!«

»Aber es ist doch bisher alles super gelaufen!«

Das war es tatsächlich. Als ich nach dem Training geduscht und umgezogen aus dem Bad gekommen war, hatte Gianna bereits erwartungsfroh im Flur gestanden, herausgeputzt und in Gönnerlaune, sodass sie mir meinen kleinen Eingriff in ihr Privatleben der

Vergangenheit zähneknirschend verzieh. Vorerst, wie sie betonte. Um der Sache willen.

Die Sache – Paul – hatte erst nachmittags von unserem Vorhaben erfahren, sich aber bereitwillig überrumpeln lassen. Das war eine der wenigen positiven Folgeerscheinungen seines Befalls: Er war perfekt im Passivsein. Vielleicht aber lockte ihn auch der Gedanke, Gianna wiederzusehen.

Während Gianna mir ihren Großmut kundtat und andeutete, dass sie Marco die Drogenflucht möglicherweise eines Tages aufrichtig vergeben könne, befand Paul sich noch im Schlafzimmer und zog sich um. Das konnte dauern, weshalb Gianna sich mit mir ins Badezimmer einschloss, damit ich »etwas aus mir mache«. Mir war nicht ganz klar, was das sein sollte. Natürlich wären Jenny und Nicole rückwärts umgefallen, wenn sie mich so gesehen hätten – in einer knapp sitzenden, aber verwaschenen Jeans (Bootcut, keine unkleidsame Röhre), meinen karierten Chucks und einem eng anliegenden, weichen Kapuzenshirt) –, aber ich fühlte mich wohl darin und vor allem fühlte ich mich wie meistens nach dem Training schön. Meine Haut war bestens durchblutet und schimmerte rosig, meine Augen leuchteten und mein Mund war vollkommen entspannt. Ich brauchte kein Make-up. Gianna sah das anders. Es müsse mich schon ein bisschen mehr Glamour umwehen, wenn wir chic essen gingen – überaus symbolisch ins Schöner Leben gleich um die Ecke – und nach dem Konzert in einen Club wollten. Die ließen schließlich nicht jeden rein.

Also schlüpfte ich in ein schwarzes, ausgeschnittenes Oberteil (aus der Jeans bekam sie mich nicht raus, selbst wenn sie sich auf den Kopf stellte), und während ich meine Wimpern tuschte und etwas Gloss auftrug, versuchte Gianna ihr Glück mit meinen Haaren, gab aber schnell auf. Sie fielen inzwischen bis weit über meine Schultern und an Giannas neidvollem Blick konnte ich erkennen, dass sie sich heimlich eine solche »Pracht« wünschte. Aber sie wusste nicht, was diese Pracht bedeutete, und ich, die es zu gut wusste, starrte nicht minder neidvoll auf ihren glänzend glatten Schopf.

»Die Welt ist ungerecht«, konstatierte sie seufzend, zupfte meinen Ausschnitt zurecht und schob mich zurück in den Korridor. Tillmann hatte sich ebenfalls umgezogen. Es waren nur kleine Veränderungen im Vergleich zu seinem Alltagsaufzug, doch sie machten einen gehörigen Unterschied. Er trug ein dunkles Hemd zu seinen gewohnt lässigen Hosen und hatte die Sneaker gegen ein Paar stylishe Boots ausgetauscht. Ich hatte ihn noch nie in einem Hemd gesehen und der Anblick war ebenso irritierend wie berückend. Er sah verwegen aus, weil das Hemd nicht zu seinem Straßenjungencharme passte. Man wollte es ihm sofort wieder ausziehen.

»Okay«, sagte er gedehnt, als er uns erblickte, und seine Mandelaugen blieben eine Sekunde länger an mir hängen als üblich. »Vielleicht erneuere ich mein Angebot von gestern Abend doch noch einmal.« Er zwinkerte mir aufgeräumt zu.

Gianna blickte verwirrt von einem zum anderen. »Hab ich was verpasst?«, fragte sie neugierig. »Habt ihr doch etwas …?«

Doch nun stieß Paul zu uns und sein Anblick lähmte Giannas Zunge im Nu. »Hallo«, hauchte sie. Es klang wie ein »Hao«, schwach und willenlos.

Ja, Paul überstrahlte uns alle. Ich konnte nicht genau sagen, warum das so war. Und mir war vorher auch nicht bewusst gewesen, dass Leid so attraktiv wirken konnte. Denn die Schatten unter seinen Augen waren zwar milder geworden, aber nicht verschwunden, und die Melancholie hatte sich fest in seinen Mundwinkeln verankert, selbst wenn er wie jetzt auf verboten bezaubernde Weise zu lächeln begann. Papa hatte mir einmal erzählt, dass kranke Menschen kurz vor ihrem Tod noch einmal aufblühten und die Angehörigen oft glaubten, es ginge aufwärts, ja, dass sie sogar Heilung fänden. Stattdessen war es nur ein letztes Leuchten, wie eine Flamme, die der Wind aufflackern ließ, bevor seine Kälte sie endgültig zum Erlöschen brachte.

Doch ich verfrachtete diese Vorstellung in die Kiste mit all den Gefühlen und Überlegungen, die heute Abend verboten und verpönt waren, und versuchte, Pauls Anblick zu genießen – mein Bruder in seiner nachtblauen Edeljeans und einem dunklen Pullover, mit breiten Silberringen an seinen schönen Händen und dem leicht gelockten, langen Haar. Ob ihm überhaupt bewusst war, wie sehr er Papa ähnelte? Und doch ein völlig anderer Mensch war?

Das Essen erlebte ich wie in einem Rausch. Ich hatte einen sagenhaften Appetit und schaffte wider Erwarten drei Gänge, beseelt von meinen Grischa-Plänen, die mit jedem Bissen konkreter und greifbarer wurden. Soziale Netzwerke erfreuten sich immer größerer Beliebtheit. Vielleicht hatte er sich mittlerweile doch bei Facebook, Xing oder wkw angemeldet. Und wenn nicht er, dann einer seiner Freunde, deren Namen ich noch kannte und die ich nach seinem Verbleib fragen konnte. Ich musste nur einen guten Grund finden, Grischas Neugierde zu entfachen. Aber der würde mir schon einfallen. Ich hatte Tessa überlistet. Wenn man das geschafft hatte, musste es doch im Bereich des Möglichen liegen, einen alten Schulkameraden ausfindig zu machen. Und falls nicht, gab es immer noch Papas Geld und es würde ausreichen, um einen Privatdetektiv zu engagieren.

In noch ekstatischere Stimmung aber versetzte mich die Vorstellung, wie es sein würde, wenn wir uns endlich gegenüberstanden. Denn ich war nicht mehr das kleine, verhuschte Mimikrymädchen von früher, austauschbar und verkleidet. Ich war Elisabeth Sturm, die einzige Menschenfrau, die mit einem Nachtmahr liiert war (was ich nur flüchtig bedachte, denn an die Mahre wollte ich jetzt keine Zeit verschwenden). Ich machte Karate, hatte ein Einserabitur, meinen Führerschein und statt mit Kicherfreundinnen verbrachte ich meine Zeit mit einem unterkühlten Hip-Hop-Fan, der seine Wochenenden dazu nutzte, sich die Brust mit Zweigen zu durchbohren, und koksend sein Leben aufs Spiel setzte, wenn die Umstände es verlangten. Grischa musste all das sehen. Begreifen, dass er sich geirrt hatte, als er dachte, ich sei eine von vielen gewesen. Wahrscheinlich hatte es kaum eine andere außer mir je ernst mit ihm gemeint. Und wenn ihm das klar wurde, würde er sich auch daran erinnern, wobei ich ihm helfen musste.

Diese Hochgefühle hatten auch nach dem Essen angehalten und selbst die vielen Menschen in der Konzerthalle und die etwas überalterte Band hatten mich darin nicht stören können. Es klappte alles wie am Schnürchen. Sogar das Konzert fing pünktlich um zwanzig Uhr an, was Gianna mächtig zum Staunen brachte. Wir waren geniale Glücksregisseure und ich suhlte mich wohlig in dem Gefühl, etwas durchweg Großartiges zu leisten – bis zu dem Song, den Ultravox nun angestimmt hatte und auf den anscheinend alle außer mir sehnlichst gewartet hatten. *Dancing with Tears in my Eyes.*

Natürlich kannte ich ihn! Er war eines Abends auf MTV gelaufen, in einer dieser Sendungen, in denen beliebte Videos gezeigt wurden und die Zuschauer ihre Favoriten wählen durften. Sie war grausam moderiert und von unerträglichen Werbespots unterbrochen, aber sie eignete sich gut dazu, nebenbei in Hochglanzmagazinen zu blättern, über Jungs zu quatschen und Pläne fürs Wochenende zu schmieden. Genau das hatten Nicole, Jenny und ich getan – bis zu dem Moment, als die ersten Bilder des Videoclips dieses Songs über den Flat flackerten.

Denn sie zeigten einen meiner Albträume. Nicht den mit den abstürzenden Flugzeugen und dem Atompilz am Horizont, sondern die zweite Variante. Den Super-GAU im Kernkraftwerk direkt nebenan. In meiner Kindheit hatten sich diese Träume munter miteinander abgewechselt, einer schlimmer als der andere. Weil sie realistisch waren. Der eine war schon wahr geworden, zur Hälfte. September 2001. Ground Zero. Der Super-GAU auch, bevor ich geboren wurde. 1986. Tschernobyl. Eines von Herrn Schütz' Lieblingsthemen (abgesehen von dem Liebestropfen). Aber beides war nicht in meiner Nähe geschehen. Diesbezüglich musste das Schicksal noch Nacharbeit leisten.

Und als ich während dieses harmlosen Mädchenabends in Köln das Video gesehen hatte, war ich erneut in meinen Träumen gefangen, in dem sicheren Wissen zu sterben – wenn nicht heute, dann in wenigen Tagen. Es gab keine Hoffnung mehr. Wir hatten uns unsere Vernichtung selbst erschaffen. Und es zählte nur noch eines: Wen hielten wir im Arm, wenn es geschah? Wo war der Mensch, den wir liebten?

Auch jetzt, Jahre später, tauchten die letzten Szenen des Clips vor meinen Augen auf, als hätte ich ihn gestern noch gesehen, und ich konnte nichts gegen diese abgrundtiefe Rührung ausrichten, die das Schluchzen durch meine Brust quälte, ein Schluchzen, das nichts lindern konnte, gar nichts … Zwei Liebende, die sich in stillem Einverständnis in eine dünne Decke hüllten, um beieinander zu sein, wenn sie starben. Ein letzter Blick auf die Kinder, die friedlich schlummerten. Dann die Explosion. Das gleißende Licht. Der bunte Kreisel unterm Bett … der Kreisel …

Mein Blick verschwamm. Oh Gott. Was tat ich hier eigentlich? Pläne für ein Wiedersehen mit Grischa schmieden? Hatte ich den Verstand verloren?

»Ellie … bitte …!« Tillmanns Schreien – anders konnten wir uns nicht verständigen – klang mahnend, sogar eine Spur genervt. Er hatte allen Grund, genervt zu sein. Ich durfte die Stimmung nicht verderben. Wie an dem Abend mit Jenny und Nicole. Und diesmal ging es um so viel mehr. Doch hier, inmitten der Menschenmassen, gab es kein Badezimmer, in das ich mich zurückziehen konnte, um in Ruhe zu heulen und mir immer wieder klarzumachen, dass das, was ich eben gesehen hatte, nur die Ausgeburt eines apokalyptisch veranlagten Regisseurs gewesen war, der sich wichtigmachen wollte. Nicht echt. Erfunden. Die Kinder lebten. Alle lebten. Es gab keine Explosion. Der Kreisel war danach in eine Kiste gepackt und zurück in die Regale mit den Requisiten gestellt worden. Alles nur Show.

Solange ich aber keine Chance hatte, der Musik zu entfliehen, bewirkten diese Gedanken nichts. Schon drehte Paul sich nach mir um, weil ich ein paar Schritte rückwärtsgetreten und ein Pärchen angerempelt hatte, dessen beide Hälften sich gegenseitig die Zunge in den Hals steckten. Bevor er in meine Augen sehen und erkennen konnte, was mit mir los war, verbarg ich mein Gesicht in Tillmanns Halsbeuge. Er kapierte sofort und legte die Arme um meine Schultern. Wir mimten die Verliebten, weil es anders nicht ging.

»Ich muss zu Colin«, rief ich ihm ins Ohr, während er mich immer noch festhielt und wir aussehen mussten, als habe uns Amors Pfeil von allen Seiten und mindestens zehnfach durchbohrt. »Ich muss ihn noch einmal sprechen, bevor wir sterben!«

»Wir sterben nicht! Erzähl nicht so einen Scheiß, Ellie! Und hattest du nicht Angst vor Colin?«

»Ja, hatte ich!« Ich sah aus den Augenwinkeln, dass Gianna und Paul vertraut Händchen hielten und die Köpfe zusammensteckten. Bestimmt redeten sie über uns. Sehr gut, sollten sie, wenn sie dachten, wir hätten uns nun doch ineinander verknallt, und nichts von meinen echten Gefühlen wahrnahmen.

»Ich habe immer noch Angst vor ihm, aber … ich liebe ihn und … was ist, wenn ich mich irre und er genauso umkommt wie wir und wir nie mehr in Ruhe miteinander sprechen konnten? Er ist der Einzige, den ich bei mir haben möchte, wenn es zu Ende geht, und ausgerechnet er …«

»Es geht nicht zu Ende!« Tillmann nahm mein Gesicht in seine Hände und schaute mich mit unerbittlicher Härte an. Ich lächelte, weil Paul uns einen Blick zuwarf, doch Tillmann, der mit dem Rücken zu ihm stand, war weit davon entfernt, mein Lächeln zu erwidern. »Es geht nicht zu Ende, hörst du? Glaub das bloß nicht.«

Ich sah ihn fest an, nicht mehr lächelnd, aber trotzdem beinahe liebend, weil ich auch ihn vermissen würde, wenn ich gehen musste.

»Ich habe das Gefühl schon seit Wochen, Tillmann.« Ich redete leise – hören würde er mich nicht, höchstens das ein oder andere Wort von den Lippen ablesen. Mehr nicht. Aber das spielte keine Rolle. »Einer von uns wird sterben. Wahrscheinlich ich. Ich fühle das. Ich bin nur noch hier bei euch, weil ich sowieso nicht entrinnen kann. Ich habe gar keine Wahl. Aber ich hätte ihn so gerne noch einmal gesehen.«

Tillmann nahm meinen Kopf und schmiegte ihn an seine Schulter, damit Paul und Gianna die Tränen in meinen Augen nicht sehen konnten.

»Falls wir sterben, sollten wir glücklich sterben. Okay, Ellie? Wir sterben glücklich. Hast du das verstanden?«

Der Song verklang und der Jubel brandete auf. »Zugabe«-Rufe von allen Seiten. Ich nahm einen Zipfel von Tillmanns Hemdkragen und wischte mir die Tränen aus den Augenwinkeln, bevor ich mich zu jener nervigen Person umdrehte, die hektisch an meinem Ärmel zupfte. Es war Gianna.

»Hey, ihr Turteltauben, wir sollten verschwinden, wenn wir nicht in der Meute erstickt werden wollen … Das ist immer das Beste, vor der Zugabe abhauen! Denn jeder Depp will die Zugabe sehen!« Sie strahlte uns stolz an. »Langjährige Presseerfahrung!«

Wir schafften es, uns durch all die fröhlichen Menschen zu drängeln und den Ausgang zu passieren, bevor die große Massenflucht einsetzte. Immer noch hallte der Ohrwurm in meinem Kopf nach.

Dancing with tears in my eyes … weeping for the memory of a life gone by …

Und jetzt tanzen gehen? Disco? Wieder hinein in den Trubel und in all die grinsenden, dümmlich-glückseligen Gesichter schauen müssen? Nie hatte ich mich mehr nach der Einsamkeit und der Stille des Waldes gesehnt. Doch seitdem der Wolf tot war, konnte ich nicht mehr an mein Zuhause denken, ohne um ihn zu trauern.

»Mir hinterher!«, rief Gianna und dirigierte uns durch Straßen und Gassen, durch die ich nie zuvor gelaufen war. Ich kannte Hamburg kein bisschen. Ich lebte seit Wochen in dieser Stadt und war nicht ein einziges Mal auf der Reeperbahn gewesen.

Doch nun fühlte es sich sinnlos an. Tanzen gehen. Warum? Wenn doch gleich alles vorbei sein würde? Ich hatte das nie verstehen können, dieses beliebte Gedankenspiel: Was würdest du tun, wenn heute dein letzter Tag wäre? Denn was brachte es, etwas zu tun, wenn man es sowieso nicht fortführen konnte? Ich hatte nur einen Wunsch – bei demjenigen zu sein, den ich liebte. Der Haken war, dass ich nicht mehr genau wusste, wer das war. Im Zweifelsfall Colin. Im Zweifelsfall immer Colin. Der mich töten wollte … Und trotzdem hielt ich mich an der Hoffnung fest, dass er auf unserer Seite stand und meinen Bruder retten würde. Weil mir nichts anderes übrig blieb.

»Ellie? Bist du müde? Na komm schon!«, rief Paul, der sich während des Gehens nach mir umdrehte. Ich war zurückgefallen, lief den anderen wie ein verträumtes Hündchen hinterher.

»Muskelkater!«, gab ich grinsend zurück und winkte ihm zu. »Autsch!« Ich rieb mir in astreiner Schauspielermanier die Oberschenkel. Die Dunkelheit verhinderte, dass er die Tränen in meinen Augen schimmern sehen konnte. Nur Tillmann sah sie. Er nahm mich am Handgelenk und nötigte mich dazu, schneller zu gehen. Bockig stemmte ich die Füße in den Boden.

»Elisabeth.« Er atmete tief durch und versuchte, sich zurückzuhalten. Verflucht, sah er gut aus heute Abend. Die Energien pulsierten in seinen Augen, sein Rücken war straff, sein Körper voller Erwartung. Er wollte den Kampf, ja, er fieberte ihm entgegen. Und die Vorfreude schien ihn anzuregen, vielleicht sogar zu erregen. Was hatte Herr Schütz über einen der Atavismen erwähnt, die uns Menschen ab und an befielen? In der Gegenwart des Todes waren wir von dem plötzlichen Wunsch beseelt, uns fortzupflanzen? Unsere Nachkommenschaft zu sichern, selbst wenn die Welt unterzugehen drohte – um des Überlebens willen?

»Ich geh nach Hause. Feiert alleine weiter«, flüsterte ich. Ich lehnte mich kraftlos an die feuchte Backsteinmauer hinter mir. Giannas Kichern flirrte durch die Nacht, dann schwappte Pauls leises Lachen zu uns herüber.

Tillmann stützte sich mit den flachen Händen rechts und links von meinen Schläfen an der Wand ab, sein Gesicht nur wenige Zentimeter von meinem entfernt.

»Nein, Ellie. Erinnere dich an die vergangenen Wochen. Was haben wir gemacht? Uns gefürchtet, die Köpfe zermartert, kaum gegessen und geschlafen, gestritten … Wir haben überhaupt nicht gelebt. Wir sind hier mitten in einer Großstadt, in die jeder andere zum Feiern fährt, haben die Reeperbahn um die Ecke, St. Pauli, Fischmarkt, alles da, und wir zerfleischen uns. Lass uns wenigstens heute Nacht leben.«

»Ach komm. Du hast es dir doch gut gehen lassen auf dem Schiff mit deiner … Tussi. Also beklag dich nicht.«

»Ja, und dreimal darfst du raten, warum ich das gemacht hab. Warum ich am ersten Abend ein Mädel aufgerissen hab. Na? Um an etwas anderes zu denken. Das ist nicht zufällig passiert. Ich hatte eine Vision auf diesem Schiff, gleich nach der Ankunft. Ich sah François, wie er meinen Schädel mit Pfeilen durchbohrte und durch die Löcher blickte. Ich musste das tun. Und es lenkt mich nun mal ab.«

»Mich nicht«, entgegnete ich stur. »Mich kann so etwas nicht ablenken.«

»Oh doch, das kann es«, widersprach Tillmann beharrlich, beugte sich vor und streifte meinen Mund besitzergreifend mit seinen Lippen. Ich erschauerte, weil sie warm waren. Warm, nicht kühl.

Das ist ein Kuss, sagte ich mir sachlich, als die zufällig anmutende Berührung zu einer verbindlichen wurde, Missverständnisse ausgeschlossen. Ja, es war ein Kuss, deutlich und fordernd. Ich ließ es zu, dass unsere Zungen sich berührten, innehielten, sich dann wieder trennten und meine Gedanken mit ihrem beiläufigen Spiel stoppten. Ich konnte nicht mehr denken. Mein Gesicht entflammte in einer plötzlichen Hitzewelle und meine Knie wurden angenehm schwach. Wie nebenbei griff Tillmann nach meiner Hüfte und zog seinen Oberschenkel leicht an, um mich abzustützen. Noch eine Weile ruhten unsere Lippen sanft aufeinander, bis er sich langsam zurückzog. Sofort begann mein Hirn wieder zu arbeiten.

Meine Ohrfeige erreichte gar nicht erst Tillmanns Wange und ich musste zugeben, dass ich sie trotz wiedergewonnener Geistesgegenwart sehr halbherzig ausgeführt hatte. Er fing sie locker ab und grinste.

»Nicht nötig«, raunte er. »Der war von Colin.«

»Aber …« Doch Tillmann hatte sich schon abgewandt und lief Gianna und Paul hinterher, die uns eifrig zuwinkten und auf eine Gasse deuteten.

»Beeilt euch, es ist grad keine Schlange an der Tür! Schnell!«

Ich fühlte mich wie weich gekocht, als ich mich von der Wand abstieß und versuchte, ganz normal einen Fuß vor den anderen zu setzen. Beschämt stellte ich fest, dass ich mich lieber hingelegt hätte. Mit wem auch immer. Tillmann, Colin, Grischa. Hauptsache, Fortpflanzung. Was waren wir Menschen nur für heillos triebgesteuerte Konstruktionen.

Doch wie hatte Tillmann gesagt? Der war von Colin. Wie hatte er das nur gemeint? Ich hatte Tillmann geküsst, nicht Colin. Ohne in ihn verliebt zu sein. Nun gut, er hatte mich geküsst. Ebenfalls ohne verliebt zu sein. Was beides nicht viel daran änderte, dass es meinem Bauch gefallen hatte. Es gefiel ihm immer noch. Er flatterte und zitterte und meine Gedanken blieben unwillig träge, obwohl ich mich federleicht fühlte. Ich schwebte fast über den Asphalt, sobald ich meine Fähigkeit zu laufen zurückerlangt hatte, und fiel in das Lachen der anderen ein, obwohl ich gar nicht wusste, worum es gerade ging. Gianna führte uns in einen Hinterhof. Ehe ich erkennen konnte, was für ein Etablissement uns erwartete, hatte sie mich durch den Eingang gedrängt und die dröhnenden Bässe machten jedes weitere Gespräch unmöglich.

Ich kannte diese Art von Location aus Köln. Mittelgroße Clubs mit zwei bis drei Floors, dazu eine Lounge, stickige Luft und ambitionierte DJs, die meistens erst ab Mitternacht die richtig mitreißende Musik auflegten.

Der Main Floor war zum Bersten voll. Trotzdem quetschten wir uns durch hüftwackelnde Frauen und schwitzende Männer, bis wir mitten auf der Tanzfläche landeten, eingeschlossen von feierwütigen Menschen, die fest entschlossen waren, die Nacht zum Tag zu machen. Es roch nach Alkohol und einer Überdosis Pheromonen.

Ich konnte mir ein Kichern nicht verkneifen, als ich Giannas Miene registrierte. Paul hatte von einer Sekunde auf die andere zu tanzen angefangen und Gianna hatte ganz offensichtlich nicht das erwartet, was sie nun sah.

»Na ja. Man kann nicht alles haben!«, brüllte sie mir zu. »Dafür sieht er toll aus, wenn er geht!«

Paul, dem völlig klar war, worüber wir redeten, grinste uns unbekümmert an. Unbekümmert war auch die Art, wie er sich bewegte. Er war nie ein großartiger Tänzer gewesen, aber er tat es sehr gerne und immerhin rhythmusgerecht, auch wenn er dabei an einen tapsigen Zirkusbären erinnerte. Tillmann hingegen vollführte einen wahren Kriegstanz. Oder einen Totentanz? Wie damals, in dieser kalten Nacht in unserem Zimmer, wirkte er versunken, aber diesmal steckte mehr Kraft und Leidenschaft in seinen Bewegungen – eine feurige Coolness, die die Blicke der Mädchen auf sich zog. Auch Gianna schien vor unterdrückter Aggression zu bersten und schüttelte die Haare, als gäbe es kein Morgen mehr.

Nur ich stand still und lauschte, lauschte in den Lärm hinein. Klangteppiche, ein wummernder Bass, dazu die dröhnenden Beats, das Schreien und Lachen der Menschen und – da. Da war es noch einmal gewesen. Eben hatte ich es noch für eine Sinnestäuschung gehalten, ein Knistern in den Boxen, so leise und unauffällig, dass man es sofort wieder vergaß. Eine winzige Störung, die nicht sein durfte, weil ein Club wie dieser sich keinen Leichtsinn mit seiner Technik erlaubte. Und deshalb hörte sie niemand außer mir.

Jetzt gingen die Beats in einen neuen Song über. Ein paar Leute klatschten und Tillmann warf auf andächtige Weise den Kopf in den Nacken. Auch ich konnte nicht anders, als die Augen zu schließen.

Es war *Insomnia* von Faithless. Schlaflos. Tillmanns Lebenshymne. Und Pauls. Vielleicht auch meine. Es war einer der wenigen Songs gewesen, bei denen ich es in Köln nicht mehr geschafft hatte, in Tussimanier zu tanzen. Entweder stillstehen oder toben. Etwas anderes war unmöglich. Wieder knisterten die Boxen. Ich öffnete meine Augen und war nicht willens, noch ein einziges Mal zu blinzeln. Er war hier.

Ich duckte mich blitzschnell, tauchte ab und boxte mich durch die Massen. Ein fieses Zwicken hier, ein Ellenbogenschlag da, eine

Handkante dort. Binnen Sekunden hatte ich mich an die Stiege zu einem der zwei Tanzpodeste gekämpft, auf denen sich die Go-go-Girls hoch über den Menschen lasziv verrenkten – zu dieser Musik völlig unpassend. Eine billige Parfumwolke wehte mir entgegen, als das Mädchen ihren Hintern kreisen ließ. Sie musste dort weg. Das war mein Platz.

Es ging schnell, war eine Sache von wenigen Augenblicken und Handgriffen. Es bekam nicht einmal jemand mit. Das Mädchen wollte sich wehren, kreischte empört auf, doch als sie mein Gesicht sah, verstummte sie und hob nur lahm ihre lackierte Hand, bevor ich sie mit einer einzigen Bewegung zurück auf den Boden verfrachtete.

Jetzt stand ich direkt oberhalb von Tillmann, Paul und Gianna, die noch nicht bemerkt hatten, dass ich verschwunden war. Sie tanzten mit geschlossenen Augen. Ich sah sie mir eine kleine Weile an, prägte sie mir ein, verliebte mich in ihre Gesichter und verankerte sie fest in meinem Herzen.

Dann schaute ich zum Podest gegenüber. Nun war es leer. Er war also wirklich hier. Seine Aura hatte die Tänzerin vertrieben, bevor sie begreifen konnte, warum. Vielleicht war ihr plötzlich schwindelig geworden. Oder sie hatte Panik bekommen, zum ersten Mal in ihrem Leben. Glaubte, keine Luft mehr zu kriegen. Fühlte sich schwer krank.

Zeig dich, dachte ich. Bitte.

Die Keyboards und die Beats setzten ein – Auftakt des hypnotischen, völlig irren Parts von *Insomnia*. Auch mir fiel es immer schwerer, stehen zu bleiben, doch wenn ich tanzte, verschwammen meine Gedanken und meine Instinkte und das durften sie nicht. Ich sog tief die Luft ein und die Haare auf meinen Unterarmen richteten sich auf. Ein wissendes Knurren befreite sich aus meiner Kehle.

Endlich schob sich sein schwarzer, langer Schatten die Treppe hoch, elegant, leichtfüßig, vertraut und doch so Furcht einflößend. Ich stand frei, ohne mich festzuhalten, die Arme locker herunterhängend, den Kopf aufrecht. Ich wollte mich nicht verstecken.

Lässig nahm er die letzte Stufe und trat auf das Podest, um mich anzusehen, und die Kälte, die seine kantigen Züge verströmten, wich einem silbrigen Schimmer, der seine Haut zum Leuchten und seine Augen zum Funkeln brachte. Doch dieses Mal ließen sie mich nicht taumeln. Ich stand fest und ich war nicht gewillt, mich in den Abgrund seines Blickes ziehen zu lassen. Nicht bevor ich gesagt hatte, was ich dachte.

Der Beat legte sich für einen Moment. Zeit zum Atemholen, während die Synthies schwelten und die Spannung ins Unerträgliche stieg, die Tänzer nach neuer Bewegung lechzten. Auch ich. Doch diese Ruhepause vor dem Sturm gehörte mir.

»Ich liebe dich«, flüsterte ich. Jede Silbe, jeder Buchstabe war wahr und wog schwer. Colin hatte mich gehört. Er hätte meine Stimme sogar gehört, wenn ich es nur gedacht hätte. Nur gefühlt. Doch ich musste es sagen. Meine eigenen Worte gaben mir die Gewissheit, die ich so dringend brauchte.

Er hob seine Hand und legte sie auf seine Brust – auf jene Stelle, unter der in uns Menschen ein Herz schlug. Dann erlosch der weiche Schimmer auf seinem Gesicht und die Kälte kehrte zurück. Bevor meine Angst begreifen konnte, dass sie mich überwältigen und zur Flucht treiben musste, schwang ich mich mit einem Satz auf das Geländer, federte ab und sprang hinunter zu den Tanzenden. Ich kam dicht neben Tillmann auf. Er streckte blind seinen Arm aus, um mich abzufangen. Es wäre nicht nötig gewesen. Ich hatte schon lange meine Balance gefunden – wenn nicht in meiner Seele, dann wenigstens in meinem Körper.

Jetzt tanzte auch ich, bis meine Füße brannten, mein Herz raste und die Abstände zwischen dem Knistern in den Boxen immer größer wurden, um schließlich vollständig abzuflauen. Colin hatte sich auf den Weg gemacht. Tillmann und ich blieben gleichzeitig stehen und schauten uns an.

»Lass uns abhauen«, rief er mir zu, obwohl wir erst seit maximal einer halben Stunde hier waren. »Das lässt sich nicht mehr steigern! Mehr geht nicht.«

Ich gaukelte Paul einen kleinen Schwächeanfall vor, um ihn zum Aufbrechen zu bewegen. Denn es ging auf Mitternacht zu und er musste einschlafen, bevor François auftauchte. François, an den wir nicht denken durften.

Wir nahmen ein Taxi, setzten uns dicht an dicht auf die Rückbank. Ich hielt mich an dem fest, was meine Fantasien anzuheizen vermochte und nichts mit Mahren zu tun hatte. Es war wenig, aber es genügte. Und wenn das nicht half, dachte ich an Tillmanns Kuss und versuchte zu vergessen, dass er eigentlich gar nicht von ihm gewesen war.

Im Autoradio lief *Ti amo* von Umberto Tozzi, wie Gianna mehrfach verkündete, als habe sie die Komposition eigenhändig geschrieben, und sie trällerte selig mit. Auch mich ließ die Musik nicht kalt. Ich verspürte eine unbändige Sehnsucht nach dem Süden und jener Sonnenhitze, die ich noch nie hatte erleben dürfen. Wie musste es sich anfühlen, tagelang nicht zu frieren?

Zurück zu Hause, standen wir ein paar Minuten lang stumm im Flur und schauten uns an, allesamt leicht verwundert, satt und dennoch schwerelos. Es würde ein Festessen für François werden. Vielleicht würde er sich zur Feier des Tages an jedem von uns bedienen wollen. Deshalb musste Gianna so schnell wie möglich zu ihrer Wohnung fahren.

»Ich gehöre in die Federn. Echt«, log ich und gähnte dramatisch. »Und du auch, Paul.«

Doch Pauls Augen hingen an Gianna. Sie hatten sich noch nicht geküsst. Gianna zierte sich wie ein Pfau, schon den gesamten Abend lang.

»Nun spiel nicht länger Theater …«, murmelte Paul, zog sie resolut an sich und drückte seine Lippen auf ihren vor Erstaunen geöffneten Mund. Ich musste grinsen. Gianna hatte sich das alles insgeheim sicherlich romantischer ausgemalt. Im Vergleich zu Pauls handfestem Liebesübergriff war Tillmanns und mein Kuss geradezu bühnenreif gewesen.

Doch dieser hier würde nicht der letzte sein – hoffentlich. Und wenn ja, dann war er aus echter Zuneigung geschehen. Eine Zuneigung, die Bestand haben würde. Sie reichte für Kinder und ein Haus und wahrscheinlich sogar für diverse Ehekrisen. Das war nichts, was einfach so wieder verflog. Es war echt. Gianna griff sich verdutzt an die Lippen und kippte beinahe nach hinten, als Paul sie losließ.

»Machst du das immer so?«, fragte sie vorwurfsvoll. Paul hob gleichmütig die Schultern.

»Ich hatte keine Lust, länger zu warten.« Dann gähnte auch er. Ich wunderte mich, dass er überhaupt so lange durchgehalten hatte. Er hatte immerhin einen Herzfehler, verschleimte Bronchien, erhöhte Blutfettwerte und …

»Okay, ab ins Bett«, entschied ich und schob Paul in Richtung Badezimmer. Er gehorchte schlurfend. Gianna rührte sich nicht vom Fleck. Vor dem Bad lehnte Paul sich an den Türrahmen und zwinkerte ihr müde, aber sehr zufrieden zu. Dann eiste er sich von ihren Augen los. Kurz darauf hörten wir ein vernehmliches Plätschern und die Klospülung.

»Klasse«, sagte Gianna resignierend. »Das ist so typisch für mein Leben. So typisch. Das Letzte, was ich von meinem geliebten Mann wahrnehme und an das ich mich immer erinnern werde, ist das Rauschen seines Urinstrahls.«

»Na, immerhin scheint die Prostata noch intakt zu sein«, überspielte ich die Hellhörigkeit dieser Wohnung optimistisch und öffnete die Tür, um Gianna zu verabschieden. »Du kannst jetzt gehen. Danke für alles.«

Sie musterte mich abwertend und die kleinen Falten in ihren Nasenflügeln verschärften sich, als sie mir die Klinke aus der Hand zog und die Tür wieder schloss. Sie streifte die Jacke von ihren Schultern und warf sie achtlos in die Ecke.

»Gehen? Ich soll jetzt gehen? Abhauen? Kneifen? Niemals. Ich bleibe.«

Kammerflimmern

Giannas plötzliche Todesverachtung überraschte mich zwar ein wenig, änderte meine Pläne aber nur unwesentlich. Denn ihr war nicht klar, was gleich geschehen würde. Tillmann wusste es, aber er schien zu glauben, dass ich es in meiner Panik während der letzten Tage vergessen hatte.

Schweigend und lauschend saßen wir zu dritt nebeneinander auf meinem Bett, bis die Badezimmertür zuschwang und im Schlafzimmer nebenan Ruhe einkehrte. Nicht einmal Pauls Schnarchen drang durch die Wand. Auch gestern hatte er nicht geschnarcht, als Tillmann und ich uns neben ihn gelegt hatten. Sein Atem war zu flach geworden, um seinen Gaumen erschüttern zu können. Er schnarchte ebenso wenig, wie Ohnmächtige schnarchten.

Gianna traf es als Erstes, denn sie hatte nicht damit gerechnet. Ihre Augen wurden trübe und ihre Hände, die sie eben noch nervös geknetet hatte, fielen leblos herab. Dann sank ihr Kopf gegen meine Schulter. Ich rückte zur Seite und erhob mich, damit ich sie ausgestreckt auf das Bett legen konnte. Auch Tillmann stand auf. Wieder streiften mich seine Blicke, wie unzählige Male in den vergangenen Minuten. Es war mir nicht entgangen, doch ich hatte so getan, als habe ich es nicht bemerkt oder sei zu müde, zu sehr in meinen Gedanken und in meiner Angst verloren, um darauf einzugehen.

Er trat an Pauls Regal der Scheußlichkeiten, befreite einen Hirschkäfer aus dem kleinsten der Katzenschädel und holte ein winziges

Päckchen hervor. Ohne mich anzusehen, schüttete er den Inhalt auf das Regalbrett und formte das weiße Pulver mit seiner EC-Karte, die er nachlässig aus der Hosentasche zog, zu einer schmalen Linie. Ich sah ihm mit verschränkten Armen dabei zu.

»Du hast es wohl in all deiner Aufregung vergessen, Ellie«, sagte er konzentriert, ohne aufzuschauen. Ich stellte mich direkt hinter ihn. »Aber wir werden einschlafen, wenn er kommt. Gianna hat es schon erwischt. Es wird schneller gehen als sonst. Ich werde etwas dagegen tun und du weißt, was. Ich will dabei sein. Ich muss dabei sein.« Er hatte sein Werk vollendet und beugte sich über die weiße Linie.

Musst du nicht, dachte ich ruhig, hob meinen Arm, legte meine Finger in die Kuhle zwischen Halsbeuge und Schulter und drückte fest zu. Lars hatte mir diesen Punkt so oft gezeigt, dass ich ihn blind gefunden hätte. Bevor Tillmann das Pulver einatmen konnte, gab sein Körper unter meinen Händen nach und sackte zu Boden.

»Ruhe sanft«, flüsterte ich und schob ein Kissen unter seinen Kopf. »Auch du hast mich unterschätzt.«

Ich hatte seit Tagen über dieses Problem nachgedacht, es aber wohlweislich nicht angesprochen. Denn Tillmann würde genau das Mittel wählen, das schon beim letzten Mal hervorragend seine Zwecke erfüllt hatte. Kokain – zumal es seine Aggressivität nur noch schürte. Es war der ideale Stoff für einen Kampf. Einmal war bekanntlich keinmal. Zweimal jedoch war der Beginn einer Sucht. Und Tillmann hatte Chancen, das alles hier zu überleben, vermutlich bessere als ich. Ich konnte nicht zulassen, dass er es schaffte und danach schnurstracks in die Drogenhölle abrutschte.

Meine Augen glitten über die weiße Linie. Sie sah so harmlos aus. Schwach glitzernd, rein, unschuldig. Es war einfach, fast wie bei einem Spiel. Ein Luftzug und das Hirn explodierte, machte einen glauben, unsterblich zu sein – ein Gefühl, das ich mir stärker herbeisehnte als alles andere. In Tillmanns Kopf war das Begehren nach

Gewalt und Sex entstanden; zwei klare Wünsche, mehr nicht. Für Angst war kein Platz mehr gewesen.

»Und führe uns nicht in Versuchung«, hatte Colin gesagt. Keine Angst haben? Gewalt erleben wollen? Von beidem war ich weit entfernt. Nur eine Regung meines Zwerchfells, ein Blähen meiner Lungen – nicht stark, vielmehr ein natürliches, nebensächliches Einatmen – würde das ändern. Vielleicht. Vielleicht aber auch nicht. Ich fühlte mich schon nach der Einnahme eines durchschnittlichen Antibiotikums vergiftet, bekam Magenschmerzen von Aspirin und spürte sogar Veränderungen in mir, wenn ich ein paar homöopathische Kügelchen auf der Zunge zergehen ließ. Ich hatte keine Ahnung, was dieses Zeug mit mir anrichten würde. Möglicherweise tötete es mich, bevor François sich überhaupt näherte.

Mit einem lautlosen Seufzen kehrte ich das Kokain mit Tillmanns EC-Karte auf meine Handfläche, öffnete das Fenster und pustete es in die feuchte, kühle Nachtluft hinaus. Ich brauchte es nicht. Ich hatte mich auf meine ganz eigene Weise vorbereitet – und meine Methoden waren schmerzhafter und brutaler als ein Näschen Kokain. Aber sie machten garantiert nicht süchtig.

Ich stellte den Behälter mit meinen Kontaktlinsen vor mir auf den Schreibtisch. Ich hatte sie in den vergangenen Tagen nicht eingesetzt, denn seit meiner letzten Begegnung mit Colin waren meine Augen wieder besser geworden. Das Training hatte das Übrige dazu beigesteuert. Doch heute Nacht würde ich eine von ihnen tragen. Nur – welche? Ich hatte beide in ihrer neuen Aufbewahrungslösung baden lassen, da ich mich nicht hatte entscheiden können, und nun dachte ich erneut angestrengt darüber nach.

Auf dem linken Auge sah ich wesentlich schlechter als auf dem rechten. Meine Logik sagte mir, dass ich sie dort einsetzen sollte. Aber ich hatte das Gefühl, dass mein linkes Auge mehr und intensiver wahrnahm als das rechte – Dinge, die ich nicht sehen, sondern nur fühlen konnte. Es lag näher an meinem Herzen, war unbrauchbar für Details, aber unverzichtbar für meine Instinkte. Es sollte intakt bleiben. Ungetrübt.

Also musste das rechte Auge daran glauben. Meine rechte Körperhälfte war Kummer gewohnt. Ich hatte mir rechts die Mundschleimhaut aufgebissen, die Schulternerven gequetscht, nach der Bronchitis hatte sich die rechte Lunge viel später als die linke erholt, die Narbe des letzten Kampfes prangte am rechten Bein, und wenn mich Kopfweh plagte, dann immer zuerst an der rechten Schläfe.

Doch noch hielt sich meine Müdigkeit in Grenzen. Ich hatte heute Abend genug von all dem konsumieren dürfen, was mir schon früher den Schlaf geraubt und mich bis zum Morgengrauen wach gehalten hatte. Zu reichliches Essen, Menschenmassen, schlechte Luft, laute Musik, ein unverhoffter Kuss. Fremde Lippen auf meinen. Mein Verstand lief auf Hochtouren, um all diese Eindrücke zu bewältigen, einzuordnen und zu sortieren. Ich hatte meine Sinne überreizt, aber zum ersten Mal in meinem Leben begrüßte ich es.

Die Minuten schlichen zäh dahin. Ich konnte kaum glauben, dass meine Uhr erst kurz nach Mitternacht anzeigte. Aber er würde heute früher angreifen. Wir hätten nicht länger bleiben dürfen. Es war ein rasantes Programm gewesen, das wir absolviert hatten, rasant und erfüllend. Und wir hatten es genau dann beendet, als es am schönsten gewesen war.

Nun schliefen alle außer mir. Weil er sich näherte. Ich hatte es schon gespürt, bevor Gianna in sich zusammengefallen war. Es war diese einschüchternde Stille, die sich wie eine unsichtbare Wand auf uns zuschob, gefolgt von dichtem, kaltem Nebel und dem Geruch nach Aas. Sie schnitt all die anderen Menschen dieser riesigen Stadt von uns ab, isolierte uns, damit niemand bemerkte, was hier gleich passieren würde. Jetzt erlosch die kunstvolle Beleuchtung der Häuser um uns herum; lautlos fiel ein Spot nach dem anderen aus, bis nur noch die Laternenkegel auf den Brücken einen viel zu schwachen Schimmer auf das Wasser schickten. Ich schlüpfte aus meinen Schuhen, weil ich mich barfuß sicherer fühlen würde.

Es wäre so leicht gewesen, mich ebenfalls dem Schlaf zu unterwerfen. Jeder wünschte sich heimlich, im Schlaf zu sterben. Tillmann und Gianna würde es vielleicht vergönnt sein. Und Paul … Nichts ahnend würde er seinen letzten Atemzug tun, nachdem er noch einmal glücklich und zufrieden hatte sein dürfen.

Doch ich wollte bei ihm sein, wenn es geschah, und ich wollte Colin ins Auge sehen, sobald er das wahr machte, was ich schon so lange fürchtete. Mich töten. Er sollte meiner gewahr werden, während er zur anderen Seite überlief und mit François den Geschwisterdoppelmord vollbrachte. Aus Rache an den Vorhaben meines Vaters. Aus Rache an mir. Wir sollten vernichtet werden.

Oder irrte ich mich? Würde er sein Versprechen in die Tat umsetzen und versuchen, meinen Bruder zu retten, sein eigenes Leben dabei gefährden?

Eine weitere Schwade Leichengeruch wehte ins Zimmer, doch dieses Mal ekelte sie mich nicht an, sondern ließ meine Lider schwer werden. Das leise, rhythmische Plätschern des Wassers, das tausendfach von den hohen Hauswänden widerhallte, vereinigte sich wohlklingend mit dem Rauschen in meinen Ohren und dem warmen Strömen meines Blutes, lullte mich ein … eine betörende Hymne an meine Träume.

Glatt und kühl schmiegte sich das Holz der Schreibtischplatte an meine Wange, als mein Kopf nach unten sackte und liegen blieb. Oh, es tat so gut, die Augen zu schließen. Wer brauchte schon einen Körper? Der Tod war die einzige Freiheit, die uns jemals vergönnt war. Keine Angst mehr haben. Keine Sorgen. Keine Panik, einen geliebten Menschen zu verlieren. Denn der Tod ließ keine Liebe mehr zu. Ihm war gleichgültig, wer ging und blieb.

Meiner Nase allerdings war noch nicht alles gleichgültig. Messerscharf unterschied sie zwischen Aas und Pfefferminzöl – hochkonzentriertem, reinem Pfefferminzöl, dessen beißendes Aroma sich brennend auf ihre Schleimhäute legte. Mit knirschenden Zähnen griff ich in meine Haare und zerrte meinen Kopf nach oben. Meine Hände fühlten sich wie abgestorbene Fleischklumpen an, die nichts mehr mit dem Rest meines Körpers zu tun hatten. Mit tauben Fingerspitzen suchte ich nach der Linse. Als ich sie endlich zu fassen bekam, glitschte sie aus dem Pfefferminzöl und auf den Schreibtisch, mit der Wölbung nach oben – ich musste sie frisch benetzen … nur einmal noch …

Er schob sich bereits die Hauswand hoch. Ich hörte deutlich, wie seine Krallen über die feuchten Steine wetzten. Die Atemgeräusche von Tillmann und Gianna verklangen, doch mit einem kurzen Blick – meinem letzten schmerzfreien – vergewisserte ich mich, dass sich ihre Oberkörper sanft hoben und senkten. Ein monströses Gähnen brachte mich zum Würgen, weil ich es zu unterdrücken versuchte, und gleich darauf näherte sich das nächste. Ich musste es tun. Sofort. Ich wollte tief Luft holen, um mir Mut zu machen, aber es war nur ein gequältes Keuchen, da der Verwesungsgestank mich sonst zum Erbrechen gebracht hätte. Hustend setzte ich die Linse auf meine Hornhaut. Im Nu saugte sie sich fest.

Mit einem heiseren Stöhnen rutschte ich zu Boden. Tränen spritzten aus meinem Auge und überzogen die Dielen mit einem feinen salzigen Sprühregen, doch sie vermochten nicht, die Linse wieder zu lösen. Und erst recht nicht das Öl. Es würde dauern, bis diese Qualen aufhörten, das wusste ich. Einmal war es mir versehentlich passiert und ich hatte geglaubt, wahnsinnig zu werden. Ich hatte meine Augen minutenlang unter den eiskalten Wasserstrahl gehalten, doch es hatte nichts genützt. Damals hatte ich mir nur mit der Fingerspitze einen Hauch Öl in den Augenwinkel gerieben, mehr nicht. Heute aber hatte meine Linse einen halben Tag lang im Pfefferminzöl gebadet. Es musste mir helfen, auch wenn ich dabei mein Augenlicht verlor. Ich hatte immer noch meine linke Seite.

Auf allen vieren und eine dünne Tränenspur hinterlassend kroch ich zur Tür und stemmte mich auf die Beine. Ich versuchte, mein brennendes Auge geschlossen zu halten, doch meine Reflexe zwangen mich zum Blinzeln. Auch daran hatte ich gedacht. Die Augenklappe hatte ich mir heute Nachmittag noch in einem dieser St.-Pauli-Touristenshops gekauft, in denen haufenweise alberner Seemannskram verscherbelt wurde. Piraten waren en vogue. Ich zog sie rasch über den Kopf. Meine Tränen fanden wie immer ihre Wege, durch den Stoff hindurch, doch es gelang mir, mein linkes Auge offen zu halten, während mein rechtes sich vor Qualen nach innen verdrehte.

Jetzt begann auch meine Brust zu rasseln – jenes Rasseln, das ich bei Paul in den letzten Tagen immer öfter wahrgenommen hatte. Ich musste mich räuspern und ausspucken, um weiteratmen zu können. Der Schleim aus meiner Kehle klatschte klumpig auf den Boden, durchzogen von schwarz geronnenem Blut. Es griff auf mich über …

Als ich meine Finger auf die Klinke von Pauls Tür legte, verfärbten sich meine Nägel gelblich. Leichenhände. Ich drückte sie langsam hinunter und meine Haut gab ein Geräusch von sich wie ein Schwamm, der sich mit Wasser vollgesogen hatte. Meine Hand rutschte ab, doch die Tür öffnete sich.

François hing bereits über Paul an der Zimmerdecke und kostete den Hunger aus, ein wenig noch, bis die Gier zur Lust wurde und er nicht anders konnte, als sich in seinem Fressrausch zu verlieren. Nun troffen auch meine nackten Fußsohlen vor schleimiger Nässe und wollten sich auf dem Parkett festsaugen, um mich aufzuhalten. Mit letzter Gewalt und einem gurgelnden Schrei, der tief in meinen

Lungen kleben blieb, löste ich sie und sah angewidert dabei zu, wie Hautreste am Boden haften blieben. Die Ratten huschten darauf zu und begannen, sie von den Dielen zu fressen.

Nicht hingucken, Ellie. Schau nach oben. Lass dich nicht ablenken. Das wird alles wieder heilen. Es ist nur Haut. Abgestorbenes Gewebe.

Mein Nacken knirschte, als ich meinem eigenen Zureden folgte, obwohl ich gar nicht mehr wusste, ob ich überhaupt noch lebte. Ich begann bereits zu verwesen, überall. Ich spürte es. Wimmernd hob ich meinen Kopf und sah direkt in François' Augen – verkehrt herum, wie damals auf der Leinwand. Doch diesmal roch ich ihn, roch den grünlichen Speichel, der in dicken Schlieren über seine aufgequollenen Tränensäcke troff und sich in seinen Haaren verfing. Sein gieriger Mund verzog sich zu einem vernichtenden Grinsen. Silberfischchen wuselten in seinem Kragen und setzten über die modrigen, nach unten baumelnden Mantelärmel auf Pauls nackte Brust über. Für einen Moment folgte ich ihren flirrenden Panzern und beobachtete entsetzt, wie sie in seine Nasenhöhlen flüchteten und sich unter seine Lider schoben.

François begann zu lachen, ein schmieriges, feuchtes Lachen, das mir durch Mark und Bein fuhr und das zerstörerische Pochen in meinem rechten Auge neu anfachte. Mit einem schleimigen Glucksen beendete er sein Gelächter und schob sich dicht vor mein Gesicht. Auch in seiner Nasenhöhle krabbelten Silberfischchen.

»Du«, gurgelte er höhnisch und seine Stimme klang vollkommen anders, als ich sie jemals zuvor gehört hatte. Dumpf und kehlig. Er hatte sie immer verstellt – das war es gewesen, was mir so unter die Haut gegangen war und mir stets das Gefühl gegeben hatte, dass etwas nicht stimmte. Es hatte so vieles nicht gestimmt.

»Du wirst die Nächste sein. Und du wirst es nicht einmal merken.«

»Träum weiter, Richard Latt«, erwiderte ich blubbernd und verschluckte mich beinahe an einem zähen Schleimklumpen, der sich beim Sprechen aus meiner Kehle löste. Tapfer zwang ich ihn in meinen Magen hinunter.

Mit einem schmatzenden Geräusch ließ François sich fallen, drehte sich in der Luft um die eigene Achse und schlang seine Arme und Beine um Pauls schlafenden Körper. Wirbel knackten, als François seine Klauen in Pauls Rücken krallte und zu trinken begann, in langen, saugenden Zügen, seine Lippen auf Pauls gewölbte Brust gedrückt und den zuckenden Unterleib wie ein sich paarendes Insekt an Pauls Lenden gepresst.

Hilflos stand ich neben dem Bett und begriff, dass ich nicht das Geringste tun konnte. Immer wenn ich nach vorne fassen und François packen wollte, fiel meine Hand kraftlos zurück. Meine Gelenke schienen aus purem Gallert zu bestehen, das nur noch François' Gesetzen gehorchte, nicht aber meinen. Konnte ich nicht wenigstens Paul berühren? Ihm noch einmal über die Wange streichen – ihm ein Stück Menschlichkeit schenken?

Doch auch das verwehrte François mir. Meine Finger, die inzwischen mit weißlichen Rillen überzogen waren, als habe ich stundenlang in der Badewanne gelegen, blieben in der Luft hängen, bevor mein Schultergelenk sie mit einem widerwärtig schlüpfrigen Geräusch zurück nach unten beförderte. Ich war François' Marionette.

Dann setzte mit einem Mal das Knurren und Grollen ein, eiskalt und so zornig, dass die Ratten kreischend das Bett verließen und in die Ecken des Zimmers stoben.

»Colin«, hauchte ich flehend, als seine lange, elegante Gestalt im Fenster auftauchte. Der Speichel überflutete meinen Mund. Unzählige winzige Füßchen krabbelten eilig über meine Zunge. »Tu uns nichts … bitte …«

Doch er reagierte nicht auf mich und sein Gesicht konnte ich nicht erkennen, nicht einmal seine Augen. Lautlos sprang er François an, riss ihn von Paul weg und wirbelte ihn in der Luft herum. Ineinander verbissen und verknäult schossen sie auf das offene Fenster zu. François' gutturales Brüllen schallte durch die Nacht, als sie klatschend ins Wasser fielen. Die Ratten folgten ihnen fiepend. Auch die Silberfischchen verließen Pauls und meinen Körper und verschwanden in den Fugen des Parketts.

Ich durchbrach meine Erstarrung und torkelte zum Fenster. Das Fleet lag unberührt unter mir. Aber sie waren doch eben erst hinuntergesprungen, in den Kanal – wo waren sie? Warum hörte ich sie nicht? Schwammen sie? Aber selbst das musste zu sehen oder zu hören sein. Die Fleete waren nicht tief; der Pegel sank, da die Ebbe kam. War das etwa schon alles gewesen? Ich blickte mich um. Doch der Nebel war so dicht geworden, dass ich nur bis zur nächsten Hauswand schauen konnte.

Vollkommene Stille breitete sich aus – kein Kampfeslärm, keine Wassergeräusche, kein Gurgeln oder Schmatzen. Nur mein Atem, der sein Ringen gegen den Schleim langsam gewann und Sauerstoff zurück in meine Adern transportierte.

Nur mein Atem. Kein anderer. Kein anderer? Aber …

»Paul!«

Ich schüttelte, streichelte, küsste und schlug ihn, doch seine Brust blieb stumm und reglos. Das Blut aus meinem rechten Auge floss über meine Wange und tropfte auf seine helle Haut.

»Paul, atme! Du musst atmen! Tillmann! Gianna! Wacht auf! Bitte wacht auf! Schnell!«

Heulend rannte ich zu ihnen und trat sie mit beiden Füßen, bis sie zu sich kamen.

»Paul stirbt! Tut doch etwas!«

»Gott, Ellie, wie siehst du denn aus?«, murmelte Tillmann, bis er kapierte, was ich sagte. Gianna war schneller von Begriff und wankte bereits zu Pauls Schlafzimmer hinüber. Als ich nachkam, hatte sie schon mit der Herzmassage begonnen.

»Mach Mund-zu-Mund-Beatmung!«, schrie ich. »Du hast ihn geküsst, also wirst du ihn wohl auch beatmen können!«

»Ja, nur sollte ich vielleicht erst seinen Herzmuskel in Gang bringen!«, giftete sie. »Beides gleichzeitig geht nicht!«

»Wo ist deine Handtasche?«, fragte Tillmann sie mit erzwungener Ruhe.

»Warum denn Handtasche?«, rief ich verzweifelt.

»Wer ein Pfefferspray hat, hat auch einen Elektroschocker«, entgegnete er gereizt. »Und vielleicht brauchen wir den jetzt! Warum machst *du* eigentlich nichts, Ellie?«

Er stieß mich beiseite, um in den Korridor zu rennen und die Garderobe zu durchwühlen. Taschen und Schals fielen zu Boden.

»Die schwarze Ledertasche, vorderes Fach«, brüllte Gianna. »Ja, Ellie, warum nicht? Warum stehst du da rum wie ein Ölgötze?« Sie beugte sich über Paul und blies ihm rhythmisch Luft in seinen weit geöffneten Mund. Gut, dass sie nichts von den Silberfischchen wusste. »Und warum rufen wir eigentlich keinen Krankenwagen?«, setzte sie schnaufend hinzu.

»Weil er nicht bis zu uns durchkäme«, sagte ich leise, aber sehr gewiss. »Er hätte einen Unfall. Glaub mir. Und ich tue deshalb nichts, weil ich auf meinen Einsatz warte.«

Denn so war es. Das war nicht alles gewesen. Noch lange nicht. Sondern erst der Auftakt. Und da erreichte er mich auch schon, rein und samten. Ein drohender, unmissverständlicher Befehl.

»Komm zu mir.«

Wie durch einen Schleier sah ich Tillmann zu, der Paul den Elektroschocker auf die Brust setzte und kurz zudrückte. Das Bett bebte, als Pauls Oberkörper sich nach oben bäumte und wieder erschlaffte. Ich empfand nichts dabei. Gar nichts. Gianna drehte sich mit verzerrtem Gesicht zu mir herum.

»Was ist los, Ellie? Hilf uns endlich!«

»Nein. Ich muss zu Colin. Er ruft mich.«

»Mach weiter«, herrschte Tillmann Gianna an. »Ich glaube, er hat eben geatmet. Sein Herz muss wieder zu schlagen anfangen!«

Dann sprang er vom Bett, packte mich am Kragen und schleuderte mich gegen die Wand. »Was redest du da? Welcher Einsatz?«

»Er ruft mich. Ich muss zu ihm. Jetzt. Es ist wichtig. Es muss sein.« Ich fing an zu schlottern, doch meine Worte klangen klar und vernünftig, obwohl ich genau wusste, dass sie das nicht waren.

»Wer hat dich gerufen? Wer?«

»Mein Sensei«, antwortete ich mechanisch. »Colin. Er ruft mich zum Sterben.«

Tillmann ließ abrupt los. Ein kurzes Leuchten glomm in seinen Augen auf. Ich richtete mich auf und zog mein T-Shirt zurecht, wie ich es im Training immer mit dem Oberteil meines Karateanzugs getan hatte. Ich senkte meine Lider, ballte meine Fäuste. Konzentrierte mich. Kampflos würde er mich nicht bekommen.

»Dann geh«, flüsterte Tillmann.

»Ich möchte nicht sterben. Noch nicht. Ich will wirklich nicht. Aber ich …«

»Ich weiß. Du musst. Du musst gehen. Also geh!« Er trat einen Schritt zurück, als wolle er mir den Weg frei machen. »Geh, Ellie!«

»Nein! Elisa, nein! Bleib hier! Um Gottes willen, Elisa!«, gellte Giannas Stimme durch die Wohnung, doch ich war schon über den Flur gejagt und huschte geräuschlos wie ein Geist die Treppen hinunter.

Ich sah meinen Weg genau vor mir. Vom Alten Wandrahm bis zur Dienerreihe, dann auf die Mitte der Brücke über dem Fleet. Dort würde er mich abholen. Der Tod.

Wasserschlacht

Erst als der Nebel so undurchdringlich wurde, dass ich kaum mehr meine Hand vor Augen sehen konnte, schwand meine mir so befremdliche Ruhe, um Platz zu schaffen für eine nie zuvor gekannte Angst. Es war Todesangst – und zwar absolut berechtigte Todesangst. Kein abstraktes Gefühl, sondern Gewissheit. Ich würde sterben.

Ich hätte mich umdrehen und an der Backsteinwand entlang zurücktasten sollen, bis ich das Haus erreichte, in dem Paul wohnte, in den Aufzug springen, nach oben fahren und die Tür verrammeln mit allen Möbeln, die ich finden konnte. Mich irgendwo verkriechen und einschließen. Am besten in die Besenkammer der Küche. Oh, ich wusste, dass das ausgemachter Blödsinn war. Niemand war leichter zu töten, als wenn er in einem engen Versteck hockte. Er machte es seinem Mörder denkbar einfach. Ich hatte mich oft über Horrorfilme mokiert, in dem die Opfer genau das taten. Aber jeder Schritt nach vorne, ins Unbekannte hinein, ließ mich innerlich aufschreien, weil er mich fort von allem Vertrauten und Geborgenen führte – fort von meiner Familie.

Der Nebel waberte unaufhörlich, bildete Strudel und Schlieren vor meinen weit geöffneten Augen. Er verschluckte jedes Geräusch, selbst das meiner nackten Füße auf dem feuchten Boden. Sogar mein Atem war nicht mehr zu hören.

Ich weinte hemmungslos, als ich auf die Brücke zusteuerte und die Straße verließ, um mich wieder dem Wasser zu nähern. Ich brauchte mich nicht darum zu bemühen, mein Schluchzen zu unterdrücken. Mir war klar, dass sie mich längst geortet hatten. Sie sahen im Dunkeln wie Raubtiere – sie mussten auch im Nebel sehen können. Und wenn nicht, würden ihr Instinkt und ihre Gier sie zu mir leiten.

Meine eigenen Sinne hingegen schienen verödet zu sein. Ich sah nichts, hörte nichts, auch die Kälte unter meinen Sohlen fühlte ich nicht. Ich hoffte nur, dass es nicht zu lange dauern und ich schnell das Bewusstsein verlieren würde – aber nicht so schnell, dass ich Colin nicht mehr anblicken konnte. Ja, er war ein Mahr, geschaffen zum Rauben und Töten, und er würde kein Mitleid empfinden. François erst recht nicht. Vielleicht machte es für Colin keinen bedeutsamen Unterschied, ob er mir vorher noch ins Gesicht sah oder nicht. Doch für mich machte es einen Unterschied. Ich besaß eine grandiose Einbildungskraft. Sie würde mir helfen, mich selbst glauben zu machen, dass ich ihn liebte. Und er mich. So würde es mir leichter fallen – und ihm ein bisschen schwerer, denn er konnte meine Gedanken lesen.

Nun hatte ich die Mitte der Dienerreihe über dem Wandrahmsfleet erreicht. Ich stellte mich exakt zwischen die Geländer. Wohin mein Hinterkopf zeigte, war egal, denn sie würden von beiden Seiten kommen und mich einkesseln.

Colin tauchte als Erster aus dem Nebel auf, um sich mir in einem fast lasziven Schlendergang zu nähern. Ihm wollte ich lieber entgegenschauen als François, der sich von hinten an mich heranpirschte, obwohl das bedeuten konnte, dass sich François auf meinen Rücken krallen und mir meine Seele nehmen würde, ja, dass er es war, der mir den Todeskuss versetzte.

Nicht kampflos, Ellie. Auf keinen Fall kampflos. Ich begab mich in Position, die Beine leicht gegrätscht, die Arme angewinkelt, aber am Körper, den Nacken gespannt. Bei mehreren Gegnern immer abhauen und Fersengeld geben, hatte Lars mir eingetrichtert. Schnell so viel Schaden anrichten wie möglich und dann nichts wie weg. Er hatte von Menschen geredet, nicht von Mahren.

Trotzdem schnellte meine Faust nach vorne, sobald Colin nah genug kam, um einen Treffer landen zu können, und ich ließ sie mit voller Wucht auf seinen Solarplexus krachen. Meine Hand prallte an seiner Brust ab, als hätte ich gegen eine steinharte Lederpratze geschlagen, und ich spürte, wie der Knochen meines Mittelfingers splitterte. Der Schmerz machte mich so unfassbar wütend, dass ich fauchend aufbrüllte. Plötzlich war alles wieder da – der Zorn, die Angst, das Misstrauen und obenauf eine ordentliche Portion blanker Hass.

Er reagierte nicht. Er musste es nicht. Ich hatte ihn nur gekitzelt. Ungerührt lief er weiter, gemächlich und zielsicher. Er wollte zu François. Ich drehte mich geschmeidig um mich selbst und knallte ihm meine Fußkante in den Nacken. Jeder andere wäre jetzt gestürzt, wäre wenigstens getaumelt. Doch Colin schüttelte mich ab wie eine lästige Fliege, bevor er locker ausholte und mich mit einem brutalen Tritt in den Magen aus der Balance riss. Trotzdem spannte ich meine Muskeln an, wie Colin es mir beigebracht hatte. François lachte gehässig und sofort legte sich der Aasgeruch aus seinem Mund über mein Gesicht. Ehe mein Rücken gegen das Geländer krachte, ließ ich mich nach vorne fallen, landete auf allen vieren und übergab mich auf den nassen Asphalt.

Nicht kotzen, wenn du kotzt, kannst du dich nicht verteidigen, beschwor ich mich, doch mein Magen gehorchte viel zu spät. Den Rest des teuren Abendessens, das so gerne an die frische Luft wollte, beförderte ich mit aller Gewalt wieder nach unten, um mich schwankend zu erheben und Colin anzuschreien. Aber nicht einmal ich hörte meine Worte. Ich schrie, oh ja, das tat ich, meine Stimmbänder vibrierten vor Anstrengung, doch es kam kein einziger Ton aus meiner Kehle. Nichts von all dem, was ich dachte und sagte, nahm Gestalt an. Trotzdem brüllte ich weiter.

»Was soll dieses Spiel, Colin? Warum hast du mir Karate beigebracht? Weil es dir mehr Spaß macht, mich zappeln zu sehen, bevor du mich tötest? Warum tust du es dann nicht endlich – und wenn du es tust, dann tu es wie ein Mann! Allein und fair!«

Ich versuchte, ihm in die Augen zu sehen, aber François' Verwesungsgestank trieb mich so weit an das Geländer, dass ich mich anlehnen musste und beinahe hintenüberkippte. Meine einzige Möglichkeit, mich vor den Mahren zu retten, bestand darin, auf das Geländer zu steigen. Und das tat ich auch, denn meine Balance hatte Lars bis zum Anschlag perfektioniert und, zum Teufel, es musste machbar sein, auf den gebogenen Eisenstreben zu stehen und wenigstens noch einen einzigen Tritt auszuführen. In Colins Gesicht, nicht in François' aufgedunsene Visage, entstellt von seinem nicht enden wollenden Gelächter, dem einzigen Laut in dieser tödlichen Stille.

Doch Colin wandte sich in aller Gemütsruhe ab. Ich konnte ihm weder in die Augen sehen noch seinen Kehlkopf zertrümmern, wie ich es vorgehabt hatte. Mein Fuß traf lediglich seine Halsbeuge. Er blieb stehen wie ein Fels und die Rückfederung seines stählernen Körpers war so stark, dass ich das Gleichgewicht verlor. Noch in der Luft zog ich die Knie an und machte mich rund, um mich in einem mustergültigen Salto zu drehen und mit den Füßen zuerst aufzutreffen. Ich hielt die Luft an, rechnete fest damit, dass der eisige Kanal mich in einen Schockzustand versetzen, vielleicht sogar mein Herz zum Stillstand bringen würde.

Doch das Fleet umfing mich verblüffend lau. Seine seichte, behäbige Strömung fühlte sich nicht wie Wasser an, sondern wie ein Gemisch aus Sekret, Blut und seifiger Lauge, in dem Gewebeteile und

Knorpel schwammen. Schleimig streiften sie meine nackten Hände, als ich mich rudernd bemühte, meinen Kopf oben zu halten. Der Kanal stank abartig. Ich warf mich aufwimmernd zur Seite, um einer toten Bisamratte auszuweichen. Ihr Bauch war der Länge nach aufgeschlitzt und ihre Innereien quollen bläulich aus der frischen Wunde. Colin hatte sie als Appetitanreger benutzt.

Beim nächsten Rudern berührten meine Füße den Boden – ich konnte stehen und mich umsehen; ein Fehler, den ich beinahe zu spät bemerkte. Denn der Schlick zog mich zu sich hinunter, warm und unerbittlich. Ich strampelte wild mit den Beinen, um mich aus ihm zu befreien und in die Waagerechte zu wuchten. Ich musste schwimmen – schwimmen, nicht gehen. Wie besessen durchpflügte ich das Fleet und hatte plötzlich wieder ein Ziel vor Augen, obwohl es genauso zwecklos war wie der Plan, sich in der Besenkammer zu verstecken: Ich wollte an jene Stelle gelangen, an der das Wandrahmsfleet und das Holländische Brookfleet zusammenflossen. Zum Haus des Kranwärters. Dort führte eine Treppe bis hinauf auf die Terrasse. Sie musste ich erreichen.

Natürlich war auch das keine endgültige Rettung. Doch für meinen Körper zählte jede Sekunde, in der ich lebte – er kannte keine Zukunft, sondern nur die unmittelbare Bedrohung, der er entkommen wollte. Jeder einzelne Herzschlag war unverzichtbar für ihn, ganz egal, was meine Vernunft zu wissen glaubte. Und so schenkte er mir aus seinen verborgenen Tiefen noch einmal ausreichend Kraft, um Meter für Meter zurückzulegen, auch wenn mich all die unsichtbaren Gewebeklumpen, die das Wasser mit sich führte, immer wieder berührten, als wollten sie mich liebkosen. François und Colin schickten sie mir. Sie waren hinter mir her – lautlos und pfeilschnell. Es bereitete ihnen köstliche Wollust, mich fliehen zu sehen.

Wenn ich innehielt, würde das Fleet still daliegen, als ob ich der einzige Mensch auf Erden wäre. Und doch fühlte ich sie bei jedem

Schwimmzug. Sie kamen näher, immer näher … Da – zwei knochige Finger krallten sich kalt um meinen Knöchel. Wütend wirbelte ich um die eigene Achse und dank meiner schnellen Drehung lösten sich seine Klauen.

Nur noch ein paar Meter, ich konnte die Treppe schon sehen, ich durfte jetzt nicht schlappmachen, nicht aufgeben. Wieder grapschte eine Hand nach meinem Fuß, doch dieses Mal zog ich ihn sofort an meinen Bauch und wuchtete mich mit dem letzten Kraulschlag an die Steinstiege.

Meine Arme zitterten vor Schmerzen, als ich mich auf die Treppe hievte, die Füße zuerst, damit sie nicht wieder im Morast des Schlicks versinken konnten, dann wälzte ich meinen Rumpf hinterher. Ich hatte sie abgeschüttelt und das verlieh mir ein weiteres Quäntchen Energie und eine Art Fluchtvorstellung. Ich musste am Kopf der Treppe über die Absperrung klettern. Durch die Baustelle zurück auf die Straße rennen. Schreien. Autos anhalten. Mich in eines hineinquetschen. Vielleicht schaffte ich es sogar bis nach vorne zum Sandtorkai, wo auch abends Menschen waren, die mich retten würden, obgleich ich mir nicht vorstellen konnte, wie ich nach dieser Nacht überhaupt noch ein würdiges und sinnvolles Dasein führen sollte.

Ich hatte meinen Bruder allein gelassen, während er starb, ja, ich war sogar diejenige gewesen, die den Weg zu seinem Tod bereitet hatte. Colin, den ich liebte und der all das Übel über unsere Welt gebracht hatte, hatte mich benutzt und verraten – er war schuld an dem Verschwinden meines Vaters, an dem Tod meines Bruders und er würde mich suchen, bis er mich fand, um das zu vollenden, was ich gerade zu verhindern versuchte.

Schon hatte ich die ersten Stufen überwunden. Gehen konnte ich nicht, dazu war ich zu schwach und zu ausgelaugt, aber ich konnte mich an ihnen hochziehen, eine nach der anderen hinter mich bringen … Denn niemand versuchte, mich davon abzuhalten. Ich hatte sie abgehängt. Ich hatte sie wahrhaftig abgehängt! Ich wagte es, innezuhalten und mich umzudrehen. Es war so, wie ich es geahnt hatte. Das Wasser lag friedlich und dunkel vor mir, als wäre nichts geschehen. Lauerten sie dort? Warteten sie? Aber worauf?

Ohne meinen Blick vom Fleet abzuwenden, setzte ich die Hand auf die nächste Stufe, krallte meine Nägel in den Stein, schleppte meinen Körper hinterher und – nein. Nein! Meine Fingerspitzen berührten etwas, was nicht hierhingehörte. Winselnd löste ich meine Augen vom Wasser und starrte auf zwei Stiefelspitzen, deren Sohle bereits zerfledderte. Ihr Leder glänzte tiefschwarz vor Nässe. Wie in Zeitlupe schob sich die rechte Stiefelspitze auf meine blasse Hand und zertrat knirschend meinen gesplitterten Knochen.

Ich blickte mich panisch um, um einen neuen Fluchtweg zu suchen, doch nun tauchte François aus dem Fleet auf. Sein Körper hinterließ keine Ringe auf dem Wasser und es blieb auf ihm haften wie ein Überzug aus durchsichtiger Gelatine, als er sich aus ihm erhob. Er schien wie Colin alle Zeit der Welt zu haben – warum beeilen, wenn er mich sowieso kriegen würde? Er wollte es genießen, es auskosten. Sein Schädel war auf der einen Seite gequetscht worden und das linke Auge eingedrückt. Ich schaute mitten in die gähnende Höhle hinein, aus deren blutigen Tiefen Eiter auf sein verformtes Gesicht lief. Kraft hatte die Verletzung ihm jedoch nicht nehmen können. Mit weit ausgestreckten Armen watete er durch das niedrige Wasser auf mich zu. Aufheulend versuchte ich, an Colin vorbeizuklettern.

»Ich helfe dir, mein Freund«, ertönte seine samtene Stimme über mir. Mein Freund … er meinte nicht mich. Er meinte François! Ein simpler, aber präziser Tritt seines Stiefels genügte, um mich kopfüber zurück in den Kanal zu befördern, direkt vor François. Ich schaffte es nicht, einen einzigen Schwimmzug auszuführen oder mit dem Gesicht die Wasseroberfläche zu durchbrechen. François begann mich zu würgen, bevor ich auch nur daran denken konnte, mich zu wehren. Ich öffnete meine Augen. Das Fleet war rot – ein trübes, organisches Rot, durchzogen von Schlieren und bräunlichen Fetzen, die träge an meinem Gesicht vorüberzogen. François starrte mich grinsend an. Dann kamen Colins weiße, starke Hände dazu und entzogen mich ihm. Kurz ließ er mich nach Luft schnappen und ich nutzte die Chance, um es erneut mit ein wenig Gebrüll zu versuchen.

»Du Arschloch! Tu es allein! Oder kannst du das nicht? Musst du kuschen vor ihm? Weil er ein paar Jährchen älter ist? Hast du keine Eier in der Hose? Feige Sau, elendige!«

Der Rest meiner Verwünschungen ging in hilflosem Gurgeln unter, denn Colin hatte mich wieder unter Wasser gedrückt und schob meine Augenlider nach oben, damit ich François ansehen musste, der lüstern nach meinem Hals grapschte. Colin überließ mich ihm, zog sich zurück. Eine Eiterwolke ergoss sich aus François' Augenhöhle und hüllte mich ein. Diesmal gönnte Colin ihm seine Entzückung. Er durfte mich zu Tode würgen, während ich ihn anschauen musste, einen Zombie, der nach Tod stank und nur noch ein Auge hatte. Ich konnte meinen Blick nicht von der schwarzen Höhle in seinem Gesicht abwenden und alles ging ineinander über. Mein eigenes aussichtsloses Zappeln und Zucken, die Leiber der Leichen, der Gestank, der Blick des Mädchens hinauf zu den Düsen, die dünnen, schrillen Schreie der anderen … immer und immer wieder … das Gas … nun kam das Gas … und meine bodenlose Wut …

Ich wollte einatmen, obwohl der Druck auf meinen Kehlkopf es unmöglich machte, aber wenn ich einatmete, würde Wasser in meine Lunge fließen und diesem Albtraum ein Ende bereiten. François' Mund spitzte sich erstaunt und sein Griff wurde noch unerbittlicher. Denn Colin war zurückgekehrt. Als wäre François eine Puppe, schob er ihn von mir weg, löste seine Finger von meiner Kehle und legte seine eigenen auf meinen Rücken. Meine Haut platzte auf. Purpurne Blutwölkchen verdunkelten das Wasser.

Colin, was machst du da?, fragte ich ihn in Gedanken und ich tat es unpassend liebevoll. Das wird mich umbringen, hörst du? Das Wasser ist voller Keime. Mein Rücken wird sich entzünden, es werden sich Geschwüre bilden und wahrscheinlich wird kein Mensch eine Medizin dagegen haben. Ich werde langsam und qualvoll eingehen. Lass mich atmen. Bitte, lass mich frei.

Doch er schmiegte seine Lippen auf meine, hauchte mir klare, reine Nachtluft ein, verschloss meinen Mund mit seinen Zähnen und ließ sie abwärtswandern. Erst jetzt registrierte ich, dass mein T-Shirt zerfetzt war und meine linke Brust bloß lag. Colin presste seine Wange an mein Herz.

Eine tiefe, dunkle Melodie erklang in meinem Kopf. Es waren nur wenige Töne, aber so voll und zart zugleich, dass ich hingebungsvoll die Augen schloss. Sie verdrängten sogar das kehlige Kreischen hinter uns – François' Wutschrei, der das Wasser schäumen ließ. Wem galt er? Mir? Schrie er aus Futterneid? Wenn ja, dann saugte Colin mich gerade aus und er sollte nicht damit aufhören, bitte nicht aufhören …

All meine Wut, meine Angst und mein Misstrauen wurden von der melancholisch-lieblichen Musik aus meinem Herzen und aus meinem Bauch geschwemmt. Atmen musste ich nicht mehr, nur stillhalten und mich von den Klängen tragen und berühren lassen. Sie streichelten mich am ganzen Körper.

Dann schob Colin mich sanft von sich weg. Die Melodie begleitete mich, als ich zielstrebig nach Hause schwamm, in kraftvollen, ausgeruhten Zügen. Mit jedem Schlag meiner gespannten Arme wurde das Wasser klarer und kälter, gewann seine Transparenz und seinen Salzgeschmack zurück. Keine Schlieren mehr, kein Blut, kein

Schleim. Es wusch mich rein und spülte mir sogar die brennende Linse aus meinem Auge, heilte es.

Wie ein Fisch schnellte ich aus dem Fleet, sprang auf die Dienerreihe und lief leichtfüßig zu Pauls Wohnung. Hinter mir erhob sich ein Kreischen und Brüllen, so schaurig und blutrünstig, dass es mich normalerweise vor Angst in die Knie gezwungen hätte. Sein Echo schallte sekundenlang durch die Fleete. Winselnd stoben die Ratten über meine Füße, um zu ihrem Herrn zu gelangen und ihm beizustehen.

Ich lächelte nur, rannte durch die offen stehende Haustür, nahm geschwind die Treppen und eilte zum Schlafzimmer meines Bruders.

Paul!, dachte ich. Ich bin wieder da!

Doch Pauls Bett war leer.

Crashtest-Dummy

Pauls Bett war leer, weil er am Fensterrahmen lehnte, und zum Glück bemerkte ich das, bevor ich hysterisch werden konnte. Allerdings hatte ich mich noch nie weniger hysterisch gefühlt als in diesem Augenblick. Ich blieb auch dann noch gefasst, als ich kapierte, dass etwas mit ihm nicht stimmte, genauso wie mit Gianna und Tillmann, die sich neben ihm postiert hatten. Alle drei waren starr und steif, als hätte sie jemand mit einem Bann belegt – es waren Figuren eines Wachskabinetts, keine Menschen. Ihre Augen standen offen und sie schauten in die Nacht hinaus, als hätten sie etwas durch und durch Grauenvolles erblickt. Doch ich konnte nichts Grauenvolles sehen. Der Nebel hatte sich nur unwesentlich gelichtet. Sie blickten in eine graue Suppe.

»Hey!«, rief ich leise. Meine Stimme brach den Bann. Der Glanz kehrte in ihre unnatürlich stumpfen Pupillen zurück. Dann wich die wächserne Starre aus ihren Gesichtern. Und nun konnte ich mir auch sicher sein, dass Paul lebte, denn er ließ einen knackigen, vernehmlichen Pups ertönen.

»Prost Neujahr«, begrüßte ich dieses unüberhörbare Zeichen frisch erwachter Vitalität.

»Ich muss kotzen«, verkündete Gianna und hastete auf das Badezimmer zu.

»Hab ich eben auch schon«, rief ich ihr leutselig hinterher. Warum eigentlich? Ach ja, weil Colin mir in den Bauch getreten hatte.

Drecksack. Und wieso fürchtete ich mich nicht mehr vor ihm? Nebensächlich. Das, was er eben mit mir getan hatte, übertraf alles Schöne, was ich je erlebt hatte, und das würde ich mir nicht selbst durch zu vieles Denken ruinieren. »Was macht ihr hier?«

»Ellie ...« Tillmanns Stimme war nur noch ein Raspeln. »Wir haben es gesehen. Den Kampf. Wir haben euch gesehen, aber dann ... seid ihr unter Wasser getaucht und ...«

»Wie konntet ihr das sehen?«, fragte ich irritiert. »Es hat sich doch gar nicht hier abgespielt. – Paul, alles okay?«

Paul hatte sich auf den Boden plumpsen lassen, blieb aber aufrecht sitzen. Prüfend fasste er sich an sein Herz, dann an seine Brust.

»Es – es ist besser geworden«, murmelte er verwundert. »François hat ... oh Gott ...« Er begann zu begreifen, was geschehen war. »Und dieser Kerl ... Colin. Wo ist er? Ich bring ihn um.«

Doch Paul machte auf mich nicht den Eindruck, als könne er irgendwen oder irgendetwas töten. Er lebte, viel mehr aber auch nicht.

»Ich weiß nicht, warum wir es sehen konnten«, krächzte Tillmann. Aus dem Badezimmer ertönten abwechselnd Würgegeräusche und italienische Gebete. Ich hatte es nie gut ertragen können, bei so etwas zuzuhören, doch im Moment waren mir Tillmanns Erläuterungen wichtiger.

»Jetzt erzähl schon!«, drängte ich ihn. Er schluckte merklich. Paul war immer noch vollauf damit beschäftigt zu kapieren, dass seine Schwester doch nicht den Verstand verloren hatte – und noch etwas anderes schien ihn aus der Fassung zu bringen, was ich nicht deuten konnte.

Tillmann fuhr sich zerstreut durch die kurzen Haare. »Wir haben es geschafft, Paul zum Atmen zu bringen, und dann ... dann sind wir wie auf einen Befehl hin ans Fenster gegangen, haben rausgeschaut und … wir konnten alles sehen. Bis ihr plötzlich alle abgetaucht seid. Ellie, wir wussten die ganze Zeit nicht, was mit dir geschehen ist, und wir konnten uns nicht rühren. Aber wir waren wach!«

»Ach ja. Colins Spezialzauber. Ich denke, er hat das getan, weil Paul es sehen musste, um es zu glauben, oder? Paul?«

Ich drehte mich zu ihm um und tätschelte ihm den Kopf. Er antwortete nicht. Sein Gesicht erbleichte und nach einigen Sekunden verbarg er es in seinen Händen, als wolle er es uns nie wieder zeigen.

»Ellie … oh Gott …«, flüsterte er.

»Ellie, ich will dir ja nicht die Stimmung verderben, aber – wer hat gewonnen?«, drängte sich Tillmanns Stimme zwischen unsere geschwisterliche Zwiesprache. »Ist Colin nun auf unserer Seite oder nicht? Hat er François besiegt? Denn wenn nicht, dann …«

Meine Ernüchterung war wie ein Eisregen. Ich fing an zu frösteln und musste mich kurz setzen, weil meine Beine nachgaben, doch die Schwäche hielt nur kurz an. Ich fühlte mich immer noch rein wie nie zuvor, ausgeglichen und beschwingt, aber mein Gehirn arbeitete für einen sehr klaren Moment ungehindert zuverlässig. Wo war François?

Am Ende des Flurs rauschte die Klospülung. Dann begann Gianna, lautstark Zähne zu putzen und zu gurgeln. Wenn sie in all dem Elend noch an ihre Mundhygiene dachte, konnte es ihr so schlecht nicht gehen.

Ja – wer hatte eigentlich den Kampf gewonnen? Und was war das eben für ein merkwürdiger Akt gewesen? Hatte Colin mich befallen? War ich dabei, mich zu verwandeln, und fühlte mich deshalb so stark und gelassen? Befand ich mich bereits in der Metamorphose?

Colin nahm mir die Antwort ab. Denn hätte die Metamorphose eingesetzt, hätte ich ihn mit Sicherheit kommen hören. So stieß ich einen spitzen Schrei aus, als er plötzlich vor uns im Fenster erschien. Er musste wie François die Hauswand hochgekrochen sein und, bei allem Respekt, Colin sah nur unwesentlich besser aus als er.

Tillmann und Paul zogen sich erschrocken in die andere Ecke des Zimmers zurück, Paul krabbelnd wie ein Baby, Tillmann wieselflink. Nur ich blieb stehen.

»Du warst auch schon mal hübscher«, sagte ich zärtlich, ohne zu begreifen, womit er diese Zärtlichkeit verdient hatte. Eben noch hatte er versucht, mich zu Matsch zu zertreten. Mich zu erwürgen. Zu ertränken. Warum ging es mir immer noch blendend? Und warum liebte ich ihn – selbst jetzt, wo seine weiße Haut von unzähligen violetten Adern durchzogen war und sich ausgemergelt über seine kantigen Wangenknochen spannte? Seine Augen lagen so tief in ihren Höhlen, dass sich kein Licht mehr in ihnen spiegeln konnte. Die Pupillen hatten die Farbe von alter Asche. Bläuliche Schaumblasen sammelten sich in seinen Mundwinkeln. Mit einem fast grunzenden Knurren entblößte er seine Zähne. Sein Zahnfleisch war schwarz.

»Colin, was … was ist mit dir?« Er wirkte schwer krank. Ich wusste, dass Mahre nicht krank werden konnten. Aber gesund war er nicht. Ganz und gar nicht.

»Schick Tillmann zu ihm. Und begleite ihn«, drang seine Stimme in meinen Kopf, nicht samten und rein wie sonst, sondern maßlos entkräftet und beunruhigend böse zugleich.

Ich drehte mich zu den anderen um. Gianna stand bei Paul. Sie war immer noch grün um die Nase und wirkte, als überlege sie, ein zweites Mal aufs Klo zu verschwinden. Und am besten nie wieder rauszukommen. Paul strich ihr abwesend über das strähnige Haar. Sein Erkennen vermischte sich mit tiefer Abscheu. Doch Zweifel fanden sich nicht mehr in seinen Augen. Es gab Mahre. Oh, und wie es sie gab.

»Ellie«, sagte er langsam. »Geh weg von diesem … diesem … Komm zu mir. Sofort. Ellie!«

Ich ignorierte ihn und winkte stattdessen Tillmann zu mir herüber. Doch Paul versuchte es weiter.

»Ellie, er hat dich misshandelt, komm jetzt zu mir oder ich schwöre dir, ich mache ihn fertig …«

»Kannst du nicht, Paul«, redete Gianna flüsternd auf ihn ein. »Niemals. Du hast doch gesehen, was er mit ihr angestellt hat … Provozier ihn nicht. Ellie!«, rief sie zitternd, aber um einen vernünftigen Lehrerinnenton bemüht. »Komm zu uns, wir hauen ab. Der ist es nicht wert. Einer Frau in den Bauch zu …«

Mein Blick ließ sie innehalten – meiner und Colins. Sie senkte angstvoll die Lider und zerkaute ihre Unterlippe. Schon wollte Paul wieder etwas sagen, doch ich kam ihm zuvor.

»Haltet bitte mal die Klappe, ja?«, fuhr ich die beiden an. »Wir haben keine Zeit dafür! Wollt ihr, dass François hochkommt und uns alle abschlachtet? Nein, oder?«

Sie schüttelten den Kopf, Gianna eilfertig und Paul mehr drohend als einverstanden. Ich widmete mich wieder Tillmann, der abwartend neben mir verharrte.

»Jetzt bist du dran«, gab ich gedämpft weiter, was ich eben von Colin empfangen hatte. »Du sollst runter zu François. Warum eigentlich?«

Ich wandte mich fragend Colin zu. Er hatte seine Wimpern gesenkt und lehnte reglos an der Wand neben dem Fenster.

»Wir müssen testen. Beweis.« Das war keine Stimme mehr, nur noch ein finsteres, angriffslustiges Grollen. Wenn die anderen es hätten hören können, wären sie davongerannt.

»Na super«, seufzte ich. Das konnte ich so nicht weitergeben. Nach all dem, was sie gesehen haben mussten, würden sie Tillmann nicht fortlassen. Ich sah ihn direkt an.

»Kommst du mit?«

»Klar«, erwiderte er lakonisch.

»Nein. Neinneinneinnein!«, ratterte Gianna. »Bleibt hier! Bitte! Nicht zu dem Monster da unten! Und ich will auch nicht ohne euch bei *diesem* Monster hier bleiben!« Sie deutete schluchzend auf Colin, der sich rückwärts die Wand hochschob und in seltsam verkrümmter Haltung an die Decke heftete. Seine Haare schlängelten sich sirrend um sich selbst. »Guck doch!«

»Scht«, zischte ich warnend. »Er meditiert.«

Giannas Mund klappte auf. »Meditiert?«, wiederholte sie fassungslos. »Willst du mich verarschen? Paul, sag auch mal was!«

Doch Paul guckte uns nur stumm an und es wunderte mich nicht. Es war ein bisschen viel Information auf einmal für ihn. Und man durfte nicht vergessen, dass er vor einer Viertelstunde beinahe über den Jordan gegangen war.

»Woher willst du überhaupt wissen, was ihr tun sollt? Er spricht doch gar nicht«, setzte Gianna kieksend hinterher.

»Ich höre das in meinem Kopf«, antwortete ich ruhig. »Ich höre seine Gedanken. Ich fühle, was er will.«

»Das tut sie wirklich«, bekräftigte Tillmann ebenso ruhig.

»Ich verstehe das nicht«, zeterte Gianna. »Du fühlst, was er will, ja? Du hattest die ganze Zeit Angst, er wollte dich umbringen …«

»Woher weißt du das?«, unterbrach ich sie scharf.

»Ach Gottchen, Ellie, das hab ich gesehen! Schon als er dich zum Parkplatz am Hafen gebracht hat! Du warst so komisch. Du hattest Angst vor ihm!«

»Meine Gefühle waren die ganze Zeit richtig«, entgegnete ich stur, obwohl meine Worte jeder logischen Grundlage entbehrten. »Und sie sind es auch jetzt.«

»Ellie, weißt du überhaupt, was du da redest?«, höhnte Gianna, die vor lauter emanzipatorischem Engagement ihre Panik vergaß.

»Du hattest Angst vor ihm und es sah eben tatsächlich so aus, als wolle er dich umbringen. Mensch, Ellie, ist dir klar, was er mit dir getan hat? Nicht einmal mein Ex hat so etwas mit mir gemacht! Es war niederträchtig bis zum Gehtnichtmehr und überflüssig war es dazu. Warum tritt er dich, wenn es doch um François geht? Kannst du mir das erklären? Nein, lass mich es für dich tun: weil er so etwas gerne macht. Er ist ein – ein Dämon!«

»Ich kann dir nicht sagen, warum er das getan hat, aber ich vertraue ihm und möchte ihm gehorchen …«

»Gehorchen? Verdammt, wach auf, Ellie, das ist alles komplett irre, merkst du das nicht?«, schrie Gianna.

»Gianna hat recht.« Pauls Stimme war dunkel vor Ärger. »Er ist kein Mensch und offenbar hat er Freude daran, dich zu quälen …«

»Das ist doch Quatsch«, unterbrach Tillmann ihn. »Irgendeinen Sinn wird es gehabt haben.«

»Beeilt euch. Streiten könnt ihr später«, knurrte es in meinem Kopf und diesmal bekam sogar ich ein wenig Angst. Mit einem zischenden Platschen tropften blaue Bläschen aus Colins Mundwinkel zu Boden und fraßen sich in das Holz.

»Igitt«, murmelte Gianna.

»Du hast François nicht gesehen. Der ist richtig igitt. Auf jetzt, Tillmann, wir müssen.«

Wir ließen die anderen ohne ein Wort stehen. Doch mir entging Pauls Blick nicht, mit dem er mir nachschaute – so fassungslos und reumütig. Voller Selbsthass. Er tat mir weh. Weil er glaubte, er hätte zu verantworten, was eben mit mir geschehen war. Wenn er nur gewusst hätte, wie unwichtig die Erinnerung an den Schmerz sich anfühlte im Vergleich zu dem Frieden, den Colin mir am Ende geschenkt hatte, wie viel stärker sein eigener Schmerz sein musste, einem Menschen vertraut zu haben, der ihn so schändlich ausgenutzt und für seinen eigenen Wahn missbraucht hatte.

»Was will Colin?«, fragte Tillmann geschäftig, als wir im lockeren Gleichschritt die Treppe nahmen.

»Du sollst François locken. Austesten, ob Colin … tja, ich weiß es ehrlich gesagt nicht. Ich hoffe, er hat ihn unschädlich gemacht. Tot scheint er nicht zu sein.« Dass er nur noch ein Auge und einen verformten Schädel hatte, sparte ich aus. Ich musste Tillmann nicht künstlich beunruhigen. Außerdem war das Auge vielleicht schon nachgewachsen. So etwas konnte bei Mahren ja mitunter ganz flott gehen.

»Ich nehme mal an, ich soll zusehen und Colin im Notfall herbeirufen«, schlussfolgerte ich, als wir die Dienerreihe erreicht hatten. Sie hatte ich vor mir gesehen, als Colin mir seine Gedanken mitgeteilt hatte. »Ich glaube allerdings nicht, dass …« Ich schluckte den Rest hinunter, doch Tillmann sah mich wissend an.

»Ist schon klar. Er ist nicht gerade fit. Er wirkt irgendwie vergiftet, oder?«

Ich antwortete nicht. Tillmann knöpfte sein Hemd auf und streifte es von seinen Schultern. Dann verwuschelte er seine Haare.

»Und? Wie sehe ich aus?« Es lag Ironie, aber auch Angst in seiner Stimme.

»Umwerfend.« Ich drückte ihn an mich und strich ihm über den Hinterkopf, küsste sacht die wulstigen Narben über seinen Brustwarzen. Schon als Tillmann sein Hemd geöffnet hatte, hatte ich François' Schatten am anderen Ende der Brücke auftauchen sehen, schief und verbeult. Colin hatte ihn übel zugerichtet. Aber er lebte und seine Bewegungen muteten noch immer habgierig und hungrig an.

»Dann los«, hauchte ich in Tillmanns Ohr. »Viel Glück.«

»Sagst du meinem Dad, dass … und … das mit dir, ich wollte dir …« Er suchte nach den passenden Worten, doch die gab es nicht. Nicht in solchen Momenten.

»Wir reden, wenn du zurück bist. Biete dich ihm an. Er muss glauben, dass du ihn willst. Das ist dein Kampf!«

Ich erkannte auf einmal, warum Colin Tillmann ausgesucht hatte. Weil er seit seiner Begegnung mit Tessa dem Leben etwas abverlangte, so sehr, dass es unentwegt in seinen Augen loderte und brannte, obwohl er gar nicht genau wusste, was es war. François konnte es missverstehen. Tillmann war der ideale Crashtest-Dummy. Denn noch etwas hatte Colin erkannt: Tillmann brauchte die Chance, aktiv zu werden.

Trotzdem konnte ich kaum hinsehen. Mir war Tillmanns Furcht nicht entgangen und auch nicht die Erschöpfung, die sein Lächeln zeichnete, als er sich zu François umgedreht hatte. Es war kein Grinsen mehr, sondern ein Lächeln. Genau das, was François brauchte. Hunger und Erschöpfung zugleich. Wie damals bei Paul. Wenn unser Testlauf schiefging, verlor ich den besten Freund, den ich jemals gehabt hatte.

Jetzt wäre ein guter Zeitpunkt gewesen zu beten, doch das, was ich in den vergangenen Minuten erlebt hatte, war so fernab jeden biblischen Gedankens, dass es mir wie Blasphemie vorgekommen wäre. Alles, was ich tun konnte, war, einmal mehr zu hoffen und darauf zu vertrauen, dass Colin wusste, was er tat, als er uns hinuntergeschickt hatte.

François' Schritte schmatzten auf dem Kopfsteinpflaster, während er sich Tillmann näherte, doch mein vager Eindruck von eben bestätigte sich. Mehrere Gelenke waren verdreht und ausgekugelt und sein linkes Auge fehlte immer noch. Bei Tessa hätte sich all das längst erneuert. Doch Tessa war ein paar Hundert Jahre älter. Vermutlich ging es bei François langsamer vonstatten.

Tillmann hingegen lief wie ein Halbgott durch die Nacht, angespannt und kampfbereit, aber auch über alle Maßen verführerisch. Er präsentierte sich. Ich hörte, wie François' gelber Geifer über den Stoff seines Mantels glibberte. Ein gurgelndes Stöhnen löste sich aus seiner zerquetschten Kehle, als Tillmann dicht vor ihm stehen blieb und seine Arme anhob. François hieb seine Klauen schneller in Tillmanns nackten Rücken, als meine Augen sie verfolgen konnten, ein blitzartiges Zupacken, und nur Sekunden später lief dunkles Blut über Tillmanns Schulterblätter. Blut? Jetzt schon?

Nein, dachte ich erzürnt. Das darfst du nicht – das nicht! Ich drückte die Hand vor meinen Mund, um nicht zu schreien, denn ich wollte François nicht unnötig anheizen oder gar mich selbst in dieses abstoßende Paarungsspiel verwickeln. Wie nur konnte ich Tillmann helfen, ohne die Situation zu verschlimmern? Colin rufen, der mit Schaum vor dem Mund an der Decke hing und aussah wie die abgeschmackte Fantasie eines wahnsinnig gewordenen Horrorfreaks?

Aber was sollte der schon tun? François wollte Tillmann verwandeln! Es war seine Form der Rache. Er wollte Tillmann zu seinem Gefährten machen. Und offenbar geschah es bereits, denn Tillmann wehrte sich nicht. Er ruhte regungslos in François' Umklammerung, während das schauerliche Saugen einsetzte und François Tillmanns Lenden immer wieder rhythmisch an sich presste.

Es dauerte viel zu lange. Selbst wenn Tillmann sich jetzt wehrte und befreien konnte – ein Mensch würde er nie mehr werden. Mit etwas Glück ein Halbblut, aber auch das lag im Bereich des Unwahrscheinlichen. François war stärker als der Mahr, der Papa überfallen hatte. Vor allem aber hatten wir ihn maßlos provoziert.

Trotzdem rannte ich auf die beiden zu und streckte schon meine Hände aus, um Tillmann wegzuziehen, als François' hypnotisches Saugen sich jäh zu einem grellen, aber frappierend menschlichen Schrei aufblähte und meine Gedanken in sich zusammenfallen ließ. Ungläubig schaute ich auf die Hauswände, an deren Fenstern und Erkern nach und nach die Spots ansprangen. Der Nebel begann sich zu verflüchtigen. Nun hörte ich auch den Verkehrslärm aufbranden; ein sanftes, beruhigendes Rauschen. Es roch nach Meer und Benzin. Die Wand war durchbrochen.

Weil François satt war und schließlich bekommen hatte, was er wollte? Oder …?

Tillmann griff locker zur Seite und löste François' Arme. Die Klauen rutschten kraftlos von seinem blutigen Rücken. François schrie erneut, aber nun war es nur noch das wahnwitzige Rufen eines Geisteskranken, leer und hohl. Auch dieser Laut jagte mir einen Schauer über den Nacken, doch er war nicht mehr gefährlich. Allenfalls gruselig. Tillmann trat einen Schritt zurück. Der dritte Schrei endete in einem rasselnden Stöhnen. François sackte nach vorne, die Arme immer noch erhoben, die Klauen nunmehr sinnlos, und sah sich mit flackerndem Blick um, nach wie vor gierig und hungrig, aber blind, bevor er sich schwerfällig umdrehte und in Richtung Stadt humpelte.

»Ich bin okay«, sagte Tillmann tonlos, als er wieder neben mir stand und wie ich auf den schmalen Durchgang schaute, in dem François im Schatten der Häuser verschwunden war. »Er hat es versucht, aber …« Er hob die Schultern.

»Du blutest«, erwiderte ich warnend und wusste nicht, ob ich weglaufen oder seine Wunden untersuchen wollte.

»Ich weiß. Aber es hat nichts bewirkt. Es war ekelhaft, doch in mir blieb alles so wie vorher. Ich musste gar nichts machen.« Tillmann klang beinahe enttäuscht. »François hat die Fähigkeit verloren zu rauben, glaube ich. Und nun versucht er es bei jemand anderem. Kann das sein?«

Ich schwieg. Wenn es so war, hatte Colin etwas mit ihm getan, von dem ich keine Ahnung gehabt hatte. Und ich konnte mir auch nicht zusammenreimen, wie er es vollbracht haben sollte. Ob es purer Zufall gewesen war? Oder Absicht? Wie auch immer – Colin befand sich in einem miserablen Zustand. Ich musste Tillmann glauben, dass er nicht verwandelt worden war, und mich um Colin kümmern. Wenn wir noch länger hier in der Kälte standen und redeten, brachte ich Gianna und Paul in Gefahr, indem ich sie mit ihm allein ließ. Denn Hunger würde er haben. Großen Hunger.

Gianna und Paul verharrten immer noch in der Ecke des Zimmers. Sie waren erleichtert, uns zu sehen und zu hören, dass François besiegt war – zumindest nahmen Tillmann und ich das an –, aber noch größer war ihre Furcht und ihr Unverständnis mir gegenüber.

»Ich will jetzt nicht über meine Beziehung reden!«, schnitt ich Paul das Wort ab, als er erneut versuchte, mich dazu zu überreden, einfach abzuhauen und meinen gewalttätigen Freund zu vergessen. »Bitte! Wir können später darüber sprechen, aber jetzt nicht, uns allen zuliebe, hast du das verstanden?«

Ich spürte, dass meine Augen blitzten und die Stärke, die ich in mir lodern fühlte, nach außen strahlte und mich wie ein glühender Fächer umgab. Beklommen wich Paul vor mir zurück.

»Gut. Danke schön«, sagte ich höflich.

Colins Verfassung hatte sich während meiner Abwesenheit dramatisch verschlechtert. Nun erinnerte er mich wirklich an eine Kellerspinne, die gerade erst zertreten worden war und deren Beine noch zuckten. Das Rauschen in seinem Körper hatte sich in ein dumpfes, gequältes Dröhnen verwandelt, dessen Frequenz kaum zu ertragen war. Sie brachte mein Trommelfell zum Flattern. Aber er hatte seine Augen geschlossen und sein Gesicht war kalt und hart. Er bemühte sich mit aller Macht, uns nichts anzutun.

»Bleib bei den anderen«, befahl ich Tillmann. Erstaunlicherweise gehorchte er ohne Murren. Ich wartete ab, ob Colin mir etwas sagen wollte, doch mein Kopf blieb leer. Entschlossen trat ich an das Fenster und schaute zu ihm nach oben an die Decke.

Deine Stirn … gib mir deine Stirn, Colin, bat ich ihn stumm. Wie eine Spinne am Faden sackte er ein Stück nach unten und ich unterdrückte den Schauder, der mich von ihm wegtreiben wollte. Behutsam legte ich meine Brauen an seine. Seine Haut war so kalt, dass ich erzitterte.

Ich sah etwas, als ich meine Augen schloss, undeutlich und schwarz-weiß, nur Schemen, aber ich wusste sie sofort zuzuordnen, ihre langen, behänden Läufe, ihre starken Nacken, ihre feinen, schnobernden Nasen. Keine Wale. Sondern Wölfe. Er wollte nicht ans Meer, er wollte in den Wald. Ich sah nicht nur einen Wolf, sondern mehrere.

Colin brauchte Wölfe und er brauchte sie schnell. Nun durfte ich endlich wieder etwas tun, wozu ich meinen Verstand und meine Vernunft einsetzen konnte.

»Gianna, geh an Pauls Laptop und finde heraus, wo das größte Wolfsrudel in Deutschland lebt. Schnell! Paul, hol mir alle Stricke und Seile, die du hier finden kannst, von mir aus auch Gürtel. Wir müssen ihn fesseln. Tillmann, fahr den Wagen vor. Pack etwas Proviant für uns ein und das Navigationssystem.« Colin würde nicht mehr in der Lage sein, uns zu leiten. Seine telepathischen Fähigkeiten verkümmerten. Er wollte nur noch fressen.

»Du willst ihn also fesseln. Wenigstens etwas«, kommentierte Paul und hustete angestrengt Schleim aus seinem Hals. Gesund klang er immer noch nicht.

»Wolfsrudel? Aber … warum geht er nicht in den Zoo?«, fragte Gianna und schaute Colin an, als sei er ein stinkender Schimmelpilz, den sie am liebsten mit einem großen Tuch und einer Extradosis Desinfektionsspray von der Decke gewischt hätte.

»Keine Diskussion jetzt«, blaffte ich sie an, schlüpfte aus meinem zerfetzten T-Shirt und zog den Kapuzenpullover von heute Nachmittag über. »Geh an den Computer!«

Paul war schon in die Werkkammer verschwunden, während Colin gespenstisch langsam von der Decke kroch, und Tillmann rannte bepackt mit Keksen und Cola durch den Korridor.

»Brauche ich nicht«, ätzte Gianna. »Muskauer Heide, Truppenübungsplatz Oberlausitz. Sachsen. Ist nicht gerade um die Ecke. Dort leben mehrere Rudel. Am Kraftwerk Boxberg. Ich hab mal drüber geschrieben.«

»Hoffentlich pro Wolf«, knurrte ich und zwängte mich in meine Chucks.

»Ich bin Journalistin. Ich schreibe weder pro noch kontra.«

»Gianna!« Ich hätte sie gerne quer durch das Zimmer geprügelt. »Wir haben keine Zeit zum Streiten, es geht um jede Minute. Ich dachte, du willst noch nicht sterben!«

Colin ließ sich von der Decke fallen und wälzte sich vor meine Füße. Ich konnte seinen Fingernägeln beim Wachsen zusehen und auch sie schimmerten bläulich. Sie mussten Glas zerschneiden können. Seine rechte Hand zuckte, als ich mich zu ihm hinunterbeugen wollte. Alarmiert fuhr ich zurück.

»Lasst mich das machen«, bat ich Gianna und Paul, der mir inzwischen die Seile gebracht hatte. Mir entging nicht, dass er sich ein großes Messer in die Gürtelschlaufe gesteckt hatte. »Ich kann ihn besser einschätzen als ihr. Wenn er mich packt, müsst ihr mich wegziehen, okay?«

Paul schüttelte entgeistert den Kopf und Gianna kaute angespannt auf einer ihrer dunklen Haarsträhnen herum, doch sie widersprachen nicht.

Ich arbeitete schnell und konzentriert, musste aber immer wieder zurückweichen, weil Colins Arme nach mir greifen und mich zu ihm ziehen wollten – und gleichzeitig musste ich Paul davon abhalten, mich von Colin wegzuschleppen. Ich brauchte all meine Kraft, um die Stricke festzuzurren. Colins Körper fühlte sich an, als wäre er aus Stein, und war so eisig, dass meine Fingerkuppen vor Kälte brannten, wenn ich versehentlich seine Haut berührte. Ich fesselte seine Hände über Kreuz auf dem Rücken. Die Beine band ich vom Knie ab nach oben und ebenfalls über Kreuz. Die ganze Zeit über blieben Colins Lider gesenkt und von seinem Gesicht war keine Regung abzulesen.

Zu viert trugen wir ihn in den Aufzug, fuhren hinunter und bugsierten unsere gefährliche Fracht in den Kofferraum des Kombis. Mein tierisches Gruselkabinett war eine liebliche Puppenstube im Vergleich zu dem gewesen, was ich nun transportieren würde.

»Wer fährt?«, fragte Paul. Er klang traurig und geschockt, auch wenn er mit aller Kraft um Fassung rang, weil er offenbar immer noch überlegte, wie er meinen Freund töten sollte.

»Tillmann«, entschied ich. »Wir müssen schneller fahren als erlaubt, um es bis morgen früh zu schaffen.«

Gute fünf Stunden hatte das Navi angegeben. Bei Tempo hundertdreißig. Und tagsüber. Es war Viertel nach eins. Ich wunderte mich, dass der Kampf nicht mehr Zeit in Anspruch genommen hatte. Trotzdem würde es eng werden. Wir mussten rasen. Anders ging es nicht.

»Tillmann hat keinen Führerschein und damit nichts zu verlieren.«

Ich kletterte zu Colin in den Kofferraum. Auch mich grauste es vor seinem Anblick, aber noch immer konnte ich das darin erahnen, was ich liebte. Tillmann setzte sich kommentarlos ans Steuer; Gianna und Paul krochen auf die Rückbank.

»Geht es?«, fragte ich Paul. »Du kannst hierbleiben. Du musst nicht mitkommen. Gianna auch nicht.«

»Doch«, murmelte er. »Ich muss. Ich lass dich doch nicht mit dem alleine. Mensch, Ellie!«

»Und dann muss ich auch«, ergänzte Gianna schicksalsergeben.

Pauls Augen hingen an mir, nicht an ihr. Es war Paul immer schwergefallen, sich für etwas zu entschuldigen, auch wenn er ganz klar Mist gebaut hatte und es wusste. Meistens hatte er sich darum herumgewunden. Er konnte es einfach nicht und das war auch jetzt noch so. Sein Blick jedoch sagte alles. Mir genügte es. Außerdem war seine Reue getrübt von tausend Vorwürfen und ich konnte mir denken, wie sie lauteten. Mein Verstand gab ihnen recht, mein Herz aber hörte nicht auf sie. Es war richtig, was ich hier tat, und es war richtig gewesen, Colin zu trauen. Noch fühlte ich mich stark und frei und unverletzt. Also konnte ich handeln – und das mussten wir.

Tillmann startete den Wagen. Ein heiseres Stöhnen löste sich aus Colins Brust, als er anfuhr, und wir hielten die Luft an. Bang starrten Gianna und Paul zu mir auf die Ladefläche. Ich griff nach Colins Körper und schob seinen Kopf auf meinen Schoß. Sofort überzogen sich meine Arme mit Gänsehaut und mein Pulli wurde klamm.

»Halte durch, nur noch ein paar Stunden. Es wird alles gut«, flüsterte ich.

»Das kommt mir so verdammt bekannt vor«, grummelte Tillmann. »Déjà-vu.«

Ich verstand, worauf er anspielte. Unsere gemeinsame Fahrt zur Klinik meines Vaters. Auch in dieser Nacht hatte ich Colin im Arm gehalten und er hatte nicht gerade appetitlich ausgesehen. Doch damals hatte er lediglich Hunger gehabt und sich vor Tessa und sich selbst geekelt. Jetzt war er krank und hochgradig gefährlich dazu. Vielleicht starb er, vielleicht aber saugte er uns aus, weil er nicht anders konnte. Ich wusste nicht, ob die Fesseln hielten, und was noch viel enervierender war: Ich wusste nicht, was überhaupt mit ihm geschehen war. Was hatte François ihm nur angetan, nachdem ich zurück zum Haus geschwommen war?

»Nein«, widersprach ich Tillmann bitter. »Kein Déjà-vu. Es ist viel schlimmer.«

Wieder bäumte sich Colins Körper unter einem schauerlichen Stöhnen auf, doch ich hielt ihn fest.

»Warum tust du das?«, fragte Gianna, während Tillmann die zweite rote Ampel überfuhr und hupend ein paar schimpfende Nachtschwärmer verscheuchte. »Wieso hältst du ihn? Er ist …« Sie fasste sich an die Schläfen. »Ich weiß nicht einmal, wie ich es beschreiben soll. Und ich kann eigentlich immer alles beschreiben.«

»Weil ich nicht anders kann«, flüsterte ich und wartete schlotternd, bis Tillmann ohne Zwischenfälle die Autobahn erreicht hatte und das Gaspedal durchdrückte. Erst dann wagte ich, tief zu atmen und zu hoffen, dass tatsächlich alles gut werden würde, obwohl ich genau spürte, dass das Gift Colin nach und nach zerstörte, bis die Bestie freiliegen würde und der Mensch in ihm sich aufgelöst hatte.

Wolfsheim

Nach einer halben Stunde ließ ich Colin allein. Ich hatte das Gefühl, es ihm mit meiner direkten Anwesenheit schwerer und nicht leichter zu machen – ganz anders als damals nach dem Kampf mit Tessa, als ich seinen Ekel hatte lindern können. Außerdem war ich bis auf die Knochen durchgefroren und es wurde auch niemand davon glücklich, wenn ich in ein paar Tagen an einer Lungenentzündung dahinsiechte.

Gianna und Paul waren eingedöst – eine erschöpfte, oberflächliche Ruhe. Als ich über sie hinüber nach vorne auf den Beifahrersitz kraxelte, begann Gianna im Halbschlaf zu beten. Ein bisschen Gottesbeistand konnte nicht schaden, dachte ich opportunistisch. Vielleicht hörte er auf Italienerinnen besser als auf mich.

Ich schnallte mich vorschriftsmäßig an, denn Tillmann fuhr wie der Teufel. Mehr als hundertachzig Sachen schaffte der Volvo nicht, ohne dass der Wagen gefährlich zu zittern begann, doch Tillmann sah nicht ein, das Tempo auch nur um einen Stundenkilometer zu drosseln. Zum Glück waren die Autobahnen wie leer gefegt und wir kamen gut voran. Trotzdem war es ein Kampf gegen die Zeit.

Colin war kein Vampir, er konnte die Sonne sehr wohl ertragen. Er mochte sie nur nicht und es machte die Menschen müde, wenn sie ihm bei Tageslicht begegneten. Darin lag das eine Problem. Das andere bereitete mir jedoch größere Bauchschmerzen. Wölfe waren nachtaktiv. Sie würden am leichtesten vor Sonnenaufgang zu finden sein. Und wir konnten nun mal besser in ein abgesperrtes Gelände einbrechen, wenn es noch dämmrig war und außer uns niemand unterwegs. Laut Gianna war der Truppenübungsplatz nicht eingezäunt – genau deshalb hatten sich die Wölfe überhaupt auf dem Gelände ansiedeln können. Wir mussten lediglich eine Schranke überwinden und das sollte im Bereich des Machbaren liegen. Falls wir Sachsen denn heil und früh genug erreichten.

Jetzt kam ich mir wirklich vor wie Van Helsing in Bram Stokers *Dracula*, wie er versuchte, Mina vor dem Unvermeidlichen zu bewahren, und gegen die aufgehende Sonne anritt, während das Monster in ihr sich seinen Weg bahnte. Aber auch Mina hatte Dracula geliebt, wie ich Colin liebte, obwohl ich es einmal mehr nicht verstand. Ganz langsam manifestierte sich in meinem Kopf, wovon die anderen ständig geredet hatten: Er hatte mich brutal getreten und geschlagen, mich gewürgt, unter Wasser gedrückt. Warum? Und warum hatte er zwei Nächte vor dem Kampf über mir an der Decke gehangen? Mich auf offener Straße angegriffen? Um dann doch François den Garaus zu machen? Noch tangierten mich diese Fragen nicht in dem Maße, dass sie mich aus dem Konzept gebracht hätten, aber es war nicht mehr ganz so fern und abstrakt wie vorhin. Mein Herz jedoch hatten sie noch nicht erreichen können.

Außerdem waren auch Tillmann gegenüber einige Fragen offen geblieben. Ich nahm einen Schluck Cola und sah ihn von der Seite an. Seine Augen richteten sich auf die Straße, doch ich wusste genau, dass er mit einer Diskussion rechnete.

»Ich hab noch ein Hühnchen mit dir zu rupfen«, wählte ich eine möglichst harmlose Einleitung für die Umschreibung der Tatsache, dass er mich vorhin mit einer fast freudigen Entschlossenheit in den Tod geschickt hatte. Denn er hatte ja nicht wissen können, dass Colin mich am Leben lassen würde.

»Geh!«, hatte Tillmann mir zugerufen. Und dazu das plötzliche

Entflammen seiner Augen ... Hatte er mich loswerden wollen? Bevor ich meine Grübeleien in Worte fassen konnte, griff Tillmann in seine Hosentasche und reichte mir einen zusammengefalteten Briefbogen.

»Lies das. Es beantwortet nicht alles, erklärt aber wenigstens ein paar Dinge.«

Erstaunt faltete ich das Papier auseinander und seufzte, als ich Colins geschwungene Lettern erkannte. Ein Brief von Colin ... an Tillmann?

»Hallo, Tillmann,

glaube ja nicht, dass es mir leichtfallen wird, diese Zeilen zu schreiben, aber sie müssen sein, wenn wir in den Kampf ziehen wollen. Jeder wird seinen Part übernehmen. Deiner wird sein, Elisabeth ein guter Freund zu sein – und vielleicht auch mehr als das.«

Ich hielt die Luft an. Wollte ich wirklich weiterlesen? Ja, ich wollte.

»Sie wird sich in den nächsten Tagen verändern und aller Wahrscheinlichkeit nach recht unausstehlich werden. Du wirst sie so manches Mal zum Mond schießen wollen. Ich weiß, wie sich das anfühlt – dieser Wunsch ist auch mir nicht fremd. Ellie ist immer dann am nervenaufreibendsten, wenn sie sich selbst nicht leiden kann. Und das wird eine ihrer Grundstimmungen werden. Selbstzerfleischung und Entfremdung. Beides ist notwendig – darauf musst Du vertrauen.

Und auch sie muss vertrauen. Ellie ist kein Mensch, dem das leichtfällt. Sie denkt viel und gerne und überprüft, wo sie überprüfen kann. Alles und jeden. Weil sie darüber hinaus blitzgescheit ist, wird es ihr ein Kinderspiel sein, Ungereimtheiten aufzudecken. Damit meine ich vor allem Ungereimtheiten ihrer eigenen Seele. Sie wird wütend und zornig sein, vor Angst vergehen und mit Leidenschaft ihr Gift verspritzen. Versuche, es zu schätzen. Es könnte ein Geschenk für uns alle werden.

Bleib an ihrer Seite. Das ist Deine Aufgabe, Deine hochheilige Verantwortung. Ich brauche Dich dafür.

Elisabeths größte Schwierigkeit wird darin bestehen, ihren Kopf vor François zu verschließen. Solltest Du merken, dass es außer Kontrolle gerät, bitte ich Dich, sie mit allen Mitteln, die Dir zur Verfügung stehen und nicht gewalttätiger Natur sind, abzulenken.

Ich knirsche mit den Zähnen, während ich dies schreibe, aber ich muss Dir dafür einige Dinge mit auf den Weg geben, die so intim wie unverzichtbar gleichermaßen sind. Ich denke, Du weißt, was ich ›mit allen Mitteln‹ meine. Die Betörung ist eines davon. Ellie ist nicht leicht zu haben, aber sehr empfindsam. Ich fürchte (nein, ich hoffe es), dass sie Dein Angebot ablehnen wird.

Aber sollte ihre Verzweiflung so groß werden, dass sie es annimmt, dann verhalte Dich wie ein Mann und nicht wie ein Knabe. Es dürfte Dir nicht schwerfallen; sie ist ein hübsches Ding mit einem sagenhaften Hinterteil und einer Haut, in die ich mich verbeißen könnte (und das nicht allein aufgrund meiner teuflischen Natur). Man kann mit ihr vieles richtig machen, aber leider noch viel mehr falsch. Zwinge sie zu nichts. Solltest Du es trotzdem tun, hänge ich Dich an Deinen Eiern auf. In der Arktis, wenn die Eisbären hungrig sind.«

Mein Humor besiegte meine Verlegenheit und ich kicherte schadenfroh auf.

»Die Eisbären, oder?«, brummte Tillmann. Ich grinste nur und las weiter, doch mein Gesicht war so heiß geworden, dass ich einen Moment lang nicht einen einzigen Buchstaben entziffern konnte.

»Nutze das, was Du jetzt weißt, nicht aus. Setze es nur dann ein, wenn es keinen anderen Weg mehr zu geben scheint. Vielleicht genügt ein Kuss. Vielleicht nur Deine Nähe. Aber alles ist recht, wenn es Euch rettet und ihre Gedanken zu verschließen hilft.

Bestärke sie in ihrem Vertrauen mir gegenüber, wann immer sich die Gelegenheit dazu bietet. Das ist der Schlüssel zu allem. Sie muss mir vertrauen, egal, was passiert. Wenn sie sich nicht mehr daran erinnert, dann tu Du es.

Wir sehen uns, wenn es zum Kampf kommt.

Ich danke Dir.

Colin«

Ich schwieg betreten und es dauerte circa fünfzig Kilometer und zwei blitzende Radarfallen, bis ich mich räusperte und jene Frage über meine Lippen schickte, die seit Colins Zeilen in meinem Kopf rumorten.

»Was denkst du denn jetzt über mich?«

»Dass du schwer verführbar bist«, antwortete Tillmann feixend, ohne den Blick von der Straße abzuwenden.

»Haha«, brummte ich. »Es wäre quasi Inzest gewesen.«

Tillmanns Grinsen verbreiterte sich. Dann wurde er wieder ernst. »Ich hab nur das gewusst, was da drin steht. Aber was im Kampf passiert ist und warum du so extrem geworden bist in den letzten Tagen – keine Ahnung.«

»Hm. Ich dachte, du magst keine Befehle. Dieser Brief strotzt nur so vor ihnen …«

»Ich hab nicht grundsätzlich was gegen Befehle. Wenn sie von Menschen kommen, die mich respektieren, und die Befehle Sinn ergeben, befolge ich sie schon. Also – ich wusste, dass du gehen musst, wenn er dich ruft. So habe ich den Brief jedenfalls interpretiert. Aber Ellie – was hat er mit dir gemacht da unten? Du bist so anders als vorher. Du wirst doch nicht etwa – zu einem …?«

»Einem Mahr?« Ich lachte auf. »Nein, das glaube ich nicht. Ich fühle mich ziemlich menschlich. Keine feineren Sinne als sowieso schon, kein Hunger auf Träume und mir tut ganz schön viel weh. Aber es ist mir egal. Mir geht's gut, ehrlich.«

»Dormicum«, murmelte Tillmann. »Das erinnert mich an Dormicum.«

»Wovon redest du?«

»Kennst du das Zeug nicht? Ich hab das damals bekommen, als ich von einem Bären angefallen worden war und sie mir mit örtlicher Betäubung den Arm gerichtet haben. Die beste Droge, die es gibt. Du hast höllische Schmerzen und stehst brutal unter Schock, aber es ist dir egal. Du fühlst dich gut und stark und rein, nichts kann dich erschüttern. Genau so hast du auf mich gewirkt, als du zu uns kamst nach dem Kampf.«

»Korrekt«, erwiderte ich kurz angebunden, denn irgendetwas hinter uns lenkte mich ab, obwohl es still im Wagen war. Ich schaute in den Rückspiegel und blickte direkt in Giannas aufgerissene Augen. Paul hing schlafend am Fenster.

»Hilfe«, formte ihr Mund. »Hilf mir.«

»Anhalten!«, brüllte ich. Tillmann trat so heftig auf die Bremse, dass der Wagen ins Schleudern geriet, doch er nahm sofort die Füße vom Pedal, und nach einem dramatischen Schlenker fing der Volvo sich wieder. Wären andere Autos auf der Straße gewesen, hätte dieses Malheur das Ende unserer kleinen Reise bedeutet. Doch so brachte Tillmann den Volvo sicher auf dem Seitenstreifen zum Stehen. Ich wandte mich wieder zu Gianna um, die trotz des Manövers stocksteif sitzen geblieben war.

»Beweg dich nicht, Gianna. Seine Klauen dürfen deine Haut nicht aufreißen. Du darfst nicht bluten. Okay?« Sie klappte ihre Augenlider zu, um mir zu signalisieren, dass sie verstanden hatte.

Colins Hand hatte sich in ihre Schulter gekrallt. Ich wusste nicht, ob er schon in ihre Träume vorgedrungen war und der Kontakt seiner Finger überhaupt dazu ausreichte, doch er war ein Cambion. Vielleicht schaffte er es zu rauben, ohne den Menschen an sich zu pressen. Vielleicht war es aber auch nur ein Reflex.

Ich schob mich auf die Rückbank und löste vorsichtig einen Nagel nach dem anderen aus Giannas Pulli. Sie hatten die feine Wolle zerstört, aber ihre Haut war unversehrt geblieben. Mit roher Gewalt schob ich Colins Hand zurück zu seinem Körper, wo sie sich aus den Fesseln befreit hatte und wahrscheinlich nach oben geschnellt war, ohne dass er etwas dagegen hatte tun können. Schweigend holte ich das Abschleppseil aus der Werkzeugkiste und verknotete es zusätzlich zu den anderen Stricken so fest um seine Gelenke, dass es mir selbst wehtat. Seine schneeweiße Haut riss auf und sofort quoll blaues Blut hervor.

Entschuldigung, dachte ich und berührte sein Haar. Schreiend fuhr ich zurück. Es hatte mich verbrannt. Rasend schnell bildete sich eine rote Strieme auf meiner Handfläche. Streicheleinheiten waren also keine gute Idee. Ich krabbelte hastig nach vorne auf den Beifahrersitz. Gianna hatte sich flach auf die Rückbank gelegt, zusammen mit Paul, der glücklicherweise erst nach Colins Übergriff aufgewacht war und sie nun beschützend in den Armen hielt.

»Etwas zu essen wäre jetzt gut«, sagte Tillmann sehnsüchtig, nachdem er den Wagen wieder in Fahrt gebracht hatte. Cottbus tauchte vor uns auf. Immerhin waren wir nicht mehr weit von der polnischen Grenze entfernt. Die Schwärze des Himmels ging in ein trübes Dunkelgrau über. Nein, wir hatten keine Zeit zum Essen.

»Oh ja«, pflichtete ich ihm dennoch bei. Wir benahmen uns wie in einem Katastrophenfilm. Das Sprechen über Belanglosigkeiten, um ein Gefühl der Verbundenheit zu erzeugen. Ich hatte es so oft gesehen.

»Bagels«, spielte ich mit. »In Köln gab es einen genialen Bagelshop. Ich würde einen mit Serranoschinken nehmen. Und Parmesan.«

»Und ich den Caprese. Mit Tomaten und Mozzarella«, schwärmte Tillmann.

»Bagel mit Caprese«, tönte es verächtlich von der Rückbank. »Das ist kein Caprese. Das ist billiger Scheißdreck. Kuhmilchmozzarella.

Lächerlich! Er muss aus Büffelmilch bestehen. Ihr müsstet mal in Italien einen Caprese bestellen …«

»Werden wir vielleicht noch«, sagte Tillmann so leise, dass nur ich es hören konnte. Ja, wenn das hier glückte, war Italien wahrscheinlich das nächste Ziel. Doch noch wussten wir nicht, wie hoch der Preis für Pauls Leben gewesen war. Colins Blut rauschte so langsam und dröhnend durch seine Venen, dass ich Kopfschmerzen davon bekam. Mahre konnten nur im Kampf gegen einen anderen Mahr sterben. Aber Colin hatte mir nicht gesagt, wie lange dieses Sterben sich dahinziehen konnte. Ich war immer davon ausgegangen, dass es schnell ging. Nun war ich Zeuge eines langsamen Sterbens und ich wusste nicht, ob die Wölfe es überhaupt aufzuhalten vermochten. Am Ende war es nur sein Wunsch gewesen, bei ihnen zu sein, wenn es passierte. Und wenn es so war, dann wollte ich ihm diesen Wunsch erfüllen.

Ich schloss die Augen und stellte mir vor, wie es sein würde, wenn wir überlebten, allesamt, und zusammen nach Italien fuhren, um diesen verdammten Caprese zu bestellen. In Italien konnte man nachts leben. Alle taten es. Das wusste ich von Mama und Papa. Wenn wir Glück hatten, fanden wir meinen Vater sogar. Unversehrt. Konnten Tessa genauso unschädlich machen wie François. Befreiten Papa … Und ich lag in der warmen Abendsonne am Strand und ließ die Wellen über meinen Körper schwappen …

Der Wagen kam ruckartig zum Stehen. Stöhnend richtete ich mich auf und blickte auf eine rot-weiße Schranke, deren Schloss gerade von Tillmann mit derben Schlägen gesprengt wurde. Wir waren da! Und Colin? Ich drehte mich um und schaute nach hinten. Seine Haut bestand nur noch aus Adergeflecht, seine Lippen waren fast vollkommen verschwunden. Die Augen mochte ich mir gar nicht erst ansehen. Zum Glück hielt er sie geschlossen. Immer noch. Oder waren sie zu, weil er schon tot war?

Tillmann stieg wieder ins Auto und bretterte durch die geöffnete Schranke.

»Wo soll ich denn jetzt hin?«, fragte er fahrig. »Dieses Gelände ist riesig.« Er war hoffnungslos übermüdet. Für einen Moment bereute ich es, das Kokain aus dem Fenster gepustet zu haben.

»Fahr einfach in den Wald hinein, fernab der Absperrungen, möglichst weit weg von den Menschen.«

»Welchen Menschen?«, fragte Tillmann spöttisch. Die Heidelandschaft lag unberührt vor uns. Kiefernwälder, dazwischen Sandpisten mit Panzerspuren, hier und da lugte ein Hochsitz aus den Baumspitzen hervor. Links von uns ragten die wuchtigen Türme des Kraftwerks in den dunstigen Morgenhimmel. Dicke Wolken quollen aus ihren Schlünden. Im Osten verfärbte sich der Horizont bereits rötlich. Ich ließ Tillmann noch ein paar Hundert Meter zurücklegen, bis wir rundum von Wald und Heide umgeben waren.

»Stopp«, sagte ich. Holpernd kamen wir zum Stehen. Vor uns jagte ein aufgeschreckter Hase durch die niedrigen Büsche und Sträucher.

Ich stieg aus. Wohltuende Ruhe umfing mich – kein Großstadtlärm, keine Autogeräusche und auch das gedämpfte Wummern des Kraftwerks konnte nicht bis hierher vordringen. Die Vögel sangen, ein fast dschungelartiges Tschilpen und Zwitschern, und begrüßten den Frühling. Es würde ein warmer Tag werden – mit einem Hauch von Sommer. Doch noch schoben sich dichte, pilzförmige Wolken vor die aufgehende Sonne und bewahrten die Dämmerung. Ich atmete die würzige, klare Luft der Heide ein. Sie belebte mich augenblicklich. Nur das Rufen der Wölfe fehlte.

Tillmann war mir nachgekommen und schaute wie ich auf den dunklen Waldsaum.

»Und, glaubst du, sie sind hier?«, fragte er mit ehrfürchtig gesenkter Stimme.

»Irgendwo werden sie schon sein. Ich hoffe nur, er kann sie finden.«

Wir weckten Gianna und ließen Paul ruhen – zum einen, weil er den Schlaf brauchte, und zum anderen, weil ich keine Muße für weitere Beziehungsdiskussionen hatte. Gianna war sofort bei sich; ihr Schlaf war leicht gewesen und anscheinend nicht sehr erholsam. Sie wirkte zerknittert. Auch Paul sah gezeichnet aus, obwohl er offenbar nicht von schlechten Träumen geplagt wurde. Er hatte sich beim Liegen auf der Rückbank hoffnungslos die Frisur ruiniert und das viele Nachdenken der vergangenen Stunden hatte ihn um Jahre altern lassen. Ein Stich fuhr durch meinen Bauch, als ich ein, zwei weiße Haare an seinen Schläfen entdeckte. Wir wussten alle, wem sie zuzuschreiben waren. Solange es nur dabei blieb, konnte Paul von Glück reden. Doch ich fürchtete, dass der Befall tiefere Narben hinterlassen hatte, die lange Zeit nicht heilen würden. Vielleicht auch niemals.

»Was hast du jetzt vor?«, fragte Gianna. Was immer es ist – tu es nicht, sagte mir ihr Blick. Ich brauchte nicht großartig zu überlegen. Das, was nun getan werden musste, war allein meine Aufgabe.

»Wir können ihn hier nicht befreien«, sagte ich gefasst. »Zu riskant. Vier Seelen würden seinen Hunger nur anheizen. Auf einen von euch würde er sich stürzen – mindestens auf einen. Ich bringe ihn in den Wald. Helft mir, ihn von der Ladefläche zu holen.«

Wir zogen Colin gemeinsam aus dem Wagen. Obwohl wir eine Decke über seinen verkrümmten Körper geworfen hatten, machte Gianna ein Gesicht, als hätte sie ihre Arme lieber in Salzsäure getaucht, als Colin anzurühren. Auch ich hätte meine eigene Großmutter ohne Zögern gegen ein paar Handschuhe eingetauscht. Colin war hochgradig entstellt. All die violetten Adern hatten sich zu Wülsten gebündelt, die seine Haut wie bösartig mutierte Wucherungen ausstülpten. Seine Lippen hatten sich weit über das schwarze Zahnfleisch geschoben. Doch ich konnte das Rauschen seines Blutes hören, schwach und ohne jeglichen gesunden Rhythmus.

Ich wickelte den längsten Strick ein Stück weit von Colins Händen ab, verknotete ihn neu und legte sein Ende prüfend über meine Schulter. Ja, das musste reichen.

»Bleibt hier. Schlaft euch am besten aus.« Ich machte eine Pause, um meine Stimme unter Kontrolle zu bringen. »Ich komme zurück, wenn er satt ist. Oder …« Ich lächelte unter Tränen. »Jedenfalls essen wir dann Bagels.«

»Sollte nicht einer von uns mitgehen?« Tillmann trat vor. »Ich würde mich anbieten.«

»Nein«, erwiderte ich, obwohl alles in mir »Ja!« schrie. Ja, bitte bleib bei mir. »Es hat keinen Sinn. Wir müssen die Zahl der potenziellen Opfer reduzieren, so gut es geht.« Das klang herrlich mathematisch und ich fühlte mich sofort ein wenig besser. Doch es war nicht nur die kühl kalkulierte Opferrechnung, die mich dazu zwang, den letzten Weg allein zu gehen. Es war auch die Tatsache, dass die anderen sich vor Colin ängstigten und ekelten.

Auch ich fürchtete mich vor ihm – nicht kopflos, nein, das nicht. Es war keine Todesangst wie vorhin. Vielmehr eine der Situation angemessene Furcht. Ekel verspürte ich jedoch keinen. Vielleicht half es ihm, dass jemand bei ihm war, den er nicht abstieß.

»Keine Umarmungen«, stoppte ich Gianna, die mich an sich drücken wollte. »Eure Duftmarken könnten ihn auf eure Spur locken, falls die Wölfe ihn nicht sättigen.« Es war eine Lüge, aber ich hätte einen tränenreichen Abschied nicht ertragen. Wir brauchten uns nicht zu umarmen, weil wir uns wiedersehen würden.

»Ellie, bitte nicht. Geh nicht. Bitte«, hauchte Gianna. »Wie sollen wir denn damit leben, wenn du nicht zurückkommst? Sind wir dir denn gar nichts wert, wenn du dir selbst schon nichts mehr wert bist?«

Doch ich tat, als habe sie nichts gesagt, nahm aber schemenhaft wahr, wie Tillmann sich angespannt abwandte. Sein Atem klang zitternd. Ich schaute ihnen nicht mehr in die Augen, warf nicht mal mehr einen Blick auf meinen schlafenden Bruder, obwohl er mich vielleicht niemals wiedersehen würde, sondern nahm den Strick, legte ihn über meine Schulter und stapfte keuchend in den Wald. Colin fühlte sich nicht schwer an, eher wie ein Insekt, dessen Körper unter seinem Chitinpanzer schon längst ausgetrocknet war. Doch der Boden war sandig und uneben und ich musste darauf achten, nicht in Kaninchenlöcher oder unsichtbare Vertiefungen zu treten, die sich unter dem dünnen Gras verbargen. Die Bäume wuchsen schon nach wenigen Metern wieder spärlicher. Die nächste Lichtung öffnete sich vor mir. Aber es war zu früh haltzumachen. Also weiter – noch eine Lichtung. Und noch eine. In der dritten lag ein kleiner Tümpel, der aussah wie eine natürliche Tränke. Ich entdeckte Hufspuren im Sand. Und markante Tatzenabdrücke. Hunde würden hier kaum leben. Sie mussten von einem der Rudel stammen.

Mit der Erkenntnis, die Wölfe gefunden zu haben, verließen mich meine Kräfte endgültig. Der Strick hatte meinen Pulli zerfetzt und mir tief in die Schulter geschnitten. Auch die Schnitte auf meinem Rücken hatten sich durch die Anstrengung geöffnet und fingen erneut an zu bluten. Aufstöhnend ließ ich mich zu Boden gleiten. Noch ziepten die Wunden und der Bruch im Finger nur sacht, doch meine Gleichgültigkeit meinen Blessuren und inneren Verletzungen gegenüber verlor sich langsam. Trotz meiner körperlichen Schwäche ruhte tief in mir noch das Gefühl der Unbesiegbarkeit, aber ich war nun eine Heldin, die Schmerzen spüren konnte. Und die klug genug war zu wissen, dass sie irgendwann nicht mehr würde hinnehmen können, was kurz zuvor geschehen war.

Die gefesselte Bestie neben mir gab keinen Laut von sich. Ich musterte das Bündel nachdenklich. Ich konnte feige sein. Nichts war einfacher als das. Ihn hier liegen lassen, fortrennen, zurück zum Auto, zu meinem Bruder und meinen Freunden. In den Westerwald fahren und alles vergessen.

Denn mein Verstand bäumte sich erneut gegen meine kühle, satte Ruhe auf. »Er hat dich misshandelt.« Paul hatte es auf den Punkt gebracht. Dieses Wesen hier hatte mich misshandelt und bis jetzt fiel mir kein logischer Grund ein, warum das nötig gewesen war. Das war es, was meinen Verstand nicht besänftigen konnte. Es hatte keine Logik.

Ich entfernte mich ein paar Schritte rückwärts, bis das dumpfe Schreien in Colins Körper leiser wurde.

Nachdenken, Ellie, beschwor ich mich wie so oft. Gab es eine verborgene Logik, auf die ich nur dann kommen würde, wenn ich mit ihm sprach? Konnte er es mir erklären? Warum diese Gewalt? Und warum das, was er danach mit mir getan hatte – mir suggerieren, dass er mich ertränkte, und dann, dann … Was war es gewesen? Ein Befall? Nein. Es hatte mich gestärkt, nicht geschwächt. Verwandelt worden war ich auch nicht.

»Zu viele Fragen, Ellie. Vergiss es. Das packst du nicht«, sagte ich mir realistisch. Nein, ich würde all das – die Demütigung, das Gefühl des Verrats, die Todesangst – nicht verwinden können, wenn ich ihn jetzt alleinließ, um ihn so schwach und verunstaltet seinem Schicksal zu überlassen, ohne zu erfahren, warum es geschehen war. Und, der Teufel sollte mich holen, ich würde es mir auch niemals verzeihen. Je schwächer er war, desto stärker wurde das Böse in ihm. Wie damals im Lager … Das konnte ich nicht verantworten. Und Colin hatte mich bisher immer gut behandelt.

Bis auf die Ohrfeige am Bach, erinnerte mich mein Gedächtnis gnadenlos. Siehst du!, hörte ich Pauls Stimme in meinem Kopf. Damals also auch schon, mischte sich Gianna dazu. Und Tillmann? Er hatte sich stets rausgehalten, war cool geblieben, hatte sich nicht gegen Colin geäußert. Er wusste mehr als Gianna und Paul. Und er würde wissen wollen, was heute Nacht passiert war. Wie ich.

Wenn ich Colin jetzt von seinen Fesseln befreite, würde er mich möglicherweise in seinem Hungerrausch töten. Oder aber er würde jagen gehen und mir anschließend erklären können, was passiert war. Und warum.

Aber selbst wenn er mich tötete (was wahrscheinlich war, denn wie hatte er letztens gesagt: »Ich bräuchte zwei Sekunden, maximal drei.«): Leben mit dem nagenden Gefühl, nicht alles zu wissen, seine Gründe nicht zu kennen, wollte ich sowieso nicht. Ich würde mich jede Nacht mit der Frage martern, ob ich nicht doch eine Chance gehabt hätte. Ob *wir* nicht eine Chance gehabt hätten, Colin und ich. Als Liebende. Wenigstens als Freunde.

Ich musste es darauf ankommen lassen. Unsicher und taumelnd, als hätte ich gerade erst laufen gelernt, kehrte ich wieder zu dem hässlichen Bündel zurück, das da verdreht im Sand lag, meine Hände verkrampft vor dem Bauch gefaltet, mein Herzschlag im Gleichklang meiner Schritte.

Und während ich still Abschied von der Welt nahm und dankbar war, es in der freien Natur tun zu dürfen, umgeben von Wald, Heide und einer flammend roten Himmelskuppel, registrierte ich verwundert, dass Colins Züge sich entspannten. Seine Lippen schoben sich über das Zahnfleisch, immer noch blau und gequält, doch einen Hauch fülliger, und die Adern zogen sich unter die Haut zurück. Hörte er sie schon? Spürte er etwas, wofür meine Instinkte zu stumpf waren?

Ich beugte mich über sein Gesicht. Ja, die kleinen Veränderungen reichten aus, um es tun zu können, auch wenn mein Mund immer noch eine Fratze küssen würde. Ich wollte nicht nur von der Welt Abschied nehmen, sondern auch von ihm – und zwar so, wie Liebende sich Lebewohl sagten.

»Ich werde gleich deine Fesseln lösen. Ich würde gerne verstehen, warum du das alles getan hast. Ich sollte dich windelweich prügeln, aber …«

Anstatt weiterzureden, drückte ich meinen Mund auf seinen. Er biss blitzschnell zu und seine Eckzähne schlugen ein tiefes Loch in meine Oberlippe. Trotzdem blieb ich bei ihm. Als mein Blut über sein Kinn rann, schoss seine spitze bläuliche Zunge hervor, um es abzulecken.

»Nanu«, murmelte ich und frisches Blut tropfte auf seine Zungenspitze, die zwischen seinen Zähnen hing wie die eines hechelnden Wolfes. »Ich dachte, es gibt Wichtigeres als Blut.«

»In der Not frisst der Teufel eben Fliegen«, hörte ich seine Stimme in meinem Geist – nicht mehr ganz so dumpf und drohend. Und es lag ein Lächeln darin. Mein Blut tat ihm gut. Heilen konnte es ihn nicht, aber vielleicht minderte es die Gefahr, in der ich mich wähnte.

Ich löste mit fliegenden Fingern die Knoten der Fesseln und rollte mich in letzter Sekunde zur Seite, damit seine zentimeterlangen Klauen sich in den Sand bohrten und nicht in meine Haut. Er zerrte sie jaulend zurück an seine Brust und verschränkte sie. Es musste ihn unsägliche Kraft kosten. Wütend versuchte er, sich die Spitzen seiner Krallen abzubeißen, mit denen er mich eben beinahe aufgeschlitzt hatte.

»Kein Problem«, stotterte ich. Mein Herz raste. Er sprang auf alle viere und schüttelte sich knurrend, den Nacken tief gesenkt. Dann öffnete er unvermittelt die Augen – genau in dem Moment, als das erste Heulen durch den Wald tönte, tief und machtvoll. Und so sehnsüchtig, dass ich mit einstimmen wollte. Sie waren gekommen.

Die Morgensonne ließ die tote Asche in Colins Blick schwach aufglimmen. Mit einer elastischen Bewegung drehte er sich von mir weg und trabte in das Dickicht hinein, als wäre er einer von ihnen.

»Guten Appetit«, flüsterte ich, nachdem sein Schatten mit der letzten nächtlichen Schwärze des Waldes verschmolzen war. Ich begriff schlagartig, dass ich überlebt hatte, und das Schluchzen übermannte mich so heftig, dass ich meine Zähne in die Stricke drückte, um weiteratmen zu können. Es war wie ein Krampfanfall, der nicht mehr enden wollte. Minutenlang zuckten meine Muskeln. Doch meine Tränen beruhigten mich – die gute alte und so zu Unrecht verpönte Heilkraft des Weinens.

Ja, ich hatte überlebt. Aber was war mit Colin? Konnte ich hier untätig im Sand sitzen bleiben und warten – oder gar zum Auto zurückkehren?

Natürlich kannst du das, wies ich mich zynisch zurecht. Colin brauchte mich nicht beim Jagen. Und heilen konnte ich ihn sowieso nicht. Nein, hier ging es nicht um Gewissensfragen. Ich wollte nicht bleiben und ich wollte nicht zurück zu Gianna, Tillmann und meinem Bruder. Es war mein innigster und einziger Wunsch, den Tieren zu folgen. Nicht Colin, sondern den Wölfen. Selbst meine bohrenden Fragen verstummten und mein Verstand ließ meinen Instinkt siegen.

Ich stand auf und schloss die Augen, um zu lauschen. Wieder erhob sich das Geheul, nicht nur eines, nein – es war ein schaurigschöner Chor, der mir einen lustvollen Schauer nach dem anderen über die Wirbelsäule schickte. Denn die tiefste der Stimmen – ein heiseres, hypnotisches Heulen – stammte nicht von einem Tier. Es stammte von Colin. Er hatte sie gefunden.

Ich hielt meine Augen geschlossen, als ich in den Wald lief. Mein Gehör leitete mich sicher und schnell und doch ließ ich mir Zeit, genug Zeit, in der er seinen unsagbaren Hunger stillen konnte.

Sie warteten auf ihrer Lichtung auf mich. Noch verharrten sie im Verborgenen hinter den Bäumen, aber ich roch ihr warmes Fell und die winzigen Schlammklumpen, die zwischen ihren Ballen hafteten.

Und ich spürte all die gelben Augenpaare, deren Pupillen prüfend auf mir ruhten, als ich mich inmitten der Lichtung auf einen Stein setzte und meinen Blick weich über den Waldrand schweifen ließ.

Die Jungen wurden als Erstes von ihrer Neugier aus ihrem Versteck getrieben und huschten verspielt um mich herum. Ein kleiner, dunkler Rüde pirschte sich mit schräg gelegtem Kopf an mich heran, um vorwitzig an meinem Knie zu schnuppern. Die anderen sahen ihm aufmerksam zu, bevor sie ihn mit tollpatschigen Tatzenschlägen zum Schaukampf aufforderten, als wollten sie vor mir prahlen.

Dann stieß ihre Mutter dazu. Sie humpelte ein wenig und besaß nur noch ein Auge, doch ich hatte nie ein schöneres Tier gesehen. Falls Colin sie beraubt hatte – und davon ging ich aus –, hatte es ihr nicht geschadet. Ihre Verletzungen waren schon alt und sie lebte gut mit ihnen. Die Jungen biederten sich bei ihr an, knufften sie mit ihren Schnauzen und hängten sich an ihr Maul, um Essen zu erbetteln. Sie schüttelte sie mit einer einzigen resoluten Bewegung ab und sie trollten sich fügsam.

Als Letztes folgte der Rüde. Die Wölfe fanden zusammen und positionierten sich im Halbkreis um mich herum. Selbst die Jungen kamen zur Ruhe, hockten sich auf ihre Hinterläufe, ließen mich aber nicht aus dem Visier, die Ohren wachsam aufgestellt, die Mäuler leicht geöffnet.

Doch einer fehlte noch. Die Sonne leuchtete ihn von hinten an, während er mit federnden, ausgeruhten Schritten aus dem Dickicht trat – nun nicht mehr auf allen vieren, sondern aufrecht und gesättigt. Die Wölfin kauerte sich winselnd nieder und bettete ihren Kopf auf die Vorderpfoten, ohne ihre gelben Augen von ihm abzuwenden. Nur der Rüde legte seinen Kopf in den Nacken und heulte ein letztes Mal – ein lang gezogener, dunkler Ruf, den ich niemals in meinem Leben vergessen würde. Dann, wie auf ein Kommando hin, das nur sie wahrnehmen konnten, erhoben sie sich und trabten lautlos an Colin und mir vorbei in den Wald hinein. Die Wölfin streifte vertrauensvoll sein Knie. Nachlässig, aber liebevoll strich er ihr im Gehen über den Kopf.

»Ich möchte dir für deine Treue danken«, raunte er, als er vor mir stand und ich staunend über seine neu erblühten Wangen tastete. Er war noch immer nicht gesund, aber satt und er hatte in ihnen offenbar ein Gegengift gefunden. Sie hatten es ihm geschenkt. Sanft umgriff er mit beiden Händen meinen Hinterkopf, um seine Stirn an meine zu drücken. Ich erschlaffte sofort und rutschte an seine Schulter, wo er mich sicher und geborgen hielt – so sicher und geborgen, wie mein Vater mich in der einsamen Hütte gehalten hatte, umgeben von der eisigen Polarnacht. Mama war zum Greifen nahe. Vor mir schimmerte Pauls brauner Schopf wie ein bronzener Helm in dem flackernden Licht des Kaminfeuers. Das Wasser lief in meinem Mund zusammen, denn im ganzen Raum duftete es nach frisch gebackenen Waffeln und ich freute mich darauf, sie zu essen, obwohl ich genau wusste, dass ich vorher einschlafen würde, an der Brust meines Vaters, der mir durch seine unerschütterliche Gewissheit, das Richtige zu tun, immerzu das Richtige, eine Kraft verlieh, die ich mein Leben lang brauchen würde. Ohne sie würde nichts gelingen und alles schwerfallen.

»Du hast sie mir zurückgegeben«, wisperte ich. »Meine Erinnerung. Sie ist da. Ich kann sie sehen, direkt vor mir.«

»Ich hatte es dir versprochen«, entgegnete Colin lächelnd. Sein Zahnfleisch hatte wieder seine normale Farbe angenommen und die glänzenden Haare wanden sich knisternd über seine spitzen Ohren. Doch in seinem Lächeln erkannte ich eine Traurigkeit, die mir sehr vertraut war. Ihm fehlte meine Erinnerung. »Du musstest nur ein wenig Geduld haben. Du kannst gehen. Geh, Ellie.«

»Gehen? Jetzt? Hast du einen Knall? Ich will erst noch einiges wissen, mein Freund. Erstens: Wieso hast du mir die Erinnerung nicht schon zurückgegeben, als ich bei dir auf Trischen war und du die Wale gefunden hattest? Du warst satt wie nie zuvor! Warum erst so spät?«

Colin senkte bedauernd den Kopf. »Das wollte ich, Ellie. Aber dann wurde mir klar, dass François ein Wandelgänger war und der Kampf schwierig werden würde. Sehr schwierig.«

»So schwierig, dass du mich gleich mal mit töten wolltest? Brauchtest du das, um dich anzuheizen?«

»Nein.« Dieses Nein klang so fest und klar, dass es meinem Zorn für einen Moment die Nahrungsquelle nahm. »Mein Plan für den Kampf nahm bereits auf Sylt Gestalt an. Alles, was dich wütend machen würde, war nur recht und billig. Geiz gehörte dazu. Am ersten Abend aber habe ich sie dir nicht zurückgegeben, weil sie mich menschlicher werden ließ, und das erleichterte es dir vielleicht, mit mir zu schlafen. Denn das hattest du ja vor, oder?«

Er lächelte nicht mehr. Ja, das hatte ich vorgehabt.

»Und warum wolltest du mich nun töten? Erst Beischlaf, dann Tod – ist das so bei euch Mahren?« Ich klang vorwurfsvoller, als ich beabsichtigt hatte. Das Unverständnis über sein Verhalten bohrte wie ein entzündlicher Stachel in mir. »Tillmann hat mir den Brief gezeigt, aber ich verstehe es nicht!«

»Genau das wollte ich erreichen«, entgegnete er nachdrücklich. »Dass du nichts mehr verstehst. Ellie, wenn ich dich hätte töten wollen, wäre es mir ein Leichtes gewesen. Aber du lebst, oder? Komm, folge mir. Die Sonne …« Sie stieg. Ihre gleißenden Strahlen ließen Colins Iris jadegrün glitzern und mich rasant ermatten. Aber ich durfte nicht schlafen. Ich musste wissen, was passiert war und ob Colin das Böse in sich noch in seiner Gewalt hatte oder nicht. Er führte mich in einen dichten Kiefernwald hinein, in dem die Bäume so eng beieinanderstanden, dass auch dann noch Zwielicht herrschen würde, wenn die Sonne den Zenit erreicht hatte. Sofort verblassten die Sprenkel auf seiner weißen Haut.

Als ich mich ihm gegenüber an einen knorrigen Stamm lehnte und die Beine lang ausstreckte, wurde ich wieder munterer. Mein Verstand arbeitete nun geschmeidiger und nicht mehr so überfallartig. Meine Gedanken fanden zu ihrer einstigen Klarheit zurück, die ich schon seit Wochen schmerzlich vermisst hatte. Außerdem war ich von einem kaum spürbaren, aber beständigen Rauschgefühl ergriffen, seitdem Colin mir meine Erinnerung zurückgegeben hatte. Es war die Geborgenheit, die Papa ausgestrahlt hatte. Alles würde gut werden. Alles. Auch jetzt.

Colin setzte sich im Schneidersitz auf den weichen Boden und verschränkte seine langen Finger. »Hat es denn einen Sinn, dass ich es dir erzähle? Könnte ich es damit überhaupt wiedergutmachen? Antworte nicht zu schnell. Nimm dir die Zeit, die du brauchst.«

Sein Tritt in meinen Bauch war menschenverachtend gewesen. Dass er dabei zugesehen hatte, wie ich mich übergab, erst recht. Mich durch das schmutzige Fleet zu treiben, mir die Luft abzuschnüren, all das herbeizurufen, wovor ich mich seit Monaten fürchtete …

»Wenn ich es verstehe, kann ich es vielleicht auch verzeihen«, sagte ich dennoch.

»Ach, Lassie … wenn Gefühle der Logik gehorchen würden, würde es uns Mahre womöglich gar nicht geben. Deine Seele wird das alles nicht so schnell vergessen, und wenn du es noch so sehr versuchst. Deshalb ist es vielleicht leichter für dich, wenn du glaubst, es wäre aus Boshaftigkeit geschehen.«

»Toll. Da hab ich aber was von. Warum hast du die anderen das alles überhaupt sehen lassen? Gut, damit Paul François' wahre Natur erblickt wahrscheinlich, danke schön, aber hättest du es nicht so drehen können, dass er wenigstens nicht mitbekommt, was du mit mir anstellst? Jetzt redet er mir ständig ins Gewissen, ich solle mich von dir trennen …«

»Eben deshalb, Ellie. Deshalb habe ich das getan. Sie sollten sehen, wie ich bin. Wie ich sein kann.«

»Aber sie wissen nicht, warum! Das Warum ist doch immer das Entscheidende. Und ich will dieses Warum erfahren.« Colin schüttelte den Kopf, doch ich sprach hektisch weiter. »Ich möchte mit dir darüber reden! Bleib hier, bitte. Rede mit mir.« Ich atmete schneller, weil die Angst, ihn jetzt wieder und für immer gehen lassen zu müssen, ja, mich mit der faden Begründung, er sei eben bösartig, zufriedengeben zu müssen, meine Verletzungen und meinen Schock zu Nebensächlichkeiten herabwürdigte.

»Ich bin da. Frag, was du fragen möchtest.« Colin wartete wortlos, bis mein Atem wieder gleichmäßiger geworden war.

»Wieso hast du dich mit François verbündet und dich im letzten Moment gegen ihn entschieden?« Wieder hörte ich mich aggressiv und feindselig an. Es war nicht zu verhindern.

»Ich habe mich nicht mit ihm verbündet«, antwortete Colin ruhig. »Ich habe ihn getäuscht, ebenso wie ich dich getäuscht habe.«

»Zu welchem Zweck?«, brauste ich auf. »Du hast mir solche Angst eingejagt!«

»Genau.« Colin hob seine Lider und sah mir tief in die Augen. »Angst, Wut, Zorn, Misstrauen. Deine stärksten Emotionen. Sie waren meine Waffe. Ich habe sie angefacht.«

Ich fühlte mich wie paralysiert. Meine negativen Gefühle angefacht? Wozu? Sie konnten ihn doch nicht ernähren! Mahre lebten von schönen, sehnsüchtigen Gefühlen. Die machten sie stark. Colin hatte also meine schlechten Gefühle hervorgerufen, sie aufgeputscht und dann … Moment, die Szene im Fleet. Diese seltsame Art von Befall. Er hatte mir die negativen Gefühle herausgesaugt, um sie anschließend …?

»Du hast ihn vergiftet«, sprach ich das Ende meiner Gedankenkette laut aus. »Du hast François vergiftet! Nicht umgekehrt. Mit meinen Gefühlen!«

»Ich hätte nicht in einem normalen Kampf gegen ihn siegen können. Ich ahnte das. Ich musste mir eine List ausdenken.« Colin musterte seine Hände. Die Nägel waren zerfetzt. Er hatte sie sich von den Wölfen abbeißen lassen. Doch die Wunden an seinen Fingerkuppen verheilten bereits. »Um François unschädlich machen zu können, musste ich ihn schwachen. Was gibt es Schlimmeres für einen Mahr als menschliche Panik und Misstrauen, als bodenlosen Zorn? Zorn ist der schärfste Gegner aller Träume. Wer zornig ist, träumt nicht, kann kein Glück empfinden. Misstrauen macht euch wachsam. Es raubt euch jegliche innere Ohnmacht. Panik zehrt euch so aus, dass ihr nicht einmal mehr tagträumen könnt. Ich brauchte eine Überdosis von alldem, die ich ihm im richtigen Augenblick verabreichen musste. Nämlich dann, wenn er am hungrigsten war und alles nehmen würde, was nur annähernd menschlich roch. Und du bist nun mal Spezialistin für überdosierte Gefühle.«

Eine Weile saß Colin still vor mir, die langen Wimpern gesenkt, als würde er die Nacht Revue passieren lassen. Die kleine Falte in seinem Mundwinkel verriet mir, dass es ihn schmerzte. Mich auch.

»Das war das größte Risiko. Dir nur so viel Wut abzuzapfen, wie du verkraften konntest. Jene Wut, die dir schadete, und jene Angst, die dich und ihn vernichten würde. Aber wenig genug, um dein Gleichgewicht zu erhalten. Denn ohne Zorn und Wut ist kein würdiges Leben möglich. Auch nicht ohne Angst. Es war ein Gang über dünnes Eis. Ich musste dich ganz genau einschätzen, durfte mir keinen Fehler erlauben. Aber wie ich sehe, habe ich den fruchtbaren Boden deines Zorns nicht vollkommen ausgelaugt. Er wuchs sehr rasch wieder nach. Du bist eben fern allen Mittelmaßes, was deine

Gefühle betrifft. Du wirst es oft verfluchen, aber für den Kampf war es ein Segen.«

Er rieb sich mit den Handflächen über die Stirn. Ich war zu bestürzt, um auch nur ein einziges klares Wort hervorzubringen.

»Ellie … ich musste es tun, auf die Gefahr hin, deine Liebe für immer verdorren zu lassen. Nur so hatte ich eine Chance. Ich habe dich angelogen, dir aufgelauert, Albträume geschickt, all das …« Wieder rieb Colin sich über das Gesicht. »Ich habe dir einen der miesesten Männer dieses Planeten als Karatetrainer organisiert …«

»Oh, er war gar nicht so übel.« Na wunderbar. Ich konnte doch noch sprechen. »Das waren meine schönsten Stunden in den vergangenen Wochen. Er ist kein schlechter Trainer, aber unzureichend ausgestattet. Untenrum. Er kompensiert es mit Frauenfeindlichkeit.«

Colin hob den Kopf und sah mich konsterniert an. Er wusste nicht, ob er grinsen durfte oder nicht. Ehrlich gesagt wusste ich es auch nicht. Ich schwankte sekündlich zwischen blindem Wüten und nachtschwarzem Humor, wollte ihm wechselweise die Augen auskratzen und ihn von oben bis unten abküssen. Vorzugsweise oben.

»Wann gedenkst du eigentlich, dich an mir zu rächen, Lassie?«, fragte er lockerer, als es die Situation eigentlich erlaubte. Er wusste das auch, aber es verschaffte mir neuen Auftrieb. »Willst du mich zappeln lassen? Du hattest ein paar nette Koseworte für mich auf Lager. Wie war das mit der feigen Sau? Und du hast meine Eier angezweifelt …«

»Ja, genau. Die auch. Nutzlose Dinger.« Ich gab ihm einen sanften Rempler in die Seite und stellte glücklich fest, dass er sich nicht mehr wie Trockeneis anfühlte. »Dann warst du verantwortlich für die Schritte auf dem Dach?«

Colin verzog den Mund und konnte sich ein kurzes Schmunzeln nicht verkneifen. »War auch für mich eine neue Erfahrung, mitten in der Nacht auf feuchten Ziegeln zu hocken und mit einer Universalfernbedienung rumzuspielen. Das Video aber war Zufall, einer der wenigen genialen in meinem schnöden Leben. *Lullaby* von The Cure. Sollte man übrigens schon einmal gehört haben. Ich hätte dich gerne für deine fatale Unkenntnis gerügt. Umso besser hat es jedoch seinen Zweck erfüllt.«

Ich musste lachen und meine Erheiterung gewann Oberhand über meine Wut und die Demütigung, die ich während des Kampfes empfunden hatte. Wie hatte mein Vater immer zu sagen gepflegt? Humor ist die beste Medizin.

»Dann hast du die negativen Gefühle aus mir herausgesaugt und ihm verabreicht?«, vergewisserte ich mich interessiert.

Colin nickte. »Ich wusste nicht, ob es funktioniert. Aber seine Gier wurde ihm zum Verhängnis. Er schlang deinen Gefühlscocktail mit einem einzigen Gurgeln in sich hinein. Ich muss aber sagen, dass ich ihn vorher völlig verwirrt hatte, ebenso wie dich. Das war notwendig, um deine Angst auf die Spitze zu treiben.«

»Aber du selbst hast vergiftet gewirkt, sehr sogar. Hat er etwas mit dir getan? Hast du jetzt etwas von ihm in dir?« Diese Vorstellung war ekelhaft. François' Gift in Colins Körper. Würde es Spuren hinterlassen wie Tessas Gift in Tillmann?

»Nein, Ellie. Es passierte das, was passieren kann, wenn man eine vergiftete Wunde aussaugt …«

»Es ist auf dich übergegangen«, ergänzte ich, bevor mir klar wurde, was ich da eigentlich sagte. Nicht François' Gift. Sondern mein eigenes. Ich war Colins Gift gewesen. »Meine schlechten Gefühle? Ich habe dich so werden lassen?« Diese Vorstellung beunruhigte mich dermaßen, dass meine Hände zu zittern begannen.

»Nein … nein. Gut, ein wenig davon. Aber es waren vor allem die verfaulenden Reste all der Träume und Gefühle, die er in sich trägt und nicht verdauen möchte. Er sammelt alles, was er kriegen kann, ist aber zu geizig, um es vollständig zu verarbeiten. Er ist sein eigener Feind und sein Magen ein Hort der Verwesung.«

»Deshalb der Gestank …«

»Seine bräunliche Haut. Seine Körperwärme«, ergänzte Colin nickend. »Nicht Leben, sondern Fäulnis.«

Ja, langsam verstand ich, was geschehen war. Vermutlich war diese Fäulnis auch der Grund dafür, dass man sein Alter so schlecht schätzen konnte. Ein Neunzehnjähriger mit Tränensäcken und Falten …

»Kann er uns denn noch einmal gefährlich werden? Was ist er jetzt – ein Mensch oder ein Mahr?«

»Ein Mahr, der nicht mehr rauben kann. Auf die Menschen wird er wie ein Mann wirken, der den Verstand verloren hat. Er wird Tag und Nacht durch die Straßen irren, voller Gier und Hunger, sich hin und wieder auf einen Rücken hängen und ohne jegliche Mühe abschütteln lassen. Dann werden sie ihn für gemeingefährlich erklären, obwohl er das nicht ist, und ihn einsperren. Er wird ausbrechen, wieder eingesperrt werden, wieder ausbrechen … Ein lästiges Übel, mehr nicht.«

Das war also seine Strafe. Ein ewiger Hunger, der nicht gestillt werden konnte. Er hatte es verdient und trotzdem keimte für eine Sekunde so etwas wie Mitleid in mir auf, das sofort von meinen Gedanken an Paul und das, was François ihm angetan hatte, niedergetrampelt wurde.

»Kein Mitleid, mein Herz.« Colin berührte kühl meine Wange. »Er wollte euch alle. Ich habe seine Pläne vor mir gesehen, als ich ihn vergiftete. Du wärst die Nächste gewesen. Dann Tillmann. Dann Gianna. Und das Tragische war, dass ich ihm mit meiner Taktik sogar zugearbeitet hatte. Denn du standest kurz davor, alle um dich herum zu vergraulen mit deinem Verhalten. Dich zu isolieren – so wie Paul damals wahrscheinlich isoliert war, bevor François zugeschlagen hat. Das wäre sein Sprungbrett gewesen.«

»Meine Gefühle waren richtig«, sagte ich wie zu mir selbst.

»Ja, das waren sie. Richtig und wertvoll. Und sie widersprachen vollkommen dem, was ich von dir verlangt hatte. Das war die größte Schwierigkeit. Erinnerst du dich, was ich dir in Trischen gesagt habe, nach dem ersten Training?«

Nicht nur daran, was er mir gesagt hatte. Sondern auch daran, was er nur wenige Minuten davor mit mir gemacht hatte. Zu gut erinnerte ich mich daran.

»Dass ich dir vertrauen soll, wenn es zum Kampf kommt.«

Colin verbeugte sich knapp, als wolle er mir seinen Respekt erweisen. Kein unterwürfiges Buckeln, sondern die starke, treue Geste eines Kriegers. »Es ist beinahe unmöglich, jemandem zu vertrauen, der einem Todesangst einjagt. Du hast es dennoch getan. Im entscheidenden Moment hast du es getan.«

»Aber ich hatte gar nicht mehr daran gedacht!«, rief ich. Ja, einen Tag vor dem Kampf hatte Tillmann mir noch eingebläut, Colin zu vertrauen. Doch als er mich gerufen hatte, hatte ich nicht mehr daran gedacht. Es war mir entfallen.

»Genau das ist Vertrauen, Ellie. Wenn man nicht mehr darüber nachdenkt, sondern es einfach tut. Wäre ich noch dein Lehrer, würde ich jetzt sagen, dass ich stolz auf dich bin. Aber das wäre zu pathetisch. Ich würde es dir lieber auf andere Weise zeigen.«

Colin zog mich zu sich und bettete meinen Rücken an seine Brust. Seine kühle Hand schob sich unter meinen Pulli, um in sanften Kreisen über meinen nackten Bauch zu streicheln, als wolle er ihn heilen. Jetzt erst merkte ich, wie sehr er schmerzte und litt. Doch Colins Berührungen linderten die Qualen sofort.

»Der Sitz der Gefühle«, murmelte Colin, seine Lippen dicht an meinem Hals. »Ich musste hineintreten, weil es kaum etwas Niederträchtigeres gab, was ich tun konnte. Und die Pein bündelte dein Elend. Es tut mir leid. Ich habe nichts zerstört von dem, was du noch brauchen wirst. Für später.« Ich wusste, worauf er anspielte. Kinder. Mit einem anderen Mann. Einem normalen Mann, der solche Dinge nicht tat. Das meinte Colin.

»Genau, später. Nicht jetzt«, stellte ich klar. Was immer auch später sein mochte – in einer Sekunde, einer Stunde, einem Jahr: Jetzt zählte es nicht. Ich saß bei ihm, ich fürchtete mich nicht mehr vor ihm, ich verstand, was er getan hatte und warum es hatte geschehen müssen, und nach wie vor durchbrauste mich das Gefühl, dass alles gut werden würde – der Nachhall meiner zurückerlangten Erinnerung, der die Schmerzen in meinem Bauch wie wärmende Medizin umhüllte. Colins schöne Berührungen mussten die schlechten besiegen.

»Doch eines passt immer noch nicht zusammen. Der Traum mit Grischa – warum? Warum hatte ich dieses sichere Gefühl, dass er meine Hilfe brauchte? Wieso war er mir plötzlich wieder so nah, ganz kurz vor dem Kampf?«

Colins Hand spannte sich an, doch er ließ sie auf meinem Nabel ruhen. Über uns begann ein Specht mit unüberhörbarem Fleiß den Stamm des Baumes zu bearbeiten.

»Ich habe dir keinen Grischa-Traum geschickt«, sagte Colin nach einer kleinen Pause. »Ich weiß es nicht, Ellie. Ich dachte, das Thema sei mit Paul erledigt, aber das ist es wohl nicht. Ich bin nicht eifersüchtig – ich wundere mich nur.«

»Ich mich auch«, sagte ich mit einer Hoffnungslosigkeit, die mir selbst fremd vorkam. Denn sie war unpassend. »Du kennst meine Seele doch wie deine Westentasche. Warum ist er da?« Ich zog an seinem verwaschenen Hemdkragen. Die ausgefransten Knopflöcher gaben sofort nach, sodass ich meine Wange an seine nackte, kühle Brust betten konnte.

»Oh Ellie.« Colin lachte leise und seine Hand wanderte ein Stück nach unten, um sich in den Bund meiner Jeans zu schieben. Nicht gut zum Denken. »Du trägst zu enge Hosen. Ich kenne deine Seele nicht wie meine Westentasche – jedenfalls nicht die Ursache jener Wunden, die andere vor meiner Zeit verursacht haben. Ich kannte dich damals noch nicht. Vielleicht hat er dich so tief beeindruckt, dass deine Gefühlserinnerung alles, was mit ihm zu tun hat, für immer abgespeichert hat.«

Ja, so empfand ich es, wenn ich von ihm träumte. Sobald ich aufwachte, war es, als hätte ich ihn gestern erst zum letzten Mal gesehen. Colins Angebot, mir diese Träume zu stehlen, stand garantiert nicht mehr. Ich musste alleine damit klarkommen.

»Erst quälst du mich, dann fummelst du an mir herum. Das geht nicht, Colin«, seufzte ich träge, denn seine Hand hatte sich auf wundersam geschickte Weise weiter abwärts bis unter meinen Slip gearbeitet und einigen sehr delikaten Stellen genähert. Doch sie fummelte gar nicht. Sie lag nur da. Empörend nah und deutlich. Unüberspürbar sozusagen.

»Ich weiß«, murmelte er. »Es geht nicht. Nicht jetzt.«

»Warum eigentlich nicht? Ich glaube sogar, es geht nur jetzt«, flüsterte ich und drehte meinen Kopf, um das kleine Stück nackte Brust zu küssen, das ich vorhin freigelegt hatte. Nun wusste ich den Nutzen seiner fehlenden Hemdknöpfe zu schätzen. Und seine Hand bewegte sich doch. Ich keuchte leise auf. Der Specht über uns klackerte beflissen Beifall.

»Du hast sie vergessen, Lassie. Diesmal hast du sie vergessen, nicht ich.«

Nein, das hatte ich nicht. Ich sah nur nicht ein zu verzichten. Nicht in diesem Moment. Außerdem waren wir nicht glücklich. Nein, wir waren nicht glücklich. Doch wir waren zusammen, friedvoll, und für den Augenblick war das mehr, als ich vor einigen Stunden noch erhofft hatte.

Als unsere Lippen sich wieder voneinander lösten, hatte der Himmel sich verdunkelt. Geckernd floh der Specht von seinem Stamm. Eine fette graue Kellerassel krabbelte über Colins Hosenbein und versuchte, auf meine nackte Brust zu gelangen. Der kalte Wind, der aus dem Nichts heraus die Äste über unseren Köpfen schüttelte und Kiefernnadeln auf unsere Haare regnen ließ, schickte nicht nur mir einen frostigen Schauer, sondern auch Colin. Urplötzlich roch es nach Herbst und verrottendem Laub.

Ich sah ihm in die Augen und wusste es. Sie hatte ihn gewittert, schneller als je zuvor. Sie war bereits unterwegs – das alte, hässliche Spiel.

Colin nahm seine Hand nicht fort, als er mich dicht an sich zog und das letzte Mal von Kopf bis Fuß erschütterte.

»Ich liebe dich immer noch, Colin. So schnell kriegst du mich nicht tot.«

»Dann fahr mich zum Meer.«

Strandgut

Auf dem Weg nach Polen – der kürzesten Strecke von der Oberlausitz zum Meer – gab es keinen Bagelshop. Und nicht ich fuhr Colin an die Küste, sondern er uns. Denn sonst wäre der Sekundenschlaf ein ständiger Begleiter am Steuer gewesen.

Gähnend und unsere roten, brennenden Augen reibend hingen wir in den Sitzen, ich vorne, Gianna, Paul und Tillmann wie die Hühner auf der Stange hinten, nachdem Colin an einem McDonald's haltgemacht und uns geweckt hatte.

»Irgendwelche Sonderwünsche?«, fragte er. Gianna hielt ihre Lider mit den Fingerspitzen nach oben und begutachtete kritisch die rötlichen Strähnen in seinem dunklen Haar.

»Hmpfgrm«, brummelte Paul. »Eis. Shake. Oder so.« Seine Feindseligkeit hatte sich deutlich gemindert, nachdem Colin und ich aus dem Wald gekommen waren – allein durch Colins wiederhergestelltes Aussehen. Trotzdem würde er keine Ruhe geben. Ich wusste es.

»Pommes müssen dabei sein«, lallte Tillmann. »Mit Mayo.«

Ich nickte bestätigend, weil Sprechen eine Sache war, die eindeutig zu viel Überwindung und Energie kostete.

Sobald Colin den Wagen verlassen hatte und auf das Schnellrestaurant zulief, milderte sich die bleierne Trägheit in uns. Leider sorgte das Erwachen meines Körpers auch dafür, dass ich den zersplitterten Knochen in meiner Hand wieder spürte. Paul hatte ihn vorhin untersucht und beteuert, dass man ihn problemlos richten könne und er am liebsten höchstpersönlich die Schraube hineindrehen würde. Nie hatte mich eine Gewaltandrohung seinerseits glücklicher gemacht.

Gianna drückte neugierig ihre Nase an die Scheibe, um Colin hinterherzugaffen. Eine Handvoll übermüdete Jugendliche, die offensichtlich die Nacht durchgemacht hatten und mit ihren Papiertüten in der Hand an einem getunten Opel herumlungerten, fingen an zu streiten, als er an ihnen vorbeiging. Eines der Mädchen wurde blass und warf ihren angebissenen Hamburger in den Papierkorb, als sei ihr plötzlich übel geworden.

Dennoch war es ein gänzlich faszinierendes Erlebnis für uns, Colin nach all dem Schrecken der vergangenen Nacht bei etwas geradezu ernüchternd Alltäglichem zu beobachten.

»Das nenne ich mal ein knackiges Hinterteil«, raunte Gianna anerkennend. Sie verrenkte sich beinahe den Nacken, als sie Colin einzufangen versuchte, wie er mit dem Rücken zu uns an der Kasse stand und seine Bestellung aufgab.

»Und was ist mit meinem?«, fragte Paul. Es klang nicht eifersüchtig. Ein gutes Zeichen, oberflächlich betrachtet. Denn er wusste wahrscheinlich bestens, dass Gianna sich nie wieder mit jemandem einlassen würde, der Frauen potenziell Gewalt antat. Jede Eifersucht war überflüssig, wie auch immer sein Hintern beschaffen sein mochte.

»Deiner ist völlig ausreichend«, beruhigte Gianna ihn. »Außerdem verfärbst du dich nicht lila, wenn du hungrig bist.«

»Colins Hinterteil gehört sowieso mir.« Auch meine Augen hatten sich mal wieder in seiner eleganten Statur verloren. Jetzt schallte das Kreischen eines Babys zu uns herüber. Die gestressten Eltern nahmen es auf den Arm und verließen den Tisch auf der schäbigen Terrasse, ohne fertig zu essen. Gianna schaute ihnen mitleidig nach.

Colin warf uns die Tüten durch das Autofenster und wartete ein paar Meter abseits, damit wir beim Kauen nicht einnickten. Ich war froh, dass er Paul und Gianna während der Fahrt hatte schlafen lassen, denn das hatte mir jede Menge Diskussionen erspart. Auf mich hatte sein Erscheinungsbild keinen so großen Einfluss wie auf die anderen und das Fleisch stärkte mich zusätzlich.

Nach unserer Proviantpause fühlte ich mich in der richtigen Verfassung, um ein Gespräch zu beginnen, doch ich wollte warten, bis die anderen eingeschlafen waren. Diesmal aber ging es nicht so schnell. Ich äugte misstrauisch zu Colin hinüber, weil ich mich fragte, ob er etwas damit zu tun hatte, doch er richtete seinen dunklen Blick fast teilnahmslos auf die Straße. Erneut schaute ich über den Rückspiegel nach hinten. Giannas Lider waren geschlossen, zuckten aber unruhig. Bei meinem ersten Wort würde sie ihre neugierigen Ohren spitzen. Auch Paul und Tillmann befanden sich lediglich in einem flachen Schlummer. Doch ich hatte keine Geduld mehr, auf ihren Tiefschlaf zu warten, löste meine Augen vom Rückspiegel und fixierte Colins Ohrringe.

»Du willst also wieder abhauen«, begann ich seufzend.

»Von Wollen kann keine Rede sein. Es bleibt mir nichts anderes übrig.«

»Das wissen wir doch gar nicht! Gut, jetzt im Moment … sehe ich ein. Wir brauchen eine Pause. Aber generell gesehen …«

»Generell gesehen ist Tessa ein paar Hundert Jahre älter als ich und somit unbesiegbar«, fuhr Colin mir leicht genervt dazwischen. »Wie oft sollen wir das noch durchkauen?«

»Tessa?«, fragte Paul mit geschlossenen Augen.

»Der Mahr, der Colin erschaffen hat und dessen Knochen wieder von alleine zusammenwachsen«, erklärte ich hilfreich. »Du weißt schon, das, was ich dir erzählt hab und für dich Beweis genug war, mich für verrückt zu erklären.«

»Eine schmierige, ungepflegte Vettel«, ergänzte Tillmann.

»Noch ungepflegter als François?«, wollte Gianna gähnend wissen. Tillmann und ich lachten nur abschätzig auf.

»Ein paar Hundert Jahre alt«, überlegte Paul. »Die würde ich gerne mal aufschneiden, um in ihren Bauch zu schauen.«

»Würdest du nicht«, widersprachen Tillmann und ich im Chor.

Colin knurrte unwillig, um uns zur Räson zu bringen. »Schluss jetzt. Wir befinden uns hier nicht in einem Mittelalterrollenspiel. Es geht weder um Tessas Körperpflege noch um jugendliche Challenges, sondern um die Tatsache, dass sie es wittert, wenn Ellie und ich glücklich sind – und meine Fährte aufnehmen kann, um mich zu dem zu machen, was ich bin. Ein Dämon. Und dass ich keine Chance gegen sie habe.«

Stimmt nicht ganz, dachte ich bitter. Sie hatte uns vorhin auch gewittert, obwohl wir nicht so glücklich gewesen waren, wie wir es hätten sein sollen. Aber wir hatten uns nicht am schützenden Meer befunden und wir hatten sie provoziert. Wir hatten uns von ihr nicht beirren lassen. Trotzdem – das zeigte mir umso mehr, dass wir den Kampf gegen sie antreten mussten. Nun nahm sie schon unsere Fährte auf, obwohl wir nicht glücklich waren. Es reichte.

»Du dachtest auch, du hättest keine Chance gegen François. Aber du hast einen Weg gefunden, ihn unschädlich zu machen«, widerlegte ich Colins Einwand. »Warum sollte es bei Tessa keinen Weg geben? Außerdem hast du mal gesagt, dass es zwei Methoden gibt, mit denen Mahre sich gegenseitig töten können, und …«

»Diese zweite Methode kommt für mich und Tessa nicht infrage«, unterbrach Colin mich barsch. »Es wird niemals funktionieren. Können wir das nicht allein besprechen, wenn du schon nicht lockerlassen willst?« Ihm war wie mir nicht entgangen, dass Tillmann mit hellwachen Augen auf seinem Sitz thronte.

»Allein? Wir sind doch unter uns. Familie. Jetzt mach nicht einen auf verschwiegen, Colin. Du hast Tillmann eine Gebrauchsanweisung gegeben, wie er mich im Bett zu handeln hat. Intimer geht es ja wohl nicht mehr.« Langsam verlor ich die Geduld. Nun hatte der Schlaf auch bei Gianna und Paul keine Chance mehr – dank meiner brisanten Enthüllung und eines Aprilwolkenbruchs, der gerade über uns niederging und den Himmel verdüsterte, sodass Colin genötigt war, das Licht des Wagens anzuschalten.

»Also doch!«, rief Gianna verzückt. »Ich hab's gewusst! Ich hab's die ganze Zeit gewusst.«

»Du irrst. Sie hat mich abgewiesen«, sagte Tillmann mit einer tief betrübten Leidensmiene, die so unecht und aufgesetzt war, dass ich ihm einen Knuff ans Knie versetzte. Aus den Augenwinkeln sah ich, wie ein Lächeln über Colins Züge huschte. Stimmt, das wusste er ja noch gar nicht.

»Du setzt einen anderen Typen auf meine Schwester an?« Paul schüttelte missbilligend den Kopf, doch ich sah auch Hoffnung in seinen Augen schwelen. Besser Tillmann als Colin, konnte ich darin lesen. »Was sind denn das für kranke Sachen?«

»Beschwer dich nicht, es sollte dir das Leben retten«, sagte Tillmann lässig. »Und ich hätte es ihr schon richtig schön gemacht.« Er grinste mich unverschämt über den Rückspiegel an.

»Idiot«, fauchte ich. »Dir mache ich es auch noch schön. Jedenfalls«, ich wandte mich wieder Colin zu, der die Augen zur Wagendecke verdrehte, aber nach wie vor schmunzelte, »gibt es eine zweite Methode. Ich möchte erfahren, was für eine es ist, bevor ich deine Flucht akzeptiere. Denk darüber nach. Bitte.«

Colin schwieg. Der Wolkenbruch wich einer strahlenden Sonne und es dauerte nur wenige Augenblicke, bis Paul, Gianna und Tillmann trotz ihrer Sensationsgier fest eingeschlafen waren. Auch ich dämmerte benebelt vor mich hin und wurde erst wieder wach, als wir das Meer erreicht hatten – die Ostsee.

Ohne ein unnötiges Geräusch zu verursachen, schoben Colin und ich uns aus dem Wagen und ließen die anderen zurück. Er hatte es vorhin schon richtig formuliert. Ich empfand es genauso: Seine Flucht war eine Sache zwischen ihm und mir und auch ich wollte keine Zuhörer und erst recht keine Zuschauer haben, wenn wir uns verabschiedeten. Es würde schwer genug sein.

Vor uns lag eine einsame Bucht, übersät mit kleinen Felsbrocken, die in der milden Abendsonne schimmerten. Ich musste lange geschlafen haben. Vielleicht hatte Colin zwischendurch eine Pause gemacht, um dem grellen Mittagslicht zu entkommen.

Die Wellen gebärdeten sich sanfter und weicher als die der Nordsee und ihre Kämme spiegelten das Blau des Himmels in tausendfachen Schattierungen wider, bevor sie sich an den ausgewaschenen Steinen brachen. Es war warm geworden. Obwohl die Sonne schon als blutroter Ball tief über dem Horizont hing, hatte ich das Gefühl, sie könne mein Gesicht entflammen, wenn ich hineinsah.

»Noch nicht«, flüsterte ich und blieb stehen. Wir hatten das Wasser fast erreicht. »Bitte noch nicht.«

Wir standen nebeneinander, ohne uns zu berühren, die Augen geschlossen, und versuchten, nicht an das zu denken, was uns bevorstand. Es würde mich wieder zerreißen und dieses Mal kannte ich die Folgen. Als Colin sich das letzte Mal von mir verabschiedet hatte, in der Nacht auf dem Feld, hatte er mich dabei träumen lassen und es hatte mir unverhoffte Kraft gegeben, wenigstens den nächsten Morgen anständig zu überstehen. Doch dann hatte das Leiden begonnen und nicht aufgehört, bis ich ihn wiedergesehen hatte. Damit ich wieder dort endete, wo wir uns trennen mussten. Bei Tessa. Sie herrschte über uns und ich wollte das nicht länger dulden.

»Ich kenne die zweite Möglichkeit nicht, Ellie. Nur ihre Voraussetzung. Sie trifft auf uns nicht zu. Nicht auf Tessa und mich.«

»Aber …«

»Ellie. Liebes. Ich weiß, dass du glaubst, immer einen Weg zu finden. Aber so unendlich das Leben von uns Mahren ist, so endlich sind doch unsere Fähigkeiten. Ich bin erst hundertneunundfünfzig. Ich kann es nicht ändern. Wir sind an dem gleichen Punkt angelangt, an dem wir schon einmal waren, und dieses Spiel wird so lange weitergehen, bis du dein Näschen gestrichen voll davon hast und mich verlässt.«

»Im Moment verlässt du mich.« Ich öffnete die Augen und sah ihn an. Ich mochte ihn auch, wenn seine Haare rot waren und das grünblaue Eis zwischen seinen Lidern hervorblitzte. Doch lieber war er mir dunkel, dunkel wie die Nacht, die seine Haut schimmern ließ und seine Züge vollendete. Ihn schmerzlich schön machte. Der Gedanke, ihn bei Tageslicht fliehen zu lassen, seine Nachtgestalt nicht noch einmal sehen und fühlen zu können, erfüllte mich mit tiefer Verbitterung.

»Wir sind nicht am gleichen Punkt, Colin. Nein, es ist nicht so wie im Herbst.«

»Stimmt. Ich habe dir viel Schlimmeres angetan. Und schon die Ohrfeige am Bach war eigentlich unverzeihlich.«

»Das meine ich nicht«, erwiderte ich abweisend. »Wir sind nicht mehr alleine. Wir haben Freunde.« Ich deutete nach hinten auf den Volvo, der verborgen im Schatten eines kleinen Wäldchens stand.

»Freunde? Paul und Gianna Freunde? Ellie, ich bitte dich …«

»Ich werde ihnen alles erklären und Paul wird es verstehen. Gianna sowieso. Klar wünscht er sich einen anderen Freund für mich, wie jeder große Bruder. Trotzdem – wir sind nicht mehr allein.«

»Aber sie können nichts an alldem ändern, verstehst du das nicht?«

»Vielleicht doch! Ich weiß, du hattest nie echte Freunde, nie dauerhaft, aber bei François haben wir zusammengearbeitet. Tillmann ist zu allem bereit, zu allem. Er wird Tessa sowieso suchen. Und ich werde Papa suchen. Wir werden nach Italien gehen, ob du willst oder nicht. Wir können es mit dir tun oder ohne dich. Du hast die Wahl.«

»Ellie …« Colin sah mich gequält an. Ich blinzelte, weil das Türkis seiner Augen mich blendete. Außerdem wurde mir schwindelig. Er legte mir seine kühle Hand auf den Rücken, um mich zu stützen. »Ihr habt gerade erst überlebt. Es war knapp. Ich habe dich fast umgebracht … und deine Seele wird das nicht einfach so hinnehmen können. Deine nicht. Und das sollte sie auch nicht.«

»*Fast* umgebracht. Die Betonung liegt auf fast, nicht auf umgebracht. Ich will es ja auch gar nicht sofort tun. Tessa soll ruhig denken, dass du fliehst, dass wir kuschen.«

»Himmel, bist du stur.« Colin seufzte schwer. »Ich kann zwar verstehen, warum du jetzt so denkst. Aber …«

»Nichts aber. Und ich kann verstehen, warum du all das getan hast. Wie wir damit umgehen, steht auf einem anderen Blatt. Colin, ich hab etwas gut bei dir …«, mahnte ich ihn warnend.

»So?« Er grinste spöttisch und zog mich an sich. »Hast du das?«

»Na ja. Du hast mir zwar meine Erinnerung zurückgegeben, aber ist das wirklich ein Geschenk, ein Dankeschön, wenn man jemandem etwas gibt, was ihm sowieso gehörte?«

Colin atmete tief durch und brummelte ein paar gälische Verwünschungen.

»Gut, dann sind wir ja einer Meinung«, redete ich beschwingt weiter, denn ich witterte einen Sieg. »Finde heraus, worin genau die andere Möglichkeit besteht. Und teile sie mir mit. Danach können wir immer noch beschließen, dass es sinnlos ist. Aber vergiss nicht, dass ich sowieso nach Italien fahre – völlig egal, wie diese Methode aussieht.«

»Das ist deine Rache für heute Nacht, oder?« Colin drückte mich so fest an seine Brust, dass ich nach Luft schnappte, und sein inniger, harter Kuss ließ die Wunde an meiner Lippe aufplatzen. Mein Blut vermischte sich mit seinem kühlen, köstlichen Speichel. »Du erpresst mich.«

»Genau«, flüsterte ich atemlos. »Ich erpresse dich. Du wirst wiederkommen.«

»Nur wenn du mir etwas versprichst, Ellie.« Noch einmal küsste er mich und er musste mich dabei auf seine Hüfte heben, damit ich nicht in den Sand sackte. Ich schlang meine Beine um sein Kreuz und vergrub mein Gesicht an seinem Hals.

»Alles …«

»Ich werde herausfinden, womit wir sie töten könnten. Doch du musst mir versprechen, dass du darüber nachdenkst, diese Methode eines Tages auch bei mir einzusetzen.«

Meine Logik drückte den tiefen Schrecken in mir sofort zu Boden. Eines Tages. Eines Tages – das war nicht jetzt, auch nicht im Sommer und auch nicht nächstes Jahr. Es war eines Tages. Weit weg. Und vielleicht wollte er es gar nicht mehr, wenn Tessa unser Dasein nicht weiterhin verdunkelte. Er konnte ein ganz neues beginnen. Außerdem sollte ich nur darüber nachdenken. Das war etwas anderes, als es zu tun, obwohl es grausam genug war. Denn wenn ich erst anfing zu denken …

»Einverstanden«, sagte ich eilig. »Wie sollen wir den Pakt besiegeln?«

»Mit Salz.« Colins samtene Stimme machte mich matt und weich. »Zieh dich aus und komm mit mir. Bis die Sonne untergeht.« Er ließ mich los und ich fiel auf die Knie. Skeptisch blickte ich auf die See hinaus. Sie musste eisig sein. Meine Abwehrkräfte waren sicherlich nicht die besten nach all den widerlichen Dingen, die ich hatte über mich ergehen lassen müssen. Doch Colin hatte mir schon meinen Pulli über den Kopf gestreift und den Knopf meiner Jeans geöffnet.

»Es wird dir nicht schaden. Und mir wird es leichter fallen, im Meer zu jagen und zu leben, wenn ich es mit dir geteilt habe.«

Das war ein unschlagbares Argument. Mit zwei Tritten hatte ich mich aus meiner Jeans befreit. Hurtig flog der Slip hinterher.

»Du nicht?«, fragte ich Colin, der nach wie vor in Hemd, Hose und Stiefeln vor mir stand und sich sichtlich an meinem Anblick ergötzte.

»Es würde möglicherweise merkwürdig wirken, wenn ich splitternackt und ohne ein einziges Körperhaar am Strand von Rügen auftauche und mir ein Zimmer suche.«

»Ich werde frieren.«

»Nein. Wenn du dicht bei mir bleibst, nicht.«

Mit jener kraftvollen Leichtigkeit, die ich so sehr an ihm liebte, nahm er mich hoch und trug mich über die Steine ins Meer hinab. Ich hakte meinen Finger in eine seiner Gürtelschlaufen, um nicht von der Brandung davongerissen zu werden, als die Wellen an meinem Körper zu zerren begannen, doch sobald das Meer sich über uns schloss, wurde es friedlich und machte sich uns gefügig.

Es war dunkel hier unten und doch konnte ich alles sehen – Colins Augen, die sekundenschnell in ihr glitzerndes Schwarz überwechselten, seine kühne, edle Nase, seine geschwungenen Mundwinkel und das aberwitzige Spiel seiner Haare. Ich atmete langsam aus. Es war wie in meinem Traum – unzählige kleine Wasserperlen legten sich wie Brillanten auf Colins weiße Haut. Ich wollte mich nach oben strampeln, um frische Luft zu holen, doch Colin kam mir zuvor und drückte seine Lippen auf meine. Prickelnder Sauerstoff strömte in meine Lungen. Wie hatte ich je Angst haben können zu ertrinken? Ich konnte gar nicht ertrinken, solange wir nur beisammen waren.

Ich freute mich auf jeden Atemzug, bei dem er mir seine Luft schenkte und wir immer weiter hinaus aufs Meer entschwebten.

Doch dann ließ er mich ohne Vorwarnung los und verschwand in den Tiefen der See. Die Wellen umschmeichelten mich wie alte Vertraute, kühl und nachsichtig, um mich zurück an den Strand zu tragen, wo das Meer meiner überdrüssig wurde und mich auf den Sand spülte. Sein Salz vermischte sich mit dem meiner Tränen, als ich mein Gesicht zum Himmel kehrte und das letzte glühende Licht der Abendsonne auskostete.

Doch dieses Mal würde er wiederkommen. Dieses Mal wusste ich, dass er wiederkommen würde. Wir hatten einen Pakt geschlossen. Ich hatte etwas, woran ich mich festhalten konnte, wie das aufgeschwemmte Stück Holz, an dessen Rinde ich mich mit beiden Händen klammerte, um nicht zurück in die See zu gehen und weit, weit unterzutauchen, weil ich ihn finden und mit ihm gehen wollte.

Denn das wäre mein sicherer Tod. Zu warten aber war Leben.

Ich stellte mich in den warmen Abendwind, der meinen Körper behutsam trocknete und mit einer feinen, unsichtbaren Salzschicht überkrustete, während die Wunden in meinem Inneren langsam zu bluten begannen. Dann schlüpfte ich widerwillig in meine Kleider und lief ohne Eile zum Auto.

Nur Paul war wach. Er lehnte an der Motorhaube und sah mir von Weitem entgegen.

»Nicht. Nicht jetzt«, bat ich ihn, als er mich mit seinen Armen umschließen wollte. Ich spürte Colin noch auf meiner Haut. Paul verstand. Er ließ die Hände sinken und tröstete mich mit seinem stahlblauen Blick. Wir müssen Papa suchen, dachte ich. Er nickte unmerklich.

Ich wartete, bis die Sonne im Meer versunken war und Colins Aura sich in mein Herz zurückzog, wo sie sich zwischen all den Scherben und Splittern ihren angestammten Platz zurückeroberte.

»Steig ein«, sagte ich leise und drückte Paul einen zarten Kuss auf die Wange. »Ich bringe uns nach Hause.«

Ich danke …

… meinem segensreichen Powerfrauen-Duo, bestehend aus meiner Agentin Michaela Hanauer und meiner Lektorin Marion Perko, ohne die ich manchmal völlig aufgeschmissen wäre; Maria-Franziska Löhr und Christian Keller für ein umwerfendes Cover; meiner Herstellerin Margret Ulrich, weil sie immer alles möglich macht; Sabine Giebken fürs virtuelle Händchenhalten beim Schreiben, Zweifeln und Fabulieren; T-Stone, der stets sagt, was er denkt – auch und erst recht beim Testlesen; den Teilnehmerinnen der *Splitterherz*-Leserunde auf buechertreff.de, die mich im Januar 2010 geradezu in *Scherbenmond* hineinkatapultiert haben (Mädels, ihr wart spitze!); meinen treuen Facebook-Fans, weil wir uns immer wieder in vergnüglichen Plaudereien verlieren und gemeinsam Colins Sternzeichen auserkoren haben; der Autorin und Bloggerin Andrea Kossmann, die *Splitterherz* dank ihres multimedialen Einsatzes ordentlich Starthilfe gegeben hat; all den anderen Bloggern da draußen, die sich in ihren Rezensionen einer Debütantin wie mir gewidmet haben; den Besuchern meiner Lesungen fürs aufmerksame Lauschen und die vielen inspirierenden Fragen; last but not least meinen beiden Männern für wahlweise Unterstützung oder Ablenkung in der kraftraubenden Zeit des Schreibens von *Scherbenmond* – und natürlich sämtlichen Leserinnen und Lesern, die sich von *Splitterherz* ihre Nachtruhe stehlen ließen. Passt auf eure Träume auf! Denn sie sind wertvoll …